June CL Tan

Jade und Obsidian –
Die Legende der Zwillingsschwerter

JUNE CL TAN

JADE UND OBSIDIAN

DIE LEGENDE DER ZWILLINGSSCHWERTER

Aus dem Amerikanischen von Mareike Weber

bücher BÜCHSE
exklusiv

cbt

Wir reduzieren und vermeiden die Emissionen, die an unseren Produkten entstehen fortlaufend und gleichen die verbliebenen Emissionen über ein Klimaschutzprojekt aus. Weitere Informationen zu dem Projekt: www.ClimatePartner.com/14044-1912-1001

FSC
www.fsc.org
MIX
Papier | Fördert gute Waldnutzung
FSC® C083411

Penguin Random House Verlagsgruppe FSC® N001967

Für C & Z

Die Originalausgabe erschien erstmals unter dem Titel »Jade Fire Gold« bei HarperTeen, ein Imprint von HarperCollins *Publishers*, New York
Dieser Titel wurde vermittelt durch die Agentur Agence Hoffman GmbH
Aus dem Amerikanischen von Mareike Weber
Umschlaggestaltung: Marie Graßhoff
Umschlag- und Innenillustration: AdobeStock.com (tananddda, februaryprod, pinchukao, pixelrobot, kharchenkoirina, LIGHTFIELD STUDIOS, naiaekky, Tom Wang, studybos, ATKWORK888, lumerb, Kalleeck, Santi)
Charakterillustrationen: © moconmokeke
Landkarte auf S. 6 und 7: © 2021 by June CL Tan
skn · Herstellung: UK
Satz: GGP Media GmbH, Pößneck
Druck: CPI books GmbH, Leck
Printed in the EU

www.cbj-verlag.de

Wenn der Drache sich in die Lüfte erhebt und
der Phönix tanzt,
wird das Volk Jahre des Glücks erfahren, die allen unter
dem Himmel Ruhe und Frieden bringen.

Altes Shi-Sprichwort

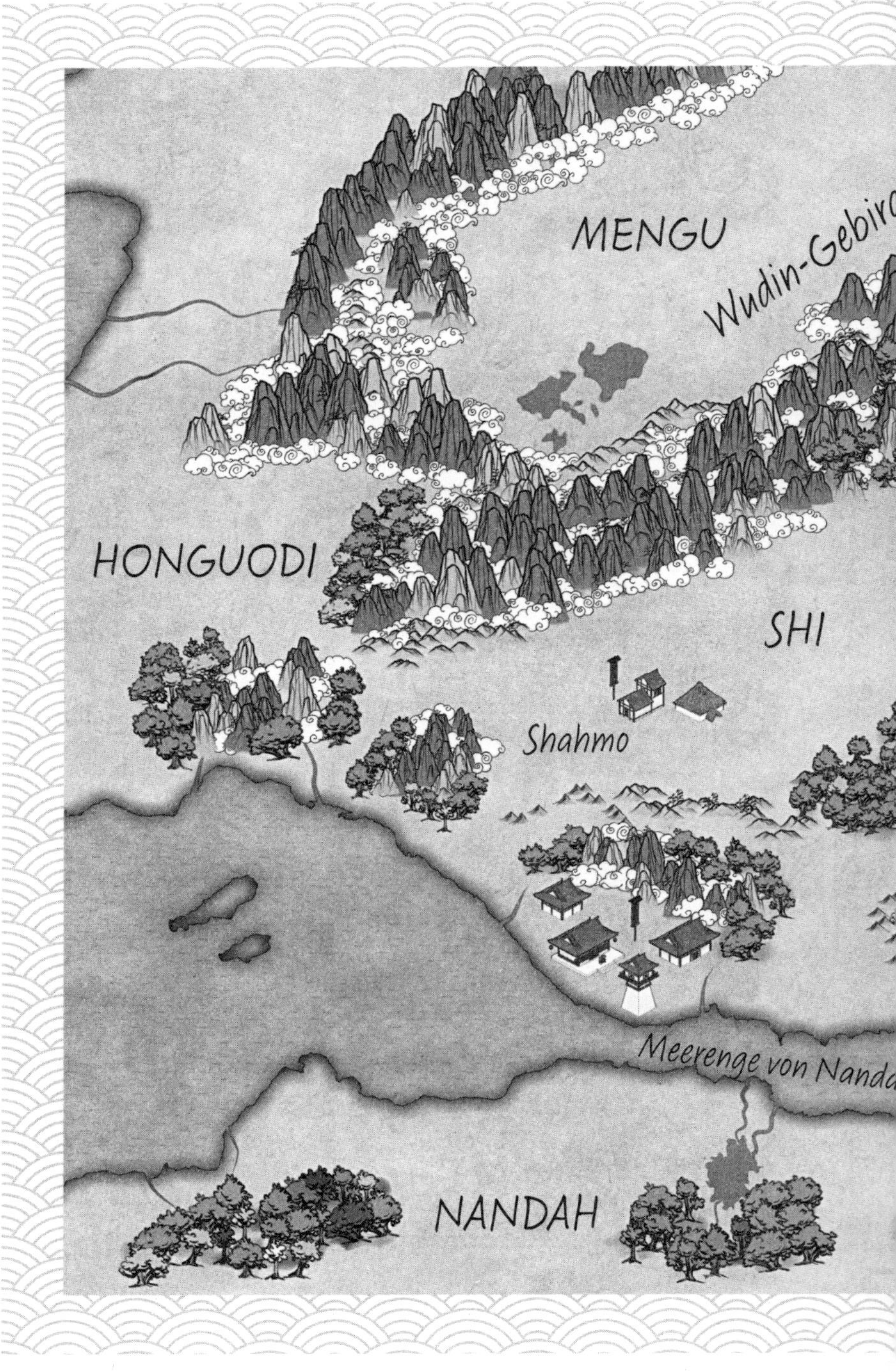
MENGU
Wudin-Gebir
HONGUODI
SHI
Shahmo
Meerenge von Nanda
NANDAH

Beishou
hi
XINZHU
Smaragdmeer
Hafen von Cuihai
Drachendreieck
N
W
O
S
lliche Kolonien

VORHER

Der Junge umklammerte die Hand seiner Schwester, als sie aus dem Palast flohen. Er hatte Angst, sie loszulassen und damit womöglich für immer zu verlieren. Zu Hause waren sie nicht mehr sicher – nicht, nachdem ihr Vater tot war und der üble Geruch von Verrat in der Luft hing.

Nach Einbruch der Nacht folgten sie ihrer Mutter durch die Straßen von Beishou in Richtung der westlichen Grenze und hofften, an dem letzten Ort Zuflucht zu finden, wo man sie nicht suchen würde.

In der Wüste.

Es war kein Ort für eine königliche Familie, doch Kaiserin Odgerel betete zu ihren Göttern, das Labyrinth der Wanderdünen möge sie verbergen.

Sie folgten den Nomadenpfaden und schliefen jede Nacht an einem anderen Ort.

Aber irgendwann kamen die Soldaten doch.

Und mit ihnen ein Mann in einem Totengewand aus schwarzem Rauch und rotem Zorn. Der Mann, der nicht ruhen wollte, bis die königliche Familie tot war.

Entgegen allen Erwartungen überlebte der Junge.

Eine vorbeiziehende Karawane von Nomaden fand ihn ein paar Tage später, nach einem heftigen Sandsturm. Mutterlos. Schwesterlos. Dehydriert und fiebernd taumelte er am Rande des Todes. Die Nägel ganz abgerissen, die Finger verkrustet mit getrocknetem Blut.

Die Nomaden stellten diesem merkwürdigen Jungen keine Fragen.

Der Junge, der die Wüste mit jeder Faser seines Körpers hasste, war dennoch gezwungen, in ihrem Schutz zu verharren. Der Junge, der innerlich so gebrochen war, dass sie dachten, er würde vielleicht nie wieder lächeln. Seine Augen würden nie wieder das Licht erblicken. Der Junge, der nicht sprechen konnte oder wollte. Und als er es endlich doch noch tat, klang es, als hätte er den Mund voller Kies. Nur ein einziges Wort brachte er heraus. Wieder und wieder.

Ein Name, den er in seinem Schlaf wiederholte. Manchmal murmelnd, oft schreiend.

Sarangerel.

Der Name seiner geliebten Zwillingsschwester. Die Schwester, die er nicht hatte beschützen können.

In der ersten Zeit fürchteten sich die Nomaden vor ihm, aber sie hielten ihn am Leben. Sie versorgten seine Wunden, gaben ihm zu essen und lehrten ihn ihre Sprache und Sitten. Trotz ihrer Güte glaubte der Junge, es wäre sein Schicksal, für immer durch den Sand zu irren, gefangen in seinen Albträumen.

Doch die scharfsinnigen Götter hatten andere Pläne.

Eines Tages kam jemand, um ihn zu holen. Ein Getreuer des toten Kaisers. Er führte den Jungen aus der Wüste, brachte ihn in ein fernes Land in den wärmeren Kolonien des Südens. Langsam begann der Junge, selbst seine inneren Wunden zu flicken, auch wenn die Risse nie perfekt verheilen würden. Ein unbändiges Verlangen wuchs in ihm, tief und bitter wie Galle. Ein Verlangen, das erst gestillt sein würde, wenn Unrecht in Recht verwandelt wäre.

Man sagt, die Götter testen einen Menschen nie ohne Grund. Sie würden ihm nie eine Last auferlegen, die er nicht tragen könnte. Doch das sah der Junge anders. Die Götter waren grausam, und die Menschen waren nichts als Marionetten in einem großen Bühnenstück für die gelangweilten Unsterblichen.

Er schwor, sein Schicksal aus ihren Händen zu reißen.

Und so wartete er auf seinen Moment, wartete auf ein Zeichen.

Eines Morgens, bei Sonnenaufgang, war ein seltsamer Ruf aus den nebelverhangenen Bergen von Wudin zu hören. Einige Dorfbewohner behaupteten, sie hätten den scheuen Fènghuáng um die schroffen Gipfel kreisen sehen. Es war eine Wiedergeburt – seit über einem Jahrhundert war der Phönix nicht gesehen worden.

Etwas erwachte dort in den Bergen, und der Junge war bereit.

DIE
EWIGE
WÜSTE

1.

AHN

Eine silberne Münze.

Sie entscheidet über Leben und Tod.

Darüber, ob ich eine Großmutter habe oder allein auf der Welt bin.

Mein Herz rast und mein Mund wird wüstentrocken, als der Heiler nur einen flüchtigen Blick auf meinen kleinen Stapel Münzen wirft. Kupfer, nicht Silber. Er muss sie nicht erst zählen. Der Stapel hat nicht die richtige Höhe und Farbe. Zu niedrig ist er, und es fehlt ihm das Wichtigste: wertvolleres Metall.

Seltsam, wie etwas, das aus der Erde gegraben wird, sich als so tödlich erweisen kann. Aus den Bergen gefördert und zu Schwertern geschmiedet. Der Grund, warum einige von uns unsere Mägen nicht füllen können.

Mit einem verächtlichen Schnauben dreht der Heiler sich zu den Holzschubladen um, die eine Wand der Apotheke bekleiden. Er öffnet eine und holt mit einer feinen Pinzette ein paar Zungenkernkeulen heraus. Vorsichtig legt er die wurmartigen braunen Pilze auf ein rundes Metallschälchen, das an einem schmalen Holzstab befestigt ist. Er kneift die Augen zusammen, linst argwöhnisch auf die ins Holz geschnitzten Zahlen und verschiebt das Gewicht am anderen Ende, um die Menge abzuwiegen. Nicht ein einziges Mal sieht er mich an.

Es ist, als würde ich nicht existieren.

»Bitte«, flehe ich trotz des auflodernden Feuers in meiner Brust. »Ich zahle Euch den Rest des Geldes in einer Woche. Es ist doch nur eine Silbermünze. Das Fieber meiner Großmutter klingt seit Tagen nicht ab. Lasst mich das Medikament mitnehmen.«

Er tut, als würde er mich nicht hören. Er stellt seine Waage zur Seite und geht zu einem großen Glasbehälter mit einer dicken rotbraunen Flüssigkeit, in der krüppelige Wurzeln schwimmen.

Meine Nägel bohren halbrunde Abdrücke in meine Handflächen, als ich die Worte herunterschlucke, die in einem Hexenkessel von Flüchen in mir brodeln. Vielleicht würden ein paar Tränen das verdorrte Herz dieses Mannes erweichen.

»*Bitte.*« Meine Stimme zittert und ich blinzle schnell, während ich ein paar Mal tief durchatme. »Meine Großmutter hat doch Eurem Sohn auf die Welt geholfen, oder? Es war eine schwierige Geburt und sie hat Eurer Frau das Leben gerettet –«

»Und Großmutter Jia wurde für ihre Dienste gebührend entlohnt! Es tut mir leid, dass sie noch krank ist, aber ich muss meine eigene Familie ernähren. Du glaubst, dein Leben ist hart? Dann geh auf die Straße, schreie dein Unglück heraus und sieh, ob es irgendjemanden kümmert. Die Wüste ist kein Ort für Rührseligkeit.«

»Aber –«

»Ich habe dir genügend Wohlwollen entgegengebracht, Ahn. Vergiss nicht, dass du mir noch etwas für die Medizin von *letzter* Woche schuldest. Warum fragst du den Schankwirt nicht nach einer Lohnvorauszahlung? Der Bastard ist der Einzige, der in dieser elenden Stadt noch etwas Geld verdient.«

»Das habe ich ja, aber es ist nicht genug«, lüge ich, während sich in meinem Magen ein Knoten zusammenzieht.

Vor zwei Wochen habe ich meine Arbeit bei dem einzigen Dienstherrn, der mich anstellen wollte, verloren. Der Schankwirt ist ein Prinzipienreiter, wenn es um Pünktlichkeit geht, und ich bin in diesem Monat einige Male zu spät zur Arbeit gekommen. Immer wieder habe ich meine Mitfahrgelegenheit von unserem Dorf nach Shahmo verpasst, nachdem ich nachts an Amas Krankenbett gesessen habe. Es ist unmöglich, in dieser drückenden Hitze die ganze Strecke zu rennen. Ich habe es versucht, aber manchmal ist versuchen nicht genug.

Der Heiler mustert mich mit einem seltsamen Blick. »Wie alt bist du eigentlich? Sechzehn?«

Ich nicke und zupfe verlegen an den zwei Zöpfen, die bis zu meiner Taille reichen. Mädchen in meinem Alter tragen ihre Haare normalerweise hochgesteckt und mit einer Fāzān fixiert – der zeremoniellen Haarnadel, die zeigt, dass sie im heiratsfähigen Alter sind. Ama wollte mir eine besorgen; sie fand, es sei ein wichtiger Ritus auf dem Weg ins Erwachsenenleben. Ich sehe keinen Sinn darin. Eine Heirat ist das Letzte, was ich im Moment im Sinn habe, und das Geld ist besser angelegt, wenn wir dafür Essen kaufen oder unsere heruntergekommene Hütte reparieren.

Der Heiler wendet den Blick ab und murmelt: »Ich höre, Madam Liu sucht nach neuen Mädchen für ihr Etablissement. An diesem Wochenende ist endlich wieder Basar und da erwartet sie großen Zulauf. Selbst mit dieser Narbe auf deinem Gesicht würde ein Mädchen wie du dort sofort genommen werden.«

Der Knoten in meinem Magen zieht sich weiter zusammen. »Wollt Ihr mir etwa vorschlagen, im Bordell zu arbeiten?«

»Es liegt keine Schande in dem, was diese Frauen tun. Es ist ein ehrlicher Broterwerb«, sagt er schnell und macht eine beschwichtigende Handbewegung, um die Spannungen zwischen uns zu glätten. »Eine Cousine meiner Frau macht dort sauber. Sie könnte sicher ein Treffen mit Madam Liu arrangieren.«

»Ich werde darüber nachdenken«, bringe ich hervor.

Ein Anflug von Mitgefühl geht über das Gesicht des Heilers, bevor er sich wieder seinen Kräutern zuwendet, die schmalen Schultern hochgezogen. Ich nehme meinen armseligen Stoß Münzen und stolpere aus der Apotheke, während die Übelkeit in mir aufsteigt. Ich weiß, dass er recht hat. Die alte silbrige Narbe auf meiner linken Wange ist verblasst, kaum sichtbar in normalem Licht, und ich habe die Jugend auf meiner Seite.

Ein ehrlicher Broterwerb.

Für die Verzweifelten. Und ich *bin* verzweifelt.

Aber ich weiß nicht, ob ich verzweifelt genug bin. Ich schiebe diese Gedanken zur Seite. Ich kann später darüber nachdenken. Jetzt geht es erst einmal darum, dass ich nicht mit leeren Händen zurück nach Hause kommen kann.

Das furchtbare Geräusch von Amas tiefem rasselnden Husten hallt in meinem Kopf wider. Sie weiß nicht, dass ich meine Anstellung verloren habe. Ich bin weiterhin jeden Tag bei Morgengrauen aufgestanden, zur gewohnten Zeit in die Stadt gefahren, zurückgekommen und habe Geschichten von meinem Tag im Wirtshaus zusammengesponnen, wenn wir beim Abendessen saßen. Ein Essen, das immer spärlicher wird, je weniger Geld wir haben.

Zeit, das zu ändern.

Ich ziehe mir die Krempe meines alten Strohhuts tiefer in die Stirn und drapiere mein Leinentuch über Kinn und Nase. Auch wenn ich den Großteil meiner Zeit in Shahmo in der Küche des Wirtshauses verbracht habe und die meisten Leute mich nicht auf den ersten Blick erkennen würden, will ich lieber vorsichtig sein.

Dabei kommt mir zugute, dass vor einer Woche auf dem Marktplatz ein kaiserliches Dekret angeschlagen wurde: Für die nächsten 49 Tage sollen wir uns als Zeichen des Respekts für unseren verstorbenen Kaiser in weiße Gewänder kleiden. Doch neue Gewänder kosten Geld und *weiße* Gewänder sind schwer sauber zu halten. Die meisten von uns tragen stattdessen die billigeren, aber ordentlich gewobenen Leinen, mit denen die Wüstennomaden Handel treiben. Sie entsprechen nicht der Tradition und sind kein perfekter Ersatz, aber die kaiserlichen Truppen schenken diesem entlegenen Außenposten des Shi-Imperiums und den umliegenden Dörfern wenig Beachtung.

Als eine Stadt, die einst Teil eines anderen Landes war und – noch entscheidender – nicht dazu beiträgt, die kaiserlichen Staatskassen zu füllen, sind wir der Mühe nicht wert.

Ich tauche unter in der wimmelnden Menge aus Beige, mit gelegentlichen Tupfern aus Cremeweiß, und gehe schnell an den offenen Marktwagen vorbei. Meine flinken Finger schnappen sich ein paar Yóutiáo und zwei Mántou. Bis ich nach Hause komme, werden die Teigstangen eine durchweichte Masse sein und die luftigen gedämpften Brötchen hart wie Stein. Aber ich muss mich damit begnügen. Mit geübter Leichtigkeit, perfektioniert in Jahren des Mangels, verschwindet das Essen unter meinem Gewand.

Der Marktkarren vor mir verkauft Chuàn'r, gegrillte Fleischspießchen, die eine besondere Freude für Ama wären. Aber ich bin mir nicht sicher, ob die scharfen Spitzen der Spieße womöglich meine geflickten Gewänder zerreißen würden. Während ich noch herumlungere, wende ich instinktiv den Kopf.

Ein kräftig gebauter Mann kommt auf mich zu, die Stirn in tiefe Falten gelegt. Hat er gesehen, wie ich das Essen gestohlen habe? Mit klopfendem Herzen gehe ich zum nächsten Stand und beäuge die Auswahl von grob gewebten Baumwolltaschentüchern, als würde ich mich dafür interessieren. Langweilig und stümperhaft bestickt sind es erbärmliche Imitationen der Seidentaschentücher, welche die Damen aus den großen östlichen Städten des Reiches bei sich tragen.

Meine Schultern lockern sich, als der Mann ohne Zwischenfall an mir vorbeigeht. Um sicher zu sein, sehe ich ihm eine Weile nach. Er kann nicht von hier sein. Im Gegensatz zu den Männern des Shi-Reiches, die ihre Haare der Tradition nach lang tragen, sind seine Haare kurz geschoren. Seine raue rötliche Haut deutet auf eine südländische Abstammung oder zu viel Zeit in der Sonne hin. Entgegen dem offiziellen Dekret ist er in einen dunkelgrauen Hànfú gekleidet, ohne Stickerei oder Dekoration auf seiner Tunika oder seinen Hosen. Zivile Kleidung einer niederen Klasse. Ein Händler aus der Nandah-Nation im Süden vielleicht.

Oder ein Soldat auf Urlaub, ermahne ich mich. Es ist besser zu verschwinden. Außerdem muss ich Ama das Essen bringen.

»Ich hab gesehen, was du da gemacht hast.«

Ich wirbele herum und blicke in ein vorwitzig grinsendes Gesicht. Li Guo mustert die Beulen um meine Taille.

»Was machst du denn hier? Solltest du nicht bei der Arbeit sein?«, sage ich zu dem drahtigen Jungen vor mir. Sein Lachen lässt einen glauben, dass er ein leichtes Leben hat. Doch wie wir alle hier ist Li Guo ein wenig mager, was darauf hindeutet, wie oft wir mit leerem Bauch zu Bett gehen.

»Ich bin gerade mit meiner Schicht fertig und wollte nach Hause gehen, als ich dich sah.«

»Wie geht es allen?«, frage ich, als wir nebeneinander hergehen. Ich habe fast ein Jahr im Wirtshaus gearbeitet; Li Guo ist seit zwei Jahren dort, nachdem er aus unserem Dorf nach Shahmo gezogen ist. Er ist wahrscheinlich mein einziger Freund, aber die anderen Mitarbeiter im Wirtshaus waren zumindest höflich zu mir.

»Yingma sagt, sie vermisst dich. Ich hab versucht, ein gutes Wort für dich einzulegen, hab dem alten Pang erzählt, dass deine Großmutter krank ist.« Li Guos Lächeln verblasst. »Aber er wollte das alles nicht hören.«

Das wundert mich nicht. Wenn der Schankwirt der einzige erfolgreiche Geschäftsmann in dieser Barackenstadt geworden war, dann durch sein scharfes Augenmerk auf Profit und nicht durch Mitgefühl mit seinen Angestellten.

Li Guo drückt mir etwas in die Hand. Kupfermünzen. Ich schüttele meinen Kopf und reiche sie zurück. Er öffnet den Mund, doch als er meinen Blick sieht, macht er ihn wieder zu. Wir sind schon so lange befreundet, dass er versteht. Ich werde sein Geld nicht annehmen. Nicht, wenn er und sein Vater es doch genauso brauchen wie ich.

Er seufzt und lässt die Münzen in seine Hosentasche gleiten, bevor er einen roten Apfel herausholt und ihn mir anbietet. *Den* schnappe ich mir sofort. Frisches Obst ist in der Wüste schwer zu bekommen, und Äpfel mag ich am liebsten. Als ich hineinbeiße, läuft mir der Saft über das Kinn und ich schmecke die volle Süße auf meiner Zunge. Der Apfel hätte ihn ein Vermögen kosten müssen, aber ich weiß, dass er ihn wahrscheinlich von einem vorbeiziehenden Händler gestohlen hat.

Die Wahrheit ist, wenn man in einem ausgetrockneten Loch von einem Ort lebt, der nichts zu bieten hat als einen nächtlichen Unterschlupf in dem armseligen kleinen Wirtshaus, lernt man sich durchzuschlagen. Ich würde alles dafür geben, Shahmos ständiger Hitze zu entkommen, der Eintönigkeit, der endlosen beigefarbenen Landschaft, in der kaum ein grünes Fleckchen zu sehen ist. Nur Li Guo weiß von meiner Sehnsucht. Ama kann ich nicht davon erzählen. Nach allem, was sie für mich getan hat, würde ich nie so undankbar sein.

Wir machen uns auf den Weg zum gemeinschaftlichen Brunnen am Rande der Stadt. Die Straßen leeren sich und meine Gedanken werden so trostlos wie die heruntergekommenen Läden um mich herum. Ich erinnere mich, wie es war, als wir in unserem winzigen Dorf zusammen aufwuchsen, abgeschottet in unserer kleinen Seifenblase der Naivität. Wie ausgelassen wir als Kinder lachten und uns so sicher waren, dass wir nichts zu verlieren hätten.

Wir täuschten uns. Wir hatten alles zu verlieren.

Vor zwei Jahren platzte diese Seifenblase. Li Guos Brüder kehrten in Urnen aus dem Krieg zurück, einer nach dem anderen. Das Kaiserreich hatte nicht einmal den Anstand, ihre Leichname zurückzuschicken. Ihre Mutter starb vor Kummer. Sie konnte nicht wissen, ob die Asche in diesen polierten Keramikgefäßen die ihrer eigenen Kinder oder die ihrer gefallenen Kameraden war und fragte sich, wann ihr letzter Sohn für die Ambitionen eines anderen Mannes geopfert werden würde.

Und so blieb Li Guo allein zurück und versuchte verzweifelt, sich selbst und seinen Vater am Leben zu halten.

»Denkst du, der Krieg mit Honguodi ist jetzt wirklich zu Ende?«, frage ich.

Shahmo liegt an der sichersten Route Richtung Westen zwischen der unfruchtbaren Wüste und den toxischen Salzseen. Auch wenn wir Hunderte von Meilen von der Hauptstadt entfernt sind, erfahren wir oft Neuigkeiten von den Reisenden, die hier vorbeikommen. Und in letzter Zeit sprechen alle von dem neuen Friedensvertrag, der zwischen den zwei Nationen ausgehandelt wurde.

»Sieht so aus«, antwortet Li Guo. »Alle Handelsrouten sind wieder geöffnet.«

»Im Moment zumindest.« Dieser Frieden wird nicht halten. Mir kommt es vor, als befänden wir uns immer mit irgendeiner

Nation im Krieg. »Was weißt du über den neuen Kronprinzen? Ist er genauso blutrünstig wie sein Vater?«

»Er ist jung, gerade mal sechzehn, habe ich gehört.«

Ich verdrehe die Augen. »Nicht zu fassen, dass irgend so ein verzogener Bengel auf dem Drachenthron über unsere Schicksale entscheiden soll.«

»Wahrscheinlich wird die Kaiserwitwe an seiner Stelle regieren, bis er erwachsen ist. Ich kann nicht behaupten, dass mir das gefällt. Wir brauchen einen *Herrscher*, eine starke Hand am Ruder, nicht jemand Weiches oder Schwächliches – au!«

Li Guo reibt sich die Stelle an seinem Arm, wo ich ihn geknufft habe.

»Wie kommst du darauf, dass die Kaiserwitwe schwächlich ist? Im Übrigen ist das vielleicht genau das, was das Kaiserreich braucht: eine weibliche Hand. Maßvoll und bedacht. Nicht immer diese blödsinnige Kriegstreiberei«, gebe ich zurück.

»Vielleicht«, räumt er ein. Dann geht ein wehmütiger Ausdruck über sein Gesicht. »Weißt du noch, wie wir davon geträumt haben, in ein Abenteuer zu ziehen? Die Welt außerhalb dieser Stadt zu erkunden?«

Ich zucke die Achseln, als ließe mich das kalt. Aber so sehr ich es auch versuche, ich kann die Bilder nicht ausblenden, die jetzt vor meinem inneren Auge auftauchen. Gemälde, die ich im Wirtshaus und bei den Straßenverkäufern gesehen habe. Gemälde von farbenfrohen Städten; von unglaublich hohen, in Nebel gehüllten Bergen; von schneebedeckten Gipfeln, die den Himmel berühren; von Tälern, in denen sich Flüsse durch regenbogenfarbene Felsschluchten schlängeln. Bilder, die von unzähligen Abenteuern, wundersamen Kreaturen, köstlichem Essen und unentdeckten Ländern erzählen.

Ich erinnere mich an die Gespräche, die ich im Wirtshaus belauscht hatte. Wie ich aufgehorcht hatte, wann immer sie etwas über die Welt außerhalb dieser armseligen Stadt preisgaben, wie mein Herz dem Was-wäre-wenn nachgehangen hatte.

»Jetzt, wo der Krieg zu Ende ist, könnten wir Shahmo doch verlassen«, sagt Li Guo. »Ich weiß, dass du das willst.«

»Nur, wenn der Krieg nicht zurückkehrt. Und wo würden wir überhaupt hingehen? Ich kann doch nichts«, murmele ich. »Kann ja nicht einmal eine Arbeit behalten.«

Er legt einen Arm um meine Schultern und fährt mit der anderen Hand den Horizont entlang. »Wir könnten überall hingehen – Westen, Süden – unser Glück in den Städten des Ostens versuchen oder sogar in der Hauptstadt. Ich habe von meinem Vater ein paar Schreiner-Handgriffe gelernt. Ich könnte mir eine Arbeit suchen und du könntest auch ein Handwerk lernen. Das wird Spaß machen. Ein Abenteuer, wie wir immer gesagt haben.«

Das nagende Gefühl in meiner Brust wechselt von Sorge zu Sehnsucht. Aber ich kann nicht die Frau im Stich lassen, die mein Leben gerettet hat.

Das ist eine Blutschuld, die ich bezahlen muss.

»Ich kann doch Ama nicht allein lassen«, sage ich leise.

»Wir können ja warten, bis es Großmutter Jia besser geht.« Eine unbändige Hoffnung flackert in Li Guos Augen, wie damals, als er ein Kind war. Ich will diese Flamme beschützen, sie nicht erlöschen lassen. Aber ich sage mir, je früher er sich mit der Wahrheit abfindet, desto einfacher wird das Leben für ihn sein.

»Ich will nicht mehr weg. Wenn du das willst, dann solltest du es tun. Warte nicht – denn wenn du wartest, wirst du dein ganzes Leben genau dort verbringen, wo du jetzt bist.« Ich halte Li Guos Blick stand und hoffe, dass er meine Lügen nicht so gut durchschauen kann, wie er das damals konnte. Je früher *ich* mich mit der Wahrheit abfinde, sage ich mir, desto einfacher wird mein eigenes Leben sein.

»Aber –«

»Nicht jetzt, Guoguo.« Es ist lange her, dass ich ihn so genannt habe, und der Spitzname lässt ein Grinsen über sein Gesicht huschen.

Er drückt leicht meinen Arm. »Ich werde dich schon noch überzeugen.«

Ich kann nicht anders als zurückzulächeln. Seine Hoffnung ist ansteckend, auch wenn sie naiv ist.

Wir bleiben beim Brunnen am Stadtrand stehen, und ich löse den ledernen Wasserbeutel von meinem Gürtel. Mein Herz ist schwer wie ein Stein, als ich den Eimer in den Brunnen hinunterlasse. Es scheint länger zu dauern als sonst, bevor er das Wasser berührt. Wie lange noch, bis das Grundwasser ganz versiegt ist? Wie lange noch, bis Shahmo sich ganz in eine Geisterstadt verwandelt? Und wenn Shahmo zugrunde geht, was geschieht dann mit meinem Dorf? Das abgewetzte Seil schneidet in meine brennenden Handflächen, als ich den Eimer wieder hochziehe. Vielleicht kann man nur überleben, wenn man sich eine dickere Haut zulegt.

Etwas packt mich am Bein.

Ich taumele mit einem Aufschrei zurück und verschütte dabei kostbares Wasser.

Dort auf dem Boden liegt eine Frau und starrt zu mir herauf. Sie ist in Lumpen gehüllt, und ihre kurzen dunklen Haare sind verfilzt. Ihre knorrigen Finger lösen sich zitternd von meinem Fußgelenk. Sie hat nur noch ein Bein und der faulige Geruch von verwesendem Fleisch steigt mir in die Nase. Die Frau muss sich hinter dem Brunnen versteckt haben. Ich will wegschauen, aber mein Blick bleibt an dem Mal auf ihrer Stirn hängen.

Auch wenn ihr Gesicht dreckverschmiert ist, sticht das in ihre Haut gebrannte Shi-Schriftzeichen schmerzhaft scharlachrot hervor.

Verräterin.

Ich stolpere zurück zu Li Guo. »Wir sollten gehen.«

Die Frau stößt einen furchtbaren Laut aus. Ein unverständliches kehliges Gurgeln. Ich weiß, dass sie nicht sprechen kann. Niemand von den Verrätern kann es. Nicht ohne ihre Zungen.

Statt zu gehen, kniet sich Li Guo neben die Frau.

»Was machst du?«, flüstere ich und sehe mich ängstlich um. Es ist niemand zu sehen, nichts als verrammelte Häuser und Läden. Doch die Angst vor den Diyeh-Priestern sitzt so tief in mir, dass mein Herz bei dem bloßen Gedanken an sie zu trommeln beginnt.

Li Guo hat keine Angst.

»Gib ihr dein Essen«, sagt er.

»Nein! Was ist denn in dich gefahren? Wir können ihr nicht helfen. Was, wenn uns jemand sieht?« Ich zucke selbst zusammen, so hartherzig klinge ich.

Es ist besser auf der Hut zu sein, auch wenn man dafür sein Herz verschließen muss, erinnere ich mich. Das ist eine Redensart aus Shahmo.

Li Guo wirft mir einen verachtenden Blick zu. »Sei kein Feigling. Sie hat Hunger und sie wird sterben, wenn wir ihr nicht helfen.«

Aber sie wird doch so oder so sterben, will ich sagen.

»Was, wenn die Priester uns erwischen?« Meine Worte klingen hohl in meinen Ohren, als die Frau noch einmal diesen schrecklichen Laut von sich gibt und mit den Händen auf den Eimer deutet. In ihren leeren Augen leuchtet flehend ein schwaches Licht auf.

»Wenn du nicht helfen willst, dann geh aus dem Weg.«

Li Guo stößt mich zur Seite und lässt den Eimer noch einmal in den Brunnen hinunter. Er zieht ihn hoch, bückt sich und schöpft Wasser in seine Handflächen. Die Frau trinkt gierig, geräuschvoll, verschluckt sich fast vor eifriger Erleichterung. Jetzt sehe ich, dass sie jung ist, kaum älter als ich.

Verräterin.

Dieses rote Schriftzeichen auf ihrer Stirn scheint mich anzuprangern. Ich frage mich, wen das Mädchen versucht hat zu beschützen. Eine Mutter? Einen Bruder? Vielleicht auch eine Freundin. So oder so, ihr Verbrechen war furchtbar einfach: Sie hat einem Tiensai Schutz geboten. Die Tiensai sind mit Magie verflucht und die Priester durchkämmen die Städte und Dörfer nach diesen Menschen, um sie öffentlich auf dem Scheiterhaufen zu verbrennen, während ihre Familienmitglieder gezwungen werden zuzusehen.

Alle, die den Tiensai helfen, erleiden ein anderes Schicksal.

Wie bei diesem Mädchen wird ihnen die Zunge herausgeschnitten, das Haar abrasiert. Sie werden gebrandmarkt. Eine körperliche Strafe, die sich nicht verbergen lässt. Für den Rest ihres Lebens gemieden, weil niemand es wagt, ihnen zu helfen. Weil jeder weiß, was für ein Nachspiel solch eine Hilfe hat.

Sie muss sich verletzt und ihr Bein verloren haben, weil niemand mutig oder gütig genug war, um ihr Hilfe zu leisten. Immer wieder bietet Li Guo ihr eine Handvoll Wasser an. Sie trinkt dankbar.

Du glaubst, dein Leben ist hart? Dann geh auf die Straße, schreie dein Unglück heraus und sieh, ob es irgendjemanden kümmert.

Die Mántou stecken in den Falten meiner Gewänder, noch immer warm und frisch. Meine Hände nesteln an dem Stoff. Ich hole ein Brötchen hervor und drücke es dem Mädchen in die

Hand. Ob sie mich anlächelt, kann ich nicht erkennen – ihre Lippen sind zu beschädigt.

Aber ich weiß, dass sie weint.

Li Guo sieht zu mir auf. Seine Augen flackern vor Entrüstung. »Weißt du, warum die Priester ihnen die Zungen abschneiden, statt sie zu töten?«

Darauf habe ich keine Antwort.

»Sie machen das, um jede Hoffnung zu vernichten, um Verzweiflung zu säen. Sie wissen, dass wir anderen diese sogenannten Verräter ignorieren werden, um unsere eigene Haut zu retten.« Er ballt die Fäuste. »Und da haben sie ja auch recht.«

Ich blinzele, um ein Bild loszuwerden, das sich mir ins Gedächtnis eingebrannt hat. Eine Erinnerung, die ich auch nach zehn Jahren noch nicht vergessen kann. Sie macht mir noch heute große Angst und erinnert mich daran, dass ich auf der Hut sein muss. Ich hätte dem Mädchen nicht helfen sollen; ich kann es mir nicht erlauben, in Schwierigkeiten zu geraten.

»Sie hat den Tiensai geholfen«, sage ich. »Sie sollte wissen, dass Magie im Kaiserreich verboten ist und zwar aus gutem Grund. Die Priester sagen, die Magie der Tiensai hat diese Wüste geschaffen und sie verursacht auch die Dürre in der südöstlichen Siedlung, wo der Reis nicht wachsen kann, und –«

»Willst du damit etwa sagen, dass sie das hier *verdient* hat?«, unterbricht mich Li Guo forsch.

»Nein! Ich sage nur, dass wir ihr nicht mehr helfen sollten. Die Priester –«

Li Guo hebt verärgert die Hand, um mich zum Schweigen zu bringen. »Wir haben dieses Gespräch schon einmal geführt und ich will es jetzt nicht ein weiteres Mal führen. Geh. Ich werde schon eine andere Möglichkeit finden, ihr zu helfen.«

Ich sehe die pure Hoffnung in den Augen des Mädchens, als sie zu Li Guo aufblickt. Sie denkt, er ist ihr Retter. Ich weiß es besser. Ich wünschte, ich könnte ihm die Wahrheit über mich selbst erzählen. Aber er ist sicherer, wenn er es nicht weiß. Ich wende mich von ihnen ab, zwinge mich, einen Fuß vor den anderen zu setzen. Zwinge mich, nicht an diese Nacht zu denken, vor zehn Jahren, als ich verängstigt und allein durch die staubigen Straßen von Shahmo streifte.

Zwinge mich, dieses Bild von mir zu vergessen: ein verlassenes Mädchen mit nichts als den Kleidern an seinem Leib und den Schuhen an seinen Füßen. Ein Jadering in einer Hand und eine Schneeflocke in der anderen.

Eine Schneeflocke, die nicht schmelzen wollte, selbst in der Sommerhitze.

Nach einer Stunde Fußmarsch erreiche ich mein Dorf. Der trostlose Anblick vor mir versetzt mir wie schon so oft einen Stich: von der Sonne ausgetrocknete Häuser aus hartem Lehm und grob behauenem Stein, jedes von einer niedrigen Steinmauer umgeben, um die Grenzen des Grundstücks zu markieren. Östlich der schwindenden Oase ist das Land hier so ausgedörrt, dass meine Füße mit jedem Schritt Staub aufwirbeln.

Ich habe nur wenige Erinnerungen an meine Ankunft hier vor zehn Jahren, aber ich weiß, es war damals nicht das Wüstendorf, das es heute ist. Es war ein florierender Ort voller Leben. Die Landschaft war nicht ohne Grün, und vereinzelt gab es fruchtbare Felder, auf denen Getreide wuchs. Ich liebte es, dem plätschernden Wasser zuzuhören, das durch die uralten Bewässerungsgräben strömte, und am Ende des Tages seine erfrischende Kühle zu spüren, wenn wir uns wuschen.

Doch die Jahre vergingen und die Wüste kroch immer näher und näher. Das Land wurde zu Staub und der Mutterboden war für immer dahin. Die Zahl der Nachbarn, die wir noch haben, kann ich an einer Hand abzählen. Die meisten sind weggezogen, auf der Suche nach fruchtbarerem Land.

Wenn ich könnte, wäre ich auch schon gegangen.

Ich trete durch die Öffnung in der alten Steinmauer des entlegensten und kleinsten Grundstücks. Dann streiche ich mit den Händen meine Haare und meine Gewänder glatt, verziehe meine Lippen zu einem Lächeln und stoße die Brettertür auf.

Jetzt, da wir das meiste von dem, was wir besaßen, verkauft haben, ist das Haus nur noch spärlich möbliert: ein Tisch, zwei alte Betten und ein paar klapprige Stühle. Spärlich, aber es ist das einzige Zuhause, das ich je gekannt habe. Und in diesem Zuhause erwartet mich ein freundliches und vertrautes Gesicht. Ama liegt im Bett, umgeben von einem Haufen zerschlissener Decken.

»Ahn, du bist aber früh zurück«, sagt sie und hebt vorsichtig den Kopf.

Ich lege das, was von meinem gestohlenen Essen übrig ist, auf den Tisch und gehe zu ihr. »Der alte Pang war so nett, mich heute früher nach Hause gehen zu lassen. Er weiß, dass es dir nicht gut geht, Ama.«

Es tut weh, sie anzulügen, aber es würde ihr noch mehr wehtun, die Wahrheit zu erfahren. Ihre welligen weißen Haare fallen ihr ins Gesicht, als sie sich mühsam aufrichtet, und ich schüttele ihr die Kissen auf, damit sie sich zurücklehnen kann. Selbst in der Wüstenwärme kann ich das Fieber spüren, das ihre Haut ausstrahlt.

»Wie fühlst du dich, Ama?«

»Es ging mir schon mal besser«, bemerkt sie trocken. Sie streicht mir ein paar schwarze Haarsträhnen aus dem Gesicht. »Ich mache mir mehr Sorgen um dich. Stehst jeden Tag so früh auf und arbeitest so hart.«

»Mir geht es gut. Ich brauch nicht viel Schlaf.« Ich zwinge mich zu einem Lächeln, um sie zu beruhigen. »Ich mach uns mal Abendessen.«

Ich wasche unseren letzten Reis, köchele einen dünnen Reisschleim über dem Feuer und gebe noch mehr Wasser hinzu, damit es für mehr als eine Mahlzeit reicht. Während wir essen, erzähle ich von meinem Tag – alles Lügen, aber ich bin so gut darin geworden, Geschichten zu erzählen, dass ich sie schon fast selbst glaube.

Wir gehen ins Bett, und nachdem ich eine Stunde oder länger wach gelegen habe, stehe ich wieder auf und gehe auf Zehenspitzen zurück in die Küche. Dort hebe ich so leise wie möglich eine der Holzdielen und greife nach dem kleinen Lederbeutel, der darunter versteckt ist.

»Ahn?«

Ich zucke erschrocken zusammen. »Ich dachte, du schläfst, Ama.«

»Was machst du da?«, fragt sie und kommt schlurfend näher.

Es ist zu spät, das zu verbergen, was ich in der Hand habe. Ich öffne meine Faust, und der Jadering glänzt im Licht der Lampe. Mein Daumen streicht über die silberne Gravur eines Fènghuáng – dem mysteriösen Phönix, der auf den Gipfeln des Wudin-Gebirges im Norden hausen soll. Das Metall ist matt geworden; das lange Gefieder, das sich am Ende in mehrere gelockte Federschweife teilt, ist dunkel angelaufen. Und in der Nähe der Vogelfüße ist eine Aussparung mit einem leichten Perlmuttschimmer zu erkennen. Ein fehlendes Stück muss dort abgebrochen sein. Trotzdem ist der Ring das Schönste, was ich besitze.

Ama setzt sich auf den Fußboden und wickelt die Decke um ihren Körper. »Überlegst du, deinen Ring zu verkaufen?«

Ich nicke.

»Nein«, sagt sie bestimmt. »Der Ring ist ein Erbstück, das Einzige, was du von deinen Eltern hast.«

»Eltern, an die ich mich nicht erinnern kann«, ergänze ich. Eltern, die mich vielleicht verlassen haben. Eltern, die wahrscheinlich tot sind. Alles, was ich habe, ist eine verschwommene Erinnerung an sie: eine Stimme und ein schemenhaftes Gesicht. Mein Vater und meine Mutter.

»Mein liebes Kind.«

Amas milchig graue Augen suchen meinen Blick. Ihr Lächeln ist so gütig und warm, wie ein Leuchtfeuer, das mich durch die trüben Tiefen eines Ozeans führt. Sie drückt mich an sich, und auch wenn sie schwach und mager geworden ist, fühle ich mich sicher. Hier ist eine Liebe, die mich immer beschützt.

»Warum hast du mich eigentlich gerettet? Warum hast du mich nicht den Diyeh-Priestern überlassen?«, frage ich, während ich mich in ihren Arm kuschele. »Warum hattest du keine Angst, als du merktest, dass ich Magie in mir trage?«

»Weil jedes Leben wertvoll ist –«

»Und jedes Kind eine Chance verdient hat«, beende ich den Satz.

Ama streicht mir über das Haar. »Du warst nur ein Kind, kein Dämon oder Monster, was auch immer die Priester behaupteten.«

»Aber manchmal *spüre* ich sie in mir. Ich will keine Magie, sie macht mir Angst …« Ich breche schaudernd ab. All diese Jahre habe ich versucht, meine Magie zu unterdrücken, aus Angst davor, von den Priestern gefasst zu werden oder Ama in Schwierigkeiten zu bringen, weil sie mir Zuflucht gewährte. Es war einfacher, als ich jünger war. Alles, was ich tun musste, war, nicht daran zu denken. Zu vergessen, dass die Magie existierte. Aber in letzter Zeit fühlt sich irgendetwas anders an, und ich weiß nicht, warum.

Neulich erst, als ich noch im Wirtshaus arbeitete, habe ich aus Versehen den Tee in einer Tasse gefrieren lassen, weil der alte Pang mich wieder angeschrien hat. Ich war so wütend, dass ich mich vergaß. Dem Himmel sei Dank, dass er es nicht bemerkt hat.

»Mit Magie kenne ich mich nicht aus, aber ich kenne die Enkeltochter, die ich aufgezogen habe. Du wirst niemandem etwas zuleide tun.« Ama richtet sich entschlossen auf und sieht mich mit einem Gesichtsausdruck an, aus dem schmerzvolle Erfahrung spricht. »Ich bin alt genug, um mich an eine Zeit zu erinnern, als unsere Welt grün war – grüner noch, als du dich vielleicht erinnern kannst. Damals gab es hier Leben, nicht diese riesige Ödnis, die du jetzt um uns herum siehst. Warum aber sollte die Wüste sich noch immer ausbreiten, wenn diese falschen Priester weiter all jene töten, die sie Tiensai nennen?«

Die Diyeh *falsche* Priester zu nennen, ist schon für sich genommen eine Provokation. Doch Ama redet unbeirrt weiter. Dabei hat sie ein Funkeln in den Augen, als hätte sie mir all das schon lange sagen wollen.

»Es gab mal eine Zeit, als die Dinge anders standen. Wir sprechen nicht mehr von ihm, weil es verboten ist. Aber der Kaiser vor Gao Long glaubte nicht, dass die Tiensai Monster oder Dämonen wären. Er war ein guter Mann. Mögen die Götter seiner Seele gnädig sein.«

Ich habe von der friedlichen Herrschaft Ren Longs gehört, auch wenn ich mich selbst kaum daran erinnern kann. Er starb, als ich sechs Jahre alt war, bevor Ama mich adoptiert hat.

Sie versucht weiterzusprechen, doch ein Hustenanfall überkommt sie. Es ist eindeutig, dass sie ihre Medizin braucht. Der Vorschlag des Heilers schießt mir durch den Kopf und sofort wird mir wieder übel.

Ich hole einen Becher Wasser. »Ruh dich aus, Ama. Wir können morgen weiterreden.«

Ama geht zu Bett, und nachdem sie eingeschlafen ist, sitze ich im Dunkeln und denke, was für ein dreckiges kleines Ding ich damals war, als ich vor all diesen Jahren durch Shahmo irrte. Wie meine Füße schmerzten, wie fest ich diesen Ring umklammert hielt. Wie alle an mir vorbeigingen und mich nicht beachteten. Bis eine Hebamme auf ihrem Rückweg in ihr Dorf auf mich aufmerksam wurde. Die Schneeflocke in meiner Hand war ein Zeichen, dass ich Magie in mir trug. Jeder andere hätte mich meinem Schicksal überlassen oder mich zu den Diyeh-Priestern geschleppt, um eine Belohnung zu kassieren.

Aber nicht Ama.

Ich erinnere mich an das warme Lächeln der Frau und die freundlichen Fältchen um ihre Augen, als sie sich zu mir herunterbeugte und mich nach meinem Namen fragte.

Ahn, sagte ich.

Was für ein schöner Name, antwortete sie.

Amas Herz ist groß, auch wenn ihre Geldbörse es nicht ist. Ihre Kinder und Enkelkinder waren an einer verheerenden Seuche gestorben, die sich Jahre zuvor in mehreren Ländern verbreitet hatte, und sie zog mich auf wie ihre eigene Enkeltochter. Sie ist die einzige Familie, die ich heute habe. Und diesen Ring zu verkaufen, wird ihr Leben retten.

Aber es bedeutet auch, dass ich die einzige Verbindung verlieren werde, die ich noch mit meinen leiblichen Eltern habe.

Ich spüre das warme Kitzeln von Tränen in meinen Augenwinkeln und blinzele sie grimmig weg. Li Guo weiß vielleicht von meiner Sehnsucht, Shahmo zu verlassen, aber er wird nie verstehen, was ich Ama schuldig bin. Ich kann sie nicht zurücklassen, und ich werde nicht zusehen, wie sie leidet. Ich streiche noch einmal mit dem Daumen über den Ring, bevor ich ihn in den Beutel und unter mein Kopfkissen stecke und die Gefühle zurückdränge, die in meiner Brust aufsteigen.

Die Wüste ist kein Ort für Rührseligkeit. Hier lernt man, keine Tränen zu vergießen.

2.

ALTAN

»Lauf, Altan!«

Mutters Gesicht verzerrt sich vor Anstrengung; wo der Mann sie geschlagen hat, schwillt ihr Auge zu. Blut tropft von ihrer Nase.

Ich sehe die Panik in ihrem Gesicht. Todesangst. Aber ich kann mich nicht rühren.

Der Mann reißt ihren Kopf an den Haaren zurück, zückt ein Messer und schlitzt langsam ihre Wange auf. Sie kreischt, als rote Rinnsale über ihr Gesicht fließen.

Er sieht mich an. Er will, dass ich zusehe. Seine Lippen verziehen sich zu einem schiefen Grinsen und in seinen Augen lauert etwas Barbarisches.

Sein Gesicht. Etwas stimmt nicht mit seinem Gesicht.

Es schmilzt.

Das Gesicht eines Dämons.

Ich weiß, der Dämon-Mann wird als Nächstes auf mich losgehen. Auf meine Schwester. Ich will wegrennen, aber meine Füße sind wie Blei.

Der Dämon-Mann rammt meiner Mutter so heftig sein Knie in den Magen, dass sie zusammenbricht. Er tritt auf sie ein, als sie zitternd am Boden liegt. Die Soldaten mit ihren Stahlkappenstiefeln machen es ihm nach. Wieder und wieder treten sie auf meine Mutter ein und lachen, als sie versucht davonzukriechen.

Eins, zwei, drei … jeder Tritt ist eine Zahl, die unwillkürlich in meinen Gedanken widerhallt.

Der Dämon-Mann ist kein Soldat. Seine Kleidung ist ein Totengewand aus schwarzem Rauch und rotem Zorn. Er streckt mir eine Hand entgegen, als wollte er mich zu sich locken, wie ein Vater das tun würde. Aber er ist nicht mein Vater. Sein grausames Lächeln wird breiter und seine Finger spreizen sich.

Eine Flamme wächst aus seiner Handfläche. Windet sich wie eine Schlange, die zu einer teuflischen Melodie tanzt. Die Viper zeigt ihre Giftzähne, und eine Zunge aus Feuer und Rauch kriecht heraus.

Wieder will ich wegrennen. Aber die Angst hat sich wie eine Schlingpflanze um meine Beine gewickelt und mich an den Boden gefesselt. Erst als meine Schwester einen unmenschlichen Schrei ausstößt, fange ich mich wieder.

In meinem Inneren beginnt etwas zu vibrieren, an mir zu zerren.

Von allen Seiten kommt Wind auf und fegt die Soldaten zu Boden. Getrieben von einer unsichtbaren Kraft, wirbelt überall Sand auf und nimmt den Männern die Sicht.

Inmitten des Nebels und Gestöbers aus Sand sehe ich das eine offene Auge meiner Mutter. Ich höre ihre Stimme in meinem Kopf.

Lauf, Altan.

Ich packe die Hand meiner Schwester, ziehe sie mit mir, renne ohne zu überlegen in den wirbelnden Strudel aus Zwielicht und Geröll. Ihre Hand droht mir zu entgleiten, doch ich halte sie fest.

Überall ist Sand. Er zerkratzt mein Gesicht. Dringt in meine Augen, meine Nase.

Ich kann nicht atmen.

Ein Zerren.

Meine Schwester zieht mich zurück.

Nein – lauf weiter, *versuche ich zu rufen. Doch Sand füllt meinen Mund, und ich bringe kein Wort heraus.*

Ein weiterer Finger rutscht aus meiner Hand. Ich darf auf keinen Fall loslassen.

Auf keinen Fall.

Ein Ruck.

Unsere Finger werden auseinandergerissen, und sie ist weg.

Schweißgebadet fahre ich aus dem Schlaf. Ich zittere; in meiner Kehle stockt ein lautloser Schrei.

Für einen Moment vergesse ich, wo ich bin. *Wer* ich bin.

Doch dann stürzt alles wieder auf mich ein.

Ich bin nicht mehr acht Jahre alt und renne vor den Soldaten davon, fliehe nicht mehr vor dem Mann mit dem schmelzenden Gesicht und den Furcht einflößenden Rabenaugen. Zerre nicht mehr meine Schwester hinter mir her, die wild um sich tritt und schreit, weil sie zurück zu unserer Mutter will. Ich bin nicht mehr blind vor Sand, der uns umgibt. Uns erdrückt.

Und begräbt.

Ich wühle nicht mehr im Sand, rufe den Namen meiner Schwester, immer wieder und wieder. Grabe, bis meine Finger bluten. Bis meine Nägel abreißen.

Und dann trifft es mich wie ein Schlag … ich habe keine Schwester mehr.

Im Gasthaus ist kein Geräusch zu hören, und die Schatten in meinem Zimmer spielen meinem Verstand einen Streich, als ich versuche, mich wieder zu sammeln. Die Nacht draußen ist dunkel und still – eine Stille, die ich nur zu gut kenne. Ich vergrabe meinen Kopf in meinen Händen, höre auf meine abgehackten Atemzüge und zähle sie langsam mit, um zu vergessen, dass ich in einer Stadt festsitze, die langsam von der Wüste verschlungen wird.

Sand.

Winzige, unbedeutende Körnchen, die dafür sorgen, dass ich mich wieder fühle wie ein verängstigter achtjähriger Junge. Belangloser Staub, der mich an das erinnert, was ich vergessen will. Ein Jahrzehnt ist vergangen, seit ich entkommen bin, aber hinter den wandernden Dünen der Wüste lauern noch immer meine Ängste.

Ich versuche, die lauten Schreie meiner Mutter zu dämpfen und jenen Moment zu begraben, als die Finger meiner Schwester aus meiner Hand rutschten. Schon vor langer Zeit habe ich mir geschworen, keine Tränen mehr für sie zu vergießen. Ein Versprechen, das ich kaum noch halten kann, seit ich in das Land zurückgekehrt bin, in dem meine Albträume geboren wurden.

Ich greife nach dem Amulett auf meiner nackten Brust. Suche nach Trost. Suche nach der Willenskraft, das zu tun, was ich tun muss. Selbst in der Wüste fühlt sich die Jade kühl an.

Schließlich stehe ich auf, öffne das Gitterfenster und starre in die Nacht hinaus. Der Mond hängt hoch oben am Himmel; sein ätherisches Licht schafft eine Landschaft aus fremdartigen Silhouetten.

»Sarangerel.«

Ich habe den Namen meiner Schwester lange nicht mehr ausgesprochen. Achtzehn wäre sie jetzt, genauso alt wie ich. Schon als Kinder unterschieden wir uns von allen anderen. Unsere Haut und unsere Haare waren von einem kräftigen Goldbraun, wie es für das Volk unserer Mutter im Norden typisch war, ganz im Gegensatz zu den blassen Gesichtern und schwarzen Haaren der Shi. Und deshalb wurden wir von manchen als weniger royal angesehen, auch wenn unser Vater der Kaiser war.

»Sarangerel«, sage ich noch einmal, und jetzt bricht meine Stimme. »Es tut mir so, so leid.«

Ich vergebe dir, scheint der Wind zu wispern.

Ein Lachen, zu laut und ausgelassen, dringt aus meiner Kehle. Diese Wüste mag ja voller Geister sein, aber das war eine Botschaft aus meinem eigenen schuldbehafteten Unterbewusstsein, das nach Vergebung sucht.

»Du hast wohl deine Wachsamkeit vergessen, was?«

Ich wirbele herum und lasse meine Hand hervorschnellen. Metall blitzt auf, aber es trifft nicht auf Fleisch oder Knochen.

»*Ruhig Blut*, ich bin es nur.« Eine Gestalt tritt geschmeidig aus der dunklen Ecke, meinen Dolch in der Hand.

»Was zur Hölle machst du denn hier?« Ich atme aus und bewege meine Hand. An meiner Fingerspitze flackert eine kleine Flamme auf, und ich zünde die Lampe an.

Als das Zimmer heller wird, taucht Tang Weis herzförmiges Gesicht auf. Sie wirft ihr Haar nach hinten und rammt die Klinge meines Dolchs in das Holz der Tischplatte, dass die Teetassen klappern. Mit einem feixenden Grinsen stellt sie einen Fuß auf die Sitzfläche des Stuhls und stützt einen Ellbogen auf ihr Knie. Dabei dreht sie lässig ihren eigenen gebogenen Dolch in der Hand.

»Du hast verloren. *Schon wieder.*«

Ich stöhne auf. Tang Wei wird mir diesen kleinen Sieg noch lange unter die Nase reiben. Seit unserer Kindheit machen wir uns einen Spaß daraus, einander aufzulauern. Zuerst waren es unsere jeweiligen Mentoren, die uns gegeneinander antreten ließen, um unsere kämpferischen Fähigkeiten zu schärfen. Dann wurde daraus eine Art Rivalität. Überwiegend freundschaftlicher Natur. Auch wenn sie schon nah davor war, mir diese Klinge an den Hals zu halten und mir einen blutigen Schnitt zu verpassen.

»Wie lange beobachtest du mich schon?«

»Lange genug.« Ihr Gesichtsausdruck wird ernst. »Wieder ein Albtraum?«

Ich ziehe meine Gewänder und meine Augenklappe über. Sie

zuckt beim Anblick meiner Narben nicht zusammen – nicht mehr. Doch dieses dünne Stück Stoff ist ein Teil von mir geworden.

Der Tee in der Kanne ist schon kalt, aber ich schenke mir trotzdem eine Tasse ein und trinke sie in einem Zug. Tang Wei beobachtet mich, doch ich weiche ihrem Blick aus. Ich will nicht, dass sie Shīfù gegenüber irgendwelche Geschichten über meine Schwäche ausplaudert.

Er hat mich gewarnt, mir geraten, mich von der Wüste fernzuhalten. Mich beschworen, diesen Weg nicht einzuschlagen.

Es ist deine Entscheidung. Aber bedenke eines: Jede Entscheidung hat ihre Konsequenzen und du musst die Konsequenzen deiner Handlungen abwägen.

Ich höre Meister Sun Tie Mus Stimme in meinem Kopf, klar wie ein Glockenklang in der Stille der Nacht. Ich will ihm beweisen, dass er sich geirrt hat, ihm zeigen, dass meine Entscheidung richtig war.

»Was machst du hier?«, frage ich Tang Wei noch einmal.

»Ich passe auf dich auf«, sagt sie und zieht vielsagend eine Augenbraue hoch.

»Wer hat dir das befohlen? Mein Shīfù oder deine?«

Der gebogene Dolch verschwindet in ihrem Ärmel. Sie setzt sich auf einen Holzhocker und streicht ihren Rock glatt.

»Genau genommen beide. Meister Sun und Hong Feng scheinen zu glauben, dass deine Entscheidung unklug war. Niemand weiß sicher, ob der Phönix wirklich lebt. Das Gerücht von seinem Schrei kann auch ein abergläubischer Bauer in die Welt gesetzt haben oder irgendein gewiefter Gastwirt, der Besucher in dieses armselige Bergdorf locken will.«

»Hat Shīfù dich hierher geschickt, um mich von meinem Vorhaben abzubringen? Das wird nicht funktionieren, und das weißt du auch.«

Ihr Mundwinkel zuckt. »Wir wissen alle, dass du ein störrischer Wasserbüffel bist. Sie haben mich nur geschickt, um dich zu beschützen.«

Ich schnaube spöttisch. »Du hast keine Magie. Außerdem kann ich auf mich selbst aufpassen.«

»Und doch habe ich es geschafft, dich gute fünf Minuten zu beobachten, bevor dich dieser Albtraum geweckt hat.« Sie grinst. »Wusstest du, dass dieser mürrische Ausdruck auf deinem Gesicht verschwindet, wenn du schläfst? Ohne siehst du sehr viel hübscher aus. Verkneif dir die finstere Miene mal eine Weile, dann verliebt sich vielleicht ein Mädchen in dich, Goldjunge.«

»Ich dachte, wir hätten ausgemacht, dass du mich nicht mehr so nennst.« Sie nennt mich schon seit Ewigkeiten Goldjunge, wegen meiner Haare, aber der Spitzname ähnelt meinem Geburtsnamen zu sehr, um noch sicher zu sein. Nicht bei dem, was ich jetzt plane.

»Macht der Gewohnheit. Also gut, *Altan*. Nur damit es mal gesagt ist: Ich mag deinen echten Namen lieber.«

»Deine Meinung bedeutet mir nichts.«

»Lügner.«

Ich widerspreche nicht. Tang Wei und ich sind befreundet, seit ich acht Jahre alt war. Ich lernte sie kennen, nachdem Shīfù mich in der Wüste gefunden hatte. Auch wenn sie der Lotus-Sekte Gefolgschaft geschworen hat und meine Dankbarkeit dem Sonnen-Volk gilt, das mich adoptiert hat, sind wir in den Südlichen Kolonien zusammen aufgewachsen.

Shīfù ist ein Kultivator und ein Tiensai, während Tang Weis Mentorin Hong Feng ebenfalls eine Kultivatorin ist und die Anführerin des Geheimbunds der Assassinen. Auch wenn sie selbst nicht zu den Tiensai gehört, ist Hong Feng eine alte Freundin von Shīfù und unserer Sache wohlgesinnt.

Tang Wei hatte immer ihre Sektenschwestern, auf die sie sich verlassen konnte, mit denen sie ihre Sorgen und Freuden teilen konnte. Aber ich war im Sonnen-Quartier überwiegend allein. Sie sieht sich gern als meine engste Freundin. Ich schätze, das ist nicht weit von der Wahrheit entfernt. Aber das würde ich ihr gegenüber nie zugeben.

»Ich nehme an, du willst nicht wissen, was ich von deinem törichten Unternehm –«, beginnt sie.

»Du hast es gerade töricht genannt –«

»Ich finde, du bist mutig.«

Ihre Worte überraschen mich so sehr, dass mir keine schlaue Entgegnung einfällt.

»Töricht«, sagt sie, ohne mit der Wimper zu zucken. »Aber mutig. Der Legende nach gibt es ja nur zwei Seelenkreaturen in unserer Welt. Eine im Meer und eine am Himmel. Eine Begegnung mit einer von ihnen kann einen Menschen in den Wahnsinn treiben. Wie viele Menschen überleben eine Begegnung mit dem Phönix überhaupt? Auch wenn ich nicht beauftragt worden wäre, dich ins Wudin-Gebirge zu begleiten, würde ich mitkommen.« Sie verdreht die Augen. »Jetzt guck nicht so dämlich. Es ist doch nur, damit ich dabei bin, falls du wahnsinnig wirst, und sagen kann: Ich hab's ja gewusst.«

Ich schmunzele und schenke ihr eine Tasse von dem abscheulichen kalten Tee ein. »Bist du heute Abend hier angekommen? Shīfù hat erzählt, du wolltest vor zwei Monaten in die Hauptstadt reisen. Hast du Linxi getroffen?«

Bei der Erwähnung ihrer Geliebten wird das Lächeln auf Tang Weis Gesicht immer breiter und ihre Augen strahlen. »Ich bin vor einer Stunde hier angekommen und ja, ich *habe* Linxi getroffen.«

Linxi ist kein Mitglied der Lotus-Sekte und sie ist keine Tiensai, aber sie ist eine von uns. Magie macht da keinen Unterschied.

Sie wird nicht durch eine Blutlinie vererbt und beschränkt sich auch nicht auf eine bestimmte Klasse. Sowohl Adelige als auch Bauern sind ihretwegen zu Fall gebracht worden.

Vor vielen Jahren hatte Linxis Vater – damals ein hochrangiger Beamter in der Shi-Hauptstadt – keine andere Wahl, als seine Tiensai-Frau zu denunzieren und dem Kaiser Gao Long Gefolgschaft zu schwören, um seine Tochter vor den strengen Priestern zu bewahren, auch wenn Linxi keine Anzeichen dafür zeigte, irgendwelche magischen Fähigkeiten zu entwickeln. Danach wurde er vom kaiserlichen Hof in die Kolonien versetzt und hatte Glück, dem Galgen zu entkommen und seine Zunge zu behalten. Linxi teilt mit mir ein persönliches Bedürfnis, das ich nur zu gut verstehen kann.

Das Bedürfnis nach Rache.

»Wie geht es ihr im Palast? Hatte sie Neuigkeiten für uns?«, frage ich.

»Anscheinend ist das Leben im Palast weniger dramatisch, als sie gedacht hat. Die Konkubinen behandeln sie anständig, auch wenn sie nur eine Kammerfrau ist. Doch jetzt, da Gao Long tot ist, werden sie bestimmt Ränke schmieden, um zu überleben. Da noch keine von ihnen ein kaiserliches Kind geboren hat, ist es gut möglich, dass die Kaiserwitwe sie allesamt rausschmeißen wird.«

»Die Konkubinen interessieren mich nicht. Hat Zhenxi Gao Long ermordet?«, frage ich, ohne mich um Höflichkeitsformen zu kümmern. Weder meine Tante noch mein Onkel haben ihren Titel oder Status verdient.

»Linxi ist sich nicht sicher. Die kaiserlichen Ärzte konnten nicht herausfinden, worunter Gao Long litt, und die offizielle Erklärung ist, dass er an einer Infektion gestorben ist. *Allerdings*« – Tang Wei macht eine dramatische Pause— »hat Zhenxi darauf bestanden, ihn in den Wochen vor seinem Tod zu pflegen. Einige der Bediensteten sagen, dass sie von früh bis spät an seinem Bett gesessen hat und sich persönlich um seine Mahlzeiten gekümmert hat, selbst als es ihm immer schlechter ging.«

»Ich kann nicht behaupten, dass es mir leidtut, wenn sie ihn vergiftet hat.« Der Gedanke, dass Gao Long vielleicht auf dieselbe Weise gestorben ist, wie er Vater ermordet hat, ist eine Genugtuung.

»Wie ich höre, hat der Prinz ein großes Interesse an den Heilkünsten. Er betreibt Studien mit den kaiserlichen Ärzten und soll seine eigenen medizinischen Mixturen herstellen.«

»Willst du damit etwa nahelegen, dass *er* es war?«, frage ich und spüre ein Ziehen in meinem Magen. Trotz unserer Vergangenheit ist es schwer zu glauben, dass Tai Shun es über sich gebracht haben könnte, seinen eigenen Vater zu vergiften.

»Ich will nahelegen, dass Linxi Tai Shun im Auge behält. Vielleicht findet sie einen Weg, in seine Nähe zu kommen.« Tang Wei ist nicht gerade begeistert von der Aussicht, dass ihre Freundin sich als Spionin in Gefahr begibt. Doch auch sie hat mit den Diyeh-Priestern noch eine Rechnung offen, und der einzige Weg, sie loszuwerden, ist, die falschen Herrscher des Reiches zu Fall zu bringen.

»Was ist mit diesem Mann, den sie den ›Schatten des Kaisers‹ nennen? Was wissen wir über Zhao Yang?«

»Was wir schon vorher wussten: ein hochdekorierter Kriegsheld, der in den letzten Jahren zu Macht gekommen ist, der wichtigste Stratege in Gao Longs Kriegen. Hat anscheinend keine Familie. Nichts, was wir als Druckmittel verwenden könnten.« Sie kneift verschwörerisch die Augen zusammen. »*Bis jetzt.* Aber keine Sorge, Linxi wird uns schon die Informationen besorgen, die wir brauchen.«

»Gut. Shīfù glaubt, der Waffenstillstand mit Honguodi könnte eine Finte sein.«

»Aber der Waffenstillstand wurde doch erst vor weniger als zwei Wochen beschlossen. Das Volk wird nicht begeistert sein, wenn es neue Auseinandersetzungen gibt. Meinst du nicht, Zhenxi wird den Frieden wahren wollen?«

Die Erinnerung kratzt an mir wie ein scharfes Messer, als das Gesicht meiner Tante vor meinem inneren Auge auftaucht. »Sie hat die Priester auf ihrer Seite. Warum sich um die Liebe des Volkes bemühen, wenn man mit Angst regieren kann?«

»Großartig. Jetzt haben wir eine neue Herrscherin, die womöglich ihren Mann für die Krone getötet hat, was bedeutet, dass sie genauso schlimm ist wie er, wenn nicht noch schlimmer. *Und* wir müssen uns über den ›Schatten des Kaisers‹ Gedanken machen, falls dieser ihr helfen wird, einen neuen Krieg anzuzetteln.« Tang Wei knetet angestrengt ihren Nasenrücken. »Bei den Göttern. Ich habe gehört, dass der neue Hohepriester noch brutaler ist als der letzte. Deshalb häufen sich die Angriffe auf die Tiensai. Sie sind wild entschlossen, euch alle auszurotten.«

»Gao Long hat die friedliche Regentschaft meines Vaters ins Gegenteil verkehrt. Es überrascht mich nicht, dass Zhenxi seinem Beispiel folgt«, sage ich bitter.

Die Diyeh-Priester sind durch einen feierlichen Eid daran gebunden, dem Drachenthron zu dienen. Jahrzehntelang ermordeten sie die Tiensai, bevor Vater einschritt und die Gräueltaten beendete. Es war ein gütiger Akt, der ihm viele Feinde einbrachte.

Tang Wei seufzt. »Der Palast behauptet, es sei die Schuld der Verfluchten, dass der Regen in diesem Jahr ausgeblieben ist. Aber wir beide kennen die Wahrheit. Die dunkle Magie breitet sich aus, nicht wahr?«

Ich nicke ernst. Auf meinen Reisen habe ich gesehen, was das böse Wirken meines Urgroßvaters hinterlassen hat. Wälder – einige fast komplett entlaubt – mit verkrüppelten, seltsam grellweißen Baumstämmen. Steif und kalt sahen sie aus wie deformierte Statuen auf einem Friedhof, der von toten Blättern übersät war. Wasserbison-Pflüge standen mitten auf den einst fruchtbaren Reisfeldern und rosteten vor sich hin. Verlassenes Farmland, gelbbraun und so trocken, als könnte oder würde nie wieder etwas darauf wachsen.

Alles sah aus wie der Tod.

Das macht es einfach, den Tiensai die Schuld zuzuschieben, denn nur Magie kann für so viel Zerstörung verantwortlich sein. Und die Priester und der Palast haben gute Arbeit geleistet, um die wahre Geschichte des Kaiserreichs auszulöschen. Buchseiten können verbrannt werden, Wörter getilgt. Schriftgelehrte können dazu bewegt werden, neue Geschichten zu schreiben, neue Bücher. Eine neue Vergangenheit, die zur Agenda der neuen Machthaber passt.

Geschichte wird nie von ihren Opfern geschrieben.

Meine Hände ballen sich zu festen Fäusten. *Mein* Urgroßvater, Yuan Long, war derjenige, der so viel Zerstörung über sein eigenes Land und die von ihm eroberten Länder gebracht hat. So viel Leid für das Volk. Für Familien. Für Kinder. *Mein* Blut hat das getan. Und so wie Vater muss ich einen Weg finden, die Sünden meiner Vorfahren wiedergutzumachen.

»Hast du den Namen des Hohepriesters?«, frage ich.

»Noch nicht. Er ist schwer zu fassen zu kriegen, trägt seine Macht nicht öffentlich zur Schau wie sein Vorgänger.«

»Wie klug. Ist ja auch sicherer für ihn, im Schatten zu agieren«, bemerke ich, ohne eine Spur von Bewunderung. Dem Vernehmen nach ist der letzte Hohepriester einem Attentat zum Opfer gefallen. Niemand weiß, wer es war. Vielleicht ging es um Macht.

Tang Wei schnuppert an dem kalten Tee und schiebt ihre Tasse mit einem angeekelten Gesichtsausdruck von sich. »Wo wir uns gerade auf den neuesten Stand bringen, gibt es irgendwelche Neuigkeiten über den Lebensräuber?«

Ich schüttele ernst den Kopf. »Shīfù nutzt alle Quellen, die er hat, aber wir sind immer noch weit davon entfernt zu wissen, wer genau diese Person ist.«

Ich spüre, wie der Frust in mir wächst. Der Lebensräuber ist *entscheidend* für unsere Pläne, die Diyeh zu stürzen und den Drachenthron für den rechtmäßigen Erben zurückzuerobern. Manche denken, er ist nichts als eine Legende, aber selbst Legenden haben ihre Wahrheit. Der letzte bekannte Lebensräuber war mein Urgroßvater, der Mann, dessen Fluch das Land zerstört hat.

Und der neue Lebensräuber ist der Einzige, der die Wüste davon abhalten kann, sich weiter auszubreiten.

»Shīfù glaubt immer noch, dass es ihm gelingen wird, den Lebensräuber auf unsere Seite zu bringen, wenn wir ihn finden.«

Tang Wei legt den Kopf schief. »Aber du siehst das anders?«

Ein Körnchen Zweifel keimt in meinen Gedanken. Der letzte Lebensräuber hat sich in einem Krieg für eine Seite entschieden, und es war die falsche. Zweifellos, es war die Seite der Sieger, aber die Entscheidung führte zu einem Jahrhundert der Schlachten, die ganze Nationen verwüsteten und viel Elend über das Land brachten.

»Ich kenne unsere Geschichte.«

»Was wirst du tun, wenn du oder Meister Sun den Lebensräuber finden?«

»Was Shīfù von mir verlangt. Mit ihm zusammenarbeiten, um das Schwert des Lichts wiederzufinden.«

»Wäre das nicht, als würde man einem Tiger Flügel geben?«, überlegt Tang Wei. »Der Lebensräuber ist doch so schon mächtig. Mit dem Schwert wäre er zu unermesslicher Zerstörung fähig.«

»Ich sehe kaum eine andere Wahl«, antworte ich. Tang Wei

schweigt. Ich brauche die Hilfe des Lebensräubers, um das Weiße Jade-Schwert zu finden, ein uraltes Tiensai-Artefakt, das angeblich die dunkelsten Mächte abwehren kann. Einzig dieses Schwert wird die dunkle Magie aus unserem Land vertreiben, und nur in der Hand des Lebensräubers kann es diese Kraft entfalten.

»Ist das der Grund, warum du den Phönix suchst? Ein Wunsch, den eine Seelenkreatur gewährt hat, soll unzerstörbar sein. Willst du den Phönix darum bitten, dir die Identität und den Aufenthalt des Lebensräubers zu offenbaren?«

»Nein, ich werde ihn darum bitten, gegen die Magie des Lebensräubers immun zu sein. Ich werde den Lebensräuber aufspüren, und da muss ich mir einen Vorteil sichern, falls irgendetwas schiefgeht.«

Tang Wei nickt langsam, den Blick starr auf mein Gesicht gerichtet.

Ich frage mich, ob sie mir glaubt oder ob sie weiß, dass ich lüge.

Ich will diese Immunität aus einem anderen Grund. Ich will den Lebensräuber töten.

Der Schlaf kehrt nicht zurück, nachdem Tang Wei gegangen ist. Ich öffne die Fenster und zucke zusammen, als eine der rostigen Angeln ein leises Quietschen von sich gibt. Das schmale Fensterbrett sieht stabil genug aus. Ich halte mich am Dachvorsprung fest, ziehe mich hoch und trete nach draußen. Meine Stiefel finden Halt auf dem Giebeldach des Wirtshauses.

Als Kind bin ich immer auf die Dächer des Kaiserpalastes geklettert. Ohne selbst gesehen zu werden, konnte ich dann die Diener und Palastbeamten bei ihrer Arbeit beobachten. Es war eine steile und gefährliche Kletterpartie für die seltene Chance, allein zu sein.

Aber das war es wert.

Wenn ich so daran zurückdenke, dann bin ich wohl nur durch Entschlossenheit und eine naive Furchtlosigkeit dort hochgekommen. Kinder werden nicht mit der Angst zu fallen geboren. Es ist das Leben, das sie konditioniert, sich zu fürchten.

Jetzt lehne ich mich an das Dach des Wirtshauses, während meine Gedanken sich überschlagen. Dieses beißende Schuldgefühl sucht mich in der Nacht häufig heim. Die vielen Leben, die meine Vorfahren und mein Onkel ruiniert haben, die vielen Familien, die auseinandergerissen wurden, das vertrocknende Land …

Ich seufze und starre in den tiefblauen Himmel.

Sohn des Himmels.

So nennen wir unsere Kaiser. Und das ist der Grund, weshalb die Truppen nicht zögern, dem Kaiser in die Schlacht zu folgen oder seine Launen und Wünsche umzusetzen. Für viele meiner Landsleute ist das Wort des Kaisers die heilige Wahrheit, und die Diyeh-Priester tun ihr Bestes, diesen Mythos zu festigen.

Vor seinem Bruder Gao Long saß Vater für viele Jahre auf dem Drachenthron. Während dieser Zeit herrschte Frieden zwischen Shi und seinen Nachbarn. Die Tiensai lebten ohne Angst, und die Diyeh-Priesterschaft wurde von ihrem Sockel der Macht gestoßen. Vater sah es nie als sein göttliches Recht an, über jeden auf der Welt zu herrschen, ganz egal, was die alten Überlieferungen sagten.

Doch diese Überzeugung brachte ihm mehr Feinde als Bewunderer.

Man erzählte uns, ein Attentäter aus Honguodi hätte ihn in seinem eigenen Bett ermordet. Der Shi-Stolz verlangte nach Vergeltung: Der angebliche Attentäter wurde hingerichtet und Shi-Truppen fielen in Honguodi ein, marschierten über die feuerfarbene Erde, weinrot gefärbt wie Blut.

Aber es war eine Lüge.

Es gab keinen Attentäter aus Honguodi – nur irgendeinen armen Schlucker, der den Kopf herhalten musste. Vaters Tod war nur ein willkommener Vorwand, um die eisenreichen Städte des Westens einzunehmen.

Vater starb durch die Hand seines eigenen Bruders. Ein Bruder, den er liebte und ehrte und immer als ebenbürtig behandelt hatte. Ein Bruder, der sich sofort auf den Thron setzte, angeblich nur vorübergehend, um die Sicherheit der Nation in dieser Umbruchzeit zu gewährleisten.

Noch eine Lüge.

Mein Onkel ging gründlich vor, als er den Thron bestieg.

Ein Löwe kann nur die Herrschaft über ein Rudel erlangen, wenn er die Jungen seines Rivalen aus dem Weg schafft. Alle Anhänger meines Vaters wurden entweder hingerichtet oder ins Exil getrieben, und uns schickte mein Onkel seine Totschläger hinterher.

Getötet von unserer Mutter, bevor sie sich selbst das Leben nahm. *Das* war die offizielle Verlautbarung des Palastes, nachdem meine Schwester und ich verschwunden waren. Irgendwo dort zwischen den kaiserlichen Grabmalen liegt mein leerer Sarg, bemessen für die Größe eines Kindes.

Die Welt glaubt, dass ich tot bin. Und so soll es auch bleiben.

Das letzte sanfte Licht des abnehmenden Mondes streichelt mein Gesicht, und schon bald lugt die Sonne am Horizont hervor. Ich strecke meine Beine und will gerade vom Dach klettern, da nehme ich unten eine Bewegung wahr.

Gekleidet in rostrote Gewänder, die im Licht der Morgendämmerung unheilvoll leuchten, betritt eine Gruppe von Männern die Stadt und schreitet zielstrebig durch die leere Hauptstraße.

Die Diyeh sind hier.

3.

AHN

Endlich kommt Farbe und Leben in diesen trostlosen Ort. Während sonst nur die üblichen Karren kleine Imbisse und allerlei Produkte aus der Region verkaufen, bringt der Basar Händler und Verkäufer aus dem ganzen Reich und anderen Ländern zusammen, um Waren und Informationen auszutauschen. Früher machten die Händler immer in Shahmo Station, aber der Krieg und die Wüste haben das geändert. Es ist ein paar Jahre her, dass in der Stadt solch ein geschäftiger Trubel herrschte.

Schon zu dieser frühen Stunde ist der Basar in vollem Gange. Regenbogenfarbene Seidenstoffe drapieren die Stände der Kleidungs- und Stoffverkäufer. Eine Melodie aus verschiedenen Dialekten und Akzenten erfüllt die Luft, vermischt sich mit dem Duft aromatischer Gewürze und Speisen. Händler schubsen einander zur Seite und preisen ihre Waren an, während Einheimische und Reisende eifrig stöbern und tauschen. Ich halte den Jadering in meiner Tasche fest umklammert und schlendere über den Platz, um nach einer Verkaufsgelegenheit zu suchen.

Ein Händler bietet Kisten voller köstlich aussehender Früchte an, wahrscheinlich im Norden geerntet oder im Süden jenseits der Meerenge von Nandah, wo das Land noch fruchtbar ist. Goldene Aprikosen, hellgelbe Pampelmusen, große stachelige Früchte, die ich noch nie gesehen habe und auch kleine lilafarbene. Neugierig nehme ich eine in die Hand. Sie ist so groß wie eine kleine Orange, mit einer harten Schale und rötlichen Flecken. Der spindeldürre Händler ist gerade mit einem anderen Kunden beschäftigt. Er wird es nicht bemerken, wenn ich die Frucht in meiner Tasche verschwinden lasse.

Doch gerade als ich das tue, raunt hinter mir eine Stimme: »Das hab ich gesehen.«

Ich wirbele herum und rechne halb damit, Li Guo zu sehen. Stattdessen steht mir ein Junge gegenüber, der ein paar Jahre älter aussieht als ich.

Er funkelt mich mit seinem einen Auge an, dunkelbraun mit einem goldenen Schimmer. Eine schwarze Augenklappe bedeckt die Stelle, wo sein rechtes Auge sein sollte, und über seine Wangenknochen verläuft ein Netz von grässlichen Narben. Doch all das ändert nichts daran, dass sein Gesicht von einer markanten Schönheit ist.

Sein Hànfú hat die Farbe von Zinn, mit verschnörkelten silbernen Stickereien auf dem Kreuzkragen, und seine äußere Robe ist pechschwarz mit burgunderroten Besätzen – eine komplette Missachtung des kaiserlichen Trauerdekrets. Entweder ist er ein Fremder oder er schert sich nicht darum. Die Ärmel seines Gewands liegen an den Unterarmen und Handgelenken eng an, zusammengehalten von Lederriemen mit einem Kreuzmuster aus Metallperlen und blutrotem Garn. Der Adel trägt seinen Reichtum mit langen wallenden Seidenstoffen zur Schau, während gewöhnliche Händler und Bauern wie ich Ärmel bescheidenen Umfangs tragen, die aus Hanf oder Baumwolle gefertigt sind.

Nur Faustkämpfer oder Kultivatoren tragen eng anliegende Ärmel wie dieser Junge.

Tatsächlich entdecke ich zwei Dāo-Säbel, die er über Kreuz auf dem Rücken trägt, und einen Köcher Pfeile, der an seinem Gürtel befestigt ist. Sein Bogen hängt über seiner Schulter, als wäre er ein Teil seines Körpers. Ich frage mich, warum er in diesem Maße bewaffnet ist. Was auch immer der Grund dafür ist – der junge Mann ist mir nicht geheuer. Seine drahtige Statur hat etwas Grimmiges an sich. Wie ein lauernder Tiger, der zum Sprung ansetzt. Ich stehe auf offener Straße, aber ich fühle mich in die Ecke getrieben wie ein Beutetier.

Jetzt sei nicht albern. Bewaffnet oder nicht, er ist doch nur ein Junge. Ich stehe noch immer vor dem Marktstand. Ich könnte die Frucht zurücklegen und unbehindert weitergehen. Ich starre trotzig zurück.

»Was denn gesehen?« Den Göttern sei Dank – meine Stimme klingt fest.

Er macht einen Schritt zurück und starrt mich weiter an, eine kleine Falte zwischen seinen dunklen Brauen.

»Also, was genau hast du gesehen?«, frage ich.

Er ignoriert meine Frage, greift nach einer weiteren lilafarbenen Frucht und räuspert sich.

»Probier mal die. Achte auf die Farbe. Wenn eine Mangostan dunkelviolett ist, dann ist sie reif.« Er spricht Shi mit einem seltsamen Akzent, irgendwo zwischen dem gefälligen Singsang der Leute aus den östlichen Städten und den gerundeten Vokalen der Nordländer. »Hier, fühl mal.«

Er legt die Frucht in meine Hand. Mit einer federleichten Berührung streifen seine Fingerspitzen meine Handfläche. Als ich zurückzucke, macht er ein finsteres Gesicht und wendet sich abrupt dem Obstverkäufer zu.

Ich betrachte flüchtig sein Profil, sein auffallend kantiges Kinn. Er sieht gut aus, mag sein. Nichts Außergewöhnliches. Nichts, was das Flattern in meiner Brust erklären würde.

Der Obstverkäufer deutet auf mich. »Willst du die nun kaufen?«

Ich lächele verlegen. »Ich habe kein Geld –«

»Dann lass deine dreckigen Finger von meinen Waren«, blafft der Mann.

Er streckt den Arm aus, um mir die Mangostan aus der Hand zu nehmen, doch der Junge hält ihn am Unterarm fest. Dann dreht er die Handfläche des Verkäufers nach oben und lässt ein paar Münzen hineinfallen. Sofort ist der Mann besänftigt. Er verbeugt sich ein paar Mal und drängt den Jungen, sich noch mehr Früchte auszusuchen. Der Junge nimmt seine Tasche und geht weiter.

Ein leiser Groll brennt in meiner Kehle. Ich weiß nicht, warum er so großzügig ist. Ich will ihm nichts schuldig sein.

»Hey!«, rufe ich und laufe ihm nach. »Die gehört dir.«

Ich will ihm die Mangostan zurückgeben, aber er winkt ab. »Behalte sie.«

»Du hast dafür bezahlt.«

»Schon mal von einem Geschenk gehört?«

»Aber wir kennen uns doch gar nicht.«

Er zuckt die Achseln. »Es gibt doch kein Gesetz, das es verbietet, Fremden Geschenke zu machen.«

Ich will protestieren, aber Ama würde diese neue Frucht sicher mögen, also sage ich nichts und gehe weiter. Ich weiß nicht, ob ich ihm folge oder er mir, aber es dauert nicht lange und wir gehen im Gleichschritt nebeneinander.

Jetzt, wo er nicht mehr so grimmig guckt, sieht er weniger einschüchternd aus. Groß und breitschultrig ist er, offensichtlich viel besser genährt als die Menschen in meinem Dorf oder in Shahmo. Ich denke, er könnte aus dem Staat Mengu sein. Seine Haut hat einen warmen goldbraunen Ton und seine Haare trägt er auch, wie es für die Nordländer typisch ist: an den Seiten und im Nacken kurz und oben das längere Haar mit einem roten Band zu einem Pferdeschwanz zusammengebunden. Ich frage mich, wie er sein Auge verloren hat. Aber es erscheint mir unhöflich, einem Fremden solche Fragen zu stellen.

Er sieht, dass ich ihn anstarre. Ich spiele an meinem Zopf herum und platze mit dem erstbesten Satz heraus, der mir in den Sinn kommt. »Was führt dich nach Shahmo?«

»Ich bin nur auf der Durchreise. Es ist mein erstes Mal in dieser Stadt. Und du?«

»Der Basar.«

Es wäre vernünftig, dieses Gespräch zu beenden und mich auf die Suche nach einem Käufer für meinen Ring zu machen. Aber mir scheint alle Vernunft abhandengekommen zu sein. Als er wegschaut, werfe ich ihm noch einen Blick zu. Das Morgenlicht lässt sein Haar fast golden leuchten, was wunderbar zu seinem Hautton passt. Als er sich bewegt und der Lichteinfall sich ändert, nimmt sein Haar wieder den braunen Farbton von gerösteten Kastanien an.

Mein Hals wird rot, als mir bewusst wird, dass ich ihn schon wieder anglotze wie eine Idiotin. Die Stelle, wo er meine Handfläche berührt hat, kribbelt. Ich reibe die Hand an meinem Gewand und überlege krampfhaft, was ich noch sagen soll.

»Und wie findest du das alles so?«, frage ich und deute auf die Zelte um uns herum.

»Urtümlich.«

Ich unterdrücke ein Schnauben. »Urtümlich? Habt ihr denn in deiner Heimatstadt keine Basare? Wo kommst du überhaupt her?«

»Von überall und nirgendwo.«

»Das klingt ja mysteriös.«

»Sollte es gar nicht«, sagt er mit einem schiefen Grinsen.

Ich kann nicht anders als zurückzulächeln und unsere Blicke

haften länger aneinander als notwendig. *Reiß dich zusammen und hör auf ihn anzustarren*, mahnt eine rationale Stimme in meinem Kopf. Ich sollte mich beeilen, denn es gilt noch einige Zelte abzuklappern, wenn ich diesen Ring heute verkaufen will. Ama hatte wieder eine schlechte Nacht und braucht schnell ihre Medizin.

»Dann sollte ich wohl mal gehen«, sage ich zögerlich.

Wir bleiben stehen, doch keiner kehrt dem anderen den Rücken zu. Ich halte die Mangostan so fest in meiner Hand, dass ich schon Sorge habe, sie gleich zu Mus zu zerquetschen. Der Junge schultert seinen Obstbeutel und wirft mir noch einmal einen Blick zu, bevor er auf den Boden starrt und vor sich hin nickt.

»In Ordnung. Ich sollte auch … gehen.«

»Genieß den Basar«, sage ich leichthin. Ein Rinnsal von Fruchtsaft tropft durch meine Finger. Ich verschränke den Arm hinter meinem Rücken. Er soll nicht sehen, dass ich sein Geschenk zerquetscht habe.

»Ich werd's versuchen.«

Doch er geht immer noch nicht weiter. Er sieht aus, als würde er noch etwas sagen wollen. Meine Füße scheinen am Boden festgenagelt zu sein; mein Herz rast, als hätte ich gerade einen Sprint hinter mir.

»Soll ich dir deine Zukunft weissagen?«

Eine zarte Stimme durchdringt meine Trance, und Erleichterung überkommt mich. Eine alte Frau winkt mich aus einem Zelt zu sich, in dem ein kleiner Altar auf einem roten Holzpodest steht. Ihre Haare, um den Kopf gewickelt wie eine Wolke, sind von einem sanften Weiß, und ihre Haarnadeln sind mit glänzenden Steinen verziert. Ich frage mich, ob sie echt sind. Auf dem Altar steht eine Figur, umgeben von frischen Pfirsichen. Ich brauche eine Sekunde, um die Göttin Xiwangmu, die Königin des Westlichen Himmelsreichs, zu erkennen.

»Nein, danke, Ah Pó«, antworte ich höflich.

Sie muss eine Gesichtsleserin sein. Einige nennen sich auch Handflächenleserinnen oder Wahrsagerinnen. Ich glaube nicht an die Hoffnungen, die sie verkaufen, und ich weiß nicht, wie sie es schaffen, davon zu leben. Wahrscheinlich gibt es genügend Narren auf dieser Welt.

»Du bist auf der Suche nach etwas«, sagt sie geheimnisvoll. Gut geraten. Mit dieser Bemerkung kann man Fremden immer das Gefühl geben, etwas über sie zu wissen. Ich kann mir ein Grinsen nicht verkneifen. Die alte Frau sieht mich kopfschüttelnd an. »Nicht du, Xiǎomèi. Ich meinte doch *ihn*.«

Der Junge bleibt angespannt stehen, sein Gesichtsausdruck undurchschaubar.

»*Du* bist eine Ungläubige«, sagt die Gesichtsleserin zu mir. »Aber das ist in Ordnung. Nicht alle haben das zweite Gesicht. Nicht alle verstehen diese Dinge.«

Es fühlt sich an, als hätte sie mich beleidigt, also beschließe ich mitzuspielen. »Bitte, Ah Pó, jetzt bin ich doch neugierig – erzähle mir, was du siehst.«

»Wie du möchtest.« Ihr Blick geht über mein Gesicht und die Falten auf ihrer Stirn werden immer tiefer. »Ich sehe Jade, ich sehe Feuer … und *Gold*. Die drei sind miteinander verbunden. Jade schmilzt nicht im Feuer. Und Gold – *Gold* folgt dir, und das rote Band des Schicksals bindet euch aneinander.«

Ich lache laut auf. »Gold folgt *mir*? Ich bin schon mein Leben lang bettelarm, und es sieht nicht so aus, als würde sich an dieser Tatsache in nächster Zeit etwas ändern.«

Sie schürzt die Lippen und wendet sich von mir ab.

»Da bist du ja! Ich hab dich schon überall gesucht. So lange kann es doch nicht dauern, etwas Obst zu kaufen«, sagt eine andere Stimme hinter uns.

Eine füllige junge Frau mit einem herzförmigen Gesicht kommt auf uns zu. Ich mache einen Schritt zurück, eingeschüchtert von den dicken Eisenketten, die sie um ihre Taille geschlungen hat. Die Hälfte ihrer Haare ist zu einem Knoten aufgesteckt, fixiert mit zwei Holzstäbchen mit auffallend scharfen Metallspitzen, der Rest fällt voll und locker über ihre Schultern. Schmale Ärmel an ihrem lilafarbenen Hànfú. Auch sie muss eine Faustkämpferin sein.

Unter ihren dichten Wimpern mustert sie mich verschämt. »Wer ist denn *das*?«

»Niemand. Lass uns gehen.« Das Gesicht des Jungen ist ausdruckslos. Er sieht mich kaum an.

Niemand.

Es sollte mich nicht treffen, aber es ist so.

Das Mädchen lächelt und hakt sich bei dem Jungen unter. Ich starre ihnen nach, als sie sich einen Weg durch die Menschenmenge bahnen, und versuche den Stachel seiner Worte zu ignorieren.

Die Gesichtsleserin murmelt etwas Mitfühlendes. »Wie lautet denn dein Geburtsname, Xiǎomèi?«, fragt sie dann.

Ich reiße meinen Blick von ihm los. »Ich bin adoptiert. Ich weiß nicht, was mein Familienname ist. Der Familienname meiner Großmutter ist Jia und mein Vorname ist Ahn.«

»Wie schreibt sich *Ahn* in der alten Schrift?«

»Ich wusste nicht, dass mein Name eine Entsprechung in einer toten Sprache hat.«

Sie streckt den Arm aus und nimmt meine Hand, um meine offene Handfläche zu mustern. »Interessant. Du musst wissen, mein Liebes, dein Name entspricht einem Homonym in der alten Schrift. Je nachdem, wie man ihn schreibt, kann er entweder Frieden bedeuten … oder Finsternis.«

Trotz der Hitze kriecht ein Schauer meinen Rücken hinunter. Schnell ziehe ich meine Hand zurück und gehe zügig auf ein paar andere Zelte zu, aber ich spüre, wie sie mir mit ihrem Blick folgt.

Nachdem ich eine Weile umhergestrichen bin, fällt mir ein schnell dahingekritzelter Schriftzug auf einem Holzschild auf.

AN- UND VERKAUF VON ANTIQUITÄTEN UND SCHMUCKSTÜCKEN

Das Zelt sieht unordentlich aus. Der Händler ist gerade mit ein paar Feilschern beschäftigt. Zwei bullige Männer versuchen, ihn zu einem guten Preis zu drängen, und es sieht aus, als würde er gleich nachgeben.

Bei dem könnte es klappen.

Langsam gehe ich zu einem der langen Verkaufstische und beäuge die bunte Auswahl von Waren. Das dünne Blattgold, das den Rand eines Mahagoni-Abakus verziert, führt mich in Versuchung. Genauso wie die bronzenen Ritualgefäße verschiedener Größen und die filigranen weißen Porzellanschalen mit den kobaltblauen Blümchen. Sicher alles Dinge, die während der Kriege von wohlhabenden Adeligen geraubt wurden.

Leichte Beute. Aber ich bin hier, um meinen Jadering zu verkaufen. Nicht um Nippes zu klauen.

Meine Finger zögern. Ich bringe es fast nicht über mich, den Lederbeutel aus meiner Tasche zu holen, mich von dem einzigen Beweis zu trennen, dass meine Eltern existierten. Dass ich einmal jemandes Tochter war. Ich atme tief ein, und der Schmerz in meiner Brust lässt nach. Das war früher. Jetzt ist heute. Ich kann nicht immer nur an die Vergangenheit denken. Ama braucht ihre Medizin, und das hier ist der einzige Weg, das Geld dafür zu bekommen.

Doch als ich mich dem Händler zuwenden will, springt mir etwas Rotes, Leuchtendes ins Auge.

Am Ende eines anderen Tisches liegt ein Jiàn. Es ist ein wunderschönes Schwert mit einer langen schmalen Klinge, die zu einer heimtückischen scharfen Spitze zuläuft. Der leichte silbrigblaue Schimmer des Metalls lässt eindeutig darauf schließen, dass dieses Schwert aus einem fremden Material geschmiedet wurde, das in dieser trockenen, verarmten Gegend nicht vorkommt. Aber es ist der blutrote Rubin, eingelassen in das kunstvoll verzierte Metall des Griffs, der meine Aufmerksamkeit geweckt hat. Seine tiefrote Farbe sagt mir, dass der Stein einen guten Preis erzielen würde. Ich könnte ihn aus dem Griff lösen. Ich könnte *ihn* verkaufen. Nachdenklich kaue ich auf der Innenseite meiner Wange.

Den Ring verkaufen oder das Schwert stehlen?

Lautes Klimpern von Metall ist zu hören, als der Händler eine große Holzkiste durchwühlt und einem der bulligen Männer ein weiteres interessantes Objekt reicht. Was auch immer es ist, es muss bedeutsam sein. Die Männer wenden mir schnell ihre Rücken zu, um den neuen Schatz zu begutachten.

Der Lederbeutel gleitet zurück in meine Tasche. Ich nehme das Schwert, zupfe mein äußeres Gewand zurecht, um es zu verbergen, und gehe aus dem Zelt. Mein Puls rast. Gerade als ich denke, ich kann mich davonmachen, höre ich jemanden rufen.

»Wo ist mein Schwert?«

Die Stimme gehört nicht dem Händler. *Zur Hölle. Habe ich etwa stattdessen die bulligen Männer bestohlen?*

»Wo ist es?«, wiederholt die dröhnende Stimme.

Ich zwinge meine Füße, mit gleichmäßigen Schritten weiterzugehen. Jetzt zu rennen, wäre zu offensichtlich.

»Es lag eben noch hier!«, jammert der Händler.

»Du – Mädchen mit den Zöpfen – dreh dich um!«

Ich bleibe wie erstarrt stehen und sehe mich panisch in der Menge um.

Ich bin das einzige Mädchen mit geflochtenen Haaren.

Während das Adrenalin durch meine Adern strömt, renne ich an der Reihe der Verkaufsstände entlang und zwischen den Zelten hindurch über den Marktplatz. Rufe und Verwünschungen folgen mir, als ich Leute aus dem Weg schubse. Ich schaffe es auf die andere Seite des Platzes und sause um eine Ecke. *Bei den Göttern!* Eine Gruppe Kamele sitzt gemütlich auf der Straße und versperrt mir den Weg. Ein Mann zerrt an dem Seil, mit dem die Tiere aneinandergebunden sind, doch die störrischen Biester bewegen sich nicht vom Fleck, sodass ich in eine andere Richtung davonstürme.

Die Straßen werden einsamer, je weiter ich renne. Schon bald bekomme ich Seitenstechen. Ich hoffe inständig, es geschafft zu haben, doch als ich meinen Hals recke, sehe ich in der Ferne zwei näher kommende Gestalten hinter mir. Blindlings laufe ich quer über die Straße in eine Gasse und stolpere über ein paar Holzfässer. Die Wucht des Aufpralls wirft mich zu Boden. Meine Hände bekommen bei meinem Sturz auf den harten Stein am meisten ab; die Schürfwunden brennen. Ich sehe auf und fluche.

Es ist eine Sackgasse.

Eine drei Meter hohe Mauer am Ende der Straße steht meiner Freiheit im Weg. Ich stolpere vorwärts und teste den Stein mit meinem wettergegerbten Stiefel. Zu glatt. Selbst wenn ich es schaffen sollte, die Mauer zu erklimmen, breche ich mir womöglich ein Bein, wenn ich auf der anderen Seite herunterspringe. Der Himmel weiß, dass ich mir das nicht erlauben kann, aber ich habe keine andere Wahl.

Bevor ich es auch nur versuchen kann, höre ich Schritte hinter mir. Mein Magen zieht sich zusammen. Die Männer haben mich eingeholt und blockieren jetzt den einzigen sichtbaren Fluchtweg aus der Gasse.

Ich hätte den verdammten Ring verkaufen sollen. Meine Sentimentalität hat mich schwach gemacht und jetzt bezahle ich den Preis dafür.

Der größere der beiden Männer zieht ein Schwert aus seinem Gürtel. Er ist muskelbepackt und scheint kampferfahren zu sein. Sein schweinsäugiger Begleiter ist stämmig, mit einer grässlichen Narbe auf der Stirn und einem Speer in der Hand. Mit ihrem kurzen Haar sehen sie aus wie Südländer, und sie tragen keine Trauergewänder. Händler? Der größere Mann lässt geübt sein Schwert kreisen, nur die Finger locker auf dem Griff. Oder Soldaten? Mein Mut verlässt mich, als ich noch einmal zu seinem Begleiter schaue. Sein Speer ist nicht mit einer Quaste versehen. Nichts deutet auf eine militärische Zugehörigkeit hin.

Söldner.

Söldner interessieren sich nur für Geld. Söldner schätzen es nicht, bestohlen zu werden.

»Nur ein Bauernmädchen, Banu«, sagt der stämmige Mann amüsiert. Er spricht Shi, aber mit einem starken Akzent. Dann fügt er etwas in seiner eigenen Sprache hinzu und Banu lacht höhnisch.

Es gibt keine Möglichkeit zu fliehen, und ich kann sie nicht besiegen. Sie sind größer, stärker und geschult im Waffengebrauch. Ich bin nur eine Straßenratte, die sich irgendwie durchschlägt.

Meine Stimme ist eine Oktave höher, als ich heraussprudele: »Ich bitte Euch, edler Herr, vergebt mir. Ihr habt recht: Ich bin nur ein Bauernmädchen, ein dummes Gör auch nur daran zu denken, von einem heldenhaften Krieger wie euch zu stehlen.« Ich stoße ein lautes Schluchzen aus und frage mich, ob ich es etwas übertrieben habe. »Bitte, nehmt das Schwert und lasst mir mein Leben.«

Der Stämmige feixt, schlägt Banu mit seiner fleischigen Hand auf den Rücken und wirft ihm ein vielsagendes Lächeln zu. Banus

Blick wandert von oben nach unten über meinen Körper, bevor er zurückgrinst. »Ich denke, wir wollen jetzt mehr als das Schwert.«

Abscheu steigt in mir auf, doch ich verkneife mir einen wütenden Blick. Das Schwert ist nicht mein Leben wert oder die schrecklichen Dinge, die diese Männer womöglich mit mir vorhaben. Ich muss versuchen zu fliehen. Ich bin schnell und habe den Vorteil auf meiner Seite, weil ich in diesen verschlungenen Straßen aufgewachsen bin.

Noch einmal werde ich nicht in eine Sackgasse geraten.

»Hochangesehene Krieger, ich bitte Euch, meine Großmutter ist krank und ich muss nach Hause. Nehmt das Schwert und lasst mich gehen.« Ich stoße noch einmal ein Schluchzen aus und bin selbst überrascht, wie echt es klingt. Amas kränkliches Gesicht taucht vor meinem inneren Auge auf, aber ich blinzele heftig, um das Bild loszuwerden. Ich *werde* einen anderen Weg finden, ihr die Medizin zu besorgen.

Banu grinst anzüglich. »Ich glaube kaum.«

Als die Männer auf mich zukommen, verändert sich etwas in mir. Ein merkwürdiges Summen erklingt in meinen Ohren. Grelle Lichter erscheinen vor meinen Augen. Energie strömt durch meine Adern, während mein wild pochendes Herz fast meinen Brustkorb sprengt.

Götter, nein.

Ich habe meine Magie immer verdrängt, um mich selbst und Ama zu schützen. Sie hat so lange in mir geschlummert, doch jetzt ist diese seltsame Kreatur erwacht. Bäumt sich in mir auf, bahnt sich einen Weg nach draußen.

Eine dünne Eisschicht bildet sich um die Klinge des Schwerts.

Der Stämmige flucht laut in seinem Dialekt. »Sie hat Magie!«

»Ein Gold-Tael für jedes lebend gefangene Tiensai-*Mädchen*, das hat der Priester gesagt«, knurrt Banu.

Er packt meine Gewänder und stößt mich zurück. Meine Wirbelsäule trifft auf die Steinmauer und der Aufprall presst die Luft aus meinen Lungen. Das Summen in meinen Ohren schwillt an wie der Gesang von Tausenden von Zikaden nach einem Regenguss in der Wüste.

Alles scheint zu zerfließen. Der Schock raubt mir den Atem.

Ein Schwall von funkelnder Klarheit rauscht durch meinen Geist wie ein Tsunami, der alle bisherige Wahrnehmung hinwegspült. Meine Sinne sind geschärft wie nie.

Wie zum ersten Mal offenbart sich die Welt vor meinen Augen. Alles ist schärfer, heller. Der Himmel ist von einem unglaublichen Blau, so schön, dass es wehtut hinzusehen. Die Sonne leuchtet mit einer unnatürlichen Strahlkraft und versieht meine Umgebung mit einem ätherischen Glorienschein. Das Knirschen von Kies dringt in meine Ohren, als etwas über den Boden schabt. Der Gestank nach Schweiß brennt in meiner Nase, vermischt mit einem unterschwelligen Geruch, den ich nicht einordnen kann. Energie strömt durch meine Adern und ein rauschhaftes Gefühl durchflutet meinen Körper. Dieses euphorische Gefühl von Kontrolle – ich hätte nie gedacht, dass ich das empfinden könnte.

Hätte nie gedacht, dass ich es *wollen* könnte.

Kehlige, keuchende Laute dringen in meinen Rauschzustand. Mein Gehirn begreift nicht, was meine Augen mir zeigen.

Die zwei Männer *leuchten*.

Ein seltsames blassgrünes Licht strahlt von ihnen aus und wabert wie Rauch um sie herum, als sie sich krümmen. Ihre Hände umklammern ihre Kehlen. Ihre Gesichter färben sich violett; die blutunterlaufenen Augen treten hervor. Haut löst sich; Fleisch bildet sich zurück. Banu stößt einen lauten, erstickten Schrei aus, als sein Körper anfängt zusammenzuschrumpfen. Mit einem dumpfen Aufprall fallen beide Männer zu Boden.

Leblos.

Ich hole Luft und würge. Die Welt schrumpft wieder auf einen alltäglichen Fokus zusammen. Schlagartig entweicht die Wärme aus mir, vertrieben von einer unerklärlichen Eiseskälte, die das Feuer in meinem Körper zum Erlöschen bringt. Ich fühle mich leer. Hohl. Als wäre jemand in mein Wesen eingedrungen und hätte mir das Herz herausgerissen, das mich ausmacht.

Meine Hände zittern. Mir ist kalt, so kalt. Was ist da gerade passiert? Das fühlte sich nicht an wie meine Magie. Das fühlte sich nicht an wie *ich*. Es war etwas anderes. Etwas Unbekanntes. Wie eine Klaue, die mich in die dunklen Tiefen des Ozeans hinabzieht, wo kein Licht mehr durchdringen kann.

Die Männer.

Nichts ist mehr übrig von ihnen außer zwei Leichen, die aussehen – Habe ich das getan? Aber … *wie*? Ich habe noch nie jemanden getötet.

Einmal ist immer das erste Mal. Die neue Stimme in meinem Kopf ist samtig und dunkel wie eine mondlose Nacht.

Plötzlich explodiert ein Schmerz in meiner Brust. Ich krümme mich und übergebe mich heftig, bis mein Magen leer ist. Meine Knie schürfen über den harten Boden und der Kies bohrt sich in meine Haut.

»Das war nicht ich«, sage ich atemlos zu der menschenleeren Gasse. »Das kann nicht ich gewesen sein.« Wenn ich es wie ein Gebet wiederhole, machen die Götter vielleicht ungeschehen, was passiert ist.

Mein Zittern wird immer schlimmer. Das Schwert in meiner bebenden Hand ist eine Bürde, an die ich gebunden bin, besudelt von der Grausamkeit, die es miterlebt hat. Ich lasse es fallen. Das Klirren von Metall auf Stein rüttelt mich auf, und ich renne um mein Leben.

4.

ALTAN

Was hast du gesagt?«

»Ich hab dich gebeten, mir eine Birne zu reichen. Wo bist du denn mit deinen Gedanken?« Grinsend nimmt Tang Wei mir den Beutel mit den Früchten ab. »Oder sollte ich sagen: *bei wem*? Sie war hübsch, nicht wahr?«

»Wer?« Mein Gesicht bleibt ausdruckslos, auch wenn mir das Bild des Mädchens nicht aus dem Kopf geht. Sie war groß, aber von schmaler Statur, als bräuchte sie eine ordentliche Mahlzeit oder zwei. Ihre Gesichtszüge waren zart, ihre Haut ganz blass, und die schwarzen Haare betonten ihre Blässe zusätzlich. Sie sah aus wie ein Geist. Ich fand nicht, dass sie besonders hübsch war.

»Du weißt genau, von wem ich rede, aber egal.« Tang Wei nimmt einen Bissen von ihrer Birne und stimmt ihr übliches Linxi-Geschwafel an.

Ich höre kaum zu und hoffe, dass ich an den richtigen Stellen nicke. Sie ist vollkommen hin und weg. Schwer zu glauben, dass sie dieselbe Person ist, die früher mit jedem flirtete, der ihr über den Weg lief. Aber seit sie sich in Linxi verliebt hat, kann absolut niemand mehr um Tang Weis Aufmerksamkeit buhlen.

Eine halbe Stunde später sind wir wieder im Wirtshaus und Tang Wei redet *immer noch*. Ich lasse meine Stirn in meine Hände sinken. Ist das ein typisches Verhalten von Verliebten? Unaufhörlich von den Angebeteten zu reden, nach denen sie sich verzehren? An jedem Wort zu hängen, das sie von sich gegeben haben? Opfer zu bringen, die andere als närrisch abtun würden?

Nachdem wir aus dem Palast geflohen waren, hatten meine Schwester und ich einmal unsere Mutter gefragt, ob sie ihr Zuhause und ihre Familie vermisste.

»Ich vermisse sie jeden Tag«, hatte sie mit einem liebevollen Lächeln geantwortet, »aber Zuhause ist dort, wo dein Herz ist.«

Für Vater hatte sie damals alles zurückgelassen – ihre Familie, ihre Freunde, ihr Leben. Auch wenn sie Kaiserin werden sollte, war sie eine Fremde in einem unbekannten Land. Wann immer sie etwas tat oder sagte, was für die Shi ungewöhnlich war, gab es argwöhnische Blicke und Getuschel in den Korridoren des Palastes.

Mutter hat immer versucht, meine Schwester und mich von all dem abzuschirmen. Aber wir wussten Bescheid. Kaiserlich oder nicht, in unseren Adern floss kein echtes Shi-Blut, und das würden uns die Leute nie vergessen lassen.

Jetzt versuche ich, Tang Wei zuzuhören, aber die lärmenden Gäste im Wirtshaus lenken mich ab und meine Gedanken schweifen immer wieder zurück zu dem Mädchen, das vorhin die Mangostan gestohlen hat. Ihre stechenden Augen blendeten mich wie eine Glasscherbe im Sonnenlicht, und in jenem Moment, als sie sich nach mir umdrehte, fühlte es sich an, als würde meine Welt ins Wanken geraten. Es musste an der Wüstenhitze gelegen haben.

Du bist auf der Suche nach etwas.

Die Worte der alten Frau – das typische Geschwätz einer Gesichtsleserin. Wahrscheinlich. Und doch war da etwas in ihrem Blick, das mir unbehaglich war. Als würde sie etwas über mich wissen, was ich nicht wusste.

Der Kellner bringt unseren Tee und unterbricht mich in meinen Gedanken. Der intensive holzartige Duft von Oolong-Blättern steigt mir in die Nase, aber irgendetwas stimmt nicht daran. *Wenn man ihn zu lange ziehen lässt, wird der Oolong bitter*, würde Shīfù sagen.

»Wie ging es Meister Sun eigentlich, als du ihn zuletzt gesehen hast?«, fragt Tang Wei nachdem sie sich endlich durchgerungen hat, mal über jemand anderen zu reden als über Linxi.

»Er wirkte ungestüm und abenteuerlustig wie eh und je. Er redet zu viel«, sage ich, während ich uns etwas Tee einschenke. »Genau wie du.«

»Ich muss ja das Reden übernehmen, weil du dich weigerst, den Mund aufzumachen«, gibt sie zurück. »Weißt du noch, wie er uns als Kinder mit in die Teehäuser genommen hat und pausenlos über Blätter und Philosophie geschwafelt hat? Wir müssen damals genügend Tee getrunken haben, um einen ganzen See zu füllen.«

»Das beste Teehaus ist *Die Grüne Nadel* in Beishou, kein Zweifel«, sagen wir wie aus einem Munde.

»Weißt du eigentlich, dass er das noch heute zu mir sagt?«

Tang Wei lacht und deutet auf ihre Teetasse. »Mal sehen, ob *dieser* Tee genießbar ist.«

»Das ist keine Yíxīng-Teekanne. Sie ist nicht aus purpurfarbenem Ton gemacht«, sage ich und mustere abschätzig die minderwertige Töpferware. Dann nippe ich an meiner Tasse und verziehe das Gesicht. »Schmeckt wie verwässerter Gras-Saft. Das Zeug würde ich nicht einmal einer Kuh in die Tränke tun, es sei denn, ich wollte das Tier leiden sehen.«

Tang Wei schlägt mit der Hand auf den Tisch und lacht noch mehr. »Hat dir schon mal jemand gesagt, dass du manchmal genauso klingst wie Meister Sun?«

»Das stimmt doch gar –«

Plötzliches Geschrei übertönt meinen Widerspruch.

Ein Mann stürmt ins Wirtshaus und stößt geradewegs mit einem Kellner zusammen. Schüsseln und Teller krachen zu Boden. Der Wirt versucht den Mann zu beruhigen, aber dieser hört nicht auf, laut zu lamentieren. Die Angst steht ihm ins Gesicht geschrieben.

»Da draußen! In der Gasse!«

Ich will gerade dazwischengehen, als Tang Wei mir einen Blick zuwirft. Sie tippt auf ihren Unterarm nahe der Armbeuge. Zwei weitere Personen haben die Schankstube betreten. *Priester.* Sie haben alle ein Tattoo auf dem Unterarm: eine gewellte vertikale Linie, wie eine Schlange, mit zwei gegenüberliegenden Punkten in den Wölbungen der Linie. Ihr Symbol.

Die Neuankömmlinge, ein Mann mittleren Alters und eine junge Frau, schreiten auf den Wirt und den aufgeregten Mann zu. Sie sind in rostrote Gewänder gekleidet und tragen ihre Haare in einem Knoten auf dem Kopf, zusammengehalten von einem Elfenbeinreif, auf dem das gleiche Diyeh-Symbol prangt.

Der Mann wimmert; sonst ist es totenstill im Raum. Angst vor den Priestern hat jeder, ob nun Tiensai oder nicht. Wir haben alle erlebt oder gehört, mit welch grausamen Methoden sie Menschen mit Magie ausfindig machen.

Tang Wei zittert leicht, aber ich weiß, es ist nicht vor Angst. Sie hat zusehen müssen, wie ihre kleine Schwester auf dem Scheiterhaufen verbrannt wurde. Ihre Finger umklammern die Tischkante, bis die Knöchel weiß werden. Ihre andere Hand greift nach den Eisenketten um ihre Taille. Aber ich weiß, dass sie nichts Überstürztes tun wird. Wir beide könnten es vielleicht mit den Priestern aufnehmen, aber hier drinnen sind zu viele Leute um uns herum. Die Gefahr von Kollateralschäden ist groß. Mag sein, dass es mir momentane Genugtuung verschaffen würde, die Priester zu töten, aber ich muss langfristig denken.

Wir warten, bis sie mit dem verängstigten Mann im Schlepptau den Raum verlassen. Ich kann nicht erkennen, ob sie vorhaben, den Grund für seine Verzweiflung zu erfragen oder ihn festzunehmen. In jedem Fall tut mir der arme Kerl leid.

Tang Wei und ich tauschen einen bedrückten Blick aus.

»Zeit, hier zu verschwinden«, murmelt sie.

Wir lassen die billige Imitation von einem Tee stehen und gehen zurück in unser Zimmer, um unsere Sachen zu packen. Von einer Stadt, in der es von Priestern wimmelt, sollten wir uns besser fernhalten, und so sind wir schon bald wieder auf dem Weg nach Norden, in Richtung Wudin-Gebirge.

5.

AHN

Irgendwie finden meine Füße den Weg, ein Schritt nach dem anderen. Ich halte mich an die engen Seitengassen, doch die Menschenmengen vom Basar dringen auch dorthin vor. Ich kann mich nicht erinnern, wann Shahmo das letzte Mal so überfüllt war. Den Blick auf den Boden geheftet, schiebe ich mich durch die Massen von Leuten. Mein Gesicht ist eine Maske des Gleichmuts, selbst wenn in meinem Kopf ein Wirbelsturm tobt.

Ich muss zurück zu meinem Dorf. Ich muss zurück zu Ama.

Aber was, wenn sie kommen und dich holen?

Ich unterdrücke ein Schluchzen. Ich kann nicht zurück nach Hause. Die Ordnungshüter von Shahmo könnten mich suchen und dann könnte Ama in diesen ganzen Schlamassel hineingezogen werden. Oder schlimmer noch – die *Priester* könnten kommen.

Ich muss weg von hier.

Für immer?

Wenn es nötig ist, um Ama zu schützen. Ich habe immer noch meinen Jade-Ring. Sobald ich ihn verkauft habe, kann ich eine Schiffsfahrt bezahlen, um aus diesen Wüstenstädten zu entkommen. Ich könnte nach Norden aufbrechen oder nach Osten über das Smaragdmeer in das Land Xinzhu reisen, so weit weg von hier wie möglich. Eine Arbeit finden, von Stadt zu Stadt ziehen, meinen Namen ändern, eine neue Geschichte meiner Herkunft erzählen. *Du kannst das schaffen*, rede ich mir zu. *Du musst es tun, um Ama zu schützen.*

Ein furchtbarer Gedanke beschleicht mich. Was, wenn die Priester herausfinden, dass sie mir Zuflucht gewährt hat? Dass sie mich wie ihre eigene Enkeltochter großgezogen hat? Ich muss noch mehr tun. Ich muss eine Fährte legen, die sie von Ama wegführen wird. Es darf nichts geben, was uns verbindet. Ein schemenhafter Plan beginnt in meinem Kopf zu entstehen.

Als Erstes muss ich jemandem Bescheid geben, dem ich vertrauen kann.

Im Hinterhof zwischen der Küche des Wirtshauses und der Vorratskammer ist niemand zu sehen. Ich zucke zusammen, als ich Schritte höre. Erleichtert stelle ich fest, dass es Mali ist. Sie ist nur ein paar Jahre älter als ich, und wir verstehen uns ganz gut, auch wenn wir nicht eng befreundet sind.

»Könntest du bitte mal Li Guo holen?«, frage ich und ringe mir ein Lächeln ab. Meine Handflächen schwitzen und ich zittere, aber sie scheint das nicht zu bemerken.

Mali zuckt nur die Achseln und verschwindet in der Küche.

Eine Minute später taucht Li Guo auf. Er weiß sofort, dass etwas nicht stimmt. Ich winke ihn zu mir und er folgt mir nach draußen in die Gasse.

»Mir geht es gut«, versichere ich, bevor er etwas sagen kann. Es ist die größte Lüge, die ich in meinem Leben erzählt habe. »Ich muss dich um einen Gefallen bitten.«

»Wie kann ich dir helfen?«, fragt er ohne nachzudenken. »Geht es um Großmutter Jia? Ich bekomme heute meinen Lohn und mein Vater hat ein paar neue Kunden. Ich kann –«

»Kümmere dich einfach um sie«, sage ich hastig und blicke mich unruhig um. Die Gasse ist menschenleer und ich denke, wir sind weit genug von der Küche entfernt, als dass uns jemand hören könnte. Ich trete ein Stück näher und senke die Stimme. »Ich muss für eine Weile weg. Ich weiß nicht, wann ich zurück sein werde und da brauche ich jemanden, der ein Auge auf sie hat. Kannst du das übernehmen?«

Li Guo fängt an, mich mit Fragen zu überschütten, doch ich hebe eine Hand, um ihn zum Schweigen zu bringen. »Ich kann es dir nicht erklären. Es tut mir leid. Ich muss gehen. *Jetzt.* Bitte, tue es einfach – für mich.«

Endlich nickt er. »Ich passe auf Großmutter Jia auf, keine Sorge. Hast du genug Geld?«

Ich zeige ihm meinen Ring und seine Augen weiten sich. »Den muss ich noch verkaufen, aber auf dem Basar ist heute etwas passiert und deshalb kann ich nicht zurück. Ich …« Meine Stimme stockt. »Ich gehe in die nächste Stadt und verkaufe ihn dort.«

»Hast du noch eine Stunde?«

»Vielleicht –«

Er drückt meine Hand. »Ich kenne jemanden, der dir deinen Ring vielleicht schnell für gutes Geld abkaufen kann. Lass mich mal mit ihm sprechen.«

»Aber –«

»Behalte deinen Ring, pass auf ihn auf. Geh und warte beim Tempel auf mich. Aber wenn ich in einer Stunde nicht dort bin, mach dich auf den Weg.«

Eine Stunde. Kann sein, dass ich dann genug Geld für eine weite Reise hätte und eine Sorge weniger. Vielleicht könnte ich die Hälfte des Geldes sogar Li Guo dalassen, für Ama. Ich weiß nicht, wie viel länger ich diese Fassade der Ruhe noch aufrechterhalten kann, aber Li Guo ist entschlossen mir zu helfen, und ich weiß, dass ich ihm trauen kann.

Schließlich willige ich ein und wir gehen auseinander.

Das beständige Murmeln voller Hoffnungen und Träume wabert durch die große Gebetshalle. Einer nach dem anderen knien die Tempelbesucher vor dem Altar nieder, die flehenden Blicke auf die Statue darüber gerichtet.

Ich flehe dich an, oh Göttin, mein Sohn ist nicht aus dem Krieg zurückgekehrt, bitte beschütze ihn und bringe ihn sicher nach Hause …

Bitte, Göttin, lass es endlich wieder regnen …

Behüte meine Frau, ich bete für ihre Gesundheit und die unseres ungeborenen Kindes …

Ich halte meinen Kopf gesenkt und finde eine abgeschiedene Ecke, wo ich mich hinsetzen kann, als wäre auch ich nur hier, um zu trauern oder für mein Schicksal zu beten. Schwer und süßlich hängt der Geruch von Sandelholz in der Luft. Die überlebensgroße Skulptur der Göttin Guanyin in ihrem weißen Gewand thront im Lotussitz vor mir. Einen Krug Wasser in der einen Hand und ein Weidenblatt in der anderen, richtet sie ihren gütigen Blick auf mich.

Es ist ein Eisengewicht, das mich niederdrückt.

Ich verschränke meine Finger, damit meine Hände nicht so zittern. Doch langsam breitet sich das Zittern aus und bald geht mein Atem wieder stoßweise und mein Herz beginnt zu hämmern.

Ich bin eine Mörderin.

Ich bin eine *Mörderin.*

Ich bin eine Mörderin.

Soll ich um Vergebung bitten? Ist die Magie ein Fluch, über den ich keine Kontrolle habe? Schon seit Langem weiß ich von meiner Fähigkeit. Aber ich wusste nicht, dass es das ist … was auch immer es ist. Ich habe meine Magie ignoriert und so getan, als würde sie nicht existieren. Weil sie mir Angst machte.

Sie *macht* mir Angst.

Ich schließe die Augen, verdränge die Bilder jener verschrumpelten Körper, das blassgrüne Leuchten, das von ihnen ausging, die furchtbaren würgenden Laute, als die Männer tot zu Boden fielen. Als ich die Augen wieder öffne, sehe ich eine Frau mit verkniffenem Gesicht, die mich von der anderen Seite der Gebetshalle anstarrt. Ich wende den Blick ab.

Als ich mich traue wieder hinzusehen, starrt sie immer noch zu mir herüber. Dann stößt sie eine ältere Frau neben sich an, und jetzt sehen beide zu mir. Mein Magen zieht sich zusammen. Eine Stunde ist noch nicht rum, aber ich kann hier nicht bleiben. Nicht, solange mich diese zwei Frauen so argwöhnisch ansehen.

Ich zwinge meine Füße, in normalem Tempo zu gehen. Als ich wieder auf die Straße trete, gerate ich in einen Strudel von Gesichtern. *Ganz ruhig bleiben. Keine Aufmerksamkeit erregen.* Ich beschließe, eine Runde zu drehen und zurückzukommen. Vielleicht sind die Frauen dann weg und Li Guo taucht doch noch auf.

Als ich auf die Hauptstraße biege, fällt mir eine plötzliche Hektik auf. Eine Frau mit einem Wäschekorb weicht hastig in eine Seitengasse zurück, als sie mich sieht. Ein Mann wirft mir einen besorgten Blick zu, bevor er eilig in seinem Geschäft verschwindet. Das Zuschlagen seiner Tür stimmt in das Klappern der Fensterläden überall um mich herum ein.

Eine diffuse Angst liegt in der Luft, dämpft das Mittagslicht wie ein Sargtuch, und die Härchen auf meinen Armen stellen sich auf. Eine Mutter mit einem rotznäsigen Kind auf dem Arm rennt an mir vorbei. Im Vorbeilaufen wirft sie mir einen verängstigten Blick zu und raunt mir ein warnendes Wort zu.

Mein Körper spannt sich an.

Priester.

Ein Ruf ertönt. »Ich weiß nicht, von wem Ihr sprecht!«

Mali. Was macht die hier? Warum ist sie nicht im Wirtshaus?

Ich sollte mich umdrehen und davonrennen. Ich sollte die Verzweiflung in dieser Stimme vergessen, sollte vergessen, zu wem sie gehört.

Dann beginnt sie zu schreien.

Ich renne in Richtung des Schreis. Da bemerke ich den Rauch, der in die Luft steigt, den Geruch nach Verbranntem. Mein Mund wird ganz trocken. Was haben die Priester getan? Auf dem Basar herrscht ein heilloses Durcheinander. Einige Zelte sind verkohlt, ein paar brennen noch, die Waren liegen verstreut auf dem Boden. Ein Mann und eine Frau in rostroten Gewändern stehen um eine Gestalt, die sich vor Schmerzen krümmt.

»Ist denn niemand hier, der uns etwas über die Tiensai erzählen kann, die unter euch weilt? Jene Tiensai, die heute zwei Männer getötet hat – die *Dämonin*, die in dieser Stadt lebt und so tut, als ob sie zu euch guten Menschen gehört?«, fragt einer der Diyeh-Priester, ein untersetzter Mann mittleren Alters mit einem vollen Bart.

Die verbliebenen Leute auf dem Platz schweigen. Niemand tritt hervor. Die weibliche Diyeh verpasst Mali einen Schlag ins Gesicht. Blutstropfen spritzen in die Luft und auf das Kopfsteinpflaster. Mali sackt wimmernd zu Boden und die Priesterin tritt nach ihr. Mit ganzer Kraft.

Wut steigt in mir auf, doch ich rühre mich nicht von meinem Platz.

Die Priesterin schreitet um Mali herum. »Ihr aufrechten Bürger, wollt ihr eine der Verfluchten in Schutz nehmen und dieses unschuldige Mädchen verdammen? Hat niemand die Tiensai gesehen?«

»Sie ist ein Mädchen von etwa sechzehn Jahren«, fügt der bärtige Priester hinzu. »Wie wir erfahren haben, trägt sie ihr Haar in Zöpfen und hat eine Narbe auf der Wange.«

Wieder schweigt die Menge.

Grell und tödlich zischt Feuer aus seinen Fingerspitzen.

»Es ist noch nicht zu spät«, sagt der Priester zu Mali und hält die Flammen an ihr Gesicht. Entsetzt weicht sie zurück. »Komm schon, Mädchen. Sag es uns.«

Nutze sie. Ein Flüstern in meinem Ohr, wie ein Schaudern, das einen überkommt, wenn die Nacht zu still ist. *Nutze deine Magie.* Du weißt, dass du es willst.

Ich schlucke hart und ignoriere die Stimme.

»Ich habe es Euch doch gesagt«, bringt Mali gequält hervor. »Ich – ich weiß nicht, wo sie hin ist.«

Der Priester starrt auf sie herab. »Du lässt mir keine Wahl. Wirklich bedauerlich.«

Ich kann kein Bedauern in seiner Stimme wahrnehmen. Nur eine makabre Freude. Seine Flammen lecken an Malis Arm und sie schreit auf.

Stelle dich. Sei kein Feigling, Ahn.

Ich rühre mich nicht.

Es ist besser auf der Hut zu sein, auch wenn du dafür dein Herz verschließen musst.

Die Worte hallen durch meinen Kopf, doch sie klingen falsch. Zu scharf. Zu ungerecht. Ich kann Mali nicht einem schrecklichen Schicksal überlassen wie das verstümmelte Mädchen am Brunnen. Oder doch?

Auf der anderen Seite des Marktplatzes drängt sich jemand durch die Menge. Li Guo. Dieser Ausdruck auf seinem Gesicht –

Ich stürze auf den Platz und brülle aus vollem Halse: »Lasst sie gehen, sie weiß nichts! Ich bin es, nach der ihr sucht. *Ich* habe die beiden Männer getötet!«

Die Menge hält den Atem an, weicht zur Seite, um mich durchzulassen. Ich gehe geradewegs auf die Priester zu.

»Du?«, fragt die Priesterin höhnisch und mustert mich von Kopf bis Fuß. »*Du* bist die Tiensai, die das zu verantworten hat, was dort in der Gasse passiert ist?«

Ich weiß nicht, ob ich meiner Stimme trauen kann, also nicke ich.

Die Augen der Priesterin funkeln. »Beweise es.«

Ich schlucke und sehe auf meine Hände. Sie zittern wie tote Blätter im Wind. Ich weiß nicht, was ich tun soll. Ich weiß nicht, was *sie* von mir erwartet. Dass ich sie angreife? Was auch immer ich mit den beiden Männern gemacht habe – glaubt sie wirklich, dass sie sich dagegen wehren könnte?

Der bärtige Priester mustert prüfend mein Gesicht. Sein boshafter Blick fällt auf meine Wange und ein durchtriebener Ausdruck der Genugtuung geht über sein Gesicht. »Das ist nicht nötig. Sie hat gestanden. Wir nehmen sie mit.«

Die Priester fesseln mir die Hände hinter dem Rücken. Grobe Stricke schneiden mir in die Haut. Das ist es. Das ist mein Ende. Keine Zeit für tränenreiche Abschiede. Keine Zeit für hastige Gebete. Ich höre die Stadtbewohner wispern. Einige von ihnen müssen mich kennen. Das Waisenmädchen, das im nahe gelegenen Dorf lebt. Das Mädchen, das im Wirtshaus gearbeitet hat. *Ob sie wohl kommen werden, um mich brennen zu sehen?*

Als die Priester mich über den Marktplatz zerren, fange ich Li Guos Blick ein. Das Entsetzen steht ihm ins Gesicht geschrieben. Er will auf mich zukommen, doch ich schüttele den Kopf. Den Göttern sei Dank – er bleibt an seinem Platz.

Eine Kutte wird mir über den Kopf gestülpt und ich rieche Weihrauch und altes Blut.

Ich hoffe, Li Guo versteht jetzt, was ich vor ihm verborgen habe.

Ich hoffe, er denkt an sein Versprechen, sich um meine Großmutter zu kümmern.

PALAST
DER TAUSEND
SPIONE

6.

AHN

Wundersamerweise bin ich noch am Leben.

Auch wenn mir der Grund dafür schleierhaft ist. Sie wollen mir nicht sagen, wo sie mich hinbringen oder warum sie mich am Leben lassen. *Falls* sie mich am Leben lassen. Die Diyeh-Priesterschaft existiert schließlich, um die Tiensai auszulöschen. Ich kann mich nicht darauf verlassen, dass sie mich verschonen. Sie lassen die Kutte über meinem Kopf und sperren mich in den Planwagen, als wäre ich eine Art Monster. Was in ihren Augen auch genau das ist, was ich bin.

Und vielleicht haben sie damit ja auch recht. Immerhin bin ich tatsächlich eine Mörderin.

Wir fahren wer weiß wie lange durch das Land. Von Zeit zu Zeit öffnet und schließt sich die Wagentür und jemand stopft mir etwas zu essen in den Mund. Tage und Nächte gehen ineinander über, unterbrochen nur durch kurzen, unruhigen Schlaf. Ich träume von Leichen und Dämonen.

Und seltsamerweise von dem einäugigen Jungen auf dem Basar. Er taucht auf und verschwindet wieder, und was er sagt, ergibt keinen Sinn. Manchmal hält er das Schwert mit dem Rubin, das ich gestohlen habe, und gestikuliert aufgeregt. Manchmal wabert rauchig-grünes Licht um ihn herum und er löst sich auf wie der Morgennebel.

Ama kommt auch vor. In meinen Albträumen steht sie am Rande eines dunklen Abgrunds und will gerade einen Schritt nach vorn machen. Jedes Mal renne ich und rufe, um sie aufzuhalten. Doch jedes Mal bin ich zu langsam. Jedes Mal macht sie diesen Schritt und stürzt in die Tiefe und ich wache schreiend auf.

Als ich das nächste Mal meine Augen öffne, spüre ich eine Veränderung in der Luft. Sie ist kühler, feuchter. Wir fahren anscheinend nach Osten, in Richtung Meer, weg aus der trockenen Wüstenhitze. Der Wagen kommt zum Stehen, und ich höre, wie die Tür geöffnet wird. Jemand klettert zu mir hinauf und zieht mir die Kutte vom Kopf. Ich sehe vorsichtig auf und mustere blinzelnd die Gestalt, die sich zu mir herunterbeugt.

Ein Priester. Aber einer, den ich noch nie gesehen habe. Hat er sich uns irgendwann unterwegs angeschlossen? Er ist überraschend jung, auch wenn er eine weiße Strähne im Haar hat. Seine schiefergrauen Augen weiten sich vor Sorge, als er sieht, in welchem Zustand ich bin.

»Was haben sie mit dir gemacht?«, fragt er sanft. »Ist das zu eng?« Er beginnt die Stricke um meine Knöchel zu lockern.

Meine Kehle ist so ausgetrocknet, dass sie sich wie Sandpapier anfühlt, aber ich bringe krächzend ein paar Worte hervor: »Zu eng? Hast du keine Angst, dass ich wegrenne, sobald ich eine Chance bekomme?«

»Wenn du wegrennst, werde ich dich aufhalten müssen.«

Es ist keine Drohung. Er spricht lediglich eine Tatsache aus. Ich höre auf, mich zu winden. Er entfernt die Stricke von meinen Knöcheln ganz, lässt meine Hände aber fest hinter meinem Rücken gefesselt.

Dann hält er mir einen Wasserbeutel an den Mund. »Trink.«

Zuerst schüttele ich den Kopf, denn die sture Närrin in mir möchte nicht bemitleidet werden. Doch der Drang zu überleben bezwingt den Stolz. Ich trinke alles aus und lasse mich von ihm mit einer Mántou füttern, ohne darauf zu achten, wie er mich dabei mustert.

Er wirkt so sanft. So *normal.* Es ist schwer zu glauben, dass er ein Priester ist. Schwer zu glauben, dass jemand wie er Dörfer überfallen würde. Oder einem Menschen die Zunge herausschneidet.

Es muss eine List sein. Er versucht mich einzulullen, damit ich ihm vertraue.

»Ich hätte nicht gedacht, dass ihr Priester Mitleid mit euren Feinden habt«, sage ich bissig.

Seine Augen sind wie Gewitterwolken, grau und schwer. »Du bist nicht meine Feindin.«

»Ich glaube dir nicht.«

»Das verlange ich auch nicht von dir. Ich muss nur meine Aufgabe erfüllen, und meine Aufgabe ist es, dich am Leben zu halten.«

Ich setze mich etwas gerader auf. Eine kleine Hoffnung beginnt in mir zu keimen. »Warum? *Wer* will mich am Leben haben?«

Er richtet sich auf, die Kutte in der Hand.

»Nein, warte«, sage ich und schaudere bei dem Gedanken an die Dunkelheit unter dem Stoff. An den abstoßenden Geruch von getrocknetem Blut. An die Albträume, die kommen werden. »Bitte zieh mir das nicht wieder über.«

»Es tut mir leid, aber ich muss.« Sein Gesichtsausdruck zeigt ehrliches Bedauern, als er näher kommt. Vielleicht ist er ein guter Schauspieler.

Ich winde mich, um ihm auszuweichen, was mir jämmerlich misslingt. Als er die Kutte hebt, unterdrücke ich ein Schluchzen. »Sag mir deinen Namen.«

Sein Blick wird weicher, aber das könnte auch am Licht liegen.

»Leiye.«

Und dann bin ich wieder allein im Dunkeln.

Ich schrecke aus dem Schlaf. Die Pferde wiehern laut. Aufgeregte Stimmen dringen in den Wagen.

»Sie gehört uns.« Das ist der bärtige Priester.

Eine Stimme wie kantiger Stein gibt zurück: »Und *ich* habe Befehl vom Premierminister selbst. Ihr wisst doch, dass er den Drachenthron vertritt. Wollt Ihr es etwa wagen, Euch kaiserlichen Anordnungen zu widersetzen?« Einen Atemzug lang herrscht Schweigen. »Das dachte ich mir. Wir werden das Mädchen in den Palast bringen. Wenn Ihr mitkommen wollt, könnt Ihr das gerne tun.«

Der Priester entgegnet etwas, aber ich kann seine Worte nicht verstehen. Dann höre ich, wie die Wagentür aufgeschlossen wird. Die Kutte wird von meinem Kopf gezogen. Arme greifen nach mir und zerren mich hoch, doch ich bin so viele Tage nicht mehr gelaufen, dass meine Beine mein Gewicht nicht mehr tragen. Ich stürze, schlage mit den Knien auf dem Holzboden auf und keuche vor Schmerzen. Mein Kopf hämmert und Übelkeit steigt in mir auf.

Atme, verdammt noch mal. Ich hole tief Luft. Langsam fokussiert sich mein Blick. Ich sehe einen Mann, gekleidet in glänzender Rüstung. Gelb und Purpur – die Farben der Shi. Ein Soldat. Und nicht nur irgendein Soldat. Dem Stil seiner Uniform nach zu urteilen, mindestens ein Lieutenant.

Er zerschneidet die Stricke um meine Hände. Ich reibe meine schmerzenden Handgelenke. Warum sollten Soldaten den Wagen der Priester aufhalten? Was will der Palast mit mir? Einer Tiensai. *Einer Mörderin.* Vielleicht soll ich in der Hauptstadt vor

Gericht gestellt werden. Oder vielleicht soll es meine Strafe sein, im Verlies des Palastes zu verwesen.

»Steh auf«, sagt der Lieutenant, nicht unfreundlich. Er hat eine platte Nase, die aussieht, als wäre sie mehr als einmal gebrochen worden und sein Gesicht ist von den vielen Kämpfen vernarbt.

Er schüttelt den Kopf, als er sieht, dass ich körperlich nicht in der Lage bin, viel zu machen. Mit mehr Vorsicht als erwartet hebt er mich aus dem Wagen und setzt mich auf dem weichen Gras ab.

Gras.

Ich bin umgeben von Grün, gesprenkelt mit leuchtendem Gelb. Das Feld erstreckt sich überall um uns herum, in der Ferne begrenzt von hohen Bäumen. Blütenduft liegt in der Luft und eine Brise weht mir ein paar Haarsträhnen aus dem Gesicht. Für einen Moment glaube ich, dass ich wieder träume. Oder, dass ich tot bin. Es ist zu still, zu lieblich hier.

Dann fällt mein Blick auf einen Tross von zwei Dutzend bewaffneten Soldaten, die in der Nähe strammstehen.

Das ist kein Traum. Das ist ein Gefangenenaustausch.

Dieses Mal bekomme ich keine Kutte über den Kopf gestülpt und meine Hände bleiben frei. Doch der Lieutenant, der mich zur Kutsche führt, hat seine Hand auf dem Knauf seines Schwertes, und ich weiß, wenn ich auch nur daran denke zu fliehen, werden die Soldaten ihre Pfeile auf mich loslassen.

»Hier hinein.«

Ich schaffe es, mich in die Kutsche zu ziehen und breche entkräftet auf dem gepolsterten Sitz zusammen. Der Lieutenant klettert gegenüber von mir in die Kutsche. Er brüllt einen Befehl und die Pferde galoppieren los. Draußen rauschen die Felder vorbei. Ich bin überrascht, wie rasend schnell wir fahren.

»Wer bist du?«, krächze ich. Mein Tonfall ist unhöflich. Ich sollte ihm mehr Respekt zollen, wie es einem Bauernmädchen gegenüber einem Militärangehörigen geziemt. Doch ich bin fiebrig und durstig.

Zu meinem Erstaunen lächelt er, und ich kann etwas von dem jungen Mann durchschimmern sehen, der er einst war, bevor der Krieg ihn abgestumpft hat.

»Ich bin Lieutenant Bao.« Er neigt den Kopf und ich nicke zurück. »Ich bin beauftragt worden, dich zum kaiserlichen Palast zu geleiten. In ungefähr zwei Wochen sollten wir in der Hauptstadt ankommen.«

»Zum Palast? Was soll ich denn im Palast?«

»Mein Auftrag ist, dich heil und unversehrt dort hinzubringen. Was der Premier dann mit dir vorhat, geht mich nichts an.«

»Der Premier?«

»Premier Zhao Yang, ehemaliger Feldmarschall der kaiserlichen Armee und unser Kriegsminister.« Er reicht mir einen Wasserbeutel.

Ich trinke jeden kostbaren Tropfen und wische mein Kinn mit meinem Ärmel ab. »Aber was will ein Kriegsminister mit mir?«

Lieutenant Bao mustert mich so gewieft, dass ich überzeugt bin, dieser Mann kann nicht jemand sein, der nur Befehle befolgt. Hinter diesem bulligen Oberkörper und diesen dichten Augenbrauen steckt ein selbstständiger Geist.

»Du bist magiebegabt, nicht wahr?«, sagt er.

Es hat keinen Zweck, das zu leugnen, also versuche ich, nach Informationen zu bohren.

»Magie ist im Kaiserreich verboten und nur die Diyeh-Priester dürfen sie praktizieren. Ich müsste hingerichtet werden. Warum solltet Ihr, ein Lieutenant, mich da zum Palast eskortieren?«

»Unser Kaiser ist tot. Bloß weil wir mit Honguodi einen Waffenstillstand geschlossen haben, bedeutet das nicht, dass ihre Spione unser Land verlassen haben. Und es bedeutet nicht, dass

Mengu und Nandah aufgehört haben, uns zu beobachten und auf eine Gelegenheit zum Angriff zu warten.«

Wenn wir selbst nicht so kriegslüstern wären, vielleicht würden die anderen Nationen uns dann auch in Ruhe lassen, denke ich. Aber ich weiß, dass ich das besser nicht laut sagen sollte.

»Das Kaiserreich braucht Unterstützung«, sagt er nüchtern. »Wir sind immer auf der Suche nach Talent.«

»Talent? Warum sagt Ihr Euren Priestern dann nicht, sie sollen aufhören, alle Tiensai zu töten? *Die* haben Magie«, platze ich heraus. Ich weiche zurück, sicher, dass er mir für diese vorlaute Bemerkung eine Ohrfeige verpassen wird.

Doch stattdessen lacht er. »Sei froh, dass ich kein Priester bin. Dann würden deine Worte Konsequenzen haben.«

Ich senke den Blick, als sei ich gescholten worden, und frage mich, ob Boa womöglich auch nicht gut auf die Priester zu sprechen ist.

»Ich glaube, der gehört dir.«

Etwas Kühles landet in meiner Handfläche. Mein Jade-Ring. Er muss ihn den Priestern abgenommen haben, denn die haben ihn mir zuvor weggenommen. Meine Finger krümmen sich, umklammern das letzte Etwas, das mich mit meinem Zuhause verbindet. Tränen steigen mir in die Augen, aber ich schniefe und unterdrücke sie.

»Danke.«

In meinem Kopf sammeln sich noch mehr Fragen, doch der Ausdruck auf Boas Gesicht bringt mich zum Schweigen. Für ihn ist unsere Unterhaltung beendet; die strenge Miene des Soldaten kehrt zurück.

Ich starre aus dem Fenster und lasse die Eindrücke dieses Landes auf mich wirken. Es ist ein Land voller Leben; so anders als die Wüstenorte, an die ich gewöhnt bin, dass mir vor Staunen der

Mund offen steht. Doch bei allem Staunen erfüllt mich auch eine sorgenvolle Unruhe. Was erwartet mich in der Hauptstadt? Bao hat sich nicht verhalten, als würde ich als Mörderin bestraft werden. Bedeutet das auch, dass Ama in Sicherheit ist? Dass kein Priester sie schikanieren wird? Wenn ich eines gelernt habe, dann ist es, meinem Instinkt zu vertrauen, und der sagt mir, dass etwas nicht stimmt. Aber ich kann nicht sagen, was.

Alles, was ich weiß, ist, dass sie mich am Leben haben wollen, und daran muss ich mich so lange festhalten wie möglich.

Die Tage verschmelzen bald wieder ineinander. Keiner der Soldaten kommt auf mehr als zehn Schritt in meine Nähe – außer Lieutenant Bao, der mir meine Mahlzeiten bringt. Doch er bleibt wortkarg und ich bekomme keine weiteren Informationen aus ihm heraus.

Ich überlege, ob ich versuchen soll, zu fliehen, aber wir fahren oft über Nacht und nehmen Straßen fernab von Siedlungen, durch bevölkerungsarme Gegenden. Dem Sonnenstand nach zu urteilen reisen wir nach Nordosten, aber ich habe keine Ahnung, wo wir sind. Alle mottenzerfressenen Landkarten, die ich in Shahmo in die Hände bekommen konnte, haben mir nie ein vollständiges Bild von den weitläufigen Ländern des Kaiserreiches vermitteln können. Außerdem erscheint es mir unwahrscheinlich, dass ich den Pfeilen der Soldaten entkommen könnte.

Ohnehin lassen mich die Priester nicht einen Moment aus den Augen. Die Priesterin wirft mir scharfe Blicke zu, während Leiye mich etwas diskreter beobachtet. Auch wenn ich ihn nicht sehen kann, spüre ich seine Blicke in meinem Rücken. Ich will ihm Fragen stellen, doch zwischen den Priestern und den Soldaten herrscht eine reservierte Angespanntheit, und es ist, als sollte ich mit niemandem sprechen.

Da ich die Gespräche am Lagerfeuer belauscht habe, weiß ich, dass wir weniger als eine Woche von der Hauptstadt entfernt sind. In ein paar Tagen werde ich herausfinden, was der Premier von mir will. Niemand hat irgendetwas über Ama gesagt. Ich denke, dann muss sie wohl unentdeckt und in Sicherheit sein, und das tröstet mich ein wenig.

Wir fahren bis spät in die Nacht. Das gleichmäßige Rumpeln des Planwagens lullt mich schon bald in den Schlaf. Dieses Mal träume ich vom Meer, auch wenn ich es noch nie gesehen habe. In meinem Traum ist das Wasser lebendig, türkisfarbene Wellen bewegen sich in einem geheimen Tanz, choreografiert vom glitzernden Sonnenlicht. Ein Etwas mit einem langen Schwanz, mit Schuppen wie ein Fisch, schwimmt in der Tiefe. Rote Augen mit leuchtend gelber Mitte. Eine Stimme, kehlig und brachial.

Ich warte auf dich, sagt sie. *Ich warte …*

Ich schrecke aus dem Schlaf. Draußen sind laute Rufe zu hören. Ruckartig halten wir an, und Lieutenant Bao ist sofort auf dem Planwagen.

»Bleib hier. Halte die Tür verschlossen«, befiehlt er und verschwindet wieder nach draußen.

Meine Finger tasten nach dem Riegel, dann schaffe ich es, ihn vorzuschieben. Es ist ein armseliger Schutz, aber besser als gar nichts. Das Gebrüll draußen wird lauter, und ich höre das Klirren von Metall direkt vor dem Planwagen. Eine Klinge taucht vor dem Fenster auf und ich ducke mich auf den Boden. Blut tropft von dem Schwert – es ist nicht meines. Ich fluche leise vor mich hin. Ich kann aus dieser hölzernen Kiste nicht entkommen. Es könnte genauso gut ein Leichenwagen sein.

Die Pferde wiehern. Der Wagen schwankt und ich werde gegen die Seitenwand geworfen. Ich höre Schreie und den dumpfen Aufprall von Körpern vor der Tür. Bevor ich noch überlegen kann, was ich tun sollte, explodiert der Wagen. Planken von zersplittertem Holz werden in die Luft geschleudert und krachen wieder zu Boden, schmettern auf meinen Rücken, während ich versuche, mit den Armen meinen Kopf abzuschirmen.

Jemand zerrt mich aus den Trümmern.

»Bist du in Ordnung?«, ruft Lieutenant Bao.

»Ich glaube schon.«

Um mich herum herrscht Chaos. Der Geruch von Erde und Rauch hängt in der Luft. Es ist fast ganz dunkel. Doch als Flammen aus den Fingern der Priester lodern, erkennen meine Augen blutüberströmte Körper in gelb- und purpurfarbenen Rüstungen, die Gesichter erstarrt in einem Ausdruck der Überraschung.

Fünf Gestalten in Schwarz kreisen die Priester ein und greifen abwechselnd an. Die Priester lassen gekonnt ihr Feuer aufflammen, doch die Gestalten in Schwarz schlagen zurück. Es ist kein Kampf der Waffen, sondern der *Magie*. Steine fliegen durch die Luft, zielen auf die Gegner in den orangefarbenen Gewändern. Erde spritzt auf, erstickt das Feuer der Priester.

Ich taumele zurück, als mir von einer der schwarz gekleideten Gestalten ein Windstoß entgegenschlägt. »Wer sind sie?«

»Tiensai.« Bao wehrt mit seiner Klinge einen Stein ab, bevor er mich treffen kann. »Lauf! Bring dich in Sicherheit!«

Ohne ein weiteres Wort stürzt er sich in das Kampfgetümmel.

Für einen Moment bin ich zu schockiert, um mich zu rühren. Ein Tiensai springt auf mich zu; die blutverschmierte Klinge glänzt.

»*Lebensräuber*«, faucht er und hebt sein Schwert.

Ich schreie und versuche, wieder auf die Füße zu kommen. Doch es ist zu spät. Er holt aus, fährt mit der Klinge mein Bein entlang. Das Metall schlitzt meine Wade auf. Blut spritzt hervor, durchtränkt meine Gewänder. Ich sinke zu Boden, den Geruch von feuchter Erde in der Nase.

»Lebensräuber!«, brüllt er noch einmal.

Ich weiß nicht, warum er mich so nennt oder was dieses Wort überhaupt bedeuten soll. Aber es ist klar, dass er mich töten will.

Meine Hände krallen sich in die Erde; Dreck sammelt sich unter meinen Fingernägeln. Haarsträhnen kleben auf meinem schweißbenetzten Gesicht und erschweren mir den Blick. *Du musst davonkriechen, verdammt noch mal. Kriechen.* Die Kampfgeräusche rücken in die Ferne. Mein Kopf fühlt sich ganz benommen an. Ich kann nicht mehr.

Der Mann hebt mich auf wie eine Stoffpuppe.

»Warum tut ihr das? Ich habe euch nichts getan«, protestiere ich und trommele so gut ich kann mit meinen Fäusten auf den Mann ein.

Für einen flüchtigen, furchtbaren Moment treffen sich unsere Blicke und ich sehe nichts als Hass in seinem.

»Es geht um das, was du tun kannst«, sagt er. »Um das, was du tun *wirst.*«

Er schüttelt mich so heftig, dass meine Zähne aufeinanderschlagen. Mit ganzer Kraft trete ich nach ihm und treffe ihn am Knie. Er lässt mich fallen und mein Kopf schlägt gegen etwas Hartes. Schwarze Punkte tanzen vor meinen Augen. Mir ist schwindelig und ich bin der Ohnmacht nahe. Ich höre seine knirschenden Schritte im Unterholz und trockenen Laub. Er ist ganz nah.

Noch näher.

Dann blitzt aus dem Nirgendwo etwas Orangefarbenes auf. Ein Priester tritt zwischen uns, stellt sich schützend vor mich. Die Luft vor dem Tiensai vibriert vor Energie; eine Feuerwand flammt auf. Ich höre die Schreie des Tiensais.

Und dann höre ich nichts mehr.

7.

ALTAN

Geschwungene windgeformte Dünen umgeben uns, spärlich bewachsen mit vereinzelten trockenen Grasbüscheln. Vor uns liegt nichts als endlose braune Ödnis. Hinter uns nichts als noch mehr Sand. Blinzelnd im gleißenden Sonnenlicht mustere ich die Umrisse einer einzelnen Wolke an einem ansonsten leeren Himmel aus verwaschenem Blau.

Ein schiefes Lächeln lässt meine spröden Lippen aufspringen. Ich zucke zusammen. Die Götter haben einen grausamen Sinn für Humor. Noch einmal bin ich zurück an einem Ort, den ich immer versucht habe zu vermeiden. Doch es ist ein Ort, den ich bezwingen muss, um zu bekommen, was ich will.

Schon fast eine Woche sind wir auf dem Rücken von Kamelen durch die Wüste geritten. Unsere Vorräte gehen zur Neige und die Stimmung ist gereizt. Ich nehme den kleinstmöglichen Schluck aus meinem Wasserbeutel. Statt meinen Durst zu löschen, lässt mich das warme Wasser nur nach mehr lechzen. Tang Wei macht eine entkräftete Geste und ich lenke mein Kamel näher zu ihr heran, um ihr den Wasserbeutel zu reichen. Bestimmt bereut sie ihre Entscheidung mitzukommen. Es ist offensichtlich, dass sie jeden einzelnen Moment hasst, den wir in dieser Landschaft aus weichem, driftendem Sand verbringen. Aber sie wird diese Landschaft nie so sehr hassen wie ich.

Dies ist der Ort, der mir alles genommen hat.

Tang Wei leert den Wasserbeutel in einem Zug und knetet das weiche Leder in ihrer Hand. »Wir werden … an diesem gottverlassenen Ort … sterben.«

»Nur, weil du unsere *beiden* Wasserbeutel komplett ausgetrunken hast«, murmele ich und sehe mich suchend um. »Es wird eine Weile dauern, bis wir wieder auf Saxaulbäume stoßen, die uns Wasser spenden können. Du hättest dich wirklich mehr zurückhalten können.«

»Du hast gesagt, wir würden *heute* auf die Nomaden treffen. Wo sind sie? Bist du sicher, du weißt wirklich noch, wie man die Zeichen der Wüste deutet? Zehn Jahre sind eine lange Zeit.«

»Hör auf mit dem Gejammer.«

»Ich hätte dir doch im Wirtshaus einen Hieb versetzen sollen, um dich zu Meister Sun nach Hause zu schleppen.«

»Und Linxi zu verärgern?«

Ich werfe ihr einen vielsagenden Blick zu. Linxi unterstützt mein Vorhaben ganz und gar. *Sie* war diejenige, die vorgeschlagen hat, ich sollte nach dem Phoenix suchen. Auch wenn sie das vielleicht aus einem anderen Grund getan hat. Sie weiß nicht, dass ich vorhabe, die Welt von dem Lebensräuber zu befreien.

»Stimmt. Linxi … Der Gedanke an sie macht mich glücklich«, schwärmt Tang Wei. »Ich kann nicht hier sterben, ohne ihr Antlitz noch einmal zu sehen.«

Ich schnaube und reite weiter. Fast wünschte ich, ich hätte auch irgendwo eine Liebste, die auf mich wartet. Aber manche Menschen sind eben dazu bestimmt, allein zu sein.

Gerade als die Sonne sich dem Horizont nähert, entdecken wir in der Ferne eine Karawane und eine Reihe von Zelten. Sofort wird mir etwas leichter ums Herz. Zehn Jahre *sind* eine lange

Zeit. Ich kann nur hoffen, dass ich tatsächlich mit offenen Armen empfangen werde.

Wir reiten auf die Zelte zu und steigen von unseren Kamelen.

Ein alter, aber rüstig aussehender Mann mit lockigem ergrautem Haar und ein Junge mit ein paar Sommersprossen auf seinem fröhlichen Gesicht kommen auf uns zu, um uns zu begrüßen. Der Mann muss der Anführer des Stammes sein. Enttäuschung macht sich in mir breit. Er kommt mir nicht bekannt vor. Dies ist nicht der Nomadenstamm, der mich vor zehn Jahren gerettet hat. Nichtsdestotrotz sieht der Mann wohlwollend und gastfreundlich aus.

»Werte Reisende, Ihr müsst erschöpft sein. Die Wüste ist nicht immer ein Freund. Darf ich Euch einladen, eine Weile bei uns zu rasten, bevor Ihr weiterzieht?«, fragt er in gebrochenem Shi. »Wir geben Euch gerne etwas Wasser für Eure Kamele.«

Der Junge bringt den Tieren einen Eimer Wasser, und als sein Blick auf Tang Wei fällt, reicht er ihr mit einem schüchternen Lächeln seinen eigenen Wasserbeutel. Sie strahlt ihn an, nimmt den Wasserbeutel und trinkt gierig.

Ich antworte geschliffen in seinem Dialekt. »Guten Abend, weiser Anführer. Mein Name ist Altan, und das ist Tang Wei. Wir sind auf dem Weg in die Berge. Danke für Eure Großzügigkeit.«

Der Mann lässt überrascht die Augenbrauen hochschnellen. Er lacht ausgelassen und klopft mir auf den Rücken, bevor er mich in die Arme schließt. Die Nomaden reagieren manchmal ziemlich überschwänglich, wenn sie auf einen Fremden treffen, der ihre Sprache und Gebräuche kennt. Da sie nie lange an einem Ort bleiben, ist das für sie, als würden sie ein lange verloren geglaubtes Familienmitglied wiederfinden.

»Gut, gut, du sprichst meine Sprache. Ich bin Shenla«, sagt er. »Du und deine Gefährtin könnt in meinem eigenen Zelt schlafen.

Es kommt nicht oft vor, dass ich jemanden aus dem Norden treffe – du *bist* doch aus dem Norden, nicht wahr?«

»Ja«, lüge ich, erleichtert, dass das seine erste Vermutung ist.

Mutter hat immer gesagt, ich sähe aus wie Vater. Doch sowohl meine Zwillingsschwester als auch ich haben Mutters hellere Haare geerbt und eine Hautfarbe, die dunkel genug ist, um als Nordländer durchzugehen. Und auch wenn ich Shi wie ein Einheimischer spreche, habe ich über die Jahre meinen nordischen Akzent gepflegt und meine Haare stets so getragen, wie es im Volk meiner Mutter Tradition ist. Ein Stil, für den ich mich entschied, als ich zum ersten Mal das Festland verließ. Ein persönlicher Protest gegen die Familie meines Vaters. Jetzt trage ich ihn zu meinem eigenen Schutz.

»Meine Familie hat mal für eine Weile bei einem Stamm Eures Volkes gelebt und große Barmherzigkeit von ihnen erfahren«, erkläre ich.

»Ah, wunderbar! Dann gehörst du zur Familie.«

Shenla umarmt mich noch einmal. Dieses Mal länger und fester und mit einer Einladung, zum Essen zu bleiben. Während er uns zu den Zelten führt, übersetze ich unsere Unterhaltung für Tang Wei. Bei der Erwähnung von Obdach und Essen wirft sie ihm ihr bezauberndstes Lächeln zu.

Als es schließlich Zeit ist zu essen, sind wir beide zu hungrig, um auf irgendwelche Anstandsregeln zu achten und stopfen uns mit den Händen die Münder voll. Grob gemahlenes Korn, gekocht zu einem dicken Brei; Eier, die auf einem flachen Stein gebraten werden, und irgendein Tier, das langsam über dem Feuer geröstet wird … dieses Mahl weckt Erinnerungen in mir. Tang Wei scheint einfach froh zu sein, etwas zu essen zu haben.

Die Nomadenkinder werfen uns neugierige Blicke zu. Einige der Erwachsenen lächeln, machen aber keine Anstalten, mit uns zu reden. Viele sagen, die Nomaden in dieser Wüste seien so alt wie die Welt selbst und voller Weisheit und Geheimnisse. Sie praktizieren ihre Magie nicht mehr offen, und da sie kein Land für sich beanspruchen, lassen die Diyeh-Priester sie in Ruhe.

Als die Nacht hereinbricht und das Essen weggeräumt wird, erfüllt gedämpftes Lachen und der leise Gesang von Volksliedern das Lager. Auch wenn dies nicht der Stamm ist, der mich damals aufgenommen hat, ist diese vertraute Stimmung beruhigend.

Tang Wei schlendert herüber zu einer Gruppe von Nomadenfrauen, die aus buntem Garn kunstvollen Halsschmuck weben. Schon bald webt sie ihre eigene Halskette und verständigt sich mit wortlosen Gesten, als hätte sie ihr ganzes Leben mir diesen Frauen zusammengelebt. Ich beobachte sie mit einem Anflug von Neid. Manchmal wünschte ich, ich hätte auch so eine natürliche Begabung, Freundschaften zu schließen.

Ich lehne mich zurück und versuche auf den gewebten Teppichen zu bleiben, die im Sand ausgebreitet sind. Der zunehmende Mond scheint heute Abend nur schwach, und der Himmel changiert in endlosen Abstufungen vom hellsten Grau bis zum tiefsten Schwarz in der Ferne.

Eine Frau mit leuchtenden Augen und welligem dunklen Haar kommt zu mir und setzt sich neben mich. Sie stellt sich als Shenni vor, Shenlas Tochter. Sie schürt das Feuer, wirft noch ein paar Zweige hinein.

»Du suchst nach dem Schwert«, sagt sie unvermittelt.

Ich richte mich auf. »Woher weißt du das?«

Ihr Gesichtsausdruck ist undurchschaubar. »Du glaubst, das Schwert des Lichts wird die Welt wieder zu dem machen, was sie einst war?«

Ich nicke und frage mich, ob sie mir wohl irgendwelche Kenntnisse oder Weisheiten mitgeben kann.

»Die Natur und der Mensch müssen in Harmonie zusammenleben, auch wenn das den Menschen untereinander nicht gelingt. Ich verstehe deinen Wunsch, die Vergehen deiner Vorfahren ungeschehen zu machen. Doch *sowohl* das Weiße Jade-Schwert als auch das Obsidian-Schwert folgen dem Ruf des Lebensräubers.«

In ihren Worten schwingt eine Warnung mit.

Das Weiße Jade-Schwert, wegen seiner reinigenden Eigenschaften auch bekannt als das Schwert des Lichts, ist schon seit Langem nur noch Gegenstand von Mythen und Legenden. Seit Jahrhunderten hat niemand es mehr gesehen, und keine der historischen Schriften, die ich auftreiben konnte, gibt Hinweise darauf, wo es sich befinden könnte.

Sein Gegenstück, das Obsidian-Schwert, war die Waffe, die mein Urgroßvater nutzte, um Länder zu erobern und das Kaiserreich zu vergrößern. *Dieses* Schwert taucht im Laufe der Geschichte häufiger auf. Sein dunkles Vermächtnis lässt sich durch das viele Blutvergießen und den Schrecken, den es verbreitet hat, zurückverfolgen. Man munkelt, dass es irgendwo hier draußen im Sand vergraben ist. Sollte der jetzige Lebensräuber nicht auf meiner Seite sein, wäre es verheerend, wenn er es in die Hände bekäme.

»Ich verstehe, was du meinst«, sage ich zu Shenni. »Aber das Schwert des Lichts ist das Einzige, was die dunkle Magie unschädlich machen kann, die sich in unserem Land ausbreitet. Ich muss den Lebensräuber finden, damit er das Schwert aufspüren kann. Das ist ein Risiko, das ich bereit bin auf mich zu nehmen.«

Shenni bedeutet mir, ihr meine Hand zu geben. Ich reiche sie ihr und sie fährt mit den Fingern die Linien auf meiner Handfläche entlang. Ihr Gesichtsausdruck erinnert mich an den der Wahrsagerin in Shahmo. Als wüsste sie etwas, das ich nicht weiß.

»Ich sehe drohendes Chaos, einen Kampf ums Überleben, der Nationen umspannt. Der rote Schicksalsfaden bindet dich und den Lebensräuber aneinander. Doch wie dieses Schicksal aussieht, ist … schwer zu sagen.«

»*Ich* werde mein Schicksal bestimmen.«

Sie lächelt. »Wir reden immer noch manchmal von ihm, weißt du.«

Die Wärme in ihrem Tonfall überrascht mich.

»Wen meinst du?«, frage ich verwirrt.

»Den Jungen mit dem goldenen Auge. Der Junge, der so starke Winde heraufbeschwören konnte, dass der Sand unter seinen Füßen bebte und bis in den Himmel gewirbelt wurde.«

Ich beiße mir auf die Zunge und schmecke Blut. Der Schmerz hilft mir, mich zu fokussieren. Vertreibt die Erinnerung an jenen Jungen mit dem goldenen Auge.

Ein verlorenes Gesicht, das einst mir gehörte.

Zuerst tue ich, als würde ich es leugnen wollen, presse ein spöttisches Lachen hervor. Doch Shennis unverhohlener Blick sagt mir, dass sie ganz genau weiß, wer ich bin. Und dass es keinen Zweck hat zu lügen.

»Dieser Junge existiert nicht mehr.« Meine Worte sinken wie Steine in einen Fluss; die Wahrheit liegt schwer in meinem Magen.

»Wir alle tragen die Bürden und Freuden unserer Vergangenheit mit uns. Nur wer die Augen vor sich selbst verschließt, vergisst, was einst existierte und was *hier drinnen* noch immer existiert.« Sie tippt auf ihre Brust und lächelt. »Ein Rat für jemanden, der erstrebt, was du erstrebst. Denke immer daran: Das Herz ist keine Schwäche.«

Ich beobachte schweigend die verglimmende Asche des Feuers.

Vielleicht sieht Shenni mehr als das, was vor ihr ist. Vielleicht sieht sie meine Zukunft und das Schicksal, das mich erwartet. Und vielleicht sieht sie hinter der Bewaffnung mit scharfen Klingen noch immer den Jungen, der gerettet werden musste.

8.

AHN

Der Wind schlägt mir ins Gesicht wie tausend Peitschenhiebe, als wir durch die Nacht preschen, weit weg von dem Leichenfeld. Ich klammere mich fest an Leiye, der unser Pferd vorantreibt, und versuche, die Erinnerung an den hitzigen Kampf und die Gewalt auszulöschen, die ich eben miterlebt habe.

Leiye hat mich vor dem Tiensai gerettet, der mich töten wollte. Und trotzdem kann ich jetzt nicht anders, als mich stattdessen vor *ihm* zu fürchten. Sein Feuer hat den Mann ganz und gar verschlungen. Ich erinnere mich an die angsterfüllten Augen des Tiensai, seine Todesschreie, den Geruch von seinem versengten Fleisch, süßlich und ekelerregend. Ich war ganz betäubt vor Schreck. Leiye musste mich in den Wald zerren, wo wir eines der Pferde fanden, das dem Chaos entkommen war.

Ich habe nicht gesehen, was mit Lieutenant Bao oder den Priestern passiert ist. Ich weiß nicht, ob irgendjemand überlebt hat.

Mein verletztes Bein fühlt sich kalt an. Blut läuft daran herunter. Ich versuche mich aufrecht zu halten, aber mit der Zeit lockert sich mein Griff um Leiyes Gewand. Als ich an seinem Rücken zusammensacke, bringt er das Pferd zum Stehen und sitzt ab.

Bevor ich protestieren kann, hebt er mich herunter und setzt mich auf den Boden, den Rücken an einen Baum gelehnt.

»Wie fühlst du dich?«

Mein Körper ist vollkommen durchgefroren. Kalter Schweiß rinnt mir über den Rücken. Mir wird übel beim Anblick meines eigenen Blutes.

»Großartig«, antworte ich. »Ich könnte einen Marathon laufen.«

Leiye lacht nicht über meinen albernen Witz.

»Du verlierst zu viel Blut.« Ich zucke zusammen, als er den zerfetzten Stoff meines Rockes zur Seite schiebt. Die gezackte Klinge des Tiensais hat eine grässliche Fleischwunde hinterlassen und der dunkle Schnitt sieht aus wie ein grausames Lächeln auf meinem blassen Bein.

»Ich muss die Wunde ausbrennen, um die Blutung zu stillen«, sagt Leiye.

»Du willst mich mit *Feuer* behandeln?«

»Du musst keine Angst haben.«

»Du bist ein Priester. Alle haben Angst vor dir.« Noch während ich das sage, lässt das sanfte Mondlicht seine Gesichtszüge weicher erscheinen. Wieder wird mir bewusst, dass er nicht so wirkt wie die anderen Priester. Andererseits, rufe ich mir in Erinnerung, habe ich mit eigenen Augen gesehen, wie er einen Mann zu Tode verbrannt hat. »Warum hast du mich gerettet und deine Kameraden zurückgelassen? Sind die Priester so wenig loyal?«

»Ich denke, du solltest dich im Moment um dich selbst kümmern und nicht um andere. Und ich habe dir schon gesagt: Meine Aufgabe ist es, dich am Leben zu halten.«

»Aber Lieutenant –«

»Dein Blut gerinnt nicht. Es muss etwas auf dem Schwert des Tiensai gewesen sein, was die Wunde offen hält. Der nächste Ort ist mehr als eine Stunde Ritt entfernt. Ich möchte dich nicht fesseln müssen, um dein Leben zu retten, aber wenn es nicht anders geht, werde ich das tun.«

Der Gedanke, dass ein Priester seine Magie an mir anwenden wird, jagt mir höllische Angst ein, aber ich möchte auch nicht verbluten.

Ich beiße meine Zähne zusammen. »Also gut. Dann tu es.«

Leiye greift nach einem heruntergefallenen Zweig auf dem Boden und bricht ein dünnes Stück ab. »Es wird wehtun, und es wäre mir lieber, wenn du mit deinen Schreien nicht unseren Aufenthaltsort verraten würdest. Ich weiß nicht, ob uns vielleicht doch ein Tiensai gefolgt ist.«

Ich nehme den Stock. Leiye zieht einen Dolch aus der Scheide und beginnt die Klinge zu erhitzen. Die Flammen, die aus seinen Fingern sprühen, tanzen betörend, orange-rot und blau in der Mitte. Ich starre auf das Feuer, fasziniert.

Entsetzt.

Ein Priester rettet mein Leben.

Seine Flammen werden größer und ich ziehe vor Angst die Luft ein.

»Man darf das Feuer nicht fürchten, wenn man es beherrschen will. Das ist das Erste, was man uns beibringt.«

»Ich bin aber nicht in deiner netten Priester-Schule aufgewachsen«, gebe ich patzig zurück. »In meiner Welt bringt euer Feuer Zerstörung und fordert die Leben von Menschen, die wir lieben.«

Ein Anflug von Gefühl huscht über sein Gesicht, doch er sagt nichts. Als das Metall heiß genug ist, löscht er seine Flammen. »Halt still.«

Ich hole tief Luft, kneife meine Augen zu und beiße auf den Stock.

Bei der ersten Berührung entfährt mir ein lautes Keuchen. Ein süßlicher verschmorter Geruch steigt in die Luft. Ich beiße fester zu; Tränen strömen über meine Wangen. Mit schnellen Bewegungen tippt Leiye die heiße Klinge immer wieder auf mein Bein, bis die gesamte Wunde behandelt ist.

»Fertig.«

Ich öffne die Augen und blicke in sein aschfahles Gesicht. Es ist, als habe er selbst jedes Mal meinen Schmerz gespürt, wenn er mit der heißen Klinge mein Fleisch versengte.

»Wie sieht die Wunde aus?«, frage ich und wische mir mit dem Ärmel über die Augen. Ich wage es nicht, selbst hinzusehen.

»Es muss erst mal reichen. Wir müssen weiter.«

»Wohin?«

»In die Hauptstadt. Aber erst mal suchen wir einen Arzt für dich.«

Er hilft mir zurück auf das Pferd und bindet mich an sich. Meine Benommenheit kehrt zurück, also lehne ich mich an ihn, ohne daran zu denken, wie nah ich einem Monster bin. Immerhin hat er mich bis hierhin beschützt.

Wir reiten extrem schnell. Mein Bein fühlt sich an, als würde es noch immer brennen. Der Schmerz strahlt von der Wunde aus, als würden heiße Kohlen darauf liegen. Während ich in den Schlaf abdrifte, wird mir klar, dass Leiyes Behandlung eine bleibende Narbe zurücklassen wird.

Ich bin gezeichnet. Gebrandmarkt.

Von den Flammen der Diyeh.

In der nächsten Stadt finden wir einen Arzt, und als der Mann Leiyes beachtlichen Geldbeutel sieht, bietet er uns zwei Zimmer für die Nacht an. Er säubert meine Wunde mit irgendeiner Kräutertinktur und wickelt einen feuchten Verband darum, um das Bein zu kühlen. Leiye beobachtet alles schweigend und mit undurchdringlicher Miene. Als der Arzt endlich fertig ist, übermannt mich der Schlaf und zieht mich fort.

Es ist schon später Morgen, als mich ein Klopfen an der Tür weckt. Leiye kommt herein und reicht mir ein kleines Bündel saubere Kleider. Dann stellt er ein Bambusgestell mit dampfenden Garnelen-Chángfěn in Sojasoße auf den Tisch, zwei Puddingbrötchen und eine Schale mit frischen Feigen.

Er hat seine Priesterrobe abgelegt und sie gegen einen elfenbeinfarbenen Hànfú ausgetauscht. Der Diyeh-Schmuck um seinen Haarknoten ist verschwunden, ersetzt durch einen schlichten silbernen Reif. Die Hälfte seines langen schwarzen Haars fällt über seinen Rücken; die einzelne weiße Strähne in der Mitte ist mit einem smaragdgrünen Band verflochten. Sein Gesicht ist ganz sauber, und jetzt im Tageslicht fällt mir auf, wie groß seine weit auseinanderstehenden Augen sind und wie jung er tatsächlich ist – sicher nicht mehr als zwei Jahre älter als ich.

Sein Anblick irritiert mich. Er sieht zu sanft aus, zu weich. Wie jemand, der an einem Seeufer sitzen und Gedichte rezitieren sollte, anstatt Familien auseinanderzureißen oder Menschen bei lebendigem Leibe zu verbrennen. Ich frage mich, was die Diyeh ihren Rekruten antun, um sie zu grausamen Monstern zu machen.

»Was ist denn mit deiner Priester-Kluft passiert?«, frage ich zwischen zwei gierigen Bissen. Die Garnelen in den Reisrollen sind frisch und süß, und da der Schmerz in meinem Bein nur noch als dumpfes Pochen zu spüren ist, hat sich meine Stimmung verbessert.

Leiye sitzt mir gegenüber, die langen Beine ausgestreckt, und lässt eine Münze über seine Fingerknöchel wandern. »Wir dürfen kein Aufsehen erregen.«

Ich ziehe eine Augenbraue hoch, aber er geht nicht näher darauf ein.

»Danke, dass du mir gestern Abend das Leben gerettet hast«,

sage ich widerstrebend. »Weißt du, ob Lieutenant Bao überlebt hat? Er war nett zu mir.«

»Ich weiß nicht, ob es noch andere Überlebende gibt. Darauf habe ich nicht geachtet. Meine einzige Pflicht ist, dich zu beschützen.«

»Warum?«

»Es wurde mir befohlen«, antwortet er knapp.

»Von den Diyeh? Aber Lieutenant Bao sagt, euer Kriegsminister will mich sehen.« Ich klammere mich an die Hoffnung, dass Leiye mich zum Premier bringen wird und nicht zu den Priestern, die mich mit Sicherheit umbringen werden.

Leiye schweigt.

»Was kann ein Politiker von mir wollen? Ich finde, nach dem gestrigen Abend habe ich ein paar Antworten verdient«, dränge ich ihn.

Doch Leiye ignoriert mich und nimmt sich von den frischen Feigen. Ich stecke mir ein Puddingbrötchen in den Mund, zerknülle die Papierverpackung zu einem Ball und werfe damit nach ihm.

Leiye hebt nicht einmal den Kopf, als er mühelos das Papierknäuel fängt. Mein armseliger Angriffsversuch scheint ihn zu amüsieren.

»Findest du nicht, dass ich wissen sollte, warum die Leute versuchen, mich umzubringen?«, fragte ich mit lauterer Stimme. Es ist mir egal, ob uns der Arzt hören kann. Gut möglich, dass er vor dem Zimmer steht und sein Ohr an die Tür presst. Meine Angst ist in Frust umgeschlagen. Ich werde diesem Spund von einem Priester schon noch ein paar Antworten abringen. »Warum waren diese Männer hinter mir her? Und warum hat der eine Mann mich Lebensräuber genannt?«

»Weil er ein Tiensai war, und für die bist du das. Das ist kein Begriff, den wir verwenden.«

Wir? Meint er die Diyeh?

»Ich verstehe nicht«, sage ich.

»Hast du schon mal von dem Schmied und den Zwillingsschwertern gehört?«

»Dieses Märchen, das Mütter ihren Kindern erzählen, um sie davor zu warnen, Dinge zu stehlen, die ihnen nicht gehören?«

»Es ist kein Märchen.«

Ich lache auf. Es klingt viel zu laut in diesem stillen Zimmer. Leiye presst seine Fingerspitzen aneinander und wirft mir einen frostigen Blick zu. Ich höre auf zu lachen.

»Was meinst du?«

»Erzähl mir die Geschichte«, sagt er einfach. Ich schürze die Lippen. »Komm schon, tu mir den Gefallen.«

»Also gut. Es war einmal ein talentierter Schmied –«

Leiye schnaubt spöttisch.

»So hat meine Großmutter es mir erzählt und so werde ich es erzählen«, sage ich verärgert.

Er bedeutet mir weiterzureden.

»Es war einmal«, wiederhole ich, »ein talentierter Schmied, der einen Sohn hatte. Eines Tages beauftragte der Jadekaiser des Himmelreichs den Schmied, ein Schwert herzustellen, an dessen Schönheit keine irdische oder göttliche Waffe heranreichen könnte. Für tausend Tage und tausend Nächte musste er dazu die Klinge in himmlischem Jadefeuer schmieden, und so stellte der Jadekaiser ihm die himmlische Schmiede in seinem Palast zur Verfügung. Am tausendsten Tag machte sich der Schmied daran, das Schwert mithilfe der Tränen von Xiwangmus tierischem Gefährten zu härten – einem Fènghuáng, denn die Tränen eines Phönix haben heilende Kräfte. Doch auf seinem Rückweg stieß der Schmied auf einen Garten mit Pfirsichbäumen. Berauscht von dem betörenden Duft der Früchte nahm er einen Bissen – was offen gesagt ganz schön dumm war. Schließlich befand er sich im Garten der Unsterblichkeit und kein Sterblicher durfte sich dort irgendetwas nehmen. Zur Strafe schleuderte der Jadekaiser einen Blitz auf den einzigen Sohn des Schmieds und tötete ihn.«

»Und?«

»Und an dieser Stelle sagt man dann zu einem Kind: Siehst du, wenn man sich etwas nimmt, was einem nicht gehört, passieren schlimme Dinge.«

»Die Geschichte geht aber noch weiter.«

»Bitte schön, dann erzähl du doch.« Ich wünschte, er würde nicht immer in Rätseln sprechen.

Die Münze wandert immer wieder zwischen seinen langen Fingern hin und her, während er schweigend dasitzt. Ich stopfe mir eine weitere Reisrolle in den Mund und frage mich, ob ich ihn mit meinem Essstäbchen erstechen und die Flucht ergreifen soll. Aber es ist unwahrscheinlich, dass ich weit kommen würde.

»Das ist der Teil der Geschichte, der in ein paar alten Schriften erhalten ist, aber so viel ich weiß nie als Gutenachtgeschichte erzählt wird«, erläutert Leiye schließlich. »In seiner Verzweiflung über den Tod seines Sohnes nahm der Schmied das Schwert und schlug dem Phönix den Kopf ab, womit er ihn in die Welt der Sterblichen hinunterriss. Dort, wo der Phönix auf die Erde stürzte, entstand eine Gebirgskette. Dann verfluchte der Schmied das Schwert, das er geschaffen hatte, und verlieh ihm damit die Kraft, sogar einen Gott zu vernichten. Das Schwert brach in zwei Teile – Zwillingsschwerter, die jeweils das Gegenteil von dem anderen waren. Ein Schwert verwandelte sich in pure, weiße, schimmernde Jade, während sein Zwilling schwarz wie die Nacht wurde, finster wie die Hölle. Sie tragen viele Namen. Die häufigsten sind das Weiße Jade-Schwert und das Obsidian-Schwert, oder das Schwert des Lichts und das dunkle Schwert. Als er aus dem

Himmelreich floh, ließ der Schmied in seiner Hast das weiße Schwert fallen. Niemand weiß, wo es heute ist. Und obwohl der Schmied den Pfirsich der Unsterblichkeit gegessen hatte, verwandelte er sich nicht in einen Gott. Stattdessen wurde er zu einem Geist des Seelenreichs, für immer in der Finsternis gefangen.«

Ich schlucke. Die Chángfěn schmecken plötzlich nach Sägespänen. »Was ist so wichtig an diesem Märchen?«

»Ich sagte doch, es ist kein Märchen.«

Jetzt bin ich an der Reihe zu spotten. Ich frage mich, ob ihn seine Zeit mit den Diyeh-Priestern auf den Pfad des Wahnsinns geführt hat. Er lehnt sich zurück, legt die Zeigefinger aneinander. Es fuchst mich, dass er so ruhig und gelassen wirkt.

»Ich bin sicher, du weißt, dass die Tiensai-Magie unser Land vergiftet«, sagt er.

Warum sollte die Wüste sich noch immer ausbreiten, wenn diese falschen Priester weiter all jene töten, die sie die Tiensai nennen?

»Das ist das, was die Priester behaupten«, sage ich und erinnere mich an Amas Worte.

»Die Diyeh sind nicht wie die Tiensai. Wir glauben, dass der Lebensräuber Frieden für die Welt bringen wird. Die *Tiensai* sind es, die von den Göttern verflucht sind, korrumpiert von der Finsternis. Ihre Magie ist unrein. Sie wollen dich töten, weil sie nicht wollen, dass du das Schwert des Lichts findest. Und weil sie die dunkle Magie, die unser Land durchdringt, nicht stoppen wollen. Deshalb hat man dich letzte Nacht angegriffen.«

Ich runzele die Stirn. »Wovon um alles in der Welt redest du?«

»Man sagt, das Schwert des Lichts ist das Einzige, was die Seuche in der Erde davon abhalten kann, sich weiter zu verbreiten. Nach der Berührung mit der himmlischen Magie des Pfirsichs wurde der Schmied der erste Lebensräuber, und nur ein Lebensräuber kann das verschollene Artefakt finden, das uns heilen wird.«

»Und was hat das mit mir zu tun?«

Leiye antwortet nicht, und es dauert eine ganze Weile, bis mein Gehirn die Verbindungen herstellt. Mir gefriert das Blut in den Adern.

»Du denkst, *ich* bin der Lebensräuber? Oder vielmehr die Lebensräuberin? Aber das ist doch nur ein Märchen.«

»Meine Kameraden, die dich ausfindig machen sollten, haben die Leichen in der Gasse gesehen. Ihrer Beschreibung nach ist es eindeutig, dass die Männer durch lebensraubende Magie zu Tode gekommen sind.« Leiye kommt herüber und geht neben mir in die Hocke. Mit einer Bestimmtheit, die mich irritiert, packt er mein Handgelenk. Sein Blick ist dunkel und stählern. »Deine Magie ist *anders*. Und deshalb wollen dich die Tiensai töten.«

Ich schiebe die Erinnerungen an das, was in Shahmo passiert ist, zur Seite und wende mich von seinem durchdringenden Blick ab. Was er mir da erzählt, muss eine Lüge sein. Ich kann nicht die Lebensräuberin sein, was auch immer das ist.

»Das ist doch lächerlich«, sage ich und weiche vor ihm zurück. »Ich bin nicht die, für die du mich hältst.«

Abrupt steht er auf und signalisiert damit das Ende unserer verworrenen Unterhaltung. »Iss lieber auf und zieh dich um. Wir brechen in einer halben Stunde auf und diesmal wirst du dein eigenes Pferd haben. Wir müssen sehen, dass wir schnell in die Hauptstadt kommen.«

»Mein eigenes Pferd? Hast du denn keine Angst, dass ich fliehen könnte?«

»Du bist doch schlau und willst am Leben bleiben. Wenn du versuchst zu fliehen, musst du es allein mit den Tiensai, dem Palast und den Priestern aufnehmen. Nein, vor *mir* wirst du nicht fliehen«, sagt er lächelnd und geht zur Tür, »denn im Augenblick bin ich der Einzige, der dich beschützen kann.«

9.

AHN

Drei Tage später erreichen wir Beishou. Statt einen geheimen Eingang zum Palast oder irgendeinem Diyeh-Tempel zu benutzen, galoppieren wir unverfroren durch die Straßen. Von wegen wir sollten kein Aufsehen erregen. Aber ich bin froh über die Gelegenheit, die Hauptstadt zu sehen. Nie im Leben hätte ich gedacht, dass ich einmal hierherkommen würde.

Beishou ist noch bunter und schillernder, als ich es mir vorgestellt habe. Und so unglaublich wohlhabend. Ich versuche, die ordentlich gepflasterten, glänzend sauberen Straßen nicht zu sehr zu begaffen. An jeder Ecke stehen majestätische Brunnenskulpturen und Wasserspiele, manche so groß wie ein Stadthaus. Vergoldete Tempel, auf deren Dächern und Traufen diverse Götter und glückbringende Tiere aus Stein hocken, ragen hier und dort in die Höhe, allesamt bunt gestrichen in leuchtendem Grün und Rot mit Verzierungen in Himmelblau und Goldgelb.

Sorgsam gepflegte Blumen und Pflanzen sprießen zwischen den Straßen und entlang der Gehwege. Alles hier ist so opulent. Sogar die Holzfenster der Geschäfte sind mit komplizierten geschnitzten Mustern aus abwechselnd runden und rechteckigen Formen und Spiralen verziert.

Und die Leute! Es verblüfft mich, dass sie alle in feinen Seidengewändern gekleidet sind, prächtiger als ich es in meinem ganzen

Leben gesehen habe. Hier gibt es keine Hinweise auf Armut. Keine Bettler, keine dreckigen Straßenkinder, keinerlei Anzeichen von Verfall an irgendeinem der Gebäude. Sogar die Kellner in den Wirtshäusern und Teestuben, an denen wir vorbeikommen, sind gut gekleidet.

Das ganze Vermögen des Kaiserreiches wird in diese Stadt gepumpt, während so viele andere Städte und Dörfer im Elend darben. Es fällt mir schwer, meinen Groll hinunterzuschlucken.

Am Ende eines langen von Bäumen gesäumten Weges steigen wir von den Pferden, und ich starre mit offenem Mund auf das imposante Bauwerk vor mir.

Riesige Eisentore ragen vom Boden empor. Endlose von Fackeln gesäumte Steinmauern strecken sich mehr als fünfzehn Meter in die Höhe und verstellen den Blick in das Innere des Komplexes. Auf jeder Seite des großen Eingangs steht ein Wachposten und zahlreiche weitere Wächter marschieren an den Mauern auf und ab.

Einer der Wächter kommt auf uns zu. Leiye zieht unauffällig etwas aus seinem Ärmel. Ich erhasche einen Blick auf ein Siegel aus blassgrüner Jade. Sofort verbeugt sich der Wachmann tief.

»Junger Herr, womit kann ich Euch heute behilflich sein?«

Junger Herr? Warum sollte der Palastwächter einen Priester so förmlich begrüßen, als wäre er ein Edelmann?

»Der Premier erwartet diese Dame. Sie soll bei ihm zu Gast sein. Sorge dafür, dass alle benachrichtigt werden.« Leiyes Stimme hat einen vornehmen Tonfall angenommen.

Der Wächter schlägt die Hacken zusammen. Jetzt sieht er mich mit sehr viel mehr Respekt und Höflichkeit an, und mit etwas Neugier. Dann öffnet er eine Luke in der Tür und murmelt jemandem dahinter ein paar Worte zu.

Das riesige Tor öffnet sich und gibt den Blick auf nichts anderes frei als auf einen großen langweiligen Kopfsteinplatz mit einem weiteren Tor und einer weiteren großen Mauer am anderen Ende. Ein anderer Wächter begrüßt uns und führt uns zu dem neuen Tor. Er wiederholt das Prozedere des ersten Wächters und das Tor öffnet sich. Dahinter steht noch ein Wächter auf noch einem Innenhof mit *noch einem* Tor.

Bald sind wir durch so viele Türen und Innenhöfe und Gassen gegangen, dass in meinem Kopf alles zu einem einzigen langen Korridor und einem großen Innenhof mit beliebigen Pflanzen verschmilzt. Keine Chance, dass ich aus diesem Labyrinth allein wieder herausfinde.

Nachdem wir den fünften oder sechsten Innenhof durchquert haben, zeigt sich erst das wahre Gesicht des Palastes. Beishou mit seinem gepflegten Charme ist ein Drecksloch gegen die Pracht und den Prunk der Palastanlagen.

Mein Blick wandert über die bunten Pagodendächer in Scharlachrot und Grün, die weinrot gefärbten Holzsäulen und die atemberaubenden Schnitzereien der Kassettendecken mit all dem schimmernden Gold, das für die Dekorationen verwendet wurde. Einmal, als wir an einer freien Grünfläche zwischen den Gebäuden vorbeikommen, entdecke ich eine siebenstöckige Pagode an einem kleinen See. *Ein See*. Wie riesig ist dieses Gelände?

Schließlich bittet man uns, in einem prachtvollen Saal zu warten, wo ein paar Bedienstete diskret in den Ecken stehen. Sie haben ihren Blick starr auf einen Punkt vor ihnen gerichtet. Niemand sieht mich an. Ich will Leiye Fragen zum Palast und Premier Zhao Yang stellen, aber die ausdruckslosen Gesichter der Bediensteten können mich nicht täuschen. Ich bin sicher, jeder Einzelne von ihnen würde unser Gespräch belauschen. Warum sollten sie das auch nicht? Ich würde es auch tun.

Ein zierliches Mädchen, gekleidet in einen weißen, mit Pfingstrosen bestickten Rúqún, tritt durch eine verblendete Tür. Wie die meisten Shi hat sie einen hellen Teint. Doch eine Lage Perlenpuder auf ihrem Gesicht lässt ihre Haut zusätzlich ätherisch leuchten. Ihre Wangen sind mit Rouge gefärbt, die Lippen in einem schmeichelhaften Zinnoberrot geschminkt und ihre Haare frisiert zu kunstvollen Zöpfen und Kringeln, dekoriert mit bunten Seidenblumen. Das muss die Mode der Hauptstadt sein. Ich komme mir ganz schäbig vor neben ihr.

Das Mädchen neigt den Kopf. »Willkommen im Äußeren Palast, gnädige Frau. Mein Name ist Linxi, und ich werde Euch zu Euren Gemächern geleiten.«

»Ich – Ich bin nicht –, nenn mich doch bitte Ahn«, sage ich. Mir ist schmerzhaft bewusst, wie heruntergekommen ich aussehen muss, und ich bin ziemlich sicher, dass ich auch nicht gerade angenehm rieche.

Linxi lächelt anmutig und verbeugt sich noch einmal. »Bitte, verehrte Ahn, folget mir.«

Ich drehe mich zu Leiye und hoffe, dass er mitkommen wird. Er ist zwar weder ein Freund noch ein Verbündeter, aber nachdem wir so lange zusammen gereist sind, ist er ein vertrautes Gesicht. Doch er verschwindet ohne ein weiteres Wort den Gang hinunter.

Da ich keine andere Wahl habe, folge ich Linxi zu einem Raum, der dreimal so groß ist wie Amas Hütte. Frische Blumen erfüllen die Luft mit einem intensiven Duft. Sonnenlicht strömt sanft durch die mit Reispapier bespannten Fenster. Organza-Vorhänge in kräftigen Farben wie Viridiangrün, Violett und Saphirblau sind um den geschwungenen Holzrahmen des Himmelbetts mit Doppelmond-Schnitzereien drapiert. Wunderschöne Gemälde üppiger Landschaften hängen an den Wänden, und auf Schränken und Beistelltischen sind anmutige vergoldete Ornamente platziert. In einer Ecke steht ein Paravent, bemalt mit Rotkronenkranichen und sattgrünen Bambuspflanzen, und über dem Wandschirm liegen Seidengewänder bereit.

Es fühlt sich an, als sei ich in einem Traum, nur dass meine Träume bisher nie so extravagant waren. Tränen brennen mir in den Augen. Wenn Ama das doch nur sehen könnte, wenn sie ihre alten Knochen in diesem opulenten Bett ausruhen könnte. *Krieg dich wieder ein*, weise ich mich selbst zurecht. *Du bleibst doch nicht lange hier. Du bist nur hier, weil irgendein Politiker denkt, du könntest ihm nützlich sein.*

Zwei Dienstmädchen tauchen auf, um ihre Hilfe anzubieten, doch Linxi schickt sie mit einer abwinkenden Handbewegung aus dem Zimmer. Genau wie Linxi sind die beiden Mädchen in weiße Gewänder gekleidet, da die neunundvierzigtägige Trauerzeit für Kaiser Gao Long noch nicht vorbei ist. Doch die Stickereien auf den Gewändern der einfachen Dienstmädchen sind weniger aufwendig und ihre Frisuren und Emaille-Haarnadeln sind schlichter gehalten. Linxi muss eine höhergestellte Hofdame sein oder zu den Günstlingen einer wichtigen Person im Palast gehören. Ich frage mich, ob sie in den Palastanlagen geboren oder hierhergebracht wurde.

»Was für ein schöner Raum«, bemerke ich.

»Ich freue mich, dass er Euch genehm ist, Lady Ahn –«

»*Bitte* – einfach nur Ahn.«

Linxi zögert einen Moment, bevor sie mir ein verschwörerisches Lächeln zuwirft, mit dem sie mich für sich einnimmt. »Also gut, aber nur wenn wir allein sind.« Sie führt mich ins Badezimmer und fügt hinzu: »Du bist zwar auf Einladung des Premiers hier, aber er ist ein Mann des Militärs und lebt spartanisch. Die Kaiserwitwe Zhenxi hat dir diese Gemächer eigens zugedacht. Ich werde Ihrer Majestät mitteilen, dass du zufrieden bist.«

»Die Kaiserwitwe höchstpersönlich!«, rufe ich aus, ganz überwältig von so viel Aufmerksamkeit. »Ich bin mehr als zufrieden. Es ist eine Ehre. Aber warum sollte sie das überhaupt tun?«

»Man hat uns gesagt, du seist ein *hochgeschätzter* Gast.« Linxis Augen sind ganz groß vor Neugier. Sie erwartet, dass ich ihr erzähle, wer ich bin.

Ich öffne meinen Mund und schließe ihn sofort wieder. Es ist besser, nichts davon zu erzählen, wie ich von den Priestern gefangen wurde oder warum ich gefangen wurde. Ich will Linxi nicht verschrecken.

»Dieser Mann, der mich hergebracht hat – weißt du, wer er ist?«, frage ich.

»Das war der junge Meister Xima Leiye, der jüngste Sohn des Marquis von Qin.«

Xima Leiye. Also ist er tatsächlich ein Adeliger. Und auch ein Priester?

»Es war sehr nett von ihm, dass er mich zum Palast eskortiert hat. Arbeitet er mit dem Premier zusammen?«

»Ich kümmere mich um die Konkubinen im Westflügel des Inneren Palastes. Ich weiß nicht viel über die Politiker im Palast, tut mir leid.« Linxi wendet den Kopf von mir ab und streut ein paar Rosenblätter in das Badewasser. Der betörende Duft erfüllt sofort die Luft.

Ich bin enttäuscht von der Antwort, aber ich nehme an, Linxi ist nur auf Anweisung von Kaiserin Zhenxi hier. Ich überzeuge sie, dass ich sehr gut in der Lage bin, allein zu baden. Nachdem sie gegangen ist, lasse ich mich in die Wanne mit warmem Wasser sinken und genieße diesen seltenen Luxus.

Bald darauf bin ich in weiße Seidengewänder gekleidet, die meine Haut umschmeicheln wie Wolken. Ich sehe wortlos zu, wie Linxi meine Haare zu einer kunstvollen Frisur zwirbelt. Dann hebt sie mein Kinn und tupft geschickt einen Hauch Rouge auf meine Wangen.

»So.« Sie ist zufrieden mit ihrem Werk.

Mit klopfendem Herzen betrachte ich mich in dem bronzenen Spiegel. Bekleidet mit diesen wunderschönen Gewändern erkenne ich mich gar nicht wieder. Das arme, stehlende Mädchen aus der Wüste ist verschwunden. Irgendwie fühlt es sich an, als hätte ich etwas verloren.

Dann stellt Linxi ein paar Schuhe vor mich hin und der fünf Zentimeter hohe Absatz lässt mich erblassen.

»Es tut mir leid, aber die kann ich nicht tragen. Ich bin auf der Reise hierher verletzt worden.« Ich zeige ihr den Verband um mein Bein.

»Was ist mit deinem Bein? Soll ich den Arzt rufen?«

»Nein, schon gut. Mir geht es gut. Ich bin vom Pferd gefallen«, sage ich, denn ich bin unsicher, wie viel ich ihr gegenüber preisgeben soll. Auch wenn ich das *Gefühl* habe, dass ich ihr vertrauen kann, ist sie immer noch eine Fremde. Und mein Schicksal hier ist noch nicht entschieden.

Linxi runzelt die Stirn, tippt nachdenklich mit einem Finger gegen ihre Wange und sieht sich im Zimmer um. »Oh!« Sie holt ein paar Seidenpantoffeln hervor und hilft mir hinein. »Die tun es auch.«

Ich stoße einen erleichterten Seufzer aus. »Danke. Ich hab noch nie hochhackige Schuhe getragen.«

Sie ist höflich genug, um ihre Überraschung zu verbergen. Wir verlassen das Zimmer und sie führt mich durch lange Korridore und durch einen großen Garten. Bald tut sich vor uns eine Lichtung auf und ein idyllischer blaugrüner See kommt in Sicht. In der Nähe des Ufers steht ein Pavillon, wie ich ihn noch nie gesehen habe. Sein Dach ist kuppelförmig und nicht nach oben gewölbt. Und anstelle von stützenden Säulen ist das ganze Bauwerk von einer runden Mauer eingefasst, deren Steine in der Sonne mattweiß schimmern. Durch die mehrkantigen vergitterten Öffnungen, die in den Stein gemeißelt sind, kann ich eine Gestalt entdecken. Inmitten des lauten Vogelgezwitschers nehmen meine Ohren noch ein anderes Geräusch wahr.

Musik.

Die Melodie ist wunderschön und melancholisch, wie ein vertraulich geflüstertes Geheimnis.

»Wer ist das –«

»Wir dürfen den Premier nicht warten lassen«, unterbricht mich Linxi mit einem mahnenden Gesichtsausdruck, während sie mich mit einer subtilen Handbewegung weiterlotst.

Zwei Wachmänner marschieren auf uns zu. Unsere Eskorte.

Wir folgen den Wächtern zum nächsten Gebäude. Sie schlagen zackig die Hacken aneinander und positionieren sich links und rechts vom Eingang. Linxi bringt mich in ein großes Empfangszimmer, wo ich auf den Premier warten soll.

»Ich muss mich jetzt empfehlen, Lady Ahn.«

»Kannst du nicht bitte mit mir warten?« Ich umklammere ihre Hände mit meinen, bin auf einmal ganz nervös. In diesem Raum wird in ein paar Minuten mein Schicksal entschieden werden.

»Es tut mir leid, aber es gibt gewisse Regeln im Palast. Der Premier wird nicht wollen, dass eine Bedienstete der Kaiserin einer privaten Unterredung beiwohnt.«

Privat? Ich habe schon drei Diener in den Ecken dieses Raumes entdeckt, die ihr Bestes tun, um mit der Umgebung zu verschmelzen. Ein Gedanke schießt mir in den Kopf. »Bevor du gehst, sage mir doch, was die wichtigste Regel im Palast ist.«

»Pass auf, wem du traust.« Und damit schlüpft sie davon, bevor ich ihr weitere Fragen stellen kann.

Die Diener bleiben halb verborgen in den Schatten und meiden meinen Blick, aber eine Atmosphäre der Überwachung liegt in der Luft. Ich habe den Eindruck, dass ich nicht mit ihnen sprechen soll, also lasse ich mich in einen Sessel sinken und warte.

Minuten verstreichen und die Erschöpfung nach meiner langen Reise trifft mich wie ein schwerer Sack Reis. Meine Augenlider fallen zu, auch wenn ich mir in den Arm kneife, um nicht einzuschlafen.

Rüstungen klirren und ich schrecke auf. Die zwei Wachmänner haben den Raum betreten.

»Verbeugt Euch!« wispert einer der Diener hinter mir.

Ich springe auf.

»Ihre Exzellenz Premierminister Zhao Yang!«, verkündet eine Stimme.

Schritte nähern sich, aber ich halte meinen Kopf gesenkt.

»Erhebt Euch«, sagt eine andere Stimme. Sie klingt kommandierend und hart wie die stumpfe Seite eines Hammers.

Ich richte mich auf und sehe einen Mann in einer weißen Robe. Eine silberne Maske verbirgt die Hälfte seines Gesichts, während seine unbedeckte Seite ein tiefliegendes Rabenauge und eine Adlernase zeigt. Er starrt mich an und sein Gesichtsausdruck wechselt von Neugier zu Wiedererkennen.

»Ahn-er? Du *bist* es wirklich.«

10.

ALTAN

Am nächsten Tag verabschieden wir uns von den Nomaden, orientieren uns am Sonnenstand und reiten nach Norden weiter. Unsere Rucksäcke sind gefüllt mit großzügigen Essensgaben, die Tang Weis Stimmung deutlich heben. In der Ferne ragt das Wudin-Gebirge auf und wird mit jedem Tag größer.

Ich nähere mich meinem Ziel, doch Shennis Worte gehen mir jede Nacht aufs Neue durch den Kopf, wie ein Geheimcode, den ich nicht entschlüsseln kann. *Das Herz ist keine Schwäche.* Was hat sie damit gemeint? Und was hat es mit meiner Suche nach dem Schwert des Lichts oder dem Lebensräuber zu tun?

Am Fuße der Berge kommen wir in ein Dorf und verbringen die Nacht im dortigen Gasthaus, wo wir uns erst mal bei einem einfachen, aber herzhaften Abendessen die Bäuche vollschlagen. Ich schaffe es, Tang Wei zu überzeugen, mich nicht den ganzen Weg hinauf zur Jiyu-Quelle zu begleiten, auch wenn sie zunächst protestiert. Die Wanderung ist zu gefährlich, und außerdem muss der Suchende den Weg zum Phönix allein bewältigen.

Schließlich gibt sie nach und verspricht, dass sie mich nur auf dem ersten Teil der Wanderung begleiten wird. Im Morgengrauen brechen wir zusammen auf.

Selbst bei Tageslicht umhüllt Nebel den schroffen Berggipfel und erinnert mich an die Aquarellbilder, die damals im Palast hingen. Ich hatte nie eine besondere Neigung zur Kunst, aber meine Schwester malte schon, bevor sie ihr erstes Wort schreiben konnte. Sie wäre eine ausgezeichnete Malerin geworden, wenn sie noch leben würde.

An einem kargen Felsvorsprung machen wir kurz Rast.

»Es ist ein furchtbar langer Aufstieg bis zum Gipfel«, sagt Tang Wei, während sie auf einem Stück Dörrfleisch herumkaut.

Und ein langer Absturz, denke ich, als ich einen Blick zurück hinunter werfe.

»Hier sollten wir uns trennen«, schlage ich vor. »Dann hast du noch genug Zeit, um bis zum Sonnenuntergang wieder im Tal zu sein.«

»Du hast letzte Nacht nicht gut geschlafen, nicht wahr? Vielleicht solltest du deinen Aufstieg morgen beginnen. Hier ist auch ein guter Platz zum Kampieren.«

»Nein, ich darf keine Zeit verlieren.« Ich schnappe ihr das Dörrfleisch aus der Hand und reiße mir einen Streifen ab.

»Gib das zurück!«

»Du kannst mir ruhig noch was abgeben. Schließlich gehst *du* zurück zu diesem netten kleinen Gasthaus mit dem bequemen Bett.«

Tang Wei schneidet eine Grimasse. »Und ich werde tausend Jahre schlafen.« Ihre Miene wird wieder ernst. »Was denkst du, wie lange du brauchen wirst?«

»Ich hab keine Ahnung.«

Sie sieht aus, als wollte sie noch mehr sagen, aber stattdessen knufft sie mir mit mehr Kraft als nötig gegen den Arm. »Sieh zu, dass du am Leben bleibst.«

»Das werde ich«, sage ich mit mehr Zuversicht, als ich im Moment empfinde. »Und wenn nicht, kannst du immer noch zu meiner Leiche sagen: Ich hab's dir ja gleich gesagt.«

»Beschwör das Unglück nicht herauf.« Sie versetzt mir gleich noch einen Knuff, diesmal sanfter und mit so etwas wie Zuneigung. Dann dreht sie sich mit wogendem Gewand um und springt die Felsen hinunter wie eine Bergziege.

Allein setze ich meinen Aufstieg fort. Die Berghänge wirken ausgestorben, auch wenn meine Ohren Tierlaute wahrnehmen. Hoch oben in den Bäumen hockt eine Familie von Goldstumpfnasenaffen und beobachtet mich misstrauisch. Noch weiter oben trillert eine Drossel. Ich rieche den süßen Duft von Blüten und reifen Früchten und erinnere mich an die Palastgärten, in denen ich als Kind gespielt habe. In der Ruhe und Idylle des Wudin-Gebirges haben die Reste der dunklen Magie meines Urgroßvaters noch keine Spuren hinterlassen.

Bis jetzt.

Wenn ich nichts tue, um die dunkle Magie aufzuhalten, wird sich auch dieses Paradies der Flora und Fauna in Staub verwandeln.

Die Temperatur sinkt, je höher ich komme. Ich ziehe meinen pelzbesetzten Mantel fest um meine Schultern und bin dankbar für meine Handschuhe. Sie halten meine Finger warm und erleichtern es mir, meine Magie zu lenken.

Tiensai-Magie beruht auf dem Prinzip von Qì, dem elementarsten Stoff, aus dem die Welt besteht. Alle lebenden Kreaturen und die Natur selbst sind durch diesen ständigen Kreislauf und Fluss von Energie verbunden. Alle Menschen werden mit einem ursprünglichen Qì geboren. Doch nur jene, die feinfühlig genug sind, um das Wirken dieser spirituellen Kraft zu spüren, können sie als Form von Energie bündeln und durch die Meridianpunkte an ihren Fingerspitzen freisetzen.

Viele Tiensai haben von Geburt an eine starke Affinität zu einem der fünf Naturelemente in unserer Welt: Wind, Wasser,

Feuer, Erde und Metall – was extrem selten ist. Wobei die Affinität zum Lebenrauben wohl eine Anomalie außerhalb der fünf Elemente ist und die seltenste von allen.

Nur wenige Tiensai können mehr als ein Element manipulieren. Noch wenigere erzielen eine vollkommene Beherrschung ihres Kernelements, denn dazu braucht es Jahre der Kultivierung. Die meisten Tiensai sind zu sehr damit beschäftigt, um ihr Leben zu rennen und sich vor den Diyeh zu verstecken.

Ich hatte das Glück, von Meister Sun in Kultivierung unterrichtet zu werden. Nach Jahren des hartnäckigen Trainings beherrsche ich mehr als ein Element. Wie nicht anders zu erwarten, ist Feuer meine schwächste Affinität. Es ist von allen Elementen am schwierigsten zu kontrollieren, und wenn ich an Feuer denke, dann denke ich nach all diesen Jahren immer noch an meine Mutter. Ich denke an die Priester.

Und an den Mann, der sie umgebracht hat.

Ich bleibe stehen und starre auf die Nebelwolke, die den Berggipfel umhüllt. Es wird mich mindestens zwei Tage kosten, bis ganz nach oben zur Jiyu-Quelle zu gelangen – der Quelle der Erinnerungen – wo die Orakelknochen der Seelenkreatur ruhen sollen.

Niemand weiß mit Sicherheit, ob der Phönix lebt.

Ist mein Aufstieg ein nutzloses Unterfangen? Verschwende ich meine Zeit an einen Mythos, während ich die Bastarde jagen könnte, die meine Familie umgebracht haben?

Unwillkürlich kehren die Erinnerungen an meine Schwester zurück. Wir waren Zwillinge, doch Vater sagte immer, sie hätte einen Willen aus Stahl. Über mich sagte er das nie. Selbst als wir noch Kinder waren, war meine Schwester die Furchtlose von uns. Diejenige, die zielstrebig alle ihre Feinde verfolgen und ohne zu zögern zur Strecke bringen würde. Sie würde keine Selbstzweifel haben. Sie würde nicht wanken. Sie würde enttäuscht sein, wenn ich auch nur einen Moment zauderte.

Mutter sagte oft, ich wäre die Sonne zu ihrem Mond. Aber wenn sie der Mond war, dann war ich das Meer, das durch ihre Zugkraft anschwoll und abebbte.

Meine Schwester hätte diejenige sein sollen, die den Sandsturm vor zehn Jahren überlebte. Nicht ich. Doch die Götter haben eben einen verqueren Sinn für Humor.

Ich hole tief Luft und schiebe all meine Zweifel zur Seite. Meine Schwester ist nicht hier.

Ich bin es.

Am dritten Morgen erreiche ich den Rand des Nebelrings. In der frühen Morgendämmerung durchziehen leuchtend rote und orangefarbene Streifen den blassen Himmel und umgeben den Berghang mit einem Glorienschein. Die Eiszapfen an den Nadeln der Bäume werden bald in der aufgehenden Sonne schmelzen, doch in diesem Moment glitzern sie im Licht, und mein Atem stößt kleine weiße Wölkchen in die Luft. Eine undurchdringliche Stille umhüllt diesen Ort. Kein Tier regt sich. Kein Wind. Kein Geruch. Es ist, als sei die Zeit stehen geblieben.

Etwas sagt mir, dass dies der Ort ist.

Ich lege meine Waffen ab: meine zweischneidigen Säbel, den Bogen und den Köcher mit den Pfeilen. Nur ein paar Messer lasse ich an meinem Gürtel stecken. Für alle Fälle. Dann setze ich mich mit gekreuzten Beinen auf den Boden, die Augen geschlossen und die Hände mit den Handflächen nach oben auf den Knien. Ich konzentriere mich auf meine Atmung und stelle mich auf ein langes Warten ein.

Der Legende nach machte sich einst eine Frau auf den beschwerlichen Weg in das Wudin-Gebirge, um den Phönix zu finden. Ihr einziger Sohn war durch einen Unfall erblindet, und sie suchte verzweifelt nach einer Möglichkeit, ihn zu heilen. Sieben Tage und Nächte meditierte sie. Als sie nach der siebten Nacht ihre Augen öffnete, gab der Berg den Blick auf eine Höhle frei, und darin befand sich die Quelle der Erinnerungen. Sie trank davon und eine Seelenkreatur erschien. Ein Fènghuáng, der Wächter der Lüfte.

Gerührt von der Hingabe der Frau, gewährte der Phönix ihr einen Wunsch, doch es war einer, für den ein Preis gezahlt werden musste. Sie willigte ein, und als sie die Höhle verließ, stellte sie fest, dass sie selbst ihr Augenlicht verloren hatte. Zurück in ihrem Dorf aber erwachte ihr Sohn und sah die Welt wieder in Licht getaucht.

Es klingt absurd, wie ein Märchen, das man Kindern erzählt, um ihnen die Liebe ihrer Eltern vor Augen zu führen. Aber Shīfù sagt immer, dass in unseren Geschichten, die von Generation zu Generation weitererzählt werden, viel Wahrheit steckt. Man muss nur daran glauben, dass es eine Wahrheit gibt.

Allmählich wird mein Atem ruhiger. Das Schweigen wird lauter, wie eine stetige Mahnung, dass ich allein hier auf dem Berggipfel bin, umgeben von Nebel und Magie. Die Zeit verschwimmt, und mein Körper fühlt sich schwerelos an. Ein Kribbeln beginnt in meinen Fingerspitzen und breitet sich bis zum meinen Zehen aus. Ich öffne mein Auge.

Mein Atem stockt.

Ich sitze in einer Höhle im *Inneren* des Berges. Die Messer an meinem Gürtel sind verschwunden. Mein Mantel und meine Handschuhe auch. Aber es ist nicht kalt hier. Über mir glitzern Edelsteine; einige hängen herunter wie Sterne an einer Schnur. Überall blitzen helle Lichtpunkte auf.

Ich blinzele. Keine Edelsteine, sondern Glühwürmchen.

Ihr fluoreszierendes blau-grünes Leuchten wirft ein gespenstisches Licht auf den Höhlenboden vor mir. Wasser. Dunkel und still. Die Lichtpunkte von der Decke spiegeln sich im Wasser wider. *Die Jiyu-Quelle*. Das muss sie sein. Ich stehe auf und mache vorsichtig ein paar Schritte nach vorn. Der Boden unter meinen Füßen scheint fest genug zu sein. Keine Steine, nur eine glatte Oberfläche, ausgewaschen im Laufe von Jahrhunderten.

Auf der Wasseroberfläche treibt etwas. Ein Gebilde aus Elfenbeinstöcken. *Knochen*. Ein Vogelskelett. Die Flügelspannweite scheint über drei Meter zu sein, größer als bei jedem Raubvogel, den ich kenne.

Die Orakelknochen des Phönix.

Für ein paar Sekunden bleibe ich reglos stehen. Das ist doch zu einfach. Ich habe nichts getan, bin es nicht würdig, hier zu sein. Das kommt mir alles vor wie eine Falle. Mein Instinkt drängt mich zu fliehen.

Jetzt sei kein Feigling, Altan, tönt die Stimme meiner Schwester in meinem Kopf.

Ich darf sie nicht enttäuschen. Ich darf meine Familie nicht enttäuschen. Ich darf mein Land nicht enttäuschen.

Ich schöpfe etwas von dem Wasser in meine Hände und führe sie an meine Lippen. Das Wasser schmeckt nach nichts. Nicht einmal nach Wasser, wenn Wasser denn einen richtigen Geschmack hätte. Wird es mich vergiften? Wird es mir etwas offenbaren? Den Phönix vielleicht?

Ich nehme noch einen Schluck. Doch nichts passiert.

Die Höhle sieht genauso aus wie vorher; sanft leuchtende Glühwürmchen zieren noch immer wie edelsteinbesetzte Ketten die Decke. Bin ich umsonst den ganzen Weg hierhergekommen? Ein frustriertes Grollen will aus meiner Kehle dringen.

Ich wische meine Hände ab und überlege, ob ich gehen sollte.

Doch dann sehe ich es.

Rauchschwaden winden sich aus dem Wasser wie legendenhafte Seeschlangen. Sie schweben auf mich zu. Einige steigen spiralförmig in die Höhe, andere wabern hin und her. Bald sind es menschenförmige Gebilde aus Rauch und Nebel, zuerst blass und durchsichtig, dann immer dichter und fester umrissen. Gesichter werden erkennbar. Gesichter, die ich in meinen Träumen und Albträumen gesehen habe, aber nicht in der Wirklichkeit.

Zumindest seit Langem nicht.

»Mein Sohn.« Das Phantom meines Vaters sieht zu echt aus. Neben ihm lächelt mir meine Mutter entgegen.

»Unmöglich«, flüstere ich. Meine Eltern sind beide tot. Das sind nichts als Trugbilder. Bestimmt. Das ist eine Prüfung. Doch was will die Seelenkreatur von mir?

»Altan«, wimmert Mutters Geist und kommt näher.

Ich stolpere zurück. *Das sind nichts als Trugbilder, Altan. Du musst dich bewähren. Die Prüfung bestehen.*

»Du bist nicht echt«, sage ich laut, doch ich höre selbst das Zittern in meiner Stimme.

»Komm mit uns«, sagt Vaters Geist und streckt eine durchscheinende Hand nach mir aus. »Komm und wir können wieder eine Familie sein.«

Trotz der Sehnsucht in meinem Herzen schüttele ich den Kopf. Wenn es doch nur so einfach wäre, die Vergangenheit auszuradieren. Wenn es doch nur möglich wäre, die Toten zurückzuholen.

In der Ecke taucht jetzt eine kleine Gestalt auf. Ich will nicht näher gehen, doch meine Füße bewegen sich trotzdem. Der Junge liegt ausgestreckt auf dem Boden, ein Bein in einem seltsamen Winkel verdreht. Er hebt den Kopf und streckt eine zitternde Hand aus. Ich fange an zu zittern, als ich sein tränenüberströmtes Gesicht erkenne.

»Hilf mir, Jin«, ruft der Junge, der genauso aussieht wie mein Cousin. »Hilf mir.«

Ich habe meinen richtigen Namen so lange nicht mehr gehört, dass etwas in mir aufbricht. Eine Erinnerung drängt aus ihrem Grab. Ich war sieben, als es passierte. Tai Shun war sechs. An jenem Tag saß ich auf einem der Dächer des Ostflügels im Inneren Palast und trauerte um meinen Vater. Es war ein Ort, an dem ich mich oft zurückzog, wenn ich allein sein wollte. Eine steile, riskante Kletterpartie, aber ich hatte Übung darin. In der Nacht zuvor hatte es geregnet und die Dachziegel glänzten vor Tau. Eine rutschige Angelegenheit, wenn man nicht trittsicher war.

Tai Shun kam, um mich zu suchen und kletterte zu mir hinauf, das Gesicht jedoch nicht vor Anstrengung verzerrt, sondern vor Kummer.

Wenn mein Schicksal sich mit Vaters letztem Atemzug drastisch verändert hatte, wurde es mit den nächsten Worten meines Cousins vollkommen auf den Kopf gestellt.

Ich weiß, wer deinen Vater getötet hat.

Ungläubig starrte ich ihn an, als er mir erzählte, dass er seine eigenen Eltern belauscht hatte, wie sie über den Mord an Vater sprachen. Wie sie geplant hatten, ein langsam wirkendes Nervengift zu verwenden. Aber was mir vor allem nicht aus dem Kopf ging, war, dass Tai Shun davon gewusst hatte, *bevor* mein Vater starb. Dass er von dem hinterhältigen Plan gewusst hatte und nie ein Wort gesagt hatte.

Er war ein Komplize.

Ich schubste ihn zur Seite und begann wieder hinunterzuklettern. Er folgte mir. Ich erinnere mich an den Moment, als er einen falschen Schritt machte und auf einem glitschigen Dachziegel ausrutschte. Ich erinnere mich an den Ausdruck auf seinem Gesicht, als er stürzte. Ich erinnere mich an meine eigenen Schreie.

Die Götter müssen es an dem Tag gut mit ihm gemeint haben. Tai Shun prallte am zweiten Dachvorsprung ab und fiel auf den Balkon, statt auf den Boden zu stürzen. Ein Sturz, der seinen sicheren Tod bedeutet hätte. Er überlebte, aber er brach sich beide Beine. Kurz darauf bekam er Fieber, und das war das letzte Mal, dass wir uns sahen.

Am nächsten Tag zerrte mich seine Mutter, Zhenxi, beim ersten Hahnenschrei höchstpersönlich aus dem Bett. Und sie peitschte mich persönlich aus. Sie wollte wissen, was passiert war, warum Tai Shun auf dem Dach war, wie er gestürzt war. Ob *ich* ihn geschubst hätte. Ich erzählte ihr nichts. Da ich überzeugt war, dass Tai Shuns Strafe unendlich schlimmer sein würde als meine, sagte ich ihr nie, dass ihr eigener Sohn sie verraten hatte. Womöglich hätte sie mich an dem Tag noch zu Tode geschlagen, doch Mutter fand uns und trat zwischen uns.

Als wir zwei Tage später aus dem Palast flohen, brannten meine klaffenden Wunden noch immer wie Feuer.

Ein Phantomschmerz streicht jetzt meinen Rücken hinunter, wie ein hungriger Geist, der Opfer fordert. Erinnerungen, die tief in meinem Gedächtnis eingebrannt sind, brechen hervor: Mutter, wie sie mich in den Schlaf singt. Vater, wie er mich auf seine Schultern hebt. Tai Shun und ich, wie wir in den Palastgärten spielen und verbotenerweise Koi-Fische fangen. Meine Tante mit der Peitsche in der Hand.

Mein Cousin, gebrochen.

Eine weitere Gestalt taucht auf. Der Geist meiner Tante schwebt über meinem schattenhaften Cousin, eben jene Peitsche in der Hand.

»*Du*«. Höhnisch grinst sie mich an, die Gesichtszüge so wunderschön wie Angst einflößend. »Dann lebst du also noch?«

»Jin.« Tai Shuns Geist sieht mich angsterfüllt an. »Jin, pass auf.«

Ich hebe abwehrend die Hände, als meine Tante anfängt zu kreischen. Die Peitsche schnellt herab, aber sie geht durch mich hindurch wie Rauch.

Ich bin wieder allein in der Höhle. Habe ich die Prüfung überstanden? Ist es jetzt vorbei?

»*Bruder.*«

Ein Wort. Rein wie frisch gefallener Schnee, klar wie der Wüstenhimmel.

Ihre Stimme.

Ich wirbele herum.

Sie kann es nicht sein. Doch meine Augen sagen mir etwas anderes. Ihre Umrisse werden klarer und ihre Gestalt nimmt feste Formen an. Sie trägt die Kleider, in denen ich sie zuletzt gesehen habe, taubenblau und naturweiß. Ihr hellbraunes Haar fällt gewellt über ihre Schultern. Wir sollten gleich alt sein, doch da steht sie – ein Kind von acht Jahren, als sei die Zeit stehen geblieben. Und hier bin ich, fast schon ein Mann.

»Bruder«, sagt sie noch einmal. Sie hält eine Puppe in der Hand, eine Miniatur-Ausgabe ihrer selbst.

Ein Trick. Das ist ein Trick. Und doch sieht sie so echt aus –

Nein.

»Du kannst es nicht sein.« Ich schüttele den Kopf. »Das bist nicht du.«

»Warum hast du mich zurückgelassen, Bruder?«

In ihrer Stimme klingt so viel Schmerz mit, dass ich einen Schritt auf sie zu gehe. Doch irgendwo weit hinten in meinem Kopf behält der Verstand die Oberhand. Er erinnert mich daran, dass nichts von dem, was ich gerade sehe, real ist. Dass ich der Verlockung der Illusionen standhalten muss. Doch in diesem Moment kann ich nichts anderes sehen als das kleine Mädchen vor mir.

Meine Schwester.

»Bruder, vermisst du mich?«

»Jeden Tag«, bringe ich mit erstickter Stimme hervor.

»Warum hast du mich dann getötet?«

Sie bleckt ihre Zähne. Vampirzähne, von denen Blut tropft. Ihre Arme greifen nach mir wie gekrümmte Krallen, und ich schrecke mit einem Schrei zurück.

Einen Augenblick später steht wieder das unschuldige Kind vor mir. Sie lächelt dieses Lächeln, das ich so vermisse. Dabei zieht sie den rechten Mundwinkel höher als den linken, und in der Nähe ihres Kinns taucht ein einzelnes Grübchen auf. Ein schiefes, spitzbübisches Lächeln. Das Lächeln, mit dem sie Tai Shun und mich herumbekam, bei ihren Streichen auf dem Palastgelände mitzumachen, aber auch das Lächeln, das uns hinterher den Kopf rettete.

»Ich bin einsam.« Ihr Lächeln verblasst und dieser schmerzerfüllte Ausdruck kehrt zurück. »So einsam, Bruder.«

Ich stolpere zurück, stürze auf die Knie. Zittere. Ich habe sie getötet und mich selbst gerettet. Das ist meine Schuld. Nichts kann sie zurückbringen. Nichts kann meinen furchtbaren Fehler ungeschehen machen. Ich bin dieses Lebens unwürdig. Unwürdig auch des Thrones, nach dem ich strebe. Wenn ich nur die Zeit zurückdrehen könnte – gerne würde ich mein Leben für ihres opfern.

»Es ist noch nicht zu spät, Bruder«, flüstert sie, als ob sie meine Gedanken gelesen hätte. »Komm zu mir, und ich werde nicht mehr einsam sein.« Sie greift nach meiner Hand. Ich spüre ihre Berührung.

Warm.

Eine Faust schließt sich um mein Herz, drückt es fest zusammen. Heiße Tränen rinnen mir über das Gesicht. Das hier ist real.

Sie ist real. Alles ist ein diffuser Nebel aus Erinnerungen und Schmerzen.

»Komm, Bruder. Komm mit mir.«

Sie führt mich an die Quelle. Das dunkle, bodenlose Wasser wirkt einladend; sein Plätschern verspricht flüsternd Erlösung.

Alles, was ich tun muss, ist hineinsteigen.

11.

AHN

Ich kann meinen Blick nicht von dem Premier losreißen. Lange verheilte Wunden ziehen sich an der Seite seines Halses entlang bis zum Kragen seiner seidenen Tunika. Auch wenn die Hälfte seines Gesichts hinter einer silbernen Maske verborgen ist, kommt es mir vor, als hätte ich ihn schon einmal gesehen. Diese gebogene Nase, diese tiefdunklen Augen – ich erkenne ihn wieder. Ist das etwa …? Nein, er kann es nicht sein.

Er kann es nicht sein.

Jahrelang habe ich gehofft, dass meine Eltern oder ein entfernter Verwandter oder irgendjemand auftauchen würden. Ich betete, dass meine Eltern mich aus Versehen in Shahmo gelassen hatten. Ich betete, dass ich dummes Kind ausgerissen war und mich verlaufen hatte, dass es alles meine Schuld gewesen war und nicht ihre. Ich betete sogar, dass meine Eltern von Banditen überfallen und getötet worden waren und dass ich als Einziges überlebt hatte. Ich wollte einfach unbedingt glauben, dass sie mich nicht verlassen hatten.

Doch die Jahre vergingen und niemand kam. Meine Gebete wurden nicht erhört. Irgendwann nahm ich mein Schicksal an und hörte auf, die Götter anzuflehen, denn die hatten sich taub gestellt. Ich hatte lang genug getrauert und fand mich damit ab, dass meine Eltern niemals wiederkommen würden. Ob nun blutsverwandt oder nicht – Ama war die einzige Familie, die ich hatte.

Und sie war mir genug.

Doch jetzt, jetzt steht da dieser maskierte Mann vor mir. Nicht irgendein Mann, sondern *Zhao Yang*, der angesehene Premierminister des Shi-Reiches.

Ich dachte, mein Vater sei tot. Von allen abwegigen Orten in der Welt hätte ich am wenigsten erwartet, ihn hier im kaiserlichen Palast zu treffen.

»Ahn-er«, sagt Zhao Yang. »Nach all den Jahren habe ich … habe ich dich endlich gefunden.«

Er macht einen Schritt auf mich zu. Ich weiche zurück und stoße gegen den Rosenholztisch. Die weiß und kobaltblau gemusterte Vase darauf schwankt und fällt hinunter. Scherben von feinem Porzellan verteilen sich über den Fußboden.

»Tut mir furchtbar leid!« Ich bücke mich und sammele die Bruchstücke auf, doch einer der Diener scheucht mich weg.

»Sei vorsichtig. Lass das die Bediensteten machen.« Zhao Yang führt mich nach draußen in den Garten.

Wie betäubt folge ich ihm. Die zwei Wachen, die zu beiden Seiten neben uns gehen, bemerke ich kaum. Als wir in der Nähe des Sees an einem abgeschiedenen Platz zwischen hohen Weidenbäumen stehen bleiben, schickt er die Wachen fort.

»Bitte, setz dich doch«, sagt er.

Ich sacke auf dem Steinhocker zusammen. Mein Kopf fühlt sich benommen an; mein Herzschlag geht zu schnell. Ein Teil von mir glaubt, dass all das nur ein Traum war und ich immer noch in meinem kleinen Dorf bin, fantasierend vor Hitze.

»Es tut mir leid. Ich muss dich vorhin erschreckt haben.« Sein Auftreten ist nicht mehr so sicher wie zuvor. Mein Schweigen muss ihn irritieren. »Erkennst du mich?«

Ich nicke. »Ich – ich glaube ja.«

Er setzt sich mir gegenüber und stützt die Arme auf den kleinen runden Tisch zwischen uns.

»Das kommt alles ziemlich überraschend. Für dich und für mich. Ich habe so viele Jahre lang nach dir gesucht. Nah und fern hab ich nach dir gefahndet, doch trotz all meiner Möglichkeiten bin ich wieder und wieder gescheitert. Bis jetzt –« Sein Blick fällt auf meinen Jade-Ring. »Dieser Ring! Ich hab gedacht, ich würde ihn nie wiedersehen. Ich habe ihn vor vielen Jahren deiner Mutter geschenkt, bevor ich in den Krieg gezogen bin. Du siehst ihr so ähnlich.«

Ich schweige noch immer. Die Worte bleiben mir im Hals stecken. Was soll ich zu ihm sagen? Was soll ich zu diesem *Fremden* sagen? Ich will glauben, dass er mein Vater ist, aber es kommt mir alles so unwirklich vor. Vielleicht bin ich einfach erschöpft von meiner Reise hierher. Vielleicht macht mir meine Verletzung noch zu schaffen. Mein Kopf fängt an zu schmerzen. Ich presse meine Finger an meine Schläfen und versuche, mich an meine Kindheit zu erinnern. Es fühlt sich an, als wäre da etwas, aber ich kann mich an nichts erinnern.

Er mustert mich neugierig. »Erinnerst du dich, was als Kind mit dir passiert ist? Erinnerst du dich an irgendetwas?«

»Nein, tut mir leid«, bringe ich hervor.

»Das macht nichts. Keine Sorge.« Er lächelt und streckt eine Hand nach mir aus. Ich zucke zurück und sein verletzter Gesichtsausdruck beschämt mich. »Das ist alles nicht einfach, das verstehe ich. Besonders, da du anscheinend vergessen hast, was damals passiert ist. Aber *ich* erinnere mich an dich, Zhao Ahn.«

Zhao Ahn. Der Name hallt in meinen Ohren wider.

Jahrelang war ich wie mein Name: *Ahn.* Singular. Abgeschnitten und allein. Ohne etwas, das davor kam. Ohne Geschichte.

Ohne Familie. Ich kann mich nicht erinnern, was in den ersten sechs Jahren meines Lebens passiert ist. In meinem Gedächtnis ist da nur ein leerer Raum, in dem nur eine einzige Erinnerung lebt: eine Stimme und ein verschwommenes Gesicht.

Und diese Stimme spricht jetzt mit mir. Ich starre ihn an und kann nicht recht glauben, dass er real ist.

Kann nicht recht glauben, dass *mein Vater* am Leben ist.

Schließlich nicke ich und hole tief Luft.

»Vater.«

Dieses einzelne Wort, das mir über die Lippen kommt, erschüttert uns beide. Mein Brustkorb zieht sich zusammen und es fällt mir schwer zu atmen. Mein Vater sitzt regungslos da. Doch in seinen Augen ist ein Anflug von Rührung zu erkennen. Sein Blick geht wieder zum Ring meiner Mutter. Als er ihn mit dem Finger streift, zuckt er zusammen, als wäre der Ring eine heiße Flamme, die seine Haut verbrennt. Dann wendet er mit einem seltsamen traurigen Lächeln den Blick ab.

Mit angehaltenem Atem höre ich zu, als er zu sprechen beginnt.

»Du wurdest vor sechzehn Jahren zur Wintersonnenwende geboren. Als du klein warst, waren rote Äpfel dein Lieblingsobst und die Teigtaschen mit Schweinefleisch und Schnittlauch, die dein Kindermädchen immer gemacht hat, wolltest du am liebsten jeden Tag essen. Die Farbe Blau mochtest du so gern, dass du dich weigertest, etwas anderes als blaue Gewänder, blaue Schuhe und blaue Haarbänder zu tragen. Du wurdest ganz schön verwöhnt … du wurdest *geliebt*.«

Sein Lächeln nimmt einen reuevollen Zug an. Ich frage mich, an was er sich noch erinnert.

»Diese Narbe auf deinem Gesicht.« Meine Hand bewegt sich unwillkürlich zu meiner linken Wange und fährt die alte Wunde entlang. »Du warst fünf Jahre alt und spieltest allein im Innenhof unseres Hauses. Damals war ich noch General und wir lebten im westlichen Bezirk der Hauptstadt. Dein Kindermädchen hatte dich kurz allein gelassen, um etwas zu holen, und als sie zurückkam, weintest du und dein Gesicht blutete. Du erzähltest uns, dass ein Vogel vom Himmel heruntergeschossen war und dich angegriffen hatte. Ich war furchtbar wütend auf das Kindermädchen und schickte sie fort. Da sprachst du zwei Wochen kein Wort mit mir, bis ich sie zurückholte. Du warst ein störrisches Kind.« Er lacht, doch dann hört er unvermittelt auf, als sein Blick wieder auf meinen Ring fällt. »In dieser Hinsicht kamst du ganz nach deiner Mutter.«

»Was ist mit ihr passiert?«, frage ich mit einem Kloß im Hals. »Ich erinnere mich nicht an sie. Als man mich in Shahmo fand, war ich allein.«

»Sie ist weggegangen.« Der Schmerz in seiner Stimme ist nicht zu überhören. »Du begannst damals Anzeichen von Magie zu zeigen, und auch wenn Kaiser Ren Long das Verbot aller Magie aufgehoben hatte, so gab es doch viele, die seine Meinung nicht teilten. Deine Mutter fürchtete um dein Leben und so nahm sie die Dinge selbst in die Hand. Es gelang mir, sie in Xinzhu ausfindig zu machen, doch bevor ich ihr nachreisen konnte, fiel Ren Long einem Attentat zum Opfer und der Krieg gegen Honguodi begann. Wieder einmal musste ich meinem Land dienen. Später fand ich heraus, dass sie Xinzhu kurz darauf verlassen hatte, doch wohin erfuhr ich nie. Ich war am Boden zerstört, aber mein Volk brauchte mich.«

Er macht eine Pause und greift nach meiner Hand. Dieses Mal weiche ich nicht zurück. Seine Augen glänzen vor Tränen, als er wieder zu mir aufschaut.

»Die Familie vor dem Selbst, das Land vor der Familie. Das ist die ehrenwerte Art zu leben.«

Die Wunde, die meine Mutter durch ihre Abwesenheit in mir hinterlassen hat, wird tiefer. »Ich wünschte, ich wüsste, was mit ihr passiert ist.«

»Das wünschte ich auch. Keine Sekunde glaube ich, dass sie dich allein gelassen hätte, wäre sie nicht dazu gezwungen gewesen.« Er seufzt tief. »Ahn-er, sie hat dich geliebt und hat getan, was ihr für dich das Beste schien.«

Der Schmerz in meiner Brust wird stärker; das furchtbare Gefühl von Schuld schnürt mir die Kehle zu. Ich kann meine Tränen nicht zurückhalten.

»Es ist meine Schuld, dass Mutter fort ist. Wäre ich nicht mit dieser Magie geboren worden, dann wäre das alles nicht passiert. Wir würden eine Familie sein. Sie würde –«

»Magie kann auch eine *Gabe* sein, Ahn. Nichts von alledem ist deine Schuld. Das Wirken der Götter ist unergründlich, und uns bleibt nur, ihre Weisungen zu befolgen.«

»Wir wurden auf dem Weg hierher überfallen. Da war ein Mann, der versucht hat, mich umzubringen. Er hat mich eine Lebensräuberin genannt.«

»Ein Tiensai …«, beginnt mein Vater und hält stirnrunzelnd inne. »Die Tiensai sind unorthodox und wollen unserem Reich und unserem Volk Schaden zufügen. Lass dir von ihren unsinnigen Auffassungen nicht deine Sicht vernebeln. Ich bin froh, dass du ihren Überfall unversehrt überstanden hast, sonst hätten wir jetzt nicht dieses Wiedersehen feiern können.«

»Xima Leiye hat mir das Leben gerettet«, verrate ich. »Kennst du ihn?«

»Ich wusste, dass die Priester ein Mädchen in deinem Alter gefunden hatten, das außergewöhnliche Magie beherrschte, und da habe ich Lieutenant Bao losgeschickt, um dich zu holen – nur für den Fall, dass … Ich hoffte, dass du es sein würdest. Ich bin Leiye großen Dank schuldig. Er ist ein gescheiter und ehrgeiziger junger Mann. Doch unglücklicherweise ist er der siebte Sohn und hat kein Recht auf ein Erbe. Er kann allein vom Namen und Status seines Vaters profitieren.«

»Ich verstehe nicht.«

»Einige Bräuche unter den Adligen sind ungerecht. In diesem Fall muss er sein eigenes Auskommen finden, weil seine Brüder ihre Ansprüche auf die riesigen Ländereien des Marquis und seine Armee geltend gemacht haben. Ich war froh, als er der Diyeh-Priesterschaft beitrat. Ein solches Talent sollte nicht verschwendet werden. Aber« – mein Vater tätschelt meine Hand – »wir sind nicht hier, um über ihn zu reden.«

»Ich dachte, Leiye würde mich zu den Priestern bringen«, sage ich leise. »Ich dachte, man würde mich hinrichten.«

»Ich bin der Premier. Ich kann die Priester in Schach halten.«

»Aber ich habe Magie.« Mein Herz beginnt wieder zu trommeln. Soll ich ihm erzählen, dass ich zwei Männer umgebracht habe? Soll ich ihm erzählen, wie sehr mir meine Magie Angst macht? Soll ich ihm von der boshaften Stimme in meinem Kopf erzählen, die mich drängt, diese Magie zu benutzen?

Wenn ich das mache, wird mein Vater mich sicher verstoßen.

»Es gibt zwei Dinge, die du begreifen musst. Erstens werde ich nie wieder zulassen, dass dich mir irgendjemand wegnimmt. Ich werde von diesem Tage an dafür sorgen, dass du nie wieder Not leidest und du wirst mit mir hier in der Hauptstadt leben, wo ich dich beschützen kann. Zweitens bin ich mir über das Wesen deiner Magie durchaus im Klaren. Das war es ja, was deiner Mutter Angst gemacht hat –«

»Und sie hatte recht, Angst zu haben!«

»*Ahn*. Hör mir zu.« Mein Vater hebt die Stimme. »Es wird alles gut werden. Du hast keinen Grund dich zu sorgen – du bist in

Sicherheit. Vielleicht hat dir Leiye etwas von einem Schwert erzählt?«

Ich schaudere. »Er glaubt, ich kann irgend so ein legendenhaftes Schwert finden, das die Wüste davon abhalten wird, weiter unser Land zu zerstören.«

»Ich verstehe.« Er schweigt für einen Moment. »Das ist ein Thema für einen anderen Tag.«

Näher geht er nicht darauf ein. Stattdessen fragt er mich nach meinem Leben in den letzten zehn Jahren. Ich erzähle ihm von meinem Dorf und Shahmo und von Ama. Er hört mir schweigend zu. Dabei hält er meine Hand, als wollte er sie nie wieder loslassen, tätschelt sie, wann immer mir wieder die Tränen in die Augen treten. Eine ungewohnte Wärme erfüllt meine Brust. Es scheint, als hätten die Götter meine Gebete doch noch erhört. Doch meine Freude währt nicht lange, als ich daran denke, wen ich zurückgelassen habe.

»Und was ist mit meiner Großmutter? Gibt es irgendetwas, was du für sie tun kannst?«

»Was würdest *du* denn gerne tun?«

»Sie hierherbringen. Sie kann bei mir leben und wird niemandem eine Last sein. Ich kümmere mich um sie«, verspreche ich ungestüm.

Mein Vater denkt einen Augenblick über meinen Wunsch nach.

Ich umfasse seine Hände mit meinen. »Bitte.«

»Wie du wünschst«, sagt er schließlich. »Ich bin ihr schließlich einen Dank schuldig, nachdem sie all diese Jahre für dich gesorgt hat.«

Ich bin so erleichtert über seine Antwort, dass ich fast schon wieder anfange zu weinen. Mein Vater rückt ein Stück zur Seite und sein Blick geht zu einem Diener hinter mir, der sich uns vorsichtig nähert. Mein Vater nickt, um ihm zu signalisieren, dass er zu uns treten kann. Der Mann flüstert meinem Vater etwas ins Ohr und zieht sich wieder zurück.

Mein Vater steht auf. »Es tut mir leid, ich werde im Inneren Palast gebraucht. Du musst müde sein. Du solltest dich ein wenig ausruhen.«

Er bietet mir seinen Arm und ich ergreife ihn. Wir gehen zurück zu dem Empfangszimmer, wo wir uns zuerst getroffen haben, und ein Bediensteter führt mich zurück in mein Zimmer.

Sobald ich allein bin, strecke ich mich auf dem Himmelbett aus und rolle ausgelassen von einer Seite zur anderen. Fast muss ich kichern, so dekadent ist dieses Zimmer. Wer hätte gedacht, dass ich die Tochter eines der mächtigsten Männer des Shi-Reiches bin?

Gold folgt dir.

Ich dachte ja schon, die Gesichtsleserin sei eine Hochstaplerin gewesen, und jetzt sitze ich hier im kaiserlichen Palast. Was, wenn in ihren Worten doch eine merkwürdige Wahrheit steckte? Aber das würde bedeuten, dass auch an ihrer Deutung meines Namens etwas Wahres dran sein könnte.

Je nachdem, wie man ihn schreibt, kann er entweder Frieden bedeuten … oder Finsternis.

Ich schüttele mich. Das ist doch vollkommener Blödsinn. Ein bloßer Zufall.

Ein sanftes Klopfen an der Tür unterbricht meinen Gedankengang.

Ich setze mich auf. »Herein.«

Linxi tritt ins Zimmer, ein lackiertes Tablett in den Händen. Sie stellt es auf den Tisch und neigt steif den Kopf. Von ihrer freundschaftlichen Art ist nichts mehr zu spüren.

»Lady Zhao, ich bringe Tee und ein paar süße Kuchen. Lasst es Euch schmecken und gebt Bescheid, wenn Ihr sonst noch etwas braucht.«

Sie wendet sich zum Gehen, doch ich springe auf und halte sie zurück.

»Bleib bei mir.«

Sie senkt den Blick. Ich runzele die Stirn. Sie hat mich Lady Zhao genannt; sie muss inzwischen wissen, wer ich wirklich bin. Sie muss glauben, dass ich ihr einen Befehl erteilt habe und sie keine Wahl hat.

Ich ergreife ihre Hände und sage halb flehend: »Ich habe gerade meinen Vater getroffen, zum ersten Mal nach vielen Jahren. Ich dachte, man würde mich in die Hauptstadt bringen, um mich hinzurichten. Und ich bin ganz allein hier. Wenn es dir nichts ausmacht, hätte ich im Moment gern etwas Gesellschaft. Du musst auch nichts sagen oder mich unterhalten. Du kannst einfach nur dasitzen und nichts tun. Aber wenn du gehen willst, verstehe ich das.«

Sie starrt mich verblüfft an. Ich versuche es mit einem Lächeln. Sie starrt mich noch einen Moment länger an, als versuchte sie mich zu durchschauen. Schließlich seufzt sie.

»Ich dachte, ich hätte dir gesagt, du sollst vorsichtig sein, wem du hier im Palast vertraust. Du hättest mir das alles nicht erzählen sollen.«

»Ich habe aber das Gefühl, dass ich dir vertrauen kann.« Ich weiß nicht, warum, aber irgendwie fühle ich mich in Linxis Gegenwart entspannt. Ich kann nur hoffen, dass meine Instinkte mich nicht trügen.

Ihre Mundwinkel zucken, bevor sie sich zu einem Lächeln verziehen. »Ich kann ruhig bleiben. Die Kaiserin weiß, dass ich hier bin, also wird sie nicht nach mir fragen. Nimm dir etwas Tee und Kuchen. Vielleicht fühlst du dich dann besser.«

Ich grinse und hebe die Teetasse, in der winzige goldene Blüten und seltsame rote Dinger schwimmen.

»Gekühlter Mondduftblütentee mit Goji-Beeren. Ich dachte, du würdest vielleicht etwas Erfrischendes mögen«, sagt Linxi.

Ich nippe vorsichtig, bevor ich in einem großen Schluck die ganze Tasse austrinke. Dann nehme ich einen großen Bissen von dem Kuchen, ohne mich um die Krümel zu kümmern, die mir auf die Bluse fallen.

»Köstlich«, murmele ich mit vollem Mund. Ich habe den ganzen Tag noch nichts gegessen. Ich hebe den Blick und bemerkte, dass Linxi mich seltsam ansieht. »Stimmt etwas nicht?«

»Es ist besser für eine Dame des Hofes, sich beim Essen und Trinken Zeit zu nehmen«, sagt sie taktvoll.

Ich bin gerade dabei, mir meinen Mund mit dem Ärmel abzuwischen und halte mitten in der Bewegung inne.

»Oh«, sage ich und werde rot. »Ich versuche, daran zu denken.« Sie muss den Eindruck haben, ich bin ein ungebildetes Bauernmädchen mit furchtbaren Manieren, was ja auch nicht weit von der Wahrheit entfernt ist. Meine neu entdeckte Identität lastet schwer auf meinen Schultern. Ich beginne zu begreifen, dass sich durch den Status meines Vaters – durch meinen Status – alles ändern wird.

Dass *ich* mich ändern muss.

»Ich brauche deine Hilfe.«

»Ich werde mein Bestes tun«, antwortet Linxi sofort.

»Ich will, dass du mir alles erzählst, was ich über das Leben im Palast wissen muss«, befehle ich. »Ich will, dass du mir beibringst, wie man sich als Dame des Hofes verhält.«

Im ersten Moment steht Linxi vor Überraschung leicht der Mund offen, doch dann fängt sie sich und macht eine Verbeugung.

»Sehr wohl, Lady Zhao.«

12.

AHN

Ich hätte nicht gedacht, dass das Leben im kaiserlichen Palast so gewöhnungsbedürftig sein würde. Es gibt so viele Regeln, die ich lernen muss. Sowohl jene der kaiserlichen Gesetzgebung als auch die unausgesprochenen Gesetze, die Linxi mir verrät. Und das sind nur die Regeln für den Inneren Palast, in dem ich residiere.

Mein Vater hat erbeten, dass ich im Palast bleibe, bis seine Residenz in der Hauptstadt hergerichtet ist. Dort werde ich dann meine eigenen Räume haben und Ama wird bei mir wohnen. Aufgeregt schreibe ich einen Brief und bitte Linxi, ihn an Li Guo zu schicken.

Der Tag im Palast beginnt früh. Noch im Morgengrauen steige ich aus dem bequemsten Bett, in dem ich je geschlafen habe, um eine nervtötende Stunde lang vor dem Spiegel zu sitzen und zu warten, während Linxi mein Gesicht schminkt und meine Haare zu irgendeiner komplizierten Frisur aufwickelt. Dann kleide ich mich in blütenweiße Seidengewänder, die so viel Geld kosten müssen, dass mein ganzes Dorf einen Monat lang davon satt werden würde.

Mit Linxis Hilfe versuche ich meine Art zu sprechen anzupassen, damit ich aristokratischer klinge. Wenn ich gehe, mache ich kleinere Schritte und halte meine Hände sittsam vor dem Körper, statt mit großen Schritten und schlenkernden Armen zu laufen. Bei den Mahlzeiten passe ich auf, dass ich meine Stäbchen anmutig halte, auch wenn ich mir das Essen am liebsten ungestüm in den Mund stopfen würde. Ich nehme winzige vornehme Bissen und mein Teller ist am Ende nie ganz leer.

Als ich das erste Mal mit meinem Vater und ein paar niedergestellten Palastbeamten zusammen aß, musste ich meinen Ärger darüber verbergen, wie viel Essen übrig gelassen wurde. Anschließend erzählte mir Linxi, dass die Diener die Reste manchmal in den Gesindetrakt schmuggeln würden, und erst dann hatte ich ein etwas besseres Gewissen dabei.

»Versuchen wir es noch mal«, sagt Linxi jetzt, geduldig wie immer.

Ich habe gegenüber meinem Vater beiläufig erwähnt, dass ich Linxi mag, und sofort wurde sie mir als Dienerin zugeteilt. Ich kann mich zwar noch nicht so recht an den Gedanken gewöhnen, eine Kammerfrau zu haben, aber es ist tröstlich, eine Freundin zu haben.

Ich schnaube verärgert und versuche aufzustehen. Die neuen Schuhe, die ich anziehen musste, haben eine eckige Schuhspitze, ein hübsches Schnörkelmuster und einen bescheuerten fünf Zentimeter hohen Blockabsatz. Unbeholfen stakse ich ein paar Schritte durch mein Zimmer.

»Wie soll ich damit bloß rennen, wenn es sein muss?«, beschwere ich mich. »Oder eine Mauer hochklettern?«

»Hier im Palast wirst du nicht rennen und ganz bestimmt keine Mauern hochklettern.«

»Aber was, wenn wieder jemand versucht, mich umzubringen?«, sage ich halb im Scherz.

»Dann kannst du sie mit deinen Absätzen erschlagen«, antwortet Linxi verschmitzt. Ich lache und bin dankbar, dass sie bei mir ist. Als Tochter eines Bauern aus einer weit entfernten Provinz, kann sie die Nöte der Menschen außerhalb der Hauptstadt ganz anders nachvollziehen als der Adel.

»Sie sehen tatsächlich ziemlich tödlich aus. Damit könnte ich jemandem eine Gehirnerschütterung verpassen.« Ich hebe mein Gewand und starre auf die verhassten Schuhe. »Wie können Frauen mit diesen Ungetümen an den Füßen überhaupt irgendetwas auf die Reihe kriegen?«

Linxi zupft energisch mein Gewand wieder zurecht. »Mit Übung.«

Ich seufze und gehe noch einmal im Zimmer auf und ab. An meinem zweiten Tag im Palast habe ich den Fehler gemacht, ein paar Hofdamen zu belauschen, nur um ein paar bissige Bemerkungen über mein wenig formelles Schuhwerk aufzuschnappen. Zuerst war ich verlegen und beschämt, doch dann wurde daraus eine trotzige Entschlossenheit, mich zu beweisen.

Mein Vater besaß die Gunst von Kaiser Gao Long, und er wird auch die Gunst des Kronprinzen haben, wenn der Junge den Drachenthron übernimmt. Er ist ein wichtiger Mann, und ich werde keine Schande über unseren Familiennamen bringen.

Ich übe weiter, bis es Zeit ist, zum Studierzimmer meines Vaters zu gehen. Er hat mich gebeten, ihn heute noch vor dem Mittag aufzusuchen. Ungewöhnlich. Bisher haben wir uns immer entweder zum Abendessen oder zum Tee danach getroffen, da er tagsüber mit Staatsangelegenheiten beschäftigt ist. Durch unsere Gespräche gelingt es mir, ein paar Bruchstücke meiner Kindheit zusammenzufügen, sodass daraus eine Art getupftes Gemälde meines frühen Lebens entsteht. Er berichtet mir auch gerne von den Neuigkeiten aus dem ganzen Land. Jeden Tag hören wir von einem Bauernhof, der über Nacht seine Ernte verloren hat, einem Fluss, der ausgetrocknet ist …

Die dunkle Magie der Tiensai breitet sich aus. Wenn nichts dagegen unternommen wird, dass unser Land verödet, wird unser Volk verhungern.

Deine Magie ist anders. *Und deshalb wollen die Tiensai dich umbringen.*

Leiyes Worte kommen mir wieder in den Sinn und verfolgen mich. Stimmte das, was er gesagt hat? Bin ich die Lebensräuberin? Könnte das Schwert des Lichts wirklich die Seuche bekämpfen, die unser Land zerstört? Mein Vater hat noch kein Wort über das Thema oder über meine Magie verloren, und ich bin zu feige, um ihn darauf anzusprechen.

Ich entlasse Linxi für eine Weile aus ihrem Dienst und wage mich alleine hinaus. Inzwischen finde ich mich im Palast schon etwas besser zurecht und versuche mir den Lageplan der diversen Salons, Innenhöfe und Gemächer einzuprägen, in denen ich schon gewesen bin.

Vor der Tür des Studierzimmers streiche ich mit den Fingern über meine Haare, um sie zu glätten. Ich bin froh, dass Linxi sich heute für eine einfachere Frisur entschieden hat. Die Hälfte meiner Haare hat sie geflochten und zu einem Knoten geschlungen, der mit perlenbesetzten Haarnadeln und türkisfarbenen Emaille-Kämmen festgesteckt ist. Der Rest meiner Haare fällt wie ein Wasserfall über meinen Rücken bis zu meiner Taille. Als ich das Gefühl habe, ordentlich genug auszusehen, klopfe ich beherzt an die Tür.

Es dauert einen Moment, bis sie sich öffnet. Es ist nicht mein Vater, sondern jemand anders, der in elfenbeinfarbene Gewänder gekleidet ist. Nur ein smaragdgrünes Band in seinem Haar deutet auf seine Qin-Abstammung hin.

»Was machst *du* hier?«, frage ich forsch. Die Narbe an meinem Bein juckt und erinnert mich an das Mal, das er dort hinterlassen hat.

Leiye wirft mir einen verärgerten Blick zu. »Der Premier wollte mit mir sprechen. Komm rein, er wartet auf dich.«

Ich trete ein und bemerke sofort, mit welcher Vertrautheit sich Leiye in diesem privaten Raum bewegt, von dem ich naiverweise gedacht habe, er sei etwas Besonderes für meinen Vater und mich. Ich habe Leiye seit dem Tag unserer Ankunft im Palast nicht mehr gesehen. Nur der Himmel weiß, was er seitdem Grauenhaftes im Schilde geführt hat.

Das Studierzimmer ist groß und voll mit Büchern, die dicht an dicht in den Regalen stehen, und alten Landkarten an den Wänden. Ein imposanter Tisch, auf dem sich die Pergamente stapeln, steht in der Mitte des Zimmers. Mein Vater sieht von seinem Schreibtisch in der Ecke auf und ich begrüße ihn mit einer Verbeugung.

Er winkt mich zu sich. »Ich will heute eine wichtige Angelegenheit mit dir besprechen, Ahn. Deine Magie.«

Meine Muskeln spannen sich an. Irgendwie hatte ich das erwartet, aber ein Teil von mir sträubt sich dagegen. Ich will nicht über meine Magie reden oder auch nur daran denken. Aber der Gesichtsausdruck meines Vaters sagt mir, dass ich mich nicht drücken kann.

Er legt die Hand auf einen Hebel an der Seite eines großen Kabinetts, schiebt die Tür auf und holt etwas heraus, das in rote Seide eingeschlagen ist. Vorsichtig schnürt er die Bänder auf. Das Buch, das hervorkommt, ist alt und an den Ecken abgestoßen, gebunden in verblichenem, blauem Leinen. Er zieht das Pergament auseinander, und das Manuskript öffnet sich wie ein Akkordeon.

»Schau mal.«

Ich überfliege die Schrift und versuche ihre Bedeutung zu entziffern. Ich habe zwar als Kind lesen gelernt, aber in meinem

Dorf war Schule eine Ansammlung von ramponierten Tischen und Stühlen und ein Lehrer, der den Großteil des Tages damit verbrachte, im Schatten zu dösen. Die Wörter in diesem Buch scheinen in einer anderen Sprache geschrieben zu sein.

»Ich verstehe die Buchstaben nicht«, gebe ich schließlich zu.

»Das liegt daran, dass der Text in der alten Schrift verfasst ist«, erklärt Leiye.

»Die tote Sprache? Die hat doch seit Jahrhunderten niemand mehr benutzt.«

»Hier in der Hauptstadt wird sie noch von einigen Gelehrten und Historikern studiert. Und ich hatte das Glück, von einem von ihnen zu lernen.«

Leiyes Prahlerei bringt ihm ein anerkennendes Lächeln von meinem Vater ein. Ich runzle grimmig die Stirn und ärgere mich darüber, wie ungebildet ich daneben wirke.

Mein Vater blättert weiter und wir richten unsere Aufmerksamkeit auf eine Zeichnung von zwei wunderschönen Schwertern. Eines weiß, das andere schwarz. Auf der Seite daneben eine Landkarte. Ich erkenne die östlich des Smaragdmeers gelegenen Xinzhu-Inseln, sichelförmig angeordnet wie ein Angelhaken oder ein Halbmond. Mein Vater deutet auf einen blassen Tintenfleck, der aussieht wie ein unbeabsichtigter Klecks am südlichen Ende der Inselkette.

»Die Drachenzahn-Enge. Hast du davon schon mal gehört?«

Ich schüttele den Kopf. Er wendet sich an Leiye, der gerne eine Erklärung liefert.

»Das ist die Meerenge am Rande des Drachen-Dreiecks im Smaragdmeer. In dieser Gegend ereignen sich viele Schiffbrüche. Die Schiffe, die diese Gewässer überstehen, kehren oft ohne Waren und Mannschaft zurück. Und bisher hat jeder, der doch noch an Bord gefunden wurde, Anzeichen von Wahnsinn gezeigt.«

»Klingt grotesk«, sage ich. Innerlich brodele ich. Dieser Priester-Bube lässt mich immer wieder vor meinem Vater dämlich aussehen.

»Die Drachenzahn-Enge existiert tatsächlich.« Die rabenschwarzen Augen meines Vaters fixieren mich. »Und dort soll auch das Weiße Jade-Schwert versteckt sein.«

»Was sagst du da, Vater?«, stammele ich. »Glaubst du diese Geschichte von dem Schmied? Denkst du etwa, *ich* kann das Schwert finden, wenn es denn überhaupt existiert?«

Mein Vater spürt mein Unbehagen. Vorsichtig klappt er die Seiten wieder zu und schlägt das Buch wieder in der roten Seide ein. »Lass uns ein Stück spazieren gehen.«

Wir verlassen das Studierzimmer, mein Vater gibt dem Diener vor der Tür eine Anweisung und dieser huscht sofort davon. Dann führt er mich hinaus zum Nordflügel des Palastes, wo traditionellerweise die Kaiser von Shi residieren. Ich frage mich, ob auch der Kronprinz im Moment hier lebt.

Wir überqueren einen menschenleeren Innenhof, auf dem sich ein ganzes Bataillon von Soldaten versammeln könnte, und gehen auf ein riesiges Gebäude zu. Die lange Treppe, die dort hinaufführt, ist so breit, dass zwanzig Mann darauf Schulter an Schulter Platz haben würden. Auf halber Höhe der Treppe ist ein krallenbewehrter Drache in den Stein eingraviert, der zwischen Wolkenwirbeln tanzt. Das Zeichen des Kaisers.

Als wir endlich die beiden bronzenen Löwenstatuen erreichen, die oben Wache halten, ringe ich nach Luft, auch wenn meinem Vater und Leiye die körperliche Anstrengung anscheinend kaum etwas ausgemacht hat.

»Das ist die Drachen-Pagode«, verkündet mein Vater. »Der Sitz des Kaisers während der Inspektion seiner Truppen. Wir dürfen nur ohne den Kronprinzen hier sein, weil er den Thron noch nicht bestiegen hat. In Abwesenheit eines Kaisers fällt das Militär unter meinen Zuständigkeitsbereich.«

Wir besteigen die Treppe im Inneren des Gebäudes. Meine Beine schmerzen, aber ich versuche mein Bestes, mit den beiden Männern mitzuhalten. Oben angekommen, werde ich mit zwei Dingen belohnt: dem Anblick von Teetassen und Tellern mit frischen Früchten auf dem Balkontisch und dem herrlichen Blick auf die Hauptstadt.

Mein Vater sieht in die Ferne. »Ist das nicht wunderschön?«

Ich nicke begeistert.

»Was siehst du, Ahn?«

Sein Tonfall lässt mich aufhorchen. Er erwartet etwas von mir. Ich trete an das Geländer des Balkons und strenge meine Augen an, um zu sehen, was mein Vater meinen könnte.

Aus dieser Höhe reicht der Blick über die Eingangstore und Mauern des Palastes bis hinunter in die Stadt. Soweit mein Auge sehen kann, erstrecken sich Gebäude bis in die Ferne, viele mit glänzenden vergoldeten Dächern. Die Straßen sind gesprenkelt mit Grün und überall bewegen sich bunte Farbflecke – Menschen in farbigen Seidengewändern wuseln umher. Springbrunnen sprühen Wasser in die Luft, das in der Sonne glitzert, und alles sieht vollkommen idyllisch aus.

Ich blinzele im Sonnenlicht. Es ist ein klarer Tag. Der wolkenlose Himmel ist von einem makellosen Azur. Je länger ich in die Ferne starre, desto mehr erinnert er mich an den Himmel über meinem Dorf, über Shahmo. Es ist derselbe Himmel, der Hunderte von Ortschaften südlich und westlich von Beishou überspannt, wo es keine Springbrunnen und sauberen Straßen gibt. Keine edle Seide, sondern einfache Leinen. Keine vollen Mägen, sondern Kinder, die jeden Abend hungrig zu Bett gehen.

Keine Hoffnung, sondern Verzweiflung.

In meinem Inneren wächst eine unbändige Wut auf den Jungen, der unser Reich regieren wird. Ich bin sicher, *sein* Magen ist immer voll.

Meine Hände umklammern das leuchtend gestrichene Geländer, während ich meinem Vater antworte. »Ich sehe eine Stadt, die dem Rest der Nation alles nimmt und nichts zurückgibt. Ich sehe einen Herrscher, der die tägliche Wirklichkeit seines Volkes nicht kennt – jemand, der damit zufrieden ist, hinter diesen Mauern sein eigenes verwöhntes Leben zu führen. Vielleicht sollte der Kronprinz diesen Palast einmal verlassen, bevor er seinen Platz auf dem Thron einnimmt. Vielleicht sollte er sich diesen Platz erst einmal *verdienen.*«

Ich trete einen Schritt zurück und rechne schon damit, dass mein Vater mich für meine respektlosen Worte über den Kronprinzen tadeln wird. Doch zu meiner Überraschung lacht er.

»Du weißt es vielleicht nicht, aber das Kaiserreich ist in Gefahr.« Er hebt eine Hand, um meine Fragen abzuwehren.

Dann setzt er sich, während Leiye und ich stehen bleiben. Tiefe Falten überziehen seine Stirn und in seinem schwarzen Haar sehe ich etwas Weiß durchschimmern. Der Anblick versetzt meinem Herzen einen Stich. Die silberne Halbmaske verbirgt den Schmerz seiner Vergangenheit, aber er sieht plötzlich sehr alt und abgekämpft aus. Ein Mann, der für sein Land alles gegeben hat.

»Ja, es gibt einen Waffenstillstand mit Honguodi«, fährt er fort. »Aber die Phase der Machtübergabe ist eine Zeit der extremen Verwundbarkeit für eine Nation. Der Kronprinz ist jung und allem Anschein nach noch sehr mit seiner Trauer beschäftigt. Er ist in solch einem schwachen Zustand, dass wir nicht auf eine starke Hand am Steuer hoffen können. Deshalb müssen wir alles uns Mögliche tun, um sicherzustellen, dass unsere Nation diese schwierige Zeit des Wechsels übersteht.«

Neben mir steht Leiye auf einmal ganz steif da und mustert meinen Vater angespannt, auch wenn dieser das nicht bemerkt. Allmählich kommt mir ein Verdacht. Sieht Leiye die Dinge anders als mein Vater? Liegt seine Loyalität bei der verfluchten Priesterschaft und nicht beim Drachenthron?

»Du hast recht, Ahn«, sagt mein Vater. »Unser Land ist krank. Es kann unser Volk und unsere Truppen nicht ernähren. Wir müssen an die Zukunft denken. Wir müssen unseren Frieden und unseren Wohlstand sichern, und das bedeutet, wir müssen einen Weg finden, die Wüste zu bekämpfen.«

Ich begegne seinem Blick und verstehe die Frage, die darin liegt. Er will wissen, ob ich ihm helfen werde. Ob ich das Schwert des Lichts suchen werde.

Warum sollte die Wüste sich noch immer ausbreiten, wenn diese falschen Priester weiter all jene töten, die sie die Tiensai nennen?

Vielleicht hatte Ama recht, wenn auch nicht auf die Weise, wie sie dachte. Die Gefangennahme und Bestrafung der Tiensai hat die Ausbreitung der Wüste nicht verhindert. Das heißt, das kann nicht die Lösung sein. Etwas anderes muss geschehen. Ich weiß nicht, ob das Weiße Jade-Schwert überhaupt existiert. Vielleicht wird die ganze Suche vergeblich sein und nichts kann das Vordringen der Wüste stoppen. Aber sollte ich es nicht zumindest versuchen?

Ich denke an zu Hause, daran, wie die Wüste in mein Dorf gedrungen ist und unsere Ernte zerstört hat und dass die Kinder dort eine trostlose Zukunft haben werden. Ich denke an Li Guo, wie sehr seine Eltern trauerten, als seine Brüder im Krieg gefallen waren und wie ich mir Tag und Nacht Sorgen machte, dass auch er an die Front geschickt werden könnte, um das gleiche Schicksal zu erleiden.

Eine grimmige Entschlossenheit breitet sich in mir aus.

»Was genau soll ich tun?«

»Es heißt, das Schwert des Lichts sucht seinen Gebieter oder seine Gebieterin. Du musst lernen, deine Magie zu kontrollieren, sie zu benutzen. Wenn du bereit bist, wird das Schwert dich rufen.«

Ich senke den Kopf, während sich ein Versprechen in meiner Brust verankert. »Ich werde mein Bestes versuchen.«

»Gut. Leiye wird dich trainieren.«

»Wäre es nicht besser, wenn mein Lehrer jemand Erfahreneres ist?«, sage ich so diplomatisch wie möglich.

»Das Talent dieses jungen Mannes übertrifft das Können vieler Meister der Magie.« Die Zuneigung in der Stimme meines Vaters ärgert mich. Leiyes Gesichtsausdruck bleibt unlesbar, während er das Lob meines Vaters zur Kenntnis nimmt. »Ich habe ihn mit eigenen Augen aufwachsen sehen. Ich vertraue ihm, sich um meine einzige Tochter zu kümmern.«

»Aber –«

»Dir wird nichts passieren, Ahn. Mach dir keine Sorgen«, beruhigt mich mein Vater. Er hat seinen Entschluss gefasst und daran ist nicht mehr zu rütteln.

»Ja, Vater«, lenke ich ein.

»Ich danke Euch für Euer Vertrauen, Eure Exzellenz.« Leiye verbeugt sich tief. Ein kleines rätselhaftes Lächeln huscht über sein Gesicht, bevor er sich wieder aufrichtet.

Ich traue diesem Priester nicht. Mein Vater mag ein Hohelied auf ihn singen, aber mein Bauchgefühl sagt mir, dass ich mich in Acht nehmen sollte.

Die Nacht bricht schneller herein als erwartet. Nach dem Abendessen klopft es leise an meiner Tür. Jetzt, wo mein Vater nicht dabei ist, lässt Leiye alle Förmlichkeit fallen und wir sind wieder bei dem angespannten Einvernehmen, das wir hatten, als wir dem Tiensai-Überfall entkommen waren.

»Wo gehen wir hin?«, frage ich.

»Westflügel.«

»Um uns mit den Konkubinen zu vergnügen?«

Meine Bemerkung scheint ihn nicht zu amüsieren. »Die sind in die Stadt geschickt worden, um dort zu wohnen.« Mehr sagt er dazu nicht und es interessiert mich auch nicht genug um nachzufragen.

Wenig später sind wir da, und ausnahmsweise kann ich keine Diener oder Wächter entdecken, die sich in den Schatten herumdrücken. Ich frage mich, ob Leiye ihnen befohlen hat sich fernzuhalten. Wir kommen in einen Garten mit einem kleinen Teich in der Mitte, den meine Augen nur mit Mühe ausmachen können.

»Hier ist es gut«, sagt Leiye.

»Es ist zu dunkel. Ich kann überhaupt nichts sehen.«

Er macht eine schnelle Bewegung mit dem Handgelenk, und mir bleibt fast das Herz stehen, als Flammen aus seiner Hand schießen. Mit ein paar weiteren flinken Bewegungen zündet er die Fackeln an, die in einem großen Kreis aufgestellt sind. Ich habe sie vorhin gar nicht bemerkt. Jetzt ist die Umgebung bestens beleuchtet und ich kann alles deutlich sehen. Dort in der Mitte ist tatsächlich ein Teich. In der Nähe davon stehen ein Tisch und seltsamerweise eine leere Bronze-Schale und ein Eimer, in dem Erde zu sein scheint.

»Du hast Vorbereitungen getroffen«, bemerke ich und mustere das Arrangement. »Bist du sicher, wir sollten einfach so hier draußen Magie verwenden? Ist das nicht verboten?«

»Nicht alle Magie.«

»Und warum kommen wir dafür dann mitten in der Nacht an diesen abgelegenen Ort, wie zwei Kriminelle?«

»Ich wollte dich mit meinem Feuer beeindrucken.« Er legt den Kopf schief und lächelt charmant, als wären wir auf einem Rendezvous. Doch als ich ihm einen vernichtenden Blick zuwerfe, hört er auf Theater zu spielen und legt wieder seine kühle und unerschütterliche Art an den Tag. »Nur Tiensai-Magie ist untersagt. Das weißt du doch, Ahn. Worauf willst du eigentlich hinaus?«

»Ich will wissen, wie die Priesterschaft ihre Mitglieder rekrutiert«, sage ich, um Zeit zu gewinnen. »Muss man Feuer-Magie beherrschen, um einer von ihnen zu werden?«

»Feuer wird bevorzugt, weil es eine der selteneren Affinitäten ist und schwierig zu beherrschen, denn man muss dazu vollkommene Kontrolle über sich selbst haben. Seine Affinität komplett zu beherrschen ist an sich selten und deshalb von großem Vorteil.« Leiye wedelt mit den Fingern und hübsche orangefarbene Flammen, wie die von Kerzen, tanzen über seine Hand. »Und es gibt eine Prüfung, die man bestehen muss, bevor man in die Priesterschaft aufgenommen wird.«

»Was für eine Prüfung?«

»Es ist mir nicht erlaubt, die Geheimnisse der Diyeh preiszugeben.«

»Was, wenn *ich* in die Priesterschaft eintreten wollte?«, frage ich, mehr aus morbider Neugier als irgendetwas anderem.

Leiye kneift die Augen zusammen. »Ich glaube nicht, dass dein Vater das gutheißen würde.«

Ich widerspreche ihm nicht.

Er schreitet einmal um mich herum und mustert mich dabei von Kopf bis Fuß. »Idealerweise hättest du dein Training als Kind beginnen sollen, als sich deine Magie zum ersten Mal bemerkbar machte –«

»Da war ich zu sehr damit beschäftigt, am Leben zu bleiben und mich vor euch Priestern zu verstecken.«

Er verzieht missbilligend den Mund. »Warum bist du so kratzbürstig, Ahn?«

»Bin ich nicht!«

Er geht wieder um mich herum, und ich versuche, mich nicht mehr aufzuregen. Er bleibt stehen und sieht mich mit durchdringendem Blick an.

»Du hast Angst, nicht wahr? Du hast Angst vor deiner eigenen Magie. Du fürchtest … dich selbst.«

»Nein, tue ich nicht«, sage ich zu hastig. Ich weigere mich zuzugeben, wie nah er damit an der Wahrheit ist.

»Es ist in Ordnung, Angst zu haben. Magie kann gefährlich sein. Ein wenig Angst ist gut für die Selbstdisziplin.«

Ich versuche nicht zu schaudern.

»Kampfsport würde deiner Kultivierung förderlich sein. Es könnte dir helfen, deinen eigenen Körper zu verstehen, wie er funktioniert, wo seine Grenzen sind – *deine* Grenzen. Nur dann weißt du, wie weit du gehen kannst und wann du aufhören musst.«

»Wirst du mich im Kampfsport unterrichten?«

»Natürlich nicht. Das braucht Jahre und wir haben keine Zeit. Was dir an körperlicher Stärke fehlt, wirst du mit Magie ausgleichen müssen.«

Ich verschränke die Arme und kaue nervös auf der Innenseite meiner Wange. »Und was hast du dann vor?«

»Als Erstes werden wir dich testen.« Er deutet auf den Eimer und die Bronze-Schale.

»Erde, Wasser, Wind, Feuer oder Metall – die fünf Elemente. Über deine Lebensräuber-Magie wissen wir ja schon Bescheid, aber ich denke, es wäre nützlich zu wissen, welche anderen Affinitäten du vielleicht noch hast. Dann können wir erst mal an diesen arbeiten, bis du das ganze Ausmaß deiner Kräfte erfassen kannst.«

»Aber wenn meine Lebensräuber-Magie die Magie ist, die mir helfen wird, das Schwert zu finden, warum fangen wir damit nicht als Erstes an?«, frage ich, ohne nachzudenken.

»Weil du dann vielleicht allem und jedem um dich herum das Leben raubst.«

Für einen Moment stockt mir der Atem. Deshalb hat Leiye mich hergebracht. *Deshalb* hat er dafür gesorgt, dass alle das Gelände verlassen. Falls ich die Kontrolle über meine Magie verliere, kann so wenigstens niemand anders verletzt werden – oder getötet.

Niemand anders außer *ihm*.

Mein Vater hat mich Leiye nicht nur anvertraut, weil er von seinen Fähigkeiten überzeugt ist.

Er hat es auch getan, weil dieser Junge in seinen Augen entbehrlich ist.

»Aber du bist hier«, flüstere ich. Auf einmal ist mir eiskalt.

»Manchmal müssen Opfer gebracht werden, Lady Zhao«, sagt Leiye vollkommen ernst. »Immerhin versuchen wir die Welt zu retten.«

13.

ALTAN

Wenn der aufgehende Mond über der Wüste die untergehende Sonne trifft, wird die Welt in Schönheit getaucht. Lässt man den Blick zum einen Ende des Horizonts schweifen, so sieht man Streifen von kühlen Blau- und Violetttönen, vom tiefsten Indigo zum blassesten Lila. Wendet man den Blick in die andere Richtung, so changiert der Himmel von warmem Orange bis zu rosigem Korallenrot. Hebt man den Blick in die Höhe, verschmelzen die zwei Welten übergangslos miteinander, als verschränkten sie ihre leuchtenden Finger in einem Gebet.

Genau dieser Himmel erstreckt sich über mir, als ich aufwache, benommen und verwirrt. Ich bin nicht mehr in der Höhle. Hier ist keine Quelle, kein Wasser. Ist das ein Traum? Oder eine Vision, die jene Seelenkreatur mir geschickt hat?

Ich höre die Stimme meiner Mutter, die leise den Refrain eines alten Schlaflieds singt. Ich sehe einen achtjährigen Jungen, der auf dem Sand liegt und zu ihr aufsieht. Eines seiner Augen schimmert golden. Ein kleines Mädchen mit einem verschmitzten Lächeln liegt neben ihm. Plötzlich fängt sie an zu kichern.

Pscht, Mutter ist eingeschlafen, sagt der Junge. Er deutet auf den ersten funkelnden Stern, der am Himmel erscheint. *Der da. Wenn wir dem folgen und nach Nordosten gehen, werden wir zurück nach Hause finden.*

Das Mädchen schnaubt. Ihr Lachen ist verflogen. *Wir haben kein Zuhause mehr, Jin.*

Der Junge setzt sich auf, das Gesicht schmerzverzerrt. *Wir werden immer ein Zuhause haben, solange wir nur zusammen sind. Wir werden zurückfinden – gib nicht auf.*

Ich werde nie aufgeben, zischt das Mädchen entschlossen zurück. *Wir werden Vaters Mörder finden. Wir werden uns zurückholen, was uns gehört. Wir werden wieder nach Hause kommen.* Sie drückt die Hand des Jungen. *Solange wir nur zusammen sind.*

Ich blinzele, und sie sind verschwunden. Ich bin wieder allein, im Herzen ein nagender Schmerz.

Ein paar Schritte von mir liegen Knochen im Sand. Ein Vogelskelett, genau wie das in der Höhle. Die Knochen klappern und beginnen langsam zu schweben. Vor meinen Augen verwandeln sie sich in einen riesigen lebendigen Vogel. Sein Gefieder schimmert, durchscheinend vor dem Hintergrund von Sand und Himmel. Aber sein prächtiger Fasanenkopf und der Pfauenschwanz in Indigoblau und Smaragdgrün sind unverkennbar.

Der Phönix.

Er mustert mich. Über seinen großen goldgesprenkelten Augen flattern federartige Wimpern. Sein Schnabel öffnet sich und eine liebliche Stimme ertönt.

Ich weiß, warum du hier bist.

In meinem Kopf klingt die Seelenkreatur wie Mutter.

»Dann musst du auch wissen, was ich will«, sage ich.

Der Pfad der Rache ist ein finsterer Weg. Es muss ein Gleichgewicht geben – in dieser Welt und in einem Menschen. Du solltest das Licht in dir bewahren, solange es da ist. Es gibt auch andere Wege, um Frieden zu finden. Dein Weg erfordert ein Opfer, das dir vielleicht unerträglich werden wird.

»Ich habe keine Angst. *Dies* ist der einzige Weg.«

Der Phönix hebt ein Bein und berührt mit seiner Kralle meine Stirn. Ich ringe nach Luft, als ein Schmerz in mir explodiert. Lange verschüttete Erinnerungsbilder erscheinen in schneller Folge in meinem Kopf: ein Junge mit zwei gesunden Augen, eines davon von einem tiefen Goldgelb; der Junge mit einer Klinge in der Hand, die er zu seinem Gesicht führt; ein alter Mann mit einem schneeweißen Bart, der ins Zimmer stürmt, zu spät um zu verhindern, was gleich passieren wird …

Warum hast du das getan? fragt der alte Mann später. Der Junge liegt im Bett, das Gesicht gerötet, die Stirn verschwitzt, die Verbände um seinen Kopf und sein Auge blutbefleckt.

Ich will nicht so sein wie er, antwortet der Junge mit schmerzverzerrtem Gesicht.

Der alte Mann seufzt. *Selbst wenn du seine Augen geerbt hast, selbst wenn sein Blut in deinen Adern fließt – Yuan Longs Affinität trägst du nicht in dir. Mein Junge … denke immer daran: Du bist nicht dein Urgroßvater. Du bist nicht der Lebensräuber.*

Der Junge sagt nichts. Er presst die Zähne aufeinander und hebt eine zittrige Hand, um sein Gesicht zu berühren, doch dann zieht er die Hand abrupt zurück. Er ist noch nicht in der Lage, sich mit dem abzufinden, was er getan hat.

Die Erinnerung verblasst.

Der Phönix nimmt seine Kralle von meinem Gesicht und der Schmerz verflüchtigt sich. Ich stützte meine Hände auf die Oberschenkel, beuge mich vor und zwinge mich zu atmen. Zwinge mich, wieder zu vergessen.

Wie viel mehr kannst du verlieren, Kind? fragt der Phönix sanft.

»Ich habe alles verloren.« Ich lasse den Kopf sinken, als die Wahrheit mich mit ganzer Wucht trifft. »Ich habe nichts mehr zu verlieren.«

Ein Windstoß wirft mich zurück, als der Phönix mit den Flügeln schlägt. Ich hebe die Hände, um mich vor dem Sand zu schützen, doch kein einziges Sandkorn wird aufgewirbelt.

Du willst Kaiser werden. Aber Kaiser sein, das ist, als wenn man bei heiterem Himmel einen Donnerschlag hört. Unerwartete Dinge werden passieren und sich nicht immer so erklären lassen, wie es zunächst scheint. Deine Krone wird eine Bürde werden. Du musst schwere Entscheidungen treffen, wenn du Millionen von Leben in deiner Hand hältst.

Der Phönix blinzelt langsam, und in seinen Augen sehe ich eine Welt, die in Flammen aufgeht.

Leben sind zerbrechlich. Deine Hand kann Schutzort oder Käfig sein. Bist du sicher, dass du dafür bereit bist?

Ich halte seinem feurigen Blick stand. »Ja.«

Nun gut. Aber alles hat seinen Preis und deine Wahl wird in Blut bezahlt werden. Du wirst Schwierigkeiten haben, das zu bewahren, was dir das Kostbarste ist.

Die Seelenkreatur blinzelt noch einmal. Eine einzelne Träne tropft aus dem Auge des Phönix, zerspringt und sprüht Tau auf mein Gesicht. Ein Duft von frischem Gras und Honig steigt mir in die Nase. Ich fühle mich ganz benommen. Meine Beine werden schwach, meine Sehkraft verblasst …

Altan!

Ich bin unter Wasser. Dieses Mal bin ich richtig wach. Meine Lungen krampfen sich zusammen. Ich kann nicht atmen. Panisch kämpfe ich mich zurück an die Wasseroberfläche. Meine Brust weitet sich, als ich endlich auftauche und erleichtert die Luft einsauge. Ich bin nicht weit vom Rand des Quellbeckens entfernt, also schwimme ich hinüber und ziehe mich hoch auf den trockenen Höhlenboden.

Was ist passiert? Ich kann mich nicht erinnern, in das Quellbecken gestiegen zu sein. Ich dachte, ich sei eingeschlafen und hätte von der Seelenkreatur nur geträumt. Aber anscheinend bin ich dem Phönix wirklich begegnet. Und diese Stimme, die mich zurück ins Bewusstsein gerufen hat … ich dachte, das war Mutter oder meine Schwester. Das Gesicht des Mädchens aus der Wüstenstadt taucht in meinem Kopf auf, doch dieses Bild verschwindet im Nu wieder. Alles, was bleibt, ist dieser Duft von frischem Grün und Honig in der Luft, die Stimme der Seelenkreatur in meinem Kopf,

Alles hat seinen Preis und deine Wahl wird in Blut bezahlt werden.

Tang Wei sieht von ihrem Abendessen auf und starrt mich an, als könnte sie nicht glauben, wer da vor ihr steht. »Du lebst.«

Erschöpft lege ich meine Waffen ab. »Ich dachte, du freust dich.«

»Ich freue mich ja auch. Du warst so lange weg. Ich bin einfach …«

»Enttäuscht, dass du jetzt nicht sagen kannst *Ich hab's dir ja gleich gesagt*?«

»Ach, halt die Klappe. Ich hab mir solche Sorgen gemacht. Ich hätte dich nicht allein gehen lassen sollen.« Sie steht auf und schlingt die Arme um mich.

Ich erwidere ihre Umarmung. Ich hätte nicht gedacht, dass ich mich so freuen würde sie zu sehen, aber das tue ich. Schließlich lässt sie mich los, wischt sich mit dem Handrücken über die Augen und setzt sich wieder hin.

»Weinst du etwa?«, necke ich sie.

Tang Wei wendet ihr Gesicht ab und schnieft laut. »Nein.«

Ich kann mir nicht verkneifen über ihre offenkundige Lüge zu lachen. »Sieh mich doch an. Mir geht es *gut*.«

Mein Magen knurrt vor Hunger und das entlockt wiederum ihr ein Grinsen.

»Halt die Klappe und iss«, schimpft sie. »Du musst ja halb verhungert sein.«

Ich rutsche auf die Holzbank ihr gegenüber, ziehe die Teller auf dem Tisch zu mir heran und mache mich über den Reis und den Schweinebraten her.

Tang Wei beugt sich über den Tisch und senkt die Stimme. »Hast du den Phönix gefunden?«

»Mmh«, antworte ich, während ich mir noch mehr Reis in den Mund stopfe.

»Und ist dir dein Wunsch gewährt worden?«

»Ich glaube schon. Wissen werde ich das natürlich erst, wenn ich den Lebensräuber treffe und er seine Magie gegen mich einsetzt. *Falls* er das denn tut.«

Ihr Gesicht wird bleich.

»Ich werde schon klarkommen.« Ich sehe mich im Speiseraum des schäbigen Gasthauses um. Der Kellner hat sich in die Küche zurückgezogen und der Gastwirt döst vorne an der Kasse. Die einzigen zwei anderen Gäste – Einheimische, nehme ich an – haben so viel getrunken, dass sie schon ganz rot im Gesicht sind und werden wahrscheinlich einduseln, bevor sie uns belauschen können. Es scheint, wir können gefahrlos reden. Ich schlinge mein Essen hinunter, trinke hastig etwas heißen Tee hinterher und erzähle Tang Wei von meiner Begegnung mit dem Phönix.

Sie sagt kein Wort. Spielt nicht einmal mit ihren Dolchen herum. Nach ein paar Minuten Schweigen stoße ich sie an.

»Alles in Ordnung mit dir?«

»Ich denke nach.«

»Worüber?«

»Über unsere nächsten Schritte«, antwortet sie. »Meister Sun hat ein Treffen mit unserer Kontaktperson im Süden arrangiert. Sie sind interessiert an deinem Bündnisvorschlag. Wir treffen uns in zwölf Tagen heimlich auf der Beisetzung von Gao Long. Wenn wir morgen aufbrechen, sollten wir rechtzeitig in Beishou sein.«

Vor Schreck fallen mir fast die Stäbchen aus der Hand. Die Trauerzeit ist schon in zwölf Tagen zu Ende? War ich denn so lange auf dem Berg? In der Jiyu-Quelle muss die Zeit anders vergehen. Ich muss länger in dieser Höhle festgesessen haben, als ich dachte.

Ich spüre noch immer ihren Blick auf mir. »Was stimmt denn nicht? Ist da noch etwas anderes?«

»Du wirkst verändert, das ist alles«, sagt Tang Wei und fügt vorsichtig hinzu: »Was denkst du, wird das Opfer sein, das du bringen musst?«

Ich drehe meine Essstäbchen zwischen den Fingern. Über genau diese Frage zerbreche ich mir seit meiner Begegnung mit dem Phönix auch den Kopf.

Deine Wahl wird in Blut bezahlt werden. Du wirst Schwierigkeiten haben, das zu bewahren, was dir das Kostbarste ist.

»Ich weiß nicht. Zuerst hab ich gedacht, es könnte meine Magie sein, aber ich habe es ausprobiert und sie ist noch da.«

»*Ist* deine Magie denn das Kostbarste für dich?«

»Natürlich.«

Tang Wei bohrt nicht weiter nach. Ich habe das Gefühl, sie stimmt mir nicht ganz zu, aber was sollte es denn sonst sein? Ohne Magie kann ich meine Familie nicht rächen.

Nichts anderes auf der Welt ist annähernd so wichtig für mich.

14.

AHN

Die letzten Sommertage sind unbarmherzig heiß. Die Mittagssonne brennt, und die Luft ist so feucht, dass mein Haar heute ganz glatt ist und an meiner Stirn klebt. Ich wische mir mit dem Ärmel über die Brauen und verziehe das Gesicht, als ich das verschmierte Puder sehe, das Linxi vorhin so sorgfältig auf meine Wangen aufgetragen hat.

Leiye steht ein Stück von mir entfernt und beobachtet jede meiner Bewegungen. »Noch einmal.«

Ich seufze, atme tief ein und konzentriere mich. Die Chrysanthemen in der blau-weißen Vase auf dem Tisch vor mir haben sich den ganzen Tag über nicht ein bisschen verändert. Sie sind noch immer bunt, prächtig und lebendig.

Mein Vater sagt, der einzige Weg, das Weiße Jade-Schwert zu finden ist meine Magie zu beherrschen. Erst dann werde ich die Gegenwart des Artefakts spüren können. Bisher ist mein Training vergeblich gewesen. Sicher, ich habe die Grundzüge der Kultivierung erlernt, wie ich meinen Atem beeinflussen und mein Qì kontrollieren kann. Ich kann durch meinen Willen sogar Wasser gefrieren lassen und aus kurzer Entfernung kleine Gegenstände bewegen.

Doch die einzige Affinität, auf die es ankommt, ist jene, durch die ich die zwei Männer in Shahmo getötet habe.

Jedes Mal, wenn ich versuche, diese andere Quelle der Magie anzuzapfen, jedes Mal, wenn ich auch nur daran *denke*, mache ich dicht. Ein Grauen überkommt mich und zieht mich in die Finsternis. Bilder prasseln auf mich ein wie spitze Steine, durchbrechen meine Konzentration: das blassgrüne Leuchten, das von den Männern ausging, ihre schrumpfenden Körper, die furchtbaren erstickten Laute, die sie von sich gaben.

Im Tod sind die beiden Männer aus Shahmo gegenwärtiger als je zuvor.

Ich erzähle weder Leiye noch meinem Vater davon. Genauso wenig wie von den seltsamen Träumen und der noch seltsameren Stimme, die mich in meinem Schlaf heimsuchen.

Du trägst Magie in dir. Greife danach. Die Stimme meines Vaters erklingt in meinem Kopf, fest und beruhigend.

Ich bringe mich in Stellung und hebe meine Hände. Qì strömt aus meinen Fingerspitzen, wie ein allmähliches Entweichen warmer Luft. Magie. Aber nicht die Magie, die ich brauche. Leiye verlangt nicht, dass ich diese Blumen gefrieren lasse oder das Wasser aus der Vase ziehe.

Er verlangt, dass ich ihnen ihre Lebensessenz entziehe.

Die blassgelben Blütenblätter leuchten in der Sonne und scheinen auszurufen: *Wir leben! Wir leben!* Und warum sollten sie das nicht? Wie kann eine Affinität wie die meine – eine, die Leben raubt – das Einzige sein, was das Kaiserreich retten kann?

Welche Magie ich eben auch immer gerufen habe – sie schwindet dahin.

Meine Finger ballen sich zu Fäusten, unterdrücken den Drang, die Vase auf den Boden zu schmettern. Ich habe schnell gelernt, meine Wut im Zaum zu halten. Wir haben uns wieder in den einsamen Winkel des westlichen Palastgartens zurückgezogen, aber ich bin trotzdem auf der Hut. Das Gewimmel der Bediensteten überall sonst auf dem Palastgelände hat mir die Sinne geschärft. Wie Eintagsfliegen tauchen sie plötzlich auf und verschwinden wieder, wuseln ständig um mich herum, um mir zu helfen oder mich irgendwohin zu begleiten. Eine falsche Bewegung von mir könnte zu boshaften Gerüchten führen oder – schlimmer noch – dazu, dass ich jemanden mit meiner Magie verletze.

Leiye räuspert sich laut, unbeeindruckt von der Hitze, auch wenn er schon genauso lange hier steht wie ich. Sein weißes Gewand ist makellos, seine Haare sitzen perfekt und die eine weiße Strähne schimmert leicht in der Sonne. Im Gegensatz zu mir sieht er aus wie ein Adeliger. Er sieht so aus, als *gehörte* er hierher. Ich wette, er schwitzt nicht einmal.

»Versuch es noch einmal«, sagt er mit dieser vermaledeiten Ruhe.

»Können wir nicht eine Pause machen?«

Sein Gesichtsausdruck bleibt wie versteinert.

Ich verdrehe die Augen und kaschiere meine Angst durch Gereiztheit. Das ist einfacher. »Komm schon, es ist so heiß und ich hab Hunger.«

»Nur, wenn du mich in drei Zügen besiegst. Ohne Magie.«

»Das ist unmöglich.« Auch wenn er mir die Grundfertigkeiten im Umgang mit dem Schwert gezeigt hat, bin ich keine Schwertkämpferin.

»Das ist auch eine Willenssache. Wenn du schon mit einer Niederlage rechnest, bevor du es überhaupt versucht hast, wie willst du dann jemals gewinnen?«

Ich habe Mühe, meine Verwünschungen herunterzuschlucken und mache ein ersticktes Geräusch.

»Na gut«, sage ich und will diese Tortur nur noch hinter mich bringen. Ich sehe keine Möglichkeit ihn zu besiegen. Aber ich könnte eine Verletzung vortäuschen. Vielleicht wird ihm das

Ärger mit meinem Vater einbringen und ihm eine Lehre sein. »Drei Züge.«

Er wirft mir ein Schwert zu, und es gelingt mir, es zu fangen. »Ich will dir einen Vorteil gewähren. Ich werde mein Schwert noch nicht ziehen.«

Mit einer Sorglosigkeit, die mir auf die Nerven geht, fordert er mich mit einem Kopfnicken zum Angriff auf. Wie alle anderen Schwerter, die ich bisher aus der Waffenkammer probiert habe, fühlt sich das Schwert in meiner Hand schwerfällig und unbeweglich an. Das ist eine einzige Zeitverschwendung. Doch etwas in Leiyes Miene, dieser Ausdruck zwischen Geringschätzung und Langeweile, weckt einen Keim von Wut – von Eifersucht – in mir.

Er hat sich meinem Vater bewiesen.

Ich hole aus.

Mit Leichtigkeit wehrt er meine ersten zwei Schläge ab. Ich weiche zurück, während mir der Schweiß über den Rücken rinnt. Er winkt mich noch einmal zu sich, voller Spott. Ich will ihm dieses Grinsen aus dem Gesicht schlagen. Doch Stärke und Geschick nützen mir hier gar nichts. Ich muss meinen Verstand einsetzen. Eine leichte Brise kommt auf, bringt die toten Blätter auf dem Boden zum Rascheln. Mein Geist klart sich auf. Ich streiche mir eine Haarsträhne aus den Augen, während sich in meinem Kopf ein vager Plan formiert.

Ich täusche eine Ohnmacht vor, was Leiye mir erst vor ein paar Tagen beigebracht hat. Wie erwartet durchschaut er es, macht einen Schritt zur Seite und holt nach mir aus wie nach einer Bremse. Ich tue so, als würde ich aus dem Weg taumeln. Im letzten Moment, bevor ich wieder Tritt fasse, wirbele ich herum. Lasse mein Schwert hervorschnellen. Treffe ihn an der Schulter.

Aber ich spüre keinen Widerstand. Nur Luft.

Ich verliere das Gleichgewicht, stolpere und falle.

Schon mache ich mich auf den Aufprall gefasst, doch Leiye fängt mich auf, bevor ich auf dem Boden aufkomme. Starke Hände umfassen meine Taille, helfen mir, wieder auf die Füße zu kommen. Er lässt mich nicht los, ist ganz nah. Nah genug, um den Duft von Sandelholz auf seiner Kleidung wahrzunehmen. Um zu sehen, wie seine dunklen Wimpern diese wunderschönen schiefergrauen Augen einrahmen. Um seine Wärme zu spüren. Um mich zu fragen, wie weich seine Wange wohl wäre, wenn ich sie berührte.

Ein Lächeln huscht über seine Lippen, als wüsste er, was ich gerade denke.

Zum Teufel, Ahn. Er hat einen Mann in Brand gesetzt, bei lebendigem Leibe.

Ich stoße ihn zurück und lasse mein Schwert nach oben schnellen. Metall trifft auf Haut.

»Drei Züge«, verkünde ich und versuche die Röte zu ignorieren, die mir den Hals hinaufkriecht.

Das Schwert ist schwer, aber ich halte es unter sein Kinn. Die scharfe Spitze meiner Klinge an seinem Hals scheint ihn nicht zu beunruhigen. Was wird passieren, wenn ich Druck ausübe? Wie wird dieser Priester sich verteidigen?

»Ich habe vier gezählt«, murmelt Leiye. Sein Lächeln verblasst und diese schiefergrauen Augen werden dunkler. »Es sei denn dein Sturz war Teil dieser Scharade?«

»Selbstverständlich.«

»Raffiniert.«

Er glaubt mir nicht. Aber wir haben keine Zeit mehr zu debattieren. Jemand ruft meinen Namen.

Hastig lasse ich mein Schwert sinken und drehe mich um. Es ist Linxi. Sie macht einen Knicks und ich nicke ihr zu. Ich frage mich, wie viel sie gesehen hat.

»Junger Meister Xima und Lady Ahn, ich bitte die Störung zu entschuldigen. Ihre Majestät wünscht Lady Ahn zu empfangen.«

In Leiyes Miene flackert Unmut auf, aber er kann sich schließlich nicht dem Befehl der Kaiserwitwe höchstpersönlich widersetzen. »Selbstverständlich.«

Ich reiche ihm mein Schwert. Er nimmt es ohne ein Wort entgegen und fällt in sein übliches kühles Gehabe zurück.

Als wir in den Palastkorridoren sind und er uns nicht mehr hören kann, flüstere ich Linxi zu: »Danke, dass du mich aus dem Training mit diesem Narren geholt hast. Schlau von dir, diesmal den Namen der Kaiserin zu benutzen.«

Linxis Augen weiten sich vor Bestürzung. »Das war kein Trick, Ahn. Sie will dich wirklich treffen.«

»Was? Zum Teu –« Ich schlage mir die Hand vor den Mund. »Entschuldigung. Warum will sie mich denn sehen?«

»Ich weiß nicht. Du siehst furchtbar aus! In diesem Zustand kann ich dich überhaupt nicht präsentieren.« Sie greift nach meiner Hand und zieht mich hinter sich her. »Wir haben fünf Minuten, um dich fertig zu machen. *Beeil dich.*«

Die Kaiserwitwe Zhenxi wirkt grazil und anmutig und sieht eigentlich nicht alt genug aus, um einen Sohn im Alter des Kronprinzen zu haben. Mehrere Lagen weißer Seide, bestickt mit goldenen Phönixen, umhüllen ihren Körper. Juwelen zieren die schwere Kette um ihren Hals und die Ringe an ihren Fingern. Ihre nachtschwarzen Haare sind hoch auf ihrem Kopf aufgetürmt, festgesteckt mit goldenem und purpurfarbenem Haarschmuck und einer türkisgrünen Fāzān-Nadel in Form eines Eisvogels.

Überraschenderweise ist ihr Gesicht ungeschminkt, abgesehen von ihren blutroten Lippen. Es ist aber auch nicht so, dass sie irgendwelche Verschönerung bräuchte. Sie ist die schönste Frau, die ich je gesehen habe.

Ich straffe die Schultern und sitze stocksteif da, als würde mein Hals an einer unsichtbaren Schnur nach oben gezogen werden. Als es mir angeboten wird, nippe ich an der absurd winzigen Teetasse. Es ist kaum genug Tee darin, um ihn richtig zu schmecken.

»Wie ist der Tee, meine Liebe?«, fragt Kaiserin Zhenxi.

»Er ist …« Ich suche verzweifelt nach einem passenden Wort. »Wohlschmeckend.«

Ihre Hofdame schenkt mir nach, bevor sie sich wieder in eine Ecke des Pavillons zurückzieht.

»Das ist eine eigens angefertigte Mischung, die ich für ganz besondere Gäste aufhebe.« Die Kaiserin lächelt. Ein schmaler manikürter Fingernagel streicht über ihre Tasse. »Ich nenne diese Mischung *Tränen der Golddrossel*. Ich hoffe, du kannst den wohltuenden honigartigen Geschmack unter der grünen Frische herausschmecken.«

»Ja, wirklich köstlich.« Hastig nehme ich einen weiteren Schluck.

Sie spricht mit einem melodischen Singsang. Ich frage mich, wie lange sie gebraucht hat, um die Sprechweise der Menschen in Beishou so gekonnt nachzuahmen. Wie ich gehört habe, stammt sie aus einer Unterschicht-Familie in den Südlichen Kolonien entlang der Meerenge von Nandah. Jahrelang kursierten Gerüchte darüber, wie sie sich hochgearbeitet hatte – vom Dienstmädchen zur Konkubine, zur Kaisergemahlin und schließlich zur Kaiserin. Einige sagen, es war ihre Schönheit, mit der sie Gao Long für sich einnahm, andere sagen, es war ihr scharfsinniger Verstand.

»Wie gefällt dir das Leben im Palast? Vermisst du deine Freunde und Familie zu Hause?«

»Alle sind sehr gut zu mir. Ich vermisse meine Adoptiv-Großmutter, aber mein Vater will sie hierherholen lassen.«

»Wie fürsorglich von ihm. Wann wird deine Großmutter denn hier sein? Ich werde ein Gemach für sie herrichten lassen. In der Nähe von deinem natürlich.«

Ich stehe auf, neige den Kopf und mache einen Knicks. »Vielen Dank, Eure Majestät. Aber mein Vater sagt, wir werden auf unserem eigenen Anwesen leben, wenn sie kommt.«

»Aber ich würde sie so gerne treffen. Könnt ihr beide nicht noch etwas länger im Palast bleiben?«

»Selbstverständlich, Eure Majestät«, stimme ich gehorsam zu und setze mich wieder hin. Ich glaube nicht, dass ich ihren Wunsch hätte abschlagen können. »Ich bin allerdings nicht sicher, wann sie in der Hauptstadt eintreffen wird. Mein Vater ist in der letzten Zeit sehr beschäftigt.«

»Er wird doch aber nicht selbst den ganzen Weg zurück zu deinem Dorf machen, oder?«, entgegnet die Kaiserin mit einem kleinen Lachen.

»Oh nein, das nicht. Ich meinte …« Ich zögere. Vor einer Woche habe ich meinen Vater gefragt, ob er jemanden in mein Dorf geschickt hat. Er sagte, das habe er ganz vergessen, aber er würde es umgehend tun.

»Wenn Premier Zhao nicht die Zeit hat, sich um diese Angelegenheit zu kümmern, wende dich an mich«, sagt die Kaiserin nachdrücklich. »Ich bin mehr als gewillt, die Sache zu arrangieren. Man sollte nicht so lang von seiner Familie getrennt sein.«

»Eure Majestät, Ihr müsst nicht denken, dass mein Vater –« Ich schnappe vor Schreck fast laut nach Luft, als die Kaiserin über den Tisch greift und meine Hand hält. Ihre Haut ist glatt und kühl.

»Meine Liebe, du ahnst ja gar nicht, was dein Vater alles für das Kaiserreich getan hat. Er hat unserem Volk sein Leben geweiht.

Wir schulden ihm großen Dank.« Sie tätschelt meine Hand. »Er hat kaum eine freie Minute, und alles, was ich tun kann, um zu helfen, werde ich gerne tun.«

Sie schenkt mir ein warmes Lächeln, und ich kann nicht anders, als stolz zurückzulächeln. Die ganze Zeit habe ich geglaubt, dass meine Eltern einfache Bauern waren, und nun hat sich alles ganz anders herausgestellt. Ein plötzliches Schuldgefühl beginnt an mir zu nagen. Ich muss noch härter trainieren und lernen, meine Lebensräuber-Affinität zu beherrschen. Mein Vater soll stolz auf mich sein.

»Ich habe gehört, du hast Schwierigkeiten, dich an deine frühen Jahre zu erinnern.« Die Kaiserin stellt einen kleinen Glasflakon mit klarer Flüssigkeit auf den Steintisch. »Das ist eine Tinktur aus dem Extrakt einer seltenen Pflanze, die an den Kristallseen des Nordens wächst. Sie hilft, die Pfade der Erinnerung freizuräumen und kann in Fällen von Amnesie nützlich sein. Ich dachte, vielleicht möchtest du das einmal probieren. Es muss hart sein, sich nicht an seine eigene Mutter erinnern zu können.«

Ich beiße mir auf die Lippen, damit sie nicht zu beben anfangen. Die Augen der Kaiserin sind gütig, ihr Lächeln verständnisvoll. Sanft legt sie eine Handfläche an meine Wange.

»Ich wollte immer eine Tochter haben. Aber ein Sohn …« Ihr Lächeln bekommt etwas Zynisches, etwas Trauriges sogar. Sie senkt die Stimme. »Ein *Sohn* bedeutet Sicherheit. Im Leben machen wir, was wir tun müssen, um zu überleben – oder mehr, wenn wir Erfolg haben wollen. Ich bin sicher, du verstehst das.«

Ich weiß nicht, was ich sagen soll. Es kommt mir vor, als erzählte sie ein Geheimnis, auch wenn ich sicher bin, dass die zwei Kammerfrauen in unserer Nähe jedes Wort hören können.

»Wo wir gerade von Söhnen reden«, fährt sie fort. »Nach der Beisetzung unseres verstorbenen Kaisers wird es ein Bankett geben. Ich habe deinen Namen nicht auf der Gästeliste gesehen, aber ich würde mich freuen, wenn du daran teilnimmst. Tai Shun leidet sehr unter dem Ableben seines Vaters und seine Stimmung ist äußerst trübsinnig. Tust du mir den Gefallen und leistest ihm ein bisschen Gesellschaft, wenn du dort bist? Ich bin sicher, er wird das Bankett viel besser ertragen, wenn jemand in seinem Alter dabei ist, mit dem er sich unterhalten kann.«

»Ich – ja, Eure Majestät. Ich werde dort sein.« Ich bin nicht sicher, wie *ich* helfen soll, den Kronprinzen aufzumuntern, aber ich werde es versuchen müssen.

»Sag mir, Liebes, was sind denn deine Lieblingsgerichte? Die Gerichte, die deine Großmutter immer für dich gekocht hat. Ich kann sie später zum Abendessen in deine Gemächer bringen lassen.«

Für einen Moment steht mir der Mund offen, bevor ich mich wieder fange. »Das ist wirklich zu freundlich von Euch, Majestät. Ich –«

»Muss das Angebot annehmen«, beendet sie den Satz mit einem weiteren Lächeln.

Ich nicke schüchtern. »Es gibt da tatsächlich ein Gericht: Entenbraten mit schwarzen Pfefferkörnern, Sternanis und dunkler Soße.«

Mir läuft fast das Wasser im Mund zusammen, als ich mich an das erste Mal erinnere, das Ama dieses Gericht für mich gekocht hat. Damals, als sie noch arbeitete und unser Dorf noch nicht von der Wüste zerstört worden war. Die Sehnsucht in meinem Herzen wächst. *Du siehst sie ja bald wieder*, rede ich mir zu. Mein Vater wird sein Versprechen halten.

»Erledigt.« Die Kaiserin nickt einer ihrer Kammerfrauen zu und die Frau macht sich sofort auf den Weg in die Küche. Ich verneige mich vor der Kaiserin und bin froh, dass ich in diesem pompösen Palast eine weitere gute Seele gefunden habe.

Ich bin auf einem Schiff. Das Meer ist eine endlose Fläche von glitzerndem Blaugrün. Glänzende silberne Fische, die das Schiff wie eine Eskorte begleiten, springen aus dem Wasser und tauchen wieder unter. Ich blinzele und alles wird dunkel.

Die Nacht bricht herein.

Das markerschütternde Geräusch von Metall, das auf Knochen trifft, durchdringt die Stille. Das Kreischen hallt in meinen Ohren wider, als der Schiffsrumpf auseinanderbricht. Ich schreie auf, als das Schiff zu sinken beginnt und mich mit in den nassen Abgrund zieht.

Da ist noch ein anderes Wesen im Wasser. Groß und bedrohlich schießt es auf mich zu.

»Ich habe auf dich gewartet.«

»Wer bist du?« Blasen steigen aus meinem Mund. Schweben hinauf zum Licht über uns. Ich schaudere, als das Licht verblasst und die Kälte des Wassers meinen Körper durchdringt.

Ich sehe einen Schwanz, Schuppen, feuerrote Augen mit hellgelber Mitte.

»W-was bist du?«

»Ich bin …«

Die Traumszene wechselt.

Ich bin ein Kind in einem Marionettentheater, sitze auf den Schultern meines Vaters. Meine gesichtslose Mutter sitzt neben uns, lacht und klatscht zur Musik.

Die Melodie ist ein Grabgesang, ein Trauerlied für die Seelen.

»Siehst du die Puppen, Ahn-er?«

Ich nicke.

Mein Vater sieht mich an.

Und ich fange an zu schreien.

Keuchend wache ich auf. Ich werfe die Decken von mir und setze mich auf, die Stirn feucht vor kaltem Schweiß. Blasses Mondlicht dringt durch ein Fenster, das einen Spalt offen steht. Merkwürdig. Ich dachte, Linxi hat alle Fenster geschlossen, bevor sie gegangen ist.

Ich stehe auf, ziehe mir einen Morgenrock über und reibe mir die Arme, um warm zu werden. Mein Traum verstört mich. Etwas daran fühlte sich sehr real an. Ich will meinem Vater mehr Fragen über meine Kindheit stellen und herausfinden, ob meine Eltern mich jemals zu einem Puppentheater mitgenommen haben. Es ist schon spät, aber vielleicht ist er noch wach, denn er arbeitet oft bis spät in die Nacht.

Erinnerungsfetzen aus meinem Traum gehen mir durch den Kopf, als ich mich schlurfend auf den Weg zu seinem Studierzimmer mache. Ein Schauer läuft mir über den Rücken und ich ziehe den Morgenrock fester um meinen Körper. Der Palast wirkt zu still und zu leer, aber ich bin sicher, in den schummerig beleuchteten Korridoren sind ein paar Bedienstete oder Wächter positioniert.

Im Studierzimmer meines Vaters brennt Licht. Er muss dort drinnen sein. Doch bevor ich die Tür erreiche, erlischt das Licht. Ich bleibe im dunklen Flur stehen und warte. Die Tür öffnet sich einen Spalt. Eine Gestalt in Schwarz schlüpft heraus. Diesen Körperbau und diesen Gang würde ich überall erkennen, selbst in einer großen Menschenmenge, selbst im Dunkeln.

Leiye.

Was macht er hier mitten in der Nacht? Warum verhält er sich so heimlichtuerisch? Ich sehe etwas Rotes in seiner Hand aufblitzen, bevor er es unter seinem Gewand verschwinden lässt. Hat er etwas von meinem Vater gestohlen?

Ich beginne ihm zu folgen, doch dann bleibe ich abrupt stehen.

Ich bin noch nicht bereit für eine Konfrontation. Am besten ich überprüfe das erst einmal. Ich gehe zurück zum Studierzimmer und zünde die Lampe an. Alles scheint an seinem Platz zu sein. Was könnte er mitgenommen haben?

Rot.

Ich gehe zu dem Glaskabinett, in dem sich etliche in rote Seide eingeschlagene Manuskripte befinden. Nachdem ich eine Weile herumgetastet habe, finde ich einen kleinen Hebel und drücke ihn hinunter, bis etwas mit einem Klick einrastet. Ich schiebe die Tür auf.

»Eins, zwei, drei …« Lautlos zähle ich weiter. *Fünf.*

Sechs Manuskripte waren hier drin. Rote Bänder und Seidenstoffe fallen zu Boden, als ich alles auspacke. Ich atme langsam aus. Leiye hat das Buch mitgenommen, das mein Vater mir gezeigt hat – das mit der Zeichnung der Zwillingsschwerter und der Karte des Smaragdmeers.

Ich sollte meinem Vater davon erzählen. Wenn er nicht hier ist, muss er in seinem Zimmer sein und schlafen. Aber was soll ich sagen? Vielleicht hat das alles nichts zu bedeuten. Vielleicht hat mein Vater Leiye aufgefordert, das Buch an sich zu nehmen. Vielleicht gehen meine Eifersucht und meine Fantasie mit mir durch.

Ich lehne mich an das Kabinett und grübele. Plötzlich rutscht es unter meinem Gewicht zur Seite und ich falle fast hin. Schnell halte ich mir eine Hand vor den Mund, um einen überraschten Aufschrei zu ersticken, als sich ein Teil der Wandtäfelung in Bewegung setzt.

Ein dunkler, schmaler Raum, nur ein paar Schritte breit, kommt zum Vorschein. Der Palast ist uralt. Da gibt es sicher Areale, die nicht mehr benutzt werden oder in Vergessenheit geraten sind. Es riecht moderig in diesem Raum und er scheint leer zu sein. Ich bin mir nicht einmal sicher, ob mein Vater überhaupt weiß, dass dieser Raum existiert. Ich ziehe das Kabinett zurück an seinen Platz und die Wandtäfelung schließt sich wieder.

Schnell wickele ich die Bücher wieder ein, lege sie dorthin zurück, wo ich sie gefunden habe und gehe wieder in mein Zimmer. Ich könnte meinem Vater alles erzählen, was ich gesehen habe. Wenn er Leiye tatsächlich beauftragt hat, das Buch zu holen, wäre alles in Ordnung. Aber wenn nicht … Vielleicht sollte ich doch niemandem etwas von dem heutigen Abend erzählen. Auf diese Weise könnte ich herausfinden, was Leiyes wahres Motiv ist.

Ich muss an Linxis Warnung an meinem ersten Tag im Palast denken. *Pass auf, wem du traust*. Ich traue Leiye nicht. Und ich werde nicht auf seine Tricks hereinfallen.

15.

ALTAN

Ich sollte nicht hier sein.

Die Hauptstadt ist zu gefährlich für einen Flüchtling wie mich – einen Prinzen, der eigentlich tot sein sollte.

Und doch bin ich hier. Unfähig der Versuchung zu widerstehen, das Spektakel um das Ableben meines Feindes mit eigenen Augen mitzuerleben.

Ich sollte Euphorie empfinden. So etwas wie Freude, auch wenn es eine pervertierte ist. Ich spüre ihr nach, aber ich empfinde nichts dergleichen. Vielleicht bin ich enttäuscht, dass es nicht meine eigenen zwei Hände waren, die Gao Long ins Grab gebracht haben. Sein verfrühtes Ableben bringt meine Pläne etwas durcheinander. Aber ich kann Geduld haben.

Wenn man so eine lange Liste an Feinden aufweisen kann wie ich, lernt man das.

So weit das Auge reicht säumen die Menschen die Straßen von Beishou. Viele klammern sich an ihre Seidentaschentücher, doch die meisten Augen sind trocken. Der vertraute Singsang der Shi-Akzente, die feinen Eigenarten und Gesten meines Volkes, die vergoldeten Tempel und Pagoden, die Miniaturgärten, die einen an jeder Ecke überraschen … Sie begrüßen mich mit einer oberflächlichen Umarmung wie Freunde, die sich lange nicht gesehen haben und längst getrennte Wege gehen. Es ist zehn Jahre her, dass ich zuletzt hier war. Wenig hat sich verändert, doch nichts ist, wie es war.

Die Bürger stehen an den Straßen und warten darauf, dass der kaiserliche Trauerzug vorbeikommt. Ich habe mich so gekleidet, dass ich mich in das Meer von Weiß einfüge. Was fehlt, sind die leuchtenden Gewänder, die in der Hauptstadt und den wohlhabenden Städten des Reiches sonst so gern getragen und zur Schau gestellt werden. Eine Schau, die den Wohlstand unserer Nation widerspiegelt, durch den selbst die niedere Kaufmannsklasse es sich leisten kann, ihre Stoffe in einer Palette von Farben zu färben, die nicht in der Natur zu finden sind. Für mich sind diese bunten Gewänder eine stetige Erinnerung daran, dass wir für die Kriegsbeute mit unserem Blut bezahlt haben.

Der tiefe Donnerschlag eines Gongs hallt durch die Straßen und ein Schweigen senkt sich über die Menge. Tang Wei steht neben mir und sieht sich angespannt um. Noch einmal ist sie mitgekommen, trotz des Risikos.

Kurz darauf kommt der Kopf des Trauerzugs in Sicht. Ein großes Aufgebot der kaiserlichen Garde mit ihren Rüstungen in Purpur und Gold führt eine Reihe von ernst dreinblickenden Adeligen und Ministern des Inneren und Äußeren Hofes an, die in hierarchischer Folge vorbeimarschieren. Aus dieser Entfernung kommen mir die meisten der Minister nicht bekannt vor. Ich will mich dem Trauerzug ein Stück weiter nähern, um jenen Mann ausfindig zu machen, den sie den Schatten des Kaisers nennen. Doch da rempelt mich jemand an und zieht an meinem Gewand.

»Wo ist der Prinz?«, flüstert ein kleines Mädchen. Sie starrt mich mit großen runden Augen an, eine Puppe im Arm. Sie scheint etwa acht Jahre alt zu sein – so alt wie meine Schwester, als ich sie das letzte Mal gesehen habe.

»Ich weiß nicht«, flüstere ich zurück.

»Pscht!«, macht die Mutter des kleinen Mädchens, doch sie zieht noch einmal an meinem Gewand. »Ist der Prinz jetzt unser Kaiser?«

»Prinz Tai Shun ist noch nicht ganz volljährig, deshalb wird Kaiserin Zhenxi ihm erst mal beim Regieren helfen«, erklärt die Mutter. »Und jetzt hör auf, diesen Dàgē zu belästigen. Er ist nicht von hier.«

Die Frau lächelt mir flüchtig zu, um sich für die Fragen ihrer Tochter zu entschuldigen. Ich lächele zurück – erleichtert, dass sie mich für einen Fremden hält.

Als ich den Kopf wende, marschiert gerade eine Gruppe mit rostroten Gewändern und verkniffenen Gesichtern die Straße entlang. *Priester.* Das kleine Mädchen stößt einen leisen Schrei aus und klammert sich an meinen Ärmel. Da ich sie nicht noch mehr ängstigen will, versuche ich, mich zu entspannen und das lodernde Feuer zurückzudrängen, das in meiner Brust aufflammt.

Als Nächstes kommt eine Schar von königlichen Gemahlinnen und Konkubinen, deren Wehklagen weithin zu hören sind. Weinen sie aus Trauer oder Angst? Sehr wahrscheinlich, dass Zhenxi sie nach dem heutigen Tag fortschicken wird.

Ein Raunen geht durch die Menge und Totenstille breitet sich aus. Köpfe neigen sich und Körper verbeugen sich. Ich zwinge mich, ebenfalls eine Verbeugung zu machen, mich an dieser Respektbezeugung zu beteiligen.

Vorsichtig hebe ich meinen Kopf und erhasche einen Blick auf den Rücken eines jungen Mannes in weißer Seide mit einem goldenen Reif um seinen Haarknoten.

Mein Magen zieht sich zusammen, mein Puls galoppiert wie der Wind.

Er.

»Ist das der Prinz? Kannst du ihn sehen?«, wispert das kleine Mädchen mit vor Aufregung quiekender Stimme. »Mutter, heb mich hoch, ich will ihn sehen! Mutter –«

Ich presse meine Zähne aufeinander und schlucke eine Wut hinunter, die mir in der Kehle brennt wie Säure.

Ich habe genug gesehen.

Nach der Prozession löst sich die Menschenmenge auf, aber ich kann mich noch nicht aufraffen zu gehen, auch wenn ich selbst nicht verstehe, warum. Ich habe Vaters Beisetzung vor zehn Jahren nicht miterlebt. War sie auch so pompös wie die Gao Longs? Waren die Tränen, die damals flossen, echt?

Vaters Gebeine liegen eingeschlossen in einer Grabrüstung aus weißer Jade und goldener Seide im Kaiserlichen Mausoleum im Norden von Beishou. Der alte Seelen-Pfad, der mit seinen Skulpturen von alten Göttern und Kreaturen aus unseren Legenden den Weg zu den Gräbern säumte, faszinierte mich als Kind sehr. So wie die kaiserlichen Grabmale, alle unterschiedlich groß und prunkvoll, manche imposanter als andere.

Die prächtigste Grabstätte ist die meines Urgroßvaters Yuan Long. Sein leerer Sarg steht in einer Gruft mit Tausenden von Terrakotta-Soldaten, Pferden und Gehilfen, die ihm im Jenseits dienen sollen. Der Kaiser, der, wie unsere Geschichtsbücher es uns glauben machen wollen, das Shi-Imperium *geeint* hat. Was mich daran erinnert, dass zukünftige Generationen von Shi-Kindern nie die Wahrheit über seine Schreckensherrschaft erfahren werden, wenn ich an meiner Aufgabe scheitere.

Als Junge bin ich in jedem Frühling in dieses abgelegene Tal gepilgert, um am Tag der Ahnen den Toten meine Ehre zu erweisen. Das Schicksal hat mir nicht erlaubt, diese Pflicht auch gegenüber meinem Vater zu erfüllen.

Doch das wird sich bald ändern. Bald werde ich die Dinge wieder in Ordnung bringen.

»Ich weiß nicht, warum du dir das antust«, sagt Tang Wei, während sie etwas Dreck von ihrem Rock wischt.

»Was tue ich denn?«

Sie wirft mir einen entnervten Blick zu. »Schon gut, wir müssen jetzt zum Tempel.«

Wir lassen die Menschenmengen zurück und gehen in westlicher Richtung durch die Stadt, über steinerne Brücken, die über schmale Wasserläufe führen, vorbei an Skulpturen von Drachenschildkröten und Brunnen mit in Stein gemeißelten Yuèfú. Einige Bruchstücke dieser klassischen Gedichte kommen mir bekannt vor, andere weniger.

Trübsinnige Gesichter begegnen uns in den Straßen, auch wenn ihre Niedergeschlagenheit vielleicht nur eine Schau für die Obrigkeiten ist. Ich bezweifle, dass Gao Long besonders beliebt war, nicht nachdem er dieses Land gleich zu Beginn seiner Regentschaft in einen zehn Jahre währenden Konflikt hineingezogen hat.

»Linxi ist gestern Abend in unserer Unterkunft vorbeigekommen.«

»Warum hast du mir das nicht erzählt?« Mein Tonfall klingt barscher, als ich beabsichtigt habe.

»Du hast geschlafen. Ich dachte, nach der Tortur mit dem Phönix und unserer langen Reise bräuchtest du etwas Zeit zum Ausruhen –«

»Du meinst wohl eher, du wolltest etwas Zeit mit Linxi allein verbringen«, erwidere ich scharf.

Tang Wei bleibt stehen und sieht mich mit kühlem Blick an. »Willst du jetzt ihre Neuigkeiten hören oder nicht?«

Ich knete meinen Nasenrücken und atme langsam aus. »Hör

zu, es tut mir leid, das habe ich nicht so gemeint. Es ist nur … Es wäre nett gewesen, Linxi zu sehen. Das ist alles.«

»Du entschuldigst dich?«

»Jetzt bring mich nicht dazu, es zurückzunehmen.«

»Entschuldigung angenommen. Und mir tut es auch leid.«

Ich schlage mir in gespieltem Entsetzen eine Hand vor den Mund.

Sie versetzt mir einen Knuff mit dem Ellenbogen. »Ich weiß, Linxi ist wie eine Schwester für dich. Du hast recht, ich hätte nicht so egoistisch sein sollen. Ich wollte wirklich ganz gern allein mit ihr sein.« Sie lächelt wissend. »Wird nicht wieder vorkommen. Aber vielleicht wirst du eines Tages verstehen, wie es sich anfühlt verliebt zu sein.«

»Ich kann's kaum erwarten«, sage ich sarkastisch. »Und was sind jetzt die Neuigkeiten?«

Tang Wei senkt die Stimme. »Sie ist im Palast.«

»Sie?«

»Die Person, auf die du gewartet hast.«

»Die Person, auf die ich gewartet habe?«

Sie.

Ich schlage mir gegen die Stirn. »Der Lebensräuber ist eine Frau? Warum bin ich immer davon ausgegangen, dass es ein Mann ist wie mein Urgroßvater?«

»Weil du nie über deinen Tellerrand hinausschaust?«

»Wer ist sie und was macht sie im Palast?«, frage ich, ohne auf Tang Weis Stichelei einzugehen.

»Sie ist schon seit einem Monat dort. Anscheinend ist sie Zhao Yangs verlorengeglaubte Tochter.«

»Bist du sicher? Ich dachte, er hat keine Familie.«

»Linxi ist sich absolut sicher. Sie hat sogar gesehen, wie das Mädchen mit einem Priester trainiert hat. Es scheint ganz so, als wollten sie ihre Lebensräuber-Begabung perfektionieren. Bisher hatten sie damit keinen Erfolg. Alles, was sie kann, ist Wasser manipulieren. Aber da ist noch etwas: Das Mädchen hat eine Großmutter, die in der Wüstenstadt wohnt, in der wir neulich waren.«

»Der Ort mit den Priestern?«

Tang Wei nickt.

Der Ort war klein. Es wird nicht schwer für mich sein, dorthin zurückzukehren und ihre Großmutter ausfindig zu machen. In meinem Kopf entsteht ein Plan. Endlich habe ich einen Vorteil gegenüber den Priestern.

Endlich habe ich mein Druckmittel gefunden.

Der Schrein der Göttin der Barmherzigkeit befindet sich am Mu'an See und ragt neben einem majestätischen Weidenbaum in die Höhe. Mutter hat diesen Ort oft besucht. Auf dem Palastgelände gibt es einen eigenen Tempel, aber die Angehörigen der kaiserlichen Familie können zum Beten auch in die Stadt gehen, um öffentlich ihre Frömmigkeit zu bekunden. Es war den Beamten des Inneren Hofkreises immer ein Dorn im Auge, dass die Kaiserin so einen bescheidenen und abgelegenen Ort zum Beten wählte, statt einen der prachtvollen Säle in der Innenstadt, die eigens für die Kaiserfamilie gebaut wurden.

Wie kann ich die Hoffnungen und Ängste der Menschen verstehen, wenn ich nicht mit ihnen bete?, sagte Mutter dann mit einem sanften, aber bestimmten Lächeln. Die Hofbeamten schüttelten die Köpfe über ihre fremdländische Kaiserin, aber sie setzte immer ihren Willen durch. Dafür sorgte Vater.

Ich habe unsere Götter lange gemieden. Doch jetzt zünde ich drei Räucherstäbchen an, weil Mutter es gewollt hätte. Ich knie mich auf eines der roten Kissen auf dem Boden vor dem Hauptaltar und halte die Weihrauchstäbchen mit beiden Händen vor meiner Brust.

Zhenxi
Der Dämon-Mann mit dem schmelzenden Gesicht
Die Diyeh-Priesterschaft
Tai Shun

In Gedanken gehe ich die vertraute Liste durch, nur der Anfang all jener, die dafür bezahlen müssen, was sie meiner Familie angetan haben. Ich zögere, streiche mit den Fingern über die rauen Stäbchen. Sollte ich beten? Aber ich bin nicht sicher, für was ich beten soll. Die Statur der Göttin Guanyin starrt vom Altar zu mir hinunter. Würde sie meinem Rachewunsch ihren Segen gewähren? Oder würde sie mir stattdessen zu Gnade raten?

Tang Wei stößt mich mit einem Fuß an. »Sie sind da.«

Ich stecke das Räucherstäbchen in das große Metallgefäß auf dem Tisch und folge ihr in den menschenleeren Hof hinter dem Tempel. Ich stelle mich an einen Verbrennungsofen und werfe vorsichtshalber ein paar Blätter Räucherpapier für die Toten ins Feuer, falls irgendwelche Gläubigen auftauchen sollten. Tang Wei steht in der Ecke Wache.

Jemand räuspert sich. Ich drehe mich um und verbeuge mich tief vor den zwei Männern, die den Hof betreten haben. Das eine ein vertrautes Gesicht, das ich gerne wiedersehe, das andere ein Fremder. Er muss der Botschafter aus Nandah sein.

»Shīfù.« Ich nicke dem älteren Mann in blassgrünem Gewand zu, bevor ich mich an den anderen wende. »Gesandter Tian.«

Seine weißen Gewänder bilden einen starken Kontrast zu seiner braunen Haut. Er streckt eine Hand aus, beschwert durch dicke Messingringe und Manschetten mit schweren Edelsteinen, und wirft einen ganzen Stoß Räucherpapiere ins Feuer. Das goldene Blatt in der Mitte verkrumpelt in der Hitze, bevor das Papier

Feuer fängt. Unsere Nationen mögen durch Land und Wasser getrennt sein, aber wir beten zu denselben Göttern.

»Habt Ihr über mein Angebot nachgedacht?«, frage ich leise.

»Ich sehe keinen Vorteil darin, auf Euren Vorschlag einzugehen«, sagt Botschafter Tian. Er spricht so fließend Shi, dass von seinem südländischen Akzent kaum etwas zu hören ist. »Seit das Shi-Reich und Honguodi einen Waffenstillstand vereinbart haben, sind die Handelsrouten wieder geöffnet. Das kommt meiner Wirtschaft und meinem Volk zugute. Nandah hat weder mit der einen noch mit der anderen Nation irgendwelche Streitigkeiten. Wir haben uns in all diesen Jahren aus euren sinnlosen Reibereien herausgehalten.«

»Vergeltung für einen ermordeten Kaiser fällt wohl kaum unter sinnlose Reiberei«, stelle ich klar.

Er zupft an seinem dichten, drahtigen Bart. »Ein Bruder, der Vergeltung als einen Vorwand benutzt, um das Land eines anderen Herrschers zu plündern, das ist unverschämt. Ihr solltet die Möglichkeiten unseres Geheimdienstes nicht unterschätzen.«

»Dann müsstet Ihr verstehen, warum ich Gerechtigkeit für den unrechtmäßigen Tod meines Vaters erstrebe.«

»Ja. Honguodi hatte vor all den Jahren keinen Grund, Euren Vater zu ermorden. Doch Ihr sprecht jetzt von Machtergreifung. Das ist keine Lappalie. Der jetzige Kronprinz wird in einem Jahr den Drachenthron besteigen, und er hat seine *Priester.*« Der Botschafter spricht das Wort mit Abscheu und Verachtung aus. »Und die werden Euch keine Gefolgschaft leisten, insbesondere da Euer Vater sich immer gegen sie gestellt hat. Sie werden den Thron verteidigen, ihn beschützen, wie sie es auch jetzt tun – mit *Magie.* Wie bitte gedenkt Ihr es mit ihnen aufzunehmen?«

Ich wechsele einen kurzen Blick mit Shīfù. Er schüttelt unmerklich den Kopf. Er will nicht, dass ich den Lebensräuber erwähne.

Ich lächele den Botschafter an. »Ich habe da gewisse Möglichkeiten. Wie man so treffend sagt: Wenn der Baum fällt, zerstreuen sich die Affen.«

»Aber welche Affen wird ein Kindkönig dann noch befehligen können?«

»Nicht Affen, sondern Tiger und Drachen.«

Er sieht mich amüsiert an. »Muss ich denn im Kaiserreich lauernde Tiger und versteckte Drachen fürchten?«

Mein Lächeln wird breiter. »Nicht, wenn ich Kaiser wäre.«

»Selbstsicherheit, nein *Überheblichkeit*! Das wird Euch nicht weit bringen.«

»Verzeiht meine Unverblümtheit«, sage ich, denn meine Geduld geht langsam zu Ende. »Ich brauche noch *heute* die Antwort Eures Königs. Vergesst nicht, ich biete Euch im Gegenzug für Eure Kooperation die Südlichen Kolonien.«

Er stößt ein verächtliches Lachen aus. »Es ist fünfundsiebzig Jahre her, seit die Shi uns diese Inseln gestohlen haben, und jetzt denkt Ihr, Ihr könnt sie uns so einfach wieder zurückgeben, ohne Konsequenzen? Vielleicht seid Ihr doch naiver, als ich dachte.«

Ich achte darauf, dass meine Haltung entspannt bleibt und mein Tonfall neutral. »Wie es scheint, ist die Antwort Eures Königs Nein.«

»Leider.« Botschafter Tian seufzt. »Leider hat mein König beschlossen, sich gegen den Rat all seiner Minister zu stellen. Die Nation Nandah wird Euch Truppen schicken, wenn die Zeit gekommen ist.« Er klopft mir auf die Schulter, eine leichte Berührung und doch bedeutungsschwer. »Mach meinen Lehnsherrn nicht zum Narren, weil er an dich geglaubt hat, Kindkaiser.«

»Das ist doch gar nicht so schlecht gelaufen«, bemerke ich und sehe dem Botschafter und Shīfù nach, die zum Abschied noch ein paar Höflichkeiten austauschen.

Tang Wei wirft mir einen vernichtenden Blick zu. »Ich traue diesem Mann nicht. Er hat einen schlechten Schmuckgeschmack.«

»Ich traue ihm auch nicht, aber nur, weil man einem Politiker nie trauen sollte«, sage ich. »Shīfù scheint ihm allerdings zu glauben.«

»Wir wissen doch beide, dass Meister Sun gerne von jedermann das Beste denkt.«

Ich seufze zustimmend und wünschte, ich könnte Shīfùs Optimismus teilen und seine Bereitschaft zu glauben, dass es noch immer Gutes in der Welt gibt. Doch die Göttin der Hoffnung ist hinterlistig, und ich falle nicht mehr auf alle ihre makellosen Lügen herein.

»Wohin gehst du?«, fragt Tang Wei, als ich auf den Hinterausgang des Tempels zugehe.

»Zum See. Ich bin gleich zurück.«

Sie weiß, dass ich allein sein will.

Die Schatten um mich herum werden schon länger, als ich zum Mu'an See eile, dessen blaugrünes Wasser im Abendlicht glitzert. Über dem Wald hinter dem See ragen die Kuppeln der Palastgebäude hervor, und ihr warmes Gold spiegelt sich im Wasser. Doch auch die Beschaulichkeit dieses Ortes schafft es nicht, den wütenden Sturm zu beruhigen, der sich in mir zusammenbraut.

Meine Ohren nehmen leise Flötenklänge wahr, die vom Palastgelände zu mir herüberwehen. Mein Herz setzt einen Schlag aus.

Er ist in der Nähe.

Cousin.

So kann ich Tai Shun nicht mehr nennen. Das ist er nicht wert. Durch unsere Adern mag das gleiche Blut fließen, aber er gehört schon lange nicht mehr zur Familie. Seine Eltern haben mir alles genommen. Die Menschen, die ich liebe; die Ehre, die mir gebührt. Sie haben mein Schicksal gekapert und mir meine Bestimmung geraubt. Und bald wird Tai Shun diesen Thron erben. Er wird seinen Namen ändern und die Ehrentitel übernehmen, die dem Shi-Kaiser verliehen werden.

Tai Long. *Long*: Abkomme des Drachen. Der Sohn des Himmels.

Ich ziehe einen Dolch aus meinem Ärmel und bin versucht, ihn auf etwas zu werfen. Wird Tai Shun mir Glück wünschen, wenn ich komme, um mir das zu holen, was mir zusteht? Oder wird er sich mir in den Weg stellen und kämpfen? Ich presse meinen Daumen gegen die Klinge und spüre die scharfe Kante an meiner Haut. Ich hoffe, er kämpft. Das Gesicht des Jungen, den ich einst kannte, taucht vor meinem inneren Auge auf. Vielleicht werde ich ihn gar nicht wiedererkennen, jetzt, da er fast erwachsen ist.

Aber er wird immer der Junge sein, der zu dem Kronprinzen wurde, der ich einst war.

16.

AHN

Die Nadeln in meinem Haar piksen mir in die Kopfhaut und die Fāzān, die Linxi in den dicken Knoten auf meinem Kopf gesteckt hat, ist mit so vielen schweren Edelsteinen besetzt, dass sie fast herausrutscht. Die glänzenden Juwelen sollen zu meinen schweren Ohrringen und der filigranen goldenen Kette mit blauen Saphiren um meinen Hals passen, aber sie machen meine Garderobe lediglich noch schwerer. Ich streiche die vielen Falten meines himmelblauen Rockes glatt, der reich mit Goldfäden verziert ist. Die seidene Robe, drapiert um meine Schultern, schimmert bei jeder Bewegung. Mein Gewand ist ein Geschenk der Kaiserin. Ich habe keine Wahl und muss es tragen.

»Bist du sicher, das passt?«, frage ich und nestele nervös an dem Jadering meiner Mutter herum. Er ist das Einzige, was meine Hände schmückt. Das Einzige, was sich nach mir anfühlt.

»Absolut. Und Bauernmädchen in schöne Prinzessinnen zu verwandeln, ist schließlich meine Spezialität.«

»Ich bin keine Prinzessin«, sage ich schroff. Linxi sieht mich missbilligend an und hilft mir in meine neuen Schuhe, ein weiteres sadistisches Fußwerk aus Brokat und Blasen. »Sind wir nicht noch in Trauer? Das kommt mir etwas … übertrieben vor.«

»Oh, Ahn. Jetzt sei nicht so naiv. Die Trauerzeit ist mit der Beisetzung zu Ende gegangen. Alle in Beishou können es nicht erwarten, wieder ihre hübschen Kleider zu tragen und Feste zu feiern. Bald wird es einen neuen Kaiser geben. Jemand anders, den sie hofieren können.«

»Aber die Beisetzung – ich habe noch nie so viele Menschen in der Öffentlichkeit klagen und weinen hören. Gehen sie wirklich alle so schnell wieder zur Tagesordnung über? War das alles nur gespielt?«

Sie zuckt mit den Achseln. »Es ist ein zynisches Spiel, das die wohlhabenden Adeligen schon seit Jahrhunderten spielen.«

Und es ist eines, das du mitspielen musst, wenn du hierbleibst. Mit Abscheu stemme ich mich gegen diesen Gedanken. Der Auftrag der Kaiserin, den Kronprinzen zu unterhalten, erscheint mir nur mehr als eine lästige Pflicht. Aber ich werde dieser Pflicht nachkommen, weil die Kaiserin gütig zu mir war, und weil mein Vater der Premier ist.

»Ich soll heute Abend Seine Kaiserliche Hoheit unterhalten.«

»Das ist mir schon zu Ohren gekommen«, antwortet Linxi scharfzüngig. »Deshalb putze ich dich ja so heraus.«

»Wie ist er denn so?«

»Lass mich mal überlegen«, antwortet Linxi und zählt an ihren Fingern ab: »Verbringt viel Zeit mit seinen Büchern und seiner Flöte, interessiert sich für die Heilkünste, hat es nicht so mit militärischer Strategie, kann nicht mal ein Schwert halten, um seine eigene Haut zu retten. *Aber*«, setzt sie grinsend hinzu, »er sieht unverschämt gut aus.«

»Das werden wir erst mal sehen«, murmele ich.

Sie verteilt ein wenig mehr Puder auf meinen Wangen. »So, fertig. Ich kann dich zum Saal begleiten, wenn du willst.«

»Schon gut. Du hast heute Abend frei, oder? Geh doch schon mal los, um deine Freundin zu treffen. Ich weiß, dass du es kaum abwarten kannst.«

Sie klatscht in die Hände. »Danke, Ahn. Dafür schulde ich dir was.«

»Und ich schulde dir was, weil du mich so präsentabel herausgeputzt hast. Hoffen wir mal, dass ich mich vor diesem *unverschämt* gut aussehenden Prinzen nicht blamiere.«

»Du machst das schon.« Sie drückt leicht meine Hand, bevor sie das Zimmer verlässt.

Da ich noch Zeit habe, mache ich auf meinem Weg zum Bankettsaal einen Schlenker zum Mu'an-See und komme in der Nähe des kuppelförmigen Pavillons am Wasser vorbei. Ich horche auf, als melancholische Töne zu mir herüberklingen. Der Flötenspieler muss wieder da sein. Fasziniert bleibe ich stehen und lausche. Ich habe keine Ahnung von Musik, aber so muss himmlische Poesie klingen.

Die Musik verstummt abrupt und eine schlanke Gestalt tritt aus dem Pavillon, eine Dízǐ-Flöte in der Hand. Seine langen Ärmel flattern. Er trägt einen schlichten unverzierten Hànfú; der weiße Stoff hebt sich schroff von seiner Umgebung ab.

Als er näher kommt, sehe ich sein Gesicht. Mir bleibt fast der Atem stehen. Es ist, als ob die Götter selbst die perfekten Formen seiner Wangenknochen und seines Kinns gemeißelt hätten. Seine Augen sind groß und tiefdunkel und seine Lippen so voll, dass sie fast feminin wirken. Aber es ist die Traurigkeit in seinem Ausdruck, die mich am meisten anzieht.

Er bemerkt mich und legt fragend seinen Kopf schief. »Guten Abend.«

»Verzeihung, ich – ich habe nicht – Ich war nur, Ihr wart, Ihr seid –« Ich versetze mir einen gedanklichen Tritt und versuche es noch einmal. »Es tut mir leid, wenn ich Euch gestört habe. Ihr spielt so wunderschön. Da wollte ich noch mehr hören.« Ich deute verlegen auf seine schmale Bambus-Querflöte.

»Danke.« Der einzelne rote Edelstein in der Mitte seines dünnen vergoldeten Stirnreifs funkelt, als er eine ausladende Verbeugung macht. »Ich könnte noch ein Lied spielen, wenn Ihr möchtet. Es kommt nicht oft vor, dass ich ein dankbares Publikum finde.«

»Das ist schwer zu glauben, wo Ihr doch so gut spielt.«

»Ich versichere Euch, das lag nur daran, dass ich *in* diesem Pavillon gespielt habe.«

Er deutet mit einer Hand auf das kleine Gebäude hinter ihm. »Dieser Pavillon wurde speziell dafür gebaut, die musikalischen Qualitäten jedes Instruments zu erhöhen. Die Platzierung jeder Steinplatte der inneren Wand wurde im Hinblick auf die Akustik geplant. Hier, ich zeige es Euch.«

Er hält die Flöte horizontal an seine Lippen. Es ist das gleiche Lied, aber es klingt anders. Weniger klangvoll, weniger magisch. Aber ich kann noch immer die Melancholie in den Tönen hören.

»Das war doch genauso schön«, sage ich, als er fertig ist. Ich kann meinen Blick nicht von seinem betörend hübschen Gesicht losreißen.

»Das ist zu freundlich von Euch. Verzeiht mein schlechtes Gedächtnis, aber ich glaube nicht, dass wir uns schon einmal getroffen haben. Ich bin Tai Shun. Und wer seid Ihr?«

Zur Hölle noch mal.

Ich hätte ihn erkennen sollen, nachdem ich sein Porträt an den Palastwänden gesehen habe. Jetzt ergeben auch das schlichte weiße Gewand und dieser traurige Schein in seinen Augen einen Sinn. Seine Trauer über den Tod seines Vaters würde länger als neunundvierzig Tage dauern. Ein Vater, der schreckliche Taten begangen hatte, aber immer noch sein Vater. Dieser stechende Schmerz, den ich immer in meiner Brust spüre, wenn ich an meine Mutter denke, kehrt zurück.

Hastig senke ich meinen vor Scham hochroten Kopf und mache einen Knicks. »Ich bitte vielmals um Entschuldigung, Eure Hoheit.«

»Bitte lass doch die Förmlichkeiten. Wie lautet dein Name?«

»Zhao Ahn.«

»Die Tochter des Premiers?«

»Ja, ich war auf dem Weg zum Bankett. Wie ich gehört habe, werdet Ihr daran teilnehmen.«

»Richtig. Das Bankett.« Tai Shuns Schultern scheinen hinunterzusacken. »Ich schätze, das muss ich wohl.«

Ich werde das Gefühl nicht los, dass ich ihn irgendwie aus der Fassung gebracht habe. »Ich will Euch nicht aufhalten. Ich bin sicher, all Eure Freunde warten schon auf Euch.«

»Du gehst also davon aus, dass ein Prinz Freunde hat«, sagt er leichthin. Bevor ich mir eine Erwiderung überlegen kann, bietet er mir seinen Arm an. »Wir haben den gleichen Weg.«

Ich gehe in Gedanken all die Regeln durch, die Linxi mir mitgeteilt hat. Das Bankett ist ein großes Ereignis für wichtige Hofbeamte und Gäste. Es markiert das Ende der Trauerzeit und ist das erste Mal, dass Tai Shun nach der Beisetzung seines Vaters in der Öffentlichkeit erscheinen wird. Und das kann nur bedeuten, dass ihn alle als *Kaiser* und nicht als Prinz sehen werden.

Die Kaiserin mag mich gebeten haben, Tai Shun während des Banketts Gesellschaft zu leisten, aber mit ihm *den Raum zu betreten*, wäre eine gänzlich andere Angelegenheit. Wenn ich an seinem Arm dort ankäme, würde ich damit etwas über meine Beziehung zu ihm aussagen? Würde ich mich zu einer Zielscheibe machen?

Tai Shun lässt seinen Arm sinken. Ich habe zu lange gebraucht zu reagieren.

»Ich weiß, was du jetzt denkst«, sagt er. »Was werden die Leute sagen, wenn es so aussieht, als würde ich dich zum Bankett führen, wenn es so aussieht, als wärest du mein besonderer Gast? Würde es Gerüchte geben? Das kann ich dir versichern. Ich entschuldige mich, dass ich dich in eine schwierige Situation gebracht habe. Lass uns getrennt hingehen.«

»Das habe ich gar nicht gedacht«, lüge ich.

»Ist schon gut, ich bin das gewohnt.«

Er wirkt niedergeschlagen. Ich weiß nicht, warum es mir nicht egal ist, aber ich möchte ihn nicht mehr traurig sehen.

»Eure Hoheit«, sage ich laut und deutlich. »Es wäre mir eine Ehre, Euch zum Bankett begleiten zu dürfen.« Ich greife nach seinem Arm und hake mich bei ihm unter, ohne mich darum zu kümmern, dass ich damit wahrscheinlich zehn Regeln zur Palast-Etikette gebrochen habe.

Tai Shun ist vollkommen überrumpelt und lacht. Lacht schallend. Er zuckt zusammen, als würde er dieses Geräusch nicht mehr wiedererkennen. Er lacht noch einmal, und für einen kurzen Augenblick sehe ich einen Jungen vor mir, der glücklich sein konnte.

In dem Moment, als Tai Shun und ich durch die prunkvolle Tür des Bankettsaals treten, verstummen alle Gespräche. Meine Augen saugen alles auf: Purpurfarbene Seidenstoffe zwischen den Dachbalken überspannen die verschnörkelte Decke; leuchtende Laternen hängen in jeder Ecke; Kerzen brennen in gusseisernen Haltern, die aussehen wie Drachen; Musik strömt von irgendwo in den Saal. Ich erkenne die Klänge einer Pípá und einer Dízǐ, aber ich sehe keine Musiker.

»Meine Damen und Herren, der Kronprinz Tai Shun und … und –« Der Ansager an der Tür kommt ins Stottern, als er mich sieht. Seine Pausbacken werden rot wie die Seidenschärpe um seine Taille. Da flüstert ihm jemand etwas ins Ohr, und er sieht aus, als würde er gleich vor Erleichterung weinen. »Und Lady Zhao Ahn!«

Wir verbeugen uns und werden zurückgegrüßt. Einige der Adeligen sehen empört aus, als sie feststellen, dass ihr Kronprinz auf Pracht und Glanz verzichtet hat und immer noch sein Trauergewand trägt. Andere zupfen verlegen an ihren eigenen prunkhaften Kleidern und Schmuckstücken herum. Ein paar der Hofdamen starren mich unverwandt an und machen sich kaum die Mühe, ihre Neugier zu verbergen. Oder ihre Abscheu. In meinem Magen zieht sich ein Knoten zusammen, während wir durch den Saal gehen.

Meinen Vater kann ich nirgends entdecken, aber ich erhasche den Blick der Kaiserwitwe, die auf einem erhöhten Podest am Ende des Saals Platz genommen hat. Sie ist jetzt in den kaiserlichen Farben gekleidet – Elfenbein, Gold und Purpur. Eine schwere Schärpe fällt von der Mitte ihres Leibriemens bis zu ihrem Rocksaum, bestickt mit einem Paar goldener Phönixe. Wie bei einigen der anderen Damen hier ist ihr Mieder entwaffnend tief ausgeschnitten. Doch wenn es irgendjemand wagen sollte, seinen Blick zu lange auf ihr ruhen zu lassen, läuft er Gefahr einen Augapfel zu verlieren – oder zwei.

Sie nickt mir aufmunternd zu. Ich gehe mit erhobenem Kopf weiter und versuche mein Bestes, in diesen unmöglichen Schuhen nicht der Länge nach hinzufallen.

»Bereust du es, hier zu sein?«, murmelt Tai Shun leise. Er sieht ganz elend aus vor Unbehagen. »Ich für meinen Teil auf jeden Fall.«

»Keineswegs. Wir werden sicher einen Riesenspaß haben«, sage ich unbekümmert. Das heftige Herzklopfen in meiner Brust versuche ich zu ignorieren.

Er entspannt sich etwas. »Also gut. Aber achte darauf, dass mein Kelch immer gefüllt ist.«

Wir schreiten durch das Spalier, das die bunte Menge für uns gebildet hat. Ich bin in Versuchung zu winken, und sei es nur, um den Ausdruck auf den Gesichtern der Gäste zu sehen. Aber ich sollte mein Glück nicht herausfordern. Außerdem ist mein Vater irgendwo hier im Saal. Der Knoten in meinem Magen zieht sich noch fester zu. Wird er sich ärgern, dass ich mit Tai Shun hier auftauche, dass ich mich so unverfroren in den Mittelpunkt rücke? Zumal er mich doch angewiesen hat, mich bedeckt zu halten, während ich lerne, meine Magie zu kontrollieren.

Zu spät für Reue. Ich seufze leise und gehe weiter.

Ein Gong ertönt und alle begeben sich zu den langen Tafeln, die zu beiden Seiten des kaiserlichen Podests den Saal säumen. Es scheint eine feststehende Sitzordnung zu geben, von der ich nichts weiß.

Ein Bediensteter eilt herbei und raunt uns zu: »Ihre Majestät wünscht, dass Lady Zhao neben Seiner Hoheit Platz nimmt.«

Tai Shun macht ein überraschtes Gesicht, aber dann führt er mich zu einem Tisch neben dem der Kaiserin. Ich verbeuge mich vor ihr, bevor ich meinen Platz einnehme und sie schenkt mir ein zustimmendes Lächeln. Ein weiterer Diener eilt herbei, um zwei Gedecke auf den Tisch zu stellen. Ich warte, bis Tai Shun ein paar Worte mit seiner Mutter gewechselt hat, und lasse den Blick durch den Saal wandern, um zu sehen, ob ich jemanden wiedererkenne.

In der dritten Reihe zu meiner Rechten entdecke ich zwei bekannte Gesichter. Lieutenant Bao und die Priesterin, die mich in Shahmo gefangen genommen haben. Sie haben den Überfall also überlebt. Sie sind nach Art der Adeligen gekleidet und sitzen an einem Tisch, an dessen Kopf ein älterer Herr in feiner smaragdfarbener Seide thront. Das muss der Marquis von Qin sein, und

Bao und die Priesterin müssen zu seiner Familie gehören. Ich zähle sechs weitere Männer unterschiedlichen Alters, die alle eine gewisse Ähnlichkeit mit dem Marquis haben. Seine Söhne.

Leiye ist nirgends zu sehen.

Die Priesterin bemerkt mich und ein schlangenhaftes Lächeln umspielt ihre Lippen. Ich wende den Blick ab. Der Geruch dieser Kutte, die sie mir damals übergezwungen hat, überkommt mich noch einmal. Ich atme langsam aus und nehme einen Schluck von meinem Tee.

Tai Shun lässt sich neben mir nieder. »Alles in Ordnung?«

»Alles in Ordnung.« Er starrt mich noch einen Moment länger an, besorgt. Ich ringe mir ein heiteres Lächeln ab. »Wirklich, es geht mir gut.«

»Ich finde immer, es hilft, wenn man trinkt«, sagt er und sieht mich mit seinen runden Augen aufrichtig an. »Dann vergeht die Zeit schneller.«

Ich schnaube und bereue meine ungehobelte Reaktion sofort. Doch Tai Shun amüsiert sich darüber, und die Fältchen in seinen Augenwinkeln verraten, dass er sich ein Lachen verkneifen muss.

»Danke, dass du gekommen bist«, sagt er. »Mutter hatte mir schon erzählt, dass sie einen besonderen Gast eingeladen habe, und eben sagt sie mir, dass du das bist. Ich muss zugeben, dass ich jemand anderen erwartet hätte.«

Ich runzle die Stirn.

Er sieht mich mit einem rätselhaften Lächeln an. »Ich bin froh, dass ich mich geirrt habe.«

Ein weiterer Gong ertönt wie ein Donnerschlag und der Saal verstummt. Durch den Seiteneingang tritt eine Reihe von Dienern herein, die große Teller über ihren Köpfen balancieren. Während die Musik immer lebhafter wird, schwärmen sie durch den Saal und stellen eine Auswahl von Speisen vor uns auf die Tische.

Langsam gegarte Kräuter-Hühnersuppe, gedünsteter Fisch mit Ingwer und Soja, köstlich aussehendes Gemüse, Abalonen ... Mir läuft das Wasser im Mund zusammen, als ein Diener direkt vor mir ein Spanferkel anschneidet. Die Haut ist so knusprig, dass sie beim Schneiden knistert. Weitere Speisen werden serviert und wieder abgedeckt. Viele davon sehen meine einfältigen Augen zum ersten Mal.

Die Gespräche mit Tai Shun sind wunderbar entspannt. Er ist intelligent, aber bescheiden, und im Gegensatz zu manch anderen Adligen, die ich kennengelernt habe, interessiert er sich nicht für die trivialen Palast-Gerüchte. Ebenso scheint er sich nicht besonders um die Macht zu scheren, die der Thron mit sich bringt. Stattdessen erzählt er mir von Musik, von seiner Liebe für die Natur, von seinem Wunsch, die Welt außerhalb der Palastmauern zu erkunden und seinen Plänen, aus reiner Entdeckerfreude über das Smaragdmeer zu segeln. Sein Traum, teilt er mir mit, ist es, Medizin zu studieren und Heilmittel für die Krankheiten zu finden, an denen unser Volk leidet.

Ich hatte einen verwöhnten Kaisersohn erwartet, der nur an sich selbst denkt. Jetzt aber scheint es, als könnte das Kaiserreich mit ihm auf dem Thron eine Chance haben.

Kurz darauf kommt irgendein Minister, den ich nicht kenne, an unseren Tisch und nimmt Tai Shun mit. Ich bleibe allein sitzen, schaufele nervös das Essen in mich hinein, vermeide jeden Blickkontakt und lächele verlegen, wenn mir jemand anders zunickt. Jetzt entdecke ich auch meinen Vater, der von Tisch zu Tisch geht und mit den Adeligen und ausländischen Würdenträgern spricht. Manchmal stirnrunzelnd, manchmal lachend. Seine metallische Halbmaske reflektiert die Lichter, verbirgt seine Kriegsverletzung wie ein glänzendes Ehrenabzeichen.

Jedes Mal, wenn ich dieses Silber sehe, flackert ganz hinten in meinem Gedächtnis eine lang erstickte Erinnerung auf. Doch sie züngelt nur kurz auf und verglimmt, bevor sie Feuer fangen kann.

Da ist etwas mit dieser Maske – ich will sie ihm am liebsten vom Gesicht reißen.

Ich spüre Blicke auf mir. Ich hebe den Kopf und sehe einen Herrn mit brauner Haut und schweren Manschetten und juwelenbesetzten Armreifen an den Handgelenken. Er starrt in meine Richtung und nickt mir zu, als würde er mich wiedererkennen, aber ich habe ihn noch nie zuvor gesehen. Ich lächele höflich zurück, verwirrt von seinem Verhalten. Er nippt an seinem Wein und fängt ein Gespräch mit jemand anderem an, als hätte unser seltsamer Blickwechsel nie stattgefunden.

»Wie ich sehe, hast du einen gesunden Appetit«, sagt plötzlich eine Stimme hinter mir. Tai Shun ist zurück. Grinsend betrachtet er meine leeren Teller. Vor kaum einer Stunde hat er nüchtern seinen Platz verlassen, aber jetzt spricht er mit schwerer Stimme.

»Und wie ich sehe, brauchtest du mich gar nicht, um deinen Kelch wieder aufzufüllen«, sage ich.

Er schafft es, eine reuevolle Miene aufzusetzen und lässt sich plump auf seinen Stuhl fallen. Dann schiebt er seinen Kelch zu mir herüber, wie ein Kind, das um einen Leckerbissen bittet. Seufzend fülle ich den Kelch mit Reiswein.

»Ich hasse das alles«, murmelt er so leise, dass nur ich es hören kann. »So … *so* sehr.« Er kippt den Wein hinunter und bedeutet mir, noch einmal nachzuschenken. »Schau dir doch all diese affektierten Speichellecker an. Die schmeicheln mir doch nur, weil ich bald Kaiser sein werde. Eigentlich interessieren sich alle einen Dreck für mich.«

»Wenn Ihr jetzt herausfinden könnt, wer die Speichellecker sind, könnte sich das als nützlich erweisen, wenn Ihr Kaiser seid, Eure Hoheit«, flüstere ich zurück und schenke mehr Wein ein.

Tai Shuns Augen verlieren für einen Moment den vom Alkohol verschleierten Blick und sehen mich klar an. »Nenn mich Tai Shun. Bitte.« Er dreht seinen Weinkelch gedankenverloren in den Händen. »Die Tochter des Premiers – hast du auch vor, in die Politik zu gehen? Hast du Interesse an politischen Machenschaften?«

»Nein, ich bin nur ein Bauernmädchen, das Glück gehabt hat.« Ich tätschele meinen Bauch. »Und ich bin nur wegen des Essens hier.«

Er schlägt sich auf die Schenkel; sein lärmendes Gelächter schallt durch den Saal und zieht Aufmerksamkeit auf uns. Ich sehe, wie mein Vater mit einem angespannten Lächeln zu uns herüberschaut.

Der Mann mit den Messing-Manschetten kommt zu unserem Tisch. »Eure Hoheit.«

Tai Shun steht auf, ein wenig wackelig auf den Beinen. Ich bin in Versuchung ihn zu stützen, aber das würde seinen betrunkenen Zustand nur noch offensichtlicher machen.

»Botschafter Tian, wie nett von Euch, den weiten Weg gemacht zu haben.«

»Mein König hat mich beauftragt, mich persönlich bei Euch zu entschuldigen, dass er selbst nicht kommen konnte. Er muss sich um Staatsangelegenheiten kümmern«, erklärt Botschafter Tian. »Das versteht *Ihr* doch sicher.« Der unterschwellige Sarkasmus in seinem Ton entgeht mir nicht. »Wer ist denn diese reizende Dame heute Abend an Eurer Seite?«

Ich schlucke hastig meine Suppe hinunter und spüre, wie meine Haut unter dem prüfenden Blick des Botschafters zu kribbeln beginnt.

»Das ist Zhao Ahn, die Tochter des Premiers«, sagt Tai Shun.

Botschafter Tian streicht über seinen drahtigen Bart. »Interessant. Ich wusste gar nicht, dass Zhao Yang eine Tochter hat.«

»Das Schicksal hat uns für viele Jahre auseinandergerissen.«

»Dann muss es ja eine glückliche Fügung gewesen sein, dass ihr einander wiedergefunden habt. Erzählt doch, wie hat sich das zugetragen?«

»Wie Ihr schon sagtet, Botschafter, es war eine glückliche Fügung«, antworte ich lächelnd. Etwas an diesem Mann warnt mich, meinen Mund zu halten.

»Ihr Shi seid immer so zurückhaltend mit euren Worten. Die Ausdrucksweise der Nandah ist dagegen direkt und ehrlich. Die Gespräche hier waren bisher sehr« – er zögert einen Moment – »interessant.«

Ich werfe Tai Shun einen verzweifelten Blick zu. Seine glasigen Augen klaren sich auf und er lenkt das Gespräch von mir weg. Lautlos forme ich ein *Danke* mit den Lippen, als der Botschafter nicht hinsieht.

Der letzte Gong signalisiert das Ende des Essens und gibt Tai Shun einen Vorwand, die Unterhaltung zu beenden. Er versucht mich von der Tafel wegzuführen, aber ein Edelmann und eine Edelfrau nach der anderen folgt uns durch den Saal. So oft es sein muss, setzt er ein Lächeln auf und nickt zu allen Lobhudeleien und Plattitüden, mit denen man ihn überschüttet. Immer wieder stellt er mich vor – hier einem Minister und dort einem Lord, und eifrigen jungen Männern, die mich aus irgendeinem Grund beeindrucken wollen.

Bald setze auch ich ein gekünsteltes Lächeln auf und nicke, wie Tai Shun das tut, als würde ich allen zuhören, auch wenn ich mit meinen Gedanken eigentlich ganz woanders bin.

Ein paar Hofdamen halten uns auf, die alle sofort anfangen, in irgendeiner Weise mit Tai Shun zu flirten. Sein Unbehagen ist offensichtlich, und sein Blick huscht immer wieder zum anderen Ende des Saals, als stünde dort jemand, mit dem er sich lieber unterhalten würde. Ich recke meinen Hals, um zu sehen, wer das sein könnte.

Leiye. Er ist doch noch gekommen.

Er ist gekleidet in den Farben seiner Familie, prächtigem Smaragdgrün und Silber, aber sein hübsches Gesicht ist überschattet von Sorge. Er redet mit meinem Vater, die Köpfe zusammengesteckt.

»Ich bitte um Verzeihung, Eure Hoheit, aber mein Vater sagte vorhin, er habe wichtige Neuigkeiten über die südöstlichen Provinzen«, sage ich laut, um das Geplapper der Damen zu übertönen.

Tai Shun klatscht in die Hände und sie hören auf zu reden. »Dann müssen wir sofort mit dem Premier sprechen«, sagt er und nimmt meinen Arm. Die Damen verfolgen mich mit bösen Blicken.

»Ich fürchte, ich habe mir heute Abend nicht nur Freunde gemacht«, murmele ich, als wir weitergehen.

Tai Shun runzelt die Stirn. »Stört dich das?«

»Nicht im Geringsten.«

»Wunderbar«, sagt er und stolpert über seine eigenen Füße.

Ich hebe meinen Ellenbogen, um ihn zu stützen. »Du schuldest mir was.«

Er blinzelt ein paar Mal. »Keine Sorge. Ich bin nicht betrunken genug, um zu vergessen, wie du mich gerade aus dieser nervtötenden Unterhaltung gerettet hast. Aber wohin genau führst du mich jetzt?«

»Zu meinem Vater, wie ich gesagt habe, und zu Xima Leiye.«

Tai Shun erblasst und hält mich zurück. Ich kann nicht erkennen, ob es Angst ist, was da kurz in seinen Augen aufflackert, oder etwas anderes.

»Nein.«

»Ich dachte, du wolltest mit ihnen reden.«

»Da hast du falsch gedacht. Ich will Leiye nicht sehen.« Tai Shuns Ausdruck ist beherrscht, aber ich sehe, wie sich seine Faust um das Jade-Amulett schließt, das an seinem Taillenbund hängt. »Und auch nicht den Premier.«

»Und warum hast du dann die ganze Zeit zu ihm geguckt? Zu Leiye, meine ich.«

»Bitte, lass uns woanders hingehen.« Er scheint unbedingt den Saal verlassen zu wollen.

Ich nicke.

Irgendwie schaffen wir es, ohne großes Aufsehen den Bankettsaal zu verlassen und gelangen in einen Garten beim Ostflügel des Palastes, in der Nähe meiner Gemächer – und seiner. Kaiserin Zhenxi hat mich direkt neben ihrem Sohn untergebracht. Das habe ich gar nicht gewusst. Dazu kann mich doch selbst mein neuer Status nicht berechtigen.

Tai Shun lässt sich ins Gras fallen und legt sich auf den Rücken. Dann beginnt er Grashalme abzureißen und in die Luft zu werfen. Sie fallen auf ihn hinunter, vereinzelte grüne Streifen auf seinem weißen Gewand. Ich frage mich, ob er versucht, sich unter dem Gras zu verbergen. Sich vor der Welt zu verstecken.

Nach einer Weile deutet er auf den blühenden Pflaumenbaum neben uns, dessen Zweige sich über unsere Köpfe strecken. »Das war ihr Lieblingsbaum.«

»Ihr?«

»Meine Tante. Sie war immer so gütig zu mir.«

»Das tut mir leid.« Auch mir war nach dem Attentat auf Kaiser Ren Long zu Ohren gekommen, dass seine Frau ihre beiden Kinder – einen Jungen und ein Mädchen – und dann sich selbst getötet hatte.

»Ich vermisse ihn.«

»Ihn?«, wiederhole ich, auch wenn ich schon eine Ahnung habe, wen er damit meinen könnte.

»Meinen Cousin«, antwortet Tai Shun und für einen Moment schimmern seine Augen feucht im Mondlicht. »Der Prinz, der Kaiser hätte sein sollen.« Er zupft noch mehr Gras aus dem Boden und deutet mit einem Finger auf das Dach eines hohen Gebäudes, das an den Garten angrenzt. »Genau dort ist es passiert.«

»Was ist passiert?«

»Ich bin vom Dach gestürzt.«

»Da hast du aber Glück, noch am Leben zu sein«, rufe ich aus, als ich sehe, wie hoch das Gebäude ist.

»Glück ist nicht das Wort, das ich benutzen würde, um mein Los an diesem Tag zu beschreiben. Ich habe meinen besten Freund verloren.«

»Das tut mir leid.« Ich bohre nicht weiter nach, denn ich bin sicher, dass ihn die Wahrheit zu sehr schmerzt. Doch mein Schweigen scheint ihn zum Reden zu bewegen.

»Und jetzt muss *ich* Kaiser werden.« Er stößt ein humorloses Lachen aus. »Und muss mit diesem Scherbenhaufen von einem Kaiserreich fertigwerden. Ich sitze in der Falle, gefangen in einer Position der Macht, mit der ich nicht umgehen kann. Ein Leben, in dem ich das Schicksal von Millionen in der Hand habe, aber nicht mein eigenes. Ich werde Entscheidungen treffen, die auf dem Willen meines Hofes beruhen; ein Lächeln aufsetzen, wenn man es von mir erwartet; Köpfe rollen lassen, wenn man es von mir verlangt.« Seine Stimme wird weicher. »Aus politischem Kalkül eine Frau heiraten, die ich nicht liebe und Nachkommen in die Welt setzen, die sich um einen albernen Thron streiten.«

Ich erinnere mich wieder daran, wie Tai Shun Leiye angesehen hat, wie er reagiert hat, als ich seinen Namen erwähnte. Zuerst dachte ich, er habe Angst vor Leiye. Doch jetzt begreife ich: Was er empfindet, ist eine andere Art von Furcht. Es ist die Angst von jemandem, der so tief gefallen ist, dass er nicht mehr sicher ist, ob es ihm noch gelingen kann, sich wieder freizuschaufeln.

»Du *magst* ihn«, sage ich mit einem Lächeln.

Tai Shun verbirgt sein Gesicht in seinen Händen und stöhnt. »Bin ich so leicht durchschaubar? Da haben wir uns vor ein paar Stunden zum ersten Mal getroffen und schon kennst du meine Geheimnisse.«

»Vielleicht habe ich einfach eine gute Beobachtungsgabe.«

Er lässt die Hände sinken und setzt sich auf, das Gesicht leicht gerötet. »Wir sind zusammen aufgewachsen. Ich kenne ihn seit meinen Kindertagen.«

»Wenn du erst Kaiser bist, kannst du alles tun. Du könntest –«

»Nein, das könnte ich nicht.« Er schüttelt den Kopf. »So funktioniert das nicht. Außerdem ist es nicht so, dass er das Gleiche empfindet. Und was noch wichtiger ist – Mutter würde das nie billigen. Das Kaiserreich braucht einen Thronfolger.«

Da ich nicht weiß, was ich sonst machen soll, setze ich mich im Schneidersitz neben ihn und drapiere meinen Rock über meinem Schoß.

»Entschuldige mein Geschwafel. Ich weiß nicht, warum ich dir das alles erzählt habe. Vielleicht ist es, weil du … du nicht von hier bist. Du bist nicht hier aufgewachsen, du bist nicht –« Er gestikuliert aufgebracht. »Du bist nicht eine von uns. Du bist nicht eine von *denen*. Ich weiß, Mutter denkt, dass ich Kaiser sein sollte – dass ich ein guter Kaiser wäre. Aber ich bin mir da nicht so sicher. Wirklich nicht.« Er sieht mich hilflos an. »Ich will sie nicht enttäuschen.«

»Als eine Person, die nicht *eine von denen* ist, sage ich dir: Reiß dich zusammen. Du *kannst* ein guter Kaiser sein, wenn du willst, und der erste Schritt dazu ist nicht, dich selbst zu bemitleiden.«

Ich versetze ihm einen Knuff in die Rippen, um meinen Worten Nachdruck zu verleihen.

Tai Shun verzieht das Gesicht und reibt sich die Seite. »Hast *du* auch was getrunken?«

»Nein, ich bin vollkommen nüchtern.«

»Du hast gerade deine Stimme gegen den Kronprinzen erhoben, und mir war, als wärst du sogar handgreiflich geworden.«

»Ich gehöre nun mal nicht zu den affektierten Speichelleckern.«

Das entlockt ihm ein ungekünsteltes Lachen. Schwankend steht er auf und klopft den Dreck von seinem Gewand.

»Gut, gut. Vortrefflich.« Er greift nach meiner Hand und ich rappele mich auf. »Komm mit mir.«

»Warte.« Mit einem Ruck ziehe ich meine Hand weg. »Wohin?«

»Verzeihung, ich weiß auch nicht, wo meine Manieren hin sind«, sagt Tai Shun beschämt. »Was ich sagen wollte, meine liebe Ahn – wenn ich dich Ahn nennen darf – möchtest du mich zu einer Schattenspieler-Aufführung in der Innenstadt begleiten?«

»Nur wir zwei? Ohne eine Eskorte?«

Er nickt eifrig.

»Bist du sicher, dass es eine schlaue Idee ist, sich davonzustehlen?«

Seine Begeisterung ebbt ab, und er beißt sich auf die Lippe, den Blick verdrossen auf den Boden geheftet.

Du gehst also davon aus, dass ein Prinz Freunde hat.

Ich seufze, unfähig, das plötzliche Mitgefühl zu ignorieren, das ich für diesen Jungen empfinde. Grinsend schleudere ich meine Stöckelschuhe von den Füßen. »Worauf warten wir noch? Los geht's.«

17.

ALTAN

Ich lehne mich aus dem Fenster des Hauses, in dem uns die Lotus-Sekte Unterschlupf gewährt hat, und spüre die letzten Sonnenstrahlen auf meinem Gesicht. Von hier aus kann ich die riesige Steinmauer sehen, die das Palastgelände umgibt, aber nichts darüber hinaus. Diese Mauer wurde gebaut, damit niemand in den Palast eindringen kann, aber manchmal kommt es einem auch so vor, als wäre sie dafür gedacht, seine Bewohner einzusperren. Der Palast wird von zahlreichen Wachen innerhalb und außerhalb des Geländes gesichert und besteht aus einer Lage von Stein nach der anderen, um die kaiserliche Familie vom alltäglichen Leben außerhalb des Palastes abzuschotten.

Eine besondere Art von Gefängnis.

Ich erinnere mich an das erste Mal, als meine Schwester und ich die Stadt besuchten. Die Menschen verbeugten sich, als unsere Sänften durch die Straßen getragen wurden. Sarangerel steckte ihren Kopf heraus, grinste über das ganze Gesicht und winkte. Sie war so aufgeregt, außerhalb der Palastmauern zu sein. Niemand rechnete damit, sie zu sehen. Das erkannte ich an den überraschten Gesichtern der Leute und ihrem verunsicherten Lächeln. Die offizielle Etikette verbietet es einfachen Bürgern, dem Kaiser in die Augen zu sehen. Im Falle seiner Kinder war es wohl das Vernünftigste zurückzuwinken, dachten sich die Leute.

Ich starrte die Kinder auf den Straßen an. Mit einem Anflug von Neid fragte ich mich, wie anders das Leben wohl für sie sein musste. Losgelöst von jeder Palastdoktrin wirkten sie im Vergleich zu mir so frei.

Nicht zum ersten Mal überlege ich, ob ich meine Rache nicht auch ohne die Verpflichtungen haben könnte, die damit einhergehen. Ich habe so lange außerhalb der einengenden Palastmauern gelebt – will ich wirklich dorthin zurück? Könnte ich das Kaiserreich von den Priestern befreien und meine Tante und meinen Cousin aus dem Palast vertreiben, ohne selbst den Thron einzunehmen? Aber wer würde dann die Herrschaft übernehmen?

Du bist alles, was wir noch haben, Altan, flüstert die Stimme meiner Schwester in meinem Kopf. Ich lasse meine Knöchel knacken. Ich habe keine Wahl. Das Machtvakuum und der darauffolgende Kampf würden das Kaiserreich gegenüber seinen Feinden verletzlich machen – und bei den Göttern, Feinde haben wir uns viele gemacht.

Es fühlt sich an, als würden sich unsichtbare Fußfesseln um meine Knöchel schließen. In den letzten zehn Jahren habe ich ein Nomadenleben geführt. Ohne ein Zuhause, mit Shīfù als einzigem Ersatz für eine Familie. Doch in diesem Leben liegt auch viel Freiheit. Und tief in mir spüre ich, dass diese Freiheit unbezahlbar ist.

Wir werden Vaters Mörder finden. Wir werden zurückerobern, was uns gehört. Wir werden wieder nach Hause kommen.

Ich umklammere mein Jade-Amulett und murmele: »Solange wir zusammen sind.«

Da öffnet sich knarrend die Tür.

»Altan! Wir haben uns ja eine Ewigkeit nicht gesehen.« Linxi saust auf mich zu und umarmt mich ungestüm.

»Schön dich wiederzusehen«, bringe ich hervor, während sie mich immer fester drückt.

Dann lässt sie mich los und tritt einen Schritt zurück, um mich zu mustern. »Du hast abgenommen.«

»Na ja, ich habe in letzter Zeit nicht gerade in Saus und Braus gelebt.«

»Ich weiß. Tang Wei hat mir alles erzählt. Ich kann nicht glauben, dass ihr Wüstenechsen essen musstet, um zu überleben.«

»*Das* hat Tang Wei dir erzählt?«

»Was habe ich wem erzählt?« Tang Wei spaziert ins Zimmer und schmiegt sich sofort wieder an Linxi.

»Nichts«, murmele ich. Wenn Tang Wei ihre Abenteuer etwas ausschmücken will, um ihre Freundin zu beeindrucken – meinetwegen.

Ich fange an, Tee zuzubereiten, während die beiden sich in einer Ecke des Zimmers niederlassen und sich Zärtlichkeiten ins Ohr flüstern.

Doch als Shīfù bald darauf dazukommt, setzen wir uns zur Lagebesprechung zusammen.

»Ich kann im Moment nicht viel Neues berichten«, sagt Linxi, nachdem sie sich von Tang Wei gelöst hat. »Ahn hat noch keine Fortschritte mit ihrer Lebensräuber-Magie gemacht – ob das nun gut ist oder schlecht. Aber die Kaiserin scheint eine Vorliebe für sie zu haben.«

Ahn. So heißt die Lebensräuberin. Es ist ein schöner Name. Bedauerlich, dass er der gefährlichsten Person auf der Welt gehört.

»Das liegt daran, dass Zhenxi das Mädchen als nützlich erachtet«, sage ich. »Was ist mit ihrer Adoptiv-Großmutter? Ist sie noch immer in der Wüstenstadt?«

Drei Augenpaare richten sich auf mich, alarmiert durch meinen Ton. Shīfù streicht sich nachdenklich über den Bart, und

Linxi hört auf, mit dem Nomadenschmuck herumzuspielen, den Tang Wei für sie gewebt hat.

»Was ist mit ihrer Großmutter?«, fragt Linxi und beäugt mich misstrauisch.

Familienmitglieder können verhört werden. Gefoltert. Es ist eine der Methoden, mit denen die Diyeh die Tiensai aus ihren Verstecken locken.

»Familie ist ein Druckmittel. Ein Faustpfand«, sage ich stattdessen.

Meine Worte treffen auf angespanntes Schweigen.

»Wenn das Mädchen wirklich die Lebensräuberin ist und die Priester als Erstes bei ihrer Großmutter wären, hätten sie eine wertvolle Schachfigur in ihrem Besitz«, fahre ich fort. »Selbst wenn sie das Schwert des Lichts finden sollte, wird sie es nicht gegen die Priester verwenden, wenn diese damit drohen, ihrer Großmutter etwas anzutun. Sie könnten sie benutzen, um an das dunkle Schwert heranzukommen, wo auch immer das sein mag.« Unheilvoll wiederhole ich Shennis Worte: »*Sowohl* das Weiße Jade-Schwert als auch das Obsidian-Schwert folgen dem Ruf des Lebensräubers.«

Tang Wei springt von Linxis Schoß auf. »Willst du etwa vorschlagen, dass wir ihre Großmutter entführen und als Geisel nehmen? Oder dass wir sie wegschaffen?«

»Das sind folgerichtige Optionen.«

Sie sieht mich empört an.

»Du verdienst immerhin deinen Lebensunterhalt damit, Menschen umzubringen«, erinnere ich sie.

»*Schlechte* Menschen. Fürchterliche Menschen. Solche, die man als letzten Abschaum bezeichnen würde. Da gibt es einen Unterschied, Altan. Und bei Großmüttern ist für mich Schluss. *Wir* sind nicht die Diyeh.«

»Aber unser Plan wird in sich zusammenfallen, wenn die Priester das Schwert bekommen«, argumentiere ich. »Die *Welt* wird in sich zusammenfallen. Wir müssen dafür sorgen, dass der Lebensräuber nicht alles zerstört – wie schon einmal.«

Linxi funkelt mich mit überraschender Entschlossenheit an. »Ahn wird das nicht tun. Sie ist ein guter Mensch.«

»Es gibt für nichts eine Garantie.«

»Du kennst sie doch gar nicht.«

»Und du wohl schon?«, gebe ich spöttisch zurück. »*Du* warst doch diejenige, die gesagt hat, ich müsste mich auf die Suche nach dem Phönix machen.«

»Das war, bevor ich Ahn getroffen habe! Sie weiß, was richtig ist und was falsch. Wenn wir ihr erzählen würden, was los ist, wenn wir ihr die Wahrheit erzählen würden, würde sie verstehen.«

Ich schlage mit der Faust auf den Tisch. »Und wenn sie es nicht tut? Wenn sie die ganze Welt in Flammen aufgehen lässt? Was dann? Auf wessen Seite bist du eigentlich?«

Ich bemerke Linxis gekränkten Gesichtsausdruck, aber ich bin zu wütend, um mich darum zu scheren. Hat die Lebensräuberin *meine* Freundin etwa mit einem Zauber belegt? Warum verteidigt sie eine Fremde, von der so viel Gefahr ausgeht?

Linxi öffnet ihren Mund, um etwas zu entgegnen, doch Tang Wei legt eine Hand auf ihre Schulter, und sie verstummt.

Wütend stampfe ich zum Fenster und Shīfù kommt zu mir herüber. Seine Gegenwart beruhigt mich, klärt meine Gedanken.

»Ich verstehe deine Bedenken«, sagt er und starrt hinaus in den immer dunkler werdenden Himmel. »Doch selbst in der finstersten Nacht funkeln noch immer die Sterne. Du musst die Lebensräuberin beschützen. Ungeachtet der Umstände, ungeachtet der Opfer. Solange die Priester sie nicht haben, gibt es Hoffnung, und das Gleichgewicht in dieser Welt kann wieder hergestellt werden.«

Meine schlimmste Angst platzt aus mir heraus. »Aber was, wenn sie doch nicht anders ist als Yuan Long? Was, wenn sie das dunkle Schwert benutzt, um die Menschen zu unterwerfen?«

»Dein Urgroßvater mag sich für den falschen Weg entschieden haben, aber du darfst nicht den Fehler machen zu denken, dass jeder Lebensräuber gleich ist. Das Mädchen wird ihren eigenen Weg gehen und ihrem eigenen Schicksal folgen.« Er legt eine Hand auf meine Schulter. »Vergiss nicht, Altan, ihr teilt vielleicht das gleiche Blut, aber du *bist* nicht dein Urgroßvater. Und das Mädchen auch nicht.«

Ich nicke, aber ein Fünkchen Zweifel ist nicht aus meinen Gedanken zu vertreiben.

»Wenn aber« – er blickt wieder aus dem Fenster und seine Augen nehmen einen traurigen Ausdruck an – »Wenn die Auswirkungen ihrer Entscheidung in eine Katastrophe münden, wirst du sie aufhalten müssen. Du bist schließlich der Einzige, der das kann.«

Als wir den großen Platz im Zentrum von Beishou erreichen, hat sich dort schon eine Menschenmenge versammelt. Die letzten Reste des Sonnenlichts schwinden und die Luft füllt sich mit den lebhaften Stimmen plaudernder Erwachsener und herumtollender Kinder, die sich auf das Puppenspiel freuen.

Tang Wei und Linxi waren der Meinung, dass ich frische Luft bräuchte und haben mich trotz meiner Proteste hierhergeschleppt. Ich weiß, sie wollen mich nicht aus den Augen lassen, nach dem, was Shīfù gesagt hat. Eigentlich wollte ich allein sein, aber sie haben nicht lockergelassen. Jetzt, wo ich hier bin, kann ich nicht umhin, heimlich neidvolle Blicke auf die vielen tierförmigen Papierlaternen der Kinder zu werfen. Ich wünschte, ich könnte auch so unbeschwert sein. Wünschte, ich könnte den

Abend genießen, ohne an Rache zu denken. Ohne darüber zu grübeln, was die Lebensräuberin tun oder nicht tun könnte.

Tang Wei erwischt mich dabei, wie ich die Laterne eines Jungen anstarre, einen kunstvoll gefertigten Lampion, der aussieht wie ein Drache. Sie zupft an meinem Ärmel. »Willst du einen?«

Ich schüttele den Kopf, aber ich starre immer noch auf die Laterne.

»Man ist nie zu alt, um Spaß zu haben«, sagt Linxi mit einem nachsichtigen Lächeln und stöbert durch die Waren des Ladenbesitzers. Sie sucht eine Laterne aus und reicht sie mir. »Wie wäre es mit dieser Hasen-Laterne? Du magst doch Hasen, oder?«

»Schon gut.« Ich hänge den Lampion zurück an seinen Haken. »Komm, die Aufführung fängt gleich an.«

Ich führe sie zum hinteren Ende der Menschenmenge, weg von den Paaren und Familien, damit wir uns unter die unkultiviertere Gruppe von Zuschauern mischen können, die Keramikkrüge mit alkoholischen Getränken herumreichen.

Die erhöhte Bühne ist auf beiden Seiten mit Stoffen behangen, sodass sie für die Zuschauer nur von vorne sichtbar ist. Der Sichtschutz soll verbergen, was hinter der Bühne passiert, aber als Kind hat mir der kaiserliche Marionettenmeister einmal sein Handwerk gezeigt.

Jede Puppe wird vorsichtig vom Marionettenmeister bewegt, und zwar mithilfe von Stäben und Fäden, die an den Köpfen und Gliedmaßen der Puppen befestigt sind. Die Bühne ist so gebaut, dass diese Stäbe und Fäden für das Publikum unsichtbar sind. Im Licht werden die aufwendig gestalteten Puppen dann zum Leben erweckt, von ihren Gesichtszügen und unterschiedlichen Mienen bis zu den Details ihrer Kleidung, ihres Kopfschmucks und ihrer Waffen.

Tang Wei und Linxi nehmen ihre Plätze ein, während die Musiker mit ihren Instrumenten herumklimpern. Ich bleibe stehen, um früher gehen zu können, wenn ich zu unruhig werde.

Kurze Zeit später ertönt ein Gong. Die Beleuchtung geht an und das Publikum verstummt.

Trommelklänge bestimmen den Ton für die erste Geschichte, und die Sängerin der Truppe erzählt von dem Affenkönig und seinen Abenteuern, nachdem er aus dem Himmel verbannt wurde. Das Publikum jubelt jedes Mal, wenn der schelmische Affenkönig einen Dämon erschlägt und brüllt vor Lachen, wenn er einen geistreichen Kommentar von sich gibt. Die traurigen Gesichter und Tränen von der Bestattung heute Morgen sind nirgends mehr zu sehen. Und die Menschen sind wieder farbig gekleidet.

Der Herbst hat gerade erst begonnen, doch die Truppe kündigt das Stück an, auf das heute Abend alle gewartet haben: die Legende von Chang'e, der Göttin des Mondes. Während die melodischen Töne einer Flöte erklingen, holt der Marionettenmeister sein neues Figurenensemble hervor und die Sängerin beginnt ihre gefühlvolle Rezitation.

Als die klagenden Töne der Èrhú-Laute verklingen, bricht tosender Applaus aus. Einige Zuschauer hat die Geschichte so sehr bewegt, dass sie sich mit Taschentüchern die Augen trocken wischen. Die Theatertruppe kommt auf die Bühne, um sich zu verbeugen und bugsiert einen gebückten alten Mann nach vorn. Das muss der Marionettenmeister sein – der Mann, der hinter der Bühne die Fäden gezogen hat. Die Truppe verschwindet, um sich auf die zweite Hälfte der Aufführung vorzubereiten, und ich gehe zu den Imbissständen, um mir etwas zu Essen zu besorgen.

Ein Verkäufer begrüßt mich überschwänglich.

»Kommt, Xiăodì! Kostet mal von diesem Trank.« Er streckt

mir einen erdfarbenen Krug entgegen, der prompt überschwappt und mein Gewand bekleckert.

»Gut, dass ich dunkel gekleidet bin«, sage ich nur und winke ab, als der Verkäufer sich entschuldigt. Dem Geruch nach zu urteilen ist das Gebräu von niedriger Qualität und nicht lange gereift. Wahrscheinlich ist es aus Klebreis und nicht aus Hirse hergestellt, was bedeutet, dass einem das Gesöff in der Kehle brennt und sofort betrunken macht.

Der Mann bedrängt mich weiter und bietet mir eine Kostprobe an. Ich wimmele ihn unwirsch ab und stoße mit jemandem hinter mir zusammen.

»Pass doch auf!«

Diese Stimme.

Ich drehe mich um und begegne dem durchdringenden Blick des Mädchens vom Basar. Sie sieht anders aus – übertrieben vornehm gekleidet, als würde sie irgendein wichtiges Bankett besuchen und nicht ein Straßentheater. Ich bin selbst überrascht, wie sehr ich mich freue, sie zu sehen.

»Der Junge von überall und nirgendwo«, sagt sie. Ich bin froh, dass sie sich an mich erinnert.

»Das Mangostan-Mädchen«, witzele ich und deute auf die zwei Spieße mit kandierten Weißdornfrüchten in ihrer Hand. »Willst du die etwa auch stehlen?«

»Nein, ich hab schon dafür bezahlt«, antwortet sie und beißt zum Beweis in eine der klebrigen Beeren. Der Sirup färbt ihre Lippen rot und hinterlässt einen winzigen Fleck auf ihrem Kinn. Ich unterdrücke den Drang, ihn wegzuwischen.

»Sieht ja ganz so aus, als hätten sich deine Verhältnisse geändert.« Es sollte eigentlich eine beiläufige Bemerkung sein, aber was herauskommt, klingt wie eine Beleidigung. Ich möchte mich am liebsten ohrfeigen.

Ein Anflug von Verärgerung überschattet das Gesicht des Mädchens, doch dann nickt sie nur und reicht mir einen Spieß kandierte Früchte. »Hier.«

»Aber die hast du doch bezahlt.«

Ihre Mundwinkel zucken. »Schon mal von einem Geschenk gehört?«

»Aber wir kennen uns doch gar nicht.«

»Es gibt kein Gesetz, dass es verbietet, Fremden Geschenke zu machen«, sagt sie und wiederholt damit meine eigenen Worte. Sie lacht, und ich muss an das erste Mal denken, dass ich ihr Lachen gehört habe. Es erinnert mich an den Frühling, wenn alles zum Leben erwacht.

»Danke, aber ich mag gar nicht so gern Süßes«, sage ich und gebe ihr die kandierten Früchte zurück. Unsere Finger berühren sich flüchtig und meine Haut beginnt zu kribbeln. Schnell mache ich einen Schritt zurück und verabschiede mich mit einer Verbeugung. Ich rechne damit, dass sie sich abwendet, aber stattdessen begleitet sie mich, als ich mich auf den Weg zurück zum Marktplatz mache.

»Wo sind denn deine Waffen?«, fragt sie.

»Brauche ich nicht.«

»Ohne siehst du jedenfalls sehr viel weniger Furcht einflößend aus. Bist du auf der Durchreise hier?«

»Gewissermaßen.«

Sie nimmt noch einen Bissen von ihren kandierten Früchten und kaut nachdenklich. »Geheimnisvoll wie immer.«

Ich habe den Eindruck, sie würde gerne noch mehr Erklärungen von mir hören. Vielleicht etwas über mich erfahren. Aber ich entscheide mich abzulenken. »Und wie steht es mit dir? Es ist ein langer Weg von der Wüste hierher.«

Sie wendet sich ab und zupft an einer losen Locke ihres glänzend schwarzen Haares. »Ich bin … mit einem Freund hier. Er wollte das Puppenspiel sehen.«

Ein Freund hallt es in meinen Gedanken wider. Da ist ein seltsames Gefühl in meiner Brust, das ich nicht einordnen kann. Ich versuche es zu ignorieren. Die Klänge der Trommeln und der Èrhú werden lauter, als wir weiterschlendern.

»Hat dir das Puppenspiel denn gefallen?«, frage ich, denn ich sehne mich plötzlich danach, sie wieder sprechen zu hören.

»Das hat es. Es ist das erste Mal, dass ich ein Marionettenstück sehe. Zumindest glaube ich das. Irgendwie kommt mir alles so vertraut vor.« Sie runzelt verwirrt die Stirn.

Ich zucke die Achseln. »Aufführungen wie diese gibt es im Sommer und Herbst in jeder Stadt. Die sind ziemlich verbreitet. Mein Lieblingsstück ist das über die Mondgöttin, das die Truppe gerade aufgeführt hat.«

Sie verzieht das Gesicht. »Diese Legende mochte ich noch nie.«

»Warum nicht? Es ist eine Geschichte über selbstlose Opferbereitschaft. Chang'e hat das Elixier des Lebens getrunken, statt es dem despotischen Kaiser zu überlassen.«

»Und was war ihre Belohnung? Sie wurde von ihrem Mann getrennt und musste auf dem Mond leben. Mit einem *Hasen*. Das ist doch nicht fair.«

»Was hast du gegen Hasen? Außerdem sehen sie einander doch einmal im Jahr während des Mondfestes«, kontere ich und wundere mich selbst, warum ich mich so über eine Legende ereifere, an der vermutlich nichts Wahres dran ist.

»Du sagst das so, als wäre das etwas Gutes.« Sie sticht mit ihrem Spieß kandierter Früchte in die Luft. »Chang'e hätte auch das Gefäß zerschmettern können und der Kaiser hätte das Elixier nicht bekommen. Das war es doch, worum sich alle stritten – dieses blöde Elixier. Wenn es das nicht geben würde, wäre alles gut.«

»Ich hab keine Lust, mich über irgendein Märchen zu streiten.«

»Gut.« Sie grinst. »Ich glaube nämlich, dass ich die Debatte gewonnen habe. Übrigens, ich kann mich nicht erinnern, dass du mir deinen Namen genannt hast. Oder ist der auch ein Geheimnis?«

Ich brauche einen Moment, um zu begreifen, dass sie mich auf den Arm nehmen will. Sie glaubt nicht wirklich, dass ich einen Decknamen habe.

»Altan. Und deiner?«

»Ich bin –« Sie erstarrt mitten im Satz, als ihr vor Überraschung der Mund offen stehen bleibt. »Warum ist er –« Sie fängt an heftig zu husten.

»Hast du dich an deinen kandierten Früchten verschluckt?«

Sie klopft sich auf die Brust und schluckt schwer. »Zur Hölle, das gibt Ärger! Hier, nimm.« Sie drückt mir den Spieß mit den kandierten Früchten in die Hand und rennt los.

Ich laufe ihr hinterher. »Warte, bist du sicher, dass es dir gut geht?«

Plötzlich bleibt sie stehen und geht in die Hocke. In der Nähe einer Gruppe von lärmenden Säufern liegt bäuchlings eine Gestalt auf dem Boden. Ein junger Mann. Sein weißes Gewand ist am Saum ganz dreckverkrustet und sein Haar fällt zerzaust in sein Gesicht.

Sie schüttelt ihn. »Steh auf. Steh auf.«

»Den hat's umgehauen«, lallt einer der Säufer und wischt sich den Alkohol von seinem langen Bart.

Sie richtet einen anklagenden Finger auf das Gesicht des Mannes. »Hast *du* ihm den Wein gegeben?«

Der Mann grinst sie anzüglich an. Ich bin in Versuchung, ihm eine Maulschelle zu verpassen.

»Ich hab doch gar nichts getan.« Er legt eine Hand auf ihre Schulter, doch sie schlägt sie sofort weg.

»Wenn du mich noch einmal anfasst, sorge ich dafür, dass du das bitter bereust!«

»So so, dafür willst du sorgen?«, grölt der Mann, und seine Freunde stimmen in sein Gelächter ein. Er beugt sich vor und schnaubt verächtlich. »Und wie genau willst du dafür sorgen, dass ich es bereue, Xiǎomèi?«

Sie öffnet ihre Hand. Die Luft flimmert leicht.

Magie.

Von mir kommt sie nicht. Und das bedeutet – Ich trete dazwischen, bevor die Situation außer Kontrolle gerät. Die Trunkenbolde mustern mich argwöhnisch, registrieren die Narben auf meinem Gesicht und meine Augenklappe. Dann wechseln sie ein paar Blicke und schlurfen leise fluchend davon.

Das Mangostan-Mädchen verschränkt die Arme. »Scheint so, als bräuchtest du keine Waffen, um Furcht einflößend zu sein.«

»Scheint so«, stimme ich ihr zu und beschließe, ihre Worte als Kompliment zu nehmen. »Bist du eine –«

»Könntest du mir mal mit meinem Freund hier helfen?« Sie legt den Arm des jungen Mannes über ihre Schulter und winkt mich zu sich.

Ich nicke. Ich kann sie ja später fragen, ob sie eine Tiensai ist.

Zusammen schaffen wir es, ihren Freund in eine Seitenstraße zu bringen, weg von der Menschenmenge und dem Lärm des Puppenspiels. Wir legen ihn auf den Boden, und er dreht sich auf die Seite und verbirgt das Gesicht unter seinem schlaffen Arm.

Das Mangostan-Mädchen tigert im Kreis umher, offensichtlich ziemlich verärgert über die Situation. »Er hat gesagt, er wollte etwas Süßes. Hat gesagt, er würde keinen Schluck mehr trinken. Ich hätte ihm nicht trauen sollen.«

Ihr Freund kichert und murmelt unzusammenhängendes Zeug.

»Steh auf, du Hornochse.« Sie stößt ihn mit einem Fuß an. Der junge Mann grunzt. Er bewegt seinen Arm und streicht sich die Haare aus dem Gesicht.

Mir stockt der Atem. Ich kann nicht glauben, wen ich da vor mir habe.

Älter. Anders. Und doch unverändert.

Seine Augen öffnen sich, glasig und blutunterlaufen. Sie weiten sich vor Staunen, als er mich sieht.

»*Cousin*? Bist du das?«

Die Ergriffenheit in Tai Shuns Stimme löst gemischte Gefühle in mir aus. Aber ich erinnere mich daran, dass er weder Freund noch Familienmitglied ist.

Ich sollte ihn töten.

Das Mangostan-Mädchen versucht unbeholfen, seine Identität zu verbergen, indem sie ihm ein seidenes Taschentuch über das Gesicht wirft. Tai Shun stöhnt auf. »Pscht«, versucht sie ihn zum Schweigen zu bringen.

»Es tut mir leid. Mein Freund ist betrunken und redet wirres Zeug. Danke für deine Hilfe. Ich bin sicher, es geht ihm gleich besser. Du kannst jetzt gehen. Tut mir leid, tut mir echt leid«, faselt sie und fuchtelt dabei wild mit den Händen durch die Luft.

Tai Shun ist ihr Freund? Wer ist *sie* dann?

»Cousin!« Er zieht sich das Taschentuch vom Gesicht. »Cousin!«

Ich stolpere zurück gegen die Mauer.

Tai Shun versucht sich aufzurichten und scheitert kläglich. Seine Augen blicken unruhig umher. »Ich fühl mich furchtbar. Wo ist – wo ist mein Cousin? Was ist mit ihm passiert?«

Das Mangostan-Mädchen flüstert mir zu: »Sein Cousin ist tot und er vermisst ihn schmerzlich. Es tut mir leid, dass du das mitansehen musstest. Du kannst jetzt gehen, wir kommen zurecht. Ich finde schon einen Weg, ihn zu beruhigen.«

Ein leiser Laut dringt aus meiner Kehle. Eine Art ersticktes Röcheln.

Sie sieht mich verwirrt an. »Bist du in Ordnung?«

»Ich bin einfach perplex, dass es der Prinz ist«, sage ich steif.

Die Panik steht ihr ins Gesicht geschrieben. »Du erkennst ihn? Bei den Göttern! Bitte erzähl niemandem davon. Ich werde furchtbaren Ärger bekommen. Mein Vater könnte Ärger bekommen.« Sie sieht aus, als würde sie gleich in Tränen ausbrechen.

Ich überlege, was ich sagen könnte, um sie zu beruhigen. Aber eigentlich will ich nur eines tun: Tai Shun am Kragen packen und ihn gegen die Steinmauer schleudern. Ihm ins Gesicht schlagen, wieder und immer wieder.

Schritte.

Ich drehe mich um, und zum dritten Mal heute Abend beschließt das Schicksal, sich in die Karten sehen zu lassen.

»Linxi!« Das Mangostan-Mädchen läuft auf sie zu. »Oh, den Göttern sei Dank, dass du hier bist. Ich brauche deine Hilfe.« Sie zieht Linxi herüber zu Tai Shun und legt einen Arm um ihn, bereit ihn mit vereinten Kräften hochzuhieven. »Wir müssen ihn sofort zurück zum Palast schaffen, ohne dass uns jemand sieht.«

Linxi und ich tauschen einen eindringlichen Blick aus. Woher kennt sie das Mädchen?

»Sehr wohl, Lady Ahn.« Sie eilt herbei, um zu helfen, und tut, als würden wir uns nicht kennen.

Ahn.

Ihr Name ist Ahn.

Sie ist die Lebensräuberin.

Vor Entsetzen gefriert mir fast das Blut in den Adern.

»Ich glaub, ich muss mich übergeben«, stöhnt Tai Shun.

»Ich auch«, murmele ich.

»Hast du was gesagt?« Ahn versucht, sich von Tai Shuns Gewicht nicht umreißen zu lassen. Linxi wirft mir einen besorgten Blick zu.

Ich schüttele den Kopf.

»Oh«, sagt Ahn. Ihre Wangen färben sich rosig. »Nun, es war nett, dich wiederzusehen.«

Linxi runzelt die Stirn und sieht mich fragend an. Ich sage nichts mehr zu Ahn, auch wenn es unhöflich wirken mag. Auch wenn etwas in mir darauf drängt, ihr zu sagen, dass ich mich über unser Wiedersehen gefreut habe. Sie wird noch röter und wendet den Blick ab. Die Enttäuschung ist ihr eindeutig anzusehen. Dann straucheln die drei an mir vorbei, während der betrunkene Tai Shun etwas vor sich hin murmelt.

Als ich ihnen nachschaue, weicht die Wut aus mir, ersetzt durch etwas Kälteres.

Etwas Hohleres.

Das Mädchen aus der Wüste, das Mädchen, das die Mangostan gestohlen hat – das Mädchen, das unerklärlicherweise den Kronprinzen in ihren Armen hält – sie ist das Mädchen, das ich töten muss.

18.

AHN

Erschöpft lasse ich mich auf einen Sessel fallen, nachdem wir Tai Shun zurück zu seinen Gemächern geschleppt haben. Linxi und ich haben einen Hintereingang in der Nähe der Dienstbotenzimmer benutzt, aber es war schwer, die Tatsache zu verbergen, dass der baldige Kaiser des mächtigen Shi-Reiches – man kann es nicht anders sagen – stockbesoffen war. Immerhin haben wir ihn davon abhalten können, beim Erbrechen seine Gewänder zu besudeln.

Jetzt starre ich auf das Gebilde unter der Bettdecke und horche auf Tai Shuns abgehacktes Schnarchen. Ein schuhloser Fuß schaut an der Seite heraus, aber ich bin zu müde, um von meinem Sessel aufzustehen und ihn unter die Decke zurückzuschieben.

»Meinst du, er wird wieder?«

Linxi zieht entschlossen ihre Gewänder glatt. »Klar, ein paar Tropfen vom kaiserlichen Leibarzt am Morgen und er ist wiederhergestellt.«

»Passiert das öfter?«

»Er trinkt schon gerne mal einen über den Durst. Aber sich so zu besaufen, ist nicht seine Art, so viel ich weiß. Komm, du siehst aus, als könntest du selbst etwas Schlaf gebrauchen.«

Ich stehe auf und folge ihr durch das Schlafgemach und auf den Flur.

»Ich verlasse mich darauf, dass Ihr das für Euch behaltet«, sagt Linxi zu den zwei Bediensteten und drei Soldaten, die draußen Wache stehen. Ich kann nicht umhin, ihren befehlshaberischen Ton zu bewundern.

Die fünf Männer haben vorhin mit emotionslosen Mienen verfolgt, wie wir Tai Shun in sein Zimmer trugen und uns eine Stunde lang nicht gestört, während wir ihn zu Bett brachten. Auch um meiner selbst willen hoffe ich, dass sie tatsächlich den Mund halten werden.

»Wie war deine Verabredung?«, frage ich, als wir in mein Zimmer kommen.

»Wunderschön.« Linxi strahlt und zeigt mir den gewebten Schmuck in Rosa und Violett um ihren Hals. »Ein Geschenk von ihr.«

»Wie hübsch«, sage ich und bewundere die filigrane Handarbeit. Sie erinnert mich an die Webereien der Nomaden, die immer nach Shahmo kommen.

»Danke. Ich werde ihr im Gegenzug ein Armband machen«, sagt Linxi. »Aber lass uns nicht über mich sprechen. Wer war dieser junge Mann mit der Augenklappe?«

»Niemand. Einfach jemand, den ich vor langer Zeit mal getroffen habe.«

»Wenn er *niemand* wäre, hättest du nicht diesen Ausdruck auf deinem Gesicht.«

»Welchen Ausdruck?«

»Deine Augen leuchten auf, wenn ich dich auf ihn anspreche, und du lächelst so. Das ist nicht dein übliches Lächeln.«

Ich öffne meinen Mund, aber ich bringe kein Wort – ob nun leugnend oder bestätigend – heraus.

»Ha!« ruft Linxi triumphierend, aber ich meine auch eine schwache Sorgenfalte zwischen ihren Brauen zu sehen. Sie ist so schnell wieder verschwunden, dass ich sie mir auch eingebildet haben kann.

Meine Beine schmerzen und mein Kopf beginnt zu brummen. Ich will mich nur noch hinlegen. »Ich weiß überhaupt nicht, wovon du sprichst, du dumme Gans. Geh ins Bett.« Ich gebe ihr einen Schubs und dann noch einen, als sie sich nicht von der Stelle rührt. »Geh schon, ich kann mich selbst waschen. Es war ganz schön anstrengend, auf unseren Kindkaiser aufzupassen – ich bin hundemüde. Also, bis morgen früh.«

Nachdem sie endlich gegangen ist, krabbele ich ins Bett, ohne mich um meine dreckigen Kleider oder Haare zu kümmern. Meine Gliedmaßen lockern sich, und die Anspannung in meinen Schultern löst sich, als ich mich strecke. Ich schließe meine Augen und versuche nicht an den Jungen in Schwarz zu denken.

Altan.

Sein Name, seine Stimme, sein Gesicht … In meinem Kopf läuft noch einmal unsere Begegnung ab. Jeder Satz, den er gesagt hat. Jede Bewegung, die er gemacht hat. *Bah!* Ich schlage mit der Faust auf die Matratze. Es ist doch nicht so, dass ich ihn wiedersehen werde. Also hat es auch keinen Zweck, über ihn nachzudenken.

Außerdem werde ich morgen früh ganz andere Probleme haben.

Die Diener und Wachen werden vielleicht keine anstößigen Gerüchte über heute Abend verbreiten, aber ich bin sicher, dass mein Vater über unseren unerlaubten Ausflug informiert werden wird. Alles, was den Thron betrifft, ist auch Angelegenheit des Premiers.

Ich ziehe die Decke über meinen Kopf und hoffe, das Schicksal wird mir gnädig sein, wenn mein Vater herausfindet, dass ich dem Kronprinzen bei der Flucht aus dem Palast geholfen, ja, ihn sogar dazu angestiftet habe.

Der Junge in Schwarz taucht in meinem Traum auf. Er schießt Pfeile in den Himmel und die Sonne geht in Flammen auf und teilt sich in zehn kleinere Sonnen, die sich in einem Kreis drehen. Gekleidet in Purpur und Gelb, das Haar golden leuchtend, schießt er einen Pfeil nach dem anderen ab, doch sie verfehlen alle ihre Ziele. Die brennenden Sonnen tanzen, Flammen züngeln, produzieren sengende Hitze.

Von einem Moment auf den anderen verwandeln sich die Sonnen in zehn Hasen, die zu irgendeiner unbekannten Melodie im Kreis herumhoppeln. Die Hasen fangen Feuer und ich rieche brennendes Fleisch.

Ich höre ein entferntes Kichern und die Traumszene ändert sich.

»Siehst du die Puppen, Ahn-er?«

Ich bin wieder ein Kind, sitze auf den Schultern meines Vaters. Diese unverkennbare Melodie – der Trauergesang – erklingt um uns herum. Meine Mutter klatscht mit, das Gesicht von mir abgewandt.

»Dreh dich um«, sage ich zu ihr. »Ich will dein Gesicht sehen. Ich will wissen, wer du bist.«

Sie scheint mich nicht zu hören.

Mein Vater deutet nach vorn. »Siehst du die Puppen?«, fragt er noch einmal.

Ich schaue zur Bühne. Ich sehe einen Mann und eine Frau. Oder vielleicht einen Jungen und ein Mädchen.

Monströse menschliche Erscheinungen. Missgestaltete Figuren mit verdrehten Gliedmaßen und unnatürlich gebeugten Köpfen. Sie wirbeln und taumeln über die Bühne, während hinter dem Sichtschutz ein schrilles Gelächter zu hören ist. Die Musik wird lauter, ein Klagelied zu dem grotesken Tanz.

»Was siehst du, Ahn-er?«

Mein Vater hebt mich von seinen Schultern und dreht mich herum, damit ich meine Mutter und ihn ansehe.

Mein Schrei durchdringt die Luft, als sie von Flammen verschlungen werden.

Ich kneife meine Augen zu, blende ihre Gesichter aus. Ihre Gesichter, die schmelzen wie Kerzenwachs, verlaufen, tropfen, zerfließen. Ich trete um mich, doch mein Vater dreht mich wieder zurück zur Bühne und meine Augen öffnen sich. Die Puppen krümmen sich, tanzen nicht mehr im Takt zu dem schauerlichen Requiem. Ich drehe und winde mich, doch sein Griff ist wie ein Schraubstock.

Das Puppenmädchen reißt dem Puppenjungen den Kopf ab und meine Schreie kehren zurück.

Das Bühnenlicht erlischt. Dunkelheit verschlingt mich.

»*Wach auf, Ahn. Wach auf, wir müssen los.*«

Ich reiße die Augen auf.

Es ist noch dunkel vor meinem Fenster. Ich blinzele, mit verschwommenem Blick und wirrem Kopf, die Nacht zuvor nur noch eine undurchsichtige Abfolge von Bildern aus Traum und Realität. Ich zittere und versuche nicht an das albtraumhafte Puppentheater aus meinem Traum zu denken. Und doch hallt da diese Stimme in meinen Ohren wider. Sanft, liebevoll.

Wach auf, Ahn.

War das die Stimme meiner Mutter?

Ich stehe auf und reibe meine Schläfen. Ein ersticktes Stöhnen dringt aus meiner Kehle. Mein Mund fühlt sich trocken und mehlig an, mein Haar ist ein verknotetes Durcheinander, meine Haut ist gespannt. Das Hämmern in meinem Kopf ist lauter als eine Taverne voll Betrunkener, und dabei habe ich gar nichts getrunken. Ich frage mich, wie Tai Shun sich wohl am Morgen fühlen wird. Ich brauche ein Bad. Als ich mich durch mein Zimmer schleppe, spiegelt sich das Mondlicht in einem Gegenstand auf dem Tisch.

Ein Glasflakon.

Es muss hart sein, sich nicht an seine eigene Mutter erinnern zu können.

Der Schmerz in meiner Brust wächst, breitet sich in meinem Körper aus wie die verfluchte Wüste und hinterlässt mich bloß und ausgehöhlt. Die klare Flüssigkeit schwappt in dem Fläschchen umher, als ich es in meinen Händen drehe. Die Kaiserin hat gesagt, die Tinktur könnte mir helfen, mich an Dinge zu erinnern. Die Flüssigkeit sieht harmlos aus und es gibt ja auch keinen Grund für sie, mich … zu *vergiften.* Fast muss ich laut lachen. Der Gedanke ist absurd. Sie hat immer nur ihr Bestes getan, um sicherzustellen, dass mein Aufenthalt im Palast so angenehm wie möglich ist.

Ich ziehe den Stöpsel aus dem Flakon. Die Saat der Hoffnung, die ich vor so langer Zeit versucht habe auszumerzen, droht wieder aufzukeimen. Vielleicht werde ich mich diesmal tatsächlich erinnern.

Die Tinktur rinnt kalt meine Kehle hinunter. Geschmacklos, fast wie Wasser.

Minuten vergehen und nichts passiert. Töricht von mir, auch nur zu hoffen.

Ich zünde die Lampe an, lasse mir ein Bad ein und versinke darin. Langsam werden meine Augenlider ganz schwer. Ich genieße die Wärme und gleite immer tiefer und tiefer ins Wasser. Es fühlt sich an, als triebe ich auf dem offenen Meer.

So viel Wasser, denke ich. Fast zu viel. Zu tief, zu schwer. Es drückt gegen meinen Brustkorb.

Meine Brust schnürt sich zusammen. Ich japse und pruste. Wasser spritzt durch das Zimmer, als ich mich am Rand der Holzbadewanne hochziehe, die Augen weit aufgerissen, ein erstickter Schrei in der Kehle.

Atme. Verdammt noch mal, atme.

Ich atme ein. In meinem Gedächtnis beginnt ein Stück Glut zu glimmen.

Feuer flammt auf.

Ich bin vier Jahre alt, in einem Garten. Das Gras, auf dem ich sitze, ist verdorrt. Der kleine Nektarvogel in meiner Hand, leblos.

»Gut gemacht, Ahn-er. Kluges Mädchen.«

Ich sehe lächelnd zu meinem Vater auf und mein Herz platzt fast vor Stolz. Sein Gesicht ist glatt, hübsch. Er trägt keine Maske.

Meine Mutter kommt angerannt, eine Hand auf den Mund gepresst, das Gesicht vor Entsetzen ganz verzerrt.

»Was machst du mit ihr?« Sie zieht erschrocken die Luft ein, als sie den toten Vogel in meiner Hand sieht. »Wozu hast du sie gebracht?«

Eine andere Erinnerung.

Ich weine. Meine Mutter hält mich fest im Arm. »Wir können das nicht machen – wir müssen sie beschützen.«

»Du hast ihre Meridiane blockiert, doch das wird nicht ewig vorhalten. Das macht ihre Magie nur instabil. Früher oder später wird ihre Affinität sich ihren Weg bahnen, und dann wird es in Zukunft noch mehr Unfälle geben. Sie wird sich noch selbst verletzen, wenn sie ihre Magie nicht kontrollieren kann. Vertraue sie mir an, lass mich ihr beibringen, wie sie damit umgehen muss.«

»Nein. Du wirst keine Mörderin aus ihr machen.«

»Das Kaiserreich braucht sie.«

»Es ist mir egal, was das Kaiserreich braucht! Sie ist deine Tochter –«

»Hast du deine Untertanentreue vergessen?« fährt mein Vater sie an, ein gefährliches Funkeln in den Augen. »Sie ist die Lebensräuberin und daran kannst du nichts ändern. Überlasse sie mir.«

Er macht einen Schritt nach vorn. Die Luft um ihn herum flimmert.

»Niemals bekommst du sie oder ihre Kräfte, du Monster!«, ruft meine Mutter. Sie stellt sich schützend vor mich und lässt ihren Arm hervorschnellen.

Mein Vater schreit auf und verbirgt sein Gesicht, als meine Mutter alles in Brand setzt.

Eine weitere Erinnerung.

»Wach auf, Ahn. Wach auf, wir müssen los.«

Meine Mutter rüttelt mich wach. Ich rekele mich, blinzele müde. »Müssen wir weiter, Mutter?«

Sie nickt sorgenvoll und streicht mir übers Haar. »Ja, Liebling. Es tut mir leid. Ich weiß, wie schwer das ist.« Sie holt ein kleines Glasfläschchen mit bernsteinfarbener Flüssigkeit aus ihrer Gürteltasche. »Hier, Zeit für deine Medizin. Trink aus.«

Ich verziehe das Gesicht, aber ich gehorche. Mutter sagt, das hält mich gesund und hilft mir, die schlimmen Dinge zu vergessen.

»Braves Mädchen«, sagt sie, als ich ihr das leere Fläschchen zurückgebe. Sie umschließt mein Gesicht mit beiden Händen, die Augen voller Tränen. »Ich liebe dich, vergiss das nie.«

Ich liebe dich.

Luft strömt in meine Lungen und ich blinzele mich zurück in die Gegenwart.

Ich erinnere mich.

Ich erinnere mich.

Meine Kindheit flackert auf und erlischt wieder. Erinnerungen an durcheinandergewürfelte Gespräche, Bilder von meinen Eltern, von meinen Lieblingsverstecken in unserem Haus, von mir als Kind, wie ich vor allen davonlaufe …

Was ich meinem Kindermädchen angetan hab.

Ich rappele mich auf, erschrocken über das, woran ich mich erinnere – und das, woran ich mich nicht erinnere.

Nur mein Vater weiß, was wirklich passiert ist.

Ich tigere durch das Arbeitszimmer meines Vaters und warte darauf, dass der Diener ihn weckt. Die eben noch feuchten Spuren auf meinem Gesicht trocknen, als meine Angst und Verwirrtheit von etwas anderem abgelöst werden.

Wut.

Ich erinnere mich. Nicht an alles. Aber an genug.

Ich zittere so stark, dass ich mich an das Kabinett mit den wertvollen Schriftrollen meines Vaters lehnen muss, um nicht das Gleichgewicht zu verlieren. Mein Vater hat Dinge vor mir geheim gehalten. Dinge über mich selbst, über meine Kindheit. Über meine Mutter.

Er hat mich angelogen.

Das Holzkabinett knarrt und ich erinnere mich an die geheime Wandnische, die sich dahinter verbirgt. *Was, wenn?* Ich drücke gegen die Wandtäfelung und sie setzt sich in Bewegung. Bisher habe ich diesen schmalen Raum für leer gehalten, aber vielleicht habe ich mich getäuscht. Ich nehme eine Lampe vom Tisch und leuchte damit in den Raum. Das Licht fällt auf etwas.

Ein Hebel.

Ich drücke ihn hinunter und eine weitere falsche Wand gleitet zur Seite. Ganze Regale mit uralt aussehenden Schriftrollen säumen die Wände dieses neuen Zimmers. In der Ecke steht ein Garderobenständer, an dem orangefarbene Roben hängen.

Ich stolpere zurück gegen die Wand.

Diyeh-Roben.

Ich starre die Gewänder an; das grelle Orange blendet mich. In den Stoff dieser Roben ist außerdem eine rote Schärpe eingearbeitet. Was bedeutet das?

»Ahn-er? Ist etwas nicht in Ordnung, mein Liebes?«, ruft mein Vater, als er sein Arbeitszimmer betritt.

Es ist zu spät, um meine Entdeckung zu verbergen. Ich trete

aus dem Geheimraum meines Vaters, packe die Diyeh-Roben und schleudere sie ihm entgegen.

»Bist du ein Priester?« Meine Stimme ist kalt. Ganz ohne Emotion.

Seine Augen flackern bedrohlich. »Hast du mir nachspioniert?«

»Warum hast du mir das nicht gesagt?«

»Ich habe meine Gründe. Meine Sicherheit zum Beispiel. Der Anführer der Priesterschaft lebt in ständiger Angst vor einem Attentat.«

Der Hohepriester. Verdammt. Mein Vater ist der oberste Priester der Diyeh. Und ich habe gerade noch gedacht, schlimmer kann es ja nicht mehr werden.

Er mustert mich durchdringend. »Warum ist es denn so wichtig, ob ich ein Priester bin?«

»Warum es wichtig ist?« Meine Stimme fängt an zu zittern. »Du hast mich zu all diesen Dingen gezwungen. Der *Vogel* damals – ich war doch noch ein Kind!«

Ich bin zu wütend, um mich zu beherrschen und fange an zu weinen. Erinnerungen schwirren unkontrolliert durch meinen Kopf. In blitzartigen Bildern sehe ich all die grausamen Dinge vor mir, die ich getan habe – zu denen ich gezwungen wurde. Das entsetzte Gesicht meines Kindermädchens, als ich mit meiner Magie ein paar Blumen tötete. Als ich aus Versehen beinahe *sie* tötete.

Der wahre Grund, warum mein Vater sie weggeschickt hatte.

»Du hast mich angelogen«, flüstere ich und wische hitzig meine Tränen weg. »Du hast über alles gelogen.«

»Du erinnerst dich. Wie das?«, ist alles, was er sagen kann.

»Die Kaiserin hat mir eine Tinktur gegeben.«

»*Die Kaiserin.*«

Ich verstehe nicht, was dieser Ton zu bedeuten hat, aber das spielt auch keine Rolle. »Hast du Mutter und mir die Priester auf den Hals gehetzt?«

»Ich war damals noch gar nicht der Hohepriester. Der Befehl kam nicht von mir.«

»Was ist mit Mutter passiert? Was haben sie ihr angetan?«

»Du solltest fragen, was sie dir angetan hat. Sie hat dir deine Bestimmung gestohlen und dich schwach gemacht.« Die Verachtung in seiner Stimme ist nicht zu überhören. »Es war eine Ehre, dass unsere Tochter auserwählt war, aber deine Mutter hat nicht begriffen, wer du bist, was du sein kannst.«

»Sie hat versucht, mich vor dir zu beschützen –«

»Sie hat einen Eid geschworen, dem Kaiserreich zu dienen, aber sie hat ihn gebrochen – deine Mutter war nichts als eine *Verräterin*!«, grollt er.

Ich springe auf ihn zu und reiße ihm die Maske herunter. Die Hälfte seines Gesichts ist von alten Brandwunden überzogen. Furchenartige Narben reichen von seiner Stirn hinunter, verlaufen verzerrt über seinen Mund bis zu seinem Kinn. Narben, die meine Mutter hinterlassen hat.

Es sieht aus, als würde sein Gesicht schmelzen.

Ich breche auf dem Fußboden zusammen. Mit einem qualvollen Schrei schleudere ich die silberne Maske durch den Raum.

Mein Vater hebt sie auf, und sein Lachen geht mir durch Mark und Bein.

»Jetzt siehst du mich, wie ich wirklich bin. Jetzt siehst du, was deine Mutter mir angetan hat. Wenn du nur wüsstest, wer *sie* war. Deine Mutter war keine Unschuldige – sie hat ihre Familie für die Priesterschaft verraten. Sie war *eine von uns*. Wie viele hat sie geopfert? Wie viele hat sie getötet, bevor sie aufhörte?« Mein Vater packt meine Hand; seine rabenschwarzen Augen mustern den

Jadering meiner Mutter. Für einen Moment sehe ich etwas schwer Fassbares darin aufblitzen, bevor sie wieder kalt und ausdruckslos werden. »Und sie hat nur aufgehört, weil ihr eigenes Kind als Lebensräuberin offenbart wurde. Stell sie dir nicht als Märtyrerin vor.«

»Du lügst schon wieder.«

»Tue ich das?«

Es kann nicht wahr sein. Es kann nicht. Die missgestalteten, monströs menschlichen Puppen aus meinem Traum tanzen vor meinem geistigen Auge, das Lachen meiner Mutter klingt auf einmal nicht mehr so lieblich. Mein Vater muss lügen. Er ist ein Lügner. Er lügt immer.

Ich starre in sein entstelltes Gesicht. »Du bist ein Monster.«

»Du auch.«

Meine Stimme überschlägt sich. »Nein, das bin ich nicht. Das werde ich nicht sein.«

»Du kannst deinem Schicksal nicht entrinnen, Tochter. Die Götter haben dich nicht ohne Grund auserwählt.«

»Warum willst du dieses Schwert? Was hast du vor?«

»Das habe ich dir doch gesagt. Ich will mein Land retten und die Wüste besiegen.«

»Lügner!« Ich rappele mich auf. »Ich verlasse sofort den Palast. Geh mir aus dem Weg. Bring mich nicht dazu, meine Magie auf dich zu richten.«

»Eine leere Drohung. Ich kenne dich, Ahn. Du warst schon immer so weich wie deine Mutter. Du wirst mich nicht angreifen.«

Ich hebe meine Arme. Er rührt sich nicht von der Stelle. »Ich hab gesagt, geh mir aus dem –«

Die offene Handfläche meines Vaters trifft mich an der Brust. Ich werde durch das Zimmer geschleudert und krache gegen den schweren Holztisch.

»Ich kann dich leider nicht gehen lassen. Du bist unsere einzige Hoffnung. Ich muss dich beschützen«, sagt er, zu sanft. Der Ausdruck auf seinem Gesicht lässt mir das Blut in den Adern gefrieren.

»Ich werde dir nicht helfen. Ich werde *nie* das Schwert für dich suchen«, bringe ich keuchend vor Schmerzen hervor.

Mein Vater kommt herüber. Über seinen Händen tanzen Flammen. Wie ein leuchtendes Leichentuch hält er sie über mich, und seine entstellten Lippen verziehen sich zu einem fratzenhaften Lächeln.

Dieses Lächeln macht mir klar, dass ich mich irre. Dass ich keine andere Wahl haben werde, als ihm zu helfen.

19.

ALTAN

Ich renne zurück zum Haus der Lotus-Sekte, noch ganz aufgewühlt von meiner zufälligen Begegnung mit Tai Shun. Sobald ich ankomme, klettere ich auf das Dach. Ich muss nachdenken. Und ich bin nicht in der Stimmung, Tang Wei und Shīfù unter die Augen zu treten und mich den Fragen zu stellen, mit denen sie mich womöglich löchern werden.

Irgendwann ebbt der Lärm der Hauptstadt unter mir ab und die Laternen entlang der Straßen tauchen alles in ein gespenstisches rotes Dämmerlicht. Ich werfe meinen Dolch in die Höhe. Er dreht sich in der Luft und fällt exakt zurück in meine Hände. Immer wieder wiederhole ich den Wurf, bis ich in einen beruhigenden Rhythmus falle.

Wird sich Tai Shun daran erinnern, wen er heute Abend gesehen hat, wenn er aufwacht? Er schien ja wirklich sturzbetrunken zu sein. Aber ich habe das Gefühl, er ist ohnehin die geringste meiner Sorgen.

Im Zentrum meiner Gedanken steht das Mädchen.

Ahn.

Ich flüstere ihren Namen in den Wind, spüre ihm auf meiner Zunge nach.

Jetzt, wo ich weiß, dass *sie* der Lebensräuber ist, fühlt sich irgendetwas anders an. Verändert, irgendwie. Aber ich kann jetzt keinen Rückzieher machen oder zaudern. Das Bündnis mit dem König von Nandah wird halten. Ich werde meine Krone und meine Rache bekommen, egal wer der Lebensräuber ist.

Meine Gedanken gehen zurück zu ihrer Großmutter. Der logische Schachzug wäre, diese wertvolle Figur vom Spielfeld zu nehmen, auch wenn Shīfù das nicht gutheißt. Ich muss meine Familie rächen und ich kann mein Land nicht weiter kriegstreiberischen Verrätern und Mördern von Tiensai-Kindern überlassen. Aber wann ist der Punkt erreicht, dass ich mich durch meine Handlungen nicht mehr von den Priestern unterscheide?

Vater würde sowohl Ahn als auch ihre Großmutter beschützen. Andererseits ist Vater ja auch tot, weil er so stur an das Gute im Menschen geglaubt hat. Und Mutter? Ich versuche, nicht an sie zu denken, auch wenn sie nachts in meinen Träumen auftaucht wie ein Gespenst. Manchmal sind es schöne Träume, mein einziger Trost.

Meine Schwester wurde –

Ich drehe meinen Kopf. Da ist noch jemand auf dem Dach.

Eine Gestalt in Schwarz hockt auf einem der Giebel am anderen Ende. Ein Mann. Er trägt eine Theatermaske mit dicken schwarzen Streifen um die Augen und weißen und blauen Schnörkeln auf der Stirn und an den Wangen. Ein Spion? Oder ein Priester.

Der maskierte Mann hebt seine Hand.

Ohne nachzudenken mache ich eine blitzschnelle Handbewegung. Ein Terrakotta-Ziegel löst sich vom Dach und saust durch die Luft, doch der Mann hält ihn noch im Flug auf. Er benutzt den Ziegel nicht, um anzugreifen. Stattdessen legt er ihn zurück auf das Dach.

Interessant.

Ich öffne abrupt meine Hände. Ein paar weitere Ziegel brechen ab und werden in die Luft katapultiert. Er hält alle von ihnen lautlos auf. Legt sie ab. Die Diyeh-Priester verhalten sich nicht so. Sie schlagen zurück. Und sie tragen keine Masken. Als vermeintlich heilige Männer und die Elitegarde des Kaisers können sie mit unverhohlener Grausamkeit und Straffreiheit agieren.

»Genug«, sagt er.

Ich ziehe meine Säbel. »Hast du Angst?«

»Wir sind keine Kinder mehr und ich habe keine Zeit für deine Spiele, *Jin*.« Er nimmt seine Maske ab und offenbart ein weiteres Gesicht aus meiner Vergangenheit.

»Es ist ein Weilchen her«, sage ich und wundere mich selbst, wie fest meine Stimme klingt. Ganz im Kontrast zu dem wilden Trommeln in meiner Brust. »Woher wusstest du, dass ich hier bin?«

»Du müsstest doch noch besser als jeder andere wissen, wie schnell sich im Palast Gerüchte verbreiten. Aber keine Sorge – niemand wird unserem betrunkenen kleinen Prinzen glauben. Für alle anderen bist du immer noch so gut wie tot.«

Für alle anderen bis auf mich, scheint sein Gesichtsausdruck zu sagen. Sein Blick bleibt an meinem Gesicht hängen – dort, wo mein Auge war. Eine ungestellte Frage dominiert die Stille.

»Ich habe es selbst rausgenommen«, erzähle ich ihm. »Du weißt schon, warum.«

»Impulsiv wie immer.«

Er grinst mich so freundschaftlich an, dass es mich ganz durcheinanderbringt. Ich habe keine genauen Informationen darüber, was er in letzter Zeit so getrieben hat. Aber nach dem, was ich weiß, glaube ich nicht, dass wir auf derselben Seite stehen. Und doch kann ich mich nicht dazu bringen, irgendeine Feindseligkeit ihm gegenüber zu empfinden.

Ich lasse meine Säbel sinken. »Ich vergesse mal, dass du das gesagt hast.«

»Weil wir eine gemeinsame Vergangenheit haben?«

Ich schaffe es nicht, mein Lächeln zu verbergen. »Weil es schön ist, dich wiederzusehen. Außerdem bin ich nicht hier, um dich umzubringen.«

»Ach?« Er wird wieder ernst. »Ich kann aber nicht zulassen, dass du sie umbringst.«

Ich kneife argwöhnisch die Augen zusammen. »Wer hat denn etwas von einer *sie* gesagt?«

»Vergiss es und hör mir erst mal zu Ende zu. Heute Abend ist einiges passiert.«

»Das kann man wohl sagen«, murmele ich und denke an den entsetzten Ausdruck auf Tai Shuns Gesicht. Denke an Ahn. Er zieht fragend eine Augenbraue hoch. »Geht dich nichts an«, sage ich. »Nenn mir einen Grund, warum ich dir zuhören sollte.«

»Du willst deine Rache, du willst die Priester aus dem Weg schaffen und du willst deinen Thron. Unsere Ziele decken sich, mein Freund.«

Freund. Dieses Wort hat so viele Bedeutungsebenen.

»Sind wir wirklich noch Freunde?« Ich weiß nicht, ob ich seine Antwort hören will. Ich weiß nicht, was *meine* Antwort wäre, wenn er mir diese Frage stellen würde.

Er sieht mich mit seinen schiefergrauen Augen an, offen und aufrichtig. »Nein, aber wir können Verbündete sein. Sei sicher, dass du dich auf mich verlassen kannst. Wenn du meine Motive nicht hinterfragst, plaudere ich auch deine Geheimnisse nicht aus.«

Sekunde für Sekunde verstreicht.

Ich bemerke die angespannte Haltung seiner Schultern, seine sprungbereiten Beine, die Bewegungen seiner Handgelenke. Er glaubt, ich könnte ihn immer noch angreifen. Als wir Kinder waren, habe ich ihn immer besiegt, aber ich nehme an, er hat mich damals gewinnen lassen, weil ich zur kaiserlichen Familie gehörte. Ich bin mir nicht sicher, wer als Sieger hervorgehen wird, wenn wir jetzt gegeneinander antreten.

»Ich werde mir anhören, was du zu sagen hast.«

Er entspannt sich zusehends.

Ich lasse ihn reden, ohne ihn zu unterbrechen. Als er endlich fertig ist, setze ich eine gleichgültige und undurchdringliche Miene auf. Wenn er nach einem Zeichen suchen sollte, lasse ich nichts erkennen.

»Heute in einer Woche werde ich an unserem alten Treffpunkt sein«, sagt er. »Zur selben Zeit. Wenn du dort bist, heißt das, du machst mit.«

»Und wenn ich nicht dort bin?«

Er antwortet nicht. Ich sehe zu, wie er seine Maske wieder aufsetzt. Er schreitet zur Dachkante und verharrt einen Moment. Die weiße Haarsträhne, die damals auftauchte, als seine Magie sich zum ersten Mal zeigte, schimmert im Mondlicht. Er wirft mir einen letzten langen Blick zu und springt hinunter.

Eine kühle Brise lässt meine Gewänder flattern, während ich meine Entscheidung abwäge. Die Stimme meines einst besten Freundes, Xima Leiye, hallt in meinen Gedanken wider.

Sei sicher, dass du dich auf mich verlassen kannst.

20.

AHN

Das Sonnenlicht findet keinen Weg in diesen Raum.

Es gibt kein Fenster in dieser Zelle. Nur Stein und Eisen und eine Reihe von Fackeln im Gang, die meine Hauptlichtquelle sind. Die Ironie des Ganzen entgeht mir nicht. Meine Fähigkeit, Wasser oder Wind zu beherrschen, kann mir hier nicht helfen. Leiye muss meinen Vater über meine Unfähigkeit, Feuer oder Metall zu manipulieren, informiert haben. Und mein Vater wusste ja schon, dass ich meine Lebensräuber-Affinität nicht nutzen kann. Also sind die Wachen, die er hier postiert hat, nicht in Gefahr.

Zuerst habe ich versucht, mit den Wachen zu sprechen und sie angefleht, mich rauszulassen. Ihnen versichert, dass ich keine Verbrecherin und keine Tiensai bin, und sie gebeten, meinen Vater zu holen. Doch es nützte alles nichts. Jetzt sage ich überhaupt nichts mehr.

Ich verliere das Gefühl für Tag und Nacht. Der Schlaf kommt und geht. Oft ist er geprägt von bruchstückhaften Erinnerungen aus meiner Kindheit. An Ama und die Wüste.

Immer wieder die Wüste.

Ich beginne schon zu glauben, dass ich wieder im Planwagen der Priester bin. Dass ich zu meiner Hinrichtung gebracht werde. Doch dann sehe ich die hübschen Schuhe an meinen Füßen, fühle die glatte Seide meines Rúqúns – alles inzwischen natürlich ganz dreckig – und auch wenn ich das Essen, das mir gebracht wird, kaum anrühre, sehe ich, dass es frisch zubereitet wurde, um mich wohlgenährt zu halten.

Und dann erinnere ich mich, warum ich hier bin.

Mein Vater will mich am Leben halten, weil ich den Schlüssel zu dem habe, was er so sehr begehrt: das Schwert des Lichts. Ich weiß nicht, ob das Schwert der Wüste Einhalt gebieten kann, aber ich weiß, wenn jemand wie mein Vater es darauf abgesehen hat, kann das nur Probleme bringen.

Ich schicke ein paar Männer in den Westen. Du solltest froh sein, dass ich mein Wort halte.

Das waren seine letzten Worte an mich, bevor er mich hier eingesperrt hat. In meiner naiven Ungeduld, Ama zu mir zu holen, habe ich den Fehler gemacht, ihm alles über mein Dorf zu erzählen. Jetzt hat er ein Druckmittel, um mich zu zwingen, seinem Befehl zu folgen.

Und er weiß genau, wem er drohen muss.

Das Mutigste wäre, mich selbst zu töten. Ein kurzer brutaler Stoß gegen die Steinmauern würde meinen Schädel zerschmettern. Und die Welt wäre vielleicht sicher vor den Machenschaften meines Vaters.

Aber ich bin zu feige.

Alles, was ich tun kann, ist, so lange zu hungern, bis ich zu schwach bin, um irgendwelche Magie auszuüben, und dagegen kann mein Vater nichts machen.

Ich fahre zusammen, als ich Schritte näher kommen höre. Ist es schon wieder Zeit für eine Mahlzeit, die ich ablehnen werde? Oder hat mein Vater endlich beschlossen, sich blicken zu lassen? Seit er mich hier eingesperrt hat, ist er noch nicht ein einziges Mal gekommen, um mich zu sehen. Aus irgendeinem Grund macht mir das mehr zu schaffen als es sollte.

Es ist Leiye.

Er trägt ein Tablett mit Essen. Seltsam, dass er mir heute meine Mahlzeit bringt, wo das doch normalerweise ein Wächter macht. Leiye macht den Wächtern ein Zeichen und einer von ihnen schließt die kleine Durchreiche in der Tür meiner Zelle auf, und er streckt seinen Arm hindurch, um das Tablett auf den Fußboden zu stellen.

»Lasst uns allein«, kommandiert Leiye.

Ohne seinen Befehl infrage zu stellen, schlagen die Wächter ihre Stiefel zusammen und verlassen der Reihe nach den Kerker. Leiye zwängt seine Hand durch die Eisenstäbe und schiebt das Tablett mit dem Essen näher an mich heran. Ich höre, wie er leise seufzt, während ich in der dunklen Ecke auf dem kalten Boden liegen bleibe.

»Iss etwas. Du brauchst deine Kräfte.«

»Nein, das tue ich nicht.« Ich starre weiter ausdruckslos auf die Risse in der unverputzten Decke.

»Was hast du denn vor? Willst du dich zu Tode hungern?«

Ich zucke mit den Achseln, einfach um ihn zu verärgern. »Vielleicht.«

Er umklammert krampfhaft eine der Gitterstangen und flüstert: »Du *musst* einfach am Leben bleiben.«

Ich richte mich mühsam auf und sehe ihn an. Im harschen Licht des Kerkers wirkt sein Gesicht nicht mehr so weich. Harte Züge, die zu seinem stählernen Blick passen. Dunkle Ringe unter den Augen. Ob er wohl Schlafprobleme hat? Hat er zu viele unschuldige Menschen umgebracht? Vielleicht hat auch er Albträume.

Ich könnte ihn nach dem Buch fragen, das er aus dem Arbeitszimmer meines Vaters gestohlen hat, aber es interessiert mich nicht mehr. Nicht, seit alles um mich herum zusammengebrochen ist.

»Iss doch wenigstens den Reis«, sagt er und fügt mit Nachdruck hinzu: »Bitte.«

»Hat mein Vater dich hierhergeschickt, damit du dich bei mir einschmeichelst, Priester-Junge?«

Leiye zuckt zusammen.

»Hat Linxi Ärger bekommen?«, frage ich. Er schüttelt den Kopf. »Und was ist mit Tai Shun?«

»Der dreht sich nur um sich selbst, wie üblich.«

»Wie kannst du das sagen?« Der Kronprinz ist noch nicht bei mir gewesen, was bedeuten muss, dass er entweder nicht weiß, dass ich hier bin oder nicht kommen darf. Oder vielleicht hat Leiye ja auch recht, und er ist zu sehr mit sich selbst beschäftigt, um meine Abwesenheit zu bemerken. Diese Möglichkeit schiebe ich beiseite, da ich einfach das Beste von ihm glauben will.

»Du magst ihn«, bemerkt Leiye.

Ich wende den Blick ab.

»Das ist seine Gabe. Jeder, der ihn kennenlernt, möchte ihn beschützen, was auch immer geschieht.«

»Möchtest *du* ihn beschützen? Du bist ihm nämlich auch nicht egal«, sage ich und versuche Leiyes Gefühle abzuschätzen, ohne Tai Shuns Geheimnis preiszugeben.

Ich kann keine Veränderung in Leiyes Gesichtsausdruck oder Verhalten feststellen. Selbst sein Blick bleibt undurchschaubar.

»Du musst das Schwert des Lichts finden«, ist alles, was er sagt.

»Das ist deine Antwort?« Wie es aussieht, schert er sich überhaupt nicht um Tai Shun. »Ich hab dir gerade etwas Wichtiges erzählt.«

»Diese Information ist dir wichtiger als mir.«

»Ach ja, ich hab ganz vergessen, dass du dich für nichts anderes interessierst als für deine *Pflicht.*« Das letzte Wort lasse ich scharf klingen wie ein Messer. Ich hoffe, er spürt den Schnitt.

»Du vergisst, dass meine Pflicht auch der Prinz ist. *Deine* Pflicht ist, das Schwert des Lichts zu finden.«

Ich lache auf. Ein heiseres Lachen, das durch die Zelle hallt.

»Der Premier will nur das Beste für unser Land, und er wird alles tun, was nötig ist, um es zu retten«, sagt Leiye. »Ich glaube, du solltest deine Position überdenken. Finde das Schwert, rette unser Land.«

»Er hat dich wirklich hergeschickt, um mich zu überreden«, sage ich nur und beschließe, mich wieder hinzulegen. Ich richte meinen Blick an die Decke, um zu signalisieren, dass unser Gespräch für mich beendet ist. Doch er geht nicht. Stattdessen höre ich, wie er die Schüssel mit dem Reis in meine Richtung schiebt.

»Du musst ihm das Schwert ja nicht geben.« Leiyes Stimme ist so leise, dass ich mich anstrengen muss, um ihn zu verstehen. »Er hat noch niemanden in den Westen geschickt. Ich habe es geschafft, das hinauszuzögern. Es ist noch Zeit. Iss deinen *Reis* und kaue langsam.«

Mit rauschendem Gewand steht Leiye auf und geht. Minuten später kommen die Wächter zurück.

Ich setze eine betont gelangweilte Miene auf, nehme meine Essstäbchen und die Schüssel Reis und versuche meine Hände dabei nicht zu sehr zittern zu lassen.

Er hat noch niemanden in den Westen geschickt.

Ama ist noch in Sicherheit – im Augenblick zumindest. Nach und nach esse ich den Reis und kaue ihn bedächtig, bis ich etwas anderes darin spüre. Etwas, das als Reiskorn getarnt wurde. Ich schiebe es vorsichtig unter meine Zunge und kehre in meine dunkle Ecke zurück, wo ich vor den neugierigen Blicken der Wachen sicher bin. Ich täusche ein Husten vor und hole das vermeintliche Reiskorn hervor. Es ist ein Pergamentpapier, versiegelt mit etwas, das es vor Zersetzung durch meine Spucke schützt. Ich falte es mit meinen Fingern auseinander. Zwei Wörter, gedruckt in Tinte.

Bleib wach.

Mein Herz trommelt gegen meinen Brustkorb, als ich das Papier zerknülle und zwischen die Ritzen im Steinfußboden stopfe. Aus irgendeinem Grund will Leiye mir helfen. Wird er mich befreien? Das ergibt doch keinen Sinn. Er ist ein Priester unter dem Kommando meines Vaters. Sich dem Hohepriester zu widersetzen kommt einem Todesurteil gleich. Sich dem *Premier* zu widersetzen auch. Was, wenn das eine List meines Vaters ist? Er vertraut Leiye und nach allem, was ich gesehen habe, handelt Leiye stets nach seinen Wünschen. Warum sollte Leiye mir helfen?

Pass auf, wem du traust.

Wenn ich an Leiyes Verhalten zurückdenke, seitdem er mich vor dem Tiensai gerettet hat, der mich töten wollte, kann ich nicht umhin, mich zu fragen, ob ich ihn falsch eingeschätzt habe. Ich habe ihn für einen Handlanger der Priesterschaft gehalten, einen treuen Schoßhund meines Vaters, aber vielleicht ist er doch mehr. Trotzdem kann ich nicht verstehen, warum er meinen Vater hintergehen sollte.

Du musst ihm das Schwert ja nicht geben.

Meint Leiye etwa, dass ich es jemand anderem geben sollte? *Ihm* womöglich? Oder meint er, dass ich das Schwert behalten soll? Oder es verstecken?

Fragen über Fragen schwirren durch meinen Kopf, aber ich sage mir, dass es keinen Zweck hat zu spekulieren, bis ich nicht aus diesem Gefängnis heraus und wieder frei bin.

Widerstrebend leere ich die Schüssel mit dem Reis und dann zwinge ich mich, das Gemüse und das Fleisch hinunterzuwürgen. Was auch immer Leiye für heute Nacht geplant hat – ich werde meine Kräfte brauchen. Mein Magen fühlt sich auf einmal etwas flau an. Ich weiß nicht, ob es daran liegt, dass ich plötzlich wieder so viel gegessen habe, oder an der Aufregung. Als ich fertig gegessen habe, ziehe ich mich in meine übliche Ecke zurück, damit die Wachen keinen Verdacht schöpfen.

Ich warte und versuche mein Bestes, nicht einzuschlafen.

Die Zeit zieht sich endlos in die Länge.

Bleib wach.

Für was? Für wen? Gerade, als ich anfange zu glauben, dass Leiye mir nur einen ausgeklügelten Streich spielen will, flackert das Feuer der Fackeln und ich schrecke auf. Nichts passiert. Ich lege mich wieder hin. Mein Herz trommelt so laut, dass die Wachen es hören müssen.

Die Zeit verstreicht und meine Augenlider werden schwer. Ich kneife mich, aber der Schmerz scheint mich nicht wach zu halten. Das Feuer flackert wieder, aber ich denke mir nichts dabei.

Dann – der Schrei eines Wächters bricht abrupt ab.

Das Licht erlischt.

Ich blinzele hektisch, versuche mich an die Dunkelheit zu gewöhnen. Während ich mich zu den Gitterstangen meiner Zelle taste, höre ich den dumpfen Aufprall weiterer Körper auf dem Boden. Dann folgen ein paar lange Sekunden der Stille.

Etwas leuchtet auf. Vor mir auf der anderen Seite der Gitterstäbe sprüht eine Flamme aus einer Fingerspitze.

»Leiye? Was geht hier vor?«, flüstere ich der maskierten Gestalt in Schwarz zu, die in der Dunkelheit auftaucht.

Die Gestalt nimmt die Maske ab.

Entgeistert starre ich in das wunderschöne markante Gesicht des Jungen aus der Wüste.

REISE
NACH OSTEN

21.

ALTAN

Es dauert nicht lange, bis wir die Vororte der Hauptstadt erreichen. Kurz vor Tagesanbruch wechseln wir wie geplant in einer kleinen Stadt die Pferde. Die Straßen sind noch still, aber ich spüre, wie die Stadt erwacht. Gedämpfte Stimmen, das Knarren von Türen und Fenstern, das Schlurfen von Füßen …

Wir sollten verschwinden. Lange haben wir nicht Zeit, bis die Wirkung des Schlaftrunks nachlässt, den ich den Wächtern angedreht habe. Sobald der Alarm ausgelöst wird, werden sowohl Priester als auch Soldaten nach uns suchen.

Ahn reckt eine Hand über die Holztür des Badehauses und winkt hektisch in meine Richtung. Sofort schnappt sie sich die sauberen Kleider, die ich ihr reiche. Eine Minute später kommt sie mit tropfnassen Haaren heraus. Aus Höflichkeit wende ich meinen Blick ab und wünschte, das Wasser aus ihren Haaren würde den blassblauen Stoff nicht stellenweise durchsichtig erscheinen lassen.

Sie zieht ihr dunkelblaues äußeres Gewand über, befestigt alles mit einer Chiffon-Schärpe und marschiert direkt auf mich zu. Während sie mich mit einem eiskalten Blick fixiert, wringt sie ihre nassen Haare aus und klatscht mir das Wasser von ihren Händen entgegen wie eine schallende Ohrfeige.

»Ich habe mich mit meinen Fragen zurückgehalten, wie du mir

befohlen hast«, sagt sie endlich. »Aber jetzt, wo wir weit genug vom Palast weg sind, will ich Antworten. Zunächst einmal: Wer bist du?«

»Meinen Namen habe ich dir genannt«, sage ich und wische mir das Gesicht trocken.

»Wer weiß, ob *Altan* überhaupt dein richtiger Name ist?« Ich antworte nicht. »Und welche Verbindung hast du zu Leiye? Ich dachte, er würde derjenige sein, der mich aus dem Gefängnis holt. Seid ihr Freunde? Bist du ein Priester?«

»Nein«, sage ich gekränkt.

Sie bombardiert mich weiter mit Fragen, bevor ich irgendetwas erklären kann. »Aber du hast Magie.« Ihre Augen weiten sich. »Ein Tiensai? Warum würdest du mit Leiye zusammenarbeiten? Du kommst von überall und nirgendwo, hast du gesagt. Ziehst du von Ort zu Ort, um Leuten beim Ausbruch aus dem Gefängnis zu helfen – oh Götter!–« Sie macht einen Satz von mir weg. »Bist du etwa ein Partisan oder ein Attentäter?«

Ich hebe meine Hände. »Jetzt mach mal langsam.«

»Mach langsam?«, brüllt sie. Ihre Haare lösen sich, als sie mir ihre dreckigen alten Gewänder entgegenschleudert. Ich weiche geschickt aus. »Hast du irgendeine Ahnung, was ich in den letzten paar Wochen durchgemacht habe? Ich …«

Sie holt tief Luft und dreht sich um. Ihre Schultern heben und senken sich. Leichte Panik überkommt mich, denn ich weiß nicht, was ich machen soll, wenn sie weint. Doch als sie sich wieder zu mir umdreht, sind ihre Augen trocken.

»Sag mir, was als Nächstes passieren soll. Hat Leiye einen Plan?«

»Wir werden das Weiße Jade-Schwert finden. Meine Gehilfin hat schon Vorkehrungen getroffen, um ein Schiff zu heuern, das uns über das Smaragdmeer bringen wird.« Es ist nicht Leiyes

Plan. Nicht direkt. Der Narr hätte wissen sollen, dass ich bei seinem Komplott nie mitziehen würde.

Ahn verzieht abfällig das Gesicht. »Deine *Gehilfin … Vorkehrungen treffen …* Wer redet denn so? Egal. Wie viel hat Leiye dir gezahlt, um mich aus dem Kerker und auf dieses Schiff zu bringen?«

Ich zögere einen Moment, bevor ich beschließe, das Spiel mitzuspielen und ihren Vermutungen rechtzugeben. Ich nenne eine beliebige Summe und sie flucht. Sie streift etwas von ihrem Finger und hält es hoch. Ein Jadering mit silberner Gravur.

»Ich komme nicht mit. Nimm dies als *meine* Bezahlung. Zieh los, aber verrate Leiye nichts. Tu so, als wären wir auf dem Weg zum Schiff oder so was, gib ihm regelmäßig Meldung oder was auch immer ihr ausgemacht habt.«

»Und wo willst du hin?« Ich hoffe, ich werde keine Gewalt anwenden müssen, um sie aufzuhalten. Ich kann nicht zulassen, dass sie meinen Plan durchkreuzt.

»Das geht dich nichts an. Verpfände den Ring, nimm das Geld und lass mich in Ruhe.«

»Das kann ich leider nicht tun.«

»Hör zu, ich hab kein Geld – dieser Ring ist kostbarer für mich als ich dir sagen kann, aber er ist alles, was ich noch habe. Nimm ihn!«, blafft sie mich an.

Dass sie in mir nur jemanden sieht, der sich für Geld anheuern lässt, trifft mich irgendwie mehr, als es sollte. Ich schiebe den Gedanken beiseite.

»Es ist ein langer Weg zurück in die Wüste. Die Priester und der Palast werden hinter dir her sein.« Das Zucken ihres Kiefers sagt mir, dass ich ihren wunden Punkt getroffen habe. »Du hast also eine Großmutter in dem Ort, in dem wir uns getroffen haben?«

Ihr Kiefer zuckt noch einmal. »Hat Leiye dir das erzählt?«

Ich hebe die Achseln.

»Sie ist in Gefahr. Ich muss los und –«

»Alles erledigt. Es ist schon jemand vorausgegangen, um dafür zu sorgen, dass deine Großmutter in Sicherheit ist. Das gehört alles zum Plan.«

Am Tag nachdem Leiye mich auf dem Dach gefunden hat, ist Shīfù nach Shahmo aufgebrochen. Die Puzzleteile fügen sich zusammen. Jetzt muss ich nur noch dafür sorgen, dass die Lebensräuberin an meiner Seite bleibt. Sie muss das Schwert des Lichts für mich finden. Doch der wahre Grund, warum ich immun gegen ihre Lebensräuber-Magie werden wollte, bleibt bestehen. Die Welt kann nicht sicher sein, solange ein solch mächtiges Wesen existiert.

Ahn macht einen Schritt auf mich zu. Ich zwinge mich stehen zu bleiben, auch wenn ich das Bedürfnis habe, einen Abstand zwischen uns zu wahren.

»Wie soll ich denn sicher sein, dass ich dir trauen kann?«, fragt sie.

Kannst du nicht.

»Ganz einfach«, sage ich laut. »Wenn alles klappt, bekomme ich meinen Anteil.«

»Und wenn nicht?«

»Dann sind wir alle verloren.«

Sie sieht mich mit verachtungsvollem Blick an. »Das ist kein Witz.«

»Ich mache auch keine Witze.« Sie glaubt mir nicht. Ich muss mir ihre Vermutung zunutze machen, dass es mir nur ums Geld geht. »Hör zu. Wir können ja einen kleinen Umweg machen. Ich führe dich zu der Unterkunft, wo wir deine Großmutter in Sicherheit bringen wollten, aber danach musst du zum Hafen mitkommen und mit mir auf dieses Schiff gehen.«

»Und was springt für dich dabei raus?« Sie ist immer noch argwöhnisch.

Ich nehme ihr den Ring aus der Hand. »Ist das echte Jade?«

Sie nickt, ohne den Blick von dem Ring abzuwenden.

»Das sollte genug sein für unseren kleinen Umweg, und es bleibt sicher noch ein bisschen was für mich übrig. Aber meinen vollen Lohn von Leiye erhalte ich nur, wenn ich dich auf dieses Schiff bekomme. Abgemacht?«

»Und wo ist diese Unterkunft?«

Ich nehme einen Stock und skizziere eine grobe Karte auf dem staubigen Boden. »Wir müssen Richtung Süden gehen, an dieser Schlucht vorbei und in diese Stadt.« Ich zeichne einen Kreis. »Das ist die Unterkunft. Es ist ein Abstecher auf dem Weg zum Seehafen und wir werden dadurch Zeit verlieren, aber wenn du darauf bestehst –«

»Ich bestehe darauf.«

»Gut. Wir machen uns auf den Weg nach Heshi. Sobald du dich vergewissert hast, dass deine Großmutter in Sicherheit ist, reiten wir zurück Richtung Osten nach Cuihai, wo ein Kapitän und eine Mannschaft auf uns warten. Abgemacht?«

Sie beißt sich auf die Lippe. »Abgemacht. Kommst du auch mit auf das Schiff?«

»Natürlich.«

»Und was ist mit Leiye?«

Warum fragt sie eigentlich ständig nach ihm? Er hat keine Andeutungen gemacht, dass sie einander näher kennen oder sogar befreundet sind. Ich verberge meinen Ärger und streiche mit dem Fuß über den Boden, um die Karte wegzuwischen.

»Er hat seine eigenen Pläne«, sage ich.

Schließlich nickt sie. Um den Schein zu wahren, suche ich nach dem Pfandhaus der Stadt. Sie folgt mir nicht nach drinnen.

Als ich wieder herauskomme, den Ring sicher in der Tasche meines Gewands verstaut, schüttele ich einen Geldbeutel, sodass die Münzen darin klimpern.

Als Ahn mich sieht, flackert in ihrem Gesicht etwas auf. Etwas, das mich wünschen lässt, ich hätte diesen Schwindel nie begonnen.

In den nächsten Tagen lege ich ein knallhartes Tempo vor, um möglichst schnell eine große Entfernung von der Hauptstadt zu erzielen. Wir reiten meist schweigend, beide zu müde und zu misstrauisch dem anderen gegenüber, um ein richtiges Gespräch führen zu können.

Manchmal ertappe ich Ahn dabei, wie sie mich anstarrt. Das tun die Leute oft wegen meiner Narben und der Augenklappe – da siegt die Neugier schnell über die Höflichkeit.

Aber Ahns Blicke sind anders. Irgendwie weniger befangen. Vielleicht, weil sie daran gewöhnt ist, dass die Leute ihre eigene Narbe anstarren.

Drei Nächte hintereinander weckt sie mich auf, als sie im Schlaf wimmert und immer wieder eine Frage wiederholt: *Wer bist du?* Jedes Mal überlege ich, ob ich zu ihr gehen soll, sie wecken soll, damit sie nicht weiter in diesem bösen Traum gefangen ist. Jedes Mal rühre ich mich nicht vom Fleck und beobachte sie, bis sie wieder einschläft.

In der vierten Nacht fahre ich erschrocken aus dem Schlaf. Mit einer Hand umklammere ich meinen Dolch, aus der anderen schießen Flammen. Die unförmige dunkle Gestalt in meiner Nähe stößt einen zischenden Laut aus, und ich nutze mein Feuer, um einen kleinen Haufen Feuerholz auf dem Boden zu entzünden.

Der Lichtschein erhellt Ahns verängstigtes Gesicht.

»Was zum – ich hätte dich verletzen können«, sage ich aufgebracht.

Sie zieht ihren Umhang fester um ihre Schultern und weicht vor mir zurück. »Ich hatte Hunger. Ich wollte dich nicht wecken.«

Ich greife nach dem Rucksack mit Essen neben mir und werfe ihn ihr zu. Ein Apfel kullert heraus. Sie stürzt sich sofort darauf, und ich sehe ein kurzes Aufleuchten von Glück, als sie den Apfel mit ihrem Ärmel poliert.

»Ist doch nur ein Apfel. Warum nimmst du nicht das Fleisch, wenn du so hungrig bist?«, frage ich.

»Frisches Obst war in Shahmo schwer zu bekommen, dank der blöden Wüste. Und ich wurde nicht im Palast geboren. Ich weiß noch, wie es ist, nichts zu haben.«

Sie hält den Apfel in der Hand wie ein Kind, das Süßigkeiten hortet. Der Anblick gibt mir einen Stich ins Herz, wie eine ferne Erinnerung an mein früheres Ich. Sie kaut den Apfel betont langsam und genießt jeden saftigen Bissen.

Sie trägt ihr Haar nicht mehr in Zöpfen wie an dem Tag, als wir uns das erste Mal getroffen haben, und auch nicht so aufwendig frisiert, wie es wahrscheinlich im Palast von ihr erwartet wurde. Stattdessen hat sie ihr Haar zu einem einfachen hohen Pferdeschwanz zusammengebunden, und einige lose Strähnen rahmen ihr ovales Gesicht ein. Im rötlichen Licht des Feuers wirkt die Narbe auf ihrer Wange nicht mehr so markant. Die erhabene silbrig-weiße Schramme erinnert mich an meine eigenen Narben, auch wenn einige von meinen einfacher zu verbergen sind. Ich frage mich, wie sie ihre bekommen hat und ob der Grund dafür so unangenehm war wie in meinem Fall.

Ich habe nicht vor, mich mit der Lebensräuberin anzufreunden. Egal, was Linxi sagt – ich traue Ahn nicht. Aber es würde nicht schaden, ihr freundlicher zu begegnen und ihr Vertrauen zu gewinnen.

»Erzähl mir doch mal was von dir«, sage ich in einem, wie ich hoffe, aufmunternden Tonfall.

Sie rümpft die Nase. »Warum?«

Ich unterdrücke den Impuls, ihr einen finsteren Blick zuzuwerfen. »Wir sind jetzt schon eine Woche zusammen unterwegs und ich weiß überhaupt nichts über dich. Da ist das doch wirklich keine abwegige Frage.«

»Ich mag Äpfel.« Sie nimmt noch einen Bissen und kaut hörbar. Ich frage mich, ob sie mich verärgern will.

»Und was magst du noch?«

»Obst.«

Das ist schwieriger, als ich dachte. Die Mauern, die wir um uns herum gebaut haben, sind hoch, und ich muss die Risse in ihrer Mauer zuerst finden.

»Was ist mit Mondkuchen?«, frage ich wahllos.

»Was soll damit sein?«

»Als wir Kinder waren, haben meine Schwester und ich unsere Eltern einmal überredet, uns auf dem Mondfest mehrere Schachteln mit unseren Lieblingsmondkuchen zu kaufen: Doppeldotter mit Lotussamenpaste – die Sorte mit weicher Kruste, nicht die mit Blätterteig. Wir hatten die blödsinnige Idee, einen Ess-Wettstreit abzuhalten und stopften uns so schnell wir konnten voll. Meine Schwester erbrach sich in den Koi-Teich und mir war zwei Tage lang übel. Den Fischen ging es aber gut danach.«

Ahn stößt ein kurzes Lachen aus, bevor sie die Stirn krauszieht. »Das ist Verschwendung von Lebensmitteln.«

»Wir waren Kinder, wir wussten es nicht besser«, verteidige ich mich.

»Dann hätten eure Eltern euch davon abhalten sollen. Hast du mal gesehen, wie mein Volk außerhalb der Hauptstadt lebt? Die meisten von uns kommen kaum über die Runden.«

Dein Volk ist auch meines. Ich zerbreche einen Zweig und werfe ihn ins Feuer.

Ahn isst ihren Apfel auf und drückt das Kerngehäuse in den sandigen Boden. Dann richtet sie ihre Finger auf den Boden und atmet leicht aus. Eine winzige halbmondförmige Delle entsteht und wird zu einem Kreis, der langsam immer größer wird, bis er plötzlich aufhört sich auszudehnen. Ahn seufzt enttäuscht, bevor sie es noch einmal versucht. Sie lässt einen Finger über dem Boden kreisen, und die Erde, vermischt mit etwas Sand, schwebt in die Höhe. Ich dachte, Wasser wäre ihre andere Affinität. Aber es leuchtet ein, dass die Lebensräuberin mehr als ein Element kontrollieren kann.

Meine Muskeln spannen sich an, als die Erde und der Sand in einer Spirale über ihrer Handfläche kreisen. Ich kann den Blick nicht von dem Wirbel wenden. Unerklärlicherweise streckt sie mir den Arm entgegen und zeigt mir ihren Miniatur-Sandsturm.

Während der Sand um ihre Finger wirbelt, tauchen in meinem Kopf wie durch einen Nebelschleier unscharfe Bilder auf. Ich höre Schreie. *Ihre* Schreie.

»Was ist los?«, fragt Ahn, die mein Unbehagen bemerkt. Sie lässt ihre Hand sinken und der Miniatur-Sandsturm fällt in sich zusammen.

Reiß dich zusammen, Altan. Tief durchatmen. Tief durchatmen.

Meine Lungen lassen die Luft entweichen.

»Alles in Ordnung. Mir geht's gut«, bringe ich hervor.

Sie zieht die Knie nah an ihren Körper und stellt mir keine weiteren Fragen. »Du wolltest doch, dass ich dir etwas von mir erzähle, aber ich bin mir nicht sicher, ob du dazu bereit bist.«

»Dass du die Lebensräuberin bist, weiß ich schon. Nichts sonst könnte schlimmer sein.«

»Die Lebensräuberin!«, wiederholt sie affektiert und macht

eine ausladende Geste. »Was für ein furchtbarer Name.« Sie verzieht das Gesicht zu einem Grinsen und die Anspannung weicht.

Meine Schultern entspannen sich.

»Es *ist* ja auch furchtbar.«

»Hast du etwa Angst vor *mir*?« Sie wirkt fast verlegen, als sie das fragt.

»Schreckliche Angst«, antworte ich.

Sie setzt einen finsteren Blick auf. »Ich *bin* auch ziemlich Angst einflößend.«

»Dann muss ich wohl aufpassen, dass ich mich immer gut mit dir stelle.«

»Ich dachte, ihr Tiensai wollt mich tot sehen. Vielleicht sollte *ich* vor *dir* Angst haben.«

»Nicht dieser Tiensai.« Ich lehne mich auf meinen Händen zurück und versuche mir nicht anmerken zu lassen, wie angenehm es ist, so mit ihr zu scherzen.

»Ha! Dann bist du also tatsächlich ein Tiensai.«

Sie sieht so stolz aus, dass sie mir diese Bestätigung entlockt hat, dass ich einfach grinsen muss.

»Warum hassen die Tiensai die Lebensräuber eigentlich so sehr?«, fragt sie leise.

»Das ist eine lange Geschichte.«

»Ich kann gut zuhören.«

Ich strecke meine Beine aus und schüttele den Staub von meinen Stiefeln. »Ich werde mich kurzfassen. Vor über hundert Jahren lebte ein Lebensräuber. Sein Name war Yuan Long –«

»Der Kaiser?« Sie ist schockiert.

»Ja. Er ist der angesehenste Herrscher in der Geschichte der Shi, aber er war nichts als ein paranoider und machthungriger Tyrann.« Die harschen Worte für meinen Urgroßvater kaschieren meine eigenen Schuldgefühle, die ich aufgrund meiner Familiengeschichte habe.

»Das ist aber nicht das, was man mir beigebracht hat.« Ahn runzelt die Stirn. »Hat er nicht Shi vor den Invasoren aus Mengu gerettet?«

»Der Norden hat das Shi-Reich nie angegriffen, oder vielmehr haben sie nur ihr eigenes Territorium verteidigt«, gebe ich das wieder, was Mutter mir erzählt hat. »Irgendwann ließen die Shi Mengu dann in Ruhe, denn – Magie hin oder her – es ist einfach zu schwierig für Bataillone, die steile Bergkette an der Grenze zwischen den beiden Ländern zu überqueren.«

»In den Kriegen wurde Magie angewendet?«

»Yuan Long wollte die Welt beherrschen, und da er selbst Magie besaß, begann er andere zu rekrutieren, die auch Magie besaßen. Er stellte eine Armee der magischen Elite zusammen, die dem Thron treu ergeben waren, machte sie zu geweihten Priestern und gründete die Diyeh-Sekte. Doch einige, die Magie hatten, wollten nicht kämpfen. Sie stellten sich Yuan Long entgegen und er verleumdete sie daraufhin. Brandmarkte sie als Verräter und Heiden, eine Gefahr für die Gesellschaft. Er machte geradezu Jagd auf sie – eine Jagd, die noch heute fortgeführt wird. Es waren nicht die Tiensai, die das Land mit einem Fluch belegten – es war Yuan Long. Ich weiß nicht genau, was er getan hat, aber diese Wüste, die immer weiterwächst und alles in ihrem Weg vertilgt? Es war ein Lebensräuber, der das getan hat.«

»Ein Lebensräuber? Ich dachte – Leiye und mein Vater haben doch gesagt …« Sie verstummt und starrt auf ihre Hände, die Augen weit vor Entsetzen. »Natürlich, sie haben gelogen.«

»Nach dem, was passiert ist, ist es nicht verwunderlich, dass einige Tiensai den Lebensräuber hassen«, sage ich.

»Nur einige?«

»Man kann nicht alle Tiensai über einen Kamm scheren. Es gibt solche, die den Lebensräuber hassen und andere, die glauben, dass der Lebensräuber für Hoffnung steht.«

»Wegen des Weißen Jade-Schwerts?«

»Ja.«

»Nun, ich werde bestimmt nicht so sein wie Yuan Long.« Sie klingt so ernsthaft, dass ich ihr glauben möchte. »Wie kommt es überhaupt, dass du so viel über das Shi-Reich weißt?«

Ich überlege. Sie glaubt immer noch, dass ich ein Fremder bin. Es ist wohl besser, diese Farce aufrechtzuhalten. »Ich lese viel. Das solltest du auch tun, wenn du lesen kannst.«

»Natürlich kann ich das«, sagt sie bissig.

Ich stöhne innerlich auf. Anscheinend habe ich sie verletzt, ohne es zu wollen.

»Die Shi glauben, dass Bildung eine wichtige Voraussetzung für das Fortkommen des Kaiserreiches ist«, erklärt sie. »Sogar Frauen wird das Rechnen beigebracht, aber das kannst du ja nicht wissen, weil du aus dem Norden bist.«

»Aber was bringt einem Bildung, wenn alles, was man gelehrt bekommt, falsch ist?«

»Aber du kannst doch nicht bestreiten, dass Bildung der einzige Weg für eine Frau ist, in dieser Welt zu Gleichberechtigung zu kommen.«

»Bildung ist nur *ein* Weg«, korrigiere ich sie. »Wenn Frauen nicht in Machtpositionen zugelassen werden, ändert sich dadurch gar nichts.«

»Da ist immerhin die Kaiserwitwe.«

Ich werfe ihr einen finsteren Blick zu.

Ahn hebt das Kinn. »Was hast du gegen eine Frau mit Ambition?«

»Ambition ist nicht das, was mir hier ein Dorn im Auge ist.«

»*Was* ist dir dann ein Dorn im Auge?«

»Die Geschichtsschreiber«, presse ich zwischen zusammengebissenen Zähnen hervor. »Sie haben das Vermächtnis von Yuan Long verfälscht, die Wahrheit vertuscht. Warum, glaubst du, funktioniert die Hetzkampagne gegen die Tiensai so gut? Ihre Magie ist nicht verflucht. Sie ist ähnlich wie die der Diyeh. Aber Krieg und Konflikte sind gute Ablenkungsmanöver. Wen sollte ein Bauer für seine schlechte Ernte verantwortlich machen? Die Götter? Den Kaiser? Oder eine feindliche Nation und Menschen, die anders sind? Es ist einfach, Sündenböcke zu finden und neue zu schaffen, wenn man die niederen Instinkte der Menschen anspricht. So haben die Herrscher dieser Nation bisher regiert.«

»Du klingst wie ein alter Weiser, der in einem Teehaus vor sich hin philosophiert.«

»Genau so einer hat mich auch aufgezogen.«

»Vielleicht ändern sich die Dinge ja, wenn der neue Kaiser an die Macht kommt«, sagt sie nach kurzem Zögern.

»Dieser Trunkenbold?«, frage ich voller Verachtung.

Ihre Augen blitzen auf. »Nenn ihn nicht so.«

»Oh, entschuldige vielmals. Ich hab ganz vergessen, dass der Kronprinz dein *Freund* ist.«

»Er war etwas durcheinander an dem Abend«, fährt sie mich an. »Und es ist nicht seine Schuld, dass seine Vorgänger so schlechte Herrscher waren. Ich bin sicher, er will auch, dass die Dinge sich ändern.«

Ich schlucke meine Verwünschungen hinunter und werfe noch mehr Zweige ins Feuer. Ich bin verwirrt, dass sie Tai Shun so verteidigt und ärgere mich über mich selbst, dass mir dieses Gespräch dermaßen entglitten ist.

Sie seufzt. »Es ist ja ohnehin egal. Ich bin gar nicht in der Lage, meine Magie zu benutzen – zumindest nicht die Lebensräuber-Magie.«

Das hat mir Linxi schon mitgeteilt, aber bis hierhin habe ich gehofft, dass sie unrecht hat. Wenn Ahn ihre Lebensräuber-Magie gar nicht benutzen kann, wird sie dann überhaupt in der Lage sein, das Weiße Jade-Schwert zu finden?

»Aber das hat meinen Vater nicht davon abgebracht, mich benutzen zu wollen«, sagt sie mehr zu sich selbst als zu mir.

»Traue nie einem Politiker.«

»Du weißt, wer mein Vater ist? Du scheinst ja viel über mich zu wissen«, bemerkt sie und kneift argwöhnisch die Augen zusammen. »Was hat dir Leiye denn noch erzählt?«

»Genug, um meinen Auftrag zu erledigen.«

Sie sieht mich über das Feuer hinweg an und ich halte ihrem Blick stand. Wir sagen nichts. Das Knistern der brennenden Zweige füllt das Schweigen und das Misstrauen zwischen uns kehrt zurück. Sie wendet sich ab, legt sich hin und zieht ihren Umhang über ihren Körper.

Ich bin zu aufgebracht, um zu schlafen. Ich hatte versucht, Ahns Wohlwollen zu gewinnen, doch stattdessen sind wir jetzt wieder dort, wo wir am Anfang waren. Zwei Fremde, die das Schicksal zusammengeworfen hat und die beide zu viel Angst haben, um einander zu trauen.

Du darfst nicht den Fehler machen zu denken, dass jeder Lebensräuber gleich ist. Das Mädchen wird ihren eigenen Weg gehen und ihrem eigenen Schicksal folgen.

Aber was für ein Schicksal wird das sein? Ich wünschte, ich hätte die Antwort.

Schließlich breite ich meinen Mantel auf dem Boden aus und puste den Sand darauf weg, bevor ich mich auf meinen Rücken fallen lasse und in die fernen Sterne starre, bis der Schlaf mich einholt.

22.

AHN

Die große Bergschlucht lässt alles andere in der Umgebung winzig erscheinen. Als ich die steilen gewölbten Felswände mit ihren verschiedenen Gesteinsschichten hinaufschaue, fühle ich mich klein und unbedeutend. Der Boden der Schlucht ist übersät mit schroffen, kantigen Felsbrocken. Ich kann zwar einen Pfad vor uns ausmachen, doch er schlängelt sich zwischen Felsvorsprüngen und Geröllbrocken unterschiedlicher Größe entlang. Das große Gewässer, das einst die Schlucht in den Fels geschliffen hat, ist zu einem armseligen Flüsschen geworden, aber ich bin trotzdem froh, in der Nähe einer beständigen Wasserquelle zu sein.

Altan geht voraus, die schwarzen Gewänder staubig von der Nacht auf dem nackten Boden. Während er unsere Pferde vorsichtig durch das felsige Gelände führt, pfeift er eine ernste Melodie. Ich spitze die Ohren. *Die Ballade von Hou Yi.* Der Legende nach hat der Bogenschütze Monster getötet und neun Sonnen abgeschossen, um sein Volk vor dem Verhungern zu retten. Seine Frau war die Mondgöttin, Chang'e.

Mein unverbesserlicher Magen knurrt, während ich mich weiter voranschleppe.

»Was hast du gesagt?« Altan verlangsamt seinen Schritt, um neben mir zu gehen, und sieht mich interessiert an. Ich muss wohl meine Gedanken laut ausgesprochen haben.

»Ich hab gesagt, Chang'e sollte den Hasen essen.«

»Sie ist doch eine Unsterbliche. Warum sollte sie essen müssen?«

»Weil es schmeckt.«

Er lacht auf. Die finstere Miene, an die ich mich schon gewöhnt habe, hat er heute noch nicht aufgesetzt.

»Glaubst du an Götter und Unsterbliche? Und Monster?«, frage ich scherzend.

Er nickt und schüttelt gleichzeitig auf seine gewohnt unverbindliche Weise den Kopf. »Ich glaube, dass Monster vernichtet werden können.«

Während wir weitergehen, grübele ich über seine Worte nach und frage mich, ob eine versteckte Bedeutung darin liegt. Doch bald zieht der Fluss wieder meine Aufmerksamkeit auf sich. Ich strecke einen Arm aus. Mit gleichmäßiger Geschwindigkeit strömt Energie aus mir heraus. Auf der Wasseroberfläche bildet sich eine winzige Fontäne. Es fühlt sich fast so selbstverständlich an wie Atmen. Ich fange an zu lachen. Ich habe das Gefühl, meine Magie besser steuern zu können, und dieser Gedanke spornt mich an.

Ein nasskalter Schauer überrascht mich mitten im Lachen.

Meine Kleider sind vollkommen durchnässt. Ich wirbele herum und sehe gerade noch, wie eine kleine Welle zurück in den Fluss schwappt. Altan lässt fast die Zügel der Pferde los, als er sich die Seite hält und lacht. Ein echtes Lachen. Sorglos und leicht.

»Ich wusste nicht, dass du auch eine Affinität zu Wasser hast«, grummele ich und lasse eine Salve von einfallsreichen Flüchen los, die auf seine Nachfahren abzielen, ihn aber nur noch mehr zum Lachen bringen.

Ich schnipse Wasser und mehrere Steinchen in seine Richtung, doch er weicht ihnen geschickt aus.

»Tiensai-Reflexe«, flötet er und weicht einem weiteren faustgroßen Stein aus. Ich frage mich, was der Grund für seine gute Laune ist. Vielleicht hat er letzte Nacht etwas Schönes geträumt.

Beim Weitergehen hinterlasse ich eine nasse Spur, als ich versuche, so viel Wasser wie möglich aus meinem Rúcún zu wringen.

»Wenn du deine Kleider ausziehst, trockne ich sie für dich – Ich bin recht geschickt im Umgang mit dem Element Wind«, ruft Altan mir zu.

Das kann er doch nicht ernst meinen. Ich ignoriere die Hitze, die meine Wangen glühen lässt. »Ich ziehe bestimmt nicht meine Kleider aus.«

»Wie du meinst.« Ich kann hören, wie er sich Mühe gibt, ein Lachen zu unterdrücken. »Ich verspreche, auch nicht zu gucken, wenn du dir darüber Sorgen machst. Nicht, dass es da etwas gäbe, das ich noch nie gesehen habe.«

»Für so viel Frechheit hättest du einen Klaps verdient, aber dazu müsste ich dich ja berühren.«

Er holt mich ein. »Du würdest mich ohnehin nicht zu fassen kriegen.«

»Ja ja, rede dir das nur ein, du arroganter Narr«, antworte ich kühl, während ich meinen Ärmel auswringe. »Dann findest du dich eines Tages an einen Baum gefesselt wieder.«

Er grinst süffisant, als wäre die Vorstellung, von mir bezwungen zu werden, verlockend.

»Nackt«, füge ich drohend hinzu.

»Mmh.«

»Mitten im *Winter*.«

»Na, das versuche mal.«

»Oh, glaub mir –«

Ich komme nicht dazu, meinen Satz zu Ende zu bringen. Altan schubst mich zu Boden und ich falle unsanft hin. Er zieht zischend die Luft ein, als ein Pfeil den Stoff seines linken Ärmels durchschneidet. Ein weiterer Pfeil saust herab.

»Geh in Deckung!«, brüllt er mir zu. Er lässt die Zügel los und unsere Pferde galoppieren davon.

Ich renne zu einer großen Felsformation und kauere mich auf den Boden, während mein Blick hektisch hin und her geht, um zu sehen, wo die Angriffe herkommen. Dort oben auf einem Felsvorsprung steht ein Mann in Schwarz, einen Pfeil im Anschlag, und späht nach einem Ziel. Bevor ich Altan warnen kann, springen vier weitere Männer brüllend von einem Felsen und stürzen sich mit erhobenen Waffen auf ihn.

Altan hat seinen Bogen zur Seite geworfen und die Säbel gezückt.

Bald ist die Luft von lautem Ächzen und dem Klirren aneinanderschlagender Klingen erfüllt. Blut tropft von Altans Arm, aber er hat keine Schwierigkeiten, die auf ihn einprasselnden Schläge der Männer abzuwehren. Wer sind sie? Priester? Aber die Magie scheint nur von Altan zu kommen. Es müssen Wegelagerer sein.

Altan schickt eine Windböe zu dem Bogenschützen auf der Felswand. Der Mann rutscht aus, schafft es aber gerade noch, sich an der Felskante festzuhalten.

Ich will Altan helfen, aber ich bin zu durcheinander, um mich auf meine Magie zu konzentrieren. Ein weiterer Pfeil zischt über meinen Kopf hinweg und landet vor mir auf dem Boden. Seine Spitze ist mit einer Substanz geschwärzt, die einen beißenden Geruch ausströmt. Ich will näher treten, um mir den Pfeil genauer anzusehen, doch da packt mich ein Arm von hinten um die Taille und presst mir die Luft aus den Lungen. Eine fleischige Hand schließt sich um meinen Mund. Meine Nackenmuskeln werden heftig gezerrt, als ich nach hinten gerissen werde.

»Sieht so aus, als wär dein Freund zu beschäftigt, um dich zu retten«, knurrt eine Stimme in mein Ohr.

Ich winde mich und trete um mich, doch der Griff meines Angreifers wird nur noch fester. Altan wendet sich in unsere Richtung, als er meine gedämpften Schreie hört. Er macht mir Zeichen und beginnt zu mir zu sprinten. Felsbrocken fliegen durch die Luft und treffen die Banditen, die ihn verfolgen. Zwei von ihnen entkommen unverletzt und nehmen die Verfolgung wieder auf, doch Altan scheint es nicht zu bemerken.

Dreh dich um, denke ich verzweifelt. *Pass auf.* Der Narr lässt sich noch umbringen, wenn ich nichts unternehme. Ich hole tief Luft und ignoriere den Schmerz in meiner Brust. Leise beginnt die Energie in meinen Adern zu sirren.

Metall blitzt auf. Etwas Rotes spritzt durch die Luft, und einer der Banditen fällt tot zu Boden. Das wirbelnde Silber beschreibt einen Bogen, saust auf einen freistehenden Felsen zu und löst sich scheinbar in Luft auf. Wer hat den Dolch geworfen? Es war nicht Altan. Aber immerhin ist er jetzt alarmiert. Er dreht sich und lässt seine Doppelsäbel durch die Luft fahren. Ein weiterer Bandit geht zu Boden.

Mein Angreifer flucht und zerrt mich zurück.

Benutze sie. Benutze sie, flüstert die einschmeichelnde Stimme in meinem Kopf.

Ich höre auf mich zu wehren und konzentriere mich, suche tief in meinem Inneren nach einem schwer fassbaren Fädchen der Magie. In meinen Ohren schwillt das gleiche Zikadensummen an wie damals in der Gasse von Shahmo. Ich atme ein. Diese schlagartige Klarheit ist wieder da. Und das Gefühl der Ganzheit.

Die Welt um mich herum verwandelt sich. Der wolkenlose Himmel ist von einem strahlenden Azurblau. Die Felswände der Schlucht heben sich mit ihren leuchtenden Gesteinsschichten aus

Rotbraun, Weiß und Ocker von der flachsfarbenen Sonne ab. Hinter mir perlt das melodische Plätschern des Baches, während die sanfte Brise säuselnde Töne in mein Ohr flüstert. Mein Atem stockt, als Altan in mein Blickfeld tritt, umgeben von einem flammenden Lichtschein, der sein Haar golden leuchten lässt – wie ein himmlischer Glorienschein über seinem wunderschönen Gesicht.

Sein Anblick ist einfach blendend, heller als das Sonnenlicht.

Links neben mir röchelt jemand. Mein Angreifer – ich habe gar nicht gemerkt, dass er mich losgelassen hat. Seine Augen rollen nach hinten und sein anschwellendes Gesicht wird rot und violett. Ein ominöses grünes Licht strömt aus ihm heraus und umgibt ihn wie eine Aura. Er stößt ein letztes verzweifeltes Glucksen aus und sackt zu Boden.

Und noch etwas passiert.

Dieses sanfte weiße Licht um Altan verwandelt sich in ein schimmerndes Blassgrün, als er auf mich zukommt. Er ringt nach Luft und krümmt sich.

Du bringst ihn um!, kreischt eine Stimme in meinem Kopf. Doch ich kann nicht aufhören. Ich weiß nicht, *wie* man aufhört.

Altan richtet sich mühsam auf – der Himmel weiß, woher er die Kraft nimmt. Unsere Blicke treffen sich, und ich sehe seine Angst.

Etwas drängt meine Magie zurück. Das Licht um Altan wird wieder weiß. Ich fange an zu zittern. Ein heftiger Schmerz durchdringt meine Brust und ich sinke auf die Knie. Meine Magie weicht aus mir.

Steine bröckeln von der Felswand. Der Bogenschütze zieht sich über den Klippenrand, um sich in Sicherheit zu bringen. Altan hebt seinen Bogen vom Boden auf und spannt zitternd einen Pfeil ein.

»Schau nicht hin«, sagt er.

Ich schaue hin.

Mit dem Rücken zu uns hängt der Mann bedrohlich an der Felskante und bekommt nicht mit, was unter ihm in der Schlucht passiert. Die Wucht von Altans Pfeil lässt seine Hände abrutschen und der Mann stürzt kreischend in die Tiefe. Ich schreie auf, als sein Körper auf die kantigen Steine trifft und wie eine Stoffpuppe daran abprallt. Mit einem dumpfen Geräusch schlägt er auf dem Boden auf, Arme und Beine unnatürlich verrenkt. Blutige Spuren ziehen sich über die Felswand und den Boden um ihn herum.

Altan lässt seine Arme sinken und sieht mich stirnrunzelnd an. »Ich hab dir doch gesagt, du sollst nicht hinschauen.«

Dann macht er einen schwankenden Schritt und fällt zu Boden.

23.

AHN

Der Himmel verdunkelt sich. In der Dämmerung scheinen die Ränder der Welt zu verschwimmen. Ich befehle mir zu atmen, aber ich bringe nur ein Keuchen zustande. Kurz darauf sind auf dem steinigen Boden Schritte zu hören. Da ist jemand.

Altan? Geht es ihm gut? Ist er überhaupt *am Leben*? Oder ist es ein anderer Wegelagerer, der sich da nähert? Ich stöhne, als der Schmerz in meiner Brust wieder aufflammt. Durch halb geöffnete Augenlider sehe ich jemanden über mir stehen. Ein Schrei stockt in meiner Kehle.

Ein Dämon.

Sein Gesicht ist rot, mit dicken schwarzen Streifen um die Augen und blau-weißen Schnörkeln auf der Stirn und den Wangen. Ich blinzele. Es ist kein Dämon. *Eine Maske.* Es ist jemand, der eine Theatermaske trägt. Ich strecke tastend den Arm aus, doch eine Hand stößt ihn entschieden fort.

»Scht.« Die Stimme ist leise, sanft.

Ich rieche etwas Scharfes, Minzartiges. Mein Kopf beginnt sich aufzuklaren. Der frische Geruch prickelt in meiner Nase und in meinem Rachen. Als sich mein Blick wieder aufklart, ist niemand mehr zu sehen.

Habe ich mir das nur eingebildet? Nein, dieser Geruch – er ist immer noch da. Meine Brust schmerzt noch immer, aber ich rappele mich auf, um nach Altan zu sehen.

Er ist bewusstlos. Auf seiner Stirn stehen Schweißperlen und seine Haut ist aschfahl. Doch sein Gesicht und Körper zeigen keine Spuren von Verfall und Verwelken. Meine Magie hat meinen Angreifer getötet, aber Altan muss sie irgendwie verfehlt haben. Wie sonst hätte er überlebt haben sollen? Erleichterung durchflutet mich, aber sie ist von kurzer Dauer. Sein linker Ärmel ist blutdurchtränkt.

Ich schlage den Stoff zur Seite, wo der Ärmel zerrissen ist. Bei den Göttern! Der Pfeil hat ihn nur gestreift. Doch die Wunde blutet und die Haut um sie herum ist geschwollen. Die geschwärzte Spitze des Pfeils muss mit Gift durchsetzt gewesen sein.

Ich reiße ein Stück Stoff von meinem Rocksaum und umwickele seinen Arm fest, um die Blutung zu stillen. Unruhig gehe ich auf und ab und versuche, nicht auf die reglosen Körper und die Zerstörung, die ich in der Umgebung angerichtet habe, zu achten. Ich muss etwas tun. Irgendetwas. Ich hebe den Wasserbeutel auf, der auf dem Boden liegt, und tauche ihn in den Fluss. Behutsam hebe ich Altans Kopf und öffne seine Lippen, um ihm etwas Wasser einzuflößen.

Eine Ewigkeit vergeht, bevor sich seine Augenlider flatternd öffnen. Sein Blick ist für einen Moment ganz glasig, doch dann sieht er mich an. »Ahn? Was ist passiert?«

Ich bin so erleichtert, dass ich ihn in die Arme schließe.

»Du hast dir deinen Kopf gestoßen, als du gestürzt bist, und ich glaube, da war Gift an dem Pfeil.« *Und meine Magie hat dich fast umgebracht*. Ich drücke ihn noch fester und lasse erst los, als ich merke, dass er zu sprechen versucht. »Himmel, entschuldige, was hast du gesagt?«

»Der Beutel … das gelbe Ding.«

Ich löse den Lederbeutel, der an seinem Gürtel festgebunden ist, und leere den Inhalt in meine Hand. Getrocknete Blumen. Und ein Ring.

Mein Jade-Ring.

Das verstehe ich nicht. Hat er den Ring nicht verpfändet? Keine Zeit für Fragen. Ich stecke den Ring zurück in den Beutel und klaube die Blumen in meiner Hand zusammen.

»Was soll ich tun?«, frage ich.

»Zerdrücke sie und reib die Wunde damit ein.« Nachdem ich die Blumen zur Seite gelegt habe, sehe ich mir seinen Arm genauer an. Der Verband ist durchtränkt. Die Wunde blutet ungestillt und die Haut darum herum hat eine garstige rotbraune Farbe angenommen. Es sieht schlimm aus. Ich muss mich beeilen. Ein süßer erdiger Duft erfüllt die Luft, als ich die verblassten gelben Blütenblätter zerdrücke und so sanft ich kann auf die klaffende Wunde presse. Mein Magen wird ganz flau, als meine Finger sein warmes Blut berühren.

»Bei den Göttern … reib sie schon ein«, zischt Altan.

»In Ordnung. Halt still.«

Ich drehe meinen Kopf zur Seite, um das ekelerregende Geschmiere, das ich da verteile, nicht zu sehen. Er zuckt zusammen, aber ich höre nicht auf, bevor die Kräuter über dem Schnitt eine Paste bilden. Dann reiße ich ein weiteres Stück Stoff aus meinem Gewand und verbinde die Wunde noch einmal. Ich bin dankbar, dass dieses Mal nicht sofort frisches Blut durchsickert.

Da ich ihn nicht unbewacht allein lassen will, sitze ich schweigend neben ihm und unterdrücke das dringende Bedürfnis, das Blut von meinen Händen zu waschen. Ein Schauer läuft mir über den Rücken, als mein Blick auf die Leichen fällt, die in der Nähe auf dem Boden liegen. Ich kann das Blut auf ihren schwarzen Gewändern nicht sehen.

Aber ich weiß, dass es da ist.

Mein Angreifer liegt ein Stück weiter entfernt. Das Bild von ihm, wie das Leben aus seinen Augen weicht und seine Hände seinen Hals umklammern, will mir nicht aus dem Kopf gehen. Ich erinnere mich an den Rausch, den ich empfunden habe, als er vor meinen Augen starb. Diese verlockende Ekstase der Macht.

Es fühlte sich so richtig an, so natürlich. Aber es war falsch.

Der Mann ist tot.

Du hast nichts falsch gemacht. Sonst hätte er dich umgebracht, flüstert diese listige Stimme in meinem Kopf. Ich würge sie ab, bevor sie noch irgendetwas sagen kann.

Altan stößt einen schmerzerfüllten Laut aus und stützt sich auf einem Ellenbogen ab, um sich aufzurichten. Vorsichtig bewegt er den Kopf und sieht sich um.

»Da stecken wir wohl in einem ganz schönen Schlamassel, was?«, bringt er krächzend hervor.

Ich stoße ein zittriges Lachen aus.

»Ich muss dir wohl danken, dass du mir mit dem Língcǎo das Leben gerettet hast, schätze ich.«

»Schätzt du? Ich hätte dich dem Tod überlassen sollen«, scherze ich halbherzig, bis mir einfällt, dass ich ihn ja fast getötet hätte. »Danke, dass du mir das Leben gerettet hast. Der Pfeil hätte mich mit Sicherheit getroffen.«

»Wir sollten sehen, dass wir hier wegkommen.«

»Die Pferde sind weg. Und zu Fuß schaffen wir es bestimmt nicht aus dieser Schlucht. Nicht mit dir in diesem Zustand.«

»Mir geht es *gut*.«

»Also, wenn es *dir* gut geht, bin ich ein fliegender Karpfen.«

Er versucht seinen verletzten Arm zu bewegen, nur um mit einem lauten Stöhnen wieder auf den Rücken zu fallen.

»*Siehst du*. Dir geht es überhaupt nicht gut, und wir verlassen diese Schlucht erst, wenn ich sicher sein kann, dass du mir nicht unter den Händen wegstirbst.«

Er sieht in den Himmel und schneidet eine Grimasse. »Ich werde dir schon nicht wegsterben.«

»Ich nehme dich beim Wort.« Mein Blick huscht wieder zu den Leichen und ich schaudere. »Lass uns einen Unterschlupf für die Nacht suchen. Vielleicht gibt es hier ein paar Höhlen. Kannst du laufen?«

»Keine Ahnung.«

Ich stecke seine Säbel weg und greife nach seinem Bogen und unserem einzigen Wasserbeutel, bevor ich ihm meine freie Hand anbiete. Seine Knie knicken ein, als ich ihm aufhelfe. Anscheinend ist er schwächer, als er denkt. Oder vielleicht verbergen sich hinter diesem hageren Körperbau schwere Knochen. Ich beuge mich mit ihm nach vorn und ignoriere den Druck durch sein Gewicht.

»Du bist so zart«, murmelt er, irgendwie abwesend und zerstreut.

»Bin ich nicht.« Mühsam richte ich mich zu voller Größe auf. Ich bin fast so groß wie er. »Ich schleppe dich schon irgendwie mit, wenn es sein muss. Immerhin bin ich auch mit diesem Banditen fertiggeworden, oder etwa nicht?«

Ich bekomme eine Gänsehaut, als ich meine eigenen Worte höre. Wie konnte ich so gefühllos klingen? So abschätzig?

»Dieser Mann … etwas ist passiert«, brabbelt Altan und versucht, über seine Schulter zu schauen. »Dort drüben. Muss ich sehen.«

Doch ich drehe uns nicht um. Ich gehe weiter, den Arm immer noch in festem Griff um seine Taille. »Wir können ja zurückkommen, wenn du dich ausgeruht hast«, lüge ich.

Ich will nicht hierhin zurückkommen.

Ich will mich nicht an das erinnern, was ich getan habe.

Es dauert nicht lange und wir stoßen auf eine große, leere Höhle. Ich lege Altan auf den harten Boden und befühle mit zitternder Hand seine Stirn. Er ist bleich und hat Fieber. Ich reiße ein Stück von seinem nicht blutigen Ärmel ab, tränke es mit Wasser und will es ihm auf die Stirn legen.

Energisch packt er meine Hand.

»Himmel!« Mein Schrei hallt von den Höhlenwänden wider. »Was stimmt denn jetzt nicht?«

»Entschuldige, war wohl ein Reflex. Alles Ordnung«, murmelt er. »Wollte nur sichergehen, dass du echt bist.«

»Das klingt aber nicht so, als ob alles in Ordnung ist.« Ich lege den kühlen, feuchten Stoff auf seine Stirn. Er sieht aus, als wollte er etwas sagen, also schüttele ich den Kopf. »Scht. Du musst dich ausruhen.«

»Deine Augen«, bringt er hervor. Dann schließt er seine eigenen.

»Was?«

Schweigen.

Am Fluss wasche ich mir das Blut von den Händen und schrubbe meine Fingernägel, unter denen es sich festgesetzt hat. Ich weiß, dass es Altans Blut ist, doch das hält mich nicht davon ab, an den Mann zu denken, den ich umgebracht habe.

Jedes Leben ist kostbar.

Was wird Ama jetzt sagen, wenn sie erfährt, dass ich einen weiteren Menschen kaltblütig getötet habe? Wird sie mich immer noch willkommen heißen, wenn ich über Leichen gehen muss, um zu ihr zu kommen? Ich hätte meine Magie auch benutzen können, um diesen Mann mit einem Stein bewusstlos zu schlagen oder so etwas. Aber das habe ich nicht.

Vielleicht wollte ich es nicht.

Der Schlamm, den ich durch mein Schrubben aufwühle, verschmutzt das einst klare Wasser und macht es so trübe wie meine Gedanken. *Du bist ein Monster* raunt die Stimme meines Vaters in meinem Kopf. Ich erinnere mich an den Ausdruck in seinen Augen. Den Triumph.

Ich schaudere.

Vielleicht hat er recht. Gestern Abend, als ich den Miniatur-Sandsturm in meiner Hand heraufbeschworen habe, hatte ich keine geschärften Sinnesempfindungen, kein euphorisches Gefühl der Kontrolle. Heute war das anders. Diese Magie war anders. Aber es war die gleiche Art von Magie, mit der ich die beiden Männer in der Gasse von Shahmo getötet habe.

Fast die gleiche.

Der Tod des Banditen war schneller.

Ich versuche nicht an das Hochgefühl zu denken, das durch meine Adern strömte, als der Mann erstickte. Daran, dass dieses Hochgefühl diesmal stärker gewesen ist.

Dass ich es womöglich sogar genossen habe.

Als ich zurückkomme, liegt Altan auf dem Höhlenboden, schlafend und mit nacktem Oberkörper, was mich unverständlicherweise verlegen macht. Er muss sich ausgezogen und seine Waffen abgelegt haben. Die Strahlen der Nachmittagssonne fallen in die Höhle und auf dem steinigen Boden blitzt Metall auf. Mit offenem Mund starre ich auf das Arsenal von Klingen und scharfen Objekten um ihn herum. Er war bis auf die Zähne bewaffnet.

Auf seinem Verband ist kein Blut zu sehen. Ich berühre seine Stirn. Glühend heiß. Ich könnte mit meiner Magie etwas Wasser gefrieren und versuchen, mit dem Eis sein Fieber zu senken. Doch bei dem Gedanken, im Moment irgendwelche Magie zu verwenden, wird mir übel.

Ich lehne mich an die felsige Wand, ziehe die Beine an meine Brust und denke nach. Wir haben nichts mehr zu essen. Vielleicht könnte ich ein paar Fallen legen, um einen oder zwei ahnungslose Hasen zu fangen. Aber dazu müsste ich Altan wieder allein lassen.

Als ich ihn so betrachte, zieht sich mir vor Sorge das Herz zusammen. Merkwürdig, wie Schlaf einen Menschen verändert. Sein kräftiger Kiefer ist entspannt und seine Stirn ganz glatt. Keine Spur von seinem üblichen konzentrierten und gereizten Ausdruck. Seine Wimpern sind unglaublich lang und erstaunlich viel dunkler als seine Haare. Sommersprossen sprenkeln seine gerade Nase und seine Wangen haben eine rosige Farbe, die mir vorher nicht aufgefallen ist. Mein Blick verfolgt die Narben, die seine rechte Wange überziehen, und wieder frage ich mich, was ihm da wohl Furchtbares widerfahren ist.

Ich denke daran, wie er vorhin aussah, kurz bevor meine Magie ihn angriff. Wie dieses seltsame weiße Licht von ihm ausstrahlte. Wie paradox es war, das Erstrahlen solcher Schönheit zu erleben, während ich gleichzeitig dabei war, das Leben eines anderen Menschen auszulöschen. Beides vermischt sich in meiner Erinnerung.

Eine Erinnerung, die ich verabscheue.

Mein Blick wandert über seine Brust und fällt auf ein Amulett aus Jade, das er an einem dicken schwarzen Band um seinen Hals trägt. Ein erstaunlich detailliert geschnitzter Drache mit fünf Klauen in einem Kreis ist darauf zu sehen. Im Gegensatz zu dem tiefgrünen Farbton meines eigenen Jade-Rings, ist sein Amulett von einem leuchtenden, halb durchscheinenden Weiß. Hammelfettjade. Kostbar und selten.

Ich rümpfe missbilligend die Nase. Er muss das Amulett gestohlen oder mit unrechtmäßig erworbenem Geld gekauft haben.

Was für ein Pech, dass ich hier ausgerechnet mit einem Auftragsverbrecher festsitze. Dabei hatte ich bei unserem ersten Treffen einen viel besseren Eindruck von ihm.

Allerdings hat er meinen Ring dann doch nicht verpfändet, auch wenn er das angeblich vorhatte. Warum hat er gelogen? Ich kaue auf meiner Lippe. Ich könnte ihn natürlich fragen. Oder ich könnte den Ring zurückstehlen und behaupten, er hätte ihn im Kampf verloren.

Ich strecke die Hand aus und ärgere mich, dass ich seinen Lederbeutel überhaupt zurück an seinen Gürtel gebunden habe, statt ihn zu behalten. Vorsichtig ziehe ich meinen Ring heraus und stecke ihn unter meinen Kragen.

Als ich versuche, den Lederbeutel wieder festzubinden, bewegt sich Altan im Schlaf. »Saran…«

Ich erstarre und halte den Atem an.

»Sarangerel …«

Es ist dieser Name, den ich ihn schon vor ein paar Nächten habe sagen hören. Ein Mädchenname aus Mengu. In meiner Brust regt sich ein neues Gefühl, das ich nicht recht zuordnen kann. Etwas wie ein dumpfer Schmerz. Altans Hand landet auf meinem Unterarm; seine Finger schließen sich um mein Handgelenk. Seine Haut ist kühl, sein Griff überraschend stark.

»Lass nicht los«, murmelt er.

Mein Rücken spannt sich an. Ein warmes Gefühl läuft über meinen Körper. Versuchshalber bewege ich meine Hand. Er lässt nicht los. Die Falte zwischen seinen Brauen wird tiefer, als ich noch einmal versuche, meine Hand wegzuziehen, und er wacht auf.

»Du bist das.«

Was dachtest du denn, wer es ist?, will ich fragen.

»Bleib«, flüstert er und sieht mich mit einem seltsamen Ausdruck an.

Ich drehe den Kopf zur Seite, unfähig seinem Blick standzuhalten. Aber ich bleibe.

Langsam lockert sich sein Griff und er schläft wieder ein. Ich ziehe meine Hand aus seiner. Als ich die Höhle verlasse, höre ich ihn wieder sprechen, mit einer so leisen Stimme, dass ich fast denke, ich bilde sie mir nur ein.

»Deine Augen sind so … wunderschön.«

Ich gehe aus der Höhle in die Nacht hinaus und frage mich, wie sehr er wohl noch fiebern mag und mit wem er zu sprechen glaubt. Und ich frage mich, warum dieses dumpfe Gefühl in meiner Brust zu einem stechenden Schmerz geworden ist.

24.

ALTAN

Ich schrecke aus dem Schlaf.

Mir ist gleichzeitig heiß und kalt. Mein Kopf dröhnt, mein Arm schmerzt, mein Körper fühlt sich steif und wund an. Über mir glitzern Juwelen. Ein Aufblitzen von glänzenden, pulsierenden Lichtern. Bin ich wieder in den Bergen von Wudin?

Ich reibe mir das Auge und sehe genauer hin. Dies ist eine andere Höhle, und das Glitzern kommt vom Sonnenlicht, das von den Mineralien in den Felswänden reflektiert wird.

Nach und nach kehren die Erinnerungen zurück. Die Männer in Schwarz … der Kampf … das silbrige Etwas, das herbeischnellte und einen meiner Angreifer tötete. Ein Dolch mit gebogener Klinge. Ich konnte nicht sehen, wo er herkam. Aber eines ist sicher: Ich habe jetzt eine Blutschuld bei jemandem, und eine solche Schuld holt einen irgendwann ein.

Das Bild des Mannes, der Ahn festgehalten hat, taucht als Nächstes auf. Dieses seltsame grüne Licht, das aus seinem Körper drang. Ich erinnere mich, wie er seinen Hals umklammerte, wie er sich vor Schmerzen krümmte … Wie sie über ihm stand und die Energie aus ihr strömte. In jenem Moment war sie furchterregend schön.

Wie eine Göttin des Todes.

Ich konnte sie *fühlen*. Diese abnorme Magie. Flüchtig, aber grauenerregend. *Etwas* wurde aus mir herausgesogen. Etwas tief in mir, wie die Essenz meines Wesens. Ich konnte nicht mehr atmen. Ich konnte mich nicht wehren. Es war, als würde ich wieder von dem Sand verschluckt, der mich zu ersticken droht.

Ich atme tief ein und aus und lasse die Erinnerungsbilder verblassen, während ich mich in der Höhle umsehe. Auf dem Boden verstreut liegen meine Waffen, mein Hemd und – in einem zerknitterten Haufen – meine äußeren Gewänder. Hektisch taste ich nach meinem Amulett. Es ist noch da.

Ein Geräusch am Höhleneingang. Eine Gestalt in Blau tritt herein. Ahn. Eine Waffe in ihrer Hand – *mein* Messer. Meine Muskeln spannen sich an. Ich bin verletzt. Wie groß ist die Gefahr für mich, wenn die Lebensräuberin in meiner unmittelbaren Nähe ist? Immerhin hat ihre Magie mich nicht getötet. Die Immunität, die der Phönix mir gegeben hat, scheint zu funktionieren. Aber dieses Wissen gibt mir irgendwie auch kein besseres Gefühl.

»Du lebst.« Sie lächelt und hält einen toten Hasen hoch. »Schau mal, was ich gefunden hab. Ich gebe dir dein Messer zurück, wenn ich ihn ausgenommen hab.«

»Wie lange war ich bewusstlos?«

»Nur einen Tag. Du hast die Nacht durchgeschlafen.«

Ich bringe ein halbes Grinsen zustande. »Ich hab dir doch gesagt, ich sterbe dir nicht weg.«

Aus irgendeinem Grund bewegen sich ihre Mundwinkel nach unten. »Da bin ich froh.«

Als ich vorsichtig meinen Arm hebe, ziehe ich vor Schmerz scharf die Luft ein.

»Bist du in Ordnung?«, ruft Ahn und eilt zu mir.

»Ja, alles okay.«

Sie wendet den Blick ab. »Gut. Dann zieh doch deine Kleidung wieder an.«

»Aber mir ist so heiß.« Ich befühle meine Stirn und meinen Nacken. »Ich habe Fieber.« Ich bin nicht sicher, ob das bedeutet, dass das Gift sich ausbreitet oder ausgeschwitzt wird.

»Ich weiß.« Sie tritt von einem Fuß auf den anderen und starrt auf einen Punkt hinter mir, als wäre die Höhlenwand das Interessanteste der Welt. Die Spitzen ihrer Ohren färben sich rot. »Jetzt … zieh schon einfach deine Kleidung an.«

Ich greife nach meinen Gewändern, ohne weiter zu diskutieren. Ich habe Wichtigeres im Kopf. Ich will mir die Leichen noch mal ansehen. Eine Leiche, um genau zu sein. Ich will mir die Folgen ihrer Lebensräuber-Affinität ansehen.

Der Schmerz strahlt in meine Schultern aus, als ich meine Tunika überziehe, aber ich bemühe mich, keinen Laut von mir zu geben. Auf keinen Fall will ich gegenüber der Lebensräuberin schwach oder wehrlos wirken. Sicher ist sicher.

»Was machst du?«, fragt sie, als ich versuche aufzustehen.

»Ich gehe zurück. Ich will die Gegend noch mal inspizieren.«

Sie lässt den Hasen und das Messer fallen. Ich beuge mich blitzschnell vor, um mein Messer aufzufangen, bevor es mit der Klinge zuerst auf den steinharten Boden trifft. Dabei schießt der Schmerz wieder durch meinen Arm und lässt mich das Gesicht verziehen.

»Erinnerst du dich, was ich dir angetan habe?«, fragt sie mit leiser Stimme.

»Ja, aber es war nicht deine Schuld. Du hast dich gegen jemand anderen verteidigt und ich bin dazwischengeraten. Sogar ein in die Enge getriebenes Kaninchen beißt um sich.« *Ganz zu schweigen von einem Tiger.* Die Worte purzeln aus meinem Mund, aber ich bin selbst nicht sicher, ob ich sie glaube.

»Ich bin kein Kaninchen«, sagt sie verärgert. Aber sie sieht aus, als hätte sie Angst.

Mein Tonfall wird sanfter. »Du musst ja nicht mit mir kommen.«

»Doch, das werde ich«, sagt sie schnell. »Du wirst meine Hilfe brauchen, um überhaupt dort hinzukommen.«

Ich nicke, überrascht von ihrer Sorge. Unsicher, was ihre wahren Absichten sind.

Mein Körper fühlt sich an, als würde er brennen, aber ich kann nicht ruhig sein, bis ich es weiß. Bis ich *gesehen* habe, was die Lebensräuberin getan hat. Ein Stück vor uns kreisen Aasgeier durch die Luft. Es kann nicht mehr weit sein.

Ahn hat den Blick ausdruckslos nach vorn gerichtet, während sie geht. Ihre Schultern sind angespannt und ihre Hände verkrampfen sich immer wieder zu Fäusten. Ich sollte etwas Beruhigendes zu ihr sagen, aber mir fallen keine Worte ein.

»Da war gestern noch jemand anders bei uns«, sagt sie unvermittelt. »Jemand mit einer Theatermaske, so wie sie Schauspieler auf einer Opernbühne tragen. Ich glaube, dieser Jemand könnte den Dolch geworfen haben, der den einen Banditen getötet hat.«

»Mit welchen Farben war die Maske bemalt?«

Sie runzelt die Stirn und schließt für einen Moment die Augen. »Rot, Schwarz, etwas Blau? Vielleicht Weiß?«

Leiye? Mein Blick geht über die unzähligen Ecken und Winkel in den Felsen um uns herum, in denen er sich verstecken könnte. Verdammt. *Ihm* will ich mein Leben nicht zu verdanken haben.

»Denkst du, mein Vater hat uns diese Männer auf den Hals geschickt?«

»Ich weiß es nicht. Würde der Premier nicht eine ganze Kompanie Soldaten schicken, um seine Tochter zurückzubekommen?«

Bevor wir in die Schlucht kamen, war unsere Reise reibungslos verlaufen. Eigentlich merkwürdig, denke ich jetzt. Wir waren vielleicht von meinem ursprünglichen Plan abgerückt, auf direktem Wege in die Hafenstadt zu reisen, aber Zhao Yang müsste sich doch etwas mehr Mühe geben, Ahn zu finden. Die *Priester* müssten sich mehr Mühe geben, uns zu verfolgen. Und doch scheint niemand unsere Fährte aufgenommen zu haben. Vielleicht hat Leiye es geschafft, sie aufzuhalten. Aber wenn er uns selbst auf den Fersen ist, weiß er jetzt auch, dass ich mich nicht länger an seinen Plan halte.

Ahn zieht die Luft ein und schlägt sich die Hände vor den Mund. Ihre Augen treten vor Entsetzen hervor.

Wir sind da.

Ich stehe in einem Ring des Todes.

Das Gras, die Wildblumen und Insekten in der Umgebung sind verwelkt und verendet. Sie bilden so etwas wie einen Grabkranz, passend für den Toten, der in der Mitte liegt.

Ein Toter, der nur noch aussieht wie die Hülle von einem Menschen.

Seine Haut ist ausgetrocknet, als wäre alle Flüssigkeit aus seinem Körper gesaugt worden. Als wäre er schon vor Jahrzehnten gestorben und den rauen Elementen zum Verfall überlassen worden. Auf seinem vertrockneten, blutleeren Gesicht liegt noch immer ein schauderhafter Ausdruck des Grauens. Seine leblosen Augen, oder das was davon übrig ist, starren in den Himmel hinauf.

Diese Hülle eines Menschen – das hätte ich sein können.

Ein leiser Aufschrei lenkt meine Aufmerksamkeit von dem Toten ab. Ahn hat unkontrolliert zu zittern begonnen. Ich nehme sie am Ellenbogen und führe sie weg. Sie muss nicht noch einmal durchleben, was sie getan hat.

Doch während wir zurückgehen, muss ich immer wieder daran denken, wie viel sicherer die Welt ohne die Lebensräuberin wäre.

25.

AHN

Zurück in der Höhle mache ich mich daran, den Hasen so schnell wie möglich zu häuten und versuche, nicht an den Tod zu denken – den Tod von *meinen* Händen. Altans Reaktion beim Anblick des Banditen, den ich getötet habe, hat alles gesagt: Er hat Angst vor mir. Er hält mich für gefährlich. Eine Mörderin. Ein Monster.

Und er hat nicht unrecht.

Ich säubere den Kadaver im Fluss und spieße ihn auf, um ihn über dem Feuer zu rösten. Schon bald steigt ein köstlicher Duft auf, als das Fett in die knisternden Flammen tropft, doch es bleibt dieses hohle Gefühl, ein Leben beendet zu haben, selbst wenn es zur Ernährung ist. Mir vergeht der Appetit.

Altan kommt aus der Höhle, ein bisschen wackelig auf den Beinen, sein schwarzes Gewand über den nackten Schultern. Er saugt genüsslich den Duft ein und ich reiche ihm den Bratspieß. Heißhungrig macht er sich darüber her. Doch nach ein paar Bissen hält er inne.

»Entschuldige.« Mit einem verlegenen Grinsen will er mir den halb verspeisten Hasen zurückreichen.

Ich winke ab. »Hab keinen Hunger«, sage ich, doch peinlicherweise knurrt ausgerechnet in diesem Moment mein Magen.

»Das scheint dein Magen aber anders zu sehen.«

»Du bist verletzt, du solltest mehr essen.«

»Und weil ich verletzt bin, kann ich dir nicht helfen, wenn du vor Hunger schlappmachst.« Er wedelt mit dem Fleisch vor meiner Nase herum, bis ich schließlich nachgebe und es ihm wieder abnehme.

Während ich halbherzig an dem Fleisch knabbere, streckt er seinen Arm und dehnt ihn in alle Richtungen, um die Beweglichkeit zu testen, wobei unweigerlich sein Gewand herunterrutscht.

Ich verschlucke mich fast an einem Stück Fleisch und huste. »Warum musst du eigentlich die ganze Zeit halb nackt herumlaufen?«

Er blinzelt verwirrt. »Ich wollte nicht –«

»Hast du immer noch Fieber? Meine Großmutter sagt immer, ein Fieber muss man ausschwitzen. Sogar in der Wüstenhitze hat sie mich dann in Decken eingewickelt. Das funktioniert wirklich. Versuch es mal.« Ich spreche zu schnell und meine Stimme klingt zu schrill in meinen Ohren.

Altan zuckt die Achseln und wickelt sein Gewand fest um seinen Körper, bevor er sich näher am Feuer niederlässt.

»Aber beschwer dich nicht, wenn ich dann zum Himmel stinke.«

»Das tust du doch ohnehin schon.«

»Du auch.«

Ich lache auf. Wir riechen wirklich würzig.

»Sag mal, hast du nicht gesagt, du wüsstest nicht, wie du deine Lebensräuber-Magie benutzen kannst?« fragt er plötzlich.

Ich höre auf zu lachen. Warum muss er jetzt davon anfangen?

»Ich weiß es auch nicht. Es ist einfach passiert. Ich habe Panik bekommen; ich wollte nicht, dass du stirbst.« Ich werfe die Hasenknochen ins Feuer. »Ich wusste überhaupt nicht, was ich tat.«

»Leiye sagt, du brauchst deine Magie, um das Schwert zu finden, stimmt das?«

Das war das, was mein Vater mir erzählt hatte. Die Erinnerung an unsere gemeinsamen Abende in seinem Arbeitszimmer holt mich wieder ein und erfüllt mich mit Verbitterung. Mein Herz zieht sich zusammen. Der Schmerz seines Verrats ist noch frisch, auch wenn ich es vermeide, an ihn zu denken. Tief in meinem Inneren weiß ich, dass ich nicht für immer vor ihm davonlaufen kann.

»Das Schwert selbst soll mich zu sich führen, wie ein Kompass«, erkläre ich.

»Hast du denn schon seinen …« – Altan sucht nach dem richtigen Wort – »seinen Sog gespürt?«

Ich schüttele den Kopf. Ein seltsamer Ausdruck huscht über sein Gesicht. Enttäuschung? Doch warum sollte ihn das überhaupt so interessieren? Sein Auftrag ist es, mich auf das Schiff zu bringen. Ich will nicht an das Schwert oder meine dunkle Magie denken, also hole ich meinen Ring hervor und zeige ihn Altan.

»Warum hast du den nicht verkauft?«

Altan tastet nach seinem leeren Lederbeutel. »Du wusstest das?«

Ich nicke und stecke den Ring auf meinen Finger. Der vertraute Anblick des silbergravierten Phönix beruhigt mich.

»Der Ring schien dir wichtig zu sein.« In seinem Tonfall schwingt eine Frage mit.

Ich fühle mich nicht danach zu antworten. Nicht, solange ich selbst so viele Fragen habe. »Das hier ist mehr als ein Auftrag für dich, nicht wahr?«

Schweigen.

Ich versuche es noch einmal. »Wie bist du denn in die Machenschaften des Shi-Reiches hineingeraten? In Mengu scheint doch Frieden zu sein. Ist das Geld, das du von Leiye bekommst, all diese Scherereien wert?«

Altan lehnt sich mit dem Rücken gegen einen Felsen und starrt hinauf in den Nachthimmel.

»Es geht nicht um das Geld«, gibt er endlich zu. »Meine Mutter war aus dem Norden, aber mein Vater war aus Shi. Er lehnte sich gegen die Priester auf und deshalb verfolgten sie uns. Leiye hat gesagt, wenn ich dir helfen würde, das Schwert des Lichts zu finden, könntest du die Priesterschaft niederschlagen.«

Die Priesterschaft niederschlagen? War das von jeher Leiyes Plan? Er hat *wirklich* vor, meinen Vater zu verraten. Der Gedanke erfüllt mich gleichzeitig mit Hoffnung und Angst. Leiye mag vielleicht mutig genug sein, meinem Vater die Stirn zu bieten. Aber er ist nur ein einzelner Mann – kaum mehr als ein Junge. Mein Vater hat das mächtige Kaiserreich und die Priesterschaft hinter sich. Es kommt mir vor wie ein aussichtsloser Kampf. Und doch versucht er es.

Ich … bin nicht so mutig.

Willst du denn nicht den Tod deiner Mutter rächen?, fragt eine leise Stimme in meinem Kopf. Ich weiß nicht, ob sie tot ist, aber ich weiß, *wer* sie in die Verzweiflung getrieben hat – die Priester. Wenn das Schwert sie stoppen kann, dann sollte es mein Ziel sein, das Schwert zu finden. Aber das würde voraussetzen, dass ich meine Lebensräuber-Affinität beherrsche, und ich bin nicht sicher, ob ich das schaffe.

Ich bin nicht sicher, ob ich das will.

Ich war so glücklich, wieder mit meinem Vater vereint zu sein, nur um diesen Traum dann gleich wieder zerplatzen zu sehen. Ein Teil von mir sorgt sich, was mit ihm passieren wird, wenn die Priesterschaft gestürzt wird. Ich muss immer wieder an die Trauer denken, die Tai Shun für *seinen* Vater empfand, einen Mann, der Schreckliches getan hat. Mein Vater muss gestoppt und für seine Verbrechen bestraft werden. Aber wie weit sollte diese Strafe gehen und sollte ich, seine Tochter, als Mittel dazu dienen?

Ich schiebe dieses verwirrende Knäuel von Emotionen zur

Seite und werfe Altan einen nervösen Blick zu. *Er* kann doch nicht wissen, dass mein Vater der Anführer der Diyeh ist, oder? Mein Vater tut schließlich alles, um seine doppelte Identität als Premier *und* als Hohepriester zu verbergen. Wenn Altan davon wüsste, hätte er es sicher schon erwähnt, oder?

»Also ist all das hier im Grunde eine persönliche Angelegenheit für dich«, sage ich leise.

»Ist es das nicht immer?« Altan zieht einen Dolch hervor und dreht ihn in seiner Hand. »Und du glaubst, du kannst dich aus all diesem Schlamassel heraushalten, aber solange du die Lebensräuberin bist, wird jemand etwas von dir wollen.«

»Sie sollten alle aufhören, mich wie ein … wie ein *Ding* zu behandeln, das sie benutzen können. Ich will überhaupt nichts für irgendjemanden machen. Ich will einfach in Ruhe gelassen werden«, sage ich, denn ich habe allmählich genug von dem Ganzen.

Genug von Männern, die mich benutzen wollen.

»Du hast nun mal nicht den Luxus, ein zurückgezogenes Leben zu leben.« Er hebt eine Augenbraue, als wollte er mich herausfordern. »Das Schwert ist mächtig und mit deiner Magie kann es die Wüste aufhalten. Das allein ist unendlich viel wert. Du könntest damit herrschen, ganze Nationen deinem Willen unterwerfen.«

Ich hebe entnervt die Hände. »Ich hab dir doch gesagt: Ich bin nicht wie Yuan Long. Ich schere mich nicht darum, über die Welt zu herrschen! Das ist doch absurd.«

»Wenige können solcher Macht widerstehen.«

»Ich … ich will nicht noch einmal jemanden töten.« Wir hören beide das Zittern in meiner Stimme.

Altans Gesichtsausdruck wird sanfter. Er sieht beinahe traurig aus. »Beim ersten Mal ist es immer am schwersten.«

Ich weiß nicht, was ich darauf sagen soll.

Als wäre es nicht klar genug, was er meint, wiederholt er: »Das erste Mal, wenn man jemanden tötet, ist es immer am schwersten.«

»Das klingt ja so, als hättest du da viel Erfahrung.« Ich vergrabe mein Gesicht in einer Hand. »Wirklich großartig. Ich sitze hier in einer einsamen Schlucht mitten im Nirgendwo – und das mit einem mordlustigen Jungen, der genügend Dolche und Schwerter dabeihat, um eine ganze Armee zu bewaffnen.«

Die erwartete Retourkutsche bleibt aus. Altan sitzt ernst da und konzentriert sich darauf, das Feuer zu schüren. Ich versuche nicht daran zu denken, wie viele Menschen er wohl schon getötet hat. Oder warum er überhaupt jemanden hätte töten sollen. Vielleicht brauchte er das Geld. Vielleicht hat er nur irgendwelche Priester getötet, die ihn gefangen nehmen wollten. Ich weiß nicht, ob ich dann ein besseres Gefühl hätte.

Ich fummele verlegen an meinem Schultertuch und zupfe an den ausgefransten Enden. »Warum sollst du es nicht wissen: Der Bandit in der Schlucht war nicht der erste oder der zweite.«

»Ich weiß. Damals in dieser Wüstenstadt –«

»Nein. Sogar noch davor«, verrate ich.

Altans Dolch bleibt in der Bewegung stehen, und seine Haltung wird plötzlich strammer. Ich will nicht, dass er Angst vor mir hat, aber ich habe das Gefühl, er muss es wissen.

»Etwas ist passiert, als ich noch ein Kind war … etwas Schlimmes. Ich weiß nicht, wie es dazu gekommen ist und ich erinnere mich nicht an alles.« Übelkeit steigt in mir auf. Ich starre auf meine Hände, streiche mit den Daumen über meine Fingerkuppen und fahre die Hautrillen entlang, während ich weiterspreche. »Ich glaube, ich habe jemanden aus Versehen verletzt. Schwer verletzt wahrscheinlich, und das hat meiner Mutter solche Angst eingejagt, dass sie mich verstecken wollte.«

Altan lässt seinen Dolch sinken und sieht hinauf in die Sterne. Sekunden später scheint er einen Entschluss gefasst zu haben. Er dreht sich um und beugt sich zu mir.

»Vor vielen Jahren, nach dem Tod meines Vaters, floh meine Mutter mit meiner Schwester und mir in die Wüste.« Der raue Ton seiner Stimme durchschneidet die Luft. »Wir dachten, dort wären wir in Sicherheit, doch die Priester fanden uns. Meine Mutter wurde getötet und in dem Augenblick manifestierte sich meine Magie. Zu dem Zeitpunkt hatte ich noch keine Ahnung, wie ich sie steuern kann. Meine Magie geriet außer Kontrolle und ich löste einen riesigen Sandsturm aus.« Die volle Wucht seines Schmerzes durchfährt mich, als er mir in die Augen sieht. »So bin ich den Priestern entkommen, aber gleichzeitig hat dieser Sandsturm meine Schwester umgebracht. *Sie* war der erste Mensch, den ich getötet habe.«

Seine greifbare Angst, als ich gestern Abend diesen Miniatur-Sandsturm heraufbeschwor – all das ergibt jetzt Sinn. Ich erkenne den Ausdruck auf seinem Gesicht. Er spiegelt meinen eigenen vor ein paar Minuten wider. Er fragt sich, was ich von ihm denke. Was ich wohl als Nächstes sagen werde.

Ich beruhige oder tröste ihn nicht. Stattdessen hebe ich hochmütig das Kinn. »Ich wusste gar nicht, dass wir uns hier einen Wettstreit liefern, wer die schrecklichste Kindheit hatte. Da gewinnst du natürlich.«

Für einen Moment ist er verwirrt über meine Worte. Dann fängt er an zu lachen. Dabei ist es nicht einmal witzig. Es ist ein furchtbar unpassender Witz. Aber ich weiß, dass er lacht, weil er erleichtert ist.

Erleichtert, dass ich ihn anscheinend nicht für ein Monster halte.

26.

ALTAN

Wir brauchen noch zwei weitere Tage, um die Schlucht zu durchqueren. Aus Angst, unsere einzige Wasserquelle zu verlieren, halten wir uns in der Nähe des Flusses und schweifen nur vom Weg ab, um uns etwas zu essen zu jagen. Meinem Arm geht es immer besser; die Wirkung des Gifts scheint durch den Língcǎo und Ahns schnelle Reaktion aufgehoben.

Nach und nach verändert sich die Landschaft. Je weiter wir uns von dem Ort des Banditenüberfalls entfernen, desto leichter wird mir ums Herz. Auf den zerklüfteten Felsen zeigt sich immer mehr Grün, als kleine Bäume und dann auch größere auftauchen. Der Fluss selbst wird zu einem breiten Strom, in dem das Wasser tost wie ein ständiger Trommelwirbel. Wir beschließen, eine weitere Nacht hier zu verbringen – unsere letzte – und am nächsten Tag in der kleinen Siedlung am Ende der Schlucht unser Glück zu versuchen und nach einer Mitfahrgelegenheit zu fragen.

Unser Abendessen taucht in Form eines kleinen Rehs auf. Ich erlege es spielend mit meinen Pfeilen. Ahn zieht sich lieber an den Fluss zurück und beschäftigt sich damit, kleine Steine und Kiesel aufeinanderzutürmen, bis das Fleisch gebraten ist. Wenn der Sand mein wunder Punkt ist, die Bürde, die ich tragen muss, dann muss es für sie der Tod sein.

Mit vollen Bäuchen liegen wir dann nebeneinander auf dem

Rücken, jeder in seine eigenen wirren Gedanken vertieft. Ich schaue in die verstreuten Sterne am tiefblauen Himmel und suche nach dem, der mir den Weg nach Hause weisen könnte. Dem Stern, der meiner Schwester und mir vor all diesen Jahren Hoffnung gegeben hat. Doch heute Abend sieht es aus, als sei er weiter entfernt. Weniger hell. Weniger real.

»Altan?«, flüstert Ahn. »Bist du noch wach?«

»Mmm.«

»Das Feuer ist aus und mir wird kalt.«

»Und was soll ich da machen?«, brumme ich. Sie schnaubt. Ein Kiesel trifft mich an meinem Fuß. »Na gut, du kannst meinen Umhang haben«, seufze ich.

»Ich will nicht deine stinkigen Kleider. Ich will, dass du das Feuer anfachst.«

Auch wenn es zu dunkel ist, um irgendetwas zu sehen, kann ich ihren funkelnden Blick spüren. Stöhnend setze ich mich auf. Mit einem kurzen Fingerschnipsen schicke ich eine kleine Flamme in Richtung des Feuerholzes. »So. Zufrieden?«

»Danke.«

Im Feuerschein erhasche ich einen Blick auf Ahns Gesicht.

»Du hättest das Feuer doch auch selbst entfachen können – auf gewöhnliche Weise, ohne Magie«, wird mir plötzlich bewusst. »Ich hab schon mal gesehen, wie du das machst.« Mein Kiefer verkrampft sich. »Du wolltest sehen, wie ich mit *Magie* Feuer mache. Warum?«

»Leiye hat mir erzählt, dass Feuermagie in der Priesterschaft bevorzugt wird. Ich hab deine Flammen schon einmal gesehen und war einfach neugierig. Es sieht genauso aus wie bei ihm. Wenn alle Feuermagie gleich ist und wenn die Diyeh Menschen sind, die auf Yuan Longs Seite waren, und die Tiensai diejenigen auf der anderen Seite, bedeutet das nicht, dass sie im Inneren *gleich* sind?«

Bei diesen Worten stellen sich meine Nackenhaare auf. Ich war ein Narr, sie für eine unbeteiligte Zuschauerin zu halten, die in einen brutalen politischen Kampf hineingeraten ist. Sie muss eine geheime Strategie haben.

»Worauf willst du hinaus? Was hast du geplant?«, frage ich fordernd.

Ahn runzelt die Stirn. »Was regst du dich denn so auf? Ich habe überhaupt nichts geplant. Was ich meinte, ist: Wenn die Unterschiede zwischen den Tiensai und den Diyeh nur oberflächlicher Art sind und vor hundert Jahren *vorsätzlich* von Yuan Long geschaffen wurden, warum können wir die Dinge nicht klären?«

»Jetzt bist du wirklich naiv. Das ist kein einfacher Streit, der durch Gespräche beigelegt werden kann.«

»Ich bin nicht naiv, ich bin optimistisch«, beharrt sie. Sie erinnert mich an Shīfù. Die beiden würden sich bestimmt gut verstehen, mit ihrem endlosen Idealismus. »Leiye ist ein Priester und doch scheint er das Richtige tun zu wollen. Vielleicht gibt es da noch andere.«

»Er ist nicht wie die anderen.«

»Inwiefern?«

Ich bin weder bereit, ihr zu erzählen, woher ich Leiye kenne, noch wer ich wirklich bin. Sie scheint ja ganz entzückt von Tai Shun zu sein. Ich weiß nicht, wie sie reagieren würde, wenn sie wüsste, dass ich es auf den Drachenthron abgesehen habe.

Ich weiche ihrem fragenden Blick aus und gehe in die Dunkelheit hinaus. Sie weiß inzwischen, wann ich in Ruhe gelassen werden will. Nach einer Weile drehe ich mich um und starre auf die schemenhafte Gestalt am Lagerfeuer.

Mädchen. Hilfsmittel. Waffe.

Eine Person, der ich … trauen kann?

Ich weiß auch nicht, warum ich Ahn neulich Abend erzählt

habe, was mit meiner Schwester passiert ist. Das habe ich außer Shīfù noch nie jemandem anvertraut. Es ist mir zu leichtgefallen, mit ihr zu reden, Dinge zu teilen. Das muss aufhören. *Ich* muss damit aufhören.

Zornig starre ich in den Nachthimmel und möchte den Göttern am liebsten mit der Faust drohen. Ich erinnere mich daran, wer Ahn ist: die Lebensräuberin. Ein Mittel zum Zweck.

Mehr nicht.

Nachdem wir aus der Schlucht heraus sind, nimmt uns ein freundlicher Bauer mit. Auch wenn wir ziemlich abgekämpft aussehen, stellt er uns keine Fragen. Stattdessen erzählt er uns von seinem Hof, seiner vertrocknenden Ernte und dem verheerenden Zustand der Felder. Wir hören ihm zu und werfen uns hin und wieder besorgte Blicke zu. Ich weiß nicht, was Ahn denkt, aber die Erfahrungen des Bauern stärken meine Entschlossenheit nur noch.

Es ist nach Mitternacht, als wir zu Fuß in Heshi ankommen, nachdem der Bauer uns in der Nähe abgesetzt hat. Die Fensterläden der Geschäfte sind verschlossen, und bis auf den einen oder anderen betrunkenen Zecher ist die Stadt wie ausgestorben. Unser Weg führt durch spärlich beleuchtete Straßen, bis wir ein großes Gebäude aus grauem Stein erreichen. Zu beiden Seiten des Vordachs hängt eine rote Papierlaterne mit dem Symbol einer Axt.

Die Drei Äxte.

Ich klopfe leicht an die Tür.

»Die Taverne ist geschlossen!«, brüllt eine barsche Stimme von drinnen.

Ich klopfe wieder: drei Mal ein kurzes Pochen mit den Fingerknöcheln, zwei Mal ein langsamer dumpfer Schlag mit der Handfläche und dann noch drei Mal wieder etwas sanfter.

»Beweist du Geduld im Augenblick des Zorns«, sagt die barsche Stimme leise.

»Ersparst du dir hundert Jahre Kummer«, antworte ich.

Was war denn das?, fragt Ahn lautlos.

»Das Kennwort.«

Schlüssel klappern und die Tür öffnet sich. Ein bärtiger, stämmiger Mann blinzelt uns im Licht seiner Laterne entgegen und mustert uns. Ich sehe dem Mann ins Gesicht und erkenne die Ähnlichkeit mit Luo Tong, einem Tiensai, der Shīfù oft besucht hat.

»Kommt rein«, fordert er uns brüsk auf.

Er verriegelt die Tür hinter uns und stellt seine Laterne auf den Tresen. Hinter ihm ist jetzt ein großer Speiseraum mit vielen Tischen und Stühlen zu sehen. Äxte verschiedenster Größe hängen an der Wand. Zu meiner Rechten befindet sich eine dunkle Wandnische und ganz links in der Ecke erkenne ich eine Treppe.

»Den Göttern sei dank – ich wollte gerade schlafen gehen. Luo Hai, Inhaber der *Drei Äxte.*« Sein Ton ist schroff, aber seine Augen blicken freundlich.

Ich verbeuge mich. »Altan. Es ist schön, Euch endlich kennenzulernen, Meister Luo. Euer Sohn erzählt nur Gutes von Euch. Das ist Ahn.«

Sie wirft ihm ein gewinnendes Lächeln zu.

»Ich hoffe, wir stören nicht, Meister Luo«, sage ich. »Verzeiht, dass wir hier so unangekündigt auftauchen.«

Er winkt ab und meine Unsicherheit verfliegt. »Ich habe viel von dir gehört, Altan«, sagt er. »Ah Tong war vor ein paar Monaten hier und hat immer wieder erzählt, was für ein guter Schütze du bist.« Er wendet sich an Ahn. »Mein Sohn sagt, dieser Junge trifft mit jedem Pfeil.«

Ahn hebt die Augenbrauen und wirft mir einen taxierenden, skeptischen Blick zu.

»Wir brauchen ein Zimmer, wenn es nicht zu viele Umstände macht«, sage ich zu Meister Luo, ohne Ahn weiter zu beachten.

Er klopft mir hart auf den Rücken, als wollte er testen, wie kräftig ich bin. »Natürlich. Lassen wir doch die Formalitäten. Du musst bei den Göttern in besonderer Gunst stehen.« Er senkt die Stimme. »Vor ein paar Tagen waren die Priester hier und haben wie immer das Haus durchsucht, aber sie haben niemanden gefunden – dem Himmel sei Dank. Ich glaube nicht, dass sie so bald wiederkommen. Ich nehme an, du bist hier, um Meister Sun zu treffen?«

»Ja.«

»Ich erwarte ihn in ein oder zwei Tagen. Wartet hier.« Er verschwindet in der Wandnische.

»Ist er ein Tiensai?«, flüstert Ahn.

»Nein, aber sein Sohn.«

»Weiß er, wer ich bin?«

Ich schüttele den Kopf. Sie entspannt sich und lehnt sich an den Tisch. »Und wer ist Meister Sun?«

»Mein Mentor.«

Sie will gerade noch etwas sagen, als Meister Luo mit einer größeren Laterne und einem Stoß frischer Kleider zurückkommt.

»Ich bin nicht sicher, ob die perfekt passen werden, aber für den Moment wird es schon gehen.« Er geht die Schlüssel durch, die an einem dicken Eisenring hängen, und hält einen kleinen mit vielen Zacken fest. »An diesem Wochenende kommen eine Menge Leute zum Qixi-Fest hierher und mit euch beiden habe ich nicht gerechnet, nur mit Meister Sun und seinem Gast.«

Ahn wirft mir einen fragenden Blick zu. Ich nicke ihr flüchtig zu, um ihr zu signalisieren, dass der Gast ihre Großmutter ist.

Meister Luo räuspert sich und sieht verstohlen in Ahns Richtung. »Ich, ähm, habe für heute Nacht nur ein Zimmer übrig. Ist das ein Problem?«

Zur Hölle noch mal. Ich deute mit einer Kopfbewegung zu Ahn. Das sollte ihre Entscheidung sein.

»Ist schon in Ordnung«, sagt sie müde.

Ich lächele verkrampft. Ich hoffe sehr, dass dieses Zimmer zwei Betten haben wird. Ich habe es satt, auf dem Boden zu schlafen.

»Zwei Treppen hoch, letzte Tür rechts. Ihr beide seht aus, als könntet ihr eine Portion Schlaf brauchen.« Meister Luo rümpft die Nase, als er mir den Schlüssel überreicht. »Und ein Bad.«

Wir schleichen die Treppe hinauf, um keinen Lärm zu machen. Ich öffne die Tür und stoße sofort einen Fluch aus.

Vor uns steht ein einzelnes Bett. Ein schmales. Darauf könnten zwei Leute zusammen höchstens dann Platz haben, wenn einer auf der Seite schläft und den Kopf auf die Brust des anderen bettet. Und das … wird nicht passieren.

»Nimm du ruhig das Bett«, flüstern wir beide gleichzeitig.

Ahn hebt eine Hand. »Du bist verletzt.«

»Ich bin schon wieder gesund und ich bin der Mann –«

»Frauen können auch auf dem Boden schlafen.«

»Ich hab ja nicht gesagt –«

»Falls es dir entgangen ist: Ich hab die ganze letzte Zeit auf der *Erde* geschlafen«, zischt sie.

»Ich will doch nur rücksichtsvoll sein.«

»Ich auch.«

Wir durchbohren uns mit Blicken und feinden uns im Flüsterton an wie ein Ehepaar, das sich um die lauschenden Nachbarn sorgt. Das Ganze ist so absurd, dass ich lachen würde, wenn ich nicht so müde wäre. Zu müde, um weiterzuzanken.

»Gut. Ich nehme das Bett«, sage ich.

»*Gut.*«

Ahn schnaubt verächtlich und lässt den Rucksack mit einem lauten Rums auf den Boden fallen. Offenbar ist sie nicht zufrieden mit meiner Entscheidung, auch wenn es das ist, was sie angeblich wollte. Aber das ist nicht mein Problem. Ich lege meine Waffen ab, ziehe schnell mein Oberteil aus und will ins Badezimmer gehen.

Ahn stößt einen Laut aus. Etwas zwischen einem erstickten Schrei und einem scharfen Einatmen.

Ich wirbele herum. »Wollen wir uns jetzt auch noch um das Badezimmer streiten?«

Doch ein Blick in ihr Gesicht und ich weiß, dass es nicht um das Badezimmer geht, sondern um die Narben auf meinem Rücken. Sie hat sie anscheinend nicht gesehen, als ich durch das Gift im Fieber lag.

In diesem gut erleuchteten Raum aber sind sie nicht zu übersehen. Lange wulstige Narben, einige gute dreißig Zentimeter lang. Die peitschenartigen Wundmale haben über die Jahre ihre rosarote Färbung verloren und das blasse wächserne Aussehen geheilter, gespannter Haut angenommen. Sie sehen schlimm aus. Aber kein Vergleich zu dem blutigen, aufgerissenen Fleisch, das meinen Rücken überzog, als ich ein Junge war.

Ahn rührt sich nicht, sagt nichts. Sie ist nicht entsetzt oder angeekelt. Etwas an ihrem Gesichtsausdruck macht mich … ich habe keine Worte für dieses Gefühl. Es erinnert mich an den Moment, als sie ihr erzählt hatte, wie meine Schwester gestorben war, und sie diesen miserablen Witz machte. Derselbe Ausdruck. Weder Mitleid, noch Angst, noch Abscheu. Etwas anderes.

Meine Instinkte wollen dagegen angehen. Gegen dieses undefinierbare Gefühl, das sie in mir auslöst. Doch die Wahrheit ist, ich fühle mich weniger einsam durch sie.

Wir stehen uns schweigend gegenüber. Bis die Stille zwischen uns zu intim wird und ich sie nicht mehr ertragen kann. Dann gehe ich ins Badezimmer und schließe die Tür hinter mir zu.

27.

ALTAN

Das Gefühl von Hitze weckt mich auf. Es ist fast Mittag und erstaunlicherweise habe ich gut geschlafen. Keine Träume, keine Albträume. Nur ein friedliches, selbstvergessenes Schlummern.

Ahn liegt mit angezogenen Beinen auf der Decke, die ich auf dem Fußboden ausgebreitet habe. Als ich versuche sie zu wecken, wehrt sie mich schlaftrunken ab und vergräbt ihr Gesicht in dem Stoff. Ich will einen kleinen Streifzug durch die Stadt machen, um meine innere Unruhe loszuwerden. Für sie ist es ohnehin besser, sich draußen nicht blicken zu lassen, also lasse ich sie weiterschlafen und hinterlasse ihr eine Nachricht – eine Warnung, in der Taverne zu bleiben, falls die kaiserlichen Garden oder die Priester uns eingeholt haben.

Unten drängt Meister Luo mir ein spätes Frühstück auf. Ein großes Frühstück. Unsere Unterhaltung ist unverfänglich. Er kennt weder unseren Plan, noch das Ziel unserer Reise oder irgendwelche zusätzlichen Details. Wir wissen beide, dass es so sicherer ist. Bevor ich losziehe, vertraue ich Meister Luos Boten einen verschlüsselten Brief für Linxi an.

Die Stadt Heshi ist überwiegend an den Armen eines Flusses gebaut, der sich durch das Land schlängelt. Kanäle dienen als Straßen, verbunden durch gewölbte Steinbrücken, in die verschiedenste Blumen und Tiere gemeißelt sind. Ich erkenne Eisvögel, Drachen, Löwen und Tiger und hin und wieder einen Affen, alles erstaunlich lebensecht.

Neben den weißen und grünen Steingebäuden mit Terrakotta-Dächern neigen am Flussufer Weidenbäume ihre Köpfe wie anmutige Jungfern, die sanft ihr hellgrünes Haar ins Wasser tauchen. Auf den Straßen herrscht reges Treiben. Ladenbesitzer, Straßenmusiker und andere Darsteller bieten entlang der Uferpromenade und auf bunten Gondeln, die durch die Kanäle gleiten, ihre Waren und Talente feil.

Nach Shi-Tradition hängen an jedem Gebäude Laternen mit aufgemalten Schriftzügen, die Vorbeikommende über Namen und Nutzung des Hauses informieren. Im Unterschied zu anderen Städten, die ich kenne, sind die Laternen hier von einem leuchtenden Zinnoberrot und die Schriftzüge einfarbig schwarz – eindeutige Zeichen, dass diese Stadt gut in Schuss gehalten wird.

Da die Trauerzeit vorbei ist, gehen die Stadtbewohner ihren Tagesaktivitäten in bunten Seidengewändern nach und würdigen mich in meinem Baumwoll-Hànfú keines Blickes, wenn sie an mir vorbeigehen. Unbeschwertes Geschwätz erfüllt die Luft und mischt sich mit den leisen Klängen von Rohrflöten.

Schwer vorstellbar, dass unser Land langsam zugrunde geht und Krieg bevorsteht. Auf der anderen Seite – wenn solche Konflikte ein dauerhafter Zustand sind, beginnt man es vielleicht als etwas Alltägliches anzusehen. Vor allem, wenn es einen nicht unmittelbar betrifft.

Es ist kein Zufall, dass in den ärmsten Städten und Ortschaften viele Rekruten für das Kaiserreich eingezogen werden. Die Jungen und Gesunden werden mitgenommen, die Alten werden zurückgelassen und müssen allein überleben. Wohlhabende Städte wie Heshi fluten die kaiserlichen Staatskassen mit ihren Steuern und bezahlen damit für ihre eigene Sicherheit und Stabilität, während verarmte Gegenden noch mehr verkümmern.

Als ich an einem Brunnen vorbeikomme, der die Form einer Lotusblume hat, fällt mir ein Junge auf, der mit seinem Kreisel spielt. Ungeschickt zieht er an der Schnur und der Kreisel macht nur ein paar wenige taumelnde Umdrehungen, bevor er umkippt. Die Ungeübtheit des Jungen verleitet mich fast dazu, zu ihm hinüberzugehen und ihm zu zeigen, wie es richtig geht, genau wie Vater es mir damals in einem der vielen großen Säle des Kaiserpalastes gezeigt hat.

Es kommt auf die Handbewegung und das Loslassen im richtigen Moment an.

Ich höre Vaters tiefe, geduldige Stimme, und dieses schmerzende Gefühl des Verlusts kehrt zurück. Trotz seiner höfischen Pflichten hat er sich immer Zeit für mich und meine Schwester genommen. Ich sehe sein Gesicht so klar vor mir wie ich den Jungen sehe. Der Humor und die Zuneigung in seinen Augen, wann immer er mit uns zusammen war, sein ungezwungenes Lächeln. Wie sein Kiefer sich anspannte und seine Stirn sich in Falten legte, wenn unsere kindliche Ausgelassenheit wieder einmal dazu geführt hatte, dass eine unschätzbar wertvolle Vase oder zwei zu Bruch gingen. Und wie sich sofort wieder ein Lächeln auf seinem Gesicht ausbreitete, sobald wir uns entschuldigt hatten.

Er trug mich auf seinen breiten Schultern, um all das zu erkunden, was ein Kind nicht sehen oder erreichen konnte. Es kümmerte ihn nie, dass er albern aussah, wenn er mit seinen prunkvollen kaiserlichen Gewändern und Juwelen mit seinem kleinen Sohn, dessen Gesicht vermutlich mit Essen und Dreck beschmiert war, herumlief oder herumkrabbelte.

Shīfù hat mir mal erzählt, dass die Jahre von Vaters Herrschaft einem Leben in Frieden näherkamen, als alles, was er bis dahin erfahren hatte. Vater war ein Idealist. *Der beste – und der schlechteste – Charakterzug, den man sich von einem Anführer wünschen kann*, hat Shīfù gesagt.

Alles würde so anders sein, wenn Vater noch leben würde. Der Frieden würde siegen. Vater hätte einen Weg gefunden, die Folgen von Yuan Longs dunkler Magie rückgängig zu machen, und ich würde jetzt nicht Ahn am Hals haben.

Um mich abzulenken, geselle ich mich zu einer Gruppe von Männern, die eine Art Domino spielen, um sie übers Ohr zu hauen. Es ist ein Glücksspiel, aber wenn man die Würfel kontrolliert, kontrolliert man sein Glück. Kein Problem, da mit etwas Effekthascherei und ein paar strategisch eingesetzten Luftstößen zu schummeln.

Auf meinem Weg zurück zur Taverne bleibe ich an einem Obststand stehen. Mein Geldbeutel ist schwer von meinem Gewinn im Würfelspiel, also kann ich die Münzen auch ausgeben.

Während ich für einen Sack rote Äpfel bezahle, kommen ein paar Mädchen, die sich die Waren ansehen, auf mich zu und stellen mir Fragen über Mengu. Ich beantworte sie bereitwillig, erleichtert, dass meine Tarnung noch funktioniert.

»Gēge, stimmt es, dass Ihr Männer aus dem Norden mit Königsadlern jagen geht?«, will eines der Mädchen wissen.

»Natürlich«, antworte ich, ohne zu zögern.

»Blühen in Mengu wirklich das ganze Jahr über die Kirschbäume und sind Eure Seen klar wie Kristall, Dàgē?«, fragt ein anderes Mädchen mit einem schüchternen Lächeln.

»Ja, aber manche Anblicke in Shi reichen durchaus an die Schönheit unseres Landes heran.« Ich werfe ihr ein vielsagendes Lächeln zu und sie wird rot bis zu den Haarwurzeln.

»Ja, Dàgē, erzählt uns doch mehr über die Schönheiten, die Ihr in Shi gesehen habt.«

Diese Stimme – ich würde sie überall erkennen.

Ahn steht direkt hinter uns, gekleidet in einen Hànfú für Männer, das Haar in einem Dutt hochgesteckt, wie es in Shi üblich ist. Die zwei Mädchen beäugen sie mit einigem Interesse.

Ich lege meine Münzen auf den Tisch und nehme den Sack Äpfel. »Lass uns gehen«, sage ich zu Ahn.

Sie bewegt sich nicht von der Stelle.

»Wir gehen *jetzt.*« Mit festem Griff packe ich ihr schmales Handgelenk und ziehe sie aus dem Geschäft.

»Warum denn? Ich dachte, wir wären gerade dabei, neue Freundschaften zu schließen«, sagt sie und wirft den beiden Mädchen, die uns immer noch neugierig anstarren, über die Schulter noch ein Lächeln zu.

»Das war doch nur eine zufällige Unterhaltung über nichts Besonderes.«

»Für mich sah das eher nach einem Flirt aus.«

»Auf so einen Blödsinn antworte ich gar nicht erst«, murmele ich, ohne stehen zu bleiben oder meinen Griff um ihr Handgelenk zu lockern.

Sie wirft mir einen Seitenblick zu. »Wirklich. Wie würdest *du* dich fühlen, wenn irgendein Mädchen sich einen Spaß daraus machen würde, mit deinem Herzen zu spielen?«

»Ich weiß nicht. Vielleicht sollte irgendein Mädchen das mal versuchen«, gebe ich gereizt zurück, ohne recht zu überlegen, was ich da sage.

Ahn zieht eine Augenbraue hoch und mustert mich, während sie sich viel zu nah zu mir beugt. Ich spüre, wie eine unangenehme Hitze meinen Hals hinaufsteigt.

Sie grinst. »Vielleicht wird *irgendein* Mädchen das tun.«

Ich lasse ihr Handgelenk los und mache einen Schritt zurück.

Sie fängt an zu kichern. »Das sollte ein Witz sein, Altan. Jetzt entspann dich mal.«

»Du solltest doch in der Taverne bleiben. Es ist zu gefährlich für dich, hier draußen zu sein«, sage ich kühl.

»Ich hab deinen Zettel gelesen, aber ich wollte etwas besorgen, also hab ich Meister Luos Tochter gebeten, mir mit meiner Garderobe zu helfen. Wie gefällt dir meine Tarnung?«

»Sie ist nicht besonders gut.«

Jetzt ist Ahn an der Reihe, eine mürrische Miene aufzusetzen. Sie drückt mir eine festlich aussehende rote Schachtel in die Hand. »Vielleicht hätte ich mir die Mühe nicht machen sollen.«

»Was ist das?«

»Das Mondfest beginnt doch bald. Ich dachte mir, das wäre vielleicht die letzte Gelegenheit, dir Mondkuchen zu besorgen. Doppeldotter mit Lotussamenpaste. Mit weicher Kruste.«

»Dass du dich daran erinnert hast.« Meine Stimme klingt seltsam heiser.

Sie sieht mich an. »Warum sollte ich das nicht?«

Da ich nicht weiß, was ich sonst tun soll, zeige ich ihr meinen Beutel mit den Äpfeln. »Für dich.«

Sie kneift misstrauisch die Augen zusammen. »Ist das hier eine Art Wettstreit oder was?«

»Wie kommst du denn darauf?«, frage ich verwirrt.

Doch bevor sie antworten kann, sind auf der Straße vor uns verzweifelte Rufe zu hören.

Ich mache eine Kopfbewegung in Ahns Richtung, und sie entfernt sich von der Menschenmenge, die sich um zwei Soldaten versammelt hat. Einer von ihnen hat einen Jungen, der nicht älter als zwölf sein kann, an der Schulter gepackt. Der andere sieht wütend auf eine Frau mittleren Alter herunter, die vor ihm kniet.

»Was ist hier los?«, frage ich eine alte Frau, die in der Nähe steht. Sie antwortet mit gedämpfter Stimme: »Heute Morgen kam ein offizielles Dekret vom Palast, dass erneut Soldaten einberufen werden. Ein männliches Mitglied aus jedem Haushalt, zunächst aus den Dörfern in der Umgebung, und nicht nur erwachsene Männer. Wer ein Schwert halten kann, wird eingezogen. Der Vater des Jungen war ein Bauer, der oft hierherkam, um sein Obst und Gemüse zu verkaufen. Er ist gestorben, und dieser Junge ist der Älteste von seinen Geschwistern. Es gibt niemanden, der seinen Platz einnehmen kann.«

Aber er ist doch noch ein Kind!, will ich ausrufen.

Die alte Frau schüttelt den Kopf und murmelt: »Ich fürchte, unsere Stadt ist als Nächstes dran.«

»Scht, beschwör unser Unglück nicht herauf, Ah Pó«, schimpft ein gut gekleideter Mann neben ihr. »Die Soldaten werden im Dorf genügend Rekruten finden und uns in Ruhe lassen.«

Ich werfe ihm einen drohenden Blick zu und er hastet davon. Ich umklammere die Schachtel mit den Kuchen so fest, dass sie schon ganz zerknautscht ist. Es gibt keinen Grund für diese Rekrutierung, es sei denn der Palast plant etwas. Shīfù hatte recht. Der Waffenstillstand ist eine Farce; es wird wieder Krieg geben. Doch warum sollte Zhenxi einen solchen Schritt tun? Unsere Truppen haben im letzten Krieg große Verluste erlitten und da wird sie bei der Bevölkerung um Unterstützung werben müssen. Doch auf diese Weise wird ihr das nicht gelingen. Hat Zhao Yang ihr dazu geraten? Worauf zielt das Ganze ab?

Die Mutter des Jungen fällt vor den Soldaten auf die Knie. »Ich flehe Euch an, bitte nehmt ihn nicht mit! Mein Junge ist doch alles, was ich habe.«

Der größere der beiden Soldaten grinst höhnisch. Seine Miene ist unnachgiebig; seine Nasenflügel blähen sich wie bei einem

Bullen. Er deutet auf ein Pergament, das an eine Mauer gekleistert ist. »Es ist eine Anordnung des Kaiserlichen Palastes. Wie kannst du es wagen, dich dagegen aufzulehnen, Bauernweib!«

»Bitte, habt doch Erbarmen«, jammert die Mutter des Jungen mit rotem Gesicht und geschwollenen Augen. Tränen strömen ihr über das Gesicht. Verzweifelt klammert sie sich an den Soldaten mit dem Bullengesicht.

»Verschwinde!« Er stößt sie energisch von sich und sie stürzt mit einem Aufschrei zu Boden.

»Ma!«

Der Junge versucht, zu ihr zu laufen, doch der andere Soldat hält ihn zurück und gibt ihm eine Kopfnuss. »Halt die Klappe oder ich werde dafür sorgen, dass du erfährst, was wirklicher Schmerz ist.«

Der Junge wimmert und aus der Menge ist ein missbilligendes Raunen zu hören, aber niemand schreitet ein, um die Soldaten aufzuhalten. Natürlich würden sie nicht eingreifen. Diese Frau und ihr Kind tragen keine seidenen Gewänder wie die Leute in Heshi. Sie ist nicht eine von ihnen. Sie muss den Soldaten in die Stadt gefolgt sein, nachdem sie ihren Sohn abgeführt hatten.

Der Zorn trommelt gegen meine Brust, und die zusammengeballte Energie in meiner Magengrube drängt darauf, freigesetzt zu werden. Aber ich kann meine Magie nicht benutzen, ohne dass ich mich als Tiensai zu erkennen gebe, und Ahn ist irgendwo hier in der Nähe. Ich muss dafür sorgen, dass sie in Sicherheit und ihre Identität geheim bleibt.

»Bitte«, weint die Mutter. Sie versucht aufzustehen, doch Bullengesicht versetzt ihr einen Tritt. Man kann hören, wie die Menge erschrocken nach Luft schnappt.

Mistkerl. Ich renne auf die Straße, um der Frau aufzuhelfen.

»Geht es?«

Die Mutter zittert und hustet, ganz außer Atem durch die Brutalität des Soldaten. Ihre aufgeschürften und blutenden Hände greifen nach meinen. »Mein Sohn, bitte gebt mir meinen Sohn zurück.«

Ich richte mich auf und konfrontiere den Soldaten. »Nur ein Feigling würde eine Mutter und ein Kind schlagen.«

Bullengesicht spuckt aus und greift nach dem Knauf seines Schwertes. »Dieses Dekret kommt vom Kaiserlichen Palast. Dich geht das überhaupt nichts an, und du hast kein Recht, so mit mir zu sprechen, *Fremder.*«

Ich stelle die Schachtel mit den Mondkuchen auf dem Boden ab, bereit, ihm eine Lektion zu erteilen. Doch als ich meinen Säbel ziehen will, packt jemand von hinten meinen Arm.

»Schalte deinen Verstand ein«, zischt eine Stimme.

Bullengesicht spottet. »Hör auf deinen Freund, Junge. Er ist der Weisere von euch beiden. Es wird nur schlimm für dich enden, wenn du mich herausforderst.«

Ich presse meine Zähne so hart aufeinander, dass es sich anfühlt, als würde mein Kiefer brechen.

»*Altan*«, warnt mich Ahn mit gedämpfter Stimme.

Ich brauche all meine Willenskraft, um meine Klingen wegzustecken.

»Komm, wir haben hier genug Zeit verschwendet«, raunzt der Soldat, der den Jungen festhält. »Wir haben einen Zeitplan einzuhalten und die Sonne geht schon unter.« Er schubst den Jungen vor sich her und marschiert weiter.

Mit einem letzten höhnischen Grinsen dreht Bullengesicht sich um und folgt seinem Kameraden. Die Menge löst sich auf und die Menschen gehen wieder ihren Tagesgeschäften nach, scheinbar unberührt von dem, was sie gerade miterlebt haben.

Schuldgefühle schnüren mir den Magen zu. Ich schäme mich,

dass keiner von meinen Landsleuten eingeschritten ist, um das Richtige zu tun, schäme mich, dass *ich* tatenlos zugesehen habe. Ich bin kein bisschen besser als sie.

Ich drücke der Mutter die Schachtel mit den Mondkuchen und alle Münzen, die ich vorhin gewonnen habe, in die zitternden Hände. Ich weiß, dass ich nichts tun oder sagen kann, um ihren Verlust auszugleichen.

»Was geht da vor, Altan? Warum rekrutieren sie Kinder?«, fragt Ahn. Ich gehe hinüber zu der Mauer, an der das Dekret befestigt wurde.

Anordnung des Premierministers Zhao Yang.

Die Worte sind in roter Farbe geschrieben, leuchtend wie Blut.

»Warum fragst du nicht deinen Vater?«, erwidere ich.

Ahn wird blass und schlägt eine Hand vor den Mund, während sie das Dekret liest, auf das ich zeige.

»Es braucht Zeit, einen ordentlichen Soldaten zu trainieren«, sage ich. »Wenn sie mit solcher Geschwindigkeit rekrutieren und noch dazu in der Nähe einer wohlhabenden Stadt wie dieser, geht es ihnen vor allem um die Anzahl. Krieg steht bevor.«

Ich reiße das Pergament von der Mauer und zerknülle es. Dann werfe ich einen letzten Blick auf die Mutter des Jungen, den die Soldaten verschleppt haben. Sie ist in sich zusammengesackt. Weinend streckt sie die Hände nach etwas aus, das auf dem Boden liegt.

Ein Kinderspielzeug.

In einem hatte ich unrecht: Der Krieg ist schon da.

28.

AHN

Als wir in unser Zimmer in der Taverne zurückkommen, wirkt das, was wir auf dem Marktplatz miterlebt haben, noch in mir nach. Mein Herz ist schwer, doch der Anblick eines welligen weißen Haarschopfes hebt meine Stimmung.

»Ama!«, rufe ich aus und renne in ihre offenen Arme, das Herz übervoll vor Erleichterung. Sie sieht erstaunlich robust aus für jemanden, der den ganzen Weg aus Shahmo zurückgelegt hat. »Wann bist du angekommen?«

»Vor einer Stunde etwa«, nuschelt sie in meine Haare. »Ich habe gar nicht damit gerechnet, dich hier zu sehen, Ahn. Meister Sun hat gesagt, du wirst eine Seereise machen.«

Widerstrebend lasse ich sie los.

»Es gab da eine Planänderung«, sage ich und entschließe mich, es bei dieser vagen Erklärung zu belassen.

Altan ist in ein Gespräch mit Meister Sun vertieft. Der alte Herr trägt einen blassgrünen Hànfú; sein weißes Haar hat er zu einem Dutt gebunden, der mit einem Elfenbein-Stäbchen fixiert wird. An seinem mit Gold und Malachit verzierten Rockbund ist ein rotes Band mit einer Sammlung von drei oder vier kleinen Tieramuletten befestigt. Er sieht ganz anders aus, als ich erwartet habe. Im Gegensatz zu der aufgestauten Energie, die sein Schüler ausströmt, strahlt Sun Tie Mu Gelassenheit aus. Er wirkt auf mich nicht wie jemand, der sich für Geld anheuern lässt. Ich frage mich, warum er Altan helfen sollte und was er sich von Leiye verspricht.

Ich verneige mich vor ihm. »Danke, dass Ihr meine Großmutter sicher hierhergebracht habt, Meister Sun. Ich hoffe, es hat nicht zu viele Umstände gemacht.«

»Großmutter Jia ist eine äußerst angenehme Reisegefährtin. Auch wenn ich eine Weile gebraucht habe, Li Guo zu überzeugen, dass ich keine bösen Absichten habe.«

»Wie geht es ihm?«, frage ich Meister Sun.

Altan sieht mich stirnrunzelnd an. »Wer ist denn Li Guo?«

»Ein Freund.« Die Falten zwischen seinen Brauen werden tiefer. Bevor er mich wieder unterbrechen kann, rede ich weiter. »Wie ging es Li Guo, als Ihr ihn gesehen habt, Meister Sun?«

»Er wollte eigentlich mitkommen. Er bestand darauf, dass er dir sein Versprechen gegeben habe, aber wir wurden von ein paar Priestern verfolgt. Glücklicherweise konnten wir sie abhängen und niemand wurde verletzt. Dein Freund ist wirklich mutig. Er hat sich angeboten, eine falsche Fährte für die Priester zu legen, zur Sicherheit. Das Letzte, was ich gehört habe, war, dass er nach Nordosten unterwegs war, weit entfernt von hier und dem Seehafen.«

Schuldgefühle lasten schwer auf meinem Herzen. Ich habe Li Guo das Versprechen abgenommen, Ama zu beschützen. Eine Bürde, die ich niemandem außer mir selbst hätte auferlegen sollen. Ich muss ihn finden und meine Schuld begleichen.

»Ich bin sicher, du und deine Großmutter habt euch viel zu erzählen. Wir können später weiterreden.« Meister Sun bedeutet Altan, mit ihm den Raum zu verlassen.

Sobald die Tür hinter ihnen zufällt, überhäufe ich Ama mit Fragen zu ihrer Reise und ihrer Gesundheit.

Sie legt ihre Hände auf meine Schultern. »Langsam, Ahn, langsam. Es ist doch alles in Ordnung. Mir geht es gut – wirklich. Li Guo hat sich um mich gekümmert, nachdem du weg warst, und Meister Sun ist sehr gut zu mir gewesen.«

»Es tut mir so leid, was du alles durchmachen musst. Es ist alles meine Schuld.« Die Worte sprudeln aus mir heraus, zuerst langsam, dann in einer Welle von Schuldgefühlen und wirren Gedanken. Doch als ich meine schrecklichen Taten gebeichtet und von der Sache mit meinem Vater erzählt habe, sehe ich in Amas Augen weder Angst noch Zorn, nicht einmal Empörung. Sie streicht mir nur seufzend über den Kopf.

»Es tut mir leid, dass dein Vater nicht der war, für den du ihn gehalten hast. Ich will nicht behaupten, dass ich sein Verhalten verstehe, aber als Eltern ist man vielleicht –«

»Ich will keine Entschuldigungen für ihn finden. Er hat sich für seinen Weg entschieden.«

Ama schweigt, gibt mir Raum für meine Emotionen. Nach längerer Stille rede ich weiter; ringe die Hände, als meine Sorgen zurückkehren.

»Ich habe Angst, Ama. Dieser Lebensräuber-Titel oder was auch immer das ist – das klingt so, als wäre ich für etwas Wichtiges auserwählt. Aber ich bin nicht sicher, was das ist, und ich verstehe das Ganze nicht. Ich weiß nicht, was ich tun soll.«

»Wie du gesagt hast: Dein Vater hat seine Entscheidung getroffen. Du magst vielleicht irgendwie *auserwählt* sein, aber du kannst immer noch deinen *eigenen* Weg wählen.«

»Ich will ja helfen, aber ich will dich nicht in Gefahr bringen«, sage ich mit zittriger Stimme. »Ich will dich nicht wieder allein lassen, und ich glaube nicht, dass ein Schwert von solcher Macht jemandem wie mir gegeben werden sollte.«

Sie legt eine Hand an meine Wange. »Liebes Kind, es ist die

Person, die eine Waffe trägt, die entscheidet, was sie mit ihr macht. Du bist ein guter Mensch, Ahn. Das glaube ich, das *weiß* ich. Es gibt Dinge, die du nicht kontrollieren kannst – konzentriere dich auf das, was in deiner Macht steht. Es ist Zeit, dir selbst für das zu vergeben, was auch immer in der Vergangenheit geschehen ist. Sieh nach vorn und lebe dein Leben.«

Ich will ihr glauben. Ich will nach vorn schauen. Doch die Bilder der Männer, die ich getötet habe, haben sich in mein Gedächtnis eingebrannt. Wenn ich tatsächlich dieses Schwert finde und benutze, werde ich dann womöglich noch mehr Menschen Schaden zufügen?

»Altan sagt, wir brauchen das Schwert, um einen Krieg zu verhindern.«

Ama mustert mich mit scharfsichtigem Blick. »Vertraust du ihm?«

»Altan?« Gute Frage. Nachdenklich spiele ich mit meinem Jade-Ring. »Ich kenne ihn ja noch nicht lange. Zuerst habe ich gedacht, er sei nur jemand, der bezahlt wurde, um mich aus dem Verlies herauszuholen, aber er wirkt nicht wie ein Auftragskrimineller. Ich habe das Gefühl, es steckt mehr in ihm, als er durchblicken lässt. Er ist gebildet, wortgewandt und er hat diese Ausstrahlung–« Ich breche verlegen ab, als Ama zu lächeln beginnt. »Außerdem ist er arrogant und völlig von sich eingenommen«, beende ich den Satz barsch.

»Aber das beantwortet meine Frage nicht. Meister Sun sagt, Altan wird dich auf der Seereise begleiten, um das Schwert zu finden, und er hat dem Jungen aufgetragen, dich zu beschützen.«

Das hat Altan nie erwähnt, und er hat auch nie erzählt, was sein Shīfù mit dieser ganzen Sache zu tun hat. Ich bin mir nicht sicher, ob ich das glauben soll, aber die Vorstellung, dass jemand auf mich aufpasst, würde Ama beruhigen, also widerspreche ich ihr nicht.

Bevor ich antworten kann, klopft jemand an die Tür.

»Ah, es ist wohl Zeit für meine Behandlung«, sagt Ama erwartungsvoll.

»Behandlung?«

»Meister Sun ist es zu verdanken, dass ich wieder zu Kräften gekommen bin und es mir besser geht. Aber ein bisschen unpässlich bin ich noch und deshalb brauche ich hin und wieder noch etwas Hilfe.«

Ich öffne die Tür und da steht tatsächlich Meister Sun. Er tritt herein und überprüft als Erstes Amas Puls.

»Was macht Ihr da?«, frage ich und starre erschrocken auf die zwei langen dünnen Silbernadeln, die er aus seinem Ärmel zieht.

»Wenn sie richtig platziert werden, können diese Nadeln die Meridiane im Körper eines Menschen beeinflussen. Deiner Großmutter geht es schon viel besser, aber ihr Qì muss stabilisiert werden, um einen Rückfall zu vermeiden«, antwortet er und steckt die Nadeln mit gekonnter Zielstrebigkeit in die Seite von Amas Hals. Sie lässt sich nicht anmerken, ob es unangenehm ist.

»Tut es weh?«, frage ich besorgt.

»Es zwickt nur ein wenig. Wie bei einem Ameisenbiss, mehr nicht«, kichert Ama. Ich merke, dass sie Meister Sun bedingungslos vertraut.

Er überprüft noch einmal Amas Puls. »Sie braucht jetzt etwas Ruhe. Vielleicht magst du eine Tasse Tee mit mir trinken?«

Seine Einladung kommt von Herzen und ich bin mehr als ein bisschen neugierig auf Altans Mentor. Ich lasse Ama auf dem Zimmer zurück und folge ihm hinunter in den Speiseraum der Taverne.

Es ist später Nachmittag, die Gaststube füllt sich mit Gästen und mit jeder Minute wird das Geplauder und Getratsche ausgelassener und lauter. Ich zögere und überlege, ob es eine gute Idee ist, mich hier so unverhohlen in aller Öffentlichkeit zu zeigen. Mein spontaner Ausflug in die Stadt, um Mondkuchen für Altan zu besorgen, kommt mir jetzt trotz Verkleidung leichtsinnig und töricht vor, wenn ich überlege, was im Moment los ist und was mein Vater im Schilde führt. Da ist es wieder, dieses beklommene Gefühl in meinem Bauch. Ich werde den Eindruck nicht los, dass mein Vater uns irgendwie immer einen Schritt voraus ist, auch wenn ich nicht genau weiß, was er plant. Ich kann nur hoffen, dass wir seine Pläne durchkreuzen können, bevor es zu spät ist.

Meister Luos Tochter entdeckt uns und führt uns schnell in einen kleineren Raum. Dort steht nur ein Tisch in der Mitte, ein großer, an dem zehn Leute Platz haben. Es muss ein privates Esszimmer sein.

»Das ist besser«, sagt Luo Ying. *Das ist sicherer*, ist das, was ich höre. »Ich bringe Tee und eine Kleinigkeit zu essen.«

»Ihr habt viel zu tun, ich kann uns etwas holen«, biete ich an.

Sie lächelt dankbar und führt mich zur Küche. »Vater sagt, Meister Sun ist etwas eigen, was seinen Tee anbelangt. Achte darauf, dass du ihn richtig ziehen lässt, damit er das Aroma entfaltet.«

Ich höre genau zu, als sie mir Anweisungen gibt, und kehre mit einem Tablett zurück, beladen mit einer Kanne heißem Wasser, zwei Tassen, Teeblättern und Schälchen mit gerösteten Erdnüssen und Sonnenblumenkernen. Meister Sun beobachtet mich, während ich den Tee zubereite. Es ist, als würde ich eine Prüfung ablegen und er wäre ein Lehrer, der mir über die Schulter schaut und darauf wartet, dass ich meine Antwort aufschreibe, damit er entscheiden kann, ob ich bestehe oder durchfalle.

Auf die Sekunde genau zähle ich die Zeit ab, bevor ich den Deckel des Porzellan-Gàiwǎns hebe und nervös hineinluge, um mich zu vergewissern, dass der Tee die richtige gelb-grüne Farbe hat, von der Luo Ying gesprochen hat. Dann stelle ich eine Tasse vor Meister Sun auf den Tisch. Er nimmt einen zaghaften Schluck. Unruhig rutsche ich auf meinem Stuhl umher und warte auf seine Beurteilung.

Doch er schweigt. Ich muss durchgefallen sein.

»Ich habe mal in einer Gaststätte gearbeitet, aber der knauserige Gastwirt hat uns angewiesen, alles zu verdünnen, um Kosten zu sparen«, sage ich und hoffe, dass es nicht zu sehr klingt, als ob ich mich verteidige. »Es tut mir leid, wenn der Tee nicht perfekt gebrüht ist. Ich habe noch nie Jasmin-Tee zubereitet.«

»Warum entschuldigst du dich? Ich habe dir doch gar keine Kritik zuteilwerden lassen«, sagt Meister Sun mit einem Funkeln in den Augen.

»Aber auch kein Lob«, erwidere ich.

Meine Unverfrorenheit entlockt ihm ein herzhaftes Lachen. »Der Tee ist nicht schlecht – für ein erstes Mal.«

»Vielleicht könnt Ihr mir ja noch mehr über Tee beibringen, wenn die Sache mit der Schwertsuche nichts wird. Dann habe ich wenigstens eine neue Qualifikation und könnte in einem Teehaus arbeiten.« Da muss er noch mehr lachen, und ich beschließe, dass ich diesen alten Weisen mag. »Seid Ihr ein Tiensai?«

Er nickt und nimmt sich noch ein paar Sonnenblumenkerne.

»Aber Ihr handelt nicht im Auftrag anderer wie Altan, oder? Ihr macht nicht den Eindruck, als ob Ihr das Geld braucht.«

Er nimmt meine Unverblümtheit gelassen, mehr amüsiert als irgendetwas anderes. »Altan hat seinen eigenen Kopf, wenn es um die Sache mit dem Schwert geht – und um dich. Ich helfe ihm nur.«

Und um mich? Das war eine seltsame und ausweichende Antwort, aber ich vermute, er spielt auf die Abmachung zwischen Altan und Leiye an.

Ich neige respektvoll den Kopf. »Ich bin dankbar für Eure Hilfe, Meister Sun. Vielen Dank, dass Ihr meine Großmutter geheilt habt. Aber wo ist eigentlich Altan?«

»Er hat Pfeil und Bogen mitgenommen und ist zu einem Streifzug aufgebrochen.«

Ein ungutes Gefühl beschleicht mich. »Hat er Euch von dem Jungen erzählt, den die Soldaten mitgenommen haben?«

»Ja, aber er wird schon nichts Überstürztes tun«, beruhigt mich Meister Sun, als er meine Sorge bemerkt.

Da habe ich so meine Zweifel, aber ich spreche sie nicht aus. »Meine Großmutter hat gesagt, Ihr habt Altan aufgetragen, mich zu beschützen. Warum?«, frage ich stattdessen.

»Wegen der Entscheidung, die du vielleicht treffen wirst.«

Er mustert mich mit einem gescheiten Blitzen in den Augen. Wieder habe ich das Gefühl, er unterzieht mich einer Prüfung. Ich bin nur nicht sicher, worin sie diesmal besteht.

»Wie ich gehört habe, hast du Schwierigkeiten mit deiner Magie. Darf ich?« Er deutet auf seine Handfläche.

Ich lege meine Hand in seine und er presst zwei Finger an mein Handgelenk.

»Wie ich mir schon dachte. Dein Qì fließt unregelmäßig. Irgendwann muss einer deiner Meridiane mit einer Blockade versehen worden sein, was den Energiefluss in deinem Körper beeinträchtigt und damit auch deine Magie.«

Erschrocken ziehe ich meine Hand zurück. Diese Erinnerung, die zurückgekehrt war, als ich den seltsamen Trunk der Kaiserin geschluckt hatte … Es war meine Mutter, die meine Energie blockiert hatte.

»Könnt Ihr das rückgängig machen?«

»Leider nein. Das ist zu gefährlich. Ich würde dir empfehlen zu warten, bis die Blockade sich selbst löst.«

»Wie kann sie sich denn selbst lösen?«

»Konzentriere dich darauf, deine Magie zu verstehen, und der Rest kommt dann schon.«

Er redet von meiner Lebensräuber-Magie. Ich schüttele den Kopf. »Ich hab nicht – ich kann nicht –« Ich schüttele noch einmal den Kopf und stürze meinen Tee hinunter.

»Es ist in Ordnung, Angst zu haben. In der Natur liegt immer eine Dualität, eine Balance. Wasser ermöglicht Leben, aber es kann auch Stein durchhöhlen und Berge formen. Der Wind bläht deine Segel, aber er kann auch die Boote in deinem Hafen zerstören. Erde ist die Grundlage für Wachstum, aber wenn sie verdorben ist, hat das Leben keine Chance. Feuer kann töten und doch liegt in der Zerstörung auch Wiedergeburt und ein neuer Anfang. Du kannst dich entscheiden zu beschützen.«

»Mich entscheiden zu beschützen?«, wiederhole ich. Seine Worte erinnern mich an das, was Ama gesagt hat. Sie denken beide, dass ich eine Wahl habe, aber ich bin nicht sicher, ob das stimmt.

Jemand klopft an die Tür und tritt herein.

Altan. Er verneigt sich vor Meister Sun und wirft mir einen misstrauischen Blick zu, als hätte ich dieses heimliche Treffen mit seinem Mentor arrangiert.

»Du bist zurück.« Die Erleichterung, die in Meister Suns Stimme mitschwingt, ist nicht zu überhören. Vielleicht hatte er im Stillen meine Sorge geteilt, dass Altan losgezogen sein könnte, um diese Soldaten zu finden. »Ahn hat angeboten, meine neue Tee-Elevin zu sein. Und da *du* ja kein Interesse hast, nehme ich ihr Angebot gerne an. Sie hat Potenzial.«

Meister Sun strahlt mich an, und ich lächele zurück, glücklich gelobt zu werden. Doch Altan begegnet meiner Freude mit finsterem Blick.

»So, hat sie das?«

Ich verdrehe die Augen. »Wo warst du überhaupt?«

»Meister Luo hat uns eingeladen, in einer Stunde mit seiner Familie zu Abend zu essen«, sagt er, ohne auf meine Frage einzugehen. Und damit macht er auf dem Absatz kehrt und verlässt das Zimmer, mürrisch wie immer.

Ich schimpfe leise auf ihn.

»Das ist manchmal so seine Art«, sagt Meister Sun mit einem unlesbaren Gesichtsausdruck.

»I-ich gehe mal und sage meiner Großmutter wegen dem Abendessen Bescheid«, stammele ich und hoffe inständig, dass er meine Beschimpfungen nicht gehört hat.

Ich verneige mich noch einmal, bevor ich aus dem Zimmer gehe und die Treppe hinaufrenne. Ich bin so in Gedanken versunken, dass ich Amas Zimmer verpasse und bis zum Ende des Flurs laufe. Ganz aus der Puste drehe ich um, doch als ich Stimmen aus dem Raum neben mir höre, bleibe ich stehen.

»Wenn wir heute Abend aufbrechen, können wir mit dem jungen Meister Li in drei Tagen die nächste Stadt im Osten erreichen«, sagt eine grimmige Männerstimme.

»Dann müssen wir aber die lange Route nehmen und einen Bogen um das Soldatenlager machen«, sagt ein anderer Mann. »Wang hat es ausfindig gemacht. Es liegt zwischen Heshi und dem Dorf, in dem sie Rekruten eingezogen haben.«

Wollen diese zwei Männer jemandem helfen, nicht eingezogen zu werden? Ich presse mein Ohr an die Tür.

»Ich nehme an, sie werden noch ein oder zwei Tage bleiben und dann sind sie weg –«

»Oder sie fangen an, *hier* zu rekrutieren«, wirft der andere Mann ein.

»In diesem Fall lass uns doch sofort aufbrechen. Lord Li sagt, sein Sohn hätte schon seine Sachen gepackt. Wenn er nicht hier ist, können die Soldaten ihn auch nicht mitnehmen.«

Schritte nähern sich der Tür und ich husche zurück zu Amas Zimmer. Wut steigt in mir auf, und ich überlege schon, die Männer und das, was ich gehört habe, zu melden. Wie kann es sein, dass die Reichen es sich herausnehmen zu fliehen und andere müssen zurückbleiben und sich opfern? Doch mir sind die Hände gebunden. Schließlich kann ich Lord Lis Vergehen nicht den Soldaten melden, ohne mich selbst zu enttarnen. Außerdem würde das meinem Vater und seinem Kriegsdrang nützen. Die Wut in mir verraucht und an ihrer Stelle breitet sich ein Schamgefühl aus.

Ich kann gar nichts machen.

Und manchmal ist nichts zu machen das Schlimmste, was man machen kann.

Altan kommt dann doch nicht zum Abendessen mit Meister Luo und seiner Familie. Wenn Meister Sun besorgt über seine Abwesenheit ist, dann zeigt er es nicht. Nach einem üppigen Mahl aus dampfenden Schüsseln mit Reisnudeln, Krabbenknödeln und Schweinebraten stolpere ich mit vollem Bauch zurück zur Scheune.

»Altan?«, rufe ich.

Keine Antwort. Hier in der Scheune ist er auch nicht. Erschöpft lasse ich mich ins Heu fallen, meinem notdürftigen Bett für die Nacht, seit wir unser Zimmer einem zahlenden Gast überlassen mussten. Aber es ist unmöglich einzuschlafen. Ich mache mir Sorgen um Altan, und ich muss immer wieder an den verzweifelten Ausdruck auf dem Gesicht dieser Frau denken und daran, wie jung und unterernährt ihr Sohn aussah.

Im Gegensatz zu Lord Lis Sohn haben sie und ihr Kind niemanden, der sie beschützt. Ich hätte das tun können. Hätte es tun *sollen*. Altan hat es versucht.

Aber ich habe ihn davon abgehalten.

Ich möchte mich ohrfeigen, um mir diese Feigheit auszutreiben. Das Mädchen loswerden, das vom Kaiserreich dazu konditioniert wurde, in der Reihe zu bleiben und immer nur an sich selbst zu denken. Aber ich kann es anscheinend nicht.

Es ist schon spät in der Nacht, als die Scheunentür sich knarzend öffnet und eine Gestalt hereinschleicht. Altan versucht so leise wie möglich zu sein, doch im schwachen Schimmer des Mondlichts, das durch die Fenster der Scheune dringt, sehe ich, wie er ein paar Dinge aus der Ecke nimmt.

Seine Waffen.

Ich erinnere mich an den besessenen Ausdruck in seinen Augen, als wir nach der Begegnung mit den Soldaten zurück zur Taverne gingen. Es war, als wäre er in irgendeiner albtraumhaften Erinnerung gefangen. Er sah nicht nur einen Jungen, der auf dem Marktplatz seiner Mutter entrissen wurde.

Er sah sich selbst.

»Wo willst du hin?«, flüstere ich in das Halbdunkel.

»Schlaf weiter.« Er klingt wütend.

»Ich habe noch gar nicht geschlafen. Du willst den Jungen suchen, nicht wahr?« Ich nehme sein Schweigen als Bestätigung. »Weißt du, wo du hinmusst?«

»Hmm.«

Er weiß es nicht.

»Was willst du denn machen? Ziellos durch die Dunkelheit wandern?« Ich stehe auf und gehe zu ihm.

»Ich weiß auch nicht.« Der Schmerz in seiner Stimme klingt nach einer offenen Wunde. Er versetzt dem hölzernen Strebebalken einen Schlag und das Dach der Scheune wackelt.

Entschieden lege ich Altan eine Hand auf den Arm. Er zuckt zusammen.

»Ich komme mit dir«, erkläre ich.

»Nein, das tust du nicht«, knurrt er.

»Doch, das tue ich. Du kannst ja gar nicht klar denken. Da ist es besser, wenn du mich dabeihast.«

»Seit wann bist du denn die Vernünftige?«

»Ich war schon immer die Vernünftige. Außerdem habe ich vorhin ein Gespräch belauscht.«

»Na und?«

Er versucht mich abzuschütteln, aber ich ziehe meine Hand nicht weg. Mein Entschluss steht fest.

»Ich weiß, wo das Soldatenlager ist, und ich verrate es dir nicht, wenn du mich nicht mitkommen lässt.« Ich grinse, aber das Herz schlägt mir bis zum Hals. »Wir bringen diesen Jungen zurück zu seiner Mutter.«

29.

ALTAN

Der Wind heult in meinen Ohren, als wir in Richtung des Lagers reiten. Es ist leichtsinnig, aber ich kann nicht anders. Ich werde dieses Bild des Soldaten, der nach der Mutter des Jungen tritt, nicht mehr los. Kann nicht verhindern, dass die Erinnerungen hochkommen, wie meine eigene Mutter im Sand verblutete.

Wir binden unsere Pferde in sicherer Entfernung an und gehen zu Fuß weiter. Ein paar Lagerfeuer brennen noch, aber es sieht aus, als kümmerte sich niemand um die schwächer werdenden Flammen.

Ahn späht durch die Büsche nahe dem Zeltlager auf dem Feld. »Wo sind die Rekruten?«

Ich deute auf zwei Zelte mit Soldaten an den Eingängen. »In einem von denen.«

In der ersten Nacht gibt es immer Flüchtige, Männer oder Jungen, die Angst bekommen. Wer kann ihnen das auch verdenken? Der Krieg stellt jeden Mann auf die Probe und auf dem Schlachtfeld kann selbst das härteste Rückgrat gebrochen werden.

»Und was machen wir jetzt?«, fragt Ahn, etwas zu eifrig für meinen Geschmack.

»Du? Nichts. Du bleibst hier und rührst dich nicht von der Stelle.« Ich hätte sie überhaupt nicht mitkommen lassen sollen.

Sie fängt an zu widersprechen, aber ich lege meinen Finger auf ihre Lippen, um sie zum Schweigen zu bringen.

Ihre Augen weiten sich.

»Wenn du die Kontrolle verlierst, wirst du noch alle umbringen«, sage ich. Undeutlich nehme ich wahr, wie warm und weich ihre Lippen sind. »Du kannst ja als Verstärkung hierbleiben. Wenn ich in einer Stunde nicht zurück bin, gehst du.«

Sie schlägt meine Hand zur Seite. »Das ist aber nicht, was normalerweise mit Verstärkung gemeint ist.«

»Dann komm und rette mich, wenn ich schreie.« Ich warte nicht auf ihre Antwort. Wir haben keine Zeit zu verlieren und sie redet zu viel.

Der Mond verschwindet hinter den Wolken und ich verschmelze dank meiner schwarzen Gewänder mit den Schatten. Eilig nähere ich mich den Zelten. Es ist ganz still im Lager. Alle anderen außer den Wachposten müssen schlafen gegangen sein. Shi-Truppen sind bekannt für ihre Disziplin. Hier gibt es keine Saufgelage.

Eines der bewachten Zelte ist dunkel, aus dem anderen dringt ein schwacher Lichtschein. Eines für die rekrutierten Männer und Jungen, das andere für den Garnisonskommandanten. Meinem Instinkt folgend mache ich einen Bogen und pirsche mich von hinten an das dunkle Zelt heran. Vorsichtig schlitze ich die Plane mit meiner Klinge auf, klappe den Stoff auseinander und spähe hinein.

Leer.

Ein Soldat kommt aus einem anderen Zelt und geht auf die Wachen davor zu. Ich lasse mich flach auf den Boden fallen, sodass mir das hohe Gras als Tarnung dient.

»Geht zurück in eure Baracke«, sagt der Soldat zu einem der Wachposten.

»Ich hab mich schon gefragt, wann ihr uns hier endlich erlöst«, mault der Wachsoldat. »Zur Hölle noch mal, wir haben ohne jeden Grund über eine Stunde vor diesem Zelt gestanden.«

»Sie haben die Rekruten schon früher abmarschieren lassen. Es sind alle weg«, wirft der andere Wachposten ein. »Was für eine Zeitverschwendung. Ich hätte längst zu Bett gehen können.«

»Haltet die Klappe. Wollt ihr etwa, dass *er* euch hört?«, warnt der erste Soldat, als die drei zusammen davongehen.

Ich fluche leise vor mich hin. Ich bin zu spät. Der Junge ist schon weg.

In der Nähe des anderen bewachten Zeltes flackert ein Licht. Die Wachsoldaten verbeugen sich tief vor einer Gestalt, die aus dem Zelt tritt. Ich sollte mich davonmachen, bevor irgendjemand mich sieht, doch da treten die Wachsoldaten zur Seite und mein Blick fällt auf einen Mann in rostrotem Gewand. Der Anblick eines *Priesters* in einem Feldlager lässt mich wie angewurzelt stehen bleiben. Soviel ich weiß, agieren diese beiden Institutionen unabhängig voneinander. Es gibt keinen Grund für einen Priester, hier zu sein. Aber da steht er, in orangefarbenem Gewand mit einer roten Schärpe.

Und nicht irgendein Priester. Es ist der Anführer der Priesterschaft. Was macht *der* denn hier?

Er schreitet auf eines der verglimmenden Lagerfeuer zu und hebt die Hände. Eine Stichflamme schießt aus seinen Fingern und in dem Moment erhellt das Licht sein Gesicht.

Über eine Seite verlaufen wellig wächserne Narben und geben die Illusion, dass sein Gesicht schmilzt. Ich erkenne eine Habichtnase, und selbst aus der Entfernung weiß ich, dass seine Augen dunkel und Furcht einflößend sein werden.

Der Mörder meiner Mutter.

Unzählige Male habe ich von diesem Moment geträumt. Der

Moment, in dem ich ihn konfrontiere, ihn in Stücke reiße. Aber ich bin wie gelähmt. Stille umhüllt meinen Verstand; Sand füllt meinen Mund; Kies scheuert meine Zunge auf. Meine Füße sind Blei. Mein Herz wie Eis. Ich bin wieder acht Jahre alt. Versuche verzweifelt zu fliehen. Unfähig, meine Familie zu beschützen. Ich bin hierhergekommen, um jemanden zu retten, der mich an den Jungen erinnerte, der ich einmal war, nur um festzustellen, dass ich *noch immer* dieser Junge bin.

Verloren. Hilflos. Gebrochen.

»Hast du ihn gefunden?«, flüstert eine Stimme hinter mir.

Ich erwache aus meiner Trance.

»Du solltest doch im Versteck bleiben«, zische ich und ziehe Ahn hinter die Bäume. »Die Rekruten sind schon weg.«

»Aber sie sollten doch über Nacht bleiben.« Sie späht zwischen den Zweigen hervor und springt sofort wieder zurück. Ihr Atem geht auf einmal stoßweise.

Der Priester mit dem schmelzenden Gesicht steht immer noch dort draußen. Er muss ihr Angst eingejagt haben. Adrenalin strömt durch meine Adern. Vielleicht werde ich nicht noch einmal die Chance bekommen, diesen Bastard zu töten.

Ahn zieht mich zurück. »Wohin willst du?«

»Ich werde ein Monster töten.«

»Ein was?«

»Dieser Priester dort – er ist der Anführer der Diyeh. Er ist der Mann, der meine Mutter umgebracht hat.«

»Das war *er*? Er hat deine Mutter umgebracht?«, bringt sie keuchend hervor. »Bist du … bist du sicher?«

»Es ist kein Gesicht, das ich vergessen würde.«

Sie stellt sich mir in den Weg. »Nein. Das ist – das ist zu riskant. Das ganze Lager ist voller Soldaten, und wer weiß, ob nicht noch mehr Priester hier sind. Was, wenn dir etwas passiert?«

Ich stoße sie zur Seite. »Das ist mir egal. Er hat meine Mutter umgebracht.«

»Warte–« Ahn packt mich am Handgelenk. Ich erstarre, als sie die Arme um mich schlingt. »Ich weiß, du willst dich rächen, aber du hast auch gesagt, du wirst mir nicht wegsterben. Und dieses Versprechen musst du halten. Ich … ich kann das nicht. Ich kann das Schwert nicht alleine finden.« Sie sieht betroffen zu mir auf. Eine seltsame Panik steht ihr ins Gesicht geschrieben. »Wir suchen das Schwert und danach kannst du deine Rache haben. Ich brauche dich an meiner Seite. Bitte. Ich brauche *dich.*«

Ich weiß nicht, wie ich mich fühlen soll. Sie lehnt sich an mich und wiederholt immer wieder dieses Wort – *bitte.*

»Was genau meinst du damit?«, frage ich leise und versuche, mir einen Reim auf ihre Worte und das plötzliche Engegefühl in meiner Brust zu machen.

»Ich –«

»Scht.« Vor uns bewegt sich etwas. Was auch immer sie sagen will – es muss warten. Ich ziehe sie zurück in den Schatten der Bäume. »Da passiert etwas.«

30.

AHN

»Ein Bote«, murmelt Altan.

Ich stecke vorsichtig den Kopf zwischen den Zweigen hindurch. Tatsächlich, da kommt eine in Orange gekleidete Gestalt herbeigeritten. Der Priester zügelt sein Pferd, dann steigt er ab und geht auf meinen Vater zu, der ihn bereits zu erwarten scheint.

Mein Vater.

Mein Brustkorb zieht sich zusammen. Früher oder später werde ich ihm entgegentreten müssen. Aber nicht heute Abend. Das schlechte Gewissen durchfährt mich wie ein Blitz und ich schaudere. Ich habe vorhin das Einzige getan, was mir einfiel, um Altan davon abzuhalten, meinen Vater anzugreifen: Ich habe vorgegeben, dass ich mir Sorgen um ihn mache. Was wird Altan tun, wenn er je herausfindet, dass ich gelogen habe, um den Mörder seiner Mutter zu beschützen?

Das wird nicht gut enden, warnt mich eine innere Stimme. Nach der Enthüllung des heutigen Abends kann es überhaupt kein gutes Ende mehr zwischen uns geben.

»Kannst du hören, was sie sagen?«, flüstere ich. Ein unbehagliches Gefühl lässt mir einen Schauer über den Rücken laufen, als ich beobachte, wie der Priester meinem Vater ein aufgerolltes Pergament übergibt.

Altan hebt einen Finger – *bleib hier*. Minuten später kommt er mit erbleichtem Gesicht zurück.

»Wir müssen zurück zur Taverne. Sofort.«

Der Geruch von Rauch steigt mir in die Nase, sobald wir den westlichen Stadtteil von Heshi erreichen. Aus der Richtung der Taverne lodern Flammen in den Himmel, ein infernales, grelles Orange in der Nacht. Menschen versuchen vor dem Tumult zu fliehen und blockieren unseren Weg. Hastig steigen wir von unseren Pferden und rennen los.

Mein Herz setzt einen Schlag aus, als wir näher kommen. Das Obergeschoss der Taverne steht in Flammen. Die Hitze ist unerträglich und der Rauch lässt mich husten. Vor dem Haus schwingt sich ein Priester auf ein Pferd, eine reglose, weißhaarige Gestalt in seinen Armen.

»Ama!«, schreie ich und presche nach vorn.

Das Pferd wiehert, galoppiert in vollem Tempo davon und verschwindet in der Nacht. Ein qualvoller Laut dringt aus meiner Kehle, als ich ihnen hinterherrennen will. Altan hält mich zurück. Ich gehe auf ihn los, schlage um mich und zerkratze ihm fast das Gesicht mit meinen Nägeln.

»Warum hältst du mich auf? Lass mich gehen!«

»Du kannst sie nicht einholen – die Priester suchen nach *dir* –«

»Sie haben meine Großmutter«, fauche ich.

Energie pulsiert durch meine Adern. Ich hebe meine Hände und er taumelt zurück.

Trümmer werden in die Luft geschleudert und werfen mich zu Boden. Altan fängt mich, als ich falle, und drückt mich hinter eine Steinmauer.

Seine Lippen bewegen sich, aber mir ist schwindelig und meine

Ohren klingeln. Ich verstehe nicht, was er sagt. Er brüllt etwas und drückt mich wieder hinter die Mauer.

»– hier! Beweg dich nicht.«

Ich bin zu desorientiert, um irgendetwas zu tun, also nicke ich und reibe meine Ohren, in der Hoffnung, dass das Klingeln aufhören wird.

Meister Sun springt aus einem Fenster der zerstörten Taverne, ein Schwert in der Hand. Seine Gewänder tragen Brandspuren, sein Haarknoten hat sich gelöst. Dolche schnellen hervor, als drei Priester hinterherspringen und die Verfolgung aufnehmen. Meister Sun entkommt den Klingen und dreht sich in der Luft, um dem Feuer auszuweichen, das aus den Händen der Priester sprüht. Mit einer schwungvollen Armbewegung schleudert er einem Priester einen Hagel von Steinen entgegen. Der Mann stürzt zu Boden, doch meine Erleichterung ist von kurzer Dauer, als weitere orangefarbene Gewänder auftauchen.

Altan ist aufgestanden. Die eine Hand umklammert einen Säbel, die andere ist bereit, mit Magie zuzuschlagen. Er will sich gerade in den Kampf stürzen, als er plötzlich erstarrt. Er sieht mich an, der Gesichtsausdruck voller widerstreitender Gefühle. Dann steckt er seine Waffen weg und greift nach meiner Hand.

»Lass uns gehen.«

Ich sollte Nein sagen. Ich sollte bleiben, um Meister Sun zu helfen. Doch Altans Gesichtsausdruck hält mich davon ab. Ein benommenes Gefühl sagt mir, dass er sich entschieden hat, anstelle seines Shīfùs mich zu retten.

Ich will ihm sagen, dass er das nicht tun muss, dass mein Leben nichts wert ist. Ich will schreien: *Kehr um! Kehr um!*

Doch die Worte bleiben in meinem Hals stecken und ich fliehe, feige wie ich bin.

31.

ALTAN

Der Geruch nach verbranntem Holz und Rauch hängt noch in der Luft und die Straßen sind verlassen, als wir im ersten Schimmer der Morgendämmerung zurückkehren. Der Anblick von so viel Zerstörung im sanften Morgenlicht kommt mir ganz unnatürlich vor. Die Türen und Fenster der Geschäfte bleiben verschlossen; die Bewohner der Stadt wagen sich nicht aus den Häusern. Ich weiß nicht, ob die Priester weg sind oder ob sie wiederkommen werden.

Im Moment ist das auch egal.

Die Taverne ist zerstört, die verbliebene Hälfte der Fassade ist verkohlt. Die skelettartige Ruine des Gebäudes erinnert jetzt eher an eine Bretterbude. Berge von abgebröckelten Steinen, zerborstenem Holz und Dreck. Keine bekannten Gesichter unter den Leichen auf dem Boden. Hoffnung glimmt in mir auf, verführerisch wie eine Fata Morgana.

Da schnappt neben mir jemand erschrocken nach Luft.

Ahn zeigt auf etwas. Mein Blick folgt ihrem Finger und entdeckt ein Stück grünen Stoff, das aus den Trümmern von düsterem Grau hervorguckt.

Ohne zu überlegen stolpere ich hastig durch den Schutt und räume Trümmer zur Seite – zerbrochene Tontöpfe und Schüsseln; etwas, das einst ein Bettgestell war; einen einbeinigen Stuhl –

Ich bin nicht auf den Schmerz vorbereitet, als er mir einen Stoß in den Magen versetzt.

Mein Herz will glauben, dass Shīfù gleich wieder aufstehen wird, aber mein Kopf weiß, dass es anders ist. Ich kann keine Wunde erkennen, aber das macht es nur noch schlimmer. Aus seinem Gesicht ist fast alles Leben gewichen, seine Lippen sind blutleer. Seine kaum geöffneten Augen finden mich und seine Hand greift nach meiner.

Ein Griff so schwach, dass es mich im Innersten erschüttert.

»Es … es tut mir leid, mein Junge.« Shīfùs Stimme ist nur noch ein mattes Flüstern.

Ich schüttele den Kopf. Unfähig zu sprechen. Unfähig zu atmen.

»Du musst einen Weg finden zu *leben* … deinen Frieden zu finden.« Er schluckt schwer. »Ich weiß, dass dir das gelingen wird.«

Ich will etwas sagen. Aber es gibt zu viel zu sagen. Zu wenig zu sagen.

Sein Griff um meine Hand wird für einen Moment stärker.

Und dann ist es zu spät, und ich spüre nichts.

Ich war sechs Jahre alt, als ich Sun Tie Mu zum ersten Mal traf.

Ich hatte mich in den Thronsaal geschlichen und mich zwischen den Dachsparren versteckt. Es war nicht so, dass ich mich für Vaters tägliche Geschäfte mit den unzähligen Ministern interessierte, die dort ein und aus gingen. Ich verstand ihre Diskussionen über politische Angelegenheiten ohnehin nicht.

Ich hatte mich vor meiner Schwester versteckt.

Wir spielten Verstecken, aber wir hatten uns dafür besondere Regeln ausgedacht. Um es interessanter zu machen, mussten wir uns im Nordflügel verstecken, wo die kaiserlichen Räume waren, statt im Ostflügel, wo wir wohnten. Und um den Einsatz zu erhöhen, bestimmte meine Schwester, dass der Verlierer dem anderen seinen wertvollsten Besitz abtreten sollte.

Und dieser Besitz musste etwas Lebendiges sein.

Ein paar Monate zuvor hatten wir von den Mönchen zwei Shi-Tzu-Welpen geschenkt bekommen. Diese intelligenten kleinen Wesen wurden traditionell nur Prinzen als Haustiere zugedacht, doch meine Schwester hatte darauf bestanden, auch einen Hund zu bekommen. Da sie wusste, dass mein Welpe mein wertvollster Besitz war, bot sie ihren eigenen Shi Tzu als Wetteinsatz für unser kleines Spiel an. Es gab keine ausdrückliche Vereinbarung darüber, welches Schicksal den Welpen des Verlierers erwarten würde. Aber in meiner kindlichen Denkweise verstand ich schon da, welche unausgesprochenen Konsequenzen es haben könnte, das Spiel zu verlieren.

Schon damals begriff ich, wie der Verstand meiner Schwester funktionierte.

Ein alter Mann in einem blassgrünen Hànfú unterhielt sich gerade mit Vater. Sein Haar, das er zu einem Knoten gebunden und mit einem Elfenbein-Stäbchen fixiert hatte, war weiß, aber er stand aufrecht und erhobenen Hauptes da. Er kam mir nicht bekannt vor, doch er sprach auf eine Weise mit Vater, als sei er ein vertrauter Freund. Ihre Stimmen waren leise und das Gespräch war nicht zu verstehen, doch selbst aus meinem Versteck konnte ich die Zuneigung spüren, die Vater diesem Mann entgegenbrachte.

Mitten im Gespräch ließ der alte Mann den Blick kurz nach oben schweifen. Es war ein flüchtiger Blick, aber ich wusste sofort, dass ich entdeckt war. Aus Angst, Vater auf mich aufmerksam zu machen, wagte ich nicht, mich zu bewegen, denn wir durften nicht im Thronsaal sein, wenn er Gäste empfing. Meine Schwester jedoch kam ohne Rücksicht in den Saal gestürmt, als sie nach ein paar Stunden keine Lust mehr hatte nach mir zu suchen. Vater erhob sich sofort von seinem Thron, um sie zu rügen, aber der alte Mann schien nur amüsiert zu sein. Und als meine Schwester schließlich von ihrem Kindermädchen aus dem Zimmer gebracht wurde, sah der alte Mann noch einmal zu mir hoch und zwinkerte mir zu.

Als alle den Thronsaal verlassen hatten, kletterte ich wieder hinunter. Ich hatte das Versteckspiel gewonnen, aber ich weigerte mich, meiner Schwester ihren Hund wegzunehmen. Weigerte mich, die Strafe zu vollziehen, die sie meinem eigenen Welpen angetan hätte, wenn sie gewonnen hätte. Wir standen uns im Garten gegenüber und lieferten uns ein regelrechtes Schreiduell. Sie nannte mich einen Schwächling. Behauptete, es wäre eine Lektion, die ich lernen müsste. Als Angehörige der kaiserlichen Familie müssten wir nun einmal wissen, wie man überlebt – indem man immer und ausschließlich Stärke zeigt.

Der alte Mann fand mich später am Koi-Teich sitzend, das Messer, das meine Schwester mir zuvor gegeben hatte, noch in der Hand. Er hatte alles mitgehört.

»Nur, weil du die Macht hast, ein Leben zu beenden, bedeutet das nicht, dass du es tun solltest«, sagte er und nahm mir den Dolch ab. »Vergebung ist keine Schwäche. Sie erfordert mehr Stärke, als du denkst, mein Junge. Du kannst vielleicht nicht die Vergangenheit ändern, aber mit jeder deiner Handlungen kannst du die Zukunft ändern.«

Das nächste Mal, als ich diesen alten Mann traf, war ich in der Wüste. Er war mein Rettungsanker und von da an die einzige Familie, die ich hatte.

Du kannst vielleicht nicht die Vergangenheit ändern, aber mit jeder deiner Handlungen kannst du die Zukunft ändern.

Shīfùs erste Worte an mich hallen in meinen Ohren wider. Während ich am Rande wahrnehme, dass Ahn mir folgt, torkele ich weiter, seinen Körper in meinen Armen. Ich weiß nicht, wo ich hinwill, aber meine Beine scheinen den Weg zu kennen.

Es fühlt sich an, als würde ich einen ganzen Tag lang laufen. Schließlich liegt die endlose sandige Weite vor mir, ein vertrauter Anblick, den ich vergessen möchte. Es erscheint passend, dass dies der letzte Ort sein wird, an dem ich Shīfù sehe.

Ich beginne zu graben und beiße die Zähne zusammen, als die groben Sandkörner meine Haut aufreiben. Sofort kehrt dieses Gefühl, lebendig begraben zu werden, zurück. Ich befehle mir zu atmen. Ich stoße meine dunklen Erinnerungen zur Seite, meine Albträume. Stoße die Wüste fort, die mir so vieles genommen hat.

Alles, woran ich jetzt denke, sind Shīfù und seine letzten Worte. Selbst in seinem letzten Atemzug hat er sich um mich gesorgt. Ich muss ihm Ehre erweisen. Ich könnte meine Magie verwenden, um sein Grab zu schaufeln, aber es ist nur passend, dass ich es mit meinen eigenen Händen tue. Es ist nur richtig, dass ich leiden soll.

Es ist die einzige Buße, die ich leisten kann.

Der Verstand sagt mir, dass ich ihn nicht hätte retten können, ohne mein eigenes Leben oder Ahns zu riskieren. Aber es macht mich krank, dass ich es nicht einmal versucht habe. Shīfù hat gewollt, dass ich die Lebensräuberin beschütze. *Egal, welches Opfer dafür nötig wäre*, hatte er gesagt. Ich könnte mir einreden, dass ich seine Wünsche befolgt habe. Aber ich weiß, dass es meine Entscheidung war.

Ich habe mich für *sie* entschieden.

Ich habe mich entschieden – für meine Rache, meinen Thron, mein Ziel und nicht für den Mann, der mich wie einen Sohn geliebt hat. Ein gütiger Mann. Ein *guter* Mann.

Deine Wahl wird in Blut bezahlt werden.

Ist es das, was der Phönix meinte? War Shīfùs Leben der Preis für meine Immunität? Heiße Tränen rinnen über meine Wangen. Das ist es nicht wert. *Das ist es nicht.* Ich hätte lieber Shīfù an meiner Seite als irgendetwas anderes auf dieser Welt.

Aber es ist zu spät für Reue.

Ich schlitze mir mit einem Messer den Finger auf und drücke auf die Wunde. Ich kann Shīfù kein ordentliches Begräbnis bieten. Keinen würdevollen Grabstein, der seiner Persönlichkeit angemessen wäre. Keine Menschenmengen, die die Straßen säumen, um seinen Dienst für das Land zu würdigen. Ich nehme eine Steinplatte und kritzele einen alten Nomadenspruch darauf: *Das Leben ist nichts als ein Traum, und der Tod ist eine Rückkehr nach Hause.* Der raue Stein reißt den Schnitt noch weiter auf und mein Finger blutet jetzt stark, aber der Schmerz bringt nur falschen Trost.

Als ich fertig bin, ramme ich die Platte tief in den Sand und stabilisiere sie mit Steinen. Gedankenverloren stehe ich da und öffne Shīfùs Lieblingsfächer. Die Seide ist eingerissen und teilweise mit Blut befleckt. Ich berühre das kleine rote Schriftzeichen auf einer der dünnen Bambus-Lamellen, die den halbkreisförmigen Stoff zusammenhalten.

Sun.

Ich habe ihm den Fächer vor ein paar Jahren zum Geburtstag geschenkt und er hat ihn immer bei sich getragen. Ich stecke den Fächer in mein Gewand und sehe zu, wie das Blut von meiner Hand tropft.

»Ich kann die Vergangenheit nicht ändern, aber ich werde meine Zukunft ändern«, sage ich leise zu mir.

Meine Schultern spannen sich an, als ich Schritte höre. Ahn. Etwas flammt in mir auf. Glühend heiß und lodernd wie ein ungezähmtes Feuer. Das ist das Mädchen, auf das ich mein Vertrauen setzen muss. *Das* ist das Mädchen, das entweder meine Rettung sein wird oder das Verderben der Welt.

»Es tut mir leid«, sagt sie. »Es tut mir so, *so* leid.«

Sie streckt die Hände aus; ihre Berührung ist ganz sanft. Ihre Arme umfassen mich.

Und langsam klingt das Feuer in mir ab.

32.

AHN

Wir reiten ostwärts durch die Nacht, weg von den Trümmerhaufen der Taverne. Meister Luo oder Mitglieder seiner Familie habe ich unter den Toten nicht entdecken können. Ich rede mir ein, dass sie rechtzeitig fliehen konnten und dass sie irgendwo in Sicherheit sind. Ich kann nur hoffen, dass das stimmt.

Bei Sonnenaufgang finden wir Schutz in einem verlassenen Kloster, halb versteckt hinter einem kleinen Wäldchen. Sobald wir ankommen, bricht Altan in einer Ecke des Klosterhofs zusammen. Teilnahmslos und ohne jeden Ausdruck im Gesicht sitzt er da. Trauer kann sich auf so unterschiedliche Weise äußern. Er hat alle Tränen geweint, die er weinen musste, und jetzt ist da nur noch Schweigen.

Sein Anblick schmerzt mich so sehr, dass ich trotz meiner Erschöpfung umherstreife, unfähig mich auszuruhen. Die Mönche müssen diesen Ort schon vor Langem verlassen haben. Zugewachsen mit Baumwurzeln und Kletterpflanzen macht diese heilige Stätte den Eindruck, als würde sie von der Natur zurückerobert. Grüne Ranken breiten sich über die Mauern aus und winden sich um das rotbraune Holz der Pfosten. Alles, was irgendetwas wert gewesen wäre, ist entweder von den Mönchen entfernt oder von Plünderern gestohlen worden. Sogar das Blattgold, das einst Teile des Altars verzierte, ist abgekratzt worden.

Wandgemälde, verblichen und verfärbt, gucken unter Staub und Ruß hervor. Verschmierte Bilder von Tempeln, Pagoden und prachtvollen Palästen. Schlachtszenen mit Horden von bewaffneten Soldaten auf Pferden und riesigen Bestien, die aussehen wie Löwen mit Flügeln. Bilder von himmlischen Wesen in blassfarbigen Gewändern, die einst in prächtigem Rot, Gold und Elfenbein erstrahlt sein mussten. Am Himmel kreist ein Phönix, der die Schwanzfedern fächert, und im Meer unterhalb der Dörfer und Städte tauchen verblasste Zeichnungen von schlangenartigen Kreaturen mit Hörnern oder Geweihen auf. Lóng – Drachen.

Beschützer unseres Landes. So hat Ama sie immer genannt, wenn sie mir vor dem Einschlafen Märchen erzählte.

Ama.

Bei dem Gedanken an sie wird mir ganz schwindelig vor Sorge. Ich lehne mich an die Mauer und stütze meinen Kopf in meine Hände. Eine Welle der Panik droht mich zu überwältigen, aber ich wehre sie ab und zwinge mich nachzudenken.

Ich könnte zurück in die Hauptstadt gehen, um Ama aus den Fängen meines Vaters zu befreien. Wenn die Priester sie denn tatsächlich dorthin gebracht haben. Aber selbst, wenn ich sie finden würde, wohin würden wir fliehen? Wo können wir uns verstecken? Was kann ich gegen die Macht des Palastes und der Priesterschaft zusammen ausrichten?

Ich wünschte, es wäre alles anders. Ich wünschte, ich wäre nicht mit Magie geboren. Ich *wünschte.*

Meine Hände fangen an, zu zittern. Weder elegant noch wohlgeformt, schwielig von der Arbeit im Gasthaus, sehen sie aus wie die Hände einer Bäuerin. Hände, die harte Arbeit kennen.

Hände, die *Leben rauben.*

Du kannst deinem Schicksal nicht entrinnen. Die Götter haben dich nicht ohne Grund auserwählt.

Das Lachen meines Vaters hallt durch meinen Kopf. Er hat gelogen. Magie ist kein Geschenk. Sie ist ein Fluch und ich kann darin keinen Segen erkennen.

Ich lehne mich zurück und starre das Wandgemälde an. Sonnenlicht strömt herein und lässt die verblichenen Bilder der Götter leuchten. Langsam wächst meine Entschlossenheit. Mag sein, dass mein Vater meine Magie für seine Zwecke nutzen will. Mag sein, dass er behauptet, für den Thron zu sprechen, aber es ist nicht Tai Shuns Stimme, die er wiedergibt.

Mein Vater ist weder Kaiser noch Gott. Ich werde nicht seine Schachfigur sein.

Wünschen ist zwecklos. Beten ist etwas für Narren. Ich bin die Einzige, die mein Schicksal bestimmen kann.

Ich gehe zurück zum Klosterhof.

Altan sitzt noch immer zusammengesunken in der Ecke und starrt in die Ferne. Ich hocke mich zu ihm, nehme seine Hand und drücke sie.

»Altan.« Er reagiert nicht.

Sein Gesicht ist beängstigend ausdruckslos. Als wäre er nicht hier direkt neben mir. Als wäre er irgendwo weit weg, wo ich ihn nicht erreichen kann.

Ich will ihn nicht verlieren.

Ich packe seine Mantelaufschläge, deren Besätze nach unseren Strapazen nur noch von einem verblichenen Burgunderrot sind, und versuche ihn hochzuziehen. Versuche, ihn zu mir zurückzuholen.

»*Altan.*« Ich schüttele ihn noch einmal.

Er schreckt zusammen. Endlich scheint er mich wahrzunehmen. »Es ist meine Schuld … Es ist immer meine Schuld.«

Ich kann es fast nicht ertragen, ihn so am Boden zerstört zu sehen. Er hat den gleichen Ausdruck auf dem Gesicht wie vorhin, als er Meister Suns Grab schaufelte. Ein Ausdruck der Trauer, endloser als die Zeit. Als würde mit jedem Atemzug ein Teil von ihm sterben.

»Es ist niemandes Schuld«, sage ich bestimmt. »Und wenn du jemandem die Schuld geben willst, dann gib den Priestern die Schuld.«

Er schüttelt benommen den Kopf. »Du verstehst das nicht. Ich habe eine Wahl getroffen. Ich habe die falsche Wahl getroffen.«

Seine Worte durchfahren mich wie ein Messer. Er muss mich meinen. Ich war die falsche Wahl. Die Priester waren hinter mir und Ama her, und Meister Sun hat sein Leben für uns gegeben. Für dieses Opfer muss ich ihm Ehre erweisen. Ich muss die Dinge wieder ins Lot bringen.

»Altan, ich brauche dich an meiner Seite«, sage ich, und diesmal meine ich jedes Wort. »Hilf mir, bitte. Bring mich zu diesem Schiff.«

»Warum sollte ich das?«

Mein Herz zieht sich zusammen. In seinen Augen ist keine Hoffnung mehr. Aber ich lasse nicht locker. »Du musst mir helfen, weil wir beide das Gleiche wollen.«

»Tun wir das?«

»Das tun wir. Du hast recht. Ich kann mich aus diesem Schlamassel nicht heraushalten. Nicht, solange ich lebe, und nicht, solange diese Magie in meinen Adern fließt. Ich will das Schwert des Lichts finden, ich will das Land heilen, ich will meine Großmutter befreien – und ich will die Priesterschaft aus dem Weg schaffen. Wirst du mir dabei helfen?«

Er sitzt so lange so still da, dass ich schon glaube, dass ich ihn für immer verloren habe.

»Alle, die ich liebe, sind tot.« Seine Stimme klingt emotionslos. »Ich werde dir helfen … ich habe nichts mehr zu verlieren.«

Ich drücke noch einmal seine Hand und verkneife mir zu sagen, dass er unrecht hat.

Es gibt immer noch mehr, was man verlieren kann.

33.

AHN

Wir treffen uns im nächsten Ort mit Tang Wei und machen uns gemeinsam auf den Weg in Richtung Hafen. In der Überzeugung, dass Tarnung das beste Versteck ist, verkleide ich mich weiterhin als Junge und gebe mich als jüngerer Bruder von Tang Wei aus, die wiederum als Tochter eines wohlhabenden Landbesitzers auftritt.

Tang Wei scheint geradezu in ihrer Rolle aufzugehen, und als ihr Leibwächter bekommt Altan das meiste von ihrer herrischen Art ab. Doch es scheint ihm nichts auszumachen, denn selbst wenn er sich darüber beschwert, klingt es wohlwollend. Ihre Gegenwart hebt seine Stimmung, und er setzt nicht mehr so häufig seine mürrische Miene auf. Ich bin froh, dass sie ihn ein bisschen von dem Verlust Meister Suns ablenkt.

Zwei Wochen Reisen und Rasten vergehen wie im Fluge, und schließlich sind wir nur noch einen Tagesritt von der Hafenstadt Cuihai entfernt. Wir halten noch ein letztes Mal bei einem Wirtshaus, um uns für die letzte Etappe unserer Reise zu stärken.

Ein Taifun, denke ich, als ich Tang Wei dabei beobachte, wie sie mit unserem Kellner schäkert.

Genau das ist sie. Ein gewaltiger, beeindruckender Strudel aus Wind und Wasser, der alles mitreißt und einen in Ehrfurcht vor seiner rauen Schönheit zurücklässt.

Sie bezirzt den Mann, uns einen Extrateller gedämpfte Garnelen-Reisrollen zu spendieren. Ich wünschte, ich hätte auch nur die Hälfte von ihrem unerschütterlichen Selbstbewusstsein und Scharfsinn. Ich könnte noch eine Portion Knödel vertragen.

»Männer sind einfach gestrickt«, raunt mir Tang Wei verschwörerisch zu, nachdem der Kellner mit einem selbstzufriedenen Lächeln auf dem Gesicht davongegangen ist. »Gib einem Mann das Gefühl, dass er dein Held ist, und er macht alles, was du willst.«

»Hm«, sage ich und fixiere Altan mit einem durchdringenden Blick.

Er sieht von seiner Rindfleischsuppe auf. Reisnudeln glitschen mit einem Plopp von seinen Essstäbchen zurück in seine Schüssel und etwas Flüssigkeit spritzt über den Rand.

»Was guckst du mich so an?«

»Du bist ein Mann.«

»Deine Beobachtungsgabe ist wirklich verblüffend.«

»Manchmal bin ich mir nicht sicher, weil du so hübsch bist«, gurre ich. Ein Lächeln huscht über sein Gesicht. Ich deute mit meinen Essstäbchen auf Tang Wei. »Stimmt es, was sie sagt? Über Männer?«

Er rutscht unruhig auf seinem Stuhl hin und her. »Bei manchen Männern mag das funktionieren.«

»Und funktioniert es auch bei dir?« Tang Wei gibt ihm einen Knuff mit dem Ellenbogen. »Gibt dir jemand ein besonders heldenhaftes Gefühl, Goldjunge?«

Altan wirft ihr einen warnenden Blick zu. »Hör auf, mich so zu nennen.«

Sie zuckt die Achseln und sieht mich mit funkelnden Augen an. »Mädchen dagegen sind eine Herausforderung und um einiges interessanter.« Sie spielt mit einer Locke meiner Haare. Meine Wangen werden rot. Ich spüre, wie meine Ohren zu glühen beginnen, als sie meinen Arm tätschelt. »Beruhige dich, Ahn – dich hab ich doch gar nicht gemeint.«

Altan verschluckt sich an seinen Nudeln. Er hält sich die Seite und lacht, als hätte Tang Wei den lustigsten Witz aller Zeiten gemacht.

»Ich kann sehr wohl interessant sein!«, protestiere ich.

»Ich bin sicher, da draußen gibt es jemanden, der das auch so sieht. Aber bis dahin spiel deine Rolle, *Bruder.*« Tang Wei schüttelt langsam den Kopf, und ihre Augen blitzen schelmisch, während sie mich von oben bis unten mustert.

Mein Mund öffnet und schließt sich, aber ich bringe keinen Ton heraus. Ich weiß, dass sie mich nur necken will, aber das ist mit Sicherheit nicht die Art, wie man sich unter Geschwistern ansieht.

Sie wirft dem kichernden Altan einen Seitenblick zu. »Hör auf zu lachen. Du bist ja selbst außerordentlich langweilig und berechenbar. Nur, dass du's weißt.«

Um sich zu rächen, verputzt er zwei von ihren Reisröllchen.

»He, das ist Mundraub, mein Junge«, schimpft sie.

Er grinst und isst noch eines.

Der Kellner kommt mit unserem Tee und sofort wird die Stimmung am Tisch wieder ernst. Wann immer wir die Gelegenheit haben, bestellen wir eine Kanne grünen Jasmintee, den Meister Sun so gerne mochte, und Altan oder Tang Wei erinnern dann mit ein paar Worten an ihn. Das ist ein Ritual für uns geworden, eine Art Huldigung an Meister Sun.

Du kannst dich entscheiden zu beschützen.

Ich bewahre seine Worte in meinem Herzen. Auch wenn ich ihn kaum kannte, stehe ich tief in seiner Schuld. Die einzige Möglichkeit, diese Schuld zu begleichen, ist das Schwert des Lichts zu finden und die Macht der Diyeh-Priesterschaft zu beenden.

»Unmöglich«, beharre ich.

Altan zerbricht den Zweig in seiner Hand und wirft ihn achtlos zur Seite. »Nur, weil du mich noch nicht dabei gesehen hast, bedeutet das nicht, dass ich es nicht kann. Immerhin hab ich diesen Banditen in der Schlucht unschädlich gemacht, erinnerst du dich?«

»Das kann auch ein Zufallstreffer gewesen sein –«

»Es war kein –«

»Aber –«

Ein Stein fliegt in unsere Richtung und wir springen beide zurück.

»Um Himmels willen, jetzt seid endlich still!« Tang Weis Gesicht ist ganz verquollen vom Schlaf. Vor einer Stunde haben wir in einem dichten Bambuswald Rast gemacht und sie hat beschlossen, ein Nickerchen zu machen. »Ihr seid wie zwei Geier, die sich um einen Kadaver streiten. Wenn ich gewusst hätte, dass ihr euch die ganze Zeit ankeift, hätte ich es mir zweimal überlegt mitzukommen.«

Altan zuckt die Achseln. »Du kannst jederzeit gehen.«

Ein weiterer Stein, diesmal ein größerer, saust auf ihn zu.

»Wir keifen uns nicht an. Wir führen eine zivilisierte Diskussion darüber, ob er einen Pfeil von seinem Kurs abringen kann«, schalte ich mich ein.

»So kann man es auch beschreiben«, murmelt Tang Wei und wirft uns einen vernichtenden Blick zu. Dann streckt sie sich und grinst verschmitzt. »Vielleicht hab ich ja endlich meine Ruhe, wenn ihr zwei euch nicht mehr an die Gurgel geht, sondern an den Lippen hängt.«

Meine Wangen glühen. Wovon in aller Welt redet sie? Ich werfe Altan einen verstohlenen Blick zu. Er betrachtet die Bambuspflanze vor sich, als wäre es das Interessanteste, was er je gesehen hat.

»Wenn wir diesen Wald verlassen, kannst du sie ja mit deiner brillanten Bogenkunst beeindrucken, Goldjunge«, sagt Tang Wei zu ihm. »Dann fällt ihr bestimmt nichts mehr ein.«

»Ich muss ihr nichts beweisen.«

»Das sagst du nur, weil du es doch nicht kannst«, trällere ich und strecke Altan die Zunge raus.

»Warum gehst du nicht Jagen? Bring uns ein Kaninchen oder zwei oder was anderes in der Richtung«, wirft Tang Wei ein, bevor Altan etwas erwidern kann.

Erstaunlicherweise kommt er ihrer Aufforderung ohne Diskussion nach und trottet davon, nicht ohne mir einen seltsamen verstohlenen Blick zuzuwerfen.

»Warum nennst du ihn immer Goldjunge?«, frage ich.

»Seine Haare. Die leuchten so in der Sonne«, sagt sie leichthin. Doch dann kehrt ihre spöttische Art zurück. »Hübsch, nicht wahr?«

»Ist mir überhaupt noch nicht aufgefallen«, sage ich zu schnell. Ich erinnere mich an all die faszinierten Blicke, die ich ihm zugeworfen habe, wenn seine Haarfarbe im Licht von einem dunklen Kastanienbraun zu einem schimmernden Goldton wechselte.

Tang Wei rückt die Stäbchen mit den Metallspitzen zurecht, die in dem Haarknoten auf ihrem Kopf stecken. »Komisch. Ich hätte schwören können, du verbringst eine Menge Zeit damit ihn anzustarren, wenn er dich nicht beachtet.«

»Das tue ich nicht!«, sage ich vehement. Bevor Tang Wei mich noch weiter in Verlegenheit bringen kann, lenke ich das Gespräch auf sie. »Warum hast du dich überhaupt entschlossen, mit uns zu kommen? Hat Leiye dich auch rekrutiert?«

Tang Wei hat noch nicht viel über sich selbst preisgegeben, abgesehen davon, dass sie aus der Lotus-Sekte stammt. Aber ich habe das Gefühl, dass an ihrer Biografie mehr dran ist als die Geschichte einer Assassine, die sich hinter geistreichen Bemerkungen versteckt.

Ihr Gesichtsausdruck verhärtet sich.

»Nein, ich kenne Leiye gar nicht. Ich bin hier, weil ich die Diyeh-Priester aus dem Weg haben will. Und du bist die Einzige, die das bewerkstelligen kann. Sie fürchten dich.« Ein Dolch schnellt aus ihrem Ärmel und durchschneidet einen Bambusstab vor uns, bevor er einen Bogen beschreibt und wieder in ihrer Hand landet. »Und wenn *du* nicht auf ihrer Seite bist, bedeutet das, dass du auf meiner bist. Sie haben meine Schwester geholt, als ihre Affinität sich bemerkbar machte, und mein hasenfüßiger Vater hat tatenlos zugesehen, weil er seinen Status nicht riskieren wollte.« Sie spuckt kräftig aus. »Ich hasse ihn.«

Ich denke an meinen Vater und frage mich, ob ich ihn hasse. Frage mich, ob er wohl noch nach mir sucht. Bereut er, dass er mich in den Kerker gesperrt hat? Oder rechtfertigt er seine Handlungen damit, seinem Land zu dienen?

»Ist das der Grund, warum du der Lotus-Sekte beigetreten bist?«, frage ich.

»Wie sich herausstellte, hatte ich keine Magie. Aber ich rannte trotzdem von zu Hause fort, als ich vierzehn war. Ich hatte von der Lotus-Sekte gehört und davon, dass ihre Anführerin Hong Feng Mädchen aufnahm, die nirgendwo sonst hinkonnten. Wenn ich geblieben wäre, hätte mein Vater mich aus politischem Kalkül mit irgendeinem intriganten Funktionär verheiratet. Eine Zweckehe mit einem Mann, den ich nicht gewählt hatte und nie lieben würde. Damit konnte ich nicht leben.« Tang Wei zwinkert mir zu; ihre Mundwinkel zucken. »Außerdem, warum sollte ich mich mit einer Stopfnadel begnügen, wenn ich ein Leben mit dem Schwert führen kann?«

»Der Kronprinz hat auch keine Wahl«, sage ich und erinnere mich an Tai Shuns Worte, den Ausdruck in seinem Gesicht, wann immer er Leiye sah. Ich frage mich, wie es ihm geht. Ich frage mich, wie es *Linxi* geht. Mein Herz zieht sich zusammen. Ich hoffe, dass meine Freundin in Sicherheit ist.

»Der Junge könnte ja abdanken«, sagt Tang Wei nüchtern.

»Und wer würde dann regieren?« *Mein Vater?* Der Gedanke lässt mich schaudern.

Sie weicht meinem Blick aus. »Jemand, der würdiger ist.«

»Aber gibt es so jemanden überhaupt? Der wahre Thronerbe ist tot und die königliche Stammlinie endet mit Tai Shun. Die Shi würden nie jemanden ohne kaiserliches Blut auf den Thron lassen.«

Sie macht eine wegwerfende Handbewegung und gähnt. »Darüber können wir uns später immer noch den Kopf zerbrechen. Bist du nicht müde? Ich schlaf noch eine Runde.«

Ich schüttele den Kopf. Ich muss immer noch an Tai Shun denken.

Sie gähnt noch einmal. »Wenn all das hier vorbei ist, werde ich tausend Jahre schlafen – ich bin so müde und diese dunklen Ringe unter meinen Augen sind furchtbar.«

»Wovon redest du? Du siehst wunderbar aus.« Ich sehe keine Ringe unter Tang Weis Augen. Trotz der Reisestrapazen sieht sie genauso hübsch und perfekt zurechtgemacht aus wie bei unserer ersten Begegnung in Shahmo.

Sie strahlt mich an. »Du bist wirklich süß. Vielleicht hört er ja endlich mal auf, so ein Narr zu sein.«

»Wer?«

Sie zieht eine Grimasse. »Mir scheint, er ist nicht der einzige Narr hier. Wie auch immer – ich mache jetzt ein Nickerchen.« Sie legt sich hin und zieht sich sofort ihren Strohhut ins Gesicht.

Einen Augenblick später höre ich ein sanftes Schnarchen, das mich auflachen lässt. Tang Wei regt sich im Schlaf. Ich schlage mir die Hand vor den Mund und entferne mich, so leise ich kann. Ich sollte sehen, dass ich auch etwas Schlaf bekomme, aber Altans Abwesenheit macht mich irgendwie unruhig. Ich habe mich so daran gewöhnt, dass er immer um mich ist, dass etwas zu fehlen scheint. Wahrscheinlich wäre es am besten für mich, meine rastlose Energie auf etwas Nützliches zu lenken und zum Beispiel meine Magie zu trainieren. Ich habe noch immer nicht diesen Sog gespürt, von dem mein Vater sprach. Das Schwert des Lichts spricht nicht zu mir. Ich weiß nicht, ob das bedeutet, dass ich nicht in der Lage sein werde, es zu finden, oder ob ich einfach näher sein muss, um es zu spüren.

Oder ob es daran liegt, dass ich es noch nicht geschafft habe, meine Lebensräuber-Magie zu beherrschen. Vielleicht ist die Blockade, mit der meine verzweifelte Mutter meinen Energiefluss gestoppt hat, zu stark und kann sich nicht selbst wieder lösen.

Ich laufe auf den Waldrand zu und folge der langsam kühler werdenden Luft, sicher, dass ein See oder anderes Gewässer in der Nähe sein muss. Schon bald wird der Bambuswald immer lichter und ein Bach ist zu sehen.

Im Wasser schwimmen Fische.

Es ist niemand in der Nähe und wir sind weit genug vom nächsten Ort entfernt. Ich fühle mich sicher genug, meine Magie zu benutzen. Nur für eine kleine Weile.

Ich atme gleichmäßig und konzentriere mich auf mein Qì, sammele einen Ball von Energie in meiner Magengrube. Dann strecke ich eine Hand in Richtung Fluss aus und bewege meine Finger auf und ab.

Eine kleine Wasserfontäne spritzt in die Höhe und neigt sich in meine Richtung. Langsam bewege ich das Wasser hin und her, lasse es zu einer flüssigen Kugel zusammenfließen und wieder auseinanderwogen. Ich muss lächeln, so wunderschön glitzert und schimmert es im Sonnenlicht.

Da zwitschert etwas hinter mir, und ich wirbele überrascht herum, sodass das Wasser in alle Richtungen spritzt. Ich sehe gerade noch, wie ein huschendes Etwas aus rotbraunem und weißem Fell zwischen den Bambusbäumen verschwindet. Ein neugieriger Katzenbär muss sich an mich herangeschlichen haben. Ich wende mich wieder dem Fluss zu und überlege, ob ich zurückgehen oder das tun soll, was ich eigentlich tun wollte.

Wieder überkommt mich dieses Gefühl von Übelkeit. Ich verdränge es. Es kann mir nur gelingen, alles ins Lot zu bringen, wenn ich das Weiße Jade-Schwert finde.

Und es kann mir nur gelingen, es zu finden, wenn ich meine Lebensräuber-Magie beherrsche.

Nur Feiglinge nehmen ihr Schicksal nicht selbst in die Hand, sage ich mir. Egal, was mein Vater sagt – ich allein habe die Kontrolle über mein Leben.

Ich richte meine Finger auf die kleinen silbernen Fische, die im Wasser hin- und herflitzen. *Tu es,* flüstert diese hinterlistige Stimme in meinem Kopf.

Ich hole tief Luft.

Etwas raschelt. Wahrscheinlich wieder der Katzenbär.

»Na, fischt du dir dein Mittagessen?«

Ich mache einen erschrockenen Satz zurück. Und doch kann ich das Gefühl der Erleichterung nicht verleugnen, das ich empfinde. Tief in mir weiß ich, dass ich nicht das Zeug dazu habe, diese Fische mit meiner dunklen Magie zu töten.

Doch meine Erleichterung schwindet, als ich sehe, wer da hinter mir aufgetaucht ist.

Leiye.

Das beklommene Gefühl, das seine Gegenwart in mir auslöst, lässt meinen Magen flau werden. Er ist ganz in Schwarz gekleidet; nur in sein dunkles Haar hat er ein schmales grünes Band geflochten. Keine Priester-Robe. Bedeutet das, dass er als Xima Leiye, Sohn des Marquis von Qin, hier ist und nicht als Gefolgsmann meines Vaters? Oder ist er einfach als er selbst hier, wer auch immer das ist? Er hat zu viele Facetten an sich, die ich noch nicht ergründet habe.

»Prima Verkleidung«, sagt er und deutet auf meine Tunika und meine Hosen. Ich kann nicht heraushören, ob das sarkastisch gemeint ist.

»Wie hast du mich gefunden?«

Wortlos lässt er eine Hand unter sein Gewand gleiten und holt eine rote Maske hervor.

Mein Herz schlägt schneller. »Du warst das in der Schlucht – du hast diesen Dolch geworfen. Bist du uns gefolgt?«

»Nicht den ganzen Weg.«

»Warum?«

»Ich hab doch gesagt, ich werde dafür sorgen, dass du am Leben bleibst.«

Ich denke nicht daran, mich bei ihm zu bedanken. »Was willst du? Bist du hier, um dich uns anzuschließen? Ich dachte, wir würden uns auf dem Schiff treffen.«

»Nein, und deshalb bin ich hier. Um dir zu sagen: Geh nicht auf dieses Schiff.«

Ich runzele verwirrt die Stirn. »Und warum nicht? Hast *du* nicht Altan angeheuert, um mich an Bord zu bringen?«

Leiye lacht gekünstelt auf. »Das hat *Altan* dir also erzählt?«

»Warum sprichst du seinen Namen so seltsam aus?«

»Weil ich ihn unter einem anderen Namen kenne«, antwortet Leiye mit steinerner Miene. »Unsere Abmachung war, dass er dich befreit und versteckt hält. Keine Seereise, kein Schwert. Nicht, bis ich einen Plan geschmiedet habe. Nun stell dir meine Überraschung vor, als nach deinem Ausbruch aus dem Gefängnis niemand beim verabredeten Treffpunkt auftauchte. Ich musste mir schnell eine neue Strategie ausdenken, bei den Diyeh und deinem Vater Zeit schinden, um euch einen Vorsprung zu verschaffen. Ich war überhaupt nicht vorgewarnt worden und musste meine eigenen Spuren verwischen.«

»Wie erfinderisch«, bemerke ich.

»Als uneheliches Kind eines Marquis lernt man es, erfinderisch zu sein«, sagt er trocken.

»Das ergibt doch alles keinen Sinn. Wenn Altan nicht von dir bezahlt wurde, warum hätte er sich dann die Mühe machen sollen, das Schiff zu heuern?«

»Ja, warum nur«, sinniert Leiye und zeichnet mit seinem schlanken Finger die Linien auf seiner Maske nach.

Ich bin ziemlich sicher, dass er von meinem Vater hierhergeschickt wurde. Das muss irgendeine raffinierte Intrige von ihm sein. Ich weigere mich zu glauben, dass Altan mich angelogen hat. Aber Leiye hat mir immerhin geholfen, aus dem Kerker zu entkommen, da bin ich ihm eine Chance schuldig, die Dinge zu erklären.

»Im Kerker hast du mir erklärt, ich müsste das Schwert des Lichts finden. Und das kann ich nur, wenn ich auf dieses Schiff komme. Woher dieser Sinneswandel?«

Zum ersten Mal, seit ich ihn kenne, scheint Leiyes Selbstbewusstsein ins Wanken zu geraten. »Ich habe die Akten und historischen Aufzeichnungen in der Verbotenen Bibliothek studiert – irgendetwas stimmt da nicht. Es gibt Lücken in den Aufzeichnungen. Seiten, die kopiert wurden; Seiten, die gefälscht zu sein scheinen.«

»Geht es hier um das Buch, das du aus dem Arbeitszimmer meines Vaters gestohlen hast?«

»Ja und nein.« Er kommt einen Schritt näher; ich weiche einen Schritt zurück. »Hast du den Sog schon gespürt? Hat das Schwert dich gerufen?«

»Nein«, gebe ich zu. »Und was stimmt da nun nicht? Was hast du entdeckt?«

»Das weiß ich auch noch nicht so genau. Du musst mir einfach ... vertrauen.«

»Dir vertrauen?«, wiederhole ich höhnisch. »Woher soll ich denn wissen, dass du nicht auf Befehl meines Vaters hier bist und nur so tust, als ob du dich um mich sorgst? Woher soll ich wissen, dass du mich nicht anlügst?«

»Denk doch mal nach, Ahn«, sagt er betont ruhig. Doch an der Art, wie er die Zähne zusammenpresst, kann ich ablesen, dass er sich allmählich über meine Sturheit ärgert. »Dein Vater will, dass du das Schwert des Lichts suchst. Ich fordere dich auf, es *nicht* zu tun.«

»Weißt du denn, was mein Vater vorhat?«

Er wirft mir einen verdutzten Blick zu. »Warum sonst würde ich versuchen, ihn aufzuhalten?«

»Vielleicht hast du –«

»Bist du das Ahn? Mit wem redest du denn?«

Altan tritt aus dem Bambuswald, in der einen Hand einen toten Fasan, in der anderen einen Dolch. Ein Dolch, den er wohl am liebsten auf Leiye werfen würde, als er ihn jetzt erblickt.

»Was machst *du* denn hier?«

Leiyes schiefergraue Augen blitzen gefährlich auf. »Ich durchkreuze deine Pläne, Jin.«

Der Dolch saust durch die Luft. Leiye fängt ihn auf, fast schon gelangweilt. Altan lässt den Fasan fallen und zieht seinen Säbel.

»Warte!«, rufe ich Altan zu. »Stopp!«

Er zögert.

»Du – bleib, wo du bist und rühr dich nicht«, sage ich zu Leiye, der mir sogar gehorcht. Dann drehe ich mich wieder zu Altan um.

»Warum hat er dich *Jin* genannt?«

Er sieht mich nicht an. Sagt kein Wort.

Ich gerate ins Wanken. »Altan?«

»Ja, *Altan*. Warum erzählst du ihr nicht, was dein richtiger Name ist?« Leiye wirft den Dolch.

Ich schreie auf, doch Altan zuckt nicht einmal zusammen. Die Klinge saust Zentimeter an seinem Ohr vorbei. Leiye packt ihn am Kragen und schüttelt ihn, ohne sich davon beeindrucken zu lassen, dass Altan seinen Säbel gezückt hat.

»Fühlt sich nicht gut an, verraten zu werden, was? Wir hatten eine Abmachung. Wie ich gesagt habe: Halte dich an den Plan, dann plaudere ich auch nicht deine Geheimnisse aus.« Er lässt Altan los und dreht sich zu mir. »Warum fragst du ihn nicht, wer er wirklich ist? Fragst ihn, was er von dir will, Lebensräuberin?«

Pass auf, wem du traust.

Ein bitterer Geschmack brennt auf meiner Zunge. Mein Magen dreht sich um. Es fühlt sich an, als würde ich in ein tiefes, dunkles Loch fallen.

»Übrigens«, fährt Leiye fort, »Tai Shun war furchtbar aufgebracht, nachdem er seinen Rausch ausgeschlafen hatte. Er war so sicher, dass er seinen toten Cousin in Fleisch und Blut getroffen hatte, so sicher, dass sein geliebter Jin noch am Leben war.« Er grinst, der Blick kalt, die Stimme voller Gift. »Ich habe es nicht übers Herz gebracht, ihm zu sagen, dass er *recht* hat.«

Altan erstarrt vor eiskalter Wut. »Du Bastard –«

»Ich dachte, der wahre Erbe des Drachenthrons sei tot und deshalb sei Tai Shun der Nächste in der Thronfolge.« Verunsichert starre ich Altan an. »Wer genau *bist* du?«

Der Ausdruck auf seinem Gesicht sagt mir alles, was ich wissen muss.

»Du!« Ich schlage mit den Handflächen gegen seine Brust und er stolpert zurück. »Nach allem, was wir zusammen durchgemacht haben. Du hast mich *angelogen.*«

»Ich habe nie den richtigen Moment gefunden, es dir zu erzählen.«

»Lügner!«, schreie ich ihm ins Gesicht. Auf einmal ist mir alles klar. »Du willst mich benutzen, um deinen Thron zurückzubekommen, nicht wahr? Deshalb hast du mir nicht die Wahrheit gesagt.«

»Ahn.«

Er kommt auf mich zu. Er wirkt ehrlich verzweifelt, aber ich bin zu wütend, um Mitleid mit ihm zu haben. Kurz davor in Tränen auszubrechen, stoße ich ihn zur Seite.

»Ich habe dir vertraut –« bringe ich hervor.

»Ahn!« Tan Wei stürzt aus dem Wald ans Flussufer. »Schnapp dir ein Pferd und flieh!«

Während wir anderen zu verblüfft sind, um zu reagieren, steht sie entschlossen da, die Dolche gezückt.

Magie liegt in der Luft.

Der Bambuswald teilt sich. Stamm für Stamm fällt die Welt auseinander.

Vier Gestalten in rostroten Gewändern schreiten unaufhaltsam durch das Dickicht; die Hände schlagen im Gleichtakt eine Schneise durch das Grün. Wie haben die Priester uns gefunden? Hat Leiye mich verraten? Ich sehe mich um.

Er ist verschwunden.

Die Priesterin zieht ihr Schwert und wirbelt einen Haufen tote Blätter auf, als sie auf Altan zustürzt. Die beiden springen in die Luft, indem sie mit den Füßen einen Bambusstab biegen und sich abfedern, und setzen hoch über uns ihren Kampf fort.

Alles, was sich als Wurfgeschoss eignet, fliegt durch die Luft: Klingen, Bambuszweige, Steine, Dreck. Grunzlaute, Fausthiebe und das Klirren von Metall auf Metall tönen in meinen Ohren wieder.

Lauf, lauf, lauf.

Endlich reagieren meine Füße und ich sprinte zurück in Richtung der Stelle, wo wir die Pferde angebunden haben. Doch eine Serie von Flammen lodert vor mir auf, schneidet mir den Weg ab und zwingt mich zurück in das Kampfgetümmel.

Tan Wei lässt ihre Dolche durch die Luft zischen. Die Priester wehren die Klingen mit lockeren Handbewegungen ab. Einer von ihnen kommt näher. Tang Wei weicht seinen Hieben aus, greift blitzschnell mit einer Hand in ihr Haar und sticht zu.

Der Priester greift sich an den Hals und taumelt zurück; Blut läuft über sein orangefarbenes Gewand. Zu meinem Entsetzen zieht er sich das als Haarnadel verwendete Essstäbchen aus dem Hals und sinkt auf die Knie. Noch mehr Blut spritzt heraus und er sackt zusammen. Würgend wende ich mich von seinem Körper ab.

Eine silberne Kette wirbelt durch die Luft und wickelt sich um den anderen Priester, sodass seine Arme an seinen Oberkörper gefesselt sind. Tang Weis Mund kräuselt sich zu einem Lächeln, als sie sich an ihre Metallpeitsche hängt und ihr Opfer zu sich heranzieht. Doch gerade als ich denke, dass wir die Oberhand gewinnen, schießt eine Stichflamme in das Bambusdickicht, in dem Altan und die Priesterin kämpfen.

Ich renne voraus und brülle seinen Namen. Jemand stößt mich zu Boden.

Metall dringt in Fleisch.

Ein Messer ragt aus Tang Weis Brustkorb – ein Messer, das für mich bestimmt war.

»Nein … Götter … *nein*! Warum hast du –« Die Klinge sitzt tief. Ich kann sie nicht herausziehen, also presse ich die Hände auf die Wunde, um den Blutfluss zu stoppen.

Tang Wei schreit vor Schmerz auf. »Himmel, Ahn – warum bist du noch hier? Flieh!«

Ich nehme meine Hände nicht weg. »Ich lass dich nicht zurück – du bist verletzt.«

Sie packt mich und mein Ärmel ist sofort voller Blut. »Ich sterbe für eine würdige Sache. Und jetzt geh!«

Ein erstickter Laut zwischen Lachen und Schluchzen dringt aus meiner Kehle. »Jetzt sei nicht so theatralisch. Du wirst nicht sterben.«

Das werde ich nicht zulassen.

Ich lege ihre Hände auf ihre Wunde. Dann stehe ich auf und trete den zwei Priestern entgegen. Sie zögern, spüren, dass etwas an mir anders ist. Flehend, suchend rufe ich die abnorme Magie in mir und richte ein stilles Gebet an taube Götter. *Ich nehme dich an*, sage ich zu der Bestie in mir, wie auch immer diese aussieht.

Ich lasse dich frei.

In diesem Moment fängt das Zikadensummen wieder an. Meine Sinne schärfen sich.

Energie explodiert in mir.

Mit starrem Blick fixiere ich die Priesterin, die immer noch mit Altan kämpft, dass Klingen und Blätter nur so durch die Luft wirbeln. Plötzlich macht sie eine ruckartige Bewegung in meine Richtung. Ihr Schwert fällt zu Boden. Ihre Augen rollen nach hinten, sodass nur noch das Weiße zu sehen ist. Blassgrünes Licht dringt aus ihrem Körper, als sie zu Boden stürzt. Ihre Lebenskraft strömt in mich hinein, eine mitreißende Flut von Energie.

Altan landet in der Hocke auf dem Boden. Der Ausdruck auf seinem Gesicht – ich kann nicht so recht sagen, ob es Grauen oder Staunen ist. Oder beides. Unsere Blicke treffen sich und alles andere verschwimmt im Hintergrund. Da ist wieder dieser seltsame Lichtschein, der ihn umgibt. Hell und weiß.

Rein, flüstert eine Stimme in meinem Kopf.

Nimm ihn dir, befiehlt eine andere, kräftigere Stimme.

Altan kommt auf mich zu; sein Licht leuchtend und blendend. Ich versuche, ihn mit meiner dunklen Magie zu erreichen. Taste nach seinem Lebensband. Seiner Lebenskraft. Ich ziehe. Doch Altan japst oder röchelt nicht, wie er es in der Schlucht getan hat. Sein Licht bleibt weiß, ohne eine Spur von Grün. Das Licht wehrt meine Magie ab. Stößt mich zurück. Es –

»Es ist die Lebensräuberin!«

Der Ausruf reißt mich aus meiner Trance. Ein Priester zeigt auf mich. Die Ehrfurcht in seinem Ton schmeichelt mir und stößt mich ab.

Er hat dich unterbrochen, wispert die Stimme. *Für diese Unverschämtheit muss er bezahlen.*

Der Nacken des Mannes knickt nach hinten. Seine Hände umklammern seinen Hals. Mit einem Wimmern sackt er zu Boden. Blassgrünes Licht dringt aus seinem Körper. Einen Augenblick später ist nur noch die Hülle eines Menschen von ihm übrig.

Der letzte Priester rührt sich nicht von der Stelle. Ob es Panik oder Ehrfurcht ist, was ihn davon abhält zu fliehen, weiß ich nicht. Und es ist mir auch egal. Er weiß, wer ich bin – ich kann ihn nicht davonkommen lassen. Ein kurzer Kampf zeichnet sich auf seinem Gesicht ab, dann bricht er zusammen.

Genug, rufe ich dem Monster in mir zu. *Hör auf.*

Ich falle auf die Knie, stütze zitternd den Kopf in meine Hände.

Hör auf.

Doch etwas Dunkles und Furchtbares schließt langsam seinen Griff um meinen Geist.

Mehr. Du willst mehr, flüstert diese andere Stimme aus den Tiefen meiner Seele. *Nimm es. Nimm alles.*

Mein Blick fällt auf Tang Wei. Ihr Blut hat die Erde schwarz gefärbt. Ihr Qì ist so schwach, ihr Atem so flach. Es wäre einfach, ihre Lebenskraft auszusaugen.

So einfach wie Atmen.

Ich strecke eine Hand aus.

»Ahn!«

Ich erstarre. Was mache ich da? *Was wollte ich da gerade tun?* Ich höre mich selbst aufschreien, als ein Schmerz wie ein scharfer Keil mein Herz durchfährt.

Und dann wird alles dunkel.

34.

ALTAN

Ahn bricht mit einem Schrei zusammen. Als ich zu ihr komme, ist sie bewusstlos, aber sie atmet. Tang Wei neben ihr ist weiß wie ein Gespenst und atmet kaum. Die Klinge hat ihr Herz um ein paar Zentimeter verfehlt, aber sie steckt tief. Ich kann das Metall nicht herausziehen, ohne zu riskieren, dass sie verblutet.

Ihre Augen öffnen sich flatternd und sie sucht meinen Blick. In diesem Moment treffen wir eine wortlose Vereinbarung. Sie weiß, dass ich überlege, sie zurückzulassen. Dass ihre Wunde schlimm genug ist, um das in Erwägung zu ziehen.

»Geh. Nimm Ahn und flieh. Sie werden mehr Priester schicken. Da wäre ich euch nur ein Klotz am Bein.«

»Und ich soll darauf verzichten, dir das Zeit deines Lebens unter die Nase zu reiben? Kommt gar nicht infrage.« Ich grinse wie ein Irrer und versuche nicht in Panik zu geraten. Sie hat zu viel Blut verloren. »Wenn du das hier überlebst, hab ich was gut bei dir.«

»Oh Götter, lasst mich sterben.« Ihr Lächeln gerät zu einer Grimasse.

»Halt die Klappe.«

Das Feuer breitet sich noch immer aus, also werfe ich etwas Erde auf die Flammen, bevor sie uns erreichen. Ich schüttele Ahn.

»Stopp! Nein, stopp!« Sie kommt wieder zu Bewusstsein, windet sich und schlägt nach mir. Ich schlinge meine Arme fest um sie, damit sie sich nicht bewegen oder sich verletzen kann.

»Alles ist gut. Wir sind alle am Leben – Tang Wei ist am Leben«, wiederhole ich, als ich spüre, wie sie zittert. »Tief durchatmen. Es ist alles in Ordnung. Einfach atmen.«

Ihr Körper gibt nach, ihre Anspannung weicht in meinen Armen. Ich versuche, an nichts anderes zu denken und konzentriere mich nur darauf, dass ich sie beruhigen muss. Als ihr Atem gleichmäßiger wird, lasse ich sie los.

»Wir müssen Tang Wei zu einem Arzt bringen. Kannst du selbst reiten?«

Ahn schluckt. Ihr Blick erinnert mich an ein Tier, das sich in die Enge getrieben fühlt. »Ja, ich komm zurecht. Kümmere dich um sie.«

Ich ziehe sie hoch und helfe ihr auf ein Pferd. Dann hebe ich Tang Wei in meine Arme.

Sie beißt ihre blutverschmierten Zähne zusammen. »Lass mich nicht fallen.«

»So schwach bin ich nun auch wieder nicht.«

»Sei vorsichtig … da ragt ein *Messer* aus mir.«

»Das sehe ich. Jetzt hör auf zu reden.«

Sie fängt an zu lachen, aber in ihrem Blick liegt echte Angst. Für einen Moment spüre ich meine eigene Panik. Ich kann sie nicht auch noch verlieren. Nachdem wir aufgesattelt haben, lege ich vorsichtig den Arm um sie, ohne ihre Wunde zu berühren.

»Das ist irgendwie nicht so romantisch, wie ich mir das vorgestellt habe.«

»Ich würde auch lieber jemand anders im Arm halten, das kannst du mir glauben.«

Irgendwie bringt sie die Kraft auf, mir ein schelmisches Lächeln zuzuwerfen. »Ich weiß.«

»Halt die Klappe. Konzentriere dich lieber darauf, am Leben zu bleiben.«

»*Der Rote Schmetterling* … sicheres Haus in der Hafenstadt«, flüstert sie. Von Minute zu Minute wird sie blasser.

»Da bringe ich uns hin. Und jetzt kein Wort mehr.«

Sie nickt und schließt die Augen. Ich lege ein mörderisches Tempo vor und verlasse mich einfach darauf, dass Ahn hinterherkommt.

35.

AHN

Verliere ich jetzt den Verstand?

Diese Frage habe ich mir schon hundert Mal gestellt, seit wir Tod und Zerstörung entkommen sind und den *Roten Schmetterling* erreicht haben.

Es begann mit dieser Stimme, geschmeidig und glatt wie Seide, die sich wie eine Leine um meinen Hals legen will. Mich kontrollieren will. Sie spricht auch jetzt zu mir, als ich still in der Ecke des Zimmers sitze und über die schlafende Tang Wei wache.

Die Schatten kamen später.

Zuerst dachte ich, es wären Fieberfantasien. Dann dachte ich, ich würde den Verstand verlieren.

Bald begriff ich, was die Schatten waren. *Wer* sie waren.

Meine Opfer. Die Seelen, die ich gestohlen habe.

Ich fing an, den dunklen, körperlosen Gestalten Gesichter zu geben. Der Wegelagerer aus der Schlucht, die zwei Männer aus der Gasse in Shahmo, die drei Priester … ich sehe sie nicht direkt. Sie bleiben verschwommen und konturlos. Aber ich kann sie *spüren.* Ich weiß nicht, warum sie auf einmal hier sind oder warum sie mich heimsuchen. Vielleicht waren sie schon vorher da und ich habe sie nur nicht bemerkt.

Vielleicht habe ich zu viele Menschen getötet, und das ist meine Strafe.

Ich erzähle Altan und Tang Wei nichts von den Schatten oder der Stimme. Ich will ihnen keine Angst machen. Will nicht, dass sie glauben, mit mir stimmt etwas nicht oder ich bin nicht in der Verfassung, auf eine Seereise zu gehen. Auch wenn Leiye mich davon abbringen wollte – ich werde auf dieses Schiff gehen. Und ich werde das Schwert finden.

»Ahn?« Aus der Richtung des Bettes kommt ein Wispern.

Ich springe auf und gehe zu Tang Wei. »Ich bin hier. Was brauchst du?«

»Nur etwas Wasser.«

Als sie sich aufsetzt, fasst sie sich an die Brust und verzieht das Gesicht. Aber sie sieht besser aus als in den letzten Tagen. Die Heiler der Lotus-Sekte sind sehr erfahren, und sie haben mir versichert, dass Tang Wei in ein paar Wochen wieder ganz gesund sein wird. Doch das linderte mein schlechtes Gewissen nur wenig. Es war meine Schuld, dass sie verletzt wurde. Ich habe ihr gebeichtet, dass ich beinahe meine Lebensräuber-Magie gegen sie verwendet hätte, und sie hat mir verziehen. Aber das heißt nicht, dass ich mir selbst vergeben habe.

Ich reiche ihr einen Becher Wasser und sie nippt langsam daran.

»Wie fühlst du dich?«

»Entsetzlich.« Ihre Mundwinkel bewegen sich nach oben und das Funkeln in ihren Augen kehrt zurück. »Und ich wette, so sehe ich auch aus.«

Ich muss lachen. Sie deutet mit dem Kinn auf den Holzkamm auf dem Tisch. Ich hole den Kamm und kauere mich neben sie auf das Bett. Dann nehme ich eine Locke ihrer dunklen Haare, die voller Kletten sind, und fange an zu kämmen.

»Ahn.« Ihr Tonfall lässt mich aufhorchen. »Ist alles in Ordnung? Hast du genug gegessen?«

Anscheinend sieht man mir meinen Schlafmangel und Appetitverlust allmählich an. Ich mache ein komisches Gesicht. »Hast du je erlebt, dass ich etwas zu essen ablehne?«

Tang Wei sieht nicht besonders überzeugt aus, aber sie bohrt nicht weiter. »Wann fährt das Schiff los?«

»In drei Tagen.«

»Du bist immer noch entschlossen mitzufahren, egal, was dieser zwielichtige Priester gesagt hat?«

Ich höre auf zu kämmen. »Ich muss. Jetzt kann ich es spüren. Ich weiß, dass es da draußen ist.«

Ihre Schultern spannen sich an. »Das Schwert?«

Ich nicke.

»Ist es im Meer?«

»Ich glaube schon. Ich habe angefangen, den Sog zu spüren, als wir aus dem Bambuswald kamen.« Nachdem ich meine Angst losgelassen habe. Nachdem ich meine dunkle Magie angenommen habe. Diese Worte spreche ich nicht aus, aber Tan Wei weiß es.

»Wie fühlt sich das an?«, fragt sie.

Sie ist neugierig, aber ich bin nicht sicher, wie ich es ihr erklären soll. Mein Vater hat gesagt, es würde wie die Nadel eines Kompasses funktionieren, mich leiten. Aber es ist nicht das Gleiche.

»Es ist wie ein Ziehen. Es kommt von hier.« Ich lege eine Hand auf meine Brust. »Als wäre ein Seil an mir befestigt und würde mich ziehen.«

Ihre Augen weiten sich vor Sorge. »Tut es weh?«

»Nein. Es ist ein merkwürdiges Gefühl, das ist alles.« Ich fange wieder an, ihre Haare zu kämmen.

»Ich komme mit euch auf dieses Schiff«, verkündet Tang Wei.

»Du bleibst besser hier in Sicherheit«, sage ich seufzend. Ich wusste, dass sie das letzten Endes zur Sprache bringen würde.

»Das könnt weder du noch Altan entscheiden – mein Leben, meine Entscheidung.«

»Das Schwert zu finden, ist meine Aufgabe, nicht deine. Ich bin die Einzige, die auf dieses Schiff gehen sollte.« Seit wir hier angekommen sind, habe ich nicht mehr mit Altan – oder wie er auch immer in Wahrheit heißen mag – gesprochen.

Tang Wei macht eine abwehrende Handbewegung. »Du bist nicht meine Mutter, Ahn. Und meine Mutter konnte mich auch nie von dem abhalten, was ich tun wollte.«

»Es ist zu gefährlich. Und du bist verletzt.«

»Ich lasse euch das nicht allein machen. Es geht mir doch schon besser. Ich kann mich auf dem Schiff ausruhen. Versuch gar nicht erst, mich davon abzubringen, denn das wird dir ohnehin nicht gelingen. Außerdem kenne ich den Kapitän. Der kann mich als blinden Passagier mitnehmen, egal, was ihr macht.« Tang Wei lächelt und drückt meine Hand. »Und jetzt hilf mir bitte, mich wieder vorzeigbar zu machen.«

Da bringe auch ich ein Lächeln zustande. Ich frage mich, ob sie weiß, dass ich mir tief im Innern auch wünsche, sie dabeizuhaben. Es ist ein egoistischer Wunsch, ich weiß. Aber ich habe keine Ahnung, was uns auf der Seereise bevorsteht, und ihre Gegenwart beruhigt mich.

»Hast du mit Altan gesprochen?«, fragt sie.

Ich tue so, als hätte ich sie nicht gehört, doch sie rückt ganz nah an mich heran, sodass ich sie nicht ignorieren kann.

»Bist du immer noch böse auf ihn?«

Ich zucke die Achseln.

»Er hatte seine Gründe.«

»Ich wusste, dass du ihn verteidigen würdest.« Ich lasse den Kamm fallen, doch ich bekomme gerade mal ein Bein aus dem Bett, bevor Tang Wei mich zurückzieht.

»Ich verteidige ihn nicht. Ich finde nur, du solltest versuchen zu verstehen, was er durchgemacht hat. Warte, lass mich zu Ende reden –«

Sie blockiert meine wiederholten Fluchtversuche. Selbst als Verwundete ist sie voller Entschlossenheit. Ich seufze resigniert und setze mich wieder hin.

»Ich finde auch, dass es falsch war, dir seine Identität zu verschweigen. Aber wenn es dir hilft – er gibt nicht vor, jemand anders zu sein, wenn er mit dir zusammen ist. Ich habe gesehen, wie er sich verhält. Er nimmt sein Schutzschild herunter, wenn er mit dir zusammen ist. Der Altan, den du kennst – das ist wirklich *er*.«

»Ach, dieser nervige, unausstehliche und selbstgefällige *Lügner* ist der echte Altan? Gut zu wissen.«

»Es fällt ihm schwer, überhaupt jemandem zu trauen«, sagt Tang Wei und ignoriert gelassen meinen kindlichen Ausbruch. »Ich will nicht behaupten, dass ich verstehe, wie er sich fühlt, aber du bist nun mal die Lebensräuberin. Der letzte Lebensräuber war sein Urgroßvater, der Mann, der all diese furchtbaren Dinge getan hat.«

Ich sträube mich gegen ihre unverblümte Ehrlichkeit, aber sie lässt mich an das denken, was im Bambuswald passiert ist. An dieses himmlische Licht, das um Altan schimmerte. Hell und blendend. Daran, wie es mich angezogen hat.

Wie ich versucht habe, es ihm zu *nehmen*.

Es war offensichtlich, dass er dieses Licht nicht sehen konnte. Nicht im Wald und nicht zuvor in der Schlucht, als er zum ersten Mal mit meiner Magie konfrontiert war. Ein beißendes Schamgefühl brennt in meiner Kehle. *Er* war derjenige, der mich davon abhielt, Tang Wei zu verletzten. Er weiß, wozu ich fähig bin.

Vielleicht hatte er recht, sich vor mir zu fürchten. Vielleicht hatte er recht, mir zu misstrauen.

Ich setze einen abweisenden Gesichtsausdruck auf. »Lass uns das Thema wechseln.«

Sie seufzt. »Gut. Es tut mir leid, dass ich davon angefangen habe. Wirst du ihn wenigstens mit dir auf dieses Schiff kommen lassen? Ich weiß, dass er das möchte, und zwar nicht wegen des Schwerts.«

Nicht wegen des Schwerts? Ich weigere mich, diesen Köder zu schlucken, und frage nach einer Erklärung. Ich werde nichts in ihre Bemerkung hineininterpretieren. Ich stehe vom Bett auf, und dieses Mal hält Tang Wei mich nicht davon ab.

»Du musst Hunger haben«, sage ich leichthin. »Ich gehe und hole etwas zu essen aus der Küche.«

Als ich aus dem Zimmer komme, stoße ich auf dem schmalen Flur mit Altan zusammen, der vor unserer Tür gelauert hat. Er trägt ein Tablett mit einem Teller heiße Suppe, die er wohl Tang Wei bringen wollte.

In den letzten Tagen habe ich es geschafft, ihm aus dem Weg zu gehen, doch jetzt sitze ich in der Falle. Mein einziger Fluchtweg wäre zurück in Tang Weis Zimmer. Allerdings würde sie uns dann mit Sicherheit beide in die Ecke drängen und uns durch schiere Willenskraft dazu zwingen, miteinander zu reden. Ich könnte mich an ihm vorbeizwängen. Aber das ginge nicht, ohne ihn zu berühren.

»Wir müssen reden.«

Seine Stimme klingt rau, der Schmerz darin ist unverkennbar. Von seiner üblichen Fassade der Selbstsicherheit ist nichts mehr zu sehen. Von der überheblichen Großtuerei nichts mehr zu spüren. Er ist nur noch ein Junge, dem es nicht egal ist, was ich von ihm denke. Meine Entschlossenheit gerät ins Wanken, aber ich behalte meinen kühlen Blick bei und sage nichts.

»Es tut mir leid«, versucht er es noch einmal.

Ich zupfe schweigend am Saum meines Ärmels.

»Jetzt sei doch nicht so verschlossen«, fleht er. »Sag mir, was du denkst.«

Der Ausdruck auf seinem Gesicht bringt mich dazu zu sprechen. »Ich denke, wie gut sich das anfühlen würde, dir diese heiße Suppe ins Gesicht zu kippen.«

Seine Schultern sacken herunter. »Mach schon. Ich verdiene es. Ich wundere mich, dass du es nicht schon getan hast.«

Ich strecke die Hand aus, um genau das zu tun, aber meine Wut ist verpufft. An ihrer Stelle bleibt ein tieferer, noch schlimmerer Schmerz. Ich wünschte, es wäre Wut, was ich empfinden würde. Mit Wut kann ich umgehen. Wut verstehe ich. Aber dieser bittere Geschmack von Verrat ist schwer zu verdauen.

All die Dinge, die er mit mir geteilt hat – die *wir* geteilt haben. All diese langen Nächte unterwegs, in denen wir wach lagen und über alles Mögliche redeten, bis einer von uns einschlief. Ich dachte, sie bedeuteten etwas.

Doch da habe ich mich getäuscht.

Ich lasse meine Hand sinken. »Lass mich einfach durch.«

»Warte.« Er stützt eine Hand gegen die Wand und blockiert meinen Weg. »Hör mich doch erst mal an. Du musst mir nicht vergeben oder mit mir reden. Ich will dir nur sagen, dass ich mit dir auf dieses Schiff gehen werde, ob du es nun willst oder nicht. Ich habe Shīfù versprochen, dich zu beschützen. Und das werde ich auch tun.«

Ich sehe ihm in die Augen. »Und war es wert, dieses Versprechen zu halten?«

Als er blass wird und vor Schmerz das Gesicht verzieht, erfüllt mich augenblicklich Reue. Ich habe die Wunde gefunden, die Meister Suns Tod in seinem Herzen hinterlassen hat, und habe sie wieder aufgerissen, weil ich dachte, es würde mir Genugtuung verschaffen. Meinen Drang zur Boshaftigkeit stillen.

Aber jetzt fühle ich mich nur noch schlechter.

Es tut mir leid, das hab ich nicht so gemeint, will ich sagen. Aber ich bringe die Worte nicht heraus.

Altan lässt seinen Arm sinken. Ich drehe meinen Kopf, damit er meine Tränen nicht sehen kann. Dann schubse ich ihn zur Seite und renne den Flur hinunter.

DAS
DRACHENDREIECK

36.

ALTAN

Haarsträubende Geschichten und Gerüchte ranken sich um das Drachendreieck. Ich erinnere mich, diese Geschichten schon als kleiner Junge gehört zu haben: Schiffe, die ohne Besatzung orientierungslos zurück an Land getrieben werden; plötzlich entstehende Strudel, die hilflose Boote in unbekannte Tiefen ziehen; seltsame Wetterumschwünge bei schönstem Sonnenschein.

Immer wieder blicke ich auf das perfekte Türkis des Smaragdmeers und warte, dass etwas passiert. Bisher war die See in den letzten zwei Wochen ruhig. Die Götter scheinen unsere Fahrt mit Wohlwollen zu begleiten, aber wie immer habe ich meine Zweifel an ihren Absichten.

Die Planken hinter mir knarren. Tang Wei kommt an Deck. Behutsam dreht sie ihren Arm, bevor sie eine Hand auf ihre Rippen legt. Die Heiler der Lotus-Sekte sind renommiert und ihre Wunde heilt gut. Trotzdem habe ich sie gefragt, warum sie überhaupt für die Lebensräuberin einen Messerstich eingesteckt hat. Ihre Antwort war einfach: Sie hat es für *Ahn* getan, nicht für die Lebensräuberin.

»Wie fühlst du dich?«

Sie lehnt ihren Kopf an meine Schulter. »Besser.«

»Und Ahn?«

»Schläft noch. Es war eine ruhige Nacht.«

»Das ist gut«, sage ich, aber wir wissen beide, dass der Schlaf für Ahn nicht gerade eine sichere Zuflucht ist. Wir hören oft ihre Schreie, wenn die Albträume sie quälen, die immer schlimmer zu werden scheinen. Die Mannschaft beunruhigt das, aber sie stellen uns keine Fragen. Kapitän Yan hält seine Männer stets unter Kontrolle.

Schweigend beobachten wir den heller werdenden Horizont und lauschen den Wellen, die an den Rumpf des Schiffes klatschen.

»Du solltest mit ihr reden, weißt du«, sagt Tang Wei unvermittelt.

Ahn und ich haben seit jener kurzen Begegnung im *Roten Schmetterling* nicht miteinander gesprochen. Sie hat nichts gesagt, als ich an Bord des Schiffes auftauchte. Ich schätze, sie toleriert meine Anwesenheit, aber sie weigert sich, mit mir zu reden. Wenn ihr Schweigen eine Art Strafe ist, dann funktioniert sie. Es zehrt an mir, dass sie sich so von mir entfernt hat. Ich ärgere mich, dass sie mir mehr bedeutet, als sie ahnt. Mehr, als mir selbst bewusst gewesen ist.

»Sie will nicht mit mir reden.«

»Doch, glaub mir, das tut sie. Du hast es nur noch nicht richtig versucht.« Tang Wei versetzt mir einen Knuff mit dem Ellenbogen. »Ich schlage eine Entschuldigung vor, vorzugsweise eine mit Kniefall.«

Ich schnaube spöttisch, doch dann seufze ich, als ich anfange, genau das in Erwägung zu ziehen.

»Du störrischer Wasserbüffel.« Sie zieht die Stirn kraus. »Meinst du, Ahn wird bereit sein, wenn es so weit ist? Je näher sie dem Schwert kommt, desto mehr scheint es ihre Energie aufzuzehren.«

Ich behalte meine Zweifel für mich. »Hab ein bisschen Vertrauen.«

»*Ich* bin nicht diejenige, der es an Vertrauen fehlt.« Tang Weis schroffer Ton überrascht mich. »Ich weiß, warum du Ahn nicht von dir erzählt hast. Aber wenn du möchtest, dass sie dir wieder vertraut, dann solltest du ihr auch vertrauen. Du darfst nicht vergessen, wer sie nicht ist. Ich mache *dich* schließlich auch nicht für Yuan Longs Verbrechen verantwortlich, und ihr seid blutsverwandt. Das ist alles ein Riesenschlamassel, ein Schlamassel, den dein Urgroßvater zu verantworten hat. Er hat die Priester zu denen gemacht, die sie sind; er hat alles verdorben.«

Tang Weis plötzlicher Ausbruch stößt mich so vor den Kopf, dass ich meine Zunge nicht im Zaum halten kann. »Denkst du etwa, das weiß ich nicht? Ich denke jeden Tag daran. Ich muss damit *leben* – mit dem Wissen, dass das gleiche Blut, das durch meine Adern fließt, der Ursprung all unserer Probleme ist.«

Sie legt eine Hand auf meinen Arm und sieht mich mit einem milderen Blick an. »Dann hör auf, so ein selbstgerechter, selbstsüchtiger, egoistischer Flegel zu sein und denk einmal an Ahn. Wie denkst du, muss es sich *anfühlen*, die Lebensräuberin zu sein? Zu wissen, dass der Mensch, den du liebst, denkt, dass du ein Monster bist?«

Der Mensch, den sie – Hat Tang Wei gerade gesagt …? Nein. Ich muss mich verhört haben.

Ihre Mundwinkel zucken. Ein merkwürdiges Lächeln, fast wehmütig. »Ja, ich hab das wirklich gesagt.«

Ich werfe ihr einen finsteren Blick zu.

»Ich hab ja gesagt, du bist leicht durchschaubar.« Sie schüttelt den Kopf. »Das seid ihr beide.«

Ich weigere mich, mit ihr zu sprechen oder sie auch nur anzusehen. Einen Moment später zupft sie mich neckend am Ärmel.

»Ach, komm schon, Altan, ihr könnt mir beide nichts vormachen. All eure traurigen schmachtenden Blicke, dieses gequälte Schweigen. Ihr verzehrt euch doch beide nach einander. Aber ihr seid beide zu dickköpfig und töricht, um irgendetwas zu sagen.«

»Ich verzehre mich überhaupt nicht – und ich bin auch nicht *gequält*«, blaffe ich zurück wie ein mürrisches Kind.

»Streite es ab, so viel du willst – ich bin nicht blind, und Ahn auch nicht.«

Für einen Moment sehe ich wieder die Szene im Wald vor mir, als Ahn sich vor Tang Wei aufbaute.

»Vertrauen muss verdient werden«, sage ich leise.

»Vertrauen muss gewährt werden«, widerspricht Tang Wei. »Was soll sie denn tun, um dein Vertrauen zu verdienen, wenn du dich nicht zuerst öffnest?«

Ich antworte nicht. Schließlich schnaubt sie verärgert und geht. Kurze Zeit später knarren die Planken wieder. Diesmal sind es schwerere Schritte. Ich kann nicht umhin, Kapitän Yans imposante Statur zu bemerken, als wir uns zur Begrüßung verbeugen. Der breitschultrige Mann scheint in den Vierzigern zu sein, mit einem Stoppelbart und einem flüchtigen Lächeln. Er brüllt seinem drahtigen Bootsmann Ming einen Befehl zu.

»Ich habe gestern Abend mit Ahn gesprochen. Sie sagt, wir sind noch auf Kurs.«

»Gut«, antworte ich. Der Sog des Schwerts scheint größer geworden zu sein, seit wir auf dem Smaragdmeer unterwegs sind, und weist Ahn wie eine Kompassnadel den Weg zu ihm.

Kapitän Yan streicht sich über den Bart und späht angestrengt auf das Meer hinaus. »Wir bewegen uns auf das Drachendreieck zu. Ich rechne damit, in zwei Tagen zum Sonnenuntergang dort zu sein, und das ist auch der einzige Zeitraum, in dem man jene Gewässer durchqueren sollte.«

»Warum das denn?«

»Weil es die einzige Zeit ist, in der ein Schiff dort sicher hindurchfahren und uns zur Drachenzahn-Enge bringen kann. Zu früh und wir verpassen die vorteilhafte Strömung. Dann dreht der Wind und das Schiff kommt vom Kurs ab.«

»Und was passiert, wenn wir zu spät sind?«

Seine ergrauten Augenbrauen ziehen sich bedrohlich zusammen. »Dann, mein Junge, wirst du für unsere Seelen beten müssen.«

»Die Götter kümmern sich wenig um Menschenleben«, sage ich und erinnere mich an die vielen Situationen, in denen ich als Junge den Himmel um Hilfe angefleht und keine Antwort bekommen habe. »Ich bezweifle, dass Gebete uns oder unsere Seelen retten werden, Käpt'n. Bitte sagt mir, was passiert, wenn wir nach Sonnenuntergang ankommen?«

»Dann sind wir gefangen zwischen unserer Welt und dem Reich der Seelen, zwischen dem Leben und den zehn Gerichten der Hölle, und wir haben keine andere Wahl, als durch das Meer der Untoten zu navigieren.«

Ich will diese lächerliche Vorstellung sofort abtun, doch sein verunsicherter Gesichtsausdruck belehrt mich eines Besseren. Er ist nicht mehr der selbstbewusste Mann, der unser Schiff bisher gesteuert hat. »Kennt Ihr denn das Meer der Untoten?«

»Ja, aber diese Tatsache erfüllt mich mit wenig Freude. Du musst wissen, ich bin vielleicht der Einzige, der eine Fahrt durch jene Gewässer überlebt hat.«

Ich neige achtungsvoll den Kopf. »Ich würde mich geehrt fühlen, Eure Geschichte zu hören, wenn es Euch nichts ausmacht, Käpt'n.«

»Es ist nicht gerade eine Geschichte, die ich gerne wieder hervorhole, aber vielleicht ist es am besten, wenn du davon weißt.«

Der Ausdruck, der über sein Gesicht huscht, ist voller Trauer, gemischt mit etwas noch Düsterem. »Nach den frühen Kriegen wollte ich die Welt entdecken und das Meer rief mich. Ich hatte als Junge die alten Legenden über das Drachendreieck gehört, und irgendwann fand ich eine Mannschaft, die genauso verwegen war wie ich. Unser Plan war, bei Sonnenuntergang in die berüchtigten Gewässer zu segeln und nach der mystischen Strömung zu suchen, die uns dort sicher hindurchtragen würde. Doch im letzten Moment drehte der Wind und wir waren zu spät.«

Der Kapitän erschaudert und ein Schatten geht über sein Gesicht. »Als die Geister kamen und der Wahnsinn von uns Besitz ergriff, fühlte sich das an wie … es fühlte sich an wie der *Tod*. Als würde der Tod durch uns *hindurch* gehen – uns einen nach dem anderen aufzehren. Einige der Matrosen lösten die Seile, mit denen sie sich an das sichere Schiff gebunden hatten. Andere schrien und jammerten, bis ihre Stimmen versagten. Ein Mann brach seine eigenen Handgelenke und biss die Knoten durch, um sich von seinen Seilen zu befreien.«

Ein Schauer läuft mir über den Rücken. »Und Ihr selbst?«

»Die Geister führen dich auf unterschiedlichste Weise in Versuchung, mit deinen tiefsten Ängsten oder deinen größten Herzenswünschen. Gier, Rache, Liebe – alles, was du dir denken kannst. Sie holen die Sünden deiner Vergangenheit ans Licht und zeigen dir, wer du wirklich bist. Ich war als junger Bursche Soldat und habe über zehn Jahre im Krieg gekämpft. Ich habe viel Blutvergießen und unzählige Tote gesehen, Männer, die einander mit bloßen Händen an die Kehle gehen, um zu überleben.« Er blickt mich mit Augen an, die zu viel gesehen haben. Augen, die mich an Shīfùs erinnern. »Aber ich hatte meinen Frieden mit mir gemacht und hielt den Geistern stand.«

Seine Schilderung erinnert mich an die Geister, die mich in der Höhle im Wudin-Gebirge heimsuchten. Könnte es sein, dass in der Tiefsee ein weiteres übernatürliches Portal liegt? Und würde es auch von einer Seelenkreatur bewacht werden?

»Ich hoffe, Ihr selbst und Eure Mannschaft seid gut genug bezahlt worden, damit sich diese Reise für Euch lohnt.« Mein Tonfall ist betont unbekümmert, um den Schatten, der über unserer Unterhaltung liegt, zu vertreiben.

Kapitän Yan lacht auf. »Es ist nicht das Gold, das uns dazu gebracht hat, diese Reise zu unternehmen, mein Junge. Ich mache das hier für mein Land. Ming war mein Kamerad in der Armee.« Er deutet auf einen anderen stämmigen Mann am Heck. »Lishi war in der Kaiserlichen Marine. Jeder von uns hier hat in irgendeiner Form gekämpft. Wir kennen den Preis des Krieges. Wir wissen, was von dieser Mission abhängt – wir wissen, dass unser Volk leidet, wenn die Wüste unser Land verschlingt.« Entschlossen legt er die Hand auf meine Schulter. »Das Vermächtnis deines Vaters verleiht uns Kraft, Jin Long. Er war ein guter Mann, und er ist zu früh aus dieser Welt gegangen.«

Ich nicke langsam, während seine Worte in mir nachwirken. Er weiß, wer ich bin, und auch seine Mannschaft weiß es. Doch obwohl ich mein Geheimnis so lange mit mir herumgetragen habe, fühlt es sich nicht mehr beängstigend an, es so offen ausgesprochen zu hören. Vielleicht ist es an der Zeit, den verlorenen Jungen aus der Wüste loszulassen.

»War es Tang Wei oder Hong Feng, die Euch davon erzählt hat?«, fragte ich neugierig.

»Wenn man so weit gereist ist wie ich, hört man einfach Dinge. Gesprächsfetzen, bruchstückhafte Wahrheiten in Gerüchten. Man beginnt seinen eigenen Bilderteppich der Welt zu knüpfen – seine eigene Wahrheit.« Kapitän Yans Lachfalten kräuseln sich, als sein Lächeln breiter wird. »Und eines Tages, sollte ich mit einem langen Leben gesegnet werden, werde ich vielleicht eine neue Geschichte davon erzählen können, wie ich einst so frei und unförmlich mit unserem Kaiser sprach.«

Er verbeugt sich tief und ich erwidere seine Respektbezeugung. Seine Verwicklung in die Sache lastet schwer auf meinen Schultern. Ich weiß, dass mein Vergeltungsplan eine größere Tragweite hat als eine persönliche Blutfehde. Ich weiß, dass er Erwartungen mit sich bringt. Verantwortung. Verpflichtungen. Ich ersticke den Funken Zweifel, der in meiner Brust aufflackert. Jetzt ist nicht die Zeit für Skrupel.

»Ich weiß nicht, was du planst«, sagt er nachdenklich. »Aber ich weiß, dass die Lebensräuberin Teil des Plans sein muss. Ich habe da meine eigenen Bedenken …«

Seine unausgesprochene Frage liegt in der Luft. *Würde man damit nicht einem Tiger Flügel verleihen?* Tang Wei hat meine Vorgehensweise am Anfang auch infrage gestellt, aber jetzt scheint sie mich darin zu unterstützen. Sie glaubt an Ahn. Vielleicht sollte ich das auch.

»Ich vertraue Ahn und ich fühle mich geehrt, Eure Unterstützung zu haben, Käpt'n.«

Er sieht hinaus auf das Meer. »Was für eine Bürde das ist, für jemanden so jung und unvorbereitet.«

»Sie ist stärker, als es den Anschein hat«, sage ich schnell, eifrig bestrebt, den Kapitän zu beruhigen. Oder vielleicht auch mich selbst zu überzeugen.

»Das wird sie auch sein müssen, wenn sie nicht dem gleichen Schicksal anheimfallen will wie Yuan Long.«

»Was meint Ihr damit?«

»Warum wohl, glaubst du, hat sie all diese Albträume?«

Ich zögere. »Ich weiß nicht genau.«

»Die Lebensräuberin wandelt auf dem Pfad, der unsere Welt von dem Reich der Seelen trennt«, erklärt Kapitän Yan. »Jedes Leben, das sie stiehlt, ist eine Seele, die im Reich der Untoten verbleibt, ganz wie die Gewässer des Drachendreiecks. Diese verlorenen Seelen sind unfähig, in den Himmel oder die Hölle einzugehen; sie existieren in einem Schwebezustand. Sie werden Ahn verfolgen und sie nicht loslassen.«

In meinem Inneren regt sich ein großes Grauen und fährt seine Krallen aus. Ich bin nicht sicher, ob ich es wirklich wissen will, aber ich frage trotzdem. »Yuan Longs Leiche und das dunkle Schwert wurden nie gefunden. Doch einige Soldaten behaupteten, er habe sich mitten auf einem Schlachtfeld selbst getötet. Ist das wahr?«

Der Kapitän legt eine Hand auf meine Schulter und sagt mit ernster Stimme: »Ich fürchte ja. Es gibt Gerüchte, dass dein Urgroßvater am Ende den Verstand verlor. Die Geister und die Finsternis müssen ihn wohl in den Wahnsinn getrieben haben.«

Am Abend komme ich in die Kajüte. Ich setze mich neben das Bett und drehe meinen Dolch in der Hand. Ahn schläft fest. Ihr langes Haar fällt über ihre Schultern und hebt sich dunkel von der blauen Bluse ihres Rúqúns ab. Wenn sie zuvor blass war, so ist sie jetzt gespenstisch bleich. Dunkle Ringe zeichnen sich unter ihren Augen ab und ihre Wangen sind eingefallen. Sie sieht zerbrechlich aus.

Ein Hauch von einem Mädchen.

Im Ostflügel des Kaiserpalastes gibt es einen Garten, den Mutter geliebt hat. Dort wächst ein Pflaumenbaum, den wir immer zusammen bestaunten, wenn seine rosafarbenen und weißen Blüten im tiefsten Winter aufbrachen, der Natur selbst zum Trotz. Ahn erinnert mich an diesen Baum, dessen zarte Blüten so trotzig sind, dass sie darauf bestehen, zum Leben zu erwachen, wenn um sie herum kein Leben zu sehen ist.

Sie bewegt sich unter der Decke, murmelt etwas vor sich hin und zieht im Schlaf die Stirn kraus. Ich frage mich, ob sie wieder einen Albtraum hat. Es dauert nicht lange und das sanfte Schaukeln des Schiffes lässt mich einschlummern. Erst als mein Fuß wegrutscht, schrecke ich auf.

Ahn ist wach. Angespannt sitzt sie im Bett und starrt mich mit kaltem Blick an. »Was willst du?«

»Dich sehen«, murmele ich noch ganz verschlafen. Das ist eigentlich nicht das, was ich sagen wollte.

»Hast du mich etwa beobachtet, als ich geschlafen habe? Das ist ziemlich verstörend.«

»Sieht so aus, als hättest *du* mich beobachtet.«

Sie ignoriert meine Erwiderung und streckt sich. Ich nehme das Tablett vom Tisch und reiche es ihr. Sie stochert im Essen herum und bringt kaum einen Bissen herunter, bevor sie ihre Stäbchen zur Seite legt und sich an die Wand lehnt, um Löcher in die Luft zu starren.

»Hast du dich in letzter Zeit mal angeguckt? Du musst etwas essen«, sage ich.

»Hör auf, an mir herumzunörgeln und hör auf, sauer auf mich zu sein.«

»Bist du nicht diejenige, die sauer auf mich ist?«

»Es gibt andere Dinge, über die ich mir jetzt mehr Sorgen mache.«

»Ist das deine Art zu sagen, dass du mir verzeihst?«

Sie zieht leicht die Lippen kraus.

»Bist du sicher, dass du das hier durchziehen willst?« Ihr Gesichtsausdruck verändert sich und ich bereue meine Frage.

»Du hast wohl Angst um deine Krone?« Ihr Tonfall ist scharf.

Ihre Finger sehen aus wie Krallen, als sie eine Hand auf ihre Brust legt. »Das Schwert ruft immer noch nach mir, keine Sorge. Ich werde es finden und du bekommst deinen verdammten Thron.«

Ihre Worte treffen mich wie eine Ohrfeige. Sie hat recht. Vielleicht war es nicht das Pflichtgefühl meinem Land gegenüber oder ein Verständnis von Ehre, das mich angetrieben hat, sondern reiner Eigennutz. Meine Gedanken kreisen immer nur um meine Rache. Um mich selbst.

Bisher zumindest.

Ein Teil von mir will das Schiff umkehren lassen, um Ahn zurück an Land zu bringen und sie an einem sicheren Ort zu verstecken, weit weg von den Priestern, von ihren Albträumen, von allem.

»Ich habe gar nicht an meine Krone oder den Thron gedacht«, sage ich leise. »Ich hab mir Sorgen gemacht … um dich.«

In ihren Augen blitzt Erstaunen auf. Sie zieht die Knie an, macht sich selbst so klein wie möglich. »Du hast auch Albträume, nicht wahr?«

»Ja.«

»Wie gehst du damit um?«

»Ich sage mir, dass sie nicht real sind. Und wenn sie nicht real sind, können sie mir auch nicht wehtun. Nicht, solange ich es nicht zulasse.« Ich ziehe ein Fläschchen aus meiner Tasche und zeige es ihr. Sie weicht zurück. »Das ist ein Schlafmittel. Die Heiler der Lotussekte haben es mir gegeben.«

Sie schüttelt den Kopf. »Ich habe keine Angst einzuschlafen. Ich … ich habe Angst, nicht aufwachen zu können.«

Ich nicke und stecke das Fläschchen wieder weg.

»Warum willst du eigentlich den Thron?« Ihre Frage hallt in meinen Gedanken wider. Sie sieht mich erwartungsvoll an; ihre

Augen mustern mein Gesicht, versuchen das Gute in mir zu finden. »Um Macht kann es doch nicht gehen.«

»Wirke ich denn nicht machthungrig auf dich?«

»Ich glaube, es geht dir um Wiedergutmachung. Ich glaube, du fühlst dich schuldig für die Taten deines Urgroßvaters und du willst die Dinge wieder in Ordnung bringen.«

Ich wende den Blick ab. »Ich will die Menschen töten, die meine Eltern umgebracht haben.«

Sie verzieht die Lippen. »Ich bin mir nicht sicher, ob dir das den Frieden bringen wird, den du suchst.«

»Warum nicht?«

»Weil ich weiß, wie Geister sich anfühlen«, sagt sie nur. »Ich habe nachgedacht. Vielleicht solltest du dir für das vergeben, was auch immer in der Vergangenheit passiert ist, und nach vorn schauen.«

Du musst einen Weg finden zu leben – deinen Frieden zu finden.

Ich spüre Shīfùs Gegenwart, beruhigend, aber auch mahnend. Ich lehne mich an die Wand, während mir seine und Ahns Worte durch den Kopf gehen. Habe ich tatsächlich eine Wahl, das alles loszulassen? Ein einfaches Leben zu führen?

Ich kann es nicht.

Ich kann nicht loslassen. Es gibt jetzt kein Zurück mehr. Ich kann meine Familie und meine Pflicht nicht fallen lassen. Zu viele Menschen sind sinnlos gestorben.

Ahn stützt ihren Kopf auf die Knie, sodass ihre Haare über ihre Beine fallen und die Hälfte ihres Gesichts verdecken. Ich will es zur Seite streichen. Ich will sie sehen. Alles von ihr. Nicht diese Barrikade aus Mauern, die sich als Mensch ausgibt. Ich bemerke, wie zerbrechlich sie aussieht. Wie müde. Aber darunter sehe ich das Mädchen aus der Wüste, stark und kämpferisch.

Ahn schweigt so lange, dass ich es als Aufforderung verstehe zu verschwinden, und auf die Tür zugehe.

»Bleib.«

Ein Flüstern. Ein Wort.

Sie rutscht unter die Decke und zeigt auf den Platz neben ihr. Ich starre sie an, bis sie lächelt und ihr Kinn leicht senkt, um ein Nicken anzudeuten. Die Fessel der Vorsicht zerrt an mir, aber ich befreie mich davon und setze mich neben sie auf die Bettdecke, wenn auch in einem sorgsamen Abstand. Doch sie schmiegt einfach ihren Kopf an meine Brust und legt einen Arm um mich, als würde sie mich beschützen.

Instinktiv ziehe ich sie zu mir heran, und sie lässt es zu. Und irgendwie fühlt es sich richtig an. Falls sie das schnelle Pochen meines Herzens hören kann, dann lässt sie es sich nicht anmerken. Langsam streiche ich ihr die Haare aus dem Gesicht, und als sie nicht reagiert, fahre ich mit meinen Fingern durch ihre Haare und spiele mit den weichen Locken.

So liegen wir da, bis die Lampe ausgeht und uns in einer beruhigenden Dunkelheit zurücklässt.

»Ich kann dich immer noch nicht ausstehen«, murmelt Ahn.

Ich seufze. »Ich weiß.«

»Ich habe dir noch nicht verziehen.«

»Ich weiß.«

Ich spüre einen Stoß in meinen Rippen, bevor ich wieder ihre Stimme höre. »Du bist nur als Ersatz für Tang Wei hier.«

»Das sag ihr mal lieber nicht oder sie wird sauer.«

Ahn lacht. »Dein echter Name ist Jin?«

»Ja. Jin.« Ich habe den Namen so lange nicht ausgesprochen, dass er fast klingt wie der Name eines Fremden. *Altan* hat mir eine Weile als Tarnmantel gedient, doch *Jin* gehört zu einem anderen Jungen. Ein Junge mit einem anderen Mantel von Geheimnissen. »Meine Mutter hat mich immer Altan genannt. Es ist ein Name, mit dem ich aufgewachsen bin, also genauso echt. In ihrer Sprache bedeutet er das Gleiche wie mein Geburtsname – Gold.«

Ahn stöhnt. »Deshalb verwendet Tang Wei immer diesen Spitznamen für dich. Goldjunge. *Jin.*« Sie zieht die Silbe in die Länge, als würde sie den Geschmack meines Namens auf ihrer Zunge ausprobieren. »Ich mag den Namen, aber ich bleibe bei Altan.«

»Es ist mir egal, wie du mich nennst.«

»Ganz der alte arrogante Narr.« Mein Lachen bringt mir einen weiteren Knuff in die Seite ein.

Vertrauen muss gewährt werden.

»Was soll ich dir erzählen?«, frage ich.

»Die schönen Dinge.«

Ich höre das Lächeln in ihrer Stimme, und mein Herz fühlt sich wieder ganz an.

Also erzähle ich ihr von Jin. Ich erzähle ihr von einem Jungen, der seine Familie liebte und seinen Vater über alles bewunderte. Ein Junge, der eine Kröte im Schuh seines Hauslehrers versteckte, weil sein Cousin ihn dazu anstiftete, und der mit seinem besten Freund aus Versehen die Hälfte der kaiserlichen Stallungen in Flammen aufgehen ließ. Ein Junge, der mit seiner Zwillingsschwester Schwertkämpfe nachspielte und jedes Mal in Tränen ausbrach, wenn er verlor. Ich erzähle ihr von einem Jungen, der hoch auf die Palastdächer kletterte und sich wünschte, ein Vogel zu sein, damit er seine Flügel ausbreiten und die Welt entdecken könnte.

Irgendwann fallen mir keine glücklichen Erinnerungen mehr ein. Die Nacht umhüllt uns mit vertrautem Trost, während unsere Herzen im Gleichtakt schlagen. Ahns Atem wird langsamer, aber ich bleibe wach. Die Gedanken schwirren durch meinen Kopf. Ich weiß nicht, ob sie mich aus Verzweiflung oder aus Hoffnung gebeten hat zu bleiben. Ich weiß nicht, ob ich hier bin, weil wir Freunde sind oder weil ich mehr möchte. Vielleicht wollen wir einander auch nur vor den Geistern unserer Vergangenheiten beschützen.

Eine Weile später, als ich schon halb eingeschlafen bin, spüre ich ihre Hand auf meiner Wange, eine zarte Berührung, die mich wärmt.

Ein Traum vielleicht. Aber wenn es ein Traum ist, können mich selbst die Götter nicht aus ihm herausreißen.

37.

AHN

Meine Albträume verlieren allmählich ihre festen Konturen. Alles, was bleibt, ist das nicht enden wollende Gefühl zu ertrinken. Ich bin gefangen im grauen Tunnel zwischen Schlafen und Wachen, unfähig mich herauszugraben.

Und diese Stimme, diese hinterlistige Stimme, schlüpfrig wie die Nacht … sie flüstert aus der Dunkelheit. Lässt mir keine Ruhe, lockt mich in Richtung des Schwertes. Drängt mich, meine Lebensräuber-Affinität zu nutzen. Ama hat gesagt, dass die Magie nichts daran ändert, wer ich in meinem Inneren bin. Doch was, wenn sie unrecht hat? Was, wenn *da etwas anderes* in mir lebt?

Die Magie hat mich ins Unglück gestürzt. Mich betrogen. Ein Geschenk der Götter war sie nie.

Ich habe zu viele Menschenleben auf dem Gewissen. Ich habe Macht gekostet, eine makabre Lust empfunden, wenn die Lebenskraft eines anderen Menschen in meine eigene floss. Ob Yuan Long sich auch so gefühlt hat, nachdem er seine Magie benutzt hat? Ob das der Grund war, weshalb er seine Verbrechen begangen hat und seinem Volk und seinem Land solchen Schaden zugefügt hat?

Weil er sich nicht bremsen konnte. Weil er immer *mehr* wollte.

Ich zittere und ziehe die Bettdecke hoch. Altan bewegt sich, aber er wacht nicht auf. Ich habe ihn aus einem Impuls heraus gebeten, bei mir zu bleiben. Ich weiß auch nicht genau, warum. Vielleicht war ich einsam und brauchte eine Umarmung. Vielleicht wollte ich einfach sein dämliches Gesicht sehen.

Ich schlinge meinen Arm fester um ihn. Ich muss ihn beschützen. Ich *werde* dafür sorgen, dass alle sicher sind. Sicher vor dem, was da in mir lauert. Ich liege wach, spüre seine Wärme und lausche seinem gleichmäßigen Herzschlag.

Für die nächsten paar Stunden quält mich nichts.

Keine Albträume, keine Stimmen.

Ich bin noch immer nicht eingeschlafen, als er am späten Morgen aufwacht, aber ich stelle mich schlafend und hoffe, dass er auch noch länger liegen bleibt. Vorsichtig steigt er aus dem Bett und legt für einen Moment eine Hand leicht auf meine Wange, bevor er den Raum verlässt.

Die Leere kehrt zurück. Und mit ihr dieser Schatten, der mich in die Tiefe zerrt.

Er kann nicht die ganze Zeit an deiner Seite sein.

Mein Herz hämmert in meiner Brust. Ich vergrabe meinen Kopf unter dem Kissen und halte mir mit beiden Händen die Ohren zu. Versuche, diese dunkle, dunkle Stimme auszusperren.

38.

AHN

Laute Rufe an Deck lassen mich aus dem Schlaf schrecken. Ich brauche ein paar Sekunden, um mich zu erinnern, wo ich bin. Altan ist vor einer Weile aufgestanden und ich bin wieder eingeschlafen. Das Bett ist kalt und leer ohne ihn. Das einlullende Schaukeln des Schiffes ist zu einem unruhigen Stampfen und Schlingern geworden, das meinen Magen flau werden lässt. Etwas stimmt nicht. Hastig klettere ich aus dem Bett und eile an Deck.

Der Wind heult in meinen Ohren wie ein Leitwolf, der sein Rudel zur Jagd ruft, entschlossen und wild. Der Himmel über uns ist von einem dunklen unheilverkündenden Grau. Und das aufgewühlte Meer steht ihm in nichts nach. Weißer Schaum sprüht von den Wellenkämmen. Das Trommeln des Regens auf dem Deck wird schon bald zu einer Sintflut, als wäre im Himmel ein Damm gebrochen und das Wasser würde in einem Schwall herausbrechen.

Blitze zucken, breiten ihre gezackten Fühler am Himmel aus. Im rhythmisch aufleuchtenden Licht kann ich Kapitän Yan erkennen, der fest auf dem rutschigen Deck steht, während seine Mannschaft Schwierigkeiten hat, auf den Posten zu bleiben.

»Ahn! Was machst du denn hier oben?«, ruft eine durchnässte Tang Wei, die verzweifelt versucht, die Treppe zu erreichen. »Geh wieder runter!«

»Ich komm gleich nach«, rufe ich zurück und kämpfe mich voran. »Wo ist Altan?«

Sie deutet in Richtung Bug, dann verschwindet sie nach unten.

»Das ist kein normaler Sturm«, brüllt Kapitän Yan gegen den Wind an und kneift die Augen zusammen, als der Regen gegen sein Gesicht peitscht.

»Ein Taifun?« Ich mache den Mund schnell wieder zu, als Regentropfen auf meine Zunge prasseln.

»Von den Göttern selbst!« Sein Blick verfinstert sich. »Wir sind im Drachendreieck.«

»Wie das? Ich dachte, wir sind noch einen Tag davon entfernt –«

Wieder schwankt das Schiff heftig und ich stolpere. Große Mengen Wasser spritzen über die Reling und spülen über das Deck. Ich entdecke Altan, der hilft, die Segel zu sichern, aber es ist zu gefährlich, zu ihm zu gelangen. Ich will mich umdrehen, als der Wind urplötzlich abflaut und das Meer ganz glatt wird.

Eine unheimliche Stille folgt. Die Sonne ist nur noch ein Streifen verblassendes Orange am Horizont. Ein letztes Flimmern und sie ist verschwunden. Das kann doch nicht sein. Der Sturm kann doch nicht den ganzen Tag gedauert haben. Es kommt mir vor, als wäre ich erst vor ein paar Minuten an Deck gekommen. Ein Schauer läuft mir über den Rücken. Der Kapitän hat recht: Hier sind andere Kräfte am Werk.

»Geht unter Deck oder sichert euch!«, brüllt jemand.

Ein panisches Gerenne ist zu hören, aber es ist zu spät.

Rauch steigt aus dem Wasser auf und driftet auf uns zu. Alle bleiben bewegungslos stehen, vor Überraschung oder durch einen Zauber gelähmt. Ming taumelt über das Deck. Seine ausgestreckten Hände greifen nach der Luft vor ihm; sein Gesichtsausdruck wirkt verzweifelt und verloren.

Kapitän Yan stürzt zu ihm und zieht ihn zur Seite, weg von den Rauchschwaden. Altan packt einen anderen Mann, der dabei ist, sich das Gesicht zu zerkratzen. Von den Schrammen an seinen Wangen tropft Blut. Der Mann wehrt sich, bis Altan ihn gezielt bewusstlos schlägt.

»Besser das, als wenn er sein eigenes Gesicht zerfetzt«, sagt er.

Der Kapitän sieht das auch so und gibt einem anderen Matrosen einen Schlag auf den Hinterkopf, bevor er sich an mich wendet. »Ahn, du solltest wieder runtergehen.«

»Das werde ich. Altan, bist du –«

Plötzlich rammt mich jemand und ich stürze auf das Deck.

Ich presse eine Hand auf meine geprellten Rippen und richte mich mühsam auf. Mit offenem Mund sehe ich mich um, entsetzt über den Anblick des leeren Decks. Die Luft ist still. Doch das Schiff bewegt sich, vorangetrieben von irgendeiner unsichtbaren Kraft. Die offenen Segel blähen sich in einem Phantomwind, wie bei einem Geisterschiff. Gänsehaut überzieht meine Arme. Wo sind alle? Wo ist Altan?

Etwas Leichtes und Kaltes berührt meine Wange. Ein zaghaftes Lecken, als würde jemand oder etwas testen wollen, wie ich schmecke. Ich reibe mir mit dem Ärmel die Wange und unterdrücke den Impuls zu schreien.

Eine Rauchspirale steigt vor mir auf. Dann noch eine. Und noch eine. Der Rauch verdichtet sich zu Gesichtern. Li Guo; Mali, das verstümmelte Mädchen am Brunnen; die Männer aus der Gasse; die Priester, die ich im Bambuswald getötet habe …

Sie können nicht echt sein. Anscheinend habe ich angefangen zu halluzinieren.

Sie kommen auf mich zu. Ich stolpere zurück, suche nach einem Fluchtweg.

»Ihr seid nicht echt.« Ich kneife meine Augen zusammen.

Das kreischende Geräusch von Metall und Knochen durchdringt die Luft und das laute Wehklagen hallt in meinen Ohren wider. Das Schiff vibriert, als der Rumpf zerbirst.

Moment mal.

Das kommt mir bekannt vor. Das habe ich schon mal geträumt. Bin ich überhaupt wach? Oder ist das hier ein Albtraum? Ich beuge mich hinunter, um die Planken zu berühren. Dann kneife ich mich so kräftig, dass ich aufschreie. *Wach auf, Ahn. Wach auf.* Ich kneife mich noch einmal.

Das Schiff neigt sich und ich falle mit.

Im nächsten Moment komme ich hart auf dem Wasser auf und sinke wie ein eiserner Anker auf den Meeresboden. Wie lange wird die Luft in meinen Lungen reichen? Ich versuche, mich an die Oberfläche hochzukämpfen, aber etwas zieht mich hinunter. Verzweiflung durchflutet mich, gefolgt von einem Schock, als mir bewusst wird, dass ich normal atme, als wäre ich wieder an Land oder hätte Kiemen wie ein Fisch. Ich höre auf zu kämpfen. Luft strömt in meine Lungen und mein Kopf wird wieder klar.

Das *muss* ein Traum sein. Das ist die einzige Erklärung. Und wenn es ein Traum ist, dann heißt das, dass ich in meiner Koje auf dem Schiff liege und schlafe. Es gibt nichts, wovor ich Angst haben muss.

Oder doch?

Etwas schwimmt auf mich zu. Etwas Großes. Silberne Schuppen. Feuerrote Augen mit hellgelber Mitte. Es bewegt sich so schnell, dass ich nicht erkennen kann, was es ist, bis es sich in voller Größe vor mir aufbäumt.

Zwei riesige Hörner ragen aus seinem majestätischen Kopf, der reptilienartig geformt ist. Sein schlangenartiger Körper geht in einen Schwanz über, der sich viel weiter erstreckt, als meine Augen sehen können. Aus seinem Körper wachsen vier Gliedmaßen, an deren Enden sich wie bei einem Adler riesige Krallen befinden. Die Kreatur bewegt ihren prächtigen Kopf; die Fühler wiegen sich sanft im Wasser.

Lóng.

Ah, der Räuber der Seelen ist wieder zurück. Die Stimme des Drachens ertönt in meinem Kopf, kehlig und undeutlich.

»Wer bist du?«, bringe ich hervor.

Nie erinnerst du dich an mich. Ich bin die Seelenkreatur und bewache dieses Reich.

»Was für ein Reich?«

Die Seelenkreatur brüllt vor Lachen. *Ich hätte gedacht, du kennst diesen Ort, Räuberin der Seelen.*

»Warum nennst du mich so?«

Ist es nicht das, was du bist?

»Ich dachte, ich wäre die Lebensräuberin.« Ich starre auf den schuppigen Körper des Wesens und fange an zu taumeln. Wie groß ist diese Kreatur nur?

Räuberin der Seelen, Lebensräuberin, Phönixmörderin … Du hast viele Namen und du bist viele Dinge, je nachdem für wen. Die Seelenkreatur stößt einen großen Atemzug aus ihrem Rachen, und ich weiche zurück, als eine Fontäne von Blasen durch das Wasser schießt. *Was willst du, Lebensräuberin?*

Ich hole tief Luft. »Das Schwert.«

Das Wesen hebt seinen riesigen Kopf und mustert mich mit tierischen, aber intelligenten Augen. *Das ist das, was sie alle wollten.*

»Wer sind sie?«

Die Seelenkreatur ignoriert meine Frage. *Was hast du mit dem Schwert vor?*

»Ich werde es benutzen, um die dunkle Magie zu bekämpfen, das Shi-Reich von den Diyeh-Priestern zu befreien und meine Großmutter zu retten.« Ein verwegener Gedanke schießt mir durch den Kopf. »Ich werde damit dafür sorgen, dass das Volk einen Kaiser bekommt, den es verdient.«

Das Wesen lässt seinen Schwanz hochschnellen. Auf dem Meeresgrund hinter ihm liegt ein riesiger Stein, der ein seltsames Leuchten abgibt.

Ich spüre wieder diesen Sog in meiner Brust.

Das Schwert. Es muss hier irgendwo sein.

Ich versuche, mir eine bessere Sicht zu verschaffen, aber der Drache blockiert sie mir mit seinem wuchtigen Körper.

Der letzte Lebensräuber hat auch geglaubt, er sei der Kaiser, den das Volk verdient hätte, knurrt er.

»Ich bin aber nicht er. Ich will nicht Kaiserin werden.«

Es ist mir egal, was du willst oder nicht willst. Und es ist mir egal, was du mit dem Schwert machst. Es ist in mein Reich gelangt, aber ich bin nicht sein Wächter. Bevor du es an dich nimmst, solltest du nur eines wissen.

Die Seelenkreatur presst eine Klaue auf meine Stirn. Ich ziehe scharf die Luft ein und kneife die Augen zu. Im Geiste sehe ich eine Szene vor mir.

Soldaten mit erhobenen Waffen in der Schlacht, einige zu Pferde, die meisten zu Fuß. Aus einem Meer von stahlgrauen Rüstungen stechen die Shi-Farben Purpurrot und Gold heraus. Ein Mann tritt vor. Sein Gesicht kommt mir irgendwie bekannt vor. Aufrecht steht er zwischen den anderen Soldaten, gebieterisch wie ein Gott. Er hebt die Hand. Ich sehe ein glimmendes Schwert, gehüllt in den gleichen grünlichen Rauch, der aus den Menschen drang, die ich umgebracht habe.

Der Mann spricht.

Ich kann ihn nicht hören, aber die Shi-Soldaten weichen zurück. Eine immer größer werdende Staubwolke steigt hinter ihm auf. Ich halte vor Schreck die Luft an, als der Staub Formen annimmt. Menschliche Gestalten, umhüllt von Schatten, einige in Rüstungen, andere in gewöhnlicher Kleidung. Männer, Frauen, *Kinder*. In einer Kaskade von Rauch und Geheul strömen sie herbei und stürzen sich auf die feindlichen Truppen.

Die Szene wechselt.

Der Mann ist allein. Knieend sitzt er da, die Augen starr auf das Schwert in seiner Hand gerichtet. Er ist älter, sein Haar ergraut, der Bart lang und ungepflegt. Aus jeder Falte seines Gesichts spricht Verlust. Seine Rüstung ist ramponiert; seine hängenden Schultern sind von schwerer Zeit gezeichnet. Er hebt den Kopf, und jetzt kann ich sein Gesicht klar erkennen.

Seine Augen: eines schwarz wie die Nacht, das andere gelb wie die Sonne.

Er blickt hinauf in den Himmel und flüstert etwas vor sich hin. Er lächelt. Und in einer einzigen fließenden Bewegung versenkt er das Schwert in seiner eigenen Brust.

Die Bilder verschwinden, doch verzweifelte Schreie der Angst hallen in meinen Ohren nach. Mein Herz schlägt so schnell, dass ich fürchte, es könnte zerspringen. Irgendwo hinten in meinem Kopf blitzt ein Gedanke auf und erklärt mir, was ich gesehen habe, aber ich kann ihn nicht fassen.

»Was hast du mir da gezeigt?«, frage ich. »Ist das wirklich passiert?«

Der Drache ignoriert meine Fragen. *Erinnere dich an meine Worte, Lebensräuberin: Das Schwert lässt sich nicht kontrollieren.*

Er zuckt mit dem Schwanz und krümmt seinen trägen Körper weg von dem Stein auf dem Meeresgrund. Ich sehe einen Schwertgriff. Mein Herz macht einen Sprung.

Das Weiße Jade-Schwert.

Erinnere dich an meine Worte, Lebensräuberin. Erinnere dich –

Ich schließe meine Hände um die Waffe. Blendendes Licht sprüht aus dem Stein. Ich schirme meine Augen ab, während eine Hand weiter den Griff umklammert. Ohne dass ich viel Kraft ausüben muss, gleitet die Klinge heraus. Doch sobald das Schwert aus dem Stein gezogen ist, verschwindet die Seelenkreatur und Wasser strömt auf mich zu. Dieses Mal bin ich wirklich unter Wasser. Meine Lungen brennen und mein Kopf fühlt sich an, als würde er bersten.

Über mir schimmert ein schwaches Licht. Die Wasseroberfläche. Ich fange an, nach oben zu schwimmen. Doch sie kommen von allen Seiten auf mich zu. Körperlose Stimmen, kalte Finger, streifende Haare – von Körpern, die einst Menschen waren.

Räuberin der Seelen, raunen sie.

Lebensräuberin, kreischen sie.

Befreie uns, weinen sie.

Mit aller Kraft stoße ich die amorphen Gestalten von mir. *Ich kann euch nicht helfen*, versuche ich zu sagen. *Geht weg!*

Doch sie klammern sich weiter an mich.

Meine Beine werden ganz schwach, während meine Lungen brennen wie Feuer. Nebel breitet sich in meinem Kopf aus. Meine Sicht verdunkelt sich. Ich gebe nach, überlasse mich diesem Albtraum.

Das Licht über mir flimmert, erwacht wie ein Funken zum Leben. Es ist hell. Heller als das Sonnenlicht. Ein Licht, das mich mit der Welt hinter dieser Dunkelheit verbindet. Es leuchtet wie ein Glorienschein um eine Gestalt.

Die Gestalt beugt sich hinunter ins Wasser.

Nein, schreie ich. *Nicht hierher! Komm nicht ins Wasser. Es ist nicht sicher.*

Angst packt mich – Angst um *ihn* und vor dem, was er gerade tun will. Und irgendwie gibt mir das neue Kraft, selbst, als die Schatten versuchen, mich wieder in die Tiefe zu ziehen.

Ich flüstere seinen Namen, und ein Blitz erhellt die Dunkelheit.

Als ich meine Augen öffne, bin ich zurück auf dem Schiff. Ich atme die Luft um mich herum ein, kann noch keinen klaren Gedanken fassen. War das alles ein Traum? Aber meine Kleider sind durchnässt und meine Rippen schmerzen. Die Sonne brennt auf meinem Rücken, während ich auf dem Deck knie. Jemand hält mich fest umschlungen – jemand, dessen Haar schimmert wie blasses Gold.

Es war kein Traum, denke ich benommen.

Altan lässt mich los, die Finger verschränkt in meinem Haar. Dann fährt er über die Narbe an meiner Wange, behutsam, sanft. Erstaunen erhellt sein Gesicht. Es ist, als könnte er nicht glauben, dass ich existiere.

»Ich dachte, ich hab dich verloren«, sagt er.

Sein Gesichtsausdruck lässt meinen Atem stocken. Ich spüre ein Flattern in meiner Brust, wie der Flügelschlag eines Kolibris, der nach wertvollem Nektar sucht. Als der Flügelschlag immer schneller und kräftiger wird, jubiliert mein Herz. Er zieht mich näher heran, dreht mein Gesicht zu seinem. Ich sehe Verletzbarkeit. Zarte Blüten der Hoffnung öffnen sich.

Keine Mauern. Keine Geheimnisse.

Wir beugen uns immer näher zueinander, nur noch einen Atemzug entfernt.

Etwas Kaltes rutscht von meinem Schoß und fällt auf die Planken, wie Metall auf Holz. Altan bemerkt es nicht, aber ich blicke hinunter.

Das Flattern in meiner Brust verstirbt. Mein Herz wird schwer.

Nein. Das ist kein Traum. Das ist ein Albtraum.

Ein Schwert liegt zwischen uns.

Schwarz wie die Nacht, finster wie die Hölle.

39.

ALTAN

Irgendwann muss irgendetwas schiefgelaufen sein.

Ich habe immer geglaubt, mein Herz sei ein verlässliches Organ, mein Wille entschlossen und unabänderlich. Doch dann kam ein Mädchen aus der Wüste in mein Leben. Ein Mädchen, dessen Lächeln bewies, dass mein Herz schwächer ist, als ich gedacht habe. Ein Mädchen, dessen mysteriöser Blick wie eine Rettungsleine für mich ist und mich gleichzeitig im Sternenlicht ertrinken lässt.

Ein Mädchen, das ich benutzen, ja als Waffe verwenden wollte, bevor etwas anderes daraus wurde.

Mein Vertrauen in sie war blind.

Am Ende ist sie gleichzeitig meine Rettung und meine Verdammnis.

In meinem Kopf geht das Samenkorn des Zweifels auf, eine Frucht von Finsternis und Bedenken. Ich hatte unrecht. Oder aber ich hatte die ganze Zeit recht.

Sie hat das dunkle Schwert gerufen. Es liegt zwischen uns, wie eine unheilvolle Narbe.

»Ich verstehe das nicht, ich verstehe das nicht … Warum?«, wiederholt Ahn. Sie stößt mich zur Seite und will nach dem Schwert greifen.

»Geh weg davon.«

Sie schreckt zurück. Verletzt und verwirrt. In meiner Stimme klingt eine neue Kälte mit, die zuvor nicht da war. Ihre Augen blicken ängstlich, aber ich sehe auch Verlangen in ihnen.

Sie will das Schwert, aber das kann ich nicht zulassen. Ich hebe es selbst auf und beobachte sie aufmerksam.

Ihr Blick wird härter. Hungrig und boshaft. Entschlossen schiebt sie den Unterkiefer vor.

Für einen Moment flackert in ihrem Gesicht Hass auf.

Und es gibt nichts, was ich dagegen tun kann.

40.

AHN

Ich wache von meinem eigenen Schrei auf.
Kalter Schweiß rinnt von meinen Schläfen. Ich wische mir mit der Hand über die Stirn, steige aus dem Bett und wickele mich in meinen Umhang, um die wenige Wärme zu bewahren, die mein Körper noch hat. Die obere Koje ist leer. Meine Schreie müssen Tang Wei geweckt und aus der Kajüte vertrieben haben.

Fast zwei Wochen sind vergangen, und das Schiff ist längst zurück auf dem Weg nach Cuihai. Die kleine Mannschaft ist ziemlich mitgenommen. Segel können geflickt werden; Haut und Knochen heilen. Aber die unsichtbaren Wunden und Narben – die werden bleiben. Selbst Kapitän Yan und Altan wirken angeschlagen. Nur Tang Wei ist unbeschadet aus dem Ganzen hervorgegangen, weil sie unter Deck in ihrer Koje lag und schlief wie ein Stein, als das Schiff ins Schlingern geriet. Sie gab sich kurz schadenfroh, aber ich habe den leisen Verdacht, sie ist ein wenig enttäuscht, dass sie nicht dabei war, als es spannend wurde.

Meine Albträume haben mich von Amas Schicksal abgelenkt. Jetzt, in der Stille der Nacht, kehrt meine Sorge zurück. Wie lange dauert es wohl noch, bis wir wieder an Land sind? Wie lange, bis ich bei ihr sein kann? Ob Ama überhaupt noch am Leben ist? Sie muss es sein. Mein Vater wird dafür sorgen, damit er sie weiterhin als Druckmittel verwenden kann.

Du kannst deinem Schicksal nicht entrinnen. Die Götter haben dich nicht ohne Grund auserwählt.

Ich schaudere. Bin ich getäuscht worden? Hat mein Vater gewusst, dass es das dunkle Schwert war, das die ganze Zeit auf dem Meeresgrund lag? Hätte ich auf Leiye und seine Warnungen hören sollen?

Ich kann die Zeit nicht zurückdrehen. Ich kann nicht ungeschehen machen, was passiert ist. Das Schwert, das ich geborgen habe, ist nicht das richtige Schwert. Es ist nicht aus schillernd weißer Jade. Ich weiß nicht, ob die Legenden und Überlieferungen falsch sind oder ich womöglich unwürdig, untauglich bin, die Waffe zu führen, die Hoffnung verspricht.

Selbst jetzt ruft mich das dunkle Schwert. Ich höre es. Ein leises Pochen, wie ein lebendiges Wesen mit einem klopfenden Herzen.

Ich erinnere mich an den Ausdruck auf Altans Gesicht, als er das Obsidian-Schwert zu meinen Füßen sah. Wie kühl er klang. Aber ich empfand auch etwas.

Ein intuitives Verlangen.

Das Schwert gehört mir.

Es war eine animalische Stimme, die aus dem dunklen Abgrund meines eigenen Herzens kam. Das Schwert ist jetzt in Kapitän Yans Kajüte eingeschlossen und der Schlüssel hängt an einer dicken Kette um seinen Hals. Ich weiß nicht, warum sie sich die Mühe machen. Schließlich würde mich das nicht stoppen, wenn ich es wirklich wollte.

Und ich will es.

Ein Schluchzen steigt in meiner Kehle auf, als dieses Verlangen an mir zehrt und meine Schutzwälle von Minute zu Minute mehr bröckeln lässt. Meine Nägel bohren sich in meine Handflächen, reißen meine Haut auf. Aber es schmerzt nicht so sehr wie dieser Hunger. Dieses *Bedürfnis*. Ich greife nach einem Kissen, um meinen Schrei zu ersticken, während das kehlige Brüllen des Drachen in meinen Ohren widerhallt.

Das Schwert lässt sich nicht kontrollieren.

41.

ALTAN

Eine einsame Gestalt lehnt an der Reling. Ihre wogenden Roben sind von dem gleichen hellen Türkis wie der Ozean. Ahn zuckt zusammen, als ich neben sie trete.

»Was willst du?« Ihre Stimme ist frostiger als der Wind.

Dich.

»Ich konnte nicht schlafen«, sage ich ebenso kühl.

Ein Lächeln huscht über ihr Gesicht. »Manchmal kann ich mich nicht entscheiden, ob du ein guter Lügner bist oder ein miserabler.«

Ich verteidige mich nicht.

»Ich weiß, dass du mir nie vertraut hast«, sagt sie. »Und damit hattest du ja auch nicht ganz unrecht, wenn man bedenkt, dass ich das falsche Schwert gefunden habe.«

Wäre es eine Lüge oder die Wahrheit, wenn ich ihrer Behauptung widerspreche? Hilflos starre ich sie an wie der letzte Narr. Ich erinnere mich an all die anderen Momente, in denen ich sie angestarrt habe wie der letzte Narr, und dann denke ich, dass es vielleicht gar nicht so schlimm wäre, wenn ich für den Rest meines Lebens nichts anderes machen würde, als sie anzustarren wie der letzte Narr.

»Ich verstehe das.« Sie öffnet ihre Hände und lockert ihre verkrampften Finger. In ihrem Blick spiegelt sich ein innerer Konflikt wider. »Ich bin nicht irgendein Bauernmädchen aus der Wüste, das versucht, seine Großmutter zu retten. Ich bin die Lebensräuberin. Du solltest mir nicht vertrauen. Nicht, wenn ich solche Macht habe.«

Ich vertraue dir.

Drei einfache Wörter, die mir nicht über die Lippen kommen wollen. Ahn richtet sich auf. Ein seltsamer Ausdruck liegt auf ihrem Gesicht. Ein Ausdruck, der mir sagt, dass sie eine Entscheidung getroffen hat, die mir nicht gefallen wird.

»Ich muss dir etwas sagen. Neulich im Bambuswald habe ich versucht, dir mit meiner Magie deine Lebenskraft zu rauben.«

Ein Gefühl der Lähmung breitet sich über meinen Körper aus. »Du hast versucht … mich zu töten?«

»Ich weiß nicht, ob ich versucht habe, dich zu töten. Da war so ein Licht um dich herum. Es hat mich gerufen und gelockt, aber du hast meine Lebensräuber-Magie abgewehrt. In der Schlucht hast du einen Hauch davon gespürt, nicht wahr? Aber meine Magie hat dich nicht getötet oder verletzt, wie man es erwartet hätte. Um es vereinfacht zu sagen: Meine Lebensräuber-Magie funktioniert bei dir nicht. Ich glaube, du bist immun. Ich weiß nicht warum oder wie genau, aber vielleicht liegt es daran, dass du mit Yuan Long verwandt bist.« Sie atmet zittrig ein. »*Du* warst es, der mich aus dem Meer der Untoten gerettet hat, als die Geister mich nach unten zogen. Ich weiß es. Irgendwie muss da etwas sein, was uns verbindet.«

Das Gefühl der Lähmung wird zu Schmerz. *Erzähl ihr, was du getan hast. Erzähl ihr von dem Phönix. Erzähl ihr, was du tun wolltest. Erzähl ihr, dass du dich anders entschieden hast. Erzähl ihr, dass du einen anderen Weg finden wirst. Erzähl ihr alles.*

Doch wieder schweige ich.

»Es ist egal, wie und warum«, sagt sie und kaut auf ihrer Lippe. »Ich muss dich um etwas bitten.«

Sie starrt mich mit einer solch offenherzigen Ehrlichkeit an, dass sich mein Herz zusammenzieht. Ich will es nicht wissen, will nicht hören, was sie zu sagen hat, aber sie greift nach meiner Hand, bevor ich gehen kann. Ihre Berührung lässt einen Damm in mir brechen, und überwältigt von Emotionen ziehe ich sie an mich und schlinge die Arme um sie, als wäre sie das Wertvollste, was ich habe.

»Sag es nicht«, flüstere ich mit erstickter Stimme. »*Bitte nicht.*«

Ich spüre, wie sie in meinen Armen dahinschmilzt, ihr warmer Atem an meinem Hals. Doch plötzlich rückt sie ein Stück von mir ab und legt leicht eine Hand auf meine Wange. Ich schmiege mein Gesicht in ihre Handfläche und sie lächelt. Ihre Stimme ist sanft, auch wenn ihre Worte Wunden in meinem Herzen hinterlassen.

»Du bist der Einzige, dem ich vertrauen kann, wenn es darum geht, das zu tun, was getan werden muss, Altan. Wenn etwas Furchtbares passiert, wenn ich den Schatten anheimfalle wie dein Urgroßvater, bist du der Einzige, der mich stoppen kann.« Sie hebt behutsam mein Kinn. »Versprich mir, dass du das tun wirst.«

»Ich … ich kann nicht«, stammele ich. »Es muss einen anderen Weg geben.«

Ihr Lächeln ist jetzt traurig. »Ich fürchte nicht. Versprich es mir, bitte.«

Alles hat seinen Preis und deine Wahl wird in Blut bezahlt werden. Du wirst Schwierigkeiten haben, das zu bewahren, was dir das Kostbarste ist.

Der Phönix hat gesagt, dass genau das passieren würde. Und trotzdem … *trotzdem* habe ich mich darauf eingelassen.

»Versprich es mir«, bittet mich Ahn noch einmal.

Resigniert senke ich den Kopf. »Ich verspreche es.«

42.

AHN

Ich verspreche es.

Altans Worte werden vom Wind davongetragen. Er streicht mir die Haare aus dem Gesicht, und das Gefühl, das ich in jener Nacht in seinen Armen hatte, erfüllt mein Herz. Dieses Gefühl, dass alles *richtig* ist. Trotz der kalten Luft ist mein Körper warm. Ich will Abstand bewahren, doch das Trommeln meines Herzens übertönt alle rationalen Gedanken. Wie von einer unsichtbaren Schnur gezogen neigen wir uns einander zu.

Eine Sternenexplosion aus purpurroten Funken erhellt den Nachthimmel; das rote Licht lässt unsere Gesichter aufleuchten. Ich sehe auf das Meer hinaus. Drei Kriegsschiffe. Schemenhafte, aber imposante Silhouetten im Mondlicht. Im Flackern ihrer Kanonenfeuer sind auf ihren Segeln Tupfen von Gold und Blau zu erkennen.

»Sind das etwa kaiserliche Schiffe?«, frage ich atemlos.

»Nein, die sind aus Nandah«, sagt Altan.

Kapitän Yan taucht auf und brüllt Befehle. Eilig versammelt sich die Mannschaft an Deck.

Tang Wei kommt angerannt. »Wir sind so nah am Hafen. Was machen Nandahs Kriegsschiffe hier? Was wollen die?«

»Uns versenken«, antwortet Kapitän Yan, als ein weiterer roter Flammenstoß die Nacht erhellt.

»Der Botschafter?« Tang Wei wirft Altan einen erschrockenen Blick zu.

»Hat uns angelogen«, antwortet dieser grimmig.

Kapitän Yan dreht sich auf dem Absatz um und brüllt seinen Männern weitere Befehle zu, bevor er sich wieder an uns wendet. »Sie sind gut bewaffnet und zu schnell, als dass wir ihnen entkommen könnten. Wir können sie höchstens eine Weile aufhalten, aber nicht lange. Auf Steuerbord findet ihr ein Ruderboot. Damit habt ihr eine Chance, an Land zu kommen, ohne dass sie euch sehen.«

Altans Gesichtsausdruck sagt mir, dass er keine Absichten hat, den Kapitän oder die Mannschaft im Stich zu lassen. Und das habe ich auch nicht.

Doch Tang Wei greift nach meiner Hand. »Lass uns gehen!«

»Nein«, protestiere ich. »Wir sollten –«

»Nie im Leben! Und dein Leben ist mehr wert als ein Schiff voller Piraten. Die haben gewusst, worauf sie sich einließen, als sie uns ihre Hilfe angeboten haben.« Sie wirft Altan einen wütenden Blick zu. »Und *dein* Leben ist auch mehr wert.«

Tang Wei hat recht, aber ich kann den Kapitän und seine Mannschaft jetzt nicht hängenlassen. Wie oft habe ich mich in letzter Zeit umgedreht und bin weggerannt? Niemand sollte mehr meinetwegen verletzt oder getötet werden.

Ich befreie mich aus Tang Weis Griff. »Ich habe es satt, immer davonzulaufen. Aber du solltest fliehen – dich selbst retten.«

Ihre Beherrschung gerät ins Wanken. Als der Himmel wieder aufleuchtet, glänzen Tränen in ihren Augen. Ich umarme sie fest. »Keine Sorge, ich komm schon klar.«

Und damit stürze ich davon, ohne auf Altans Rufe zu achten, als er versucht, mich in all dem Chaos einzuholen. Ich bin gerade mal zur Hälfte das Deck entlanggelaufen, als das erste Geschoss einschlägt.

Brennende Pfeile lösen sich aus dem Raketenrohr und explodieren, als sie den Schiffsrumpf treffen. Rauch steigt auf. Ich fange an zu husten, als ein beißender Geruch in meine Nase und meinen Rachen dringt.

»Schwarzes Pulver!«, schreit jemand. »Sie haben schwarzes Pulver!«

Zur Hölle. *Schwarzes Pulver*. Davon habe ich gehört. Das Kaiserreich hat gerade erst begonnen, mit diesem Stoff zu experimentieren, aber Gerüchten zufolge haben unsere südlichen Nachbarn einen Weg gefunden, ihn für ihre eigenen Waffen nutzbar zu machen. Es wird als tödlicher Sprengstoff bezeichnet, und ich kann sehen, warum.

Ein ohrenbetäubendes Donnern ist zu hören und etwas Ballrundes saust an unserem Schiff vorbei. Spritzend landet es im Wasser und ein Schwall von kaltem Wasser schwappt auf unser Deck. Mehr Raketen und brennende Pfeile regnen auf uns herunter. Eines der Segel geht in Flammen auf.

Was für eine Chance hat ein einzelnes Piratenschiff gegen die Macht von drei schwer bewaffneten Kriegsschiffen? Wir werden das nicht überstehen, wenn ich nicht etwas unternehme.

Rutschend und stolpernd schaffe ich es unter Deck zur Kapitänskajüte. Die Tür ist verschlossen. Schnell sammele ich meine Magie und sprenge die Tür.

Das dunkle Schwert liegt auf dem Tisch. Wartet. Ruft mich.

Dieses Mal wehre ich mich nicht dagegen.

Meine Finger umschließen den Schwertgriff, der genau in meine Handfläche zu passen scheint und zu leuchten beginnt, graugrün wie das Meer. Langsam strömt etwas aus mir heraus und fließt durch meine Hand in die Klinge. Ich spüre, wie meine Magie darin übergeht, sich damit verbindet.

Das Schwert erwacht in meiner Hand zum Leben.

Ich erwache zum Leben.

Ein eindeutiges Gefühl der Bestimmung erfüllt mich. Ich sprinte wieder hinauf zum Bug und stoße jeden zur Seite, der mir im Weg steht. Das Schwert führt mich, als ich es mit beiden Händen packe und in Richtung Himmel hebe.

Blitze zucken durch die Dunkelheit. Weißes Licht zersplittert das Mitternachtsblau. Ein gleißend heller Lichtstrahl schießt aus dem Himmel herunter und trifft auf die Spitze der Schwertklinge.

Ein Stoß von Energie durchfährt mich, aber ich empfinde keinen Schock. Nur ein rauschhaftes Gefühl.

Ich lasse das Schwert hinuntersausen.

Und der Blitz spaltet ein feindliches Schiff in zwei Hälften.

43.

ALTAN

Explosionen erhellen den Nachthimmel. Leichen und Treibgut übersäen das Wasser. Doch alle stehen reglos an Deck, die Augen starr auf den Bug gerichtet.

Auf ein Mädchen.

Das Mädchen, das stocksteif dort steht, das leuchtende Schwert in der Hand, die Haare wild tanzend wie tausend Schlangen. Das Mädchen, das mit einer einzigen Armbewegung ein Kriegsschiff in zwei Teile gespalten hat. Das Mädchen, das ihren Arm immer wieder hinunterfahren lässt, als die Blitze zwei weitere Kriegsschiffe entzweireißen.

Dann hebt sie das Schwert wieder in Richtung Himmel, und die Blitze verschwinden so plötzlich, wie sie gekommen sind. Als sie sich umdreht, sieht sie mich direkt an. Glühende bernsteinfarbene Flammen lodern in ihren Augen.

Tang Wei neben mir schaudert. »Sieht aus, als hätte deine kleine Tigerin inzwischen ihre Flügel gefunden.«

Der Morgen dämmert über dem Horizont. Die beschädigten Segel verlangsamen unsere Fahrt, als wir den Schauplatz der Zerstörung hinter uns lassen. Die Mannschaft macht einen großen Bogen um Ahn, als sie an Deck auftaucht und mir ein Zeichen gibt, ihr in ihre Kajüte zu folgen.

Als ich eintrete, sieht Tang Wei auf und wirft mir ein verhaltenes Lächeln zu. Von ihrer gewohnten Überschwänglichkeit ist nichts mehr zu spüren.

»Wir sind alle hier. Sag uns, was dein Plan ist«, fordert sie Ahn auf.

Ahn holt tief Luft und verkündet: »Ich gehe zurück zu meinem Vater.«

»Nein, das tust du nicht«, sage ich sofort.

»Du kannst mich nicht davon abhalten, Altan. Niemand kann das. Ich werde meine Großmutter befreien.«

»Hast du den Verstand verloren?«

»Ich hab darüber nachgedacht. Es ist der einzige Weg.« Sie ist zu gelassen. Und da ist noch etwas, das anders an ihr ist und das ich nicht genau benennen kann. »Ich glaube, ich weiß, warum mein Vater dieses Dekret erlassen hat. Er will möglichst viele Männer und Jungen rekrutieren und sie irgendwie an das dunkle Schwert binden, um eine Armee zu bilden. Er will wieder Krieg führen.«

»Eine Armee? Was hat das Schwert denn damit zu tun?«

»Eine Armee der *Untoten.*«

Tang Wei klappt der Unterkiefer herunter. »Wovon redest du da?«

»Das ist das, was Altans Urgroßvater gemacht hat.«

»Was?«, rufen Tang Wei und ich beide aus.

»Warum haben wir das nicht gewusst?«, fragt Tang Wei.

»Geschichtsschreibung.« Ahn wirft mir einen Blick zu und deutet auf das Obsidian-Schwert, das auf dem Tisch liegt. »Die Seelenkreatur hat mir eine Vision gezeigt, und darin hielt Yuan Long *dieses* Schwert. Ganz sicher. Er hat seine Lebensräuber-Magie und die Magie des Schwertes benutzt, um über Phantome und Geister zu befehlen – eine Armee der Untoten. Auf diese Weise konnte er all diese Länder erobern. Auf diese Weise wurde unser Imperium geschaffen. Und Yuan Longs Siege ermöglichten ihm auch die Freiheit, seine eigene Version der Geschichte zu verbreiten. Deshalb wussten wir nichts davon.«

Ich sinke verwirrt auf meinen Stuhl zurück. Tang Wei rammt grummelnd ihren Dolch in den Tisch und hinterlässt eine tiefe Kerbe im Holz.

»Hat Zhao Yang gewusst, dass das schwarze Schwert auf dem Meeresgrund lag? Sind wir die ganze Zeit getäuscht worden?«

»Ich weiß es nicht«, sagt Ahn. »Ich erinnere mich nur dunkel an Gespräche, die er mit meiner Mutter hatte, als ich Kind war. Und Leiye hat im Bambuswald versucht, mich zu warnen. Ich sollte nicht auf das Schiff gehen, um das Schwert zu finden. Er wäre dabei nachzuforschen und irgendetwas stimme da nicht.«

Der Name meines ehemaligen besten Freundes schwebt in der Luft wie eine Gewitterwolke. »Selbst wenn das stimmt, bedeutet das nicht, dass dein Plan funktionieren wird«, gebe ich zu bedenken. »Du wagst dich zurück in die Höhle des Löwen. Was lässt dich so sicher sein, dass Zhao Yang dich nicht wieder einsperren wird?«

»Ich kenne ihn«, sagt sie mit einem kleinen, traurigen Lächeln auf den Lippen. »Er ist so versessen auf das Schwert, dass er froh sein wird, mich zurückzuhaben. Er wird mir nichts tun, weil ich die Einzige bin, die es benutzen kann. Ich werde ihm erzählen, dass der Nandah-Angriff meine Meinung geändert hat. Wenn der Süden uns den Krieg erklärt, werden wir uns verteidigen müssen, und da komme ich ins Spiel. Ich weiß, dass ich ihn überzeugen kann.«

Tang Wei stößt einen leisen Pfiff aus. »Ich hätte nicht gedacht, dass du zu einem solchen Intrigenspiel fähig bist. Tja, du bist wohl wirklich deines Vaters Tochter.« Ahn zuckt zusammen und

Tang Wei fügt schnell hinzu: »Entschuldige, so hab ich das nicht gemeint.«

»Schon gut. Ich hoffe, Leiye wird mir helfen. Und ich habe noch eine weitere Vertraute im Palast. Ich ziehe sie ungern in diese Sache hinein, aber ich habe keine Wahl mehr.«

Tang Wei und ich wechseln einen Blick. Die Zeit, Geheimnisse zurückzuhalten, ist vorbei.

»Ihr Name ist nicht zufällig Linxi, oder?«, fragt Tang Wei beklommen.

Ahn braucht eine Sekunde, um die Verbindung herzustellen. »Bist *du* ihre Freundin?«

Tang Wei nickt.

»Sie hat mir erzählt, sie sei eine Bauerntochter und in den südöstlichen Ebenen aufgewachsen.« Ahn runzelt die Stirn. »Aber das stimmt nicht, oder?«

Tang Wei schüttelt den Kopf. »Sie ist in den Kolonien aufgewachsen. Ihre Mutter war eine Tiensai und ihr Vater ist ein niederer Beamter, der ein Anhänger seines Vaters war.« Sie deutet mit dem Kopf in meine Richtung.

»Hast du sie in den Palast eingeschleust?«, fragt Ahn mich.

Ich bemühe mich, einen reuevollen Blick aufzusetzen und beschließe, dass es am besten ist, den Mund zu halten.

»Habt ihr mir etwa von Anfang an nachspioniert?«

Tang Wei hebt protestierend die Hände. »Es klingt furchtbar, wenn du das so sagst. Wir haben auf dich achtgegeben, wie wäre das?«

Ahn sinkt auf ihren Stuhl und lässt den Kopf in den Nacken fallen. »Ich bin umgeben von Dieben und Lügnern.«

»Na, dann passen wir ja zusammen«, sagt Tang Wei schmunzelnd. »Außerdem verstehe ich nicht, warum ich dich nicht wegen deiner Magie brauchen und *trotzdem* deine Freundin sein kann.«

Ahn seufzt. »Vergessen wir das alles und konzentrieren uns auf die wesentlichen Dinge.«

Sie nimmt das dunkle Schwert in die Hand und fährt mit einem Finger die schmale zweischneidige Klinge entlang. Kein Muster, keine Gravur oder irgendetwas anderes Außergewöhnliches verziert das Metall und den schlichten schwarzen Griff. Das Schwert sieht nicht einmal scharf genug aus, um Haut zu durchdringen. Schwer zu glauben, dass etwas so Unscheinbares irgendetwas Besonderes ist. Aber ich habe gesehen, was es in den richtigen Händen zu bewirken vermag.

Ich will es zerstören. Ich will es zurück ins Meer werfen. Es zerbrechen, pulverisieren, verbrennen. Aber was würde seine Zerstörung für Ahn bedeuten? Was würde sie für mich bedeuten? Es ist nicht das Weiße Jade-Schwert. Aber Ahn könnte es benutzen, um das Gleiche zu erreichen. Wie weit bist du bereit, sie gehen zu lassen? Ich schlucke schwer. Es ist ihre Entscheidung. Sie ist entschlossen, das zu tun.

»Dein Plan gefällt mir nicht, aber –«

»Mir auch nicht«, unterbricht mich Ahn, »aber ich werde es trotzdem tun. Die Frage ist nur: Seid ihr dabei?«

DIE ARMEE
DER UNTOTEN

44.

AHN

Mit Hilfe von Linxi und der Lotus-Sekte schaffen wir es, Leiye zu kontaktieren, sobald wir an Land kommen. Zwei Wochen später stehe ich mit ihm vor den Toren des Palastes, das Obsidian-Schwert in der Hand. Altan hat vorgeschlagen, eine Kopie herzustellen, aber ich fühle mich sicherer, wenn ich das echte Schwert dabeihabe. Außerdem ist es durchaus möglich, dass mein Vater den Unterschied feststellen würde.

Nun steht er vor mir, in einem der großen Empfangssäle des Palastes. Die Narben, die meine Mutter ihm verpasst hat, verbirgt er wie immer hinter seiner silbernen Maske. Doch ich kann geradezu sehen, wie die Rädchen in seinem Kopf rotieren, als Leiye unsere Geschichte erzählt: Er habe meine Bewegungen verfolgt und mich abgefangen, als ich zurück an Land kam. Wie verabredet, erwähnt er Altan nicht. Leiye hat schon meinen Ausbruch aus dem Gefängnis vertuscht, indem er meinem Vater eine Geschichte über einen Tiensai aufgetischt hat. Dieser hätte versucht, ein Attentat auf mich zu verüben, und ich hätte ihn in Notwehr getötet, bevor ich flüchtete. Anscheinend hat Leiye damals als Beweis sogar eine Leiche präsentiert. Ich will lieber gar nichts Genaueres darüber wissen.

Seine Geschichte ist glaubwürdig. Außerdem haben sich die Berichte über die versenkten Nandah-Schiffe inzwischen weit verbreitet. Der Süden weiß jetzt, dass es mich gibt und wozu ich kraft meiner Magie in der Lage bin, sodass ich für das Kaiserreich und die Pläne meines Vaters unverzichtbar bin.

Ich kann nicht umhin, Leiyes Redegewandtheit zu bewundern. Sein Tonfall findet die perfekte Balance zwischen Respekt und Souveränität, mit genügend Selbstherabsetzung, um meinen Vater in dem Glauben zu lassen, dass sein Wunderkind ihn nie hintergehen würde.

Vorsichtig kommt mein Vater auf mich zu. Sein Blick huscht zu dem dunklen Schwert in meiner Hand und zurück zu mir. »Du hast den Ring deiner Mutter verkauft, um für die Fahrt auf diesem Schiff zu bezahlen?«

»Ja«, lüge ich.

»Warum bist du weggelaufen? Warum hast du dich allein auf die Suche nach dem Schwert gemacht?«, fragt er in bemüht neutralem Tonfall.

Er weiß noch nicht so recht, was er von mir halten soll.

»Ich hatte einen Mann umgebracht – ich dachte, du wärest bestimmt wütend auf mich. Ich hatte Angst. Ich hab geglaubt, ich könnte das Schwert des Lichts allein finden.« Ich mache eine dramatische Pause, bevor ich mich zitternd auf die Knie fallen lasse. »Ich habe versagt, Vater. Das hier ist nicht das Weiße Jade-Schwert. Ich …« Ich strecke die Arme aus und umklammere seine Hände mit meinen. Dann zwinge ich mich, zu weinen und ihm direkt in die tiefdunklen Augen zu sehen. »Ich weiß, dass ich furchtbare Dinge zu dir gesagt habe, aber ich hab das alles nicht so gemeint. Ich war verwirrt. Ich wollte nur, dass du stolz auf mich bist.«

Seine Rabenaugen werden sanfter. Er will mir glauben. Ich weiß, dass er das will. Vielleicht ist irgendwo in diesem kalten Herzen doch ein Platz für sein eigen Fleisch und Blut.

»Ich weiß nicht, was ich tun soll, Vater«, sage ich und spiele das Spiel weiter. »Das Schwert ruft mich … Es spricht zu mir …«

»Was sagt es?«

»Es –« Ich schlucke und ziehe scharf die Luft ein, bevor ich meine Worte heraussprudeln lasse. »Es spricht von einer Armee – einer Armee der Untoten. Als ich das Schwert vom Meeresgrund geholt habe, habe ich dort Dinge gesehen – Menschen, Seelen. Geister, glaube ich.« Ich zögere und riskiere einen weiteren Blick zu meinem Vater. Er hört gebannt zu, begierig mehr zu erfahren, also erzähle ich ihm genau das, was er hören will. »Ich glaube, *dieses Schwert* kann eine Geister-Armee zusammenrufen.«

Ich lasse die Waffe fallen und weiche übertrieben panisch davor zurück. Das Schwert fällt scheppernd auf den Marmorboden und der Klang hallt durch den Saal.

»Mit Verlaub, Eure Exzellenz, ich glaube, Ahn sollte sich ein wenig ausruhen«, sagt Leiye. »Es war eine anstrengende Reise.«

»Ja, ja, natürlich.« Ich kann spüren, wie mein Vater versucht, seine Aufregung zu verbergen. Sich wie ein normaler, treusorgender Vater zu verhalten. »Komm, mein Liebes.« Er hilft mir auf. »Leiye hat recht, du solltest dich erst mal ausruhen. Ich werde dafür sorgen, dass deine alten Gemächer bereit sind.« Und weil er es sich nicht verkneifen kann, fährt er fort: »Du kannst mir ja nachher noch mehr über das Schwert erzählen.«

Ich schniefe und neige den Kopf. »Ja, Vater.«

Ich will nach Ama fragen, aber ich weiß, dass ich dafür den richtigen Augenblick abpassen und warten muss, bis er kein Misstrauen mehr hegt. Als ich einem Bediensteten aus dem Saal folge, höre ich meinen Vater noch sagen: »Kümmere dich darum, dass sie rund um die Uhr unter Beobachtung bleibt.«

»Keine Sorge, Eure Exzellenz. Ich werde sie höchstpersönlich bewachen«, antwortet Leiye.

Ich verberge mein Lächeln und gehe weiter.

Es ist seltsam, zurück im Palast zu sein. Gerade mal drei Monate sind vergangen, seit ich von hier geflohen bin, aber so viel hat sich verändert. Zu meiner großen Erleichterung wird Linxi mir wieder als meine Kammerfrau zugeteilt. Wir verbringen stille Nächte in meinem Zimmer und reichen ein Stück Pergament zwischen uns hin und her, auf das wir unsere Neuigkeiten kritzeln, bevor wir die Beweise verbrennen.

Ich habe das dunkle Schwert bei meinem Vater gelassen, damit er denkt, dass ich ihm vertraue. Das Ziehen in meiner Brust wird jede Nacht stärker und mein Schlaf ist unruhig, voller Phantome und heimlichem Geflüster. Aber das ist ein kleiner Preis, um das Vertrauen meines Vaters zu erkaufen.

Jeden Tag liefert mich Leiye zum Abendessen bei meinem Vater ab. Allein. Mein Vater löchert mich mit Fragen über das dunkle Schwert, die Geister und die Seelenkreatur im Smaragdmeer. Ich versuche, so gut ich kann zu antworten und hin und wieder so zu tun, als würden mich die Erinnerungen überwältigen, um seinen Verdacht zu zerstreuen, dass ich womöglich eigene Pläne schmieden könnte.

Es ist ein Spiel. Ein Theaterstück. Und jeder von uns versucht, die Rolle des Puppenspielers zu übernehmen.

Fast eine Woche vergeht, bevor ich es wage, Ama zu erwähnen. Mein Vater hält ihren Aufenthaltsort geheim. Nicht einmal Leiye hat eine Ahnung.

Fast unmerklich verändert sich der Gesichtsausdruck meines Vaters, als ich ihn auf Ama anspreche.

»Ich hatte nie Böses im Sinn, als ich verkündete, meine Männer in ihr Dorf zu schicken«, sagt er, während er an seinem Tee nippt. »Vielleicht hast du gedacht, es wäre eine Drohung. Es muss dich beunruhigt haben, aber ich wollte nur das Versprechen einlösen, das ich dir gegeben hatte.«

Er klingt so überzeugend, dass ich ihm beinahe glaube. »Wann kann ich sie sehen?«, frage ich kleinlaut.

»Zu gegebener Zeit«, antwortet er. »Du solltest wissen, dass es dort draußen Menschen gibt, die dich verletzen wollen und damit vielleicht auch sie. Ich kann ihr einen sicheren Ort bieten, und das habe ich auch getan.«

»Danke, Vater«, sage ich ernst, auch wenn ich ihn eigentlich anschreien möchte. Ich muss bei meiner Rolle bleiben, genauso wie er bei seiner bleiben muss. »Du hast wie immer recht.«

Ich neige respektvoll den Kopf und schwöre mir, ihn in diesem Spiel auszustechen.

Einige Tage später sitze ich in der Nähe des Pflaumenblütenbaums im östlichen Garten des Palastes und warte auf Tai Shun. Er war in Staatsgeschäften unterwegs und ist erst gestern zurückgekehrt.

Mein Atem formt Nebelwölkchen in der kühlen Spätherbstluft. »Glaubst du, es wird heute schneien?«, frage ich Leiye. Er folgt mir auf Schritt und Tritt, was gleichzeitig beruhigend und lästig ist.

»Zu früh.«

»Ich habe noch nie Schnee gesehen, oder zumindest kann ich mich nicht daran erinnern. Meine Großmutter sagt, Schnee ist magisch.«

»Er ist weiß. Und dann wird er grau und matschig.«

»Warum musst du Schnee als etwas so Banales darstellen?«, grummele ich.

Er zuckt die Achseln. »Das ist es doch auch.«

»Nicht für jemanden, der aus der Wüste kommt.« Ich kaue auf meiner Unterlippe und erinnere mich an die Schneeflocke, die ich damals in der Hand hatte, als Ama mich in Shahmo fand. Es muss eine Zeit in meinem Leben gegeben haben, als ich wusste, wie sich Schnee anfühlte. Aber dieses Leben ist längst vergangen, verlorene Erinnerungen in einem Haufen Asche.

Leiye wirft einen Seitenblick zum Eingang des Gartens und ein leichter Schatten geht über sein Gesicht. »Er weiß nichts und er *braucht* auch nichts zu wissen.«

»Tai Shun?«, frage ich. »Vertraust du ihm nicht?«

Leiye schürzt die Lippen. »Das ist keine Sache des Vertrauens.«

»Was denn dann?«

Er antwortet nicht und rückt stattdessen seinen Kragen zurecht. Es ist offensichtlich, dass er meiner Frage ausweicht. Ich weiß, dass er kein Vertreter der Tiensai *oder* der Diyeh ist. Er hat die ganze Zeit aus eigenem Antrieb gehandelt. Aber ich verstehe einfach nicht, warum er sein eigenes Leben so aufs Spiel setzen sollte. Oder warum er zu einem Buch mit sieben Siegeln wird, wenn es um Tai Shun geht.

»Altan hat erzählt, dass ihr drei zusammen im Palast aufgewachsen seid. Ihr wart eng befreundet, nicht wahr?«

Leiye nickt steif. »Jin und Tai Shun waren bessere Brüder als meine richtigen Geschwister. Sie waren gut zu mir, so wie auch Jins Mutter. Als sie von meinen Problemen zu Hause erfuhr, ließ sie mich in den Palast holen und erlaubte mir, hier zu leben. Mein Vater war nicht glücklich darüber, aber es war das Liebenswürdigste, was jemals jemand für mich getan hat.«

»Ist das der Grund, warum du Altan hilfst?«

»Ich habe seiner Mutter alles zu verdanken.«

»Und wie …« Ich zögere. »Wie hast du es geschafft, in den

engeren Kreis meines Vaters zu kommen? Durch die Priesterschaft?«

»In gewisser Weise.«

»Was musstest du dafür tun?«, flüstere ich und hasse mich selbst für diese Frage.

Leiye setzt eine ausdruckslose Miene auf und schreitet auf die Gartenmauer zu. In der Ecke bleibt er stehen. Seine orangefarbene Priesterrobe hebt sich hell von der Felssteinwand ab. Von den Qin-Farben seines Vaters keine Spur.

Ich seufze, rolle mit meinem Schuh Kieselsteine umher und denke darüber nach, wie das Leben für Leiye als Kind gewesen sein muss. Unehelich und unerwünscht, fand er Freunde unter den kaiserlichen Kindern – eine Familie, die er zu Hause nicht hatte. Wie lange hat er alleine im Verborgenen ausgeharrt und Pläne geschmiedet, als diese Familie auseinanderbrach? Welche Opfer hat er gebracht, um das Vertrauen meines Vaters zu gewinnen? Was musste er tun, um seine Freunde zu schützen?

Meine Pflicht ist auch der Prinz, hat Leiye einmal zu mir gesagt. Welchen Prinzen hat er damals eigentlich gemeint?

»Ahn!«

Nicht länger in Trauerkleidung, trägt Tai Shun jetzt die kaiserliche Farbe: goldgelb. Purpurrote Stickereien verzieren seine Rockaufschläge, passend zu dem roten Edelstein in der Mitte seines vergoldeten Stirnreifs. Ein Drache mit fünf Klauen, gestickt in bunten Farben, schlängelt sich über die ganze Länge seines elfenbein- und goldfarbenen Mantels. Das Symbol des Kaisers. Es ist der gleiche Drache, der auch in Altans Amulett graviert ist, denke ich und muss lächeln.

»Eure Hoheit«, sage ich und mache einen Knicks.

»Ich kann mich nicht erinnern, dass du je so viel Wert auf Förmlichkeiten gelegt hast«, scherzt Tai Shun, aber sein Auftreten ist ernster als zuvor. Vielleicht hat er sich endlich mit seinen Pflichten arrangiert. Altan mag vielleicht den Thron zurückhaben wollen, aber das ist eine Familienangelegenheit, mit der ich nichts zu tun habe.

Leiye steht noch immer in der Mauerecke und begrüßt Tai Shun mit einem angedeuteten Kopfnicken, bevor er seinen Blick wieder in die Ferne richtet. Für einen Moment bleibt Tai Shun stehen und starrt zu dem einsamen Wachposten hinüber. Dann dreht er sich wieder zu mir um und setzt ein Lächeln auf, das nicht in seinen Augen ankommt.

»Ich war enttäuscht, dass du dich nicht von mir verabschiedet hast. Wie war deine Reise in den Westen? Ich hoffe, deinen Verwandten geht es gut.«

Sein Verhalten ist offen und aufrichtig. Er weiß wirklich nicht, wer ich bin oder welche Kräfte ich habe. Hat mein Vater ihm die Nachrichten von den gesunkenen Nandah-Schiffen verheimlicht? Ich erinnere mich an Leiyes Worte und spinne wahllos ein paar Geschichten über meine angeblichen Reisen und Tanten und Cousins, die nicht existieren. Im Gegenzug erzählt Tai Shun Neuigkeiten über den Konflikt mit Nandah. Seine Berater – mein Vater vermutlich – drängen darauf, die Verteidigung des Kaiserreichs zu stärken.

»Nandah greift uns an, weil ihr König denkt, dass ich schwach bin«, sagt Tai Shun ernst. »Wir sind weiter dabei, Soldaten zu rekrutieren.«

»Aber bald ist Winter. Nandahs Schiffe können doch bestimmt nicht durch all das Eis hierherkommen?« *Und außerdem habt ihr ja mich*, denke ich bei mir.

»Unsere Kundschafter glauben, sie haben eine Waffe entwickelt, die das Eis brechen kann. Dieser kleine Streifen Wasser, der Nandah von uns trennt, wird sie nicht abhalten.«

Eine Waffe, die das Eis brechen kann. Das muss das schwarze Pulver sein. Ausgehend von der Explosion auf dem Meer, als das Nandah-Kriegsschiff uns angriff, wäre die Zerstörung verheerend, würden ihre Bomben unsere Städte treffen.

»Haben wir noch irgendwelche Verbündete, die wir um Hilfe bitten könnten?« überlege ich. *Oder haben wir uns zu viele Feinde gemacht?*

Tai Shun stützt seine Ellenbogen auf den Tisch und legt die Fingerspitzen aneinander. »Dieselbe Frage habe ich deinem Vater gestellt. Seine Einschätzung der Situation ist düster. Wir haben gerade einen Krieg mit Honguodi beendet, das keinerlei Grund hat, uns zu helfen. Und Mengu würde ewig brauchen, über die Berge zu kommen, um uns irgendeine Hilfe zu sein. Außerdem reicht das Gedächtnis ihres Volkes weit zurück. Als ihre Königin ein Kind war, lagen unsere Nationen noch im Krieg. Ich sehe keinen Grund für sie, uns helfen zu wollen.«

Aber *ich* könnte Nandah mit dem dunklen Schwert stoppen. Vielleicht könnte ich sie sogar davon abhalten, überhaupt erst an Land zu gehen. Warum also sagt mein Vater das Tai Shun nicht?

Ein Dienstmädchen mit einem Tablett taucht auf, die Wangen schamhaft gerötet. Sie ist jung und kommt mir bekannt vor. Ich glaube, sie ist eine der Kammerzofen der Kaiserwitwe.

»Mit den besten Empfehlungen von Ihrer Majestät.« Das Mädchen stellt die Teetassen auf den Tisch und schenkt uns ein, wobei ihre Hand ein wenig zittert. Ich versuche, ihr beruhigend zuzulächeln und frage mich, ob sie wegen Tai Shun oder wegen mir nervös ist. Sie verbeugt sich noch einmal tief und geht.

Tai Shun lächelt. »Mutter ist immer so aufmerksam.«

»Das ist sie«, stimme ich zu und nippe an meinem Tee.

Es dauert nicht lange, bis eine weitere Bedienstete auftaucht. Diesmal ist es eine Nachricht für mich.

Nachdem ich mich von Tai Shun verabschiedet habe, mache ich mich auf den Weg in das private Studierzimmer meines Vaters und frage mich, warum er mich wohl vor dem Abendessen zu sich gerufen hat. Er sitzt in seinem üblichen Palisanderholzsessel, ganz in Gedanken versunken. Ich sehe mich flüchtig um. Seit meiner Rückkehr in den Palast bin ich nicht mehr hier gewesen. Alles sieht noch genauso aus.

Er winkt mich näher zu sich und ich bin überrascht, wie müde er aussieht. Ganz unerwartet spüre ich einen Stich in meiner Brust. Es muss schwierig sein, das Schicksal seines Landes auf den Schultern zu tragen. Dann dreht er den Kopf. Seine Silbermaske reflektiert das Licht und erinnert mich daran, was für ein Mann er wirklich ist. Ich verschließe mein Herz. Er mag vielleicht glauben, dass er seiner Nation dient, aber das macht seine Taten nicht richtig.

»Da bist du ja. Gut.«

»Stimmt etwas nicht, Vater?«

»Ich habe gehofft, du könntest mir *zeigen*, wie das Schwert funktioniert.«

Diese Bitte habe ich früher oder später erwartet, aber ich gebe trotzdem vor, schockiert zu sein.

»Ich meine nicht, dass du es an einer *Person* ausprobieren sollst. Wenn du noch nicht so weit bist, können wir auch warten«, sagt er etwas zu hastig. Er seufzt. »Auch wenn ich besser schlafen werde, sobald ich sicher weiß, dass wir etwas haben, das einem Angriff aus Nandah standhalten kann.«

Er spielt sein Spiel. Das ist ein Test.

»Ich kann es versuchen«, sage ich.

»Bist du sicher?«

»Ja, ich glaube, ich bin stark genug. Ich werde dich nicht enttäuschen, Vater.«

Er erwidert mein Lächeln und schiebt das Kabinett zur Seite. Die Wand öffnet sich. Ich täusche keine Überraschung vor. Er weiß, dass ich den Ruf des Schwertes spüren kann. Als die Wandtäfelung sich wieder schließt, bemerke ich, dass im Kabinett *sechs* in rote Seide eingeschlagene Manuskripte stehen. Leiye muss das gestohlene zurückgebracht haben, bevor mein Vater den Verlust bemerkte.

Mein Vater reicht mir das Schwert. Sofort schmiegt sich der Griff in meine Hand und ein Rausch von Energie durchströmt mich. Meine Hand zittert. Nicht, weil ich schwach bin, sondern weil mir etwas klar geworden ist.

Das einzige lebende Wesen in diesem Raum außer mir ist *er*.

Ich könnte das Schwert erheben und meinen Vater töten. Ich könnte ihn in einen Geist verwandeln, der diesem Schwert gehorchen muss. Alles, was es dazu bräuchte, wäre eine kleine Handbewegung.

Du könntest seine Lebenskraft stehlen. *Spürst du sie nicht? Sie ist stark. Sie wird dich noch mächtiger machen*, flüstert die andere Stimme, die in meinem Kopf lebt.

Für einen grauenerregenden Moment bin ich in Versuchung.

Stattdessen sage ich leise zu meinem Vater: »Als wir auf See angegriffen wurden, habe ich das hier in den Himmel gerichtet.«

Wir gehen aus seinem Studierzimmer in den Garten. Die Tage sind jetzt kürzer und die Sonne geht schon unter und taucht unsere Umgebung in ein immer dunkler werdendes Graublau. Ich fühle mich ein wenig benommen und habe Schwierigkeiten zu atmen. Ich weiß nicht, ob es an meiner Aufregung liegt oder an etwas anderem. Ich atme langsam aus, um wieder einen klaren Kopf zu bekommen. Langsam hebe ich das Schwert in Richtung Himmel. In der Ferne ist ein Donnergrollen zu hören.

Aber ich weiß, daran ist nicht ein heraufziehendes Gewitter schuld.

Ich rufe meine Magie, spüre, wie sie durch mich hindurch strömt und sich mit der eigenen Energie des Schwertes vermischt. Der Himmel bricht auf und Licht splittert durch die Wolken. Die Klinge brennt mit weißen Flammen. Ich senke das Schwert und richte es auf einen Baum.

Die Explosion überrascht mich. Ich stürze zu Boden, bleibe liegen und muss so heftig husten, dass meine Rippen schmerzen. Ein Schmerz kriecht meinen Nacken hinauf und pocht in meinem Kopf. Etwas fühlt sich falsch an. Letztes Mal, als ich das Schwert benutzt habe, habe ich mich euphorisch gefühlt, nicht so wie jetzt.

Mein Vater steht schon bei den Überresten des Baumes, untersucht den Stumpf und die verbrannte Rinde. Als er sich schließlich zu mir umdreht, ist es nicht Sorge, was ich in seinen Augen sehe.

Sondern der wilde, fiebrig flackernde Blick eines Verrückten.

45.

ALTAN

Für einen Mann, der seine Liebste vermisst, fühlt sich ein Tag an wie drei Herbste.

Was für eine Lüge dieses alte Shi-Sprichwort ist. Jede verdammte Minute, die vergeht, fühlt sich an wie ein ganzer Winter.

Es ist jetzt eine Woche her, seit Ahn zum Palast zurückgekehrt ist und alles, was ich bisher bekommen habe, sind verschlüsselte Nachrichten von Linxi und nichts von ihr selbst.

Ich habe das Gefühl, ich verliere den Verstand.

Ich weiß nicht, wie ich dieses Gefühl in mir benennen soll. Was auch immer es ist – ich hasse es. Ich will dieses unerklärliche Gefühl zurück in das Gefängnis drängen, aus dem es entkommen ist. Sand macht mich vielleicht schwach, aber das hier … das bringt mich vollkommen durcheinander. Es hält mich in einer Welt gefangen, in der eine Berührung nichts oder alles bedeuten kann. In der ein flüchtiger Blick, ein Lächeln, das Zucken einer Augenbraue meiner Existenz neue Bedeutung verleiht.

Es ist furchterregend.

Tang Wei sagt, ich bin verliebt. Ich denke, sie spinnt.

Seufzend stoße ich das Fenster auf, nur einen Spalt weit. Die Sonne geht schon fast unter. Tang Wei sollte bald mit etwas zu essen zurück sein. Ich habe beschlossen, mich bedeckt zu halten und bin die meiste Zeit in der Unterkunft geblieben.

Ich schaue hinaus in die Straßen der Hauptstadt und atme die frische Luft ein, vermischt mit dem Geruch von gebratenem Fleisch und dem leichteren Duft von frischen Blumen. Der Anblick all des Vertrauten beruhigt mich und stimmt mich gleichzeitig traurig. Der Brunnen mit dem weißen Steinbogen und den Zwillingsdrachen steht immer noch neben dem Süßigkeitenladen, in dem meine Schwester und ich immer eingekauft haben. Shīfùs Lieblingsteehaus, *Die Grüne Nadel*, liegt gleich in der nächsten Straße …

Dieser Ort ist mit zu vielen Erinnerungen verbunden.

Das Geräusch von Schritten auf der Treppe reißt mich aus meinen Gedanken. Die Ladenbesitzerin von unten reicht mir einen Brief, den ein Bote für mich abgegeben hat. Nachdem sie gegangen ist, reiße ich ihn auf. Es sieht aus wie Linxis Handschrift. Sie muss in Eile gewesen sein. Die Tinte ist ein wenig verschmiert und die Nachricht nicht verschlüsselt.

Pagode. See. Großmutter.

Mein Puls rast. Mein Verstand sagt mir, ich sollte auf Tang Wei warten, aber wenn Ahns Großmutter wirklich dort ist, gilt es, keine Zeit zu verlieren. Je früher ich sie heraus und in Sicherheit bringen kann, umso weniger muss sich Ahn Sorgen machen.

Und umso schneller kommst du zu deiner Rache.

Als Junge habe ich viele Möglichkeiten erkundet, um mich aus dem Palast zu stehlen. Es ist mir nie gelungen. Jetzt muss ich mich *hineinstehlen*. Hinter einem Mauerabschnitt im Westen des Palastgeländes liegt ein Wassergraben. Zu Vaters Zeit dachte man, das Wasser sei Schutz genug. Die Wachen waren oben auf der Mauer positioniert, nicht unten, wo das Wasser auf den Stein traf. Wenn es auf dem Wege nicht funktioniert, werde ich einen anderen finden müssen.

Ich zögere, denn eine nagende Stimme in meinem Kopf warnt mich zu bleiben. Auf Tang Wei zu warten, statt allein zu gehen.

Ein plötzlicher Donnerschlag ist zu hören. Ich sehe aus dem Fenster. Seltsam. Es sah vorhin gar nicht so aus, als ob sich ein Sturm zusammenbraute. Kurz darauf leuchtet der Himmel über dem Palastgelände in gespenstisch-vertrauter Weise auf.

Ahn.

Die Zugbrücke ist oben, als ich ankomme. Es würde zu viel Lärm machen, mit Magie einen Weg über den Graben zu schaffen – ich würde das Wasser gefrieren lassen müssen. In dieser Stille würden die Wachen das Eis sicher knacken hören. Außerdem würde es mich zu viel Energie und Magie kosten. Ich streife meinen Mantel ab und steige ins Wasser, bevor ich es mir anders überlegen kann. Der Schock des kalten Wassers fährt mir in die Knochen, während ich schwimme. Als ich mich auf der anderen Seite hinaufziehe, kann ich gar nicht mehr aufhören, mit den Zähnen zu klappern.

Im Licht der flackernden Fackeln über mir zähle ich die Wachen. Sechs. Ich will gerade die Mauer erklimmen, als der Gong zum Wachwechsel ertönt. Ich werde warten müssen, bis die alten Wachen abtreten und die neuen ihre Posten eingenommen haben, bevor ich einen weiteren Schritt mache. Sonst sind es einfach zu viele Wachen.

Ich kann nicht riskieren, eine Flamme heraufzubeschwören, und ich will meine Energie nicht verschwenden, um meine Kleidung zu trocknen. Dafür kontrolliere ich meine Atmung, um die Zirkulation von Qì in mir zu verbessern und Wärme zu erzeugen, während ich mich an die Mauer dränge und mit den Schatten verschmelze. Ich habe nicht vor, aus dieser Welt zu scheiden, indem ich mich in einen Eiszapfen verwandele.

Ich gebe den neuen Wachen etwas Zeit, um es sich auf ihren Posten bequem zu machen. Und sich in Sicherheit zu wiegen.

Dann erklimme ich schnell und behände die Mauer und überrasche sie mit ein paar gezielten Stichen in ihre Meridianpunkte. Bewusstlos fallen sie zu Boden. Ich schäle mich aus meinen kalten, nassen Kleidern, ziehe die Uniform eines der Wachsoldaten über und schlüpfe in seine Stiefel. Schon besser. Mit einem Nicken entschuldige ich mich wortlos bei dem halb nackten Mann auf dem Boden und nehme ihm auch noch seinen Helm und seinen Harnisch ab.

Nach all diesen Jahren kenne ich das Palastgelände immer noch wie meine Westentasche. Teilweise marschiere ich offen in der Wächteruniform weiter, teilweise klettere ich heimlich über die Dächer. Erinnerungen kommen hoch, als ich an altbekannten Stätten vorbeikomme. Die kaiserlichen Stallungen, wo ich reiten gelernt habe; der Studiersaal, in dem ich endlose langweilige Schulstunden absitzen musste; der Koi-Teich, in den meine Schwester sich übergeben hat …

Ich entdecke eine Pagode am See. Die ist neu. Dort stand einmal der alte Diyeh-Tempel, den mein Vater dann abreißen ließ. Ein Zufall? In meinem Kopf findet ein Tauziehen statt. Mein Herz will als Erstes Ahn finden, aber meine Vernunft sagt mir, dass es wichtiger ist, ihre Großmutter in Sicherheit zu bringen.

Leise fluchend gehe ich auf die Pagode zu. Der mehrstufige Turm ist gut beleuchtet. Unter seinen geschwungenen Traufen flackern die Laternen und werfen blasse Spiegelungen auf das dunkle Wasser des Sees. Um den Fuß des Turmes herum stehen mehrere Wachen, die ähnliche Uniformen tragen wie der Wachsoldat, dem ich seine abgenommen habe. Sie beachten mich nicht, als ich auf sie zu marschiere. Wahrscheinlich halten sie mich für einen von ihren.

Es ist lachhaft, wie leicht ich sie alle entwaffne. Entweder bin ich unglaublich gut oder dieser Turm ist so unwichtig, dass die untauglichsten Soldaten für seine Bewachung bereitgestellt wurden. Ahns Großmutter kann doch nicht hier gefangen gehalten werden, oder? Doch Linxis Nachricht war eindeutig. Eine winzige Flamme an meiner Fingerspitze leuchtet mir den Weg, als ich um die Pagode herumgehe und nach irgendeinem Hinweis suche. Mein Puls geht schneller, als ich die geschwungene Linie mit zwei Punkten entdecke, die kaum sichtbar in einen der rechteckigen Steinblöcke am Fuß des Turmes gebrannt wurde.

Das Zeichen der Diyeh-Priesterschaft.

Ich klopfe jede Steinplatte um das Symbol herum ab, bis eine davon nachgibt. Ein Stoß, und der Stein rutscht nach innen. Etwas knarrt. Eine versteckte Tür mit einer Treppe, die unter die Erde führt. Ich gehe die ersten Stufen hinunter und schließe die Tür hinter mir. Am Fuße der Treppe ist eine Fackel an der Wand befestigt und in ihrem Licht wird ein steinerner Gang sichtbar, der in die Dunkelheit führt.

Leise tappe ich weiter, die Fackel in der Hand. Zu meiner Linken und meiner Rechten tauchen mehrere verriegelte Räume auf. Zu welchem Zweck werden sie benutzt? Sind es Folterkammern? Einige der Räume sind Zellen mit Metallgittern als Türen. Alle leer.

Seltsam.

Von weiter hinten im Gang kommt ein leises Stöhnen und in einer der Zellen entdecke ich einen zusammengekauerten Lumpenhaufen. Es scheint eine alte Frau zu sein. Sie hält den Kopf gesenkt, sodass Schatten ihr Gesicht verdecken, aber ich kann weißes Haar erkennen.

Ahns Großmutter.

Als ich näher komme, weicht sie zurück. Sie muss Angst haben. Dieser furchtbare, *furchtbare* Gedanke kommt mir wieder in den Sinn, und ich versuche mit Macht, ihn zu verdrängen. Die

Schachfigur der Priester befindet sich direkt vor mir. Niemand würde es mitbekommen, wenn ich die alte Frau töten und diesen Ort verlassen würde. Niemand würde es mitbekommen, wenn ich sie verschwinden ließe, um sie woanders gefangen zu halten. Dann könnte ich die Lebensräuberin dazu bringen, alles zu tun, was ich wollte. Ein Dämon in mir versucht, mich damit zu locken.

Aber sie ist nicht nur die Lebensräuberin. Sie ist Ahn.

Ich umklammere die kalten Metallstäbe. *Du bist nicht dein Urgroßvater*, flüstert Shīfùs Stimme in meinem Kopf. Ich treffe meine Entscheidung, ein für alle Mal.

»Habt keine Angst. Ich bin es, Altan. Ich bin hier, um Euch zu befreien«, sage ich. »Bleibt zurück.«

Ich ziehe meinen Säbel und lasse ihn mit aller Kraft auf das Schloss hinuntersausen. Es zerbricht und fällt scheppernd zu Boden. Ich öffne die Tür und betrete die Zelle.

»Kommt mit mir«, sage ich.

Die Gestalt bewegt sich. Schatten weichen.

Sie hebt den Kopf. »*Du.*«

46.

AHN

Ich schrecke aus dem Schlaf. Mein Herz trommelt wild in meiner Brust und meine Kehle ist wie zugeschnürt. Nachdem mein Blitzschlag den Baum getroffen hatte, fühlte ich mich nicht wohl und bin in mein Zimmer zurückgekehrt, um mich auszuruhen. Alles andere verschwimmt in meiner Erinnerung. Ich versuche mich aufzusetzen, doch etwas drückt mich zu Boden.

Ein Albtraum.

Ein Schrei will aus meiner Kehle dringen, aber alles, was ich zustandebringe, ist ein erstickter Laut durch den dicken Stoff, der mir auf den Mund gepresst wird.

»Scht«, flüstert eine Stimme.

Eine Gänsehaut überzieht meine Arme. Ich höre das Ratschen eines Streichholzes. Das Zischen eines Kerzendochts, der angezündet wird. Ich blinzele, als eine Flamme aufleuchtet und die Silhouette einer Frau erkennen lässt. Die Hand der Schattengestalt hebt eine Lampe an ihr Gesicht, und ein paar wunderschön geformte Augen mit dunklen Wimpern starren mich an. Als ich mich an das Licht gewöhne, erscheint ein wie gemeißelt aussehendes Gesicht mit hohen Wangenknochen und vollen Lippen.

Die Kaiserin.

Ein manikürter Finger kommt auf mich zu und hebt mein Kinn. Sofort umlodern mich Flammen. Ein Inferno von Nadeln,

Ameisen, irgendwelchen Kreaturen mit Zähnen, die an mir nagen, beißen und von innen meine Haut zerkratzen. Mein Geist steht in Flammen, tobt in meinem Schädel und versucht zu fliehen. Ich versuche mich zu wehren, aber mein Körper verrät mich. Er ist ein Käfig, der mich in diesem feurigen Abgrund gefangen hält.

Ich höre die erstickten Schreie eines Tieres, das zur Schlachtbank geführt wird. Erst nach einer Weile wird mir bewusst, dass sie von mir kommen. Zhenxi nimmt ihren Finger von meiner Haut, und alles ist vorbei.

Eine Illusion.

Erschüttert ringe ich nach Luft, während sich meine Augen mit Tränen füllen. Was für eine Art Magie, was für eine Art Zauberei war das? Ist sie eine Tiensai? Oder *etwas anderes*?

Sie seufzt übertrieben. »Ich verstehe, warum er dich mag. Ein hübsches, verletztes Ding. Als Tai Shun ein Kind war, fand er einmal einen wunderschönen Eisvogel mit einem gekrümmten Flügel, halb verhungert. Er hat den Flügel geschient und den Vogel wieder aufgepäppelt. Aber er hätte das Gleiche getan, wenn es ein langweiliger Spatz gewesen wäre. Du musst wissen, mein Sohn hat wie viele andere eine Vorliebe für schöne Dinge. Aber was er am meisten liebt, sind *gebrochene* Dinge – Dinge, die repariert werden müssen. Menschen, die gerettet werden müssen.«

Ich nehme ihre Worte kaum auf. Alles, woran ich denken kann, ist ihre glühende Berührung.

Ihre blutroten Lippen verziehen sich zu einem abfälligen Lächeln. Keine Spur mehr von der warmen, mütterlichen Frau, die ich zu kennen glaubte. »Schade auch. Ich glaube nicht, dass du ihn brauchst, um dich zu retten, oder?«

Ihre zierliche Nase kräuselt sich für einen Moment, als sie lacht. Wenn man das Lachen nennen kann. Es ist eine bezirzende

Farce, mit der sie Vertraulichkeit zwischen uns herstellen will. Ich will das Lächeln von diesem schönen Gesicht wischen. Doch stattdessen ersticke ich fast an meinem Knebel. Sie beäugt mich gelangweilt wie eine hungrige Katze, die so tut, als würde sie vor einer Maus ein Schläfchen halten.

»Armes Ding«, gurrt sie. »Das muss ja so unangenehm sein. Ich befreie dich davon, wenn du versprichst, nicht zu schreien.«

Ich blinzele und nicke. Blitzschnell entfernt sie den Knebel. Mein Mund ist ganz trocken, meine Zunge fühlt sich an wie Watte. Ich winde mich, aber meine Hände und Füße lassen sich immer noch nicht bewegen; mein Körper ist bleischwer.

»Was habt Ihr mit mir gemacht?«

»Ich hoffe, du hast den speziellen Tee genossen, den ich für dich zubereitet habe. Die Wirkung des Giftes wird bald nachlassen. Schließlich will ich dich nicht umbringen.«

Das Dienstmädchen, das Tai Shun und mich bedient hat. Sie muss gewusst haben, was in meinem Tee war. Deshalb war sie so nervös. »Was wollt Ihr?«

»Ich will dir einen Vorschlag machen.«

»Da hättet Ihr mich ja auch ganz nett bei Kuchen und Obst fragen können, statt mich zu vergiften.«

»Stimmt«, gibt sie zu. »Aber so fühlt es sich doch irgendwie … *intimer* an.« Sie beugt sich zu mir. »Du und ich, wir sind eigentlich gar nicht so verschieden. Ich bin nicht dafür geschaffen, mich einem Mann zu beugen. Ich habe Macht angestrebt, sie aus unwürdigen Händen gerissen. Du wiederum wurdest mit einer Macht geboren, um die dich viele unbedeutendere Männer beneiden. *Wir* sollten diejenigen sein, die herrschen. Die Starken fressen die Schwachen. Es ist die natürliche Ordnung des Lebens, die vorbestimmte Hierarchie, geschaffen von den Göttern selbst.«

»Ich bin überhaupt nicht wie Ihr.«

Sie bläht ihre Nasenflügel. »Guck mich nicht an, als wäre ich irgendein Monster. Ich bin eine Mutter, die das Beste für ihr Kind tut. Und das ist mehr als das, was *dein* Vater tut.«

Ich schleudere ihr eine Verwünschung entgegen.

»Lass mich gleich zum Punkt kommen. Mein Sohn ist schwach.« Sie macht eine Pause. Ich kann sehen, wie schwer es ihr fällt, das zuzugeben. »Sobald er den Drachenthron besteigt, wird er von taktierenden Ministern hintergangen werden, von den Priestern zerfleischt. Mein Sohn ist derjenige, der gerettet werden muss. Ich habe meinen Teil getan, aber ich stoße an die Grenzen dessen, was ich noch tun kann. Ich brauche jemanden, der ihm hilft. Jemanden, um den anderen das Fürchten zu lehren. Jemanden wie *dich*.«

»Was auch immer Ihr plant, ich werde Euch nicht helfen.«

Ein einzelner eleganter Finger wird auf mich gerichtet. Ihre Drohung lässt mich unwillkürlich schaudern.

»Lass mich doch erst mal ausreden«, sagt sie. »Die Priester haben dabei geholfen, Ren Long loszuwerden, aber ich war dumm zu denken, dass sie nicht auch meinen schwächlichen Gemahl manipulieren würden. Alles, was Gao Long tat – jeder Befehl, jedes Dekret – wurde ihm von den Priestern diktiert. Den letzten Hohepriester hat jemand für mich umgebracht, aber ich kann mich nicht darauf verlassen, noch einmal so ein Glück zu haben. Und ich werde *nie* zulassen, dass mein Sohn in die gleiche Lage kommt wie Gao Long damals. Er war eine Marionette, mehr nicht. Du siehst, meine Liebe, wir sind auf derselben Seite. Wir wollen beide die Zerstörung der Diyeh.«

»Wir sind keineswegs auf derselben Seite. Es interessiert mich nicht, was sie Eurem Sohn antun.« Meine Worte klingen harsch, aber im Inneren sorge ich mich um Tai Shuns Schicksal. Zhenxi hat recht. Er würde den Machenschaften meines Vaters nie standhalten. Schon jetzt verheimlicht mein Vater ihm Dinge, um ihn zu manipulieren. Und in seinem Versuch Tai Shun zu beschützen, hat auch Leiye ihn im Dunkeln gelassen.

»Wir wissen beide, dass dein Vater dich auffordern wird, eine Armee der Untoten zu rufen, sobald die Soldaten zusammengetrommelt wurden. Die Bedrohung durch Nandah hängt über uns. Sei nicht überrascht, wenn sein Befehl eher früher als später kommt. Wenn du diese Armee rufst, rettest du deiner Großmutter das Leben. Aber für wie lange? Solange sie lebt, haben die Priester ein Druckmittel gegen dich, und das Blut von Tausenden wird an deinen Händen kleben. *Ich* habe kein Interesse daran, neue Länder zu erobern. Alles, was ich will, ist mein Sohn auf dem Thron, und zwar nicht als Marionette der Priester.«

»Was genau wollt Ihr mir damit sagen?«

Sie lächelt. »Töte deinen Vater und beende die Macht der Priester über den Thron. Heirate meinen Sohn und regiere mit ihm. Du kannst alles haben, was du willst – Reichtum, Macht, die *Welt*.«

»Tötet ihn doch selbst«, fauche ich.

»Glaubst du nicht, dass ich den Mann schon längst getötet hätte, wenn ich es könnte? Die Priester würden Vergeltung üben, wenn sie mich dahinter vermuteten. Sie sind viel zu etabliert im Palast, haben zu viele Verbündete und nicht genug Feinde. Ich will das alles niederreißen. Etwas Neues anfangen – etwas Besseres.«

»Dann hättet Ihr Ren Long nicht umbringen sollen«, sage ich voller Verachtung. Ich hasse mich selbst dafür, dass ich sie jemals für einen guten Menschen gehalten habe.

»Ren Long war auf seine besondere Weise auch ein Narr. Du bist die Lebensräuberin; die Priester werden sich fügen, wenn *du* deinen Vater aus dem Weg schaffst. Und dann kannst du sie aus dem Weg räumen.«

Ich erinnere mich an die Ehrfurcht im Tonfall des Priesters, den ich im Bambuswald getötet habe. Dieser Mann, der mich angestarrt hat, als wäre ich ein Gott. Der Gedanke, den ich hatte, als ich mit meinem Vater allein in seinem Studierzimmer war und das dunkle Schwert in der Hand hielt, kehrt zurück. Selbst wenn es darum ginge, die Welt zu retten, könnte ich meinen eigenen Vater nicht töten, oder doch?

»Wie wäre es, wenn ich gleich alle töte? Euch eingeschlossen?«, sage ich.

»Wenn du nur das Zeug dazu hättest, mein liebes Kind.« Das echte Bedauern in ihrem Tonfall ist verstörend. »Oh, und noch etwas. Ich habe gesagt, die Nebenwirkungen des Gifts werden nachlassen, aber das Gift selbst bleibt in deinem Blutkreislauf und greift nach und nach deine Nerven an. Du wirst dich normal fühlen, aber eines Tages –« Sie schnippst mit den Fingern und ich weiche zurück. »Ich bin die Einzige, die ein Gegengift hat, und ich bin gerne bereit, es dir zu geben, *falls* wir zu einer Abmachung kommen.«

Die Kaiserin hat das alles genau geplant. Sie ist mir einen Schritt voraus und den Priestern auch. Ich kann sie nicht gewinnen lassen. Ich grinse höhnisch. »Ich werde nicht *Eure* Marionette sein. Ihr überschätzt, wie viel mir mein eigenes Leben wert ist.«

»Und was ist mit dem deiner Großmutter? Oder dem Leben von jemand ganz anderem? Einem Jemand, der vor gar nicht langer Zeit im Palast aufgetaucht ist. Jemand, der für *tot* gehalten wird.«

Ich kann meinen Schreck nicht verbergen.

Sie durchbohrt mich mit ihrem Blick, beraubt mich Lage für Lage meiner Rüstung. Ihre Lippen verziehen sich zu einem triumphierenden Lächeln. »Ich bin eine der wenigen Seelen, die wissen, dass er vor all den Jahren nicht in der Wüste gestorben ist. Stell dir nur meine Überraschung vor, als ich Wind davon bekam, dass er das Festland betreten hat. Stell dir mein Entzücken vor, als er vor ein paar Tagen in der Hauptstadt gesichtet wurde. Ich frage mich, was den närrischen Jungen dazu gebracht hat, heute Abend in den Palast zurückzukehren? Es ist doch sicherlich nicht wegen deiner Großmutter?«

»Er würde bestimmt nicht hierher kommen … es sei denn …« Eine unsichtbare Hand zerdrückt mein Herz. »Ihr habt ihn *hereingelegt*.«

»Ich hab eine Weile gebraucht, um zu kapieren, dass Linxi seine Spionin war. Ich musste so tun, als wüsste ich nichts davon. Dafür wird dieses Weibsbild noch bezahlen, aber am Ende haben sich die Dinge zu meinen Gunsten gewendet.«

»Was habt Ihr Linxi angetan?«

»Keine Sorge, sie lebt. Noch zumindest.«

»Bringt sie nicht um – bringt *ihn* nicht um. Bitte.« Ein Schluchzen steckt in meiner Kehle. Es ist ein furchtbares Gefühl zu betteln, sie anzuflehen, aber sie hat meinen wunden Punkt gefunden. Mein Rückgrat gebrochen.

»Ich bin nicht diejenige, die entscheidet, ob er lebt oder stirbt.« Die Genugtuung in ihrer Stimme lässt kalte Schauer über meinen Rücken laufen. Jedes Wort, das aus diesem wohlgeformten Mund kommt, ist eine verschleierte Warnung vor furchtbaren Dingen, die auf mich zukommen. »Weißt du, liebes Kind, es ist interessant, was man aus diesen verstaubten, in toten Sprachen verfassten Schriftrollen aus der Verbotenen Bibliothek alles erfahren kann. Glücklicherweise hatte ich nicht viel zu tun und ich brauchte … eine Freizeitbeschäftigung. Wie es aussieht, hat Yuan Long es nicht geschafft, alles auszulöschen. Erzählungen über eine lang vergessene Vergangenheit bleiben. Geschichte, kann man wohl sagen.«

Sie fährt mit dem Finger mein Kinn entlang. Diesmal gibt es keine Flammen, keine Halluzinationen, und trotzdem erzittere ich bei ihrer Berührung.

»Männer sind oft geblendet von ihrer eigenen Überheblichkeit. Wenn man nur auf seine eigene Wahrheit fixiert ist, verliert man den Blick für das Ganze. Die Geschichte der Tiensai ist die Geschichte der Diyeh; die eine ist ohne die andere unvollständig. Wenn man sich nur mit der Überlieferung der einen auskennt, kennt man nur die Hälfte der Erzählung, die Hälfte der Wahrheit. Schließlich gehören sie im Grunde zu ein und demselben Volk.« Ich spüre ihren Atem auf meiner Wange. »Hier ist die Wahrheit, Lebensräuberin: Das Schwert des Lichts existiert nicht.«

»Aber das dunkle –«

»Ja, es gibt *ein* Schwert«, unterbricht sie mich ungeduldig. »Du hast es gefunden, nicht wahr? Es gibt kein dunkles Schwert oder helles Schwert. Es ist ein und dasselbe. Das schwarze Schwert sollte nie das werden, was es jetzt geworden ist. Ein Schwert ist nur ein Werkzeug. Es ist die Person, die es benutzt, die über seine Bestimmung entscheidet. Yuan Long hat es verdorben, durch seine abartige Magie entweiht. Er hat diese Welt aus dem Gleichgewicht gebracht und uns alle verflucht. Die Sünden seines Blutes wirken in seinen Nachkommen fort. Das Equilibrium muss wieder hergestellt werden, und ein Opfer muss erbracht werden, damit das Land wieder heilen kann.«

Ein übelerregender Gedanke schleicht sich in meinen Kopf. Ich schweige und blinzele nervös, als könnte ich damit die Welt ausblenden.

»Als die Lebensräuberin kannst du das dunkle Schwert in seinen ursprünglichen Zustand zurückversetzen und das Ungleichgewicht beenden, das Yuan Long hinterlassen hat«, fährt sie fort. »Beende es mit dem Blute seines Nachfahren und befreie das

Land von den letzten Spuren seiner Magie.« Sie lächelt. »Mein Gemahl Gao Long ist tot –«

»Nein«, sage ich atemlos.

» –Tai Shun ist mein Sohn, aber es fließt kein kaiserliches Blut in seinen Adern. Gao Long –«

»Seid still!«

»– ist nicht sein wahrer Vater. Das bedeutet, es gibt nur einen Menschen, der noch das Blut von Yuan Long in seinen Adern hat. Es gibt nur einen lebenden Nachfahren und einen wahren Thronfolger.«

Altan.

Jede Faser meines Körpers schreit und sträubt sich in dem verzweifelten Versuch, ihre Worte ungehört zu machen, die Wahrheit umzukehren.

»Das ist nicht wahr! Ihr lügt!«

»Tue ich das?« Die Kaiserin lehnt sich zurück und mustert mich mit einem letzten, langen Blick. »Wie wirst du dich entscheiden? Wirst du deine Großmutter retten und Tausende töten? Wirst du deinen Vater töten und meinen Sohn heiraten? Wirst du Jin töten und das Land und unser Volk retten? Oder wirst du einen einsamen Tod sterben, wenn niemand mehr da ist, den du liebst?«

Die Flamme erlischt und ich werde wieder in die Dunkelheit zurückgeworfen. Ich weiß nicht, ob ich allein bin oder sie noch irgendwo im Zimmer wie eine Schlange lauert. Mit jeder verstreichenden Sekunde packt mich die Verzweiflung mit ihren Klauen und drängt sich in meine Gedanken.

47.

ALTAN

Ich blinzele ein paar Mal, um besser sehen zu können. Doch die Finsternis ist undurchdringlich. Mein Kopf fühlt sich bleiern an, schwindelig. In meiner Nase kann ich noch die Spuren von etwas Blumigem wahrnehmen. Meine Arme und Beine schmerzen und sind so steif, als wären sie lange nicht bewegt worden. Schwankend stehe ich auf und strecke tastend die Hände aus.

Kaltes Metall. Stein. Vier Wände. Ein schmaler Raum – gerade mal so lang und breit wie meine Arme reichen.

Eine Zelle.

Meine Faust schlägt gegen die Eisentür. Wenn ich nur nicht so ungestüm gewesen wäre. Wenn ich nur besser aufgepasst hätte. Es war zu einfach. Dass ich alle Wachen so leicht entwaffnen konnte, dass mir das Symbol der Diyeh ins Auge sprang, dass alle Zellen bis auf eine leer waren. Eine perfekte Falle für einen impulsiven und hochmütigen Hohlkopf.

Du.

Ein einzelnes triumphierendes Wort, als dieses schöne Gesicht sich zu erkennen gab. Ein Gesicht, das zu jung war, um Ahns Großmutter zu gehören.

Dann dieser blumige Duft. Und danach – Dunkelheit.

Ich sinke zu Boden. Plötzlich nehmen meine Ohren ein neues

Geräusch wahr: das flüsternde, singende Geräusch winziger Teilchen, die auf den Boden rieseln.

Bei den Göttern.

Nein – nein, nein, nein.

Meine Finger tasten nach dem körnigen Belag.

Körnig, wie Sand.

48.

AHN

Kühle Luft weht durch ein angelehntes Fenster in mein Schlafgemach. Fröstelnd versuche ich, mich aufzusetzen. Die Wirkung des vergifteten Tees der Kaiserin lässt allmählich nach, aber irgendetwas fühlt sich anders an. Ich bewege meine Finger. Meine Magie ist nicht zurück. Das Gift im Tee muss irgendwie mein Qì blockiert haben.

Die Enthüllungen der Kaiserin lasten schwer auf meinen Gedanken. Ich kann Ama und Altan nicht retten, ohne meinen Vater zu töten. Aber *könnte* ich wirklich meinen Vater töten? Der Himmel würde mich für so eine Sünde mit Missachtung strafen, aber haben mich die Götter nicht schon von Anfang an verflucht? Und wird Altan geopfert werden, um unser Land zu retten?

Diese lähmende Verzweiflung droht mich wieder zu überwältigen, aber ich wehre mich dagegen. Stück für Stück erlange ich die Kontrolle über meinen Körper zurück. Ich beiße die Zähne zusammen und humpele auf die Tür zu. Ich muss Linxi finden und ich muss Altan und Tang Wei eine Nachricht zukommen lassen.

Doch bevor ich die Tür erreichen kann, wird sie aufgerissen. Ein Dienstmädchen, das ich noch nie gesehen habe.

»Wer bist du? Was willst du und wo ist Linxi?«, frage ich patzig.

»Verzeihung, gnädige Frau. Ich habe sie nicht gesehen. Die Sonne ist noch nicht aufgegangen, vielleicht schläft sie noch.«

»Egal.« Ich versuche, mich an ihr vorbeizudrängen, aber sie bewegt sich nicht von der Stelle. »Geh aus dem Weg.«

Statt einer Antwort drückt sie mit ihren Fingern auf zwei Punkte an meiner linken Schulter. Ein Kribbeln und Stechen durchfährt meine Wirbelsäule. Mühsam versuche ich mich zu bewegen, aber es fühlt sich an, als hingen Gewichte an meinen Füßen.

»Es tut mir leid, aber ich habe Anweisungen, Euch zum Premier zu bringen.« Sie klingt überhaupt nicht, als ob es ihr leidtut.

Sie muss eine Schergin meines Vaters sein, die sich als Kammerfrau ausgibt. Vielleicht ist sie eine Priesterin. Und wenn ihr erlaubt wurde, mich so unsanft zu behandeln, muss etwas gewaltig faul sein.

»Und wie bitte soll ich zu ihm kommen, wenn du mich gelähmt hast?«

Sie macht einen Schritt zur Seite und verdreht mit einem Schwung meinen Arm hinter meinem Rücken. Ich schreie vor Schmerz auf. Ihr Griff wird fester und sie dreht meinen Arm noch weiter. Etwas Kaltes und Scharfes wird an meinen Hals gepresst.

»Das ist mein Lieblingsmesser. Es ist immer geschärft. Und dein Fleisch ist so zart«, säuselt sie. Ich spüre ihren Atem an meinem Hals. »Ich löse jetzt deine Meridianpunkte, aber vergiss nicht: eine falsche Bewegung, ein *Gedanke* an Flucht und ich schlitze dich schneller auf, als deine verdammte Magie sich regen kann. Haben wir uns verstanden?«

Sie weiß nicht, dass Zhenxis Tee meine Magie außer Kraft gesetzt hat. Im Stillen muss sie Angst davor haben, was meine Lebensräuber-Affinität anrichten kann.

»Sicher«, sage ich und biege lässig meine Finger. Der Druck ihrer Klinge wird stärker. »Keine Sorge, ich werde meine Energie nicht an dich verschwenden. Und jetzt lass mich los. Ich will meinen Vater nicht warten lassen.«

Das Mädchen lässt ihre Klinge sinken und tippt drei Mal unten an meine Wirbelsäule. Ich taumele, als das Gefühl in meinen Beinen zurückkehrt. Sie führt mich durch die dunklen Korridore, das Messer in der einen Hand, eine Lampe in der anderen. Wir kommen an Wachen und anderen Bediensteten vorbei, doch niemand beachtet uns. Oder zumindest tun sie so, als beachteten sie uns nicht. Ich erhasche einen misstrauischen Blick oder zwei und bete, dass Tai Shun mitbekommt, was passiert ist. Aber würde er überhaupt wissen, was zu tun ist? Mein Herz zieht sich zusammen, als ich an Linxi denke. Was hat die Kaiserin wohl mit ihr gemacht?

Mir fällt auf, dass wir um zu viele Ecken gehen. Das ist nicht der Weg zu den Gemächern meines Vaters oder seinem Arbeitszimmer. »Wohin gehen wir?«

Das Mädchen antwortet nicht. Wir gehen schweigend weiter, vorbei am Nordflügel des Palastes und auf ein offenes Feld. Vor uns ragt eine riesige Steinmauer auf.

Der Morgen dämmert. Im ersten Licht der Sonne, die über dem Horizont aufsteigt, hebt sich die Silhouette einer Gestalt ab, die zwischen zwei hohen Pfosten auf der Mauer aufgehängt ist. Der Oberkörper des jungen Mannes ist nackt; seine orangefarbenen Hosen sind blutverschmiert. Sein Kopf hängt herunter; das dunkle Haar weht im Wind.

Eine weiße Strähne leuchtet im Sonnenlicht.

49.

ALTAN

Wie lange schreie ich jetzt schon? Stunden, Tage … Sekunden?

In der Dunkelheit hat die Zeit kein Gewicht.

Alles, was ich weiß, ist, dass ich heiser bin und meine Fäuste feucht von Blut, die Haut aufgerissen vom vielen Schlagen gegen die Wände. Alles, was ich spüre, ist dieses Gefühl zu ersticken. Alles, was ich höre, ist das endlose Schreien meiner Mutter.

Der Sand hat aufgehört, in die Zelle zu rieseln.

Ich stehe nur bis zur Brust darin, aber es ist genug, um mich zu brechen. Erinnerungen an meinen Vater, meine Schwester, Shīfù, diesen Jungen, der aus den Armen seiner Mutter gerissen wurde, und unzählige andere Gesichter – sie vermischen sich mit dem toxischen Gebräu, das in meinem Kopf gärt.

Alle, die ich verloren habe.

Alle, die ich enttäuscht habe.

Die Nähte, die mich zusammenhalten, beginnen sich zu lösen. Zu zerfasern. Was werden sie offenlegen, wenn ich schließlich auseinanderfalle?

Ahns Stimme schimmert wie ein Licht durch das Leichentuch. *Vergib dir selbst*. Nur wie?

Die Finsternis hat keine Antwort. Und ich kann das Licht nicht finden.

Ein metallisches Geräusch ist zu hören. Ich zucke zusammen, als durch eine kleine rechteckige Öffnung in der Tür Licht hereinfällt.

Ein von Schatten verschleiertes Gesicht späht in meine Zelle.

Schlüssel klappern. Riegel werden quietschend zurückgeschoben. Die Tür geht auf und Sand strömt heraus. Ich drücke mich an die Wand und versuche, nicht mit dem Sand wegzusacken. Oder darin zu versinken.

Desorientiert wie ich bin, fühle ich mich schutzlos, verletzlich. Doch die Gestalt greift mich nicht an.

»Ich bin es, Cousin.«

Der Mensch, den ich am wenigsten hier erwartet hätte.

Ich taumele auf strauchelnden Beinen voran und ignoriere Tai Shuns ausgestreckte Hand. Vornüber gebeugt bleibe ich stehen und kämpfe gegen den Drang an zu schreien. Ein Teil von mir verharrt immer noch orientierungslos im Dunkeln dieser Zelle. Ich muss mich erst mal sammeln. Mich selbst wiederfinden.

Als meine Lungen sich füllen, klaren sich meine Gedanken auf. Zumindest ein wenig.

»Es stimmt wirklich – du, du *lebst.*« Tai Shun sieht aus, als wäre er den Tränen nahe. Er schüttelt ungläubig den Kopf. Schuld und Schmerz spiegeln sich in seinem Blick. »Die ganze Zeit warst du am Leben.«

Instinkt und Gewohnheit drängen mich, ihn zu trösten, aber ich rühre mich nicht vom Fleck. »Weiß deine Mutter, dass du hier bist?«, bringe ich krächzend hervor.

»Nein, weiß sie nicht. Und ich hätte auch nicht zugelassen, dass sie dir das hier antut, wenn ich es gewusst hätte.«

»Na, dann muss ich wohl euch beiden für eure Großzügigkeit danken.«

Er lässt den Kopf hängen. »Ich verstehe nicht, warum sie das getan hat. Warum dieser Sand?«

Ich stoße ein gezwungenes Lachen aus, als ich den steinernen Gang entlangblicke. Wir sind nicht in der Pagode, sondern irgendwo in den Kerkern des Palastes. Wachen liegen bewusstlos auf dem Boden. Oder tot. Ist das Tai Shuns Werk? Ist das hier eine *Befreiungsaktion*?

»Warum hast du mich rausgelassen?« Ich mache einen Schritt zurück, unsicher, ob ich ihm vertrauen kann oder ob ich ihm einfach einen Schlag verpassen und türmen sollte.

»Erinnerst du dich an den Geheimgang unter dem Dach, den wir als Kinder entdeckt haben?«

»Das ist ja wohl kaum der richtige Zeitpunkt, um in Kindheitserinnerungen zu schwelgen, oder?«

»Ich konnte heute Abend nicht schlafen. Ich war mit meiner Flöte auf dem Weg zum See, als ich Mutter in Ahns Zimmer gehen sah, also bin ich auf die Dachsparren geklettert. Ich wusste nicht, dass du und Ahn« – er macht eine kurze Pause – »miteinander bekannt seid.«

»Wir sind mehr als *Bekannte*.«

Er schluckt. »Vor vielen Jahren habe ich ein Gespräch belauscht, und ich habe nichts getan, bis es zu spät war. Mit diesem Fehler muss ich nun jeden Tag leben. *Du* musst mit meinem Fehler leben … ich hatte nie die Gelegenheit, mich zu entschuldigen –«

»Dazu ist es jetzt zu spät«, werfe ich ein und reiße ein Stück von meinem Ärmel ab, um meine blutenden Hände zu verbinden.

»Deine Hände – lass mich dir doch helfen.«

Ich stoße ihn zur Seite und verschmiere seine Gewänder mit meinem Blut.

»Bleib mir vom Leib«, schäume ich. »Was hast du noch gehört? Was weißt du noch?«

»Eine Armee der Untoten. Das ergibt doch keinen Sinn –«

»Wir haben es mit uralter Magie zu tun, mit etwas, das nicht von dieser Welt ist.«

»Ich weiß, dass die Priester es manchmal zu weit treiben, aber ich dachte, mit einem neuen Anführer würden sich die Dinge ändern. Ich hätte nicht gedacht, dass Zhao Yang noch schlimmer sein würde. Er schien immer so besonnen, sein Rat so wohlüberlegt. Ich bin ein Narr zu –«

»Was sagst du da?«, unterbreche ich ihn. »Was hat Zhao Yang mit den Priestern zu tun?«

»Er ist ihr Anführer.«

»Sein *Gesicht*«, fauche ich und packe Tai Shun am Kragen. »Erzähl mir von seinem Gesicht.«

Tai Shun schluckt, verwirrt über meine Reaktion, aber er antwortet mir. »Die Hälfte seines Gesichts ist vernarbt, wie von Brandwunden. Meistens trägt er eine silberne Maske.«

Mein Herz bleibt fast stehen. Es fühlt sich an, als wäre ich zurück in der Zelle voller Sand.

Ich lasse Tain Shun los. Sie wusste es. In jener Nacht im Feldlager wusste Ahn, dass es ihr Vater war, den ich töten wollte. Dass er meine Mutter umgebracht hat.

Und sie hat mich davon abgehalten.

»Jin, ich verstehe nicht, warum das so wichtig sein soll.«

»Sei still. Ich muss nachdenken.«

Die Sekunden verstreichen, doch mein Kopf fühlt sich immer noch hohl und kalt an. Wenn Ahn sich damals dafür entschieden hat, ihren Vater zu retten, wird Ahn ihr Vater dann auch wichtiger sein als das Schicksal unseres Volkes?

»Jin«, drängt Tai Shun. »Ich weiß nicht, was los ist, aber wir sollten sehen, dass wir hier wegkommen.«

»Weißt du, wo sie Ahns Großmutter gefangen halten?«, frage ich schließlich.

»Sie ist nicht hier im Kerker – das habe ich überprüft.«

»Und wo ist Ahn?«

»Sie war in ihrem Zimmer im Ostflügel. Sie ist vergiftet worden.«

Ich schlage mit der Faust gegen die Wand neben ihm. »Warum hast du mir das nicht gleich gesagt?«

»Sie wird wieder gesund. Ich *verspreche* dir, ich kann da helfen. Ich kenne mich mit Kräuterkunde aus.«

»Ich gehe und hole sie.« Es klingt wie eine Frage. Ich frage ihn, ob er mich davon abhalten wird.

Zur Antwort zieht Tai Shun ein kleines Fläschchen aus seinem Ärmel. »Nimm das. Vielleicht hat Mutter dir auch ein Gift verabreicht. Dieses Extrakt aus Língcǎo habe ich selbst hergestellt. In seiner reinsten Form sollte es ein gutes Gegengift sein, was auch immer Mutter genau verwendet haben mag. Wir holen noch eines für Ahn.«

Soll ich ihm vertrauen? Er hätte mich nicht retten müssen, aber er hat es getan. Und er macht keine Anstalten, mich jetzt aufzuhalten. Ohne weiter zu überlegen, kippe ich das ganze Fläschchen hinunter.

»Danke«, sage ich steif.

Tai Shuns Gesicht wirkt grimmig, sein Blick entschlossen. »Und keine Sorge – ich kümmere mich um meine Mutter.«

»Du musst nichts machen.«

»Will ich aber. Lass mir doch einmal etwas Kontrolle über mein Leben!« Er schreit jetzt fast. »Ich habe nie den Thron angestrebt, Jin. Ich wollte das alles nie. Was auch immer passiert – mit mir kannst du alles machen, was du willst, aber versprich mir eines: Lass meine Mutter am Leben. Ich weiß, dass sie furchtbare Dinge getan hat, aber sie ist noch immer meine Mutter.«

Diese Frau hat geholfen, meinen Vater umzubringen. Sie hat

die Narben auf meinem Rücken zu verantworten. Sie hat mich in meiner eigenen Hölle eingesperrt. Aber was wäre durch ihren Tod erreicht? Mehr Hass? Eine weitere lebenslange Fehde zwischen Cousins?

Vergebung ist nicht Schwäche.

Ich sehe den Jungen an, den ich einmal geliebt habe wie einen Bruder. Sein Blick ist unsicher. Erwartungsvoll.

Ich nicke. »Du hast mein Wort.«

Tai Shun greift nach meinem Arm. Zuerst denke ich, es ist aus Dankbarkeit, doch dann spricht er mit bebender Stimme weiter. »Da ist noch eine Sache, die du wissen solltest.«

»Schnell.«

»Gao Long ist nicht mein leiblicher Vater. Ich bin nicht von kaiserlichem Blut, was bedeutet, dass du der einzige Nachfahre bist, der noch übrig ist.«

Der seltsame Ausdruck auf seinem Gesicht überrascht mich. »Was sagst du da?«

Ich sehe zu, wie seine Lippen Laute formen, die an meine Ohren dringen. Ich höre seine Worte. Aber irgendwie kann ich sie nicht verstehen. Ich begreife sie nicht.

Was ich sage, ist, dass du, Jin, der einzige wahre Nachfolger von Yuan Long bist. Nur du kannst die dunkle Magie in unserem Land rückgängig machen.

Ich hatte also tatsächlich recht. *Ich* bin der einzige Weg, all diese Fehler wiedergutzumachen. Am Ende wird es mein Blut sein, das für die Sünden meiner Vorfahren sühnen wird.

50.

AHN

Soldaten stehen entlang der Festungsmauern, die Schwerter gezückt, die Gesichter nervös. Anspannung liegt in der Luft. Folgen sie nur den Befehlen? Denken sie, was mein Vater tut, ist falsch? Er starrt mich an; eine Hand umklammert den Griff des Obsidian-Schwerts. Während Zhenxis Gift wirkte, konnte ich seinen Sog nicht spüren. Selbst jetzt ist es noch schwächer als sonst. Ein Rest des Gifts steckt noch in meinen Adern, aber ich kann spüren, wie meine Magie zurückkehrt.

Mein Vater nickt, und das Mädchen, das mich hierher eskortiert hat, schubst mich nach vorn. Ein Tritt von ihr in meine Kniekehlen und ich sinke vor meinem Vater zu Boden.

»Vater«, flehe ich und ziehe an seinem Gewand. »Warum hast du mich hierherbringen lassen? Was ist los?«

Er stößt mich zur Seite. »Spar dir deine Heuchelei.«

»Ich heuchele nicht«, lüge ich. Etwas muss passiert sein. Er muss unsere Finte entdeckt haben. Ich werfe Leiye einen flüchtigen Blick zu. Er ist bewusstlos, und nach der wachsenden Blutlache unter ihm zu urteilen, kann ich nur beten, dass er noch am Leben ist. »Vater, *bitte* –«

Mein Vater geht in die Hocke und hebt mein Kinn mit seinen Fingern, die sich in meine Haut bohren. »Hältst du mich wirklich für einen Narren? Was hast du da für einen Plan ausgeheckt?«

»Ich weiß nicht, was du –«

»Ich hab ihn mit meinem heiligen Buch erwischt. Er dachte, er wäre besonders schlau, es mit einer Kopie zu ersetzen. Aber ich habe den Unterschied erkannt. Also habe ich den Augenblick abgepasst, als der Dieb zurückkam, um sich die noch fehlenden Seiten zu holen. Nie hätte ich erwartet, dass *er* es wäre, dieser undankbare Kerl!«

Aus seinem Blick spricht Enttäuschung, echt und Angst einflößend. Mein Vater hat an Leiye geglaubt. Er hat ihn ehrlich gemocht. Diesen Verrat wird er nicht ungestraft lassen.

»Aber ich verstehe das nicht, Vater. Das hat doch nichts mit mir zu tun.«

Für einen kurzen Moment ist sein Blick traurig, bevor der Zorn die Oberhand gewinnt. »Das hat nichts mit dir zu tun? Erwartest du wirklich, dass ich das glaube?«

Der erste Schlag trifft mich unvorbereitet. Ein echtes Schluchzen steigt in meiner Kehle auf. Der nächste Schlag macht mich nur noch wütend. Ich halte meinen Kopf gesenkt, das Gesicht hinter den Haaren verborgen. Ich muss mich aus dieser misslichen Situation befreien. Ich konzentriere mich auf meinen Atem. Spüre in mich hinein. Suche nach einem schwer fassbaren Trieb meiner Magie, nach dem ich greifen könnte. Ganz langsam schwillt ein leises Summen an. Meine Magie scheint zurückzukehren. Schnell suchen meine Augen meine Umgebung ab und prägen sich ein, wo genau jeder steht. Wie viele Wachen und Priester kann ich wohl auf einmal töten?

»Noch einmal: Was hast du mit diesem Verräter geplant?«, fragt mein Vater mit eiskalter Stimme.

Ich weigere mich, auch nur einen Laut von mir zu geben und konzentriere mich stattdessen auf meinen Atem und die Fäden von Energie um mich herum. Es ist nicht genug. Ich brauche mehr Zeit.

»Weckt ihn«, kommandiert mein Vater.

Die Priester auf beiden Seiten der Pfähle ziehen an der Seilrolle und holen den bewusstlosen Leiye herunter. Blutergüsse entstellen sein Gesicht und Peitschenstriemen überziehen seinen Oberkörper. Blut sickert durch seine Hosen und sammelt sich in einer tiefroten Lache auf dem Boden.

Sie schütten ihm einen Eimer Wasser über den Kopf. Er ringt nach Luft. Hustet. Hebt kraftlos den Kopf. Doch als er mich sieht, verzieht er als Erstes seinen blutigen, wunden Mund zu einem Grinsen. *Mir geht es gut*, kann ich ihn fast sagen hören. Dann schüttelt er ganz leicht den Kopf. *Sag ihm nichts.*

Grelle Flammen schießen aus der Hand meines Vaters. Leiyes Gesichtsausdruck sagt mir, dass er bereit ist, sich zu opfern. Ich stähle mein Herz.

Mein Vater geht einen Schritt auf Leiye zu. Noch immer sage ich nichts.

»Also gut.« Mein Vater streckt seine Hand aus und die Flammen schlagen höher, brennen sich in nackte Haut.

Leiye schreit auf.

»Hör auf!«, brülle ich. Ich kann es nicht ertragen, das mit anzusehen. Kann es nicht ertragen, seinen Schmerz zu hören. »Bitte hör auf!«

Die Flammen verlöschen und die Priester überschütten ihn wieder mit Wasser. Die Haut auf seinem rechten Arm ist rot und blasig und er sieht aus, als würde er gleich ohnmächtig werden. Damals hat er mich mit seinem Feuer gezeichnet, einem heilenden Feuer, aber dennoch. Jetzt hat er meinetwegen selbst ein Brandmal.

Mein Vater fixiert mich mit einem stechenden Blick. »Beantworte meine Frage und er bleibt am Leben.«

Ich reiße meinen Blick von Leiye los und erzähle meinem Vater von meinem Plan, Ama zu befreien, ohne allerdings Altan und Tang Wei zu erwähnen.

Als ich meinen Bericht beendet habe, grinst er höhnisch. »Na, das ist ja ein ziemlich stümperhafter Plan.«

Wut ballt sich in mir zusammen wie ein Knäuel von Energie. In diesem Augenblick fühlt es sich an, als hätte ich nichts zu verlieren.

»Da hast du recht, aber das hier kann ich immer noch!«

Ich lasse eine Hand hervorschnellen, aber in letzter Sekunde fällt mein Blick auf sein Gesicht. Erinnerungen durchfluten meinen Kopf. Erinnerungen an eine Zeit, als meine Mutter noch lebte. Als mein Vater keine Maske trug. Als sie noch glücklich und nicht entzweit waren.

Ein schwaches Züngeln kommt aus meinen Fingerspitzen. Alles, was passiert, ist eine leichte Bewegung in der Luft. Ich erstarre. Fassungslos. Ich dachte, ich wäre bereit. Ich dachte, ich könnte meinem Vater die Stirn bieten.

Aber ich habe mich getäuscht.

»*Schwach.*« Mein Vater stößt mich zu Boden. »Genau wie deine Mutter.«

Was ist ihm widerfahren, dass er so ein Monster geworden ist? Was hat ihn dazu gebracht, diesen furchtbaren Ehrgeiz für sein Land über seine Familie zu stellen? Über die Menschen, die ihm angeblich wichtig sind?

»Hast du sie je geliebt?«, bringe ich hervor. Selbst jetzt noch höre ich den schwachen Hoffnungsschimmer in meiner eigenen Stimme. Selbst jetzt noch will mein Herz ihm für seine Entscheidungen vergeben.

»Ja.« Es ist kaum mehr als ein Flüstern. Aber es erstickt jegliche Gefühle, die ich für diesen Mann haben könnte.

Ein Gong ertönt.

»Es ist Zeit. Kopf hoch, Tochter. Dies ist das Schicksal, das die Götter für dich gewählt haben.«

»Ich *bin nicht* deine Tochter!«

Mein Kopf wird zurückgeschleudert, als mich die Wucht seines Schlages trifft, und ich schmecke Blut in meinem Mund.

»Du wirst dieses Heer rufen.«

»Niemals«, fauche ich.

»Ich sehe, du brauchst einen besseren Ansporn.« Er macht einem der Priester ein Zeichen. »Bringt sie her.«

Etwas in mir zerbricht, als ich Ama sehe. Sie haben sie mit Ketten gefesselt und zerren sie auf den Knien heran. Ihr weißes Haar ist zerzaust, ihr Gewand zerrissen. Ein Priester hält eine Flamme in ihre Nähe. Ama zuckt zusammen, doch dann findet sie meinen Blick und nickt mir gefasst zu. Selbst im düsteren Angesicht des Todes bemüht sie sich, mir Mut zu machen.

Mein Vater reicht mir das dunkle Schwert.

»Rufe das Heer.«

51.

ALTAN

Verzeihung, Eure Hoheit, aber der Premier hat strikte Anweisungen gegeben, dass Lady Ahn nicht gestört werden soll«, stammelt die Bedienstete vor Ahns Zimmer.

Tai Shun funkelt sie wütend an. »Bin *ich* nicht euer Kaiser?«

Das Mädchen stößt einen spitzen Schrei aus und reißt die Tür auf. Ich stürme in Ahns Zimmer und rufe ihren Namen. Doch der Raum ist leer.

»Wo ist sie?«, rufe ich.

»Ich weiß es nicht«, antwortet das Dienstmädchen wild gestikulierend. »Ich dachte, sie wäre hier drin. Man hat mir nur befohlen, draußen vor der Tür zu stehen. Ich – ich weiß nichts.« Das Mädchen wirft sich vor Tai Shun auf den Boden. »Bitte, Eure Hoheit, ich habe nur meine Anweisungen befolgt. Es tut mir leid, Eure Hoheit.«

»Raus.« Sie folgt seinem Befehl und huscht davon. »Was machen wir jetzt?«, fragt er an mich gewandt.

Denk nach, Altan. Denk nach. Es fühlt sich an, als hätten mich Verstand und Logik vollkommen verlassen. Mein Kopf ist wie leer gefegt und Panik steigt in mir auf. Ich kann nur noch an Ahn denken.

»Vielleicht weiß meine Mutter etwas.« Bevor ich ihn davon abhalten kann, zieht Tai Shun einen meiner Säbel aus der Scheide und drückt ihn mir in die verbundene Hand. »Nimm mich als Geisel.«

»*Was?*«

»Mach es einfach, Jin. Bring mich zu meiner Mutter.«

Jetzt kapiere ich, was sein Plan ist. »Ich hoffe, du wirst das nicht noch bereuen«, sage ich und verdrehe ihm den Arm auf dem Rücken. Dann nehme ich ihn in den Schwitzkasten und presse meine Klinge an seinen Hals.

»Du warst doch immer ein guter Schauspieler. Gib dir ein bisschen Mühe.« Er verpasst mir einen Knuff mit dem Ellenbogen. »Komm, lass uns gehen.«

Wir kommen bis zum Eingang der weitläufigen kaiserlichen Gemächer, bevor wir von Zhenxis Leibgarde umzingelt werden. Zhenxi kommt auf den Gang gerannt, einige Bedienstete im Schlepptau.

Sie bleibt ein paar Schritte vor uns stehen und richtet einen hasserfüllten Blick auf mich. »Wie bist du entkommen? Nimm deine Dreckshände von meinem Sohn!«

Tain Shun wimmert leise.

»Shun-er«, sagt Zhenxi mit wachsender Panik in der Stimme. »Bist du verletzt?«

»Es geht ihm gut.« Ich presse die Klinge fester gegen Tai Shuns Hals, allerdings leicht schräg, damit ich ihn nicht wirklich verletze. Er wimmert noch einmal. »Noch.«

Zhenxi versucht krampfhaft, ihre Fassung zu bewahren. Aber wenn ich eines sicher weiß, dann, dass ihr Sohn ihr Ein und Alles ist.

»Sag deinen Wachen, dass sie abtreten sollen. Ich will eine private Unterredung.«

Sie kneift argwöhnisch die Augen zusammen. Ich verändere

die Position meiner Klinge und Tai Shun zieht scharf die Luft ein, als habe er Schmerzen.

Sie gibt den Wachen sofort ein Zeichen. »Lasst uns allein.«

»Aber Eure Majestät –«, beginnt einer der Wachsoldaten verunsichert.

»Ich sagte, lasst uns allein!«, brüllt sie.

Die Wachen und Bediensteten verlassen das Zimmer. Einige werfen mir mehr als einen neugierigen Blick zu. Ich weiß, dass sie irgendwo auf dem Palastgelände lauern werden, die Pfeile im Anschlag, um mich jederzeit erledigen zu können. Aber das ist ein Risiko, das ich eingehen muss.

Ich deute auf Zhenxis privaten Salon. Sie geht rückwärts hinein, ohne den Blick von meiner Klinge zu nehmen. Tai Shun und ich folgen ihr gleichzeitig und dann sind wir drei endlich allein.

»Setz dich«, fordere ich meine Tante auf.

Sie stößt einen wenig würdevollen Laut aus und lässt sich auf einen Stuhl fallen. »Ich habe getan, was du wolltest. Jetzt lass meinen Sohn gehen.«

»Ich habe dir ja noch gar nicht gesagt, was ich will«, sage ich mit einem zynischen Grinsen.

»Unverschämter Junge –«

»Vielleicht solltest du deine Beleidigungen für dich behalten. Immerhin habe ich deinen Sohn als Geisel.«

Zhenxi funkelt mich wütend an. »Wenn das hier vorbei ist, lasse ich mir deinen Kopf auf einem Silbertablett servieren.«

Tai Shun täuscht ein Schluchzen vor, als ich meinen Arm um seinen Hals zurückziehe – nur ein Stück. »*Mutter.*«

Ihre Lippen beben und in ihren Augen schimmern Tränen. Hervorragend.

»Zunächst einmal«, sage ich, »will ich wissen, wo du Ahn versteckst.«

Zhenxi blinzelt heftig. »Ich habe sie nicht. Sie war in ihrem Schlafzimmer, als ich sie zum letzten Mal gesprochen habe –«

»Hör auf zu lügen.«

»Ich lüge nicht«, protestiert Zhenxi. »Ich … ich habe ihr ein Schlafmittel gegeben, aber ich habe sie vor ungefähr zwei Stunden dort im Bett zurückgelassen. Ich schwöre es.«

»Ich sagte, hör auf zu lügen. Wo ist sie?«

»Ich glaube, sie sagt die Wahrheit«, wirft Tai Shun ein.

Sein Tonfall lässt Zhenxis Augen aufblitzen und sie sieht ihren Sohn prüfend an. Ich stöhne leise auf. Er war nie ein guter Schauspieler.

»Shun-er, was wird hier gespielt?«, fragt sie scharf.

Ich stoße Tai Shun mein Knie in den Oberschenkel. »Sie weiß Bescheid, du Narr.«

Er seufzt. Aber ich kann sehen, dass er erleichtert ist. Unehrlichkeit mochte er noch nie. Widerstrebend löse ich meinen Griff und er geht zu Zhenxi. Wir haben uns auf einen Notfallplan geeinigt, wenn das Täuschungsmanöver fehlschlagen sollte, und bauen auch dabei auf die Liebe einer Mutter für ihren Sohn.

Tai Shun fällt vor ihr auf die Knie und nimmt ihre Hände in seine. »Mutter, ich habe alles gehört, was du Ahn erzählt hast. *Alles.*«

Zhenxi zuckt merklich zusammen, unfähig, ihrem eigenen Sohn in die Augen zu sehen.

»Ich war es, der Jin erzählt hat, was du und Vater vor all den Jahren getan habt. Ich hab euch dabei belauscht, wie ihr darüber gesprochen habt«, fährt Tai Shun fort. »Du hast ein paar Fehler gemacht.«

»Fehler?«, wettere ich und spüre wieder diesen Drang, ihn zu schlagen. »Meinen Vater umzubringen war nichts als ein kleiner *Fehler*?«

Er wirft mir einen scharfen Blick zu und ich schlucke meinen Frust hinunter.

Zhenxi hebt eine zitternde Hand und berührt seine Wange. »All diese Jahre … hast du gewusst, was ich getan habe?«

»Ja«, antwortet er leise. »Und ich habe heute Abend dein Gespräch mit Ahn mitgehört. Alles davon.«

»Du weißt, dass du –« Sie wendet den Blick ab.

»Es spielt keine Rolle, dass Gao Long nicht mein leiblicher Vater war. Ich wollte ohnehin nie Kaiser werden, Mutter. Das ist *dein* Traum für mich, nicht meiner«, sagt Tai Shun behutsam. »Gib mir das Gegengift für Ahn und sag mir, was du getan hast. Erzähl mir alles, was du über Zhao Yangs Pläne weißt. Jin hat versprochen, dir dein Leben zu lassen, wenn er den Thron zurückerobert. Rechtmäßig.«

Zhenxi tupft sich mit einem seidenen Taschentuch die Augen, aber sie sagt kein Wort.

»Mach es nicht schwerer, als es ist, Mutter.« Tai Shun seufzt. »Ich weiß, du hast nur versucht, mich zu beschützen. Aber so sollte Liebe nicht sein. Du solltest nicht meine Freunde oder Familie oder Menschen, die mir wichtig sind, verletzen, nur weil du Angst hast, dass *ich* verletzt werden könnte. Ich bin kein Kind. Lass mich tun, was richtig für mich und für unser Volk ist. Lass *mich* stolz auf mich selbst sein.« Er hebt ihr Kinn. »Sieh mich an, Mutter. Ich versichere dir, ich meine jedes Wort: Wenn Ahn irgendetwas zustößt, werde ich dir nie vergeben. *Nie.*«

Zhenxi gibt den Kampf auf.

Ich höre zu, wie sie beichtet, Linxi als Spionin entlarvt zu haben, und erzählt, was sie ihr angetan hat, um sie zum Reden zu bewegen. Dann teilt sie uns ihren ausgeklügelten Plan mit, mich als Druckmittel zu verwenden, damit Ahn ihren eigenen Vater tötet. Sie erzählt stockend, aber ausführlich.

Tai Shun kniet noch immer vor seiner Mutter, sein Gesicht ein offenes Buch. Wachsendes Entsetzen spiegelt sich in seinen Augen, als seine Mutter weiterspricht. Es muss schwer für ihn sein zu akzeptieren, dass dieses Monster vor ihm seine Mutter ist. In diesem Moment wird mir bewusst, dass ich es vielleicht nie schaffen werde, Zhenxi zu vergeben. Aber das bedeutet nicht, dass meine Rache noch jemand anderem Schaden zufügen muss. *Tai Shun* muss nicht für ihre Sünden leiden.

Er leidet schon so genug.

»Da ist noch eine Sache.« Zhenxi umklammert ihr Taschentuch so fest, dass ihre Knöchel ganz weiß werden. Was auch immer sie jetzt sagen will, muss ihrer Ansicht nach wohl das größte ihrer Vergehen sein. »Zhao Yang hat Leiye gefangen genommen.«

Tai Shun wird blass. Er bewegt seinen Mund, aber es kommt kein Laut heraus. Er hat Leiye schon immer geliebt, schon als wir Kinder waren. Wir drei waren beste Freunde, aber Leiye bedeutete Tai Shun mehr. Ob das auf Gegenseitigkeit beruhte, habe ich nie gewusst.

»Warum?«, frage ich und habe das Gefühl, es würde ein Stein in meinem Magen lasten. Das bedeutet nichts Gutes.

»Er weiß, dass Leiye ein Verräter ist«, sagt sie leise. »Ich habe es mitbekommen und habe … ich habe Zhao Yang einen Beweis zugespielt, der ihn entlarven würde.«

Das bedeutet, Zhao Yang weiß alles. Leiye ist in Gefahr. *Ahn* ist in Gefahr.

»Weißt du, wohin er Leiye gebracht hat?«, frage ich.

»Zur Nordmauer.« Zhenxi legt eine Hand auf Tai Shuns Wange. Er ist immer noch wie erstarrt. »Shun-er, es tut mir *leid*. Ich weiß, wie viel er dir bedeutet.«

»Tai Shun«, dränge ich ihn. »Finde Linxi und befreie sie. Ich kümmere mich um Leiye.«

Er steht schwankend auf. »Ich muss zu ihm.«

»Du bist nicht in der Verfassung, das mitanzusehen, und du kannst nicht kämpfen.« Ich packe ihn am Arm und zwinge ihn, mich anzusehen. »Kann ich mich auf dich verlassen?«

Er wirft einen Blick zu seiner Mutter. Dann sieht er wieder mich an und nickt.

»Ich vertraue dir«, sage ich und meine jedes Wort. »Und ich verspreche, ich bringe ihn zurück. Lebend.«

52.

AHN

Es begann mit einem Mädchen und einem Schwert und es wird mit einem Mädchen und ihrem Schwert enden.

Wieder einmal haben die Götter in ihren Launen kein Erbarmen gezeigt.

Ich stehe an der Mauer mit Blick auf das Tal, in dem sich die neu rekrutierten Soldaten versammelt haben. Die Morgensonne wird von ihren Rüstungen reflektiert. Selbst aus der Ferne kann ich erkennen, dass einige der Soldaten noch längst nicht erwachsen sind. Es sind Tausende. Noch stehen sie untätig herum. Ahnungslos. Wie Vieh, das zum Schlachten gebracht wird, und ich bin die Henkerin.

Mein Vater hält mir das Obsidian-Schwert entgegen. Ich schaudere, als der Sog zurückkehrt.

Das *Verlangen.*

Wirst du deine Großmutter retten und Tausende töten? Oder wirst du einen einsamen Tod sterben, wenn niemand mehr da ist, den du liebst?

Meine Hände greifen nach dem dunklen Schwert, auch wenn ich versuche zu widerstehen.

Doch bevor ich das Schwert packen kann, blitzt es am Morgenhimmel tausendfach silbern auf.

Klingen.

Soldaten um mich herum brechen zusammen. Überall rasseln Ketten und eine Horde Frauen in regenbogenfarbenen Gewändern stürmt die Mauer. In einem wilden Tanz von Metall wirbeln sie umher und wehren die Schläge der Priester ab.

Die Lotus-Sekte.

Tang Wei zerteilt mit einem Schwert die Ketten, mit denen Ama gefesselt ist. Dann hilft sie ihr auf und bringt sie in Sicherheit, weg von dem Gemetzel. Ein Priester sprüht Tang Wei Feuer hinterher, und sie kann gerade noch ausweichen. Ama schreckt mit einem Aufschrei vor den Flammen zurück und macht einen halben Schritt zurück.

Einen halben Schritt zu viel.

Sonnenlicht leuchtet auf. Ein Dolch fliegt durch die Luft.

Nein! Mein Blut tost in meinen Adern. Die Zeit scheint sich zu verlangsamen, während ich hilflos zusehe. Der Dolch ist zu schnell. Ich kann nicht rechtzeitig zu ihr rennen. Kann Ama nicht aus dem Weg stoßen.

Da taucht in meinem Augenwinkel ein Pfeil auf, der den Dolch vom Kurs abbringt.

Die Zeit beschleunigt sich wieder. Schreiend renne ich auf Ama zu. Brutale Arme reißen mich zurück.

»Lass mich los!«

Mein Vater zerrt mich weg, während ich verzweifelt um mich trete. Ich recke den Hals und sehe gerade noch, wie Tang Wei Ama hilft aufzustehen. *Sie lebt*, jubiliert mein Herz. Das gibt mir die Kraft zu kämpfen. Ich schlage um mich und versuche, meinem Vater das Schwert abzuringen. Er spreizt seine Finger. Ich jaule auf, als die Flammen meine Hände versengen. Es fühlt sich an wie die Halluzinationen durch das Gift der Kaiserin, aber als ich entgeistert auf meine blasenschlagende Haut starre, weiß ich: Diesmal ist es echt.

»Ahn!«

In einem Wirbel von Purpur und Gold sprintet Altan auf uns zu, den Bogen in der Hand. Immer wieder weicht er den Wurfgeschossen und Flammen der Priester aus oder wehrt sie ab.

»Altan!«, schreie ich und versuche, mich aus dem Griff meines Vaters zu befreien.

Altan lässt drei Pfeile auf einmal durch die Luft sausen. Ein Priester bricht zusammen. Altan spannt drei weitere Pfeile ein.

»Lass sie los!« Seine Stimme klingt heiserer als sonst.

Mein Vater zerrt meinen Kopf zurück und reißt mir damit fast die Haare aus. Die Klinge des dunklen Schwertes schneidet in meinen Hals. Ich versuche, meine Magie zu rufen, aber der Schmerz in meinen blasigen Händen ist übermächtig.

»Wenn du mich tötest, gibt es niemanden, der diese Armee für dich rufen kann«, sage ich.

»Ich habe mein Druckmittel verloren. Ich weiß, dass du es nicht tun wirst«, faucht mein Vater.

Er benutzt mich als menschliches Schild und zieht mich an den Mauerrand. Dahinter geht es fünfzehn Meter in die Tiefe. Fünfzehn Meter bis zum zerklüfteten, unbarmherzigen Fels. Und dann ins Tal hinunter. Mein Vater würde vielleicht dank seiner Magie überleben, aber bei mir selbst bin ich mir da nicht so sicher.

Altan kommt näher. Aber er kann so nicht genau genug zielen.

»Lass mich los, *Vater.*«

»Lieber würde ich dich eigenhändig töten«, knurrt er mit einer Boshaftigkeit, die mich fassungslos macht.

»Ahn!«

Ich drehe den Kopf.

Altan spannt drei Pfeile in seinen Bogen.

Ich halte die Luft an, als er die Bogensehne loslässt. Staunend verfolge ich den unglaublichen Flug seiner Pfeile, während ich in Richtung Mauerrand geschleudert werde. Ich spüre die Wucht ihres Aufpralls. Den lockerer werdenden Griff meines Vaters. Instinktiv greife ich nach dem Schwert.

Aber ich falle.

Ich stürze über den Mauerrand, während der Arm meines Vaters meine Taille auch dann noch umklammert hält, als ein Pfeil in ihm steckt. Doch dann hebt mich etwas nach oben und der Arm meines Vaters sackt nach unten, als er in die Tiefe stürzt. Ich weiß nicht, ob es Altans Magie ist oder die Reue meines Vaters.

Ich werde zurück über die Mauer geworfen und treffe hart auf dem Stein auf. Alles tut weh. Schwer atmend versuche ich aufzustehen. Das Schwert schimmert rauchig grün in meinen Händen. Hände, die vor Schmerzen aufschreien, als die Brandblasen platzen und das Blut tropft. Trotzdem halte ich es fest. Das Schwert, das so viel Unheil gebracht hat. Das Schwert, das alles wieder ins Lot bringen kann.

Ich umklammere den Griff. Verzweifelt. Entschlossen. Niemand sollte es haben. Ich muss es zerstören. Vor meinem inneren Auge sehe ich eine Vision von Yuan Long. Ein alter Mann, der voller Reue vor dem Schwert kniet, das er so begehrt hat. Das Schwert, das seinen eigenen Fall herbeigeführt hat. Seine Worte, mit denen er leise die Götter angefleht hat, hallen in meinen Ohren wider.

Befreit mich.

Er hat versucht, sich selbst von der Verlockung der Macht zu befreien. Hat versucht, am Ende für seine Sünden Buße zu tun. Doch er ahnte nicht, dass sein Selbstmord seine dunkle Magie an das Schwert binden und das Land vergiften würde. Wenn das Blut eines Lebensräubers die Welt aus dem Gleichgewicht gebracht hat, bedeutet das doch sicher, dass das Blut eines anderen dieses Gleichgewicht wieder herstellen wird. Und ohne den Lebensräuber wird das Schwert nutzlos werden.

Du kannst dich entscheiden zu beschützen.

Das Schwert ist nicht das Heilmittel, um das alle kämpfen.

Ich bin es.

»Ahn!« Altan schließt mich in die Arme.

Ich erlaube mir, für einen Moment nur zu fühlen, bevor ich ihn sanft von mir stoße.

»Das hier muss ein Ende finden.« Meine Stimme klingt, als gehörte sie zu jemand anderem.

Er lässt mich los und sieht mich an, als wollte er sich mein Gesicht für immer einprägen. Weiß er, dass ich das Gleiche mache?

»Beende es«, sagt er. »Ich weiß, dass ich es sein muss. Tue es, bevor mich mein Mut verlässt.«

Ich sehe in seinen Augen, dass er bereit ist zu sterben. Ich lächele. »Verstehst du nicht? Ich muss es sein.«

»Was – was redest du da?«

Meine Finger streifen seine Wange und er erzittert unter meiner Berührung. »*Du* bist immun gegen die Lebensräuber-Magie. Das Schwert kann dir nichts anhaben.«

»Götter … was habe ich getan?«, flüstert er. Entsetzen breitet sich auf seinem Gesicht aus. »*Was habe ich getan*?«

Ich hebe das Schwert.

»Halt – nein! Wir müssen einen anderen Weg finden –«

»Das ist der einzige Weg.« Ich richte das dunkle Schwert in den Himmel.

Donnergrollen ist zu hören. Ein Blitz entflammt meine Welt.

Altans Gesicht ist das Letzte, was ich sehe.

Und dann – Finsternis.

53.

ALTAN

Ich sterbe in dem Moment, als sie das Schwert in ihrer eigenen Brust versenkt.

Mein Herz zerspringt. Ein neuer Abgrund tut sich auf.

Ich fange sie auf, als sie stürzt. Halte sie, als das blasse grüne Licht aus ihrem Körper und dem Schwert weicht. Halte sie, als sie aufhört zu atmen. Halte sie, als meine Nähte sich lösen und ich auseinanderfalle.

Vor meinen Augen verwandelt sich das dunkle Schwert in schimmernde weiße Jade.

Es war die ganze Zeit hier, versteckt vor aller Augen.

Was für ein grausamer Scherz.

Ich vergrabe meinen Kopf an ihrer Brust und horche nach etwas.

Irgendetwas.

Aber da ist nichts als Stille.

54.

AHN

Ich öffne die Augen und blicke in einen Himmel mit Violett- und Blautönen, die in der Ferne am Horizont in ein leuchtendes warmes Orange übergehen. Ich starre auf meine Hände. Sie sehen normal aus, die Haut unverbrannt. Ich *fühle* mich auch gut. Da ist kein Schmerz, wo mein Vater mich geschlagen hat. Da ist kein Schmerz, keine Wunde in meiner Brust.

Bin ich … *tot*?

Ein leises Tschilpen ist zu hören. Vor mir sitzt ein riesiger Vogel, dessen smaragdgrüne und violette Federn sanft schimmern. Er neigt seinen glänzenden Kopf zur Seite und beobachtet mich mit seinen großen intelligenten Augen.

Dich habe ich nicht erwartet.

»Wer bist du? Was ist das für ein Ort?« Ich schaue mich um. Alles, was ich sehe, ist diese seltsame intensive Traumlandschaft des Nichts. Nur ich und dieser riesige Vogel. Ein Phönix, glaube ich.

Das hier ist mein *Reich. Einige finden es, indem sie eine Prüfung bestehen. Andere finden es auf andere Weise. Wie es scheint, hast du ein großes Opfer gebracht.*

»Reich? Bist du eine Seelenkreatur?«

Das Wesen nickt. *Was ist deine Bitte?*

»Ich … ich habe einen Wunsch frei?« frage ich verdutzt.

Der Phönix stößt einen Laut aus, der wie ein Lachen klingt. *Nenn es, wie du willst. Was ist dein Wunsch?*

Mein Kopf ist wie leer gefegt. »Ich … ich weiß nicht.«

Du kannst deinen Wunsch auch verfallen lassen, wenn –

»Nein!« rufe ich aus. »Ich wünsche, ich wünsche, dass …« Ich hebe den Blick, als es mir endlich gelingt, meinen Gedanken zu fassen. »Ich will, dass alle, die mir wichtig sind, gerettet werden.«

Wie du wünschst.

Der Phönix breitet seine Flügel aus. Tränen kullern aus seinen Augen und zerplatzen in der Luft. Wie einen leichten Sprühregen spüre ich sie auf meinem Gesicht. Ein Duft von Gras und Honig steigt mir in die Nase und plötzlich bin ich ganz schläfrig. Unglaublich schläfrig.

55.

ALTAN

Warnende Rufe dringen durch den Schleier um mich herum. Das Gefühl der Benommenheit weicht, als meine Sinne zurückkehren. Das klirrende Geräusch von Metall, der Geruch nach Feuer und Rauch … ich sehe, wie Tang Wei Ahns Großmutter abschirmt und die Angriffe der Priester abwehrt. Ihre Kameradinnen von der Lotus-Sekte haben sich entschlossen ins Kampfgetümmel gestürzt, aber sie haben hohe Verluste erlitten. Tai Shun und seine Verstärkungstruppen sind nirgends zu sehen.

»*Jin.*«

Ich sehe auf. Leiyes Gesicht ist voller Schrammen und blauer Flecke, das eine Auge geschwollen. Blut läuft über seinen Oberkörper. Seinen Arm. Unbändige Wut flammt in mir auf. Sie haben ihm den Arm *verbrannt*.

»Du siehst ja furchtbar aus«, sage ich.

»Aber ich bin immer noch der Gutaussehendere von uns beiden.« Er verzieht das Gesicht, als er sich auf sein Schwert stützt. »Steh auf, Jin. Wir müssen kämpfen.«

»Du bist nicht in der Verfassung, um zu kämpfen.«

»Pah, ich wette, ich könnte dich hier und jetzt schlagen.« Dann legt er mir eine Hand auf die Schulter. »Trauere später um sie. Sie würde wollen, dass wir das hier zu Ende bringen.«

Etwas ganz und gar Unmittelbares bricht sich in meinem zersprungenen Herzen Bahn. Nicht Ärger, nicht Zorn, sondern eine klare Erkenntnis, wer ich bin und was ich nicht bin. Leiye hat recht.

Ich muss das hier beenden.

Ich lege Ahn sanft auf den Boden und wende mich zu ihm. Er kann kaum stehen, aber seine Augen sagen mir alles, was ich wissen muss. Leiye wird immer an meiner Seite sein. Er ist es immer gewesen.

»Wie damals in den Stallungen?«

Er nickt. »Wir haben nur eine Chance.«

Ich schürze die Lippen. »Dann sollten wir uns diesmal geschickter anstellen.«

Dann lasse ich meine Magie frei. Die Luft um mich herum bewegt sich und der Wind frischt auf. Leiye streckt seinen guten Arm aus. Flammen lodern aus seinen Fingern. Prachtvoll, überwältigend, furchterregend. Auf sein Zeichen hin rotiere ich meine Handgelenke, und der Wind formt sein Feuer wie den Trichter eines Tornados.

Tang Wei ruft der Lotus-Sekte eine Warnung zu. Ich lenke die Flammen, wickle jeden Priester in ein feuriges Lasso, ersticke ihre Schreie. Als die Priester brennen, werfen die Anhängerinnen der Lotus-Sekte ihre Dolche und versetzen jedem einzelnen von ihnen den Todesstoß.

Leiye sackt schwer atmend zu Boden. Ich sinke vollkommen erschöpft auf die Knie.

Es ist geschafft. Aber was nützt es?

Sie ist tot.

Ich gehe zu ihr zurück, hebe sie in meine Arme, drücke sie an mich.

Das Gefühl der Leere kehrt zurück. Während meine Tränen

fließen, flüstere ich ein Gebet an die Götter, die ich einst verachtet habe.

Ich weiß nicht, wie lange ich dort knie. Sie in meinen Armen halte, verzweifelt versuche, sie ins Leben zurückzubeten. Eine Ewigkeit scheint zu vergehen. Dann – ein unmöglicher Atemzug.

So leise, so zerbrechlich.

Ich wage nicht zu hoffen, doch was sonst bleibt denn noch, wenn nicht Hoffnung?

Ich beuge mich vor und lausche auf die schönste Musik auf der Welt: das schwache, aber gleichmäßige Klopfen ihres Herzens.

EINEN
MONAT
SPÄTER

56.

ALTAN

Eine sanfte Decke von stillem Weiß hat sich über das Palastgelände gelegt; Schneekristalle glitzern im schwachen Licht der Wintersonne. Ich beobachte das rege Treiben unter mir. Bedienstete und Beamte wieseln umher und bereiten die Krönung vor. *Meine* Krönung. Sie wird während des Frühjahrsfestes stattfinden, kurz vor meinem neunzehnten Geburtstag. Ein glücklicher Zeitpunkt, sagen die Wahrsager meines Hofes. Es ist noch einige Wochen hin, aber anscheinend braucht es viel Zeit und Hunderte von Arbeitern, um das ganze pompöse Brimborium für so eine Krönung auf die Beine zu stellen.

Nandah hat seine Angriffe vorerst eingestellt. Im Gegenzug habe ich diplomatische Bemühungen eingeleitet, um den Streit um die Südlichen Kolonien beizulegen. Die Vasallen anderer Nationen werden den Festivitäten beiwohnen als Zeichen des Vertrauens, dass die freundschaftlichen Beziehungen mit dem Shi-Reich wiederbelebt wurden. Sogar die zurückgezogen lebende Königin von Mengu will kommen, obwohl ich mich frage, was wohl ihre wahren Motive sind.

Mit Tai Shuns Unterstützung habe ich den Thron zurückerlangt und angefangen, die Diyeh-Priesterschaft aufzulösen und ihre Gefolgsleute aus dem Palast zu vertreiben. Aber wir wissen beide, dass es immer noch Spione gibt, die in unserer Mitte lauern.

Es gibt erste Berichte, dass die Wüste beginnt, sich in ihre ursprünglichen Grenzen zurückzuziehen, dass in den Wäldern trotz der Jahreszeit Frühlingsknospen sprießen. Kapitän Yan hat von einem gewaltigen Sturm erzählt, der in der Nähe des Drachendreiecks tobte und grünen Rauch aus dem Meer aufsteigen ließ. All diese Geister – diese verlorenen Seelen, die mein Urgroßvater einst an das Schwert gekettet hat, sind nun endlich frei.

Ich habe den Mord an meiner Familie gerächt und mein Geburtsrecht zurückerlangt. Das alles habe ich mir mehr als mein halbes Leben lang gewünscht. Aber ich bin nicht sicher, ob ich dadurch Frieden gefunden habe.

Ich wische die Schneeflocken von meinen Schultern, bevor ich vom Dach springe und damit ungewollt ein Dienstmädchen zu Tode erschrecke. Es muss ja auch seltsam sein, wenn man seinen zukünftigen Kaiser die Häuser hinunterklettern sieht. Alle wissen, was ich an jenem Tag auf der Nordmauer getan habe. Es ist müßig so zu tun, als sei ich jemand, der ich nicht bin. Vor allem aber will ich nicht, dass die Tiensai weiter im Verborgenen leben müssen.

Das Dienstmädchen ist vollkommen perplex, dass ich ihren Namen kenne und mit meinen eigenen Händen ihren Korb mit Obst aufhebe. Nach einer Reihe von Verbeugungen und gestammelten Entschuldigungen eilt sie davon. Ich stoße eine warme weiße Atemwolke aus. Diese ganzen Förmlichkeiten sind wirklich gewöhnungsbedürftig.

Ich mache mich auf den Weg zum kaiserlichen Arzneisaal und suche nach Tai Shun. Er hat in letzter Zeit viel mit den kaiserlichen Ärzten geforscht, um seine natürliche Neigung zu Kräuterkunde und Heilkunst zum Guten zu nutzen. In gewisser Weise glaube ich, dass er versucht, die Taten seiner Mutter wiedergutzumachen. Ich wünschte, Shīfù wäre noch hier. Er hätte seine Freude gehabt, Tai Shuns Talent zu fördern.

»Eure Majestät«, stammelt einer der Ärzte, als er sieht, dass ich in der Tür stehe.

Alle begrüßen mich mit Verbeugungen und Gemurmel. Selbst Tai Shun. Wenigstens wirft sich niemand auf die Knie. Ich mache eine Kopfbewegung Richtung Innenhof. Tai Shun stellt sein Kräuterglas hin und folgt mir nach draußen.

»Ihr wünscht mit mir zu sprechen, Eure Majestät?«

»Ich habe dir doch schon gesagt«, seufze ich genervt, »es besteht keine Notwendigkeit, so mit mir zu sprechen. Und bei den Göttern, hör auf *hinter* mir zu gehen. Wie sollen wir denn so ein ordentliches Gespräch führen?«

Er lacht und holt mich ein. »Also gut, wenn wir schon alle Formalitäten fallen lassen – was willst du, Jin? Mach es kurz, ich hab Besseres zu tun, als mit dir durch diese verfluchte Kälte zu schlendern. Das ist nicht gut für meine alte Verletzung.«

»Ich habe dir nicht die Erlaubnis erteilt, unverschämt zu werden«, gebe ich zurück. Ich bemerke sein leichtes Hinken und die verblasste Erinnerung an seinen Sturz vom Dach versetzt meinem Herzen einen Stich. »Tut mir leid, ich werde mich beeilen, und dann können wir wieder ins Warme zurück. Ich wollte nur nicht drinnen mit dir reden, mit all den Wachen und Dienern um uns herum.«

Tai Shun lacht wohlwollend. Er wirkt jetzt glücklicher, als wäre eine Last von seinen Schultern genommen. Ein Teil dieser Bürde lastet jetzt auf meinen Schultern. Es war nicht leicht, aber ich habe mich dazu durchringen können, ihm zu vergeben. Ich wünschte, das Gleiche könnte ich auch über seine Mutter sagen. Ich habe Zhenxi trotz ihrer Rolle im Mordkomplott gegen meinen Vater nicht hinrichten lassen, aber sie wird den Rest ihres Lebens im Kerker fristen.

»Was machen deine Studien? Welchen seltsamen Balsam oder

Mischmasch kreierst du gerade in deinem Labor?«, frage ich. Mir wird bewusst, dass ich schon lange nicht mehr unter vier Augen mit ihm gesprochen habe.

»Ich habe einige Schriftstücke studiert, die ich in der Bibliothek gefunden habe – in der verbotenen Abteilung, zu der du mir Zutritt gewährt hast«, erzählt Tai Shun. In meinem Bemühen, die wahre Geschichte der Tiensai und unseres Volkes herauszufinden, habe ich den Gelehrten erlaubt, die alten Schriften zu untersuchen. »Wusstest du, dass Musik heilende Kräfte haben kann?«

»Es überrascht mich nicht.«

»Ja, aber was ich herausfinden will, ist, ob ich die Prinzipien der Tiensai-Magie benutzen und mit dem heilenden Potenzial der Musik verbinden kann«, sagt er aufgeregt. »Meine Flöte zum Beispiel. Mit ihr komponiere ich neue Melodien auf der Basis von –«

»Davon kannst du mir ein andermal mehr erzählen«, unterbreche ich ihn, bevor er nicht mehr zu bremsen ist. »Es gibt da etwas Dringenderes, das ich mit dir besprechen will. Ich hab mir überlegt, vielleicht solltest du doch nicht abdanken.«

Er zuckt sichtbar zusammen. »Jin –«

»Vergiss, dass ich gefragt habe.«

»Kalte Füße bekommen?«

Ich zucke die Achseln.

»Ich glaube an dich.« Er bleibt stehen und sieht mich bedrückt an. »Ich habe dir schon genug genommen. Außerdem bin ich nicht von kaiserlichem Blut.«

»Unsinn.« Ich klopfe ihm auf den Rücken. »Du bist meine Familie.«

»Und du bist mein Kaiser.«

Die Lachfältchen um seine Augen kehren zurück und er lächelt mich herzlich und aufrichtig an. Ich sehe wieder den Jungen, der mir überall hin folgte, als wir Kinder waren, der zu mir aufblickte, der das Beste von mir dachte.

Ich straffe meine Schultern. Ich kann ihn nicht enttäuschen.

»Da bist du ja!«, ruft eine vertraute Stimme.

»Oh, nicht jetzt«, seufze ich und massiere mit den Fingern meinen Nasenrücken.

Tang Wei winkt uns aus der Ferne zu. Die Lotus-Sekte hat Verluste erlitten und ich stehe in ihrer Schuld. Weshalb Tang Wei sich in den Kopf gesetzt hat, dass ihr nun ihre eigenen Gemächer im Palast zustehen. Ich frage mich, wie lange sie wohl bleiben will.

Sie schlendert zu uns herüber, den Arm fest bei Linxi untergehakt. Leiye folgt ein paar Meter hinter ihnen und grinst. Er muss ihnen erzählt haben, wo sie mich finden könnten.

Ich mustere die drei griesgrämig. »Was wollt ihr?«

»Ihr seid aber übel gelaunt an diesem schönen Morgen, Eure Majestät«, sagt Linxi. Ich bin erleichtert zu sehen, dass die Blutergüsse in ihrem Gesicht verblasst sind und sie keine Probleme mehr hat, alleine zu gehen. Die Spuren der Foltern, die sie ertragen musste, werden nicht bleiben.

»Ich war äußerst gut gelaunt, bis jemand meinen gemütlichen Spaziergang unterbrochen hat«, sage ich.

Tang Wei lächelt verschmitzt. »Heute ist Wintersonnenwende, Goldjunge.«

»Ich befehle dir, mich als Eure Majestät anzusprechen.«

Sie lacht. »Wie kleinlich. Dabei bist du doch noch gar nicht Kaiser.«

»Wenn du mich noch weiter nervst, verbanne ich dich.«

»Willst du etwa schon jetzt deine Macht missbrauchen?«

»Hab ich euch erzählt, wie er mal eine wertvolle Vase seiner Mutter zerbrochen hat und *mir* die Schuld dafür in die Schuhe geschoben hat?«, meldet sich Leiye zu Wort.

Ich werfe ihm einen bösen Blick zu. »Du solltest ihnen lieber erzählen, wie oft ich für deine Missgeschicke geradegestanden habe, als du deine Magie noch nicht so gut beherrschen konntest.«

»Heute ist *Wintersonnenwende*«, wiederholt Tang Wei ungeduldig. Sie sieht aus, als wollte sie mir gleich eine ihrer Standpauken halten.

»Und?« Meine Tage sind so ausgefüllt, dass ich das Zeitgefühl verloren habe.

Leiye hebt vielsagend die Augenbrauen. Linxi schüttelt den Kopf, als hätte ich etwas Furchtbares getan.

»Was?«, blaffe ich.

Tai Shun zuckt die Achseln und sieht genauso irritiert aus wie ich. Niemand anders antwortet.

»Was ist so besonders an der Wintersonnenwende?«, murmele ich vor mich hin.

Die Wintersonnenwende … hab ich was verpasst?

Oh.

Die Palastangestellten können kaum ihre Verblüffung und ihre Belustigung verbergen, als ich wie wild durch die Gänge und Innenhöfe renne und alle frage, ob sie das Mädchen mit den verbrannten Händen gesehen haben. Das Mädchen, das alle einst die Lebensräuberin nannten.

»Du hast heute Geburtstag!«, rufe ich, als ich Ahn aus der Ferne entdecke.

Dann fällt mein Blick auf ihre Großmutter neben ihr und ich bleibe abrupt stehen. Verlegen mache ich eine Verbeugung und versuche, meine Würde wiederzuerlangen. Großmutter Jia bedenkt mich mit einem wissenden Lächeln und flüstert Ahn etwas zu, die zurückgrinst.

»Ich wollte gerade gehen«, sagt Großmutter Jia gütig zu mir.

Ich verneige mich tief und sie schlurft davon.

Ahn und ich sind allein. Sie starrt hinauf in die nackten Zweige eines Baumes und ignoriert mich. Aus irgendeinem Grund bin ich nervös. Ich habe meine Dolche oder Säbel nicht dabei und deshalb nichts, um meine Hände zu beschäftigen. Ich lehne mich an den Baumstamm, nur um überrascht aufzuschreien, als meine Finger die eiskalte Rinde berühren.

Ich räuspere mich und fühle mich wie der letzte Narr. »Also … herzlichen Glückwunsch zum Geburtstag. Wir sollten feiern.«

Ahn zuckt die Achseln und macht ein enttäuschtes Gesicht. »Sie blühen noch nicht. Ich schätze, es ist zu früh.«

»Was?«

»Die Pflaumenblüten. Ich hatte gehofft, sie zu sehen. Aber immerhin habe ich Schnee gesehen.«

Sie fängt eine fallende Schneeflocke mit ihrer Zunge, schmeckt sie und lacht. Aber ihr Lachen klingt jetzt anders. Weniger hell, weniger sorglos. Ihre Hände sind immer noch verbunden, und ihren steifen Bewegungen nach zu urteilen, ist ihre selbstzugefügte Wunde noch nicht ganz verheilt. All das wird die Zeit richten. Aber ich weiß, da ist noch eine andere Art Schmerz, eine andere Art Narbe, die tiefer liegt.

Unsere Gespräche in diesem letzten Monat waren kurz und angespannt. Die Kluft zwischen uns scheint jeden Tag größer zu werden, eine dunkle Leere, gefüllt mit all den ungesagten Dingen. Ich weiß nicht einmal, ob sie mir vergeben hat, dass ich Zhao Yang getötet habe. Ich habe mich nicht getraut, sie zu fragen.

Dann dreht sie sich abrupt zu mir um. »Ich verlasse morgen den Palast.«

Ich muss mich verhört haben. »Was hast du gesagt?«

»Ich verlasse morgen den Palast«, wiederholt sie ein wenig langsamer.

»Das kommt gar nicht infrage. Du bist überhaupt nicht im Zustand zu reisen.« Sie funkelt mich wütend an. Ich richte mich kerzengerade auf und versuche, besonders wichtig auszusehen. »Ich als dein *Kaiser* befehle dir, hierzubleiben.«

»Du weißt ja nicht einmal, wo ich hinwill und du kannst mich auch nicht aufhalten, *Majestät*«, wendet sie ein.

Sie hat recht. Das kann ich nicht. Ich werde sie nicht aufhalten. Es steht mir nicht zu, ihre Freiheit zu beschneiden. Ich fahre mir mit einer Hand durch die Haare und vergesse, dass ich mir damit meine kaiserliche Frisur ruinieren werde. »Dann sag mir doch, wo willst du hin?«

»Ich habe eine Nachricht von Li Guo erhalten. Er ist in Cuihai. Ich will ihn sehen, ihm danken.«

»Er kann doch *hierher*kommen, um dich zu sehen«, sage ich aufgebracht. Das Gefühl des Verlustes, das ich schon jetzt empfinde, ist fast unerträglich. »Er kann sogar hier im Palast übernachten. Es ist genügend Platz.«

»Altan.« Ihre Stimme zittert. »Ich werde ein Schiff nach Xinzhu nehmen. Meine Mutter hat dort eine Weile gelebt. Vielleicht wird sich jemand an sie erinnern. Ich muss wissen, ob Zhao Yang die Wahrheit über sie erzählt hat.«

»Ich komme mit dir.«

»Nein, das tust du nicht. Du hast ein Land zu regieren«, schimpft sie. »Ich hätte es dir gar nicht erzählen sollen.«

»Ich hätte dich auch ausfindig gemacht, wenn du es mir nicht erzählt hättest.«

»Und wie genau hättest du das gemacht?«

»Gold folgt dir. Angeblich gibt es da draußen ein rotes Band, das uns aneinanderbindet. Das hat mir eine Nomaden-Wahrsagerin prophezeit.« Ahn runzelt ungläubig die Stirn und mir sind meine Worte selbst peinlich. Sie klingen so albern, aber ich weiß einfach nicht, was ich sonst sagen soll.

Sag es ihr, höre ich Tang Weis nörgelnde Stimme in meinem Kopf. *Morgen geht sie, vielleicht für immer. Sag es ihr einfach. Sei kein Feigling.*

»Es gibt da noch etwas, das du wissen musst, bevor du gehst«, platze ich heraus.

»Ich höre.«

Warum macht sie so ein gelangweiltes Gesicht? Widerstrebt es ihr, mit mir hier zu sein? Tausend Gedanken schwirren mir durch den Kopf. Ich schiebe sie zur Seite und hole tief Luft.

»Ich habe mich in dich verliebt.«

»Ich weiß.«

Ich stolpere zurück, als hätte sie mich geschlagen. »Du – du hast das gewusst und du hast nichts gesagt?«

Ahns Augen weiten sich. »Ich war mir nicht bewusst, dass ich da etwas sagen müsste.«

Ich reibe mir über das Gesicht, atme tief ein und langsam aus. Ich kann mich nicht entscheiden, ob es Wut oder Schmerz ist, was ich empfinde.

»Ich habe dir gerade mein Herz geschenkt, und alles, was dir dazu einfällt, ist *Ich weiß*?«, sage ich heiser. Ich fühle mich ganz mulmig und schwach.

Sie lacht. »Jetzt sei nicht so theatralisch, Altan. Wenn du dein Herz verschenkt hättest, wärst du tot.«

57.

AHN

Er hat sein Haar wachsen lassen und sieht so stattlich aus in seinen herrschaftlichen Roben, ganz und gar der Kaiser, zu dem er berufen ist. Ich aber sehe nur den Jungen aus der Wüste. Den Jungen in Schwarz, der mich dabei erwischt hat, eine Mangostan zu stehlen. Nur von dieser angestauten Energie und raubtierhaften Wildheit, diesem Feuer, ist jetzt nichts mehr zu spüren.

Altan sieht aus, als würde er gleich in Ohnmacht fallen.

»Es ist, weil ich deinen Vater getötet habe, nicht wahr?« Seine Stimme ist leise, gequält.

Mein Lächeln verblasst und der Schmerz in meiner Brust flammt auf.

Lieber würde ich dich eigenhändig töten.

Ich wende Altan meinen Rücken zu. »Dieser Unmensch war *nicht* mein Vater. Er hat deine Mutter umgebracht. Ich habe einmal versucht ihn zu schützen, aber dafür hast du mir das Leben gerettet. Wir sind quitt.«

Die frostige Kälte des Schweigens senkt sich wieder herab. Zu viel ist zwischen uns passiert und zu wenig davon war gut. Die Worte meines Vaters nagen an meinem Innersten, lassen mich alles infrage stellen.

Meine zerschundenen Hände jucken unter den Verbänden, die geschädigte Haut ist verkrustet. Ich habe noch nicht wieder versucht, meine Magie zu benutzen. Ich weiß, dass sie irgendwo in mir schlummert. Ich spüre sie, aber ich habe mich entschlossen, ihr zu widersagen. Das Schwert des Lichts, oder wie auch immer es heißt, ist in den Gewölben des Palastes für immer hinter Schloss und Riegel, damit es nie wieder gesehen wird. Nie wieder verwendet werden kann, um Schrecken über die Welt zu verbreiten.

Das Schneegestöber ist vorbei und der Himmel über mir ist jetzt wolkenlos und erinnert mich an die Wüste. In der Nähe lässt das Sonnenlicht den frischen Schnee glitzern, der auf dem Pflaumenblütenbaum liegt, und seine Zweige tanzen im Wind. Als ich auf den schneebedeckten Baum starre und mich frage, ob ich wohl je das Mädchen aus der Wüste wiederfinden werde, entdecke ich auf dem höchsten Ast ein winziges rosa-weißes Blütenblatt, das aus einer aufkeimenden Knospe hervorlugt. Zerbrechlich, aber lebendig.

Es ist Zeit, dir für das zu vergeben, was auch immer in der Vergangenheit passiert ist. Schau nach vorn und lebe dein Leben.

Amas Worte hallen in meinem Kopf wider. Vielleicht, nur vielleicht, ist das kleine Gute, was ich gefunden habe, es wert bewahrt zu werden. Es ist zwecklos, meine Zeit damit zu verbringen, zurückzublicken und das Leben zu verpassen, indem ich ständig an das *Was wäre, wenn* denke und über Fragen nachgrübele, die nie die richtigen Antworten bringen werden.

Als ich mich endlich wieder umdrehe, kauert Altan in wenig würdevoller Haltung auf dem Boden, das Gesicht in den Händen vergraben.

»Weinst du etwa?«, frage ich erschrocken. Er hebt den Blick. Gott sei Dank, er weint nicht. Aber er sieht aus, als würde er es womöglich gleich tun.

Er steht auf und nimmt sanft meine Hand, vorsichtig, um mich nicht zu verletzen. »Was ist denn dann? Was ist das zwischen uns? Gibt es … ein *uns*?«

Mein Blick zeichnet die vertrauten markanten Formen seines Gesichts nach, die doppelte Falte zwischen seinen Augenbrauen, die jedes Mal auftaucht, wenn er mich mit dieser Intensität ansieht. Die Narben, die ihn zu dem machen, der er ist.

»Ich brauche Zeit. Aber ich glaube, es wird alles gut.« Ein warmes Gefühl durchflutet mich, als mir bewusst wird, wie wahr meine Worte sind.

»Es wird alles gut«, wiederholt er entschlossen.

Ich schmunzele. »Weißt du noch, wie du vor langer Zeit mal gesagt hast, dass ein Mädchen mal versuchen sollte, zum Spaß mit deinem Herzen zu spielen?«

Er wird blass, und ich bereue meinen unangebrachten Scherz.

»Ich sage ja nicht, dass ich das gemacht habe«, stöhne ich und würde mich am liebsten für meine Dummheit ohrfeigen. »Ich meine, damals hab ich das vielleicht als Witz gemeint, aber es ist nicht das, was ich getan hab. Ich würde dir das nicht antun – oder irgendjemand anderem.«

Altan sieht nicht so aus, als verstünde er irgendetwas von dem, was ich da sage. Der entsetzte Ausdruck auf seinem Gesicht bleibt. Frustriert packe ich ihn am Kragen und ziehe ihn zu mir heran.

Er reagiert nicht, als sich unsere Lippen treffen. Nicht das kleinste bisschen. Ich mache einen Schritt zurück, unsicher, wie ich mich fühlen soll. Er steht einfach nur da und sieht mich verwirrt an.

Ich ziehe die Nase kraus. »Also, *das* war enttäuschend.«

Er blinzelt, als würde die Wahrheit allmählich zu ihm durchsickern. Dann fängt er an zu lachen. Ein herzhaftes Lachen, echt und voller Glück. Er legt einen Arm um meine Taille und zieht mich zu sich heran. Seine Hand hebt mein Kinn.

»Ich kann das wieder ausgleichen«, raunt er mir ins Ohr.

Jemand applaudiert. Lautstark.

»Da *sind sie ja.*«

»*Das wird aber auch Zeit, Goldjunge!*«

Altan stöhnt. »Nicht schon wieder.«

Er bewegt seinen Arm und lässt seinen langen Ärmel flattern. Schnee steigt wie ein undurchsichtiger Schleier vom Boden auf und hüllt uns ein in einen Kokon aus dichtem Weiß. Die Stimmen verblassen, und alles, was ich sehe, ist Altan. Und als er mich an sich zieht, erfüllt sein Kuss mich mit Licht.

EPILOG

Das Mädchen sieht hinauf in den wolkenlosen Himmel; ihre Augen folgen einem sich bewegenden Punkt in dem ansonsten blanken Azur. Ihre Haltung ist entspannt, selbstbewusst. Aber innerlich ist sie bei Weitem nicht so gelassen.

Während sie wartet, greift sie nach dem dicken Zopf, der ihr über den Rücken hängt, wickelt ihn zu einem Dutt in ihrem Nacken und fixiert ihn mit dem spitz geschnitzten Rippenknochen eines kleinen Tieres. Sie wickelt sich in ihre Felle und zittert im kühlen Wind. Auch nach einem Jahrzehnt im hohen Norden hat sie sich noch nicht an die eisigen Winter hier gewöhnt.

Bald darauf hört sie jemanden hinter sich den Hang hinaufsteigen. Ein Bote.

Er verbeugt sich kurz und entrollt ein kleines Stück Pergament. »Gnädigste, ich bringe eine Nachricht von der Königin.«

»Lies vor«, befiehlt das Mädchen.

»Es ist geschehen. Kehre umgehend zum Palast zurück und reise mit mir nach Beishou.«

Die goldbraunen Augen des Mädchens leuchten. »Ist das alles, was sie schreibt? Ist sie sicher im Hinblick auf die Identität des neuen Kaisers?«

Der Bote nickt einmal. Das Mädchen schickt ihn fort. Er dreht sich auf dem Absatz um und macht sich an den Abstieg.

Als sie wieder allein ist, sieht sie noch einmal hinauf zu dem dunklen Fleck am Himmel. Ihr Pfiff schrillt durch die Stille und der Fleck wird größer. Als er näher kommt, glänzen seine Federn in der Sonne. Das Mädchen streckt seinen rechten Arm aus. Ein großer Goldadler schießt herab und landet; seine Krallen klammern sich um den Lederschutz an ihrem Unterarm.

»Wie ist der Wind heute, Gerel, mein Lieber?«, fragt sie den Vogel und streichelt seine weichen Federn. Er bewegt ruckartig den Kopf hin und her und antwortet mit einem Krächzen. Das Mädchen lacht leise. »Ja, es ist kalt. Aber keine Sorge, wir reisen in den Süden.«

Sie lächelt schelmisch. Dabei zieht sie die rechte Seite ihrer Lippen höher als die linke, und oberhalb ihres Kinns entsteht ein kleines Grübchen. Eine alte Erinnerung driftet durch ihre Gedanken.

An ein Mädchen. An einen Jungen.

Wir werden Vaters Mörder finden. Wir werden uns zurückholen, was uns gehört. Wir werden wieder nach Hause kommen.

»Es ist Zeit für mich, nach Hause zurückzukehren. Es ist Zeit für mich zurückzuholen, was mir rechtmäßig zusteht«, murmelt sie und denkt an den Jungen, den sie einst liebte.

Den Bruder, der Kaiser geworden ist.

DANKSAGUNGEN

Zunächst einmal möchte ich *dir* danken, dass du bis zum Ende dieser Geschichte dabeigeblieben bist und zu den Danksagungen weitergeblättert hast. Vielleicht warst du neugierig, vielleicht hast du die letzte Seite aus Versehen umgeblättert oder vielleicht bist du wie ich – aus welchem Grund auch immer bleibe ich im Kino immer sitzen, bis der Abspann gelaufen ist und ich lese immer die Danksagungen in Büchern.

Debütromane sind etwas Besonderes. Viele von ihnen sind Herzensbücher. Einige werden in einem fiebrigen, gehetzten Zustand heruntergeschrieben, während andere in langen Jahren voller Angst und Unsicherheit zu Papier gebracht werden. Ich war mir nicht sicher, was für eine Geschichte das hier werden würde, als ich zum ersten Mal das Bild eines Mädchens in einer sich immer weiter ausdehnenden Wüste vor mir sah, abgekämpft und allein. Und das Bild des Jungen, dem sie begegnet, der ebenso einsam war, weil er die Last eines Erbes auf seinen Schultern trug. Am Ende wurde es eine Geschichte über Familie, über Trauer, über Trauma und vor allem über Hoffnung.

Bücher werden nicht aus der Fantasie einer einzelnen Person geschaffen. Das Buch, das du jetzt in den Händen hältst, würde gar nicht existieren ohne die Ermunterung, die Unterstützung und die Arbeit so vieler Menschen. An alle, die daran mitgewirkt haben, *Jade und Obsidian* von einer aufkeimenden Idee in meinem Kopf in ein tatsächliches Buch in den Händen der Leser*innen zu verwandeln – danke, danke, danke.

Danke an Elana Roth Parker, die etwas Besonderes in meiner Geschichte gesehen und an mich geglaubt hat. Danke an das LDLA-Team – eure Unterstützung über die Jahre ist unbezahlbar gewesen.

Danke an meine unvergleichliche Lektorin Alice Jerman – ich habe so viel von dir gelernt. Danke, dass du mir geholfen hast, diese Geschichte weiterzuentwickeln, dass du geduldig all meine Fragen beantwortet und mir köstlichen Tee serviert hast. Und danke vor allem für deine Herzlichkeit. Es war ein Privileg, dich als meine Lektorin zu haben.

Danke an Clare Vaughn – ich bin so dankbar für deine unermüdliche Arbeit hinter den Kulissen. Deine gut gelaunten E-Mails zaubern mir immer ein Lächeln auf das Gesicht.

Danke an Vanessa Nuttry, Nicole Moreno, Gwen Morton, Jill Freshney, Veronica Ambrose und Megan Gendall für die wunderschöne Innenausstattung dieses Buches und für das Aufspüren all meiner Tippfehler, fehlplatzierter Kommas und willkürlicher oder fehlender Großschreibung. Vor allem danke ich euch, dass ihr mir meine geliebten Gedankenstriche gelassen habt.

Danke an Catherine Lee und Jenna Stempel-Lobell – ihr habt wirklich mein Traum-Cover entworfen! Zheng Wei Gu (GUWEIZ) – danke, dass du diese Vision mit deinem großartigen Talent zum Leben erweckt hast.

An die Marketingexperten Lisa Calcasola, Audrey Diestelkamp, Kadeen Griffiths und Emily Zhu, an Werbe-Energiebündel Lena Reilly und den Rest des Publicity-Teams, und natürlich an die unglaublich talentierte Epic Reads-Mannschaft – danke für eure Kreativität und euren Enthusiasmus. An Andrea Pappenheimer und das ganze Vertriebsteam, und an Patty Rosati und das Schul- und Bücherei-Team – danke für all eure Mühe, um mein Buch bekannt zu machen.

Ein besonderer Gruß an Hannah VanVels. Durch dich hat dieses Buch die Chance bekommen, zum Leben zu erwachen. An Laura Rennert und das Team der Literaturagentur Andrea Brown – danke, dass ihr die Zügel in die Hand genommen und mich geführt habt.

An alle bei Hodder & Stoughton – ich könnte mir kein besseres Team im Vereinigten Königreich und darüber hinaus wünschen. An die Zauberin im Lektorat Molly Powell, Werbegenie Kate Keehan, Marketing-Stars Maddy Marshall und Callie Robertson, Claudette Morris und Matthew Everett in der Herstellungsabteilung und an das Logistik-Genie für Sonderausgaben Sarah Clay – vielen, vielen Dank. An Aaron Munday – danke für das Design des wirklich wunderschönen Covers für die UK-Ausgabe und für die Erfüllung meines heimlichen Traums, meinem Buch unterschiedliche Cover zu geben. An Paul Kenny, Cindy Kan, Emmanuel Wong und das Team bei Hachette UK/Asien – danke für all eure Energie und harte Arbeit.

An Daphne Tonge und das fantastische Team bei Illumicrate – ein großes Dankeschön, dass ihr *Jade und Obsidian* von Anfang an unterstützt habt. An Anissa de Gomery und die reizenden Bücherfeen von FairyLoot – danke, dass ihr mir meine Wünsche erfüllt habt. Und ein weiterer riesiger Dank an Korrina und das unglaubliche OwlCrate-Team.

Danke an die großzügigen und talentierten Autor*innen, die sich die Zeit genommen haben, mein Buch zu lesen und für den Klappentext zu kommentieren: Joan He, Elizabeth Lim, Hafsah Faizal, Chloe Gong, Roseanne A. Brown und Swati Teerdhala.

Danke an die wunderbare Buch-Gemeinde. An Buchhändler*innen und Bibliothekar*innen – danke, dass ihr tut, was ihr am besten könnt. An alle Leser*innen, Buch-Blogger*innen, Bookstagrammer, Booktokkers, einschließlich Sherna@bookworm.swiftie, Abi@boohoo.books, Cossette@cossettereads, Rogier@roro_suri, Deidre@inabookdaze, CW und Skye von The Quiet Pond, Shealra@shutupshealea, Fadwa@wordwoonders, Jo@thebookrising und so viele andere … danke für eure Unterstützung. Ich kenne eure Nachnamen nicht oder noch nicht einmal eure Vornamen, aber ich erkenne eure Instagram-Handles und eure Twitter-Profile (auch wenn ihr die immer wieder ändert LOL). Jede Interaktion macht so viel Spaß, und ich fühle mich geehrt, mit euch verbunden zu sein (T_T).

Ein spezieller Gruß an Mike Lasagna – die Buch-Community kann von Glück sagen, dich zu haben. Und ein Gruß an Prissi@prissanthemum – ich bewundere dein hingebungsvoll entworfenes Ahn-Cosplay und dein Talent macht mich sprachlos.

Schreiben ist oft ein einsamer Prozess und begleitet von Selbstzweifeln. Aber ich muss mich natürlich bei all denen bedanken, die von Anfang an da waren. Danke, dass ihr diese Achterbahnfahrt mit mir durchgestanden habt.

An Cindy Pon – meine äußerste Dankbarkeit dafür, dass du die ersten schwierigen Schritte getan hast, damit AutorInnen wie ich einen Pfad haben, dem sie folgen können. Danke an Thao Le, den ersten Verlagsprofi, der mir klargemacht hat, dass ich vielleicht *tatsächlich* ein publizierfähiges Buch schreiben könnte. Danke an meine Pitch Wars-Mentorin, Akemi Dawn Bowman, die mir die Möglichkeit gegeben hat zu lernen, wie man den Entwurf eines Textes auseinanderpflückt, um sein wahres Herz zu finden und eine bessere, vollständigere Geschichte daraus zu machen.

Danke an die #the21ders – ihr seid eine unglaublich talentierte und liebenswerte Gruppe und ich habe so ein Glück, mit euch zu debütieren. An Anna Bright, Shannon Price, Leigh Mar, Lily Meade – danke für eure tolle Unterstützung in all diesen Jahren. Ein besonderer Dank an Alexa Donne für deinen fundierten Blick. Und an Rachel Griffin – danke für deine stetige Ermunterung.

An die frühen Leser von *Jade und Obsidian*, als der Titel noch einfallslos *Die Lebensräuberin* (LOL) lautete oder aus einer Aneinanderreihung von Nomen (ich weiß, ich weiß) bestand, bis ich das Buch aus Verzweiflung und schlechtem Humor in *Pommes und Orangensaft* umtaufte – danke für euer Feedback und euren Zuspruch. Judy I. Lin, Roselle Lim, Gabriela Martins, Victoria Lee, Grace Li, Hannah Whitten, Nafiza Azad und Meredith Ireland: Ich freue mich zu sehen, wie ihr alle vorankommt und kann es nicht erwarten, eure aktuellen und zukünftigen Bücher in den Händen zu halten. An Lori M. Lee, Amparo Ortiz, Emma Theriault, Rosiee Thor, Sarena Nanua, Sasha Nanua, Rebecca Coffindaffer, Ciannon Smart und Kristin Dwyer – danke, dass ihr eure Zeit und euer Wissen mit mir geteilt habt. Meredith, Roselle, Basar Oh, Akshaya Raman – danke, dass ihr meinem Gejammer über *Debütitis* zugehört habt und mir viele gute Ratschläge gegeben habt.

An Carrie Gao, die mir die besten Zeichnungen geschickt hat, mir zugehört hat und einfach ein verlässlicher Mensch ist. An Eunice Kim für all die Meme und Gelegenheiten zu lachen. Hoffentlich können wir wieder einmal zusammen Kuchen essen, wenn dieses Buch raus ist. An Anissa – ich kann mich wirklich glücklich schätzen, dich zur Freundin zu haben. Du bist eine der liebenswertesten und schillerndsten Personen, die ich kenne. Ich hoffe, wir können uns bald einmal persönlich treffen und zusammen abhängen!

An Andrea Tang und Allison Senecal – danke für all die Schrei- und Weinanfälle spät in der Nacht (oder früh am Morgen?) und dafür, dass ihr mein Leben aufgehellt habt während dieser verfluchten Panorama-Panini-Panoptikum-Pandemie. Denkt dran, immer genug trinken – Zwinker. An Han (*hold han best friend*), Haley und Zeba – meine Anker in der turbulenten See der Verlagswelt. An Gina Chen – da du dies im Oktober liest, stehst du immer noch auf *Bacon*, hm??? (Ich hab dir doch gesagt, dass ich das tun werde, ha! Danke für die ganze Blödelei.)

An Deeba joon, meine Stimme der Vernunft in schwierigen Zeiten – aus tiefstem Herzen danke. An Rosie – deine Freundschaft, dein unbezahlbarer Rat und unglaublicher Humor haben mich aufrecht gehalten. An Swati – du hast mir gezeigt, was Entschlossenheit und Mut bedeuten, und du schaffst es immer wieder, mir Auftrieb zu geben. An Julie Abe – statt einen schlechten Taekook-Witz zu machen, sage ich jetzt einfach nur Borahae.

An Bangtan Sonyeondan, denn warum nicht? Deine Musik hat mir durch die dunkelsten Zeiten geholfen und bleibt der Hintergrund-Soundtrack für mein Schreiben. Namjoon, danke für den Geniestreich namens *mono* – deine gerappten Texte werden in meinem Herzen bleiben. Ein feiner Kerl, starke Energie – danke. Alle, streamt »Epiphany«!

Danke an Joan, den Weisesten von allen. Du bist eine Inspiration.

Em, du hast gesagt, ich müsste deinen Namen erwähnen, also hier ist er: ¯/_(ツ)_/¯. Im Ernst jetzt, *danke*. Danke, dass du wahllos in meine Direct Messages geplatzt bist, um dich über *Hamlet* auszulassen. Danke, dass du meinen Schimpftiraden zugehört hast, dass du meine pausenlosen Angstzustände und Jammereien ertragen hast, dass du all meine furchtbaren (und manchmal auch guten?) Worte gelesen hast. Danke, dass du ohne mit der Wimper zu zucken mit mir in den BTS-Abgrund gesprungen bist, und danke für deine Ehrlichkeit. Vor allem aber danke, dass du bist, wie du bist.

Shen-Ru, Bettina, Claire, Karen und Fiona: Ich kann nicht glauben, dass wir uns schon unser halbes Leben lang kennen. OMG lǎo le!

Darian, mein Bruder einer anderen Mutter, jetzt bekommst du das Buch endlich zu lesen. Wehe, es gefällt dir nicht. An Fi – ich bin so glücklich, dass wir zusammen alt werden können (^_^).

Hsing, Mimi, Kevin und Chey: Danke, dass ihr mich aufgenommen und unterstützt habt. An Mama und Gong Gong: dank euch habe ich diese Geschichte schreiben können. Ich hoffe, ihr seid stolz auf mich. Danke an meine Mutter, die Opfer gebracht hat, damit ich das nicht musste.

An Z – danke für morgendliche Kuscheleinheiten und nerviges Gemaunze und dafür, dass du ein wunderbarer Begleiter bist, wann immer ich schreibe. Auch wenn du ein kleiner Quälgeist bist – du bist das niedlichste Wesen auf der Welt.

An C, (&).

Autorin

June CL Tan wuchs in Singapur mit klassischer Literatur, Wuxia-Filmen, Koffein und Reisbrei auf. Sie hat Abschlüsse in Kommunikationswissenschaften, Bildung und Film. Nachdem sie bereits als Lehrerin und im Finanzsektor arbeitete, lebt sie heute als Autorin in New York City.

Übersetzerin

Mareike Weber studierte Literatur- und Verlagswissenschaften in Bamberg, Edinburgh und Stirling. Für Verlage auf beiden Seiten des Kanals hat sie zahlreiche Bücher begutachtet, vermittelt und übersetzt. Ihre besondere Leidenschaft gehört dabei schon immer der Literatur für junge Leser. Inzwischen lebt Mareike Weber mit ihrer Familie in Schottland, ist aber weiterhin in der deutschen Sprache zu Hause und übersetzt englische Kinder- und Jugendbücher.

Mehr zu unseren Büchern auch auf Instagram

Katy Rose Pool

THE AGE OF DARKNESS

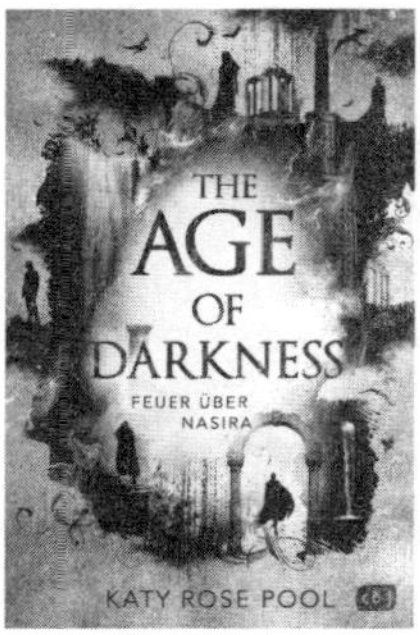

The Age of Darkness – Feuer über Nasira
Band 1, 576 Seiten,
ISBN 978-3-570-16561-4

The Age of Darkness – Schatten über Behesda
Band 2, 576 Seiten
ISBN978-3-570-16562-1

The Age of Darkness – Das Ende der Welt
Band 3, 560 Seiten
ISBN 978-3-570-16563-8

Einst lenkten sieben Propheten die Welt, doch sie sind längst verschwunden. Geblieben ist nur ihre letzte, geheime Prophezeiung. Sie sagt ein Zeitalter der Dunkelheit voraus und die Geburt eines neuen Propheten, der die Welt entweder retten oder ihr Untergang sein wird. Fünf junge Menschen führt die Prophezeiung zusammen: einen Prinzen in der Verbannung, eine Mörderin, die ihre Opfer mit der »Blassen Hand« zeichnet, einen getreuen Paladin zwischen Pflichtgefühl und Herz, einen Spieler mit der Gabe, alles und jeden zu finden, und ein sterbendes Mädchen, das kurz davor ist, aufzugeben. Einer von ihnen hat die Macht, die Welt zu retten – oder sie in den Untergang zu stürzen.

20318_3

cbj

www.cbj-verlag.de